Hermann Broch
Kommentierte Werkausgabe

*Herausgegeben von
Paul Michael Lützeler*

Band 3

W0417982

Hermann Broch
Die Verzauberung

Roman

Suhrkamp

suhrkamp taschenbuch 350
Erste Auflage 1976
© Suhrkamp Verlag Frankfurt am Main 1969
Suhrkamp Taschenbuch Verlag
Alle Rechte vorbehalten, insbesondere das
des öffentlichen Vortrags, der Übertragung durch
Rundfunk und Fernsehen sowie der Übersetzung,
auch einzelner Teile.
Satz: IBV Lichtsatz KG, Berlin
Druck: Nomos Verlagsgesellschaft, Baden-Baden
Printed in Germany
Umschlag nach Entwürfen von
Willy Fleckhaus und Rolf Staudt

4 5 6 7 8 - 88 87 86

Inhalt

Die Verzauberung

Hermann Brochs Kommentare

Anmerkungen des Herausgebers

Vorwort

Der Schnee liegt auf den Ästen des Fichtenwaldes draußen, er liegt in meinem Garten, er sitzt in den Felsritzen der Kuppronwand; Garten und Wald sehe ich, wenn ich zum Fenster hinausblicke, die Kuppronwand, an deren Abhang mein Haus liegt, kann ich nicht sehen, auch nicht von den Fenstern der Rückseite aus, sie ist vom Wald verdeckt, aber ihr Vorhandensein ist immerzu spürbar. Wer am Ufer des Meeres wohnt, vermag unter all seinen Gedanken kaum einen einzigen zu denken, in dem das Meer nicht mitgedacht wäre, und nicht anders verhält es sich für den, der sich am Ufer der großen Berge angesiedelt hat: alles was an seine Sinne dringt, jeder Ton, jede Farbe, jeder Vogelruf und jeder Sonnenstrahl, alles ist Echo der großen schweigenden Masse des ruhenden Berges, dessen Falten vom Lichte entzündet, von den Farben gemalt, von den Tönen umspült werden –, muß da der Mensch, er selber in seiner Seele immer nur wieder Vogelruf, Farbe und Sonnenstrahl und Nacht, muß er da nicht gleichfalls zum immerwährenden Echo jenes gewaltigen Schweigens werden? mitklingendes und widerklingendes Instrument, auf dem das Schweigen spielt?

Hier sitze ich, ein alternder Mann, ein alter Landarzt, und will etwas aufschreiben, das mir zugestoßen ist, und als könnte ich damit des Wissens und des Vergessens habhaft werden, durch das unser Leben hindurchläuft, auftauchend und wieder einsinkend und manchmal zur Gänze verschwindend, aufgesaugt von der Zeit und im Nichts verloren. War dies nicht auch der Grund gewesen, der mich vor Jahren aus der Stadt herausgetrieben hat, hierher in die Stille einer mäßigen Landpraxis, der mich den wissenschaftlichen Betrieb, in dem ich eingesponnen war, verlassen hieß, um eines anderen Wissens willen, das stärker werden sollte denn jegliches Vergessen? Jahr um Jahr habe ich dahin gebracht, als einer, dem das große Glück beschieden war, an dem unendlichen Bau der Wissenschaft mitzuarbeiten, an einem Wissen, das kaum mehr das meine war, sondern der Menschheit als solcher gehört, ich, ein bescheidenes Glied in der Kette der Werkenden, gleich ihnen allen, einen kleinen Stein nach dem anderen hinzutragend, immer nur das nächste Resultat sehend, dennoch gleich allen anderen die Unendlichkeit des Baues ahnend, beglückt und erleuchtet von diesem unendlichen Ziel, ich habe es im Stich gelassen, als wäre es der Turmbau von Babel, an dem ich beteiligt gewesen war, ich habe den Blick von solcher Unendlichkeit weggewendet, von einer Unendlichkeit, die nicht mir, sondern [der] Menschheit gehört, von einer Unendlichkeit, die das Gestern auslöscht und bloß das Morgen gelten läßt, und ich habe mich in eine kleine Arbeit zurückgezogen, die kein Erkennen mehr ist, sondern Leben und Mitleben und hie und da vielleicht Hilfe, als könnte ich dadurch mein Gestern retten, da das Morgen für mich immer kürzer wird. Wollte ich in die Unordnung des Unmittelbaren? wollte ich bloß dem Systematischen der Erkenntnis enteilen? nun liegt es schon lange Jahre zurück, viele Jahre, und ich habe nur mehr eine ferne Erinnerung an die Stadt und an den Ekel vor dem städtischen Leben, der mich mit einem Male gepackt hat, an den Ekel vor dieser Pünktlichkeit, mit der die Trambahnen verkehrten und vieles geregelt war, vor dieser Gesetzlichkeit, die das Wort überflüssig machte, stumm die Arbeit im Laboratorium und in der Klinik, stumm die Einlieferung der Kranken, stumm beinahe die Maschinerie des Gesundpflegens – kaum konnte man es Pflegen nennen – und der Krankheitsbekämpfung, stumm die Sprache, in der ich mich, in der wir uns verständigten, stumm wie das Unendliche, in dem das Ziel all jenes Geschehens lag und heute noch liegt, heute freilich, ohne daß ich ihm noch zustrebe. Es mag sein, daß in jenem Ekel vor der städtischen Ordnung die Angst enthalten gewesen war, die Vielfalt des Lebens zu verlieren, denn so vielfältig der Mensch auch ist, er kann seine Vielfalt nicht mehr nützen, wenn er einmal eine Bahn eingeschlagen und sich auf sie festgelegt hat; er bleibt in ihr und nichts kann ihn dann mehr entreißen. Doch wenn es sich vielleicht auch so abgespielt haben mag, was ich freilich, da es so ferne ist wie ein längst enteilter Traum, nicht mehr zu behaupten wagen würde, was habe ich dagegen eingetauscht? liegt die Stadt, die ich geflohen habe, nicht ebenso in ihrer Landschaft wie das Dorf, in dem ich jetzt wirke? ist ihre Ordnung nicht gleichfalls ein Stück der großen Menschlichkeit? Suchte ich die Einsamkeit? Ich gehe allein durch die Wälder, gehe allein über die Berge, und trotzdem sind mir die Gemarkungen der Felder, ist mir das Sein in den Ställen und Höfen, ist mir das Wissen um die alten Bergwerksstollen tief unter mir im Berge, ist mir all dieses menschliche Schaffen und Wesen zwischen Getier und Pflanze, eine größere Beruhigung als diese selber, ja, ein Büchsenschuß im Walde läßt mich wieder als Glied der menschlichen Ordnung und des Seins fühlen, obwohl es in sich beschlossen und ohne Ziel ist. Warum empfand ich die Ordnung in der Stadt nicht mehr als Ordnung, sondern nur mehr als Überdruß des Menschen an sich selbst, als ein lästiges Unwissen, während ich hier voll Anteilnahme bin? Ich habe das Erkennen verlassen, um ein Wissen zu suchen, das stärker sein soll als die Erkenntnis, stark genug, um die Zeitspanne, die dem Menschen beschieden ist, sich mit seinen Füßen dahin und dorthin zu bewegen, seine Augen da und dort ruhen zu lassen, um diese Zeitspanne eines kurzen Erdendaseins mit einem fast fröhlichen Warten auszufüllen, ein Wissen, enthoben dem Vergessen, erfüllt von dem Gestern und dem Morgen, erfüllt von dem Sinn des Gewesenen und des Künftigen: dies war meine Hoffnung gewesen. Hat sich solche Hoffnung erfüllt? Gewiß, auch im Vergessen geht nichts verloren, und alles, was je vorhanden gewesen, es ist heute ebenso in mir vorhanden wie einstens; unser Schiff wird immer schwerer, je mehr es sich dem Hafen nähert, kaum mehr ein Schiff, sondern nur mehr Fracht, kaum mehr in Fahrt, sondern unbewegt auf dem ruhenden Spiegel des Abends, so läuft es ein, gewichtlos trotz übergroßer Ladung, und niemand kann sagen, ob es sinkt oder in den Wolken sich verflüchtigt, aber wir kennen nicht die Fracht, wir kennen nicht den Hafen, unergründlich ist das Gewässer, das wir befahren haben, unergründlich der Himmel, der sich darüber wölbt, unergründlich ist unser eigenes Wissen, das wachsend uns entschwindet. Jahr um Jahr ist vergangen, seitdem ich mich hierher geflüchtet habe, voll Ungeduld, die letzte Zeitspanne auszunützen, geflüchtet vor der schrittweisen Erkenntnis der geduldigen Forschungsarbeit wissenschaftlichen Lebens, zurückgegeben meinem eigenen Leben, glücklos, dennoch glückhaft, da ich mein Wissen wachsen fühlte, Vergangenes und Zukünftiges zusammenwuchs, dennoch so unerfaßbar, daß es nur wie ein Ahnen war, ein Gewinnen und Verlieren zugleich. Und da ich es jetzt niederschreiben will, das Unvergeßliche im Vergessenen, da ich es nachzeichnen will, das Unsichtbare im Sichtbaren, so tue ich es mit aller Hoffnung des jungen und aller Hoffnungslosigkeit des altgewordenen Menschen, den Sinn des

Geschehenen und noch zu Geschehenden zu erhaschen, ehe es zu spät ist.

Und ich schreibe dies nieder, weil draußen der Schnee fällt und weil es dunkelt, wiewohl es noch früh am Nachmittag ist. Und eigentlich möchte ich bloß aufschreiben, als könnte ich es sonst vergessen, daß hier nicht immer Schnee gelegen hat, sondern daß vielerlei in diesem Jahr vonstatten gegangen ist, Blüte und Frucht und der Harzduft des Waldes, Wasser, das über das Gestein der Kuppronwand tropfte und rieselte, Wind, der von ferne kam und wieder davonzog, Licht, das brannte und wieder erlosch, und Himmel, der Tag war und wieder Nacht. Denn dies alles geschah, während mein Herz klopfte, es geschahen Wind, Sonne und Wolken, und sie flossen durch mein Herz und meine Hände.

I.

Vielleicht wäre es richtiger, mit meiner Kindheit zu beginnen, ja, vielleicht würde es genügen, ein kurzes Stück dieser Kindheit wahrhaft festzuhalten und niederzuschreiben, daß es damals ein großes Stadthaus gab und in ihm eine Stiegenhalle, in deren oberstem Stockwerk ich stand, hinunterspähend in den hallenden und kühlen Abgrund. Denn auch dies will ich niemals vergessen. Es würde vielleicht auch genügen, eine einzige Minute des gestrigen Tages aufzuschreiben, sie festzuhalten, damit [sie] aufgerichtet bleibe in dem sinkenden Dahinziehen der Himmel und der Berge, in dem mählichen Verdunkeln und Erhellen, das so leicht und so schwer durch uns hindurchflutet, doch ich will des Märztages gedenken, der nun schon Monate, ja, beinahe ein ganzes Jahr zurückliegt, so ferne wie der gestrige Tag, so nahe wie die Kindheit, denn so und nicht anders ist unsere Erinnerung: sie hebt das eine oder das andere heraus, und sie trifft damit das Leben und das Sterben zugleich, sie erfaßt einen einzigen Augenblick, der vielleicht an sich gar nicht bedeutsam ist; aber da sie ihm den Sinn seiner Gewesenheit und seiner Dauer verleiht und das menschliche Sein in die Natur zurückführt, jenseits von Tod und Leben, ins Unabänderliche, so will ich jenes Märztages gedenken, obwohl er sich gewiß nicht wesentlich von anderen Tagen unterschied und trotzdem voll innerer Bedeutsamkeit gewesen ist.

Es war ein Tag, an dem die Sonne schien und der Winter in die Schattenwinkel der Welt zurückgedrängt war: noch waren zwar auf der Landstraße hie und da die Furchen und Radspuren durch Eisstreifen eingeebnet, aber braun lagen bereits die Felder im Tale, wissend vom Grün, und grün tauchten bereits Wiesenflecken zwischen den Schneeflecken auf, Wiesen mit Gras, das sich erneuert und zwischen [dem] auch schon die Gänseblümchen wachsen, die Welt war wie ein großes erwachendes Gänseblümchen, und unmerklich nur bewegten sich die kleinen weißen Wolkenfetzen im ruhenden Blau der Sonne.

Ich hatte die wenigen Patienten, die zu mir gekommen waren, erledigt und befand mich auf dem Weg zu meiner Ordination im Unterdorf. Zweimal wöchentlich ordiniere ich da unten, in dem Raum, den ich mir hierzu im Wirtshaus Sabest eingerichtet habe, und außerdem Sonntags, immer zwischen zwölf und zwei. Im Winter benütze ich die Landstraße, die von Unter- nach Ober-Kuppron hinaufführt und sich von dort zum Kuppronsattel hinüberwendet, wenn Schnee liegt fahre ich sogar oft mit den Skiern ab, im Sommer aber nehme ich den Waldpfad. Der Rückweg freilich ist weniger angenehm; man braucht immerhin fast eine Stunde um hinaufzukommen, indes darf sich ein Landarzt um so was nicht scheren, er muß marschieren können, auch wenn er schon über fünfzig ist. Und manchmal gibt es ja ein Gefährt, einen Wagen oder ein Auto, das mich mitnimmt; das gehört zum Brauch der Gegend und ist nur richtig.

Es war Mittag und wie ein großes blaues Lied, als ich nach Unter-Kuppron kam; die Kirchenuhr schlug, und gleich darauf ließen die beiden Glöcknerbuben in das Lied des Himmels hinein auch noch die Mittagsglocke singen. In der Dorfstraße traf ich den Fremden.

Zwischen einer geschwungenen scharfen Nase und einem schon lange nicht rasierten Stoppelkinn hing ihm ein dunkler Gallierschnurrbart über die Mundwinkel und machte ihn älter aussehend als er es wahrscheinlich war; ich schätzte ihn auf dreißig oder etwas darüber. Er beachtete mich nicht, doch als er vorüber war, bildete ich mir trotzdem ein, seinen Blick erhascht zu haben und daß dies ein träumerisch starrer und dennoch kühner Blick gewesen sei. Vermutlich habe ich dies bloß aus seinem Gang erraten, denn dieser Gang war trotz offenkundiger Müdigkeit, trotz miserablen Schuhwerks beschwingt und streng zugleich, wahrlich, man konnte es nicht anders ausdrücken, es war ein beschwingtes und strenges Latschen, und es war, als würde, als müßte solches Gehen geleitet sein von einem scharfen, in die Ferne gerichteten Blick. Es war nicht der Gang eines Bauern, eher der eines fahrenden Gesellen, und dieser Eindruck war durch eine gewisse ungelüftete Kleinbürgerlichkeit, die hinter dem Manne herwehte, verstärkt, einer kleinbürgerlichen Selbstgerechtheit, deren Eindruck vielleicht von dem dunklen Anzug, vielleicht von dem schäbig im Kreuz baumelnden und beinahe leeren Rucksack bedingt war. Ein gallischer Kleinbürger.

Beim Wirtshaus angelangt sah ich nochmals die Straße entlang. Der Mann verschwand soeben in der Kirchengasse.

Vor dem Wirtshaus stand ein mit weißstaubigen Zementsäkken beladenes Lastauto; es mußte gerade eingelangt sein, über dem Kühlerventil zitterte ein kleines Wölkchen heißer Luft, ein sanftes Kräuseln irdischen Äthers, Vorbote des Sommers.

Die Hauseinfahrt ist von den Türen zur Gaststube und zu der kleinen Handlung, die gleichfalls von Sabest betrieben wird, flankiert. Beide Lokale können aber auch von der Einfahrt aus betreten werden. Zur Gaststube führen ein paar Stufen hinauf, die Handlung dagegen befindet sich auf Straßenniveau. Die Einfahrt, deren Schatten mich nun aufnahm, ist so hoch und breit, daß ein Heuwagen hindurch kann, sie ist unnützerweise wie ein Zimmer ausgemalt und riecht immer nach den leeren Bierfässern, die hier warten, von der Brauerei abgeholt zu werden. Hier ist auch mein Doctorschild angebracht. Da ich Tabak brauchte, ging ich in die Handlung, fand aber niemanden dort; auch in der anschließenden Fleischhauerei, einem kleinen in den Hof vorspringenden neueren Anbau mit flachem Dach war keine Menschenseele vorhanden. Die grauen und blauen Fliesen waren aufgewaschen und mit weißem Sand bestreut, die Stahlleisten mit ihren Haken waren blank geputzt; kein Fleisch hing daran, bloß eine Anzahl langer Dörrwürste hing still an den Wänden. Der unebene, zerschnittene Hackstock war gleichfalls sauber gewaschen, freilich ohne daß das schwarzeingefressene Blut aus dem Holze zu entfernen gewesen war, und so sauber und kühl die Luft hier auch roch, sie war doch wie eine frische und große Wunde. Ich ging in die Wirtsstube hinüber.

In der Stube saßen der Chauffeur und seine beiden Mitfahrer an dem langen Ecktisch und hatten ihr Bier vor sich stehen. Sonst gab es keine Gäste im Lokal, weder an dem zweiten Langtisch, noch an dem runden Honoratiorentisch beim Fenster, der als einziger mit einem blaugewürfelten Tischtuch bedeckt war und neben dem weißen Zündstein einen Behälter mit groben Zahnstochern trug.

»Der hat ein Maul«, sagte gerade der Chauffeur. Ich nahm an, daß es der Chauffeur war; er saß am dicksten da und sah wohlsituierter aus als die beiden andern. Und da es zum Wesen beginnender Behäbigkeit gehört, Worte und Gedanken wie die anderen Dinge des Lebens gründlich zu benützen, wiederholte er nach einer kurzen Pause des Überlegens: »Der hat ein Maul.«

»Ja, das hat er«, sagte ich, der Eintretende, zum Gaudium der Anwesenden. Aber obwohl ich es zu diesem Zwecke gesagt hatte, hatte ich doch den Fremden dabei im Sinn, ja, ich wußte beinahe mit Sicherheit, daß der Chauffeur ihn gemeint hatte.

Auch Peter Sabest, der achtzehnjährige Wirtssohn, der hinter der Schank stand, lachte. Er hatte ein erwachsenes Gesicht aufgesetzt und war mit dem Drehen einer Zigarette beschäftigt. »Womit kann ich dienen, Herr Doctor?« fragte er.

Ich verlangte den Tabak, den ich in der Handlung nicht bekommen hatte, und er gab mir [ein] Päckchen aus dem Glasschrank hinter der Theke.

»Du bist ja heute Alleinherrscher im Hause, Peter.«

»Nicht für lange«, meinte er bedauernd, »sie sind bloß zum Markt gefahren.«

Die Chauffeure, oder richtiger, der Chauffeur und seine beiden Helfer hatten aufgemerkt, als ich per Doctor tituliert wurde, ich wurde ihnen vertrauenerweckend, und da sie den Spaß fortzusetzen wünschten, sagte der eine, es war der ältere: »So einer hat nichts und nimmt das Maul voll.«

»Leeres Maul muß reden«, entdeckte der Jüngere, ein kleiner Mensch mit rundem Gesicht und einer Stupsnase, den man für einen Tschechen hätte halten können, gewissermaßen für einen jungverheirateten Tschechen, denn er war sicherlich kaum mehr als fünfundzwanzig, und an seinem Finger steckte doch schon ein Ehering.

»Na«, meinte ich, »bei den Weibern stimmt das nicht ganz, die reden auch mit vollem Mund... oder etwa nicht, junger Ehemann?«

Da mußten sie wieder furchtbar lachen, aber Peter, der die Blondheit und die weiße Haut seiner Mutter geerbt hatte, errötete, genau so wie diese es zu tun pflegte. In wenigen Jahren wird er dies freilich nicht mehr zustande bringen; da wird seine Haut ein weißliches, weißes Leder sein, über eine Fettschicht gespannt, die kein Erröten zuläßt.

Ich hatte meine Pfeife gestopft, in Brand gesteckt und setzte mich zu den Chauffeuren.

»Was hat er denn geredet?« fragte Peter.

Der ältere der beiden Mitfahrer hatte seinen Rock abgelegt, wohl weil die Sonne draußen so sommerlich schien, er griff sich ins Hemd und kratzte seine Brust: »Ja, wovon hat er eigentlich geredet?«

Der Chauffeur machte eine unwillige Gebärde des Nichtwissens: »Wenn man fährt, paßt man auf die Straße auf.«

Ich meinte: »Zum Teufel, wenn ihr nicht wißt, was er geredet hat, so hat er vielleicht gar nicht geredet.«

»Ich bin rückwärts auf den Säcken gesessen«, entschuldigte sich der Jüngere.

»Unsinn hat er verzapft«, sagte der Chauffeur.

»Ich glaube, es war ein Zigeuner«, sagte der ältere Mitfahrer und kratzte weiter. Der Floh schien den Weg zum Rücken genommen zu haben.

»Ein Gallier«, sagte ich.

»Ah«, sagte der Chauffeur wegwerfend, weil er sich unter einem Gallier nichts vorstellen konnte.

»Schön, daß ihr ihn mitgenommen habt«, sagte ich, »der Kerl war hundemüde.«

Sie sahen mich erstaunt an, weil ich wußte, von wem die Rede war. Und sie waren ein wenig verärgert darüber. Kein Spaß mehr.

»Ich nehme sonst nie einen mit«, brummte der Chauffeur, »schon weil's verboten ist.« Er schob die Ledermütze zurück. Seine spärlichen Haare klebten an der Stirne.

Der große Leonberger des Wirts kam, die Flanken an den Stühlen und Tischkanten reibend, nun langsam aus dem Hinterzimmer hervor. Als Hundebesitzer werde ich von ihm geschätzt, er legte den Schädel mit dem stets leicht geifernden Maul auf meine Knie und in seinem blutunterlaufenen Auge war die wohlwollende Trauer einer treuen Gesinnung und einer maßvollen Rede: »Da bist du ja wieder, Mensch, und du riechst teilweise nach Doctor und teilweise nach deinem Hund Trapp und teilweise nach den anderen Dingen des Lebens, von denen ich aber jetzt nicht weiter sprechen will.«

»Ja«, entgegnete ich, »ja, Pluto, der Trapp läßt dich schön grüßen.«

»So sei es«, antwortete das Auge Plutos.

»Geh' hinaus, Pluto«, sagte ich, »draußen ist ein Märztag, dessen Sonne nach Sommer riecht.«

»Ja«, antwortete er, »ich weiß es, ich bin auch heute schon draußen gelegen, und es war mir angenehm.«

In der Wirtsstube war es kühl, wenn auch infolge der geschlossenen Fenster etwas stickig. Der säuerliche Geruch nach Küche und Bier und Wein, nach Schweiß und halbgarem Fleisch, dieser Ritter- und Landsknechtgeruch, in dessen Dunst das Abendland die Welt erobert hat und der nun nur mehr in Wirtshäusern ein kleinbürgerliches und haustierhaftes Dasein fristet, freilich immer noch bereit, hervorzubrechen und über Schlachtfelder sich zu legen, er war auch hier vorhanden, und die Chauffeure schmeckten ihn.

Der ältere Mitfahrer gab die Suche nach dem Floh auf; er zog die Hand aus dem Hemd und betrachtete bedauernd seine leergebliebenen derben Finger.

Auf einmal wurde der Chauffeur redselig: »Haben Sie je so einen Unsinn gehört, Herr Doctor? wir sollen keusch leben, damit es auf der Welt besser wird...?«

»So? das hat er verzapft?«

»Ja«, der Chauffeur trank sein Bier aus, »so ein Schwein.«

»Du hast ihm aber zugestimmt«, behauptete jetzt der ältere Mitfahrer.

»Ich? ich habe mich nicht darum gekümmert, ich habe auf die Straße geschaut... wenn einer Ja gesagt hat, dann warst du es.«

»Warum soll ich nicht Ja sagen? ich pfeif' ohnehin auf die Weiber... ob nun davon die Welt besser wird oder nicht.«

Etwas schuljungenhaft und weil er sich am Gespräch beteiligen wollte, warf Peter ein: »Es wird ein Pfaff gewesen sein.«

»Pfaff hin, Pfaff her«, meinte der junge Ehemann, »wenn so einer über ein Mädel kommt, dann redet er anders daher.«

Die Messinghähne am Schankkasten glänzten wie der Märzmittag draußen, drüben in der weißbeleuchteten Häuserfront glühten dunkel die Fenster und bemühten sich, die Wellen des Sonnenhimmels nachzuahmen, es ist die Zeit, in der das Licht wie ein Schwarm gläserner Mücken sich auf die Erde senkt, sie zu befruchten.

»Und ich will von dem Gerede nichts hören«, setzte der junge [Mann] fröhlich fort, »das ist alles ein Quatsch.«

»Und Ihre junge Frau will auch nichts davon hören«, sagte ich.

»Nein, das will sie nicht.« Und er lachte mit der glücklichen Miene eines Menschen, der ein Wunder erfahren hat und ihm verhaftet bleiben will.

»Na«, sagte ich, »vielleicht bekehrt er Sie noch. Setzen Sie sich jetzt doch zu ihm.«

»Nein«, sagte der Chauffeur, und obwohl er doch mutig aussah und mit seiner Lederkappe einem Lokomotivführer glich, bekam er dabei eine etwas scheue Stimme, »nein, er mag ruhig auf seinen Säcken bleiben, denn wir nehmen jetzt den Kerl nicht weiter mit, ich kann ihn mit seinem Gerede nicht brauchen... die Straße übers Gebirge ist lausig, eine Serpentine nach der andern, und der schwere Wagen... ich muß froh sein, wenn ich drüber bin, ehe es ganz dunkel wird.«

Die Leute sagten »Grüß Gott« und verließen die Wirtsstube. Ich sah ihnen durchs Fenster nach. Unschlüssig spähten sie links und rechts die Straße entlang, dann kletterten sie auf ihre Plätze, zweimal drückte der Chauffeur den Anlasser, und nach einem kurzen Ruck und einer Wendung des Volants ratterten sie ab. Der Mitfahrer auf den Säcken bemerkte mich beim Fenster und winkte mir.

»Sind Patienten droben?« fragte ich Peter, als ich mich wieder zur Stube wandte.

Nein, es sei noch niemand gekommen, und Peter schien damit zu rechnen, daß ich das Gespräch mit ihm fortsetzen werde, nicht nur, weil er sich allein hier langweilte, sondern weil er überhaupt in einem guten Verhältnis zu mir stand. Und wer der Landstreicher gewesen sei, von dem wir gesprochen hatten?

Aber da konnte ich ihm keine Auskunft geben. Vielleicht hatte der Chauffeur den Menschen nun doch wieder mitgenommen, und er saß nun neben ihm, während er den Wagen langsam nach dem Oberdorf hinaufsteuerte und der Steigung halber unausgesetzt den Geschwindigkeitshebel zu betätigen hatte. Aber vielleicht auch hatten die drei Männer den Landstreicher jetzt auch schon wieder vergessen, hatten sich mit jedem Ruck der Kupplung ein Stück der Erinnerung aus den Köpfen beuteln lassen und dösten nur mehr noch vor sich hin. Ich zumindest hatte alle Lust, zu vergessen. Und so ging ich durch das Hinterzimmer auf den Hof hinaus, von dem die angebaute Treppe in den Oberstock und zu dem offenen Gang führt, an dem die Fremdenzimmer und die Wohnung Sabests, aber auch meine beiden Räume, Wartezimmer und Ordination liegen.

Schön brannte die Sonne herab. Das rauhe Eisengeländer, über das ich mich lehnte, floß heiß durch meine Hand, und das Lied des Vorfrühlings war beinahe verstummt, so erstaunt war es über seine eigene Kraft. In der Mitte des Hofes steht mächtig und verwunderlich ein großer Kastanienbaum: wäre er nicht von den Mauern des Hauses und der Ställe so geschützt, er hätte in dieser rauhen Höhenlage nimmer gedeihen können. Seine unbelaubten Äste warfen verschnörkelten Schatten, so schlief ihr Grün in ihnen.

Während ich so meine Gemächlichkeit sonnte und auf das immer leichter werdende Murmeln des Lichtes lauschte, hörte ich das Rollen eines Wagens in der Hausdurchfahrt, und die Wirtsleute kutschierten herein, aber nicht nur sie, sondern mit ihnen auch ein Kalb, ein Stierkind, ein Kuhkind, das mit gefesselten Beinen auf dem Plateau des einspännigen Fleischerwagens lag und aus seitwärts gedrehtem Kopf zu dem Kastanienbaum emporsah, ohne dessen Seltenheit zu erkennen.

Das Gefährt hielt an. Sabest sprang vom Bock, half auch seiner Frau herunter, und während sie ihre Einkäufe aus dem Wagen räumte, hob Sabest mit Hilfe des Hausknechts, der aus der Remise herausgekommen war, das Kalb herunter, entfesselte es, so daß es auf wackligen Beinen dastand, und band es lose an das Wagenrad. Dann wurde das Pferd ausgespannt.

Der Theodor Sabest ist nicht so, wie man sich einen Wirt und Fleischer vorstellt, er kann kein Fett ansetzen; er paßt eher zu seinem Kaufmannsladen. Aber das ist nur der erste Eindruck. Denn man merkt sehr bald, daß er zum Typus der magern Metzger gehört, ja, man möchte beinahe sagen, zum Typus der magern Henker, und es fällt ihm schwer, die Gemütlichkeit zu produzieren, ohne die ein Wirtsgeschäft nun einmal nicht zu führen ist. Aber man kann sich vorstellen, wie dieser brutale und leidenschaftliche Mann einst um das blonde Mädchen, das jetzt seine Frau ist, geworben haben muß. Sie, die trotz ihrer Blondheit auch nicht gerade sanft ist, ist eine richtige Wirtin geworden, tüchtig und von jener offenen und doch verschlagenen Sinnlichkeit, die zwischen Küche und Alkohol ihren eigentümlichen Platz hat. Wenn man sie ansah, bedauerte man es, daß sie nicht mehr Kinder hatte, doch ein Henker will keine Mutter, sondern eine Geliebte zu Hause haben, er hegt den Urwald, in dem die Menschen zu ihrem Glück, zu ihrem Unglück zusammengeführt werden, er höhnt jene, die roden und hinausstreben aus der feuchten Dunkelheit, denn er weiß, daß der Mensch, mag er auch Häuser mit breiten Toreinfahrten bauen oder gar mit Autos sich fortbewegen, niemals über den Rand des Waldes vordringt, er weiß, daß Anfang und Ende alles Menschlichen in der Dunkelheit des Urschlafs und des Vergessens liegen, daß jede Handlung, jedes Gespräch, jedes Tun, jedes Lassen in die Finsternis des Ur-Gestrüppes zurückführen können, und daß die düstere Flamme stets bereit ist, hervorzubrechen, uns zu verzehren. Wohl ist anzunehmen, daß der Wirt Theodor Sabest sich über diese Dinge wenig Gedanken machte, und es mag auch sein, daß ich, der Arzt, der manches um seine Ehe weiß, ein wenig zu viel in seine Seele lege und wenn man ihn selber fragte, so würde er wohl antworten, daß sie aus lediglich pekuniären Gründen es bei einem einzigen Erben bewenden ließen.

Doch da nun auch Pluto herausgekommen war und gutmütig an dem Kalb schnupperte, ja, mit schwerer Pfote es sogar zum Spielen aufforderte, wurde es unruhig, zerrte am Strick und sprang steifbeinig vorne hoch. Und das sah beinahe unwürdig aus für ein Geschöpf, das nun doch bald zum Tode geleitet werden sollte. Da ging ich in meine Ordination.

Dies war der erste Tag, den ich beschreiben wollte.

II.

Alles war vergessen. Der Schnee hatte es zugedeckt. Mit einem Schlag war der zurückgedrängte Winter wieder hervorgebrochen, mit einem Schneegewitter war er über die Kuppronwand, hinter der er sich verborgen gehalten hatte, wieder ins Tal herübergesprungen, zwei Tage und zwei Nächte fielen die Flocken, und als der Wind dann wechselte und von Norden blies, da strahlte die Sonne über einer Landschaft, in der auf silberweiß polierten Straßen die Schlitten Weihnachten zurückklingelten.

Aber wenn auch der Schnee zu Wällen aufgeschichtet den Fahrdamm säumte und kalt der weiße Glitzerstaub über die Hänge und Felder dahingeweht wurde, es war, so weihnachtlich es war, nicht weihnachtlich, denn der Märzwind ist kein Dezemberwind, die Märzensonne keine Dezembersonne, der Märzmensch kein Dezembermensch. Alles war schärfer und war zugleich weicher als es im Dezember gewesen war, Schärfe und Weichheit waren anders verteilt, es war die Kälte gewissermaßen in ihre Bestandteile zerlegt, stechend fuhr sie durch meinen dicken Pelz, aber über dem hartgefrorenen Schnee der Wege lag trotzdem eine Tauschichte, ätzend und klebrig, so daß schwere schwarze Schneeklumpen an den Schuhsohlen hafteten, sich am Absatz verkeilten, aber sich auch in Trapps Pfoten verklemmten und er, manchmal winselnd aufseufzend, zu hinken begann. Das hinderte freilich nicht, daß er dann wieder losschoß, besonders wenn er Pulverschnee fand, froh der aufwirbelnden Kühle und sich in ihr wälzend. Für einen ausgewachsenen Wolfshund benahm er sich etwas zu jugendlich, aber er hat kein Gefühl für Würde.

»Komm«, sagte ich, »komm, Trapp, wir müssen ins Unterdorf, man hat nach mir telephoniert. Die Lenard kriegt ihr Kind.«

Dann packte ich meine Instrumente in die Tasche, bedeutete der Karoline, daß wir zum Abendbrot zurück sein würden, und wir traten in den hellen Nachmittag hinaus.

Der Nordwind pfiff noch immer, freilich nicht mehr so scharf wie in den letzten Tagen, er war gewissermaßen einstimmig geworden, seine Ober- und Unterwinde waren verstummt, er war jetzt ein einsamer Spaziergänger, der über die Baumwipfel dahinwandert und dabei leise vor sich hinpfeift. Sonst war es ganz still im Walde; manchmal fiel von irgend einem Ast ein Brocken Schnee, knisterte rieselnd und platschte weich auf. Aus dem Hause Wetchys drüben, das gleich dem meinen im Fichtenwald eingebettet liegt, – unmittelbar im Walde, denn die Gärten und Zäune sind vom Schnee überdeckt – steigt eine dünne Rauchfahne in die Klarheit, in diese Silberbläue, die aus der Unendlichkeit kommt, die Stämme einhüllt und fast bis zum Boden reicht, dünner, ein wenig harter Geruch des Rauches, der Humanität, des Wohnens in der geruchlosen Frische.

Auch aus meinem Haus steigt der Rauch. Es ist mein Haus, und seit über zehn Jahren wohne ich bereits darin. Damals war ich von einer Gebirgstour kommend hierher geraten und war geblieben, habe in einem plötzlichen Entschluß die gerade ausgeschriebene Stelle eines Gemeindearztes und die Wohnung angenommen, eigentlich bloß des Hauses auf dieser Waldhöhe willen. Dabei ist es ein Schwindelhaus, ein richtiges Inflationshaus, Kind eines Börsenmanövers und sogar eine etwas unfertige und gebrechliche Frühgeburt. Denn zu jener Inflationszeit gaben einige Schwindler vor, den Bergbau im Kuppron wieder beleben zu wollen, und weil sie nicht bloß Aktien ausgeben konnten, bauten sie hier die beiden Villen und ein Stück der Seilbahn, die nach Plombent hinunterführen sollte. Aber weiter ist die Sache natürlich nicht gediehen, die Stollen wurden nicht erschlossen, das Hüttenwerk in Plombent nicht errichtet, sinnlos spannt sich eine Strecke Seilbahn mit einem einsam baumelnden Förderkorb über dem Fichtenwald beim Kalten Stein, unfertig blieben die beiden Häuser und wurden von der Gemeinde für Steuerschulden übernommen, und sozusagen unfertig auch blieb der einstige Verwalter Wetchy, der in dem einen Haus wohnt und jetzt als Agent landwirtschaftlicher Maschinen ein dürftiges Dasein fristet. Und weil die Gemeinde für das andere Haus keine andere Verwendung fand, so wurde es, gut genug für den Arzt, der dem Bauern ohnehin ein überflüssiges Möbel ist, zur Doctorwohnung bestimmt.

Der Schatten der Tag- und Nachtgleiche, vom Kuppron herabfließend, ist im Walde schon spürbar, obwohl er ihn noch nicht erreicht hat, aber wenn man den zum Dorf hinführenden gelbausgetretenen Pfad nimmt, auf dem ich die Spuren meiner Nagelschuhe vom Vormittag wiedererkannte, und ins Freie tritt, da steht zur Rechten des Schreitenden die beschattete, schattenwerfende mächtige Wand, den Wald um ihre Lenden geschwungen wie ein Tuch, und der oberste Rand der Felder, aus deren Weiß die schneebedeckten dunklen Haselnußstauden tauchen, ist von dem gleitenden Kuß der Dunkelheit bereits erreicht. Vor mir, ein paar Steinwürfe entfernt, liegt das Dorf, auch dieses noch besonnt, und hinter ihm im großen Bogen, beginnend neben der Lücke des Kuppronpasses mit der Ventalp und dem Rauhen Venten schwang sich die golden hohe Kette der Gipfel, deren Vorberge in unabsehbaren Stufen nach Osten und Norden auslaufen, hier aber, zur Linken, ihre erste Einsenkung haben, die runde Schale des Kupprontales, das man freilich von hier aus nicht zur Gänze übersieht: der Talausgang im Norden, zu dem es, die Straße nach Plombent hinausschickend, leicht abfällt, ist vom Abhang gedeckt, ebenso der in der Mitte des Kessels liegende Ort Unter-Kuppron, man sieht bloß die südlich ansteigende Hälfte des Tales und die Einzelgehöfte, die drüben auf den Hängen verstreut sind, aber durch die winterlich sonnige Stille dringt der Schlag der Turmuhr herauf, und eingebettet das Tal, eingebettet die Wohnstätten in die durchsichtig hellblaue Kälte, ruht und schwebt sie bis zum Himmel, reicht hinan bis in die jenseitigen Himmel, der kalte Atem der Sonne.

Man muß nicht ins Dorf hineingehen, um zur Straße zu gelangen, man biegt links ab – auch diesen Pfad habe ich selber ausgetreten, denn Wetchy und Karoline zählen nicht –, und ist stolz, solcherart zehn Minuten Wegs erspart zu haben. Die Sonne im Rücken, den leichten Nordwind im Gesicht, den glücklichen Hund vor meinen Augen, schreite ich tüchtig aus, sogar ein wenig besorgt, denn die Lenard hat zwar schon zwei Geburten hinter sich, aber beide sind nicht leicht gewesen. Ich hätte doch die Skier nehmen sollen.

Immerhin, nach einer Viertelstunde kam der Kirchturm mit seinem einfachen Satteldach in Sicht, gleich darauf auch die Schneedächer des Dorfes, und nach einer weitern Viertelstunde war ich unten und bei Lenard, wo die Sache bereits in vollem Gange war. Aber es ging alles am Schnürchen, die Hulles Marie, die als Hebamme fungiert, hätte es auch allein schaffen können, genau um sechs Uhr im letzten Strahl des Sonnenlichtes holten wir den neuen Menschen zur Welt, war dieses Alltagswunder vollbracht, und wieder einmal staunte ich, ich der alte Geburtshelfer, der jahrelang in der Frauenklinik gearbeitet hatte, wieder staunte ich, daß das Geschöpf, das wir einem Menschenleib entnommen hatten, nun selber ein solcher geworden war, ausgestattet mit allem, was zum Bewältigen und Erleiden der Welt nötig ist. Es war ein Bub, den ich da abnabelte, der zweite Lenardbub, nachdem das letzte ein Mädel gewesen war, rot wie ein Krebs, Flaum auf dem Kopf, mit süßen kleinen Fingern und Halbmondnägeln, und wütend, ob der ihm angetanen Schmach. Und über dem ganzen Haus war ein Lächeln.

Indes, so sehr ich mich auch meiner Leistung freute, es hätte wenig Sinn gehabt, mich in dem Haus dieses Erfolgs [halber] noch weiter aufzuhalten, ich wusch mich also nochmals, packte den weißen Kittel und die Instrumente in die Tasche, und nachdem dies geschehen war, eröffnete ich Trapp, der während der Prozedur zusammengerollt in der Küche geschlafen hatte, daß wir uns auf den Weg machen könnten. Er hieß es gut, und wir traten auf die Gasse hinaus, in die die Dämmerung herabgestiegen war.

Da ich nun schon einmal da war, ging ich ins Wirtshaus, um zu erfahren, ob es dort irgendwelche ärztliche Neuigkeiten für mich gäbe. Es lag nichts vor. In der Toreinfahrt traf ich auf Peter, der eben das Haus verlassen wollte.

Wir sprachen erst eine Zeitlang miteinander über allerlei, über seine Abneigung gegen das Metzgergewerbe, das er nicht erlernen wollte, von seiner Vorliebe für den weniger blutrünstigen Kaufmannsstand, und dann machten wir uns auf den Weg. An der Ecke der Kirchengasse wurde er unruhig, und ich war indiskret genug, ihm zu sagen, daß ich ohnehin wisse, wohin er wollte, und daß ich ihn sogar begleiten werde.

Er errötete und wir bogen ein, denn wenn man die Absicht hat, den Häusler Strüm, oder richtiger, seine sechzehnjährige Tochter Agathe Strüm zu besuchen, so muß man hier einbiegen. Aber wir waren nur wenige Schritte in der Kirchengasse gegangen, als ich sagte:

»Da ist er.«

Eigentlich hatte ich es gesagt, bevor ich ihn noch recht erblickt, geschweige in der beginnenden Dunkelheit ihn erkannt hatte, so selbstverständlich war es, daß die Gestalt, die dort vor dem Haus des Lorenz Miland lehnte, die des Gesuchten sein müsse. Des Gesuchten? Ja, des Gesuchten. Denn ich hatte ihn zwar vergessen, so sehr vergessen, daß ich keinerlei Veranlassung hatte, zu fragen, ob er im Dorf noch gesehen worden wäre, und hatte doch gewußt, daß er sich hier noch aufhielt. Solche Dinge kommen vor.

Und so war es auch nur richtig, daß ich, da wir auf ihn zuschritten, »Guten Abend« sagte.

»Guten Abend«, sagte auch er. Er stand im Lichtschein des Fensters, barhaupt – kein Bauer tritt ohne Hut vor die Türe – und ohne Überrock oder Wams stand er da in der Kälte und hackte jetzt mit dem Absatz ein wenig an dem unebenen Eisstreifen herum, der die Hausmauer entlang lief. Das alles erschien wenig zweckvoll. Wartete er auf jemanden? ich schaute ihn ein wenig verwundert an.

»Guten Abend, Peter«, sagte er schließlich, »du kannst wohl nicht grüßen.«

Was hatte es Peter zu verschweigen, daß er den Mann kannte?

Peter sagte betreten: »Guten Abend, Herr Ratti.«

Ratti, das klang italienisch; dazu paßte es, daß der Mann einen Lockenkopf hatte, was in dieser Gegend recht selten ist.

Er schaute recht freundlich drein: »Schöner Abend«, sagte er ermunternd.

»Na ja, ein wenig frisch.« Und um etwas Konkreteres zu sagen, stellte ich fest: »Sie wohnen beim Miland.«

»Ja, er hat mich aufgenommen.«

Aufgenommen? als Gast? als Wanderer, der für ein paar Nächte bleibt? als Knecht? Wenn es als Knecht sein sollte, so wunderte es mich, daß der Mann noch immer da war, denn der Miland verlangt harte Arbeit, muß bei den achtzig Joch, die [er] zu bewirtschaften hat und die, wie hier üblich, in der ganzen Gemarkung verstreut sind, harte Arbeit verlangen, und dazu schien mir dieser Mensch durchaus ungeeignet. Im übrigen war es verwunderlich, daß Miland jetzt, schon zum Frühjahrsanbau, einen Knecht einstellen sollte. Nun, das wird sich ja alles noch weisen, und ich sagte daher bloß:

»Wir haben uns ja schon gesehen. Sie sind mit dem Zementauto gekommen.«

»Das haben Sie nicht gesehen«, stellte er richtig, »da war ich schon abgestiegen.«

Bei aller Freundlichkeit, mit der dies gesagt war, war es eine kleinliche Rechthaberei, aber es war mehr, es war wie eine

Aufforderung zum Haß, in seinem freundlichen Ton, in seiner gleißnerischen Gebärde lag etwas, das hieß: Hasse mich, hasse mich, damit du mich liebst.

Es ist möglich, daß ich mich irre. Aber Trapp, der an dem Fremden herumgeschnuppert hatte und sich niemals irrt, stellte das perpetuum mobile seines Freundschaftswedelns ein und hielt den Schweif bös und kerzengerade.

Ich hatte keine Lust, Herrn Ratti zu hassen, aber weil ich nun schon einmal vor seinem Hause stand, wollte ich meinen Freund Miland besuchen. Ich nickte also dem Ratti bloß zu und trat ein.

Im Stallgebäude brannte Licht; Miland war also offenbar dort noch beschäftigt und ich steuerte auf den Stall zu. Neun Stück Vieh standen da, die meisten mit dem dunkelbraunen glänzenden Fell des kurzhörnigen Schlages, wie er hier gezüchtet wird, außerdem ein Paar schwerer Pferde; in einem größern Abteil am Ende des Stalls aber befand sich der Stier, der Gemeindestier, der von Miland gehalten wurde, und rasselte an seinen beiden Ketten. Das Ganze sah proper und gepflegt aus, sauberer Betonfußboden und eine Wasserleitung im Stall. Freilich mußte man das Wasser ins Reservoir vom Brunnen herüber pumpen, aber das war immerhin noch praktischer als das Schleppen der Eimer. Und außerdem will man auch was fürs Auge haben.

»Hallo, der Herr Doctor«, sagte Miland, der mich eintreten gehört und aus einem der Stände aufgetaucht war, »das ist ein seltener Besuch.« Und weil ein Bauer immer praktisch denkt und nur sichtbare Ursachen der Geschehnisse gelten läßt, setzte er fort: »Brauchen Sie was von uns, Herr Doctor? hat die Karoline keine Eier mehr?«

Nein, die Karoline hatte mich nicht geschickt. Ich sei bloß so da.

Er hatte sich die Hände bei der Wasserleitung abgespült und streckte sie mir jetzt entgegen: »Das ist mal schön von Ihnen.«

Mir fiel plötzlich eine merkwürdige Ähnlichkeit zwischen dem Miland und seinem neuen Hausgenossen auf. Die Bauern hier haben manchmal etwas Südliches an sich, dunkelhaarig, sehnig und mit scharfen Adlerprofilen, Jägertypen. Auch ihm hing der dunkle Schnurrbart über die Mundwinkel. »Fertig mit der Arbeit?« fragte ich.

»Ja, aber noch kein Abendbrot gehabt... Sie kommen doch mit hinüber...« Und er dreht den Schalter der beiden Deckenlampen ab. Die Tiere atmeten im Dunkel.

Das Haus liegt im rechten Winkel zum Stallgebäude. Wir gingen über den Hof. Nun war der Himmel schon voll der Märzsterne. Die Luft war milder als am Nachmittag. Der Schlaf der Geschöpfe wärmt immer den Himmel ein wenig an.

Die Bäuerin, die Milandin geheißen, ist ein starkknochiger harter Mensch, beinahe ebenso groß wie Miland, von einer stets zunehmenden Männlichkeit, obwohl sie noch keine vierzig alt ist. Sie stammt aus dem Oberdorf, ist eine geborene Gisson, und es soll Kämpfe gekostet haben, bis der Miland sie gekriegt hat. Aber das Eheleben der beiden ist undurchsichtig, trotz der vielen Kinder, die sie miteinander gehabt haben. Manche der Kinder sind gestorben, und es mag sein, daß es dies war, was sie so hart gemacht hat. Keines Menschen Tod geht spurlos an uns vorbei, wer ihm nahegestanden hat, erbt ein Stück der freigewordenen Seele und wird in seiner eigenen Humanität reicher. Doch eine Mutter kann ihr Kind nicht beerben, und ihr Antlitz trägt die harten Züge der Menschen, die in der Hölle der Enterbten wohnen.

»Guten Abend allseits«, sagte ich eintretend, »hier ist ja noch Vollbetrieb.«

Mit Ausnahme des zwölfjährigen Karls, der schon zu Bett gegangen sein mochte oder sich sonstwo herumtrieb, war die ganze Familie versammelt. Die Bäuerin mit dem kleinen Buben im Arm, die zehnjährige Zäzilie, die beim Tisch döste, der Knecht Andreas mitsamt seiner Pfeife auf der Bank sitzend, ebenso die Magd Hermine, die sich freilich schon räkelte und daran war, in ihre Holzpantoffeln zu fahren und davonzuschlurfen. Irmgard aber, die älteste Tochter, stand am Herd und kochte Tee; viele Bauern hier trinken Tee.

Wir setzten uns an den Tisch, der von dem Essen der anderen noch fettig war, und der Bauer begann allsogleich, den blonden Kopf der schläfrigen Zäzilie zu streicheln. Das Brot und ein starker Riemen hellbraunen Specks lagen in der Mitte des Tisches, auch die Schüssel mit den Klößen, die man für den Bauern übrig gelassen hatte, doch vorher bekam er noch seine Milchsuppe, die er löffelte, ohne die Linke vom Haupt seines Kindes wegzunehmen. Dann kamen die Klöße und der Speck an die Reihe, und auch ich schnitt mir manchmal ein Stück davon ab und aß es mit Brot. Während des Essens schwiegen wir, und Trapp sah uns zu, hin- und herüberlegend, ob die für uns ungenießbaren Speckschwarten für uns oder den Hofhund draußen bestimmt sein würden.

Als wir so weit fertig waren, fragte der Bauer, ob der Marius schon sein Essen gekriegt hätte.

»Nein«, meinte die Frau, die eben hinausging, den Kleinen ins Bett zu bringen, »nein, er ißt nur einmal am Tag, sagt er. So hat er's ja auch bisher gehalten.«

»Aber den Tee trinkt er«, ließ sich Irmgard vom Herd her vernehmen.

»Also Marius heißt er«, sagte ich.

»Ja, Marius Ratti... Sie kennen ihn also schon, Herr Doctor.«

»Er steht ja mit dem Peter draußen vor dem Haus.«

»Das tut er gerne«, sagte der Knecht Andreas und kicherte.

»Na, vielleicht ist der Peter doch lieber zur Agathe gegangen... mir wäre es auch lieber.«

»Nein«, beharrte Andreas, »sie stehen draußen.«

War der Peter etwa deshalb betreten gewesen, weil ich ihn bei seiner Zusammenkunft mit einem dahergelaufenen Menschen ertappt hatte? Ich fragte: »Wie ist denn der Mensch gerade zu Euch geraten?«

Offensichtlicherweise war dieser Marius Ratti ein häufiges Gesprächsthema, denn die Milandin, die eben wieder zur Tür hereinkam, wußte schon, um was es sich drehte, und antwortete: »Die Irmgard hat ihn aufgelesen.«

Irmgard stellte jedem ein großes Gefäß, Schale konnte man dies nicht nennen, mit Tee hin: »Nein, der Karl hat ihn hereingeführt... er hat die Kinder auf der Gasse gefragt, ob bei der Kirche nicht noch ein Gasthaus sei.«

»Warum ist er nicht gleich beim Sabest geblieben?«

»Dort ist es ihm zu nobel, hat er gemeint... viel Geld hat er ja nicht. Und da habe ich ihn eben gefragt, ob er nichts essen wolle... das muß man doch tun... oder ist er etwa nicht ein Wanderer?«

»Ja«, entgegnete ich, »ein Wanderer ist er wohl.«

»Mag er es sein«, sagte die Bäuerin, »und wenn er Hunger hatte, so ist es mir recht, daß man ihm das Essen gab, doch ich mag solche Leute nicht im Haus; vielleicht gar sind die Gendarmen hinter ihm her.«

»Dann wärst ihn gleich los, Bäuerin«, kicherte der Knecht Andreas.

Der Bauer sagte: »Ich hab' noch keinen fortgejagt, und es hat mir nicht geschadet bisher.«

Nun kamen sie alle auf ihren lautlosen dicken grauen Socken zum Tisch heran, und wir rührten alle in dem braunroten Wasser, das von ferneher nach Tee schmeckte, und unsere Gedanken waren bei dem Wanderer. Denn auch der Seßhafte wandert, er will es bloß nicht wissen, und wenn er den Fahrenden bei sich zurückhält, so geschieht es wohl, weil er an sein eigenes Fortmüssen nicht erinnert sein will.

»Ich will ihn hereinholen«, sagte Irmgard und ging zur Türe.

Miland faßte Zäzilie an den festgeflochtenen Zopf: »Und dir, gefällt er dir, der Marius?«

Das Kind nickte bloß als Antwort in den Teetopf hinein und lächelte ein wenig blöde. Dann aber, einer jähen Eingebung folgend, glitt sie von ihrem Stuhl, huschte zur Bank hinüber, kletterte hinauf, und in dem trüben Licht der Zimmerecke – hing doch die elektrische Birne unter dem Blechschirm tief über dem Tisch – tastete sie nach dem Schalter des Radioapparates, der dort städtisch-braunlackiert inmitten des spärlichen Hausrates auf dem Bord stand. Und so vollzog sich der Eintritt des Marius unter den Klängen eines Jazzs, dessen müder Rhythmus aus dem Kasten kroch und auf der dunkelverräucherten Stubendecke herumhüpfte.

Auf dem Fußboden dagegen hüpfte Zäzilie. Sie sprang von einem Bein auf das andere, stieß einmal das eine, einmal das andere Ärmchen in die Luft, in ihrem Gesicht lag ein heiliges und ernstes Erwachen, lautlos war ihr Tanz, ein Huschen auf grauen dickgestrickten Strümpfen, und auch als der Jazz in einen Tango umschlug, ließ sie nicht ab von ihrem Engelstanz.

Marius hatte sich an den Türpfosten gelehnt, und mit der freundlichen Neigung des Kopfes, die ihm zu eigen war, betrachtete er das liebliche Bild, hatte nicht acht auf Irmgard, die ohne den Blick von ihm zu wenden, das Teegefäß für ihn auf den Tisch stellte, ja, beinahe geflissentlich übersah er die Gebärde, mit der sie ihn zum Tische lud. Doch plötzlich, schon meinte ich, er wolle am Tanze teilnehmen, war er mit ein paar großen beschwingten Schritten in der Ecke und stellte [den] Apparat ab.

Mitten in der Bewegung erstarrte Zäzilie. Sie war so verblüfft, daß ihr Entzücken gleichsam des Entsetzens nicht gewahr wurde, das sich doch schon eingestellt hatte: leicht in die Beuge gezogen war der eine Fuß, fast stand sie auf einem Bein, der Arm mit emporgedrehter Handfläche deutete noch nach aufwärts, als wollte er nach den entschwundenen Klängen da oben noch haschen, und ihr Gesicht, des Erwachens noch nicht müde, des Erwachens nimmer müde, es vermochte nicht zurückzugleiten in die Verschlossenheit des Fleisches, sondern wie zu ewigem Erwachen gefroren war es und trug doch schon auch wieder das Mal trauernden Schlafes.

Doch schließlich löste es sich, ihrem zum Weinen gekrümmten Mund entrang sich ein »Böh«, und sie flüchtete zurück in [die] Arme des Vaters.

Siehe, auch wir waren erstarrt, obwohl wir doch ganz einfach bei unserem Tee saßen, um eine nüchterne Glühbirne herum, in dieser warmen und doch nüchternen Küchendunkelheit, in der weiß die Teller am Bord glänzten, in dieser Wärme, in der sich der standhafte Brodem verbrutzelten Fetts mit dem Dunst menschlicher Körper mengte, siehe, auch wir waren erstarrt, sowohl Irmgard, deren Hand immer noch den Marius zum Tische lud, wie ihr Vater, der Zäzilie an sich preßte, ja selbst der Knecht Andreas war es, denn er rieb das Streichholz, das er schon gezückt hatte, nicht an seinem Hinterschenkel, sondern hielt es still in der Luft. Und es war die Bäuerin die erste, die wieder zur Sprache fand, und sie sagte: »Gebt die Musik wieder her.«

»Bäuerin«, sagte er höflich, »gebt den Kasten wieder zurück.«

»Possen und nochmals Possen«, ereiferte sich die Frau, »seid Ihr bei Trost! und all das schöne Geld, das er gekostet... sofort gebt die Musik wieder her.«

»Wenn's die Bäuerin befiehlt, so habe ich zu gehorchen«, fügte er sich mit schauspielerischer Willfährigkeit, »doch Eltern sind schwach, sie tun vieles den Kindern zuliebe, sie geben nach, ohne Rücksicht darauf, daß es dem Kinde schaden könne...« und nach einer kleinen Kunstpause, setzte er mit gewinnendem Lächeln hinzu: »...ich meine halt, daß es für Kinder jetzt Schlafenszeit wäre.«

Zäzilie, die es eigentlich anging, horchte nicht hin. Sie saß jetzt ruhig neben ihrem Vater und ließ sich streicheln.

Marius hatte die Hand am Apparat und wartete.

Da sagte Miland: »Das ist eine städtische Musik.«

Damit hatte er wohl recht, aber es war auch ein städtischer Apparat, und selbst wenn ländliche Weisen aus ihm herausgedrungen wären, so wäre es nicht anders gewesen.

»Städtisch oder nicht städtisch«, antwortete Marius, »es ist eine kostspielige Musik, und die Bäuerin will sie haben.« Aber dabei sah er Irmgard an, als sollte die Entscheidung von ihr erfließen.

»Trinkt Euren Tee und gebt Ruh«, befahl die Bäuerin mit einem kurzen harten Lachen.

Irmgard aber stand unter dem Blick des Marius. Auch ich sah sie an. Sie hatte die Arme unter dem Busen gekreuzt, genau so wie es ihre Mutter und ihre Großmutter zu tun pflegen, sie war in allem eine echte Gisson, großflächig das Gesicht unter den rötlichen Haaren, warm durchblutet und mit hellrosa Lippen. War es das Gesicht, das ihre Mutter trug, als sie zur Hochzeit ins Unterdorf geholt wurde? wird auch in dieses Gesicht noch die Härte einziehen? Wo, ach wo, ist das Menschliche und Bleibende, da das Alter Schleier über unser Gesicht zieht und doch es entschleiert?

Keiner von uns weiß, was in dem andern vorgeht; und der Knecht Andreas seufzte »Ach ja«, während er sein Zündholz nach einigen Bemühungen nun doch in Brand gesetzt hatte und unter vorgehaltener Hand der Pfeife näherte.

Da sagte Irmgard, die ihr Auge von dem des Marius abließ: »Wirklich, es ist Schlafenszeit«, und sie führte die kleine Schwester an der Hand hinaus, ohne Marius dabei weiter anzusehen. Marius aber setzte sich zu uns an den Tisch, rührte langsam in seinem Topf und begann schluckweise zu trinken, wie einer, der seine Arbeit getan und dem eine Labe gebührt. Und wir sprachen von gleichgültigen Dingen. Nach einiger Zeit erhob sich der Bauer, schaltete ein, und wir konnten die politischen Nachrichten hören.

Dann ging ich heim, Trapp hinter mir her, denn er war müde geworden und wollte nicht mehr laufen. Der Schnee knirschte jetzt unter den Füßen, er ist voller Unebenheiten und voller kleiner schwarzer Schatten, denn der Mond steht hinter mir.

Kalt und milde ist es zugleich. Ich gehe leicht; so hätte ich auch als Kind gehen können, ich atme, wie ich als Kind geatmet habe, und wenn mein Gesicht auch noch so entschleiert sein mag, von innen gesehen, ist es mir nur noch rätselhafter geworden. Nichts ist noch beantwortet; – wie kann es da schon Zeit zum Abschiednehmen werden? So wanderte ich. Da und dort waren die Häuser beleuchtet, in manchen sah man die Leute sitzen, nicht anders [als] wir in Milands Küche beisammen gesessen hatten, und als ich aus dem Dorf heraustrat, stand mächtig und weiß im Mondlicht die Kuppronwand vor mir, zarter und silberner die ferneren Gipfel, gelockert, gelöscht von Nebeln des Nachthorizontes. Und als ich weiter aufwärts wanderte, meinem Schatten nach, der zweibeinig vor mir herwanderte und mir den leichten Weg wies, da wurde es immer heller, es wurde so milde und strahlend, daß man vor lauter Licht kaum mehr die beleuchteten Fenster der Häuser von Ober-Kuppron droben sah, ich wanderte immer weiter aufwärts zur kühlen Sanftheit des Firmaments, in dem die Gestirne schwammen, als wären auch sie von all der Milde erwärmt und leicht geworden.

III.

Irmgard Miland war eine Gisson, ihre Mutter war eine Gisson, aber die echteste Gisson war ihre Großmutter, obwohl der Name Gisson nur der erheiratete war. Bei Frauen so starker Art empfindet man es stets als Ungehörigkeit, daß sie des eigenen Namens verlustig werden, statt ihn auf Tochter und Enkelstochter und Aber-Enkelstochter zu vererben. Indes, im Falle der Gissons, der in mancher Beziehung als ein Ausnahmsfall zu betrachten ist, ist der Name Gisson von »Mutter Gisson«, wie sie allgemein genannt wurde, so restlos aufgesaugt, so restlos übernommen worden, daß man gar nicht auf den Gedanken kommt, es müsse doch einmal auch einen männlichen Träger dieses Namens gegeben haben, und wenn man daran denkt, so scheint es einem, als sei der Mann dieses Namens gar nicht gestorben, wie er es zweifelsohne getan hat, sondern als sei auch er aufgesaugt worden von der Frau, als sei er nicht eingegangen in die Erde, die seine Gebeine birgt, sondern in die Frau, und dies nicht etwa, weil er ein Schwächling war, sondern weil man sich ihn nur als einen starken, ja, gewaltigen Mann vorstellen kann, der in seiner Stärke sich solches Verlöschen gewünscht haben mochte. Ja, das geht so weit, daß man bei seinem Sohn, dem rotbärtigen Mathias, der ihm an Kraft und mächtigem Aussehen angeblich durchaus gleicht, immer wieder vergißt, daß auch er den ein wenig fremdländisch klingenden – derartiger gibt es einige hier im Oberdorf – und schönen Namen Gisson trägt; ruft man ihn, so heißt er einfach der Bergmathias.

Jetzt war es April. Auf dem vielfach schon schwarz gewordenen Schnee, der an vielen Stellen schon wieder schwarze Erde und bleiches Gras sehen ließ, klatschte schwerer Regen vom tiefen Himmel, und Himmel wie Regen schienen bereit, sich alsbald wieder zu Schnee zu verwandeln. Mit verwischten Umrissen tauchten die Dinge aus dem Nebel, wenn man sich ihnen näherte, Tannen, von denen es tropfte, Häuser, auf deren Dächern der Rauch wie ein leichter Nebelbrei lag.

Es war etwa elf Uhr, als ich Sucks Haus, das ein wenig außerhalb des Oberdorfs liegt, verließ und mich auf den Heimweg machte. Es war ein unangenehmer Fall; die Frau hatte eine Furunkulose, fieberte und sollte das Kind nähren, und auch dieses gefiel mir nicht mehr recht. Und wie immer bei derartigen Anlässen wurde ich ärgerlich ob des Fortbestandes der Menschheit unter solch erschwerten Umständen. Warum gaben sie es nicht lieber auf? bloß weil sich jeder fürchtet, als einer jener letzten Menschen sterben zu müssen, die dies mangels Nachwuchs allein und ohne Hilfe zu besorgen hätten? Natürlich galt es jetzt, auf Flaschenmilch überzugehen, und dabei konnte von Pasteurisierung hier heroben keine Rede sein. Es war ein Jammer.

Als ich unter solch ärgerlichen Gedanken durch die Dorfstraße hinabging, die – zum Unterschied von Unter-Kuppron – eigentlich bloß streckenweise eine richtige Dorfstraße mit aneinandergereihten Gebäuden, oftmals aber durch unverbaute Ackerlücken oder kleinere einzelne Holzhäuser unterbrochen ist, als ich also da, die Kapuze des Lodenmantels über den Kopf gezogen, zwischen den nassen Häusern hinabging und meinen Stock in den Schneemorast stieß, fiel mir beim Berghof plötzlich ein, Mutter Gisson zu besuchen.

Der Berghof ist ein langgestreckter niederer Bau, dem man die gotische Entstehung noch an den Fenstergewänden und Kragsteinen anmerkt und in dieser alten Knappensiedlung, die Ober-Kuppron ja ist, einstens eine Art Bergwerksdirektion gewesen sein mußte. Heute bildet er, und auch dies schon seit unvordenklichen Zeiten, einen nicht ganz geklärten Gemeinschaftsbesitz einiger Familien, vermutlich der ehemaligen Bergmeister, Oberknappen und anderer Bevorzugter, und die haben den Komplex durch Anbringung gesonderter Eingangstüren und durch Teilung des großen Hofes so weit es anging in bäuerliche Einzelwohnstätten verwandelt. Richtige Bauernhöfe sind hierdurch freilich nicht entstanden, und das war schließlich auch nicht notwendig, denn hier heroben gibt es ja auch keine richtigen Bauerngemarkungen, sondern die Anwesen sind aus Waldrodungen entstanden und zumeist so klein, daß kein einziges über Häuslergröße hinausgewachsen ist, aber es mag sein, daß gerade der Bestand dieses Gemeinschaftshauses für die Ober-Kupproner den Kitt eines Zusammenhalts abgibt, in dem irgend eine ferne Erinnerung an die alte zünftlerische Bergmannseinheit noch fortlebt. Die Talbauern unten haben hierfür kein Verständnis, und wenn sie, von einigen Ausnahmen abgesehen, auch selber nicht reich sind, so erscheint ihnen der Oberdörfler mit seinem Kleinbesitz auch heute noch unbäuerisch und proletarisch, der Berghof jedoch, trotz seiner ehrwürdigen Tradition, als eine Art Mietskaserne. Lange genug haben sie's dem Miland nachgetragen und ihn scheel angesehen, weil er eine von hier genommen hatte.

Wie die meisten der Fenster in diesem Landstrich sind auch die Mutter Gissons mit Hängenelken geziert; blütenlos noch hängen die graugrünen Stengel gleich einem dickverfilzten wetterharten Bart aus den Kasten, und das Regenwasser rann an ihnen herab. Und wie bei den anderen Wohnungen war auch hier eine der Fensteröffnungen in einen Türeingang verwandelt, dessen äußerer Holzflügel bei Tage immer offenstand und mit einem Drahthaken an die Mauer rechts befestigt war, während links die Holzbank zum Draußensitzen in den Boden gerammt war, versehen mit einem Fach für die Holzschuhe, die hier üblicherweise vor dem Eintritt von den Füßen gestreift werden. Durch die innere Glastüre jedoch gelangt man unmittelbar in die Küche.

Hier stand ich nun, entledigte mich meines regenschweren Mantels, und Mutter Gisson schimpfte auf die Mannsleute, die ihr mit Nagelschuhen und triefenden Kleidern den weißgescheuerten Boden beschmutzten. Eine helle Behaglichkeit herrscht in diesem Raum; es ist, als ob die Sonne, die nun schon seit Jahrhunderten allmorgendlich hier hereindringt, um einen ganzen Vormittag zu verweilen, einen Helligkeitsvorrat aufgespeichert hätte, von dem an so trüben Tagen, wie der heutige es ist, gezehrt werden kann. In der einen Ecke hinten steht der Herd, auf dem schon die Mittagssuppe kocht, zwei Glasspinde, Bauernarbeit aus dem 18. Jahrhundert, sind vorhanden und sind mit geblümtem Geschirr vollgeräumt, vorn bei dem einen Fenster steht der große Tisch innerhalb der Eckbank, und dort sitzt Mutter Gisson und schimpft.

»Anstatt zu schimpfen könnt Ihr mir wirklich lieber einen Schnaps geben, Mutter, bei dem Sauwetter.«

»Das möchte Ihnen passen, Herr Doctor.«

Und sie steht auf, um aus der Speisekammer die Flasche zu holen. Mit dem Schnaps aber hat es seine eigene Bewandtnis; es ist ein höllisch scharfes Getränk, ein geheimnisvolles Kräutergetränk. Im August zur Sternschnuppenzeit kann man Mutter Gisson vor ihrer Türe sehen, wie sie aufmerksam den Himmel mustert; ich wußte lange nicht, was dies zu bedeuten hatte, doch seitdem [ich] in ihrem Vertrauen war, ließ sie manchesmal einiges davon verlauten. »In acht Tagen gehe ich«, sagt sie dann, oder »Morgen gehe ich«, und wenn es dann so weit ist, steigt sie in frühester Dämmerung in die Berge hinein, klettert in den Wänden herum wie eine Junge und kommt mit einem sorgsam verhüllten Kräuterbündel zurück. Von dem Inhalt gibt sie allerdings nichts preis, und auch die Fundstellen hält sie strenge geheim. »Wer wird denn all das Wissen erben, Mutter Gisson?« – »Die Irmgard, aber so weit sind wir noch nicht.«

Nun, da sie mit der Flasche zurückkam, bringt sie auch einen Laib Brotes mit.

»Schnaps allein taugt nichts«, sagte sie.

Meine Freundschaft mit Mutter Gisson ist nun schon von langer Dauer und wird mit jedem Jahr fester. Bald nachdem ich meine Stelle hier angetreten hatte, hatte sie mich rufen lassen, der Mathias, der damals um die dreißig gewesen war, war plötzlich zusammengebrochen, und ich konstatierte eine mehr als operationsreife Appendicitis. Aber trotz meines dringenden Appells schickte sie ihn nicht ins Spital. Sie hatte dem Sohn lange in die Augen geschaut, und dann sagte sie mir: »Nein, da käme er nimmer als Lebendiger hin, wir müssen's hier schaffen.« So hat sie die Behandlung selber in die Hand genommen: im Stall zwischen den beiden Kühen ließ sie das Bett des Patienten aufschlagen – später sah ich, daß zu ihren Therapien immer wieder die Tiere gehörten –, und dort in dem Brodem der Tiere und in ihrer unmittelbaren Ausstrahlung mußte er acht Tage lang fasten. Ob sie ihm auch warmen Kuhfladen auf den kranken Bauch gestrichen hat, konnte ich nicht ermitteln, denn sie erlaubte nicht, daß ich den Kranken, dem die Bauchfellentzündung sozusagen auf der Stirn geschrieben stand, überhaupt noch anrührte. Als ich sie später danach fragte, lächelte sie bloß und sagte »Vielleicht.« Aber sie hat den Sohn durchgebracht, und im Laufe der Zeit habe ich noch manche ähnliche Fälle mit ihr erlebt. Nicht etwa, daß sie die ärztliche Wissenschaft verachtet, sie tut es nicht mehr als ich, untrüglich indes weiß sie deren Grenzen, und daß ich dies anerkannte, hat mir nicht nur ihre Freundschaft, sondern auch wertvolle Hilfe eingetragen. Und beinahe erscheint es natürlich, wenn sie, die mit ihren siebzig höchstens fünfzehn Jahre älter als ich ist, mich als einen jugendlichen Draufgänger behandelt, dem man, mag er sich auch schon bewährt haben, Zügeln anlegen muß.

»So, Herr Doctor«, sagt sie, »da hast du deinen Schnaps, und das Brot ist ganz frisch.«

Wenn wir zwei Worte gewechselt haben, duzt sie mich; hier im Oberdorf ist man überhaupt leicht auf Du, zumindest unter Gleichaltrigen.

Ich frage nach der Irmgard.

Mutter Gisson lacht leise. Sie hat starke gelbe Zähne. Als ihr einmal einer weh tat, hat sie ihn selber ausgerissen. Wie sie das zustandebrachte, ist mir immer noch ein Rätsel.

»Hast den Marius schon gesehen?«

»Teufel, der ist noch immer beim Miland?«

»Den hat mir die Irmgard heute heraufgeschickt.«

»Will sie den etwa heiraten?«

Jetzt lacht sie nicht mehr, sondern sagt bloß kurz ein »Nein«, das wie ein an die Enkelin gerichtetes Verbot klingt.

Sie sann eine Weile nach, und es war, soweit man dies aus ihrem Blick schließen konnte, als beschäftigte sie sich mit etwas sehr Fernem. Und beinahe klang es wie eine Drohung, da sie sagte: »Vielleicht ist es jetzt an der Zeit.«

»Was ist an der Zeit, Mutter Gisson?«

»Daß es anders wird.« Und dann fügte sie hinzu: »Der Marius ist gelehrig.«

Gelehrig bedeutete in ihrer Sprache so viel wie wißbegierig. Ich nickte.

»Er ist zum Bergwerk«, und sie deutete mit dem Daumen zur Hinterwand des Zimmers, denn in dieser Richtung liegt der Kuppron.

Mutter Gisson ist eine der wenigen, die über die alten Stollen genau Bescheid geben können. Nach und nach hat sie mir eine ganze Reihe der alten Gänge genannt und auch gezeigt, den »Reichen« und den »Armen«, den »Gang vom toten Heiden«, die »Zwergengrube«, den »Silbernen«, den »Plombon«. Ja, ich habe sie im Verdacht, daß sie über die Ergiebigkeit dieser alten Arbeitsstätten alles mögliche auszusagen hätte, mehr sogar als der Sohn, der Bergmathias. Einmal zeigte mir dieser ein faustgroßes Stück Granit, in dem gefährlich und sonderbar glänzend eine Goldader eingesprengt war. »Gefunden?« fragte ich. »Ja«, entgegnete er, »vom Urgroßvater oder noch früher.« Und er verschloß das Stück. Über seinem Bett hängt übrigens eine alte Bergmannshaue.

»Was will der Marius beim Bergwerk? und bei dem Wetter?«

»Wahrscheinlich Gold suchen«, Mutter Gisson lacht von neuem und etwas verschmitzt Hinterhältiges klingt darin mit, »das haben schon viele gewollt.«

Warum beunruhigt auch mich der Berg? warum schaudert es mich immer ein wenig, wenn ich über die uralten Bergpfade gehe, die manchmal noch Spuren einstiger Untermauerung aufweisen? wenn ich im Gebüsch die vermauerten und verschütteten Stollen finde? dies alles könnte mir doch schon längst vertraut sein, ist mir doch schon längst vertraut.

Ich sage: »Der Berg gibt ja nichts mehr her.«

»Er muß ausruhen«, stellt Mutter Gisson richtig.

Das habe ich schon oft von ihr gehört, trotzdem frage ich wieder einmal: »Wie lange noch, Mutter?«

»Das werde ich nicht erleben, das wirst du nicht erleben, der Berg hat weite Zeiten.«

Und da sage ich, als ob es dazugehörte, und weiß plötzlich, warum ich hereingekommen bin: »Mit dem Kind vom Suck wird's nicht gehen.«

»So?« sagt sie, »das Kind auch.«

»Warum auch?«

Sie sagt: »Weil die Mutter nimmer lang leben wird.«

»Hm«, mache ich ungläubig, denn an einer Furunkulose braucht man nicht zu sterben.

Im Herd knackte das Holz, draußen klatschte der Regen gleichmäßig herunter, und von der Dachtraufe rieselte es. Mutter Gisson ging zum Herd, öffnete die Feuerung und schob einen Scheit nach. Und unter diesen gleichgültigen Verrichtungen sagte sie: »Es ist so, ich kenne sie doch, die Suck.«

Solches mit solcher Sicherheit und Unerbittlichkeit auszusprechen, ist vielleicht kein Mann fähig, nicht einmal ein Arzt; am liebsten hätte ich es nicht gehört, und wenn es mir auch unmöglich war zu zweifeln, ich wollte es mildern: »Na, Mutter Gisson, Ihr könnt auch einmal und ausnahmsweise irren.«

Sie hatte den Kochtopf geöffnet, rührte mit dem Holzlöffel drin herum, kostete und sagte: »Sterben ist eine Gnade... aber das verstehst du nicht, dazu bist du zu jung und außerdem ein Doctor.«

Ich dachte an Suck und antwortete nicht.

»Ihr Leute aus der Stadt werdet überhaupt nicht älter, ihr kommt alt zur Welt und so bleibt ihr bis es aus ist...« Sie nickte mir vom Herd aus zu.

Wer schon an so vielen Sterbebetten wie ich gesessen ist, der ahnt, daß es ein verschiedenes Sterben gibt, daß es in dieser großen Einsamkeit, in der so vieles gleich wird, doch auch eine Bevorzugung gibt, den wirklichen Tod, der so übergroß und schön ist, ein Aus-Sein und dennoch nicht Zu-Ende-Sein, daß selbst der Arzt, der Feind des Todes, sich willig ihm beugt und er einen Kampf aufgibt, der nicht dem Tode, sondern [dem] Aus-Sein gilt.

Mutter Gisson nahm nun die Teller heraus: »Und weil ihr meint, daß es bloß aus sein kann, deswegen könnt ihr und wollt ihr nicht sehen, wenn es für einen Zeit wird... bei dir ist es ja schon besser geworden, vielleicht wirst du selber einmal wirklich sterben dürfen... aber wenn du es sehen sollst, dann wehrst du dich...«

»Mutter Gisson, dazu bin ich da.«

»Das meinst du, weil du dumm und jung bist.« Sie schob die Teller auf dem Tisch zurecht, verschränkte die Arme unter der Brust und stellte sich unmittelbar vor mir auf: »Das eine sag' ich dir... wenn's jetzt bei mir so weit ist, wirst du an mir nicht viel herumdoctoren, sondern läßt es gehen, wie's eben geht, auch wenn ich dir dann nicht mehr das Handwerk werde legen können.«

»Zum Kuckuck, Mutter Gisson, wovon redet Ihr.«

»Von dem, was kommen wird und was du nicht sehen willst.«

Das war lächerlich. Da stand sie, ein Bild der Robustheit und Gesundheit trotz ihrer siebzig.

»Jetzt sehe ich wirklich bloß, daß Ihr in Eurem Kurpfuscherehrgeiz mir nicht einmal gönnen wollt, Euch zurechtzuflikken... aber darüber reden wir noch, glücklicherweise haben wir noch lange Zeit dahin...«

»Wart's ab«, lachte sie, und es klang hintergründiger, als ich mir zugeben wollte.

Da sehe ich durchs Fenster, wie der Marius daher kommt, einen Lodenkragen um die Schultern, er kommt beschwingt und leicht latschend die Straße von links herauf, die Hosen kleben ihm vor Nässe an den Beinen, und er macht keine gute Figur.

Ich deutete hinaus: »Viel Gold scheint er nicht mitzubringen.«

Sie schaute hinaus: »Gold nicht, aber er hat etwas gefunden.«

Ich wunderte mich über nichts mehr; es wird sich ja zeigen, ob er etwas gefunden hat.

Dann klirrte die Glastüre und Marius trat herein. Jetzt erst sah man den Zustand, in dem er sich befand, voller Erde die triefenden Stiefel, verschmutzt die Hose bis zu den Knien, kein Wunder freilich, wenn man bei solchem Wetter auf die Goldsuche geht.

»Zieht Eure Schuhe und Socken aus und hängt sie zum Herd«, kommandierte Mutter Gisson.

Jung wie ich war, tat es mir wohl, daß Mutter Gisson den Landstreicher nicht duzte.

Marius tat wie ihm geheißen. An der Wand neben dem Herd ist eine Doppelstange zum Trocknen der Stiefel eigens angebracht, und er hing seine Sachen dort ein. Dann kam er bloßfüßig zum Tisch. Er hatte wohlgeformt[e] und eigentlich recht saubere Füße.

»So, und jetzt zeigt, was Ihr gefunden habt.«

Aus der Tasche seiner nassen Hose zog er einen länglichen grünen Splitter hervor. Es war ein schmales dolchartiges Feuersteinmesser.

Mutter Gisson nahm das Messer in ihre starke gelbliche Greisenhand. »Ihr habt einen guten Blick«, lobte sie.

Ich sagte: »Das hat seine fünftausend Jahre auf sich.«

»Habt Ihr das beim Kalten Stein gefunden?« fragte Mutter Gisson.

Dies war ausnahmsweise keine erstaunliche, sondern eine ziemlich naheliegende Vermutung. Denn die Steinplatte, die dem Hügel dort ihren Namen gegeben hatte und die zweifelsohne ursprünglich Kelten-Stein geheißen hatte, ist unverkennbar ein keltischer Druidenopfertisch, und da er wohl an Stelle eines noch ältern Heiligtums errichtet worden war, ist es nur selbstverständlich, daß sich dort manchmal derlei Gegenstände fanden. Erstaunlicher war es, daß der Marius gerade dort gewesen war und trotz Schnee und Morast solch sicheren Griff hatte.

»Ja«, sagte er, »bei uns findet man auch dergleichen.«

»Wo?« fragte ich.

Marius gab bereitwillig Auskunft: »In den Dolomiten, dort ist der Großvater noch ansässig.«

»Wollt Ihr etwas essen?« Mutter Gisson deutete auf den Brotlaib.

»Schönen Dank«, sagte Marius und griff nach dem Laib, und weil er das Feuersteinmesser in der Hand hatte, versuchte er die schartige Schneide anzusetzen.

Beinahe zornig nahm ihm Mutter Gisson das Brot aus der Hand, kehrte es um und wies auf die drei Kreuze: »Das ist heilig«, sagte sie, »und das Messer ist auch heilig, aber das eine gehört nicht zum andern.« Und sie schnitt einen Ranken mit dem gewöhnlichen Messer ab.

Was wußte sie von der Heiligkeit eines steinzeitlichen Opfermessers? gab es für sie keine Zeit? wie weit reichte ihre Erinnerung?

Marius nahm sein Messer, und als wollte er zeigen, daß er Mutter Gisson verstanden hatte, und doch eher automatisch, legte er es an seine Kehle. Dann lächelte er, steckte es ein und biß in sein Brot.

»Nehmt Euch in acht«, sagte Mutter Gisson, »zwar wißt Ihr noch manches, doch Ihr wißt auch schon zu wenig. Das ist eine schlechte Mischung.«

»Ich weiß mehr als die anderen«, entgegnete Marius mit einiger Selbstgefälligkeit. Es mag sein, daß dies auch auf mich gemünzt war. Denn ich hatte von allem Anfang an den Eindruck, daß es ihm nicht recht war, mich getroffen zu haben.

»Eben deshalb sollt Ihr Euch in acht nehmen, denn wenn Ihr Gold suchen wollt, so seid Ihr den anderen gleich, ja, noch ärger als sie, denn Ihr besitzet, ich sagte es, noch Wissen.«

»Doch wenn ich das Gold mit der Rute finde?« trumpfte der Marius auf.

»Auch dann«, sagte Mutter Gisson, »es gibt Possen und Spiele, die wie heiliger Ernst ausschauen und doch bleiben was sie sind, nämlich plötzlich in Schwang gewordene Nachahmung.« Ihre Stimme war unwillig geworden. »Eßt lieber und bescheidet Euch.« Und ungeachtet ihres Unwillens schnitt sie für ihn noch ein Brot ab wie für ein ungezogenes Kind, das man trotz allem betreut.

Ich aber gedachte der Sage, mit der sich die Leute dieser Gegend erzählen, daß bloß der Stollen, welcher die »Zwergengrube« heißt und dessen Eingang droben bei der Bergkapelle liegt, wirklich bis zu den Tiefen des Goldes gelangt sei, ein Stollen, der zwar mit einer mächtigen Halle beginne, sich aber von dort aus in einem Netz winziger Gänge verzweige, und daß es keinem der Großgewachsenen, die jene pygmäenhaften Erbauer vertrieben und vernichtet hatten, daß es keinem der Großgewachsenen, zu denen auch wir noch gehören, es je gelingen werde, möge er es auch auf allen Vieren oder auf dem Bauche wie eine Schlange kriechend, in diese unendlich und aberunendlich verzweigten und verkreuzten Spielzeuggänge einzufahren oder gar sie zu erhöhen oder zu erweitern, ohne im stürzenden Berg und umzüngelt vom Getier der Unterwelt eingeschlossen und erdrückt zu werden. An diesen Fluch des sterbenden Zwergkönigs mußte ich denken, und ich schauderte ob des großen Abgrundes der Zeit, in dem all die Völker, welche hier am Berge gewerkt hatten, versunken sind, ich schauderte ob des Abgrundes der Zeit, in dem das Menschenleben schwebt.

In diesem Augenblick trat Mathias durch die rückwärtige, bergseitige Tür der Küche ein. Er war offenbar über den Hof in das Haus gelangt, war bereits gesäubert, und groß, breitschultrig und hemdärmlig stand er da gleich einem Erzengel mit seinem roten Bart, ein Wächter vor der Türe, die er ausfüllte und verdeckte, musterte er den Ankömmling, denn er dachte gründlich und langsam, und Ungewohntes legt er sich mit Muße zurecht.

»Ja«, sagte seine Mutter, »das ist der Marius Ratti, und er kommt vom Miland.«

Da setzte sich der Bergmathias, der die Schwester und ihre Familie liebt, aber auch Zuneigung zu seinem Schwager hat, zu uns an den Tisch, schüttelt uns die Hände, und dem Zeremoniell der hiesigen Bauern folgend, das komplizierter, starrer und doch feinfühliger als jedes städtische ist, fragt er, wovon wir gesprochen hätten, damit unser Einvernehmen nicht seinethalben gestört werde.

Ich antwortete: »Ich meine, es liegt das Gold so tief im Berg, daß es mit der Rute nicht mehr findbar ist.«

In seiner langsamen Bergmannssprache erwiderte der Mathias: »Die Wünschelrute ist nur ein Teil des Menschen, der sie hält. Und es gibt Zeiten, in denen der Mensch das Gold fühlt, und solche, in denen er dem Kupfer nachgehen kann oder dem dumpfen Blei, und wieder solche, in denen ihm die Rute bloß das Wasser anzuzeigen vermag. Denn er findet nur, was er wirklich braucht, und wenn er sich dennoch zu anderem zwingen will, dann gibt ihm die Rute schlechten Ausschlag, und alles gerät ihm zum Unheil. Deshalb wurden einstens die Zwergenstollen verlassen, und später auch das Kupfer. Alles hat seine Zeit, und der Mensch hat sich dem zu fügen, denn es ist die Zeit des Menschen.«

Vielleicht war er damit noch nicht zu Ende und wollte bloß in seiner bedächtigen Art eine Pause machen, ehe er die logischen Lücken ausfüllte, die man, wenn man scharf achthatte, merken mußte. Aber Marius in seinem geschwinden Geist hatte sich ihrer schon bemächtigt, und er fiel rasch ein:

»Ja, das mag stimmen, wenn Ihr dem Berg mit Bohrmaschinen an den Leib rückt, wenn Ihr ihm das Innerste zu oberst kehrt, um ihn seiner Schätze zu entleeren. Wenn ich aber die Rute in der Hand halte, und sie zuckt, daß ich mit jeder Faser meines Körpers das Gold spüre, so heißt dies nur, daß die Zeit des Goldes wieder angebrochen ist.«

Mathias Gisson hatte das Kinn in die Hände gestützt, so daß der Bart zwischen seinen Fingern hervorquoll, und da er, wie so viele starke Leute, gerne lachte, schien ihm der Eifer des Marius komisch. Nicht etwa, daß er ihn spöttisch zurecht gewiesen hätte, aber er löste die eine Hand vom Kinn und schlug damit dem Marius lachend aufs Knie: »Gründe und Gegengründe gibt es viele.«

Mutter Gisson aber, den Topf vom Feuerloch wegrückend und einen andern an seine Stelle setzend, sagte: »Man kann die Rute ebenso mißbrauchen, wie man die Maschinen mißbrauchen kann, und man kann von ihr ebenso mißbraucht werden... ich kann Euch nur warnen, ob Ihr es glaubt oder nicht, liegt an Euch.«

»Nein«, rief Marius mit all der gewinnenden Höflichkeit, die ihm zu eigen war, »speist mich nicht so ab... laßt mich Euch zeigen, was ich kann, und lacht nicht über mich, Bergmathias, ehe ich Euch nicht überzeugt habe.«

Da stand Mathias auf, um gleich wieder mit einer kupfernen Drahtschlinge zurückzukommen, die er stumm dem Marius reichte. Auch ich erkannte das Instrument: bei der Erzsuche bevorzugen manche Rutengänger diese Metallschlingen.

Marius ließ sich nicht so leicht schlagen. Er war wie einer, der viel zu verteidigen hatte, wie einer, der ein Anliegen hat, größer wohl, als ich erraten konnte, und er sagte: »Dann kann es mich nicht wundern, daß Ihr nichts gefunden habt, das ist ja kaum eine Rute mehr, fast eine Maschine... Ihr müßt es mit der lebendigen Weidenrute versuchen, in der alle Zartheit des Lebens fließt,... habt Ihr das je schon versucht?«

»Ich habe es überhaupt nicht versucht... wir wissen auch ohne Rute, was der Berg will.« Und Mathias hielt die flache Hand in Kniehöhe über den Fußboden, als könnte er damit in die Erde hinunterhorchen.

Es war noch etwas heller in der freundlichen Küche geworden, denn mählich schien der Regen draußen nachzulassen. Marius schwieg, und auch wir anderen taten es. Schließlich sagte er beinahe bittend: »Ihr wißt, was der Berg will, und Ihr seid so selbstsicher und selbstgerecht, daß Ihr des Wissens eines andern nicht achtet, geschweige denn, daß Ihr es anerkennen wollt... prüft mich, nehmt mich auf bei Euch, laßt mich Euch dienen und zweifelt nicht von vornherein, ehe Ihr mich geprüft habt.«

Er hatte sich erhoben, und wie er so dastand, bloßfüßig und leicht geneigten Hauptes, glich er einem wartenden Büßer.

Mutter Gisson sah ihn voll an, und dann sagte sie ruhig und duzte ihn: »Du kannst nicht dienen, auch wenn du es wolltest... und an deinem Wissen zweifle ich nicht, es bringt uns nur keinen Nutzen.«

»Also weist Ihr mich ab«, sagte er.

»Nicht in Bösheit, aber in Sorge«, antwortete sie.

»Ja«, sagte er nur und ging zum Herde, seine Socken und Stiefel zu nehmen.

»Mathias wird dir trockene Socken geben«, sagte sie mit einem Blick auf die vor Nässe schwarzverschrumpften Stücke, »du kannst sie ja immer zurückbringen, wenn du magst.« Und sie nahm auch seinen Lodenkragen, der an dem Haken neben der Türe hing und unter dem sich eine kleine Lache gebildet hatte, streifte die daran noch haftenden Tropfen ab und meinte mütterlich: »Das hättest du auch selber besorgen können.« Mathias dagegen brachte die Socken, die von dem Marius mit höflichem Dank angenommen wurden, und es war, als würde ein verlorener Sohn, der halb noch zum Hause gehörte und doch ihm schon ferne war, wieder in die Fremde entlassen werden –, ja es tat ihnen sicherlich leid, daß sie ihn zum Essen, das nun fertig am Herde stand, nicht behalten durften, aber das konnte nach dem Geschehenen und Gesprochenen wohl nicht anders sein.

»Der Regen hat nachgelassen«, sagte ich, »es wird auch Zeit für mich... es gibt ja doch noch Patienten.«

Es war auch richtiger, Mutter und Sohn jetzt allein zu lassen.

Und so verabschiedeten wir uns beide, der Marius und ich, und traten durch die Glastüre auf die schneefleckige, schlammige Straße hinaus, die zwischen den weißlichen Mauern und den dunklen Fensterscheiben lag, grau, weißlich und schwarz unter einem undeutlich weißbezogenen Mittagshimmel wie eine Photographie. Feucht und lappig schlug uns die graue Luft entgegen, und wir gingen schweigend die Straße hinunter.

Am Dorfausgang sagte ich: »Grüß Gott, Herr Ratti.«

»Ah, Sie gehen nicht mit hinunter?«

»Nein, ich gehe heim«, und ich wies auf mein Haus, dessen rotes Ziegeldach drüben oberhalb des Kalten Steins aus dem Fichtenwald ragte.

»Dort sind zwei Häuser«, meinte er, »wohnt dort noch jemand?«

»Natürlich.«

»Wer?«

»Ach, von den Bauarbeiten her ist eine Art Verwalter übrig geblieben... er bringt sich so mit technischen Arbeiten durch, mit Motoren und ähnlichem...«

»Aha, der Radiohändler.«

»Ja, das ist er auch.«

Er zeigte sich orientiert: »Wetchy heißt er.« Sein Gesicht wurde verächtlich; die Nachbarschaft gefiel ihm nicht.

»Na, also«, sagte ich abschließend, um weiteren Fragen auszuweichen, »ich gehe jetzt links.«

»Auf Wiedersehen, Herr Doctor«, sagte er kurz und entfernte sich.

Daß ich Zeuge seiner Niederlage gewesen war, wird er mir nachtragen, dachte ich. Aber was verschlägt's. Als ich zum Waldrand kam, sah ich die erste Krokusblüte.

IV.

Es war Ostern, und in aufgelockerten Reihen zogen weiße Wolken gegen Westen und dem Kuppron zu, hinter dem sie verschwanden, um immer wieder anderen den kühlen blauen Himmelsraum freizugeben. Denn der Frühling, der jetzt gekommen war, war der richtige, sachte und haltbar, und er ähnelte durchaus nicht jenem erschreckenden Frühlingsknall der ersten Märztage, sondern sanft rieselte die Himmelsbläue über die Körper der Menschen wie ein leiser Regen, dem man gerne die Kleider öffnet.

Ich war ziemlich zeitig heruntergekommen und spazierte auf dem Feldweg, der an der nördlichen Außenseite des Dorfes entlang führt. Noch waren die Bauerngärten durchsichtig und ihre Obstbäume setzten erst zum Knospen an, aber die wacklig-grauen, unregelmäßigen Bretterzäune, mit [denen] sie hier an den etwas höhergelegenen Weg stoßen, tragen schon grüne Moosstreifen, und der grabenartige Zwischenraum zwischen ihnen und [dem] Weg ist auch schon mit grünem Unkraut und Huflattich erfüllt. In kleinen Schlücken aber trinken die bereits grünen Wiesen und Ackermulden den Himmel ein, und das gibt ein leichtes und spielendes Wehen längs der Erde hin, eine bewegte Morgendlichkeit, die man sonst nur in der Meeresfrühe kennt, wenn die See sich kräuselt. Bald werden die Wiesen voller Narzissen sein.

Wie ich dann zwischen Strüms Anwesen und dem Friedhof wieder ins Dorf einbiege, treffe ich zwischen Pfarrhof und Kirche unsern Gottesmann, den Pfarrer Rumbold. Kränklich, bleichsüchtig, geht sein schattenhaftes Dasein beinahe unsichtbar zwischen den vier Wänden seines Pfarrhofes vor sich; er nimmt mich nie in Anspruch, vielleicht weil er dem Tod nichts widersetzen will, vielleicht weil er das Honorar fürchtet, vielleicht auch, weil er weiß, daß ich keines von ihm annehmen würde. Einmal riet ich ihm, möglichst oft Leber zu essen, Sabest könne sie doch gut für ihn stets beiseite legen und sie nütze bei Blutarmut. Die schwächliche Geste, die ich als Antwort bekam, deutete an, daß er sich so kostspielige Nahrungsmittel nicht leisten könne. »Also viel Spinat, Hochwürden«, sagte ich, weil ich wußte, daß er die paar Gemüsebeete in seinem verwilderten

Garten, in dem auch seine geliebten Rosen stehen, selbst bearbeitete. Er nickte zufrieden. »Ja, ja, Spinat ist ein sehr gesundes Essen.«

Nichtsdestoweniger kommen wir gut miteinander aus, und er trägt es mir nicht nach, wenn ich ihn, kommt es zum Versehen, fast immer zu spät rufen lasse.

Ich hatte erst kürzlich gehört, daß er wieder bettlägerig gewesen war, und machte ihm den schon gewohnten Vorwurf, er möge solches doch nicht ohne meine Hilfe besorgen.

Mit dem etwas beleidigten Humor, der Zurückgesetzten manchmal eigentümlich ist, meinte er: »Sie nehmen ja auch meine Dienste reichlich wenig in Anspruch, Herr Doctor.«

»Ja, Herr Pfarrer, Sie kennen doch mein Abkommen mit unserem Herrgott... zu Ostern, Pfingsten und Weihnachten mache ich ihm meine Aufwartung... und sonst muß er sich zu mir bemühen...«

Er lächelte mit seinem etwas schiefen Gesicht, unter dem man unwillkürlich stets den dicken Shawl sucht, über den es im Winter herauszulugen pflegt: »Nicht recht, Herr Doctor, nicht recht.«

»Und aufs Kirchengehen kommt es ja nicht an... das bringt bald einer zustande, Hochwürden, ...wenn's nur sonst stimmt.«

»Ja«, sagte er bloß und seufzte. Die Scheu, die er vor seinen Bauern hat, hat er auch mir gegenüber und es dauert immer eine Weile, bis er ein wenig aus sich heraustritt. Offenbar rechnet er mich meiner Körperkräfte wegen zu den Bauern. Er reicht mir knapp bis zur Brust.

Außerdem hatten wir beide keine Lust, ein Religionsgespräch zu beginnen.

Und so sagte ich: »Jetzt wird es bald schön in Ihrem Garten werden.« Aber es fiel mir ein, daß auch sein Glaube kaum über den süßen kleinen Duftbezirk seiner Rosen hinausreiche. Gärtner sind oftmals so.

Er seufzte wiederum: »Was ich mit meinen eigenen Händen besorgen kann, das tue ich ja gerne... aber sehen Sie sich nur einmal das Kirchendach an... die Dachrinnen kaputt, und hier im Pfarrhof... ach, ich will gar nicht damit anfangen...«

»Nirgend Geld, Herr Pfarrer.«

»So weit sollte es doch langen... aber die Bauern meinen, daß sie genug leisten, wenn sie Sonntags herkommen und meine Predigt anhören...«

»Sie sehen, daß ich recht habe mit dem Kirchengehen.«

»Zweimal war ich schon beim Bürgermeister...«

»Der macht nichts ohne den Lax, und das ist ein wüster Heide.«

Lax ist der erste Gemeinderat.

Hochwürden sah mich von der Seite an, ob ich es auch ernst gemeint hätte, und dann huscht wieder ein Schatten seines schwachen Humors über den schiefen Mund: »Heide? ich schätze, Heiden sind sie allesamt... auch wenn sie sich bekreuzigen, ist's heidnisch.«

»Der Mensch ist ein widerspenstiges Vieh, Herr Pfarrer.«

»Natürlich...« Ein insektenhaftes Lachen kam aus der schmächtigen Brust, »...widerspenstig... und da nützt keine Predigt... wenn ich sie Heiden nenne, so hören sie sich's an, und wenn sie dann ins Wirtshaus gehen, so brüsten sie sich vielleicht noch damit.«

»Na, so arg wird's wohl nicht sein.«

Er schaute mich von unten an: »Wir sind alle Menschen ... widerspenstige Menschen...«

»Ich bin der letzte, der daran zweifelt.«

»Und da weiß wohl ein jeder von uns, wie wenig fehlt, daß der Mensch zurückfalle... unter das Tier falle; niemandem ist es leicht gemacht, Ebenbild Gottes zu bleiben.«

Da wären wir doch nahezu in einem Gottesgespräch gelandet, denn in meinem banalen Sinn wollte ich den Tieren und gar den Blumen den Vorzug in der göttlichen Bildhaftigkeit geben.

»Ja, die Blumen«, sagte der Gottesmann und war von einem schwachen innern Licht verklärt.

Doch nun hatten die Glocken über uns ihr Osterläuten unterbrochen; die Glöcknerbuben, deren fröhliches Werk man durch die geöffnete Turmtür hatte sehen können, ließen nach einem letzten Bam die Stricke los und kamen heraus, wie Virtuosen aus dem Saal, umstanden von ein paar neidischen Kameraden. Und der Pfarrer mußte in die Sakristei. Die eifrigsten Betschwestern waren schon längst eingetroffen, waren zwischen den Kreuzen des Kirchhofs auf- und abgetrippelt, den alten Namen nach, vor denen sie jung sind und denen sie zunicken, und nun begann die Kirche sich zu füllen.

Oh, über dem Orgelspiel, das den Wind der Wolken, den Wind der Berge, den Wind der Erde und ihre gekräuselten Wellen zusammenfaßt, daß all die wehende Vielfalt der Welt, gelenkt von der Einfalt eines Schulmeisters, Platz finde in der Zeit und in dem Raum einer kleinen Dorfkirche, damit auch der weitverwehte Glaube hier untergebracht werde, handfester und habhaft werde unter dem schadhaften Dach, das auf den noch gotischen Mauern ruht. Und ungläubig wie der Wind, der immer dahinstreichend zielsuchende, ungläubig wie der Glaube, ist die Gemeinde herabgestiegen von den Höhen, sich zusammenzufinden in dem gefangenen Orgelklang und in dem geformten, habhaft gewordenen Wort, das sie nun in vielerlei Betstellungen betet: da ist der geizige Krimuß mit dem gelben Doggengesicht, von dem man erwartet, es müsse jeden Augenblick schräg die Zunge heraushängen lassen, und er blickt aufwärts gegen das Gebälk, da ist der reiche Robert Lax, der eigentliche Beherrscher der Gemeinde, der sich zwei Jagden leisten könnte und doch noch bis vor kurzem gewildert hat, und er schaut mit seinen starken schwarzen Augen auf die vor seinem muskulösen Bauch gefalteten Hände, da ist der Bürgermeister Wolters, kurzgeschoren, weißhaarig, eher einem Bäckermeister denn einem Landwirt gleichend, und mit murmelndem Mund und deutendem Finger liest er aufmerksam in seinem Gebetbuch, da ist die Familie Miland, und die Bäuerin im großmaschigen schwarztaftenen Kopftuch hat die Augen geschlossen und schaut nach innen, und es ist der Bartolomeus Johanni da, der den leeren schweren Blick seiner Ochsen angenommen hat und ihn leer und schwer auf die heilige Handlung geheftet hält, aber auch der lustige seemannsbärtige Thomas Suck, dessen Frau krank im Bette liegt, sowie die übrigen Leute vom Oberdorf sind da, unter ihnen der Bergmathias, sie alle möglichst nach Würde und Ansehen in den Betstühlen verteilt, die in Messing oder Porzellan ihre Namen tragen, Vorboten des Friedhofes. Vorne aber, auf dem teppichbelegten Altar, neigt sich der Gärtner vor dem Bilde der Mutter, die in den windbewegten Falten ihres sternenblauen Mantels das barockhaft strampelnde Jesuskind hält. Die übrigen Kinder jedoch sind auf der Empore versammelt, eine sich puffende, streitbar andächtige Engelshorde, angefunkelt von den Brillengläsern des musizierenden Lehrers, der, wenn er hier oben sitzt, regens chori heißt.

Unweit von mir, an einem der beiden, die Empore tragenden Steinpfeiler lehnt in lässiger Haltung der Marius und starrt mit grober Absichtlichkeit auf ein Bergwerksunglück, das auf einem der Wandbilder abgemalt ist. Es ist etwas zu viel Rebellion in seiner Haltung, denn daß er sich als Angehöriger des Milandschen Hauses dem Kirchgangbrauch gefügt hat, ist schließlich keine so überaus große Vergewaltigung. Nach einer Weile bemerkt er, daß ich ihn beobachte und schaut mit einem spöttisch-höflichen Gruß in den Augen zu mir herüber, und dann ist er plötzlich verschwunden. Auch nachher, als ich durch die Gruppen der Bauern gehe, die am Ausgang der Kirchengasse in der Hauptstraße Aufstellung genommen hatten und hier in streng hieratischer Ordnung stehen, die Gruppen der Altbauern, der Jungbauern, der Oberdörfler, der Burschen, der Häusler und Knechte, genau so wie sie vor hunderten Jahren hier gestanden hatten, selber dieses Vorganges unbewußt und wahrscheinlich bloß fühlend, daß das kirchliche Geschehen, das verständig und trotzdem unverständlich sich an ihnen vollzogen hat, nicht ohneweiters von Alltag und Wirtshaus abgelöst werden darf, während ich also durch die sich bildenden und wieder auflösenden Gruppen schreite, gegrüßt von den meisten und wiedergrüßend, und die Weiber bereits mit wehenden Kitteln enteilen, das Mittagessen zu bereiten, kann ich den Marius nirgends entdecken, und ich wundere mich nicht darob: denn welcher Gruppe gehört der Wanderer an? Keiner. Und keine vermißt ihn. Sie stehen hier unter dem Frühlingshimmel, auf dem der Frühlingswind und die Frühlingswolken dahinziehen, ihre schwarzen Anzüge heben sich scharf von den weißbesonnten Mauern ab, in jedem Anzug steckt ein nackter Mann, in jedem Mann eine nackte Seele, die kaum weiß, daß sie ein wenig geruht hat und doch noch harrt, ehe sie wieder zu Wind und Wolke wird. Allein der, der nicht unter ihnen ist und den sie nicht vermissen, ist immer Wind, ungestillt sein Ziehen.

An den hohen Festsonntagen kommen nur wenige Leute zur Ordination, sie sparen sich's für den darauffolgenden Feiertag auf. Ich habe also Zeit, das Wirtshaus zu besuchen. Auch dies gehört zum Brauch.

Wie ich eintrete, hat Suck wieder einmal das Wort. Er spielt hier die Rolle einer Art orientalischen Märchenerzählers, er hat sie sich selbst zurechtgelegt, sei es, weil es ihm Spaß macht, die anderen anzuführen, sei es, weil er am bloßen Erzählen seine Freude hat:

»Ja, weil ihr von den Welschen sprecht... was wißt ihr von den Welschen...«

»Oho«, rief einer der jüngern Bauern.

»Ja, du meinst, du wüßtest was von ihnen, weil du im Krieg dort gewesen bist... aber was warst du denn? ein Artillerist warst du, von der Ferne hast du auf die Welschen geschossen, und was ist schon ein Krieg ohne Pferde? ein Dreckkrieg ist so etwas... aber mein Vater war ein Reitersoldat, ein Kavallerist, und der hat bei Novarra noch richtig Krieg geführt...«

Er strich seinen runden Seemannsbart und machte als geübter Erzähler eine Pause. »Guten Tag, Herr Doctor«, sagte er, um sie auszufüllen, und ich antwortete »Grüß Gott, Suck«, während ich meiner Würde gemäß an dem runden Tisch, an dem schon der Bürgermeister, der schwarze Lax, der doggengesichtige Krimuß und der ziegenbärtige Selbander saßen, Platz nahm und Sabest mir mein Bier zu dem weißen Zündstein hinstellt. Nach diesem Zwischenspiel fuhr Suck fort:

»Ja, mein Vater war ein Reitersoldat, und den Bart hat er so getragen, wie ich ihn heute noch trage, ihm zur Ehre und zum Angedenken, und sein Haar war damals noch jung und dunkel. Ja, so ritt er mitsamt seinen Reiterkameraden die Straßen hinunter in die Ebene, welche Italien heißt. Und sie ritten immer mehr in die italienische Hitze hinein. Das ist eine Hitze, von der ihr keine Ahnung habt, ein goldener Backofen ist die Welt, und der rote Himmel ist darüber...«

Wieder eine Kunstpause.

»Ihr glaubt mir etwa nicht? Ihr meint, daß jeder von euch die Hitze kennt, weil er bei der Ernte den bittern Schweiß geschmeckt hat, der einem über den Mund rinnt? Ihr meint, daß es die Sonne bei uns ebenso gut vermag? Einen Dreck vermag sie. Denn was ist die Sonne ohne die Hilfe des Meeres! Bei uns könnt ihr das Meer manchmal spüren, wenn ihr ganz hoch auf einen Berg steigt, und deshalb zieht es euch manchmal hinauf zu den Gemsen...«

»Kusch, Suck«, sagte Lax.

»...doch dort, dort ist das Meer, immerzu spürt man das Meer, auch wenn man es nicht sieht, und sein Salz steigt in die Sonne, es wandert mit ihr und steigt mit ihrer Hitze wieder herunter und wird zum Schweiß der Tiere und Menschen, aber auch zum weißen Grün der Oliven und zur schwarzen Süßigkeit der Trauben. Habt ihr schon Oliven gesehen? nein, ihr habt sie nicht gesehen, ihr kennt ja nicht einmal Weinstöcke...«

»Und wie ist das?«, ließ Krimuß sich vernehmen, »Ihr im Oberdorf habt jetzt auch Weinstöcke?«

»Nein«, erwiderte Suck, »aber wir haben manches andere, und du Krimuß rede mir nicht drein, wenn ich von meinem Vater erzähle und von den Welschen. Mein Vater also, der hat dies alles gekannt, zwischen Oliven und Weingärten sind er und seine Kameraden geritten, sie schmeckten das Salz des Meeres auf ihren Lippen und sie freuten sich auf die italienischen Mädchen.«

»Jetzt wird's interessant«, sagte Lax neben mir.

»Natürlich«, sagte Suck, »paß nur gut weiter auf, Lax, das ist auch interessant. Du hättest dich auch gefreut, wenn du in der Hitze so dahergeritten und weit und breit niemandem begegnet wärest. Nicht einer Seele. Von Zeit zu Zeit fragten sie ›Wo ist der Feind?‹, aber sie trafen auf keinen Feind. Die Dörfer, die dort nicht wie die unseren sind, sondern wie kleine Städte, und manchmal waren es auch Städte, die waren ausgestorben, die Leute waren vor meinem Vater und den Reitern geflüchtet oder sie hielten sich in den Stuben versteckt, und wenn die Reiter für sich und ihre Tiere Wasser brauchten, so mußten sie in die Höfe der Häuser eindringen, indem sie mit ihren langen Lanzen die Türen aufbrachen. Doch in einem Haus, da trafen sie auf einen Mann, der wies sie zum Brunnen und er half ihnen sogar beim Tränken der Pferde. Doch wie sie damit fertig waren, da riß er seine Jacke und sein Hemd auf und schrie ›Evviva Garibaldi‹, auf diesen Ruf aber stand der Tod, und er wollte also, daß ihm die Soldaten mit ihren Lanzen die Brust durchbohrten. Da mußte mein Vater, der damals noch nicht mein Vater gewesen war, da mußte er lachen, und er kitzelte mit der Lanzenspitze den Mann auf der nackten Brust. Daraufhin sind sie davongeritten. So sind die Welschen. Und das wollte ich euch von den Welschen erzählen.«

Kreiste die Geschichte nicht um den Marius Ratti? vorerst schwiegen sie alle. Nur der Wirt mit der groben Begriffsstutzigkeit des Handelsmannes lachte, und als die ganze Gesellschaft auf ihn schaute, meinte er: »Er wird schon wen andern an der Brust gekitzelt haben... was, Herr Suck? und das war auch eine recht kurze Lanze? he? eine recht kurze Lanze...« Und mit den Fingern deutete er die Länge eines Zeugungsgliedes an.

Selbstverständlich gab es allgemeines Gelächter. Nichts kann so unsinnig oder so ordinär sein, daß es vom Menschen nicht gerne entgegen genommen würde, wenn in ihm unerfaßliche und komplizierte Dinge berührt werden und es gilt, das Unbehagen und die Angst vor ihnen zu überdecken. Und Lax, in dessen Nähe die Kellnerin gerade zu tun hatte, deutete mit ausgestrecktem Zeigefinger auf ihre Brüste.

Bloß der Bergmathias, der am zweiten Längstisch saß, brummte: »Ihr seid eine Saubande.«

Aber Suck, der überall dabei war, wo gelacht wurde und dem es vielleicht auch wohltat, seine kranke Frau ein wenig zu vergessen, schmunzelte, und als der Lärm verebbt war, sagte er: »Ich bin der letzte, der es leugnen wird, daß ich einen Bruder da drunten haben könnte, es gibt viele Kinder im Feindesland...«

Einer, der mit Suck am ersten Tisch saß, rief: »Noch ein zweiter Suck, das wäre zu viel.«

»Brauchst keine Angst zu haben«, rief Suck zurück, »der hätte ja nicht mein Mundwerk, der spräche ja italienisch... aber möglich wäre es schon, daß er käme. Warum denn nicht? alle Kriegskinder sind ruhelos, sie wandern und suchen den Bruder. Ja, und jeden Augenblick kann er kommen, auch so ein alter Kerl, wie ich es bin, mit so einem Bart...«

Alle schauten auf die Türe, und dann ging das Gelächter von neuem los.

»Meinst du das im Ernst?« fragte Miland und schien über die Kriegskindertheorie nachzusinnen.

»Das wär' noch schöner, wenn jeder Landstreicher ein wanderndes Kriegskind wäre«, sagte der Bürgermeister, »man hat ohnehin genug Scherereien mit diesen Leuten.«

»Brandlegen tun sie«, bemerkte der Ziegenbärtige neben mir.

»Wenn sie nicht stehlen, nähme ich das Brandlegen schon hin«, sagte Lax und lachte dröhnend.

Suck hatte ihn verstanden: »Ganz schön, wenn manchmal so ein Stadl brennt... was drin ist, weiß bloß der Bauer...«

»So etwas redet man nicht«, verwies der Bürgermeister.

»Der Wetchy ist ja nicht da«, sagte Lax und trank sein Bier aus, »Sabest, noch eins.«

Wetchy ist auch Versicherungsagent.

Der Ziegenbärtige ließ nicht locker: »Wer aus dem Feuer kommt, muß Feuer legen.«

Und Bartolomeus Johanni, der wenig Gedanken in sich trägt, sagte: »Alle Zigeuner verhexen das Vieh.«

Es mag sein, daß bei dem heißer gewordenen Vormittag der rasche Trunk manchem zu Kopf gestiegen war, sicherlich dem Ludwig Krimuß, der erhob sich jetzt von seinem Platz und sprach mit seinem gelben Doggenmund: »Wer wandert, der läuft vor dem Tod davon.«

Und der Knecht Andreas am zweiten Längstisch, dem Knechttisch sitzend, nickte: »Und er zieht ihn hinter sich drein.« Hierauf saugte er wieder an seiner Pfeife.

Miland sagte ruhig: »Der Tod hockt überall, wo immer du willst, auf dem Dach, im Garten... den muß nicht erst ein Fremder herbringen.«

Aber Krimuß, der sich nicht wieder gesetzt hatte und in der Art der Betrunkenen schräg über dem Tisch gebeugt war, so daß die Uhrkette mit den Amuletten, Talern und silbernen Halbmonden über der Platte baumelte, schrie mit seiner schleppenden Stimme: »Wenn er auch bei uns hockt, so ist er unser Tod und unser Freund... aber einen fremden Tod brauchen wir nicht.«

Ich fand es an der Zeit, auch etwas zu sagen: »Ich meine halt, wenn einer von euch den Tod wo hocken sieht, sollt' er den Doctor rufen.«

»Damit es rascher geht... gelt, Herr Doctor?« rief Suck in das ausbrechende Gelächter hinein, so daß sie nun über mich lachten.

Der kleine rundliche Häusler Strüm, der neben dem Suck saß, wunderte sich: »Weiß der Himmel, ich habe den Tod noch nirgends hocken gesehen.«

»Recht so, Strüm«, sagte ich, »wir sehen bloß das Leben, und mir ist es auch lieber, wenn ich zum Kinderkriegen statt zum Sterben gerufen werde.«

Und der Berg-Mathias lacht und sagt: »Und doch ist's das nämliche.«

»Schweig, Bergmathias«, sagte Krimuß mit der heiseren Eindringlichkeit des Betrunkenen, »der Tod droben am Berg, der ist auch ein fremder Tod... und den werden wir schon noch kleinkriegen... und wenn er kommt, erwürg' ich ihn und schmeiß' seine Fetzen hinaus.«

Es entstand eine kleine Pause, und wieder blickten alle auf die Türe. Ich spürte, daß etwas vorging. Sogar Pluto, der sich doch schon damit abgefunden hatte, daß sein Herr ein Wirtsgeschäft betrieb und doch selber auch seinen Nutzen davon bezog, auch er erhob sich auf seine vier weichen Riesenpfoten und schaute mit trauriger Erwartung hin. Und tatsächlich, es öffnete sich die Türe und niemand anderer als Marius trat ein.

»Grüß Gott«, sagte er einfach, und da alle Plätze besetzt waren, stellte er sich zum Schanktisch. Dort stand er ruhig und schaute ein wenig spöttisch auf die Tafelrunden.

»Ein Bier?« fragte Sabest mißtrauisch, denn er weiß, daß Marius kein Geld hat.

Aber Miland sagt, und er deutet dabei auch auf den Andreas: »Das Bier für meine Leute zahle ich.«

»Danke, Bauer«, sagte Marius und trank ein wenig von dem Bier, das Sabest ihm hingestellt hatte.

Krimuß, immer noch stehend, fragte feindselig lauernd: »Warum bist denn hergekommen?«

Marius Ratti nickte ihm zu: »Weil Ihr über mich gesprochen habt.«

»So was«, schrie Lax, »glaubst du, daß wir über nichts anderes zu reden haben!«

»Nein«, sagte Marius.

Das war seine Überheblichkeit. Suck, der sie noch nicht kannte, mußte darüber lachen. Einige stimmten ein.

»Sabest, schmeiß ihn raus«, brüllte jetzt der betrunkene Krimuß, »oder ich erwürg' ihn.«

»Halt«, Lax packte Krimuß am Arm und zog ihn auf den Sitz zurück, »setz dich Krimuß... das gibt einen Spaß.«

»Bist du ein Welscher oder bist du's nicht?« fragte die nackte Stimme des Ziegenbärtigen neben mir.

»Wenn Sie mich meinen, so bin ich kein Welscher.« Das war scharf, furchtlos und bestimmt hervorgestoßen worden, unterstrichen durch das hier ungewohnte und eigentlich unangebrachte Sie.

»Ratti ist aber im Grund ein welscher Name«, warf der Bürgermeister bescheiden ein, um die Gegensätze auszugleichen.

»Ja, was ist dabei?«

»Du sollst ja Gold finden können«, setzte nun Lax an.

»Gewiß, das kann ich«, antwortete Marius merkwürdig ruhig und entgegenkommend.

»Goldmachen?«, der schwere Johanni war wieder bei seinem Gedanken, »...wenn du Gold machen kannst, dann tust wohl auch Vieh behexen?«

Suck rief ihm zu: »Laß dein Vieh nur behexen... an einem Kalb mit drei Köpfen kannst du reich werden... der Sabest zahlt dir ja ohnehin nichts für die Kälber...«

»Ich kann Gold finden, aber nicht Gold machen.«

»Draus wird nichts werden«, ertönte die feste Stimme des Bergmathias.

Kopfschüttelnd beharrte Johanni: »Goldmachen, Goldfinden, das ist eins.«

In der Wirtsstube wurde es drückend heiß. Der Tabakqualm hing in einer breiten Schicht mitthoch in der Luft, das Bier und die schwitzenden Leiber rochen sauer. Ich zog kurzerhand meinen Rock aus.

»Der Herr Doctor will schon raufen«, schrie eine Stimme aus der Masse.

Es gab neuerlich ein ziemliches Gegröle. Aber keiner tat es mir nach. Sie behielten ihre Jacken an.

»Warum soll mit dem Gold nichts werden?« schreit Lax, »wenn er es findet, soll er es nur finden...«

»Nein«, sagt Ventlin aus dem Oberdorf, »der Berg gibt das Gold nicht her.«

Ein paar der jüngeren Leute haben sich interessiert zu Marius gestellt:

»Was willst du? Gold finden... oben im Berg?«

Sie schauen einander an und lachen blöd drauf los.

»So ein Narr... so ein verfluchter Narr.«

»Den Tod will er aus dem Berg herauslassen, den goldenen Tod«, bleckt Krimuß, »Sabest, schmeiß' ihn hinaus.«

»Bitte«, sagte Marius und bietet sozusagen seine Brust dar.

Die Burschen zeigen gute Lust, der Aufforderung des Krimuß nachzukommen, schon des Spaßes halber.

Da legt sich Mathias Gisson ins Mittel. Er schiebt die Burschen beiseite und stellt sich in seiner ganzen Breite neben Marius auf. »Was wollt ihr eigentlich?« fragt er in aller Freundlichkeit.

Aber nicht minder merkwürdig ist das Verhalten des ziegenbärtigen Selbanders neben mir. Jetzt ist er aufgestanden und gleichsam als Antwort auf die Frage Gissons sagt er entgeistert: »Gold.«

In Krimuß dagegen ist eine Veränderung vor sich gegangen: »Wer das Gold hat, der hat auch den Tod... er soll es nur herbringen das Gold, dann erwürgen wir ihn...« und er wandte sich an mich, »herbringen soll er ihn, damit wir ihn erwürgen.«

»Her mit dem Gold«, schreit einer am ersten Tisch.

Miland erhebt sich nun gleichfalls: »Der Marius ist mein Knecht, und ich habe ihn nicht zum Goldsuchen aufgenommen... also laßt ihn in Ruhe.«

Lax, dem das Ganze einen Höllenspaß bereitet, schreit: »Du, Miland, bist der gleiche Narr wie dein Knecht... laß ihn lieber goldsuchen... arbeiten tut er sowieso nicht.«

»Das ist meine Sache.«

Marius sagt ruhig: »Wie der Bauer befiehlt... ich hätte das Gold ohnehin nicht für mich gesucht...«

Selbander gestikuliert mit den Händen: »Der Gemeinde gehört es... der Gemeinde... da hat der Miland nichts mehr dreinzureden...«

Ventlin fährt auf: »Der Berg gehört zum Oberdorf... und er darf nicht angerührt werden... wir dulden's nicht...«

Krimuß, der mit bösem Hundeblick alles verfolgt, zupft mich am Ärmel: »Die Oberdörfler geben ihn nicht frei, den Tod... die Oberdörfler sind gescheit... aber nützen wird's ihnen nichts.«

Selbander mit seinem Ziegenbart gleicht einem gierigen Advokaten: »Die Schurfrechte gehören der ganzen Gemeinde...«

Miland meint: »Die Gemeinde kann darauf verzichten, droben gibt's schon eine unnütze Seilbahn.«

Und Lax, sei es um aufzumischen, sei es, weil ihn das Gold wirklich lockte, entgegnete: »Ah, nein, das gibt's nicht... wir wollen unser Gold haben.«

Der Bürgermeister wollte beschwichtigen. »Wer weiß, ob es das Gold wirklich gibt.«

»Er hat's versprochen«, stellt Selbander wütend fest. Einer ruft: »Der Miland hält zu den Oberdörflern.«

Marius steht in der Mitte des Streites. Er gehört zu keiner der beiden Parteien und lächelt. Aber von beiden Parteien fliegen ihm böse Blicke zu.
Johanni wiederholt: »Zigeuner, die das Vieh verhexen, gehören raus.«
»Bravo, Johanni«, schreit Lax entzückt.
Es war ziemlich klar, was jetzt geschehen mußte. Sabest begann auch schon die Biergläser abzuräumen. Und Strüm, der ein friedfertiger Mann war, machte sich zum Weggehen bereit. Bei den Burschen wurde es erwartungsvoll.
Der Ziegenbärtige ließ sich vernehmen: »Die reichste Gemeinde... die reichste im ganzen Land...«
Wenn ich nicht mein Verbandzeug herunterholen wollte, mußte ich eingreifen. Ich zog meinen Rock an: »Leute, ich gehe... es ist schon Mittagszeit...«, und um den Hauptketzer draußen zu haben, »...na Lax, wie wäre es...?«
»Jetzt gerade, wo es schön wird, Herr Doctor?« Aber er war nachdenklich geworden, sein tüchtiger harter Schädel hatte irgendwie zu arbeiten begonnen, er stand auf und sagte: »Es wäre schad' drum... man muß sich die Sach' überlegen.«
Krimuß murrte wie eine böse Dogge. Bei den Burschen herrschte Enttäuschung. Es war nicht ausgeschlossen, daß nicht noch einer im letzten Augenblick den Marius anspringen werde. Und Marius war nicht der Mensch, [der] das Feld freiwillig räumen würde. Man mußte ihm eine ehrenvolle Rückzugsgelegenheit geben.
»Kommen Sie, Ratti«, sagte ich laut, »begleiten Sie mich.«
»Es ist nicht alles Gold, was glänzt«, verkündete Suck, »zahlen Sabest.«
Marius konnte es mir nicht abschlagen. Mit einem leichten Gruß der Hand verabschiedete er sich und folgte mir.
»Na?« sagte ich, als wir draußen waren.
»Danke, Herr Doctor«, erwiderte er, »aber ich wäre mit denen schon fertig geworden.« Und beschwingt latschte er davon.
Drinnen herrschte jetzt Lärm. Aber dem Bürgermeister gelang es doch, ihn zu übertönen: »Leute, erst zahlen, einer nach dem andern.«
Nun kam Lax heraus; als er den sich entfernenden Marius sah, sagte er: »Trotzdem wird er das Gold suchen.«
»Dazu wollten Sie ihn vorher erschlagen lassen?«

»Sie hätten ihn schon wieder auf die Beine gebracht.«

»Ich danke Ihnen recht schön, Herr Lax.«

Er lachte mit den weißen Zähnen unter seinem buschigen schwarzen Schnurrbart: »Nichts für ungut, Herr Doctor.«

Es war mittaglich warm geworden. Der Zug der Wolken droben hatte sich verlangsamt, und wenn eine mit versilberten Rändern vor der Sonne halt machte, dann gab es eine milchige Stille in der Welt, wie sie nur der Frühlingsmittag kennt. Die Karolin wartete oben mit dem österlichen Essen; ich machte mich auf den Heimweg.

Beim Dorfausgang holte mich Suck ein.

»So ein schlauer Bursche«, sagte er.

»Der Marius? ja. Aber was will er eigentlich?«

Suck machte ein listiges Gesicht: »Die einfangen«, und er wies mit dem Daumen auf das Dorf zurück, »und er wird sie einfangen.«

Ich drehte mich um. Wir waren bei der ersten der drei Kapellen angelangt, die den Weg ins Oberdorf unterteilen. Von hier aus übersieht man schon das ganze Unterdorf: es lag inmitten seiner Obstgärten, über die der Schleier des ersten Grüns gebreitet war, und der mittägliche Rauch seiner Schornsteine stieg dünn und gerade empor. Auf der Straße hinter uns kamen uns einzel- und paarweise die Oberdörfler in ihren dunklen Anzügen nach, und sie alle dachten an das Mittagessen, das sie oben erwartete und das sie in ihre nackten Körper einführen würden.

V.

An einem Nachmittag, um die Maimitte herum, wollte die Ordination kein Ende nehmen. Eine Reihe von Patienten, darunter ein paar alte Weiblein, die die Menge ihrer Leiden unablässig in meine Hände schöpfen und immer wieder von vorne anfangen wollten, wenn sie endlich damit fertig waren, ein paar zahnärztliche Behandlungen von [der] Art, wie sie jeder Landarzt zuwege bringen muß, und dann hatte ich noch die Medizinen vorzubereiten. Denn nicht nur, daß Markenmedikamente zu teuer wären, es würde auch in den Augen der Bauern ein Arzt, der seine Medizinen nicht selber braut, nicht als richtiger Arzt gelten. So koche ich denn meine Tränklein auf dem Spiritusbrenner, mische meine Pulver, reibe die Salben auf der Glasplatte und lasse inzwischen die dentistischen Instrumente im elektrischen Kocher sieden. Meine Hände sind die Arbeit gewöhnt, sie irren sich nicht mehr, beinahe könnte ich ihnen zusehen, ich könnte, wenn es mir behagte, auch an etwas anderes denken, z. B. an den Marius, aber heute kann ich das nicht, denn seit einer Stunde quiekt das Schwein, das Sabest abgestochen hat, seinem verrinnenden Blut nach und erfüllt meine Ohren mit dem Leid der Kreatur. Wie ich schließlich meine Flaschen, Schachteln und Tiegel etikettiere, höre ich sein letztes, bereits zum Schweinsbraten hinüberführendes Röcheln. Auch an solche Dinge muß der Landarzt gewöhnt sein, und nicht nur der Arzt, sondern jeder, der hinterher die Würste ißt, und nicht nur der Wurstesser, sondern jeder, der Krieg und Mord und Blut erträgt, und das tun wir alle, aber trotzdem war ich froh, als der Tod die Luft nicht mehr mit seinem Schreien erfüllte. Ich trug meine Ware zu Frau Sabest in die Küche hinunter, damit sie dieselbe der Gepflogenheit gemäß aufhebe und den Abholenden ausfolge.

Frau Sabest nimmt die Medikamente und seufzt.

»Das arme Schwein«, sage ich.

»Nicht das Schwein«, sagt sie und seufzt wieder recht von innen heraus.

Sie seufzt mir zu vernehmlich; ich glaube nicht ganz daran. Oder es ist nur eine Höflichkeitseinleitung.

»Also wo fehlt's, Frau Wirtin?«

Sie wirft einen Blick auf das Mädchen, das beim Kartoffelschälen beim Fenster sitzt, und wir gehen in die Gaststube hinaus.

»Herr Doctor«, hebt sie an, »der Peter...«

»Den habe ich die längste Zeit nicht gesehen.«

Sie sieht sich scheu in der leeren Stube um, und flüstert mir zu: »Oh, Herr Doctor, das ist es ja eben, nicht einmal wir, seine leiblichen Eltern bekommen ihn zu Gesicht... immerzu steckt er bei [dem] Menschen... bei jenem Marius, den der Miland aufgenommen hat... Sie kennen ihn doch?...«

»Natürlich kenne ich ihn.«

»Und glauben Sie mir, Herr Doctor, der Mensch hat ihn behext.«

»Warum nicht gar, Frau Sabest.«

»Oh, lachen Sie nicht, Herr Doctor, es tut mir weh... ich will auch davon schweigen, daß der Peter, taucht er einmal auf, mit närrischen Ideen nach Hause kommt, so zum Beispiel«, und sie weist zu dem Radioapparat hinauf, »daß er das Radio abschaffen will...«

»Den Unsinn kenne ich schon, Frau Sabest, darauf brauchen Sie nichts zu geben... und wenn es nach mir ginge, würde ich auch manchmal das Radio zum Teufel wünschen...«

»Gut«, fährt sie fort, »ich will ja nicht vom Radio sprechen, obwohl ich nicht annehmen kann, daß Sie ihm da recht gäben...«

»Nein, Frau Sabest, ich gebe ihm nicht recht, denn Sie brauchen ja den Apparat für Ihre Gäste.« Aber im geheimen imponiert mir die Energie, mit der der Marius seine Ideen durchsetzen will.

»Ach«, fährt sie fort, »nicht nur für die Gäste, denn früher saß er bei mir und gemeinsam hörten wir zu...«

»Kinder werden älter, Frau Sabest, und so viel ich weiß, ist er Ihnen auch ohne den Marius schon vielfach entwischt.«

Sie trocknete eine Träne: »Ja, Herr Doctor, Sie meinen die Strüm Agathe, und Sie wissen wohl auch, daß ich manches gegen eine einfache Häuslertochter einzuwenden hatte... aber heute, da er es ihm verboten hat...«

»Aber, aber, da gibt es doch kein Verbieten, dafür wollen wir schon die Agathe sorgen lassen... wer weiß denn überhaupt etwas vom Verbieten...«

»Das ganze Dorf, Herr Doctor, vergessen Sie nicht, daß ich im Laden stehe und vieles höre, und schließlich auch die Schande, die mich selber betrifft... ach, die Selbanderin, die Frau Lax, die... nun, ich will keine Namen nennen... sie alle tragen's mir zu, daß der Peter von dem Mann, von dem hergelaufenen Lumpen behext, ja, vielleicht zu noch Ärgerem und Schweinischerem verführt worden sei... oh, Herr Doctor, lachen Sie nicht, das ganze Dorf ist ja schon voller Gelächter. Und zu wem soll ich denn kommen mit meinen Sorgen, wenn nicht zu Ihnen?«

»Hm.« Ich muß an die Chauffeure denken und an ihren Zorn gegen den Marius denken, den sie ein Schwein nannten, weil er ihnen Keuschheit predigte.

»Sie lachen nicht, Herr Doctor?«

Nein, ich lachte nicht. Hinter dieser rüstigen und wissenden Frau, die mit dem Leben und auch mit seinen Genüssen gut auszukommen scheint, stand nun ein kleines Mädchen, das von nichts weiß und sich jetzt vermutlich wunderte, ein anderes Menschentier zur Welt gebracht zu haben. Oh, die wirklichen Gewalten des Lebens hält sich der Mensch so lange als nur irgend möglich vom Leibe, und so lange es angeht, tut er alles, um sich über sie hinwegzutäuschen. Ich kenne das.

»Was sagt denn Ihr Mann dazu, Frau Sabest?«

»Er gehört zu jenen, welche lachen... ich glaube sogar, daß er dem Lumpen wohlwill... er sagt, jedes Tier weiß, mit was es sich paart... aber vielleicht schneidet er dem Lumpen doch die Gurgel durch, wenn ich es von ihm verlange...«

Wenn sie es im Bett von ihm verlangt, so tut er es vielleicht, hierzu halte ich den Sabest für fähig. Aber den Rat gebe ich ihr nicht. Wahrscheinlich weiß sie es ohnehin.

»Ich will der Sache nachgehen, schöne Frau Wirtin, vorausgesetzt, daß Sie sich nicht kränken... dazu sehe ich vorderhand keinen Anlaß.«

Jetzt lächelt sie. Ich tätschle ihr ein wenig die volle Wange und begleite sie noch, die Toreinfahrt überquerend, zum Laden hinüber, um meine Tabakration zu erstehen. In dem kleinen Laden riecht es nach allerlei, vor allem aber nach Blaudruck und sonstigen Kattunerzeugnissen, deren Ballen etwas schräg – damit man gleich die Muster sehe – in den Fächern liegen. Es gibt hier alles, was die Bäuerin braucht; der Laden ist eine

Goldgrube, obwohl ihn Sabest als nebensächliches Anhängsel behandelt. Aber das tut er bloß nach außen hin.

»Ja«, sagt sie noch, »und auch den Laden macht er schlecht, Kramladen schmäht er ihn, uns aber als Krämer.«

»Schluß damit«, sage ich, »Sie haben mir versprochen, sich jetzt nicht weiter zu kränken.«

Sie nickt mir vertrauensvoll zu, und ich verlasse den Laden durch die aufklingelnde Türe.

Die Straße, nachmittäglich frühlingshaft, war weiß und staubig, aber der Staub hatte noch nicht die beißende Schärfe des Sommers; es gab noch viel Feuchtes und Duftschwangeres in der Luft, und inmitten dieser älplerischen Dorfstraße mußte ich an Meeresküsten und grüngewellte Frühlingsdünen denken. Einen Augenblick lang überkam mich Wandersehnsucht, Sehnsucht, noch einmal jung sein zu dürfen und zu wandern, dem Marius gleich von Ort zu Ort ziehend, meinetwegen selber ein Narr wie dieser Marius, ein lächerlicher Weltverbesserer, dennoch ein Wanderer. Ja, das war meine plötzliche Sehnsucht, und für den Augenblick, den sie währte, war sie mir wichtiger als die Klagen der blonden Wirtin, und ich verstand den Peter trotz meines bessern Wissens um das Narrentum des Marius und all dieser fahrenden Gesellen, die in ihrer Verwirrtheit und sonderlingshaften Unstetheit nichts anderes sind als Vorversuche der Natur, ihre unzähligen Fehlversuche, ehe ihr die Erzeugung eines wirklichen Genies glückt, dies alles wollte ich in meiner Sehnsucht nicht wissen, denn ich fühlte, wie die Welt selber in frühlingsmäßige Bewegung geraten war. Es beglückte mich, daß die Kuppronwand schneefrei ins Dorf herein grüßte, freundlich mir, freundlich dem Marius, freundlich jeglichem Wanderer, und vom Kirchturm schlug es halb vier. Die Almhütte am Kamm oberhalb der großen Wiese war deutlich sichtbar, der Himmel darüber hat sich in sein höheres und kaum mehr wahrnehmbares Schweigen zurückgezogen; die Zeit des Aufwärtsstrebens hatte begonnen, ich aber wußte wieder einmal, daß es für mich keine Wanderzeit mehr gab, sondern nur mehr den ruhigen Weg des Alterns. Da ging ich zum Balbierer hinüber, um meinen grauwerdenden Vollbart stutzen zu lassen.

Der Meister Steppan stand, seinem Doppelberuf gemäß, beim Zuschneidetisch vor dem Fenster und bügelte eine Joppe. Die Schneider- und die Friseurscheren hingen einträchtig neben dem Spiegel, der beider Art Kundschaften in gleicher Weise zu dienen hatte.

»Sofort, Herr Doctor«, sagte er, als ich eintrat, und bügelte weiter, denn er war gerade an einem Ärmel.

An der Hinterwand der Stube, über der Türe, die in die Wohnräume führt, hängt ein Muttergottesbild mit einem ewigen Licht davor, andeutend, daß Steppan neben seinen beiden Hauptberufen auch noch die Obliegenheiten eines Mesners versieht. Das ewige Licht schwelt im roten Glase, auf dem in bereits blassendem Golde ein Kreuz samt flammendem Herz gemalt ist.

Er ist etwa im gleichen Alter wie ich, und weil er wohl über die gleichen Dinge wie ich nachsinnierte, sagte ich: »Frühling ist's geworden, Steppan.«

Von seiner Bügelei aufschauend und über die Stahlbrille, die auf seiner rotgeäderten Nase sitzt, hinwegblinzelnd, meinte er: »Je älter man wird, desto länger währt der Frühling.«

Er hatte dies mit seiner eigentümlichen zuversichtlichen Fröhlichkeit gesagt, mit jener Fröhlichkeit, die umso erstaunlicher an ihm ist, als sein Leben zwischen einem zänkischen Weib und einer grünlich-kränklichen Tochter sich abspielt, und ruhig bügelte er dabei weiter.

Ich hatte mich in dem Balbiersessel niedergelassen: »Ja, alt werden wir, Steppan, zwei alte Bader.«

Er lachte: »Seitdem es einen Doctor gibt, bin ich kein Bader mehr... ja, mein Vater, der war noch ein richtiger Bader.«

Daß er die vom Vater gelernte Kunst des Zahnreißens noch immer ausübt und auch noch manchmal – wogegen ich gar nichts einzuwenden habe – den Leuten Blutegel setzt, gab er nicht zu. Dann meinte er: »Aber bald wird man auch keinen Doctor mehr brauchen... da wird es Medizinmaschinen geben; Schneidermaschinen gibt es schon... ich glaub', Herr Doctor, du tragst auch schon Maschinanzüge...«

Schuldbewußt strich ich über meine Hosen. Ja, die hatte ich fertig in der Stadt gekauft.

»Maschinhemden, Maschinstrümpf', Maschinjoppen; jetzt kriegt der Mensch auch noch eine Maschinhaut, und so geht's immer weiter nach inwendig, zum Schluß hat er auch noch ein Maschinherz. Und der ganze Mensch stinkt nach Maschinöl.«

»Deswegen schmierst du den Leuten dein Haaröl auf den Kopf?«

»Auf das lass' ich nichts kommen, das duftet fein süß.«

Er stellte das Eisen auf den Bügelrost und richtete sich auf. Seine schneiderische Schmächtigkeit war durch ein Bäuchlein lustig vorgewölbt. »Für Gott freilich«, sagte er, »stinkt auch das Haaröl, denn um ihn ist der Wohlgeruch vom Paradies.«

»Na, vielleicht riecht es dort nach Haaröl.«

Er lächelte: »Ein bißchen wird schon dabei sein.«

Hier roch es gerade nicht paradiesisch; Friseur- und Schneidergeruch seltsam vermengt, der gebügelte Loden der Joppe dampfte, und dazwischen gab es, von der Wohnung her, etwas Küchenbrodem.

»Ja«, sagte er, »der Teufel stinkt, die Pest stinkt, der Tod stinkt, die Maschine stinkt, alles Böse stinkt, darum verlangt's dem guten Menschen nach dem guten Duft.«

»Mach' die Türe auf«, sagte ich, »draußen weht's vom Paradies her.«

»Ja, ja«, sagte er, der nun den zweiten Ärmel der Joppe vorgenommen hatte, »im Frühling ist die Welt der Mund Gottes, da atmet er seinen Paradiesatem, und was er atmet, ist sein Wort.«

»Sag' mal, Bader, warum hast du eigentlich keinen Garten wie dein Pfarrer? da hättest du deine Rosen und den Wohlgeruch...«

»Pfh«, machte er wie ein Mensch, der sich nicht mit Kleinigkeiten abzugeben wünscht, »wie lange wird's noch dauern, bis wir im großen Garten sind, wo immer der Frühling ist und wir immer in Seinem Atem und in Seinem Wort wohnen.«

Und während er seinen Ärmel fertig bügelte, sagte er noch: »Die Welt hienieden ist ein harter Mund, der selten lächelt und der viel verschweigt.«

Dann war er fertig und stutzte mir Bart und Haare. »So«, sagte er hierauf und griff nach dem gefährlichen Fläschchen mit der gefährlichen hellbraunen Flüssigkeit, »und jetzt kommt's Öl.«

»Hör' auf damit«, fuhr ich ihn an, »ich bin ein guter Mensch auch ohne deinen Duft... den brauche ich nicht, obwohl ich jetzt ein junges schönes Mädel besuche.« Denn während des Scherens war in mir der Entschluß gereift, der unglücklichen blonden Wirtin zuliebe bei der Agathe Nachschau zu halten, wie die Dinge mit ihr und mit dem Peter und mit Marius eigentlich stünden.

»Ich lass' die Irmgard schön grüßen«, sagte er als Antwort, »aber schöner wärest mit einem Tropfen Öl gewesen.«

»Falsch«, sagte ich, »ich gehe gar nicht zur Irmgard...« Allein im nämlichen Augenblick fiel mir ein, daß ich auch ganz gut bei Miland vorsprechen könnte, um mir den Marius selber vorzunehmen. Vorderhand war es noch zu früh dazu; die Leute waren noch auf dem Felde, aber da mein Tagwerk für heute erledigt war, hatte ich Zeit hierfür. Und so fügte ich hinzu: »Hast recht, vielleicht gehe ich doch zur Irmgard.«

Und so begab ich mich zuerst langsam durch die Kirchengasse zum Hause Strüms, vorbei an Milands Anwesen, in das ich einen Blick werfe, vorbei an Pfarrhaus und Kirche, und dort links in die kleine Sackgasse einbiegend, die mit Strüms Hoftor abgeschlossen ist. Das Tor steht offen, der Hof ist sauber gekehrt, indes außer den Hühnern ist niemand zu erblicken. Da erspähe ich Agathe rückwärts in dem an den Hof anschließenden Garten.

Dort sitzt sie unter den Apfelbäumen an dem einfachen Tisch, der zwischen zwei ebensolchen Bänken in den Grasboden gerammt ist, dort sitzt sie, hält die Nase auf die Arbeit gesenkt und näht mit den langsamen runden Bewegungen, die zur frühesten Würde der Frau gehören, die dem Mädchen wie der Ahnin in gleicher Weise eigentümlich sind, die eine wie die andere in das Gewebe der Zeit verflechtend, gleichgültig ob eine, wie Agathe knapp sechzehn, oder wie Mutter Gisson weit über siebzig ist.

Ich wollte gerade die etwas verklemmte Zauntüre, durch die Hof und Garten verbunden sind, öffnen, da sie auf das Geräusch hin aufblickt und hergelaufen kommt, mit einem ein wenig aufgescheuchten und verwirrten Gesicht und als müßte sie es verhindern, daß ich den Garten betrete; hinter der Türe stockt sie auch richtig und sagt bloß: »Herr Doctor.«

»Ja, Agathe«, sage ich und bleibe im Hofe. Wie sie da vor mir steht, in blauer Schürze, die Hände rückwärts verschränkt, halb selber noch Zopfmädel, halb schon künftige Mutter künftiger Zopfmädeln, kann ich mir das, was sich zwischen ihr und dem Peter abgespielt hat oder noch abspielt, kaum vorstellen. Ich weiß zwar, daß derartige Dinge zwischen jungen Menschen üblich sind und daß auch ich ihnen unterworfen war, ja, wenn es das Glück oder Unglück wollte, ihnen sogar noch einmal unterworfen sein könnte, aber es ist ein abstraktes Wissen und so weit es mich selber anlangt, so ist es, als wüßte ich eine Art Klatsch über mich, vergangenen oder zukünftigen Klatsch, den ich nicht ernst zu nehmen brauche.

»Wie geht's, Agathe?« sage ich, weil man dies immer sagt.

Sie ist viel zu schüchtern, um antworten zu können; sicherlich wünscht sie mich zum Nordpol oder, weil ihr das zu weit ist, einfach ins Grab.

»Der Vater ist auf dem Feld?«

Sie nickt. Ihre Gedanken sind anderswo, nirgendswo, sind bei einem Glück, das sie nicht denken kann, weil Gedanken nicht viel mehr sagen, wie: ›Jetzt muß ich nähen‹, ›Jetzt muß ich kochen‹, ›Der Vater ist auf dem Felde‹; sie kann es nicht denken, weil das Gedachte nicht darin liegt, nicht im Aussprechbaren, sondern in dem runden weichen Schwung der Nadel, an der der Faden hängt, im Knistern des Herdfeuers und im Schlafen und im Wachen und in dem Strom des Zeitwerdens, des Zeitlebens, der armdick durch den jungen Körper flutet, mittendrin das Herz, das klopfende unablässige, ein unablässiges ungeformtes unformbares Gebet zu den großen Mächten, deren Teil es ist.

Ich wollte schon gehen, doch da fand das formlos Träumende in ihr einen Zugang zur Außenwelt, es lächelte und sagte: »Der Trapp.«

Ja, der Trapp stand da, auch er in seinem Traum befangen, sicherlich sogar in einem freundlichen, denn die Rute ging hin und her, ein wedelndes Gebet zu den Mächten, von denen er ein Teil ist.

»Wart', Agathe«, sagte ich, »wir kommen zu dir.«

Aber das war leichter gesagt, als getan. Der Graben zwischen Weg und Zaun stand voller Wasser, es reichte stellenweise in breiten Lachen bis in den Garten hinein, und ich mußte erst eine passierbare Stelle suchen, an der ich trockenen Fußes über die altersmorschen Zaunbretter klettern konnte. Trapp kam mit einem Satz nach, und Agathe lachte.

»Großartig«, sagte ich, »pass' auf, Agathe.« Und ich suchte einen Stein, den ich – Trapp bellte dazu »Hurrah« – in großem Bogen über den Zaun zurück bis in die Felder hinüber schleuderte. Schwungvoll und speichelnaß brachte er ihn zurück. Dann war die Reihe an Agathe, das Spiel zu wiederholen, und damit war für heute wieder einmal unsere Freundschaft besiegelt.

Wir standen noch eine Weile so da, sie auf ihren nackten Beinen, feste rosamarmorierte Mädelbeine mit Mückenstichen, so daß sie sie immer wieder aneinanderreiben mußte, und während wir so dastanden und Trapp zuschauten, wie er uns beharrlich zum Weiterspielen aufforderte, stets aufs neu den Stein uns vor die Füße legte und ihn uns mit den Pfoten zustieß, wurde sie langsam ernst.

»Komm, Agathe, ich setze mich ein wenig zu dir«, sagte ich.

So setzten wir uns auf die Doppelbank, ich dem Mädchen gegenüber, das den auf dem Tisch liegen gebliebenen Leinenstoff wieder aufnahm und zu nähen begann. Die Bauern hier sind keine Obstzüchter, sie pflegen und schneiden ihre Bäume nicht. Garten und Nachbargarten und abermals Nachbargarten, aneinanderstoßend, daß die Baumkronen verflochten hinüber- und herüberreichen, dichte Decke des Gelaubs und dichte Decke des Grases: dazwischen ist der Schatten, ist die Kühle des Sommers eingefangen, fast gab es keine Sonnenflecken auf dem Boden, nur Kringel, die mit den Grashalmen zitterten. Durch die Stämme hindurch aber sah man auf das eine Kornfeld des Abhanges, einen waagrechten Streifen besonnten Grüns, eingeschlossen von der Linie des Zauns und den tiefsten Zweigen der Laubdecke, von denen der eine und der andere silhouettenhaft in die Helle hing, die Helle leuchtete in unseren Schattenkeller gleich einem fernen Land, kaum grün mehr im Sonnenlicht, sondern immer heller und grauer werdend und zuletzt nur mehr wie ein bläuliches Schimmern des Himmelsgestirns, das auf ihm wanderte und ruhte. Dieser wandernde und ruhende Glast ist der Sommer. Ringsum im Gras picken die Hühner, sie gackern manchmal auf, und von dem Wasserstreifen am Gartenrand kommt manchmal eine Mücke herbeigesungen, getragen von ihrem einfachen hellen Ton. Trapp, den Stein zwischen den Pfoten, liegt bei uns. Agathe saß mit dem Rücken gegen die Helligkeit des Feldes; ihre Augen waren auf die Arbeit gerichtet, und über den auf- und abgehenden nackten Arm huschte immer wieder der gleiche Sonnenkringel.

Und dann begann sie zu sprechen.

»Zwei Kühe haben wir im Stall und das Jungkalb.«

»Ja«, sagte ich, »ich weiß.«

»Wenn das Kälbchen trinken will, neigt es den Hals,
»Und es hebt den Kopf. Seine Lippen werden lang
»Und weich. Und es kniet.«

»Ja«, sagte ich, »so trinken die Kälber.«

»Sein Fell riecht ganz nach Milch. Auf der Stirne
»Ist es dicht und schwarz. Es hat noch keine Hörner.
»Die Stirne ist hart und flach und schwer.
»Zum Trinken hebt es den Kopf.«

»Ja«, sagte ich.

»Die Mutter leckt seine Stirne und seine Flanken.
»Sie leckt seine Schenkel.
»Würde man es bei der Mutter lassen, so würde sich die Mutter
»Von dem Kälbchen leer trinken lassen.
»Es muß allein schlafen.«

»Und auch die Mutter schläft allein. Doch immer
»Wendet sie den Kopf nach dem Kinde.«

»Die Nacht ist dunkel und sehr groß. Der Mond
»Trägt einen weißen Bauch und läßt ihn zu
»Meinem Bett hinfließen,
»Und ich habe nichts, wohin ich schauen kann.«

Dann schwieg sie und nähte. Ich putzte das Rohr meiner Pfeife, indem ich Grasblätter faltete und durch das Rohr fädelte. Die Gabe der Rede, die einen Augenblick lang auf Agathens Seele dahingeschwommen war, schien wieder weggeweht worden zu sein.

Doch dann sagte sie: »Das Gewitter.«

»Nein«, sagte ich, »heute kommt kein Gewitter.«

Sie lächelte, als ob sie sich bei etwas ertappt hätte und ließ die Nadel weiter gehen. Von Zeit zu Zeit gab sie der Fadenspule, die auf dem Tisch stand und auf dem oberen Ende eine weiße Fabriksmarke trug, eine kleine Drehung, um ein neues Stück Faden abzurollen.

»Was nähst du, Agathe?«

»Für später«, antwortete sie.

Immer mehr Sonnenkringel sickerten in den Garten, denn die Sonne stieg. Die Ähren des Feldstreifens draußen, die am Morgen noch regenschwer waren, hatten sich aufgerichtet und bebten in leichten heißen Schauern.

Agathe ließ die Arbeit in den Schoß sinken.

»Doch wenn wir hier saßen des Nachts, da war die Nacht

»Wie eine Kuh, die atmet, und ich habe
»Mein Gesicht gehoben, so weich war mein Mund.
»Da war es hell.«

»Zwischen den Hörnern der Nacht ist das Gewitter
»Gekommen, und es hat gesungen
»Wie die Sonne.«

»Ich trank das Gewitter und seine Milch
»Die Milch der Gewitter trank ich und ich war
»Weiß wie der Mondbauch und schön.«

»Jetzt aber bin ich eine Hexe.«

Sie schwieg und starrte ins Leere.

»Was bist du?« entfuhr es mir.

Sie hörte mich nicht. Aber sie legte die Hände unter ihre kleinen runden Brüste, als böte sie sie jemandem dar, und vielleicht sah sie ihren Geliebten neben sich auf der wackligen Holzbank sitzen, denn sie wandte sich ein wenig nach rechts und der wolkenferne Hauch, unter dem ihre Seele sich zur Sprache kräuselte, wurde von anderem Rhythmus und Wellenschlag:

»Warum, ach, bist du von mir gegangen?
»War er stärker als die Nacht?
»War er stärker als das Gewitter
»Stärker als zwanzig Blitze?«

»Zwanzig Rinder und zwanzig Stiere
»Tanzen um meine Brüste
»Und ihre Hufe umtanzen
»Mein Lied.
»Du aber bist davongegangen
»Weil der Schwache dich rief, der,
»Welcher einen kaum hütet.
»Da hat er mich Hexe genannt.«

Die letzten Worte waren ein kindliches Klagen.

Ich aber sagte nach einer Weile: »So lieb hast du ihn gehabt?«

Sie sah mich groß an. Dann sagte sie: »Ja.«

»Den Peter hast du so lieb gehabt?«

»Vielleicht den Peter«, sagte sie.

Dann schwiegen wir wieder, und ich schaute hinaus zu der schwingenden Sonne im Ährenfeld. Doch durch die Felder schreitet der Wanderer, der Leichte, der vom Wind gewehte, der Feind der Mütter, aus Unendlichem kommend, ins Unendliche gehend; er achtet nicht der Felder und achtet nicht der

Mütter, seine Stärke ist nicht die ihre, sie ist die entliehene der Begegnung, nicht die des Wachsens, sondern die des Sammelns.

»Und jetzt bist du eine Hexe«, sagte ich.

»Ja, er hat mich so geschimpft.«

»Der Marius.«

Die Hexe neigte sich hinab, um die Mückenstiche auf ihren Schienbeinen zu kratzen, und da Trapp sah, daß die Hexe traurig war, wollte er ihr Gesicht lecken. Er erreichte ihre Hände und Beine.

Sie ließ sich die nasse Liebkosung des Hundes gefallen, und dann sagte sie: »Ja, der Marius hat mich so geschimpft, denn er hat's ihm verboten.«

»Ich weiß«, sagte ich.

»Oh, Herr Doctor, Ihr wißt es«, klagte sie, »warum habt Ihr es zugelassen?«

Es war kein Vorwurf gegen mich; es war eine Klage, die an alles Leben gerichtet war, weil es sie allein gelassen hat in den Mondgewittern. Und sie streckte sich schmerzlich, wobei ihre Hände abwärts fuhren, von ihren Brüsten, über ihren Leib bis zu den Knieen.

Sie hatte das »es war« kennen gelernt, das immer in die Welt tritt, die ganze Welt erfüllt, in alle Poren der Welt und der Menschen dringt, immer, wenn einer stirbt. Als sie mit ihren Händen bei den Knieen angelangt war, zuckte sie zusammen, leicht, wie ein Hund, der schläft. »Hier ist der Blitz«, sagte sie, »in den Beinen ist er und wartet.«

»Das Leben ist schön und lang, Agathe«, sagte ich, »du brauchst nicht traurig sein.«

»Ja«, sagte sie, »ich weiß. Doch sie sitzen beim Schmied und lassen ihre Sensen schmieden.«

»Der Schmied ist ein guter Mann«, sagte ich.

»Er macht die Pflüge und die Sensen«, sagte sie und ließ den Faden durch ihre Finger gleiten, so weit ihr Arm reichte, »da wird ihnen die Zeit kurz, wenn sie bei ihm sitzen und ihm zuschauen vor dem Amboß und dem Feuer.«

»Ja«, sagte ich, »ich will hingehen und sehen was sie tun.« Und ich erhob mich.

Sie nickte und war ein wenig zufrieden. »Wollt Ihr eine Milch haben, Herr Doctor?«

»Gerne.«

Da gingen wir durch den Garten zum Haus hin, über den Hof, der wie alle Bauernhöfe war, und Agathe verschwand in der niedern breiten Tür, die vom Hof aus unmittelbar zur Kellerstiege führt. Da drunten steht der große braune Tonkrug, in dem die Milch aufbewahrt wird und eine dicke Haut ansetzt, und es stehen dabei wohl auch ein paar kleine Gefäße zum Ableeren, und Agathe wird mein Glas füllen, achtsam, daß die Haut nicht mit ins Glas gleite, sie wird vielleicht auch so genäschig sein, die Milchhaut mit zwei Fingern zu fischen und sie sich in den weichen Mund zu stecken, und dies alles war gut, auch daß sie jetzt wieder Schritt für Schritt die Treppe heraufsteigt, das Glas in der Hand, und die Augen auf die Oberfläche der leicht schwappenden Flüssigkeit geheftet, dies alles war gut, denn in dem Lächeln, das über einen Tropfen vergossener Milch mit diesem zugleich vom Gesicht des Menschen zu Boden fällt, auch in diesem Tropfen eines Lächelns ist die wahre Menschlichkeit. So kam Agathe mit dem bis zum Rande angefüllten Glas zurück und sagte, wie sich's gehört: »Wohl bekomm's, Herr Doctor.« Und ich antwortete ebenso artig: »Danke, Agathe.«

Ich trank stehend im Hofe. Frühlingshaft weich, wie elastisches Porzellan war das Blau des Himmels über uns, und wo es bis zur Erde reichte, da streifte es an das neue Grün der Hügel und das Blütenweiß der Bäume, und das gab einen weichen leisen Klang voll freundlicher irdischer Erfüllung. Und dazwischen hörte man die Geräusche des Dorfes und das Hämmern aus der Schmiede. Ich gab das Glas zurück und sagte nochmals »Danke, Agathe.«

Und obwohl mir eigentlich jede Lust vergangen war, den Marius zu sehen, war ich durch Agathens Verhalten doch so berührt, daß ich der Sache nachgehen wollte. Und so trat ich, von Trapp gefolgt, beim Miland ein.

Und da gab es sofort eine Überraschung: im Hof schon traf ich richtig den Marius, mit ihm aber noch auf einen andern Mann, unverkenntlich gleichfalls ein Landstreicher, ein schmächtiger kleiner Kerl mit einem Mausgesicht, der in einer Art schelmisch-respektvoller Habtachtstellung vor dem Marius aufgepflanzt war und mit einem lustigen Blinzeln dessen Befehl oder Vortrag entgegennahm.

Kaum war Marius meiner ansichtig, sagte er laut, damit ich es hörte: »Geh in die Küche und laß dir von der Irmgard was geben.«

Der Schelm, man kann es nicht anders ausdrücken, scharwenzelte in die Küche, und ich sagte: »Na, noch ein Besuch.«

»Guten Tag, Herr Doctor«, sagte der Marius, um mich an die Formen zu gemahnen.

»Guten Tag auch, Herr Marius Ratti«, sagte ich meinerseits und setzte mich auf die Bank neben dem Eingang, unter der die Holzschuhe der gesamten Familie liegen, von den gewaltigen des Bauern angefangen bis zu denen Zäziliens.

Lässig mit gekreuzten Armen war Marius in der Sonne stehengeblieben: »Was führt Sie zu uns, Herr Doctor.«

Das war mir doch ein wenig zu dick aufgetragen. Ziemlich barsch fuhr ich ihn an: »Ich warte auf den Bauer.«

Daß er sachlich und höflich blieb und auch nicht kneifte, gefiel mir. Er erwiderte: »Ich darf wohl ›zu uns‹ sagen, denn schließlich wohne ich ja hier... und da wird man bald ein Teil der ganzen Wirtschaft.«

Na, schön.

Nach einer Weile sagte er: »Die andern sind alle auf dem Feld.«

»Ja, der Frühjahranbau. –

»Und Sie haben Hausarrest?«

»Ach«, sagt er, »es sind genügend Leute draußen... meine Zeit wird schon kommen.«

»Ah? wann?«

»Beispielsweise zum Drusch.«

»Na, da ist lang hin... nur zum Drusch hat Sie der Bauer aufgenommen? Erntearbeiter gibt es doch immer genug und ein Maschinist ist ohnehin am Ort.«

»Ich wünschte, daß diesmal nicht mit der Maschine gedroschen werde.«

»Was?«

»Ja«, sagt er einfach.

»Ich verstehe absolut nicht, was Sie meinen, Marius.«

»Herr Doctor, der Maschindrusch ist eine Sünde.«

Zweifelsohne war er ein Narr.

»Hm... eine Sünde?«

»Brot ist Brot, sollte man glauben... und doch ist unser Brot kein Brot mehr.« Und nochmals sagte er: »Brot.«

»Ja... und?«

Er wurde ungeduldig: »Brot kommt von dort...« und er wies zum Himmel und dann auf den Boden, »...und es kommt von da... und dazwischen ist der Mensch mit seinen Händen, aber keine Dreschmaschine... so war es immer.«

Ich war ein wenig betroffen. Wahrscheinlich war jedes Diskutieren überflüssig. Dennoch sagte ich: »Mühlen sind schließlich auch Maschinen.«

»Ja«, sagte er, »die großen, die Dampfmühlen... davon sind die Menschen auch krank geworden.«

War er ein Naturheilapostel, der seine Halbbildung aus Volkswochenblättern bezieht? der von der schädlichen Anreicherung der Welt mit elektrischen Wellen gelesen hat und daher das Radio abschaffen will? hat er mit solch naiver Zurück-zur-Natur den Miland geködert? Um ihn zum Weiterreden zu bewegen, sagte ich: »Sie finden also Schrotbrot bekömmlicher?«

»Das kenne ich nicht«, antwortete er ernsthaft.

»Nun, Brot aus halbausgemahlenem Mehl.«

Er schien sich zu ärgern, entweder über meinen Unverstand oder über das Faktum des Schrotbrotes; unwillig die Achseln hebend, wandte er sich ab: »Was in Sünde zubereitet wird, wird nie und nimmer bekömmlich.« Und er ging ins Haus.

Da war ich nun allein auf meiner Bank und betrachtete den Hof mit all seinen Nützlichkeiten, die doch nahezu schon wieder der Natur angehörten. Und ich stellte mir vor, daß der Marius Ratti aus einem jener welschen Steindörfer stamme, die dort in den Bergen eingebettet liegen, mit ihrem beinahe fensterlosen unverputzten Bruchgemäuer und den steilen Außentreppen. Und auch von diesen Häusern aus werden die Felder bestellt, mehr noch, es werden die Weingärten gepflegt, und im Herbst herrscht Fröhlichkeit. Was treibt er hier, wo Ordnung ist, wenn auch weniger Fröhlichkeit, was treibt er hier? Wohlverputzt, mochte auch die Bodenfeuchtigkeit dunkel an ihnen aufsteigen, stand die Stallmauer den Hof entlang, unter dem Dachvorsprung hängen ordentlich die Leitern, im Winkel ist ein graues Schwalbennest, die Fliegen schwärmen beim Stallfenster und über der Dunggrube, die herüber stinkt, auf dem Komposthaufen wachsen schon die grünen Halme, und auch zwischen den Steinplatten zu meinen Füßen drängt sich das Gras durch, und es ist das Bleiben des Menschen zwischen dem Werdenden und dem Erstarrten, sicherlich ein Scheinbleiben und doch eines, denn er kommt aus der Flucht der Gräser und Winde, und er wird wieder zur Flucht, wenn alles um ihn steinern erstarrt, er der Mensch, der der Wind ist und das Gras in den Steinschluchten der Städte. Einem Adler gleich verschwand eine Fliege im Blau, und ich vergaß das Hier- und Sosein, da die Weingärten des Welschlandes sich herabdehnten bis zu der Kastanie im Hofe und bis zu dem Laden der blonden Wirtin. Doch da hörte ich erregte Simmen in der Küche, erinnerte mich, warum ich hergekommen war und ging hinein.

Die Situation war etwas merkwürdig: der Kleine, der offenbar auf der Bank gesessen oder sich dorthin geflüchtet haben mußte, wurde soeben von Marius, der ihn an der Brust gepackt hielt, in halber Höhe über dem Sitz gehalten und hin und her geschüttelt; kaum daß er mit den Zehenspitzen den Boden berühren konnte. Ohne sich eigentlich zu wehren, schrie er »Auslassen, auslassen«, während Irmgard vielleicht ein wenig erschreckt, aber mit zweifelsohne befriedigter Miene danebenstand und zusah. Es war ein fremdartiges Bild, eine Gewalttätigkeit mit Federgewichten, die Flocke eines Dramas, ich konnte nicht umhin, ich mußte lachen. Und der Kleine, der als erster von den dreien mich eintreten und lachen gesehen hatte, wurde gleichfalls von seiner Lustigkeit übermannt und begann zu grinsen.

Marius ließ ihn jäh fallen: »Merk dir's für ein andermal«, und ohne mich oder den Kleinen weiter zu beachten, wollte er sich durch die Türe, durch die ich gekommen war, entfernen.

»Hören Sie, Marius, Sie hätten ihm das Steißbein brechen können«; der Schelm lehnte käsweiß auf der Bank und bekam keinen Atem.

Sonderbarerweise, hier war ja alles sonderbar geworden, übernahm Irmgard die Antwort: »Recht geschieht ihm.«

»Irmgard«, ertönte bereits von draußen die herrisch gefärbte Stimme des Marius, und Irmgard gehorchte folgsam.

Ich näherte mich dem Kleinen: »Na, wie gehts... atmen Sie mal tief.« Er hatte jetzt einen Schluckauf, der ihn schon wieder zum Grinsen brachte, obwohl sein Körper davon erschüttert wurde. Ich nahm den grün-weißen Tonkrug, der hier immer mit Wasser steht, füllte ein Henkelglas und ließ ihn trinken.

Er trank, dankte und schien wieder ganz fröhlich.
»Was haben Sie denn ausgefressen?«
»Ach«, sagte er, »pure Höflichkeit... ein wenig die Cour geschnitten...« Er streckte die Hand vor, rieb die Finger aneinander, als wollte er Stoff prüfen, und ich verstand, daß das Courschneiden einen handgreiflichen Charakter gehabt hatte.
»Und das war dem Marius nicht recht?«
Er machte eine Bewegung, als ob ich ihn nach meinem eigenen Namen gefragt hätte. Er war also mit den Gewohnheiten des Marius wohlvertraut, und ich fragte: »Er ist wohl eifersüchtig?«
»Kolossal«, meint das Männchen und wirft sich komisch in die schmächtige Brust. Irgendwo aber spüre ich, daß er mich dabei zum besten haben will.
»Warum machen Sie ihn dann eifersüchtig.«
Er haucht zu mir herüber: »Die Leidenschaft.«
»Na, Ihr wertes Steißbein scheint mir dafür ein ziemlich hoher Preis.«
»Dafür hab' ich's ein andermal billiger... es gleicht sich aus.«
»Aha, Sie stehen in einer Art Dauerverrechnung mit ihm.«
»Mit ihm? nein, so überhaupt...« Er steht auf, reibt sich den Hintern und macht ein paar Schritte, »...es geht schon... mit der Zeit hält man schon etwas aus.«
Er mochte so an die vierzig Jahre alt sein, reichlich zerlumpt, auch er kein richtiger Landarbeiter, obschon man manchmal in den Ställen und an den Maschinen solche Gestalten antrifft. Für einen Augenblick blitzte es in mir auf, daß der Marius sich nur deshalb in diesem Hause eingenistet hatte, um den Kumpan nachkommen zu lassen und nun zu zweit irgend einen Gaunerstreich auszuführen. Das vielgefaltete und wohl auch vielfältige Mausgesicht des Kleinen beobachtete mich mit belustigter Ironie.
»Sind Sie Landarbeiter?«
»Wenn's drauf ankommt, warum nicht?«
»Nun ja, es ist eine schwere Arbeit.«
Da steht er auf, und mit dem Stolz des zu kurz geratenen Menschen läßt er mich die mächtigen Muskeln seines Armes angreifen; merkwürdig die feingliedrigen Hände, in denen diese Arme auslaufen.
Jetzt habe ich den Anschluß: »Und mit diesen Muskeln lassen Sie sich so schütteln?«

»Ja«, sagt er überlegen, »man muß wissen, wann man sich zu wehren hat... bei einem andern wär' es anders ausgefallen.«

Was verband diese beiden Menschen? Da war einer, der hatte mächtige Arme an einem nichtssagenden Körper hängen und an diesen Armen wieder ganz zarte Hände, und unter seiner spitzen Nase lag ein breiter schmaler Spalt, ein Mund, mit dem er redete und aus dem der Atem wehte. Und da war ein anderer, auch er atmend, einer, den man im Vergleich zu diesem proportioniert nennen mußte – warum eigentlich? – einer, der schön war, und dessen Gewalt im Geäug lag, nicht in den Armen, sondern in seinem merkwürdig straffen Vogelblick. Was verbindet diese zwei? was bindet Menschen aneinander? warum kommen Menschen nicht mehr von einander los? Ihre Wege vermögen in der Landschaft sich nimmer zu trennen, es ist die Landschaft, die ihnen nachfolgt und die nicht mehr da und dort ist, sondern den Weingarten mit dem Gletscher verwebt, und doch so stark ist, daß sie die Schritte des Wanderers bindet und lenkt. Und als spräche ich zu mir selber, sagte ich: »Es ist der Blick.«

»Jawohl«, bestätigte das listige Gesicht von unten herauf, als hätte es meine Gedanken erraten, »jawohl«.

Denn der Mensch, dem wir begegnen, er kommt nicht aus dieser oder jener Gegend, er kommt nicht aus dem Raum, der Breite, Tiefe und Höhe hat, ja, nicht einmal die Tiere kommen aus ihm, es kommt der Mensch von weiter her, als er selber es weiß, und sein Blick, der nicht aus seinem Körper dringt, verrät die Herkunft aus dem aberunendlichen Raum, in dem Körper und Raum stets aufs neue geboren werden und das Sein dem Sein begegnet, so daß der Mensch ohne das Unendliche nimmer leben kann und sich wie ein Verräter an der unberührbaren Ewigkeit dünkt, ja, wie ein Tier, das trauernd blind ist, wenn er dem Wanderer, der ihm mit seinem Blick den Schimmer des eigenen Seins gebracht hat, wieder den Rücken kehren und ihn wieder lassen soll. Und das ist wohl die Antwort auf die Frage, die ich gestellt hatte, Antwort, die diese Unscheinbarkeit von einem Wandersmann mit einem Jawohl bestätigte.

Und weil dem so war, und weil jedes Entgleiten der geahnten Unendlichkeit in eine Verzweiflung stürzt, deren geringster und körperlichster Teil die Eifersucht ist, deutete ich auf die Türe, hinter der Marius und Irmgard verschwunden waren, und fragte: »Und Sie sind Ihrerseits nicht eifersüchtig...«

»Eifersüchtig?...« er lachte wieder sein Mauslachen mit den vielen Falten, »...eifersüchtig?... er ist ja im Recht.« Und er rieb sich nochmals den Hintern, der in einer zerfetzten, viel zu weiten und zu langen Sporthose steckte.

»Na«, sagte ich, »das ist mir zwar unverständlich, denn ich kenne ja eure Abmachungen punkto Frauen nicht, aber es wird schon stimmen...«

Da endlich kommt etwas aus ihm heraus: »Das werden Sie auch nicht verstehen... da müssen Sie erst ein paar Jahre mit ihm gewesen sein.«

Und ich sage rasch: »Ihr seid miteinander gewandert...«

Aber nun antwortet er nicht mehr. Er greift nach dem grünweißen Krug und einfachheitshalber trinkt er gleich aus ihm eine Menge Wasser in seinen kleinen Leib hinein. Dann sagt er: »Alles in Ordnung«, und setzt sich auf die Eckbank.

So, also nicht unter ein paar Jahren.

Ich sage: »Ist recht«, und gehe zur Küche hinaus. Wie ich draußen in dem kleinen Flur bin, höre ich den Marius reden. Er redet so deutlich, daß ich auch ohne aufzupassen jedes Wort verstehen müßte, und jetzt sagt er abschließend: »Das ist das Recht, und um der Gerechtigkeit willen muß es so sein.«

Das war sicherlich kein Zufall, daß auch er vom Recht sprach. Irmgard hatte schon gesagt, daß dem Kleinen recht geschehen sei, der Kleine hatte selber ihm recht gegeben und sich selber zum Verzicht verdammt, denn immer sprechen die Leute vom Recht und vom Recht-haben und von der Gerechtigkeit, wenn sie, schreitend zwischen den Bergen und Bäumen, von Unendlichkeit dahergeweht werden, zueinander gezwungen werden, voneinander gerissen und weitergetrieben werden, ach, sie können kein anderes Wort dafür finden, zumindest kein größeres und heiligeres, und jedes Unrecht, das sie üben, kann bloß getan [werden], wenn sie damit recht zu haben glauben. Überall wittern sie die Gerechtigkeit, in allem Geschehenen und in aller Natur, denn das Recht ist der Trost in ihrer Trauer des Abschiednehmens, weil in ihm erst, mag es Gesetz oder anderswie heißen, das Aberunendliche, dem wir entstammen, erahnt zu werden vermag, freilich verzerrt oft, freilich oftmals gebrochen am Körperlichen und noch öfters so leer geworden, daß kein Sein mehr dahinter zu wirken scheint, trotzdem im Wort noch heilig und ewig und das Unberührbare aufbewahrend. Und sogar in dem Spezialrecht, das da offenbar zwischen dem Marius und seinem Schelm etabliert war, zitterte noch der Schimmer der Ewigkeit.

Doch nun antwortet die Stimme Irmgards: »Es ist deine Gerechtigkeit und deshalb glaube ich an sie.«

Die Stimme steigt kerzengrad und schön empor, so kerzengrad und schön wie das ganze Mädchen. Aber eben deshalb bin ich empört. Es gibt keine Gerechtigkeit des Marius, und selbst wenn Liebende sich gegenseitig als das Unendliche betrachten, ja, wenn sie es auch sind, in der Gnade des Unmittelbaren, die ihnen da geschenkt ist, gibt es keine Worte mehr, am wenigsten die vom Gesetz und der Gerechtigkeit, mag die Gerechtigkeit noch so sehr die Liebe in sich widerspiegeln. Nur ein Narr oder Scharlatan geht den umgekehrten Weg und ersetzt das Unmittelbare durch das Abgeleitete. Wollte Marius mit solchem Gerede das große starke aufrechte Mädel an sich fesseln? konnte sie da wirklich mitspielen? Hätten sie sich geküßt, ich hätte nichts dagegen gehabt, denn in meinem alten Gehirn gibt es beim Anblick eines schönen Paares bereits großväterliche Kupplerphantasieen, aber nun erschien mir der Marius mit solchem Gehaben wie ein Wanderprediger einer abstinenten Sekte mit kommunistischem Einschlag, voller Mißtrauen war ich gegen das salbungsvolle Getue, bei dem die listige Maus da drinnen vielleicht die zweite Geige spielte, um irgend einen Landstreichervorteil zu haben. Und ich trat hinaus.

Da stand der Wanderprediger in seiner kühnen Art da, halb ihr zugewendet, und sie ein wenig lächelnd, hatte die Augen in die Ferne gerichtet. Nichts war von ihrer staubigen Unterhaltung zu merken. Ich aber, noch immer wütend, sagte: »Was soll mit dem da drinnen geschehen?«

Marius machte eine wegwerfende Geste, teils um zu zeigen, daß das mich nichts anginge, teils um die Belanglosigkeit des Themas zu unterstreichen. »Ach, der Wenzel...«

»Wenzel? ist er ein Tscheche?«

»Nein, ich habe ihn so getauft, weil er wie ein Wenzel aussieht... und jetzt heißt er so.«

Irmgard lachte.

Die Späße des Marius sind mir nicht lächerlich. Er war ein schöner Mensch, dennoch dem Tier näher als viele, die wesentlich tierhaftere Gesichter tragen. Und Tiere machen keine

Späße. Adler sind nicht humorbegabt. Höchstens noch Schweine oder Mäuse.

»Also Wenzel... und der bleibt jetzt auch hier?«

Sie überhörten beide meine Frage, als hätte ich Dinge berührt, die völlig belanglos geworden seien. Schließlich bequemte sich Marius zu einer Antwort: »Der Bauer wird vielleicht zufrieden sein.«

Irmgard ging schweigend ins Haus.

Nach welchen Ordnungen begann sich hier die Welt zu gliedern? sollte es eine neue Ordnung werden? oder wollte das Anarchische hereinbrechen, das Lockende und Verlockende, das eintritt, wenn die Ordnung sich selber zum Ekel wird? Wonne des Zerfalls. Aber es scheint mir undenkbar, daß ein Bauer, daß Miland von der Ordnung der Väter und Vorväter so angeekelt sein könnte, daß für ihn die Gefahr bestünde, solcher Lockung zu erliegen.

Marius stolzierte beschwingt im Hof auf und ab. Meine Anwesenheit stört ihn, und wohl eben deshalb frage ich: »Und wie steht es mit dem Gold?«

Er zieht sich wieder diplomatisch zurück: »Der Bauer ist nicht dafür.«

Aber weil ich auch des Peters halber zu irgend einer Klarheit kommen will, werde ich plump: »Zum Goldfinden gehört Keuschheit, so viel ich weiß.«

»Gewiß«, bestätigt er höflich.

»Sie predigen aber Ihre Moral auch Leuten, die gar [nicht] dran denken, jemals Gold zu suchen.«

»Sind Sie etwa für die Hurerei, Herr Doctor?« lautete die etwas überraschende Antwort.

Plötzlich wird mir inne, daß er es, bei allem diplomatischen Geschick, keineswegs ironisch, sondern völlig ernst meint, so ernst wie eben nur Narren alles ernst meinen.

»Alle Krankheiten kommen von der Unkeuschheit«, belehrt er mich.

»Ich dachte, bloß die Kinder.«

Er wirft mir einen verachtungsvollen Blick zu und stolziert weiter umher. Ich würde mich nicht wundern, wenn der Mann schon interniert gewesen wäre. Zumindest war er ein Grenzfall.

Aber als ob er meine Gedanken erraten hätte, bleibt er vor mir stehen: »Sie glauben, daß ich ein Narr bin... ja, weiß denn Ihre

Medizin woher die Krankheiten kommen?«

Ich könnte ihm antworten, daß man dies zum Beispiel bei Infektionskrankheiten wüßte. Aber weil es auf alles eine Gegenfrage gibt, verzichte ich und sage bloß: »Hören Sie mal, Herr Ratti, Sie scheinen schon einige Erfahrungen mit der Medizin gemacht zu haben.«

Er lächelt, streckt den Arm aus und fährt mit gespreizten Fingern, doch ohne mich zu berühren, meinen Körper entlang: »Bei Ihnen sitzt es hier«, sagt er und deutet auf meine linke Schulter.

Das stimmte; in meiner Schulter und im Oberarm sitzt ein Rheumatismus, den ich zwar wenig beachte, der mich aber gerne plagt, wenn das Wetter umschlägt. Möglich, daß er sein Wissen von Miland bezogen hat, dem ich ja von meinem Rheumatismus schon oft genug gesprochen hatte, möglich aber auch, daß er wirklich die Begabung magnetischer Diagnosen besaß. Bei einem Narren eine gefährliche Begabung. Ich sage also verärgert: »Können Sie noch andere magnetische Kunststücke?«

»Ach so, Sie halten es für Taschenspielerei...«

»Nein, aber es besagt nichts gegen die Medizin.«

Es war mir nicht unlieb, das Knarren des Wagens aus der Kirchengasse zu vernehmen; gleich darauf bog das Gespann in den Hof ein. Frau Miland saß mit dem Jungen neben ihrem Mann auf dem Bock, die Magd hatte mit Zäzilie hinten Platz genommen, und Andreas, der schon vorher abgestiegen war, schloß das Hoftor, nachdem der Wagen eingefahren war.

Marius half die Pferde abschirren. Die Art, wie er zugriff, zeigte, daß er mit Tieren vertraut war und mit Pferden umzugehen verstand. Beinahe zärtlich strich er ihnen mit ausgestrecktem Arm über das Fell und mit sachter Hand über den Bauch und die Innenseite der Schenkel, um die angesetzten Schmeißfliegen wegzuwischen.

Währenddessen hatte ich die Familie begrüßt. Man war nicht erstaunt, mich anzutreffen. Der Arzt gehört eben zu den fahrenden Gesellen, er geht von Haus zu Haus, besucht da und dort ein Leben, dieses überaus huschende Leben, das Atom um Atom in die Erde hinabsinkt, und seine Aufgabe ist es, einen Zerfall, der bei dem einen in der Schulter, beim andern in der Niere oder sonstwo beginnt, noch für eine kurze Weile aufzuhalten, kraft des Gesetzes, das er aus dem Unendlichen bringt.

Und dieser meiner Funktion gemäß fragte ich: »Gottlob, alles gesund?«

»Gesund Gottlob«, erwiderte der Miland, der bisher still daneben gestanden hatte und Zäzilie an sich gepreßt hielt.

Eine Weile standen wir so da, wir alle auf unseren unteren Extremitäten, die sonderbar zweigeteilt aus unserem Körper herauswachsen, und ich fragte mich, ob nicht wirklich die Unkeuschheit die Auflösung sei, das Aufgeben unseres Zusammenhalts, ob in ihr nicht aller Ekel vor der Ordnung zum Ausdruck gelange und die Wonne des Zerfalls, und ich wartete, denn noch war das Ereignis nicht eingetreten und der Wenzel noch nicht zum Vorschein gekommen. Zäzilie hatte in ihrer schweigsamen Art eine der jungen Katzen angelockt und das Tier, das steiferhobenen Schwanzes und krummen Rückens sich genähert hatte, mit einem sonderbar raschen Zugriff gefaßt und hochgehoben. Die Sonne verschwand hinter dem Kuppron, rötlich säumte sich die Welt und der jähe weiche Abendhauch brachte den Duft der Narzissenhänge wie eine unsichtbare Blumenherde zu Tal.

Andreas war zum Scheunenboden hinaufgeklettert und stieß von innen die große graue Doppeltüre auf, um das Heufutter herabzuwerfen; knirschend baumelten die beiden langen eisernen Flügelhaken, bis sie ruhig herabhingen. Und nun trat Irmgard aus der Küche. Aber von dem Gast war noch immer nichts zu sehen.

Da drehte sich Irmgard um und rief hinein: »Kommt mal heraus.«

Der Wenzel genannte Mensch erschien allsogleich und grinste, man kann nicht sagen verlegen, aber immerhin erwartungsvoll.

Marius trat hinzu und sagte einfach: »Das ist der Wenzel, er sucht einen Platz.«

Ich war einigermaßen gespannt. Der Bäuerin war nichts anzumerken; sie musterte den Neuankömmling mit geraden Blikken, von ihr war nichts Liebenswürdiges zu erwarten, doch sie hielt sich an die Etikette und wollte ihrem Mann nicht zuvorkommen. Der trat auf den listig Schmunzelnden zu, gab ihm die Hand, was von dem Schelm mit einem durchaus unbäuerischen Bückling und Kratzfuß quittiert wurde, und sagte zu ihm: »Wir haben genug Hände, aber wenn du dir anderwärts eine Arbeit im Dorf suchen willst, so kannst du bis dahin hier nächtigen; mir soll's recht sein.«

»Wie der Bauer befiehlt«, sagte Marius in seiner verdächtigen Nachgiebigkeit.

Die Katze, die bisher ruhig auf Zäziliens Schulter gesessen hatte, sprang mit einem Satz davon; ihr Schwanz glitt dem haschenden Mädchen durch die Finger.

Und zu meiner Verwunderung sagte die Bäuerin, in der doch die Gissons zu ihrer härtesten Form geprägt waren, zu dem Kleinen: »Vielleicht kann Euch mein Bruder im Oberdorf brauchen.«

Das war alles. Auffallend war der Ton der Nachgiebigkeit, der nun hier herrschte und nur vom Marius herstammen konnte. Ich erinnerte mich des alten Milands, der vor vierzehn Jahren, als ich ins Dorf gekommen war, noch gelebt hatte. Von seinen Enkelkindern hatte er nur noch die Irmgard gekannt. Aber das hat mit der Nachgiebigkeit nur wenig zu tun. Oder doch: der alte Miland hatte den Hof nur unter argem Widerstreben übergeben; er war voller Mißtrauen gegen den Sohn gewesen, der eine vom Oberdorf heruntergeholt hatte. Indes, im letzten Jahr vor seinem Tod hatte sich ein recht erträgliches Verhältnis herausgebildet, nicht zur Schwiegertochter, wohl aber zum Sohn, von dem er vielleicht ahnen mochte, daß er unter der harten Frau litt. Damals saß Miland oft beim Vater im Garten, denn des Alten kleiner werdendes Leben wurde zwar auch im Raum immer kleiner, aber es ließ nicht ab von dem sprießenden, treibenden, reifenden Boden, auf dem es dahingegangen war. Ja, er verlangte jetzt mehr denn je nach dem Urgrund und seinem Wachsen, und mochte es auch nur der eingeschränkte und eingefriedete des Gartens sein. Und so war er auch da drüben im Garten eingeschlafen, die Hände in dem niederhängenden Gelaub eines Baumes, und war dahingegangen, lange bevor jemand etwas davon gemerkt hatte. Als er dann gefunden wurde, und wir ihn ins Haus herübertrugen, hatte er noch einen jungen Zweig in den Händen, und mit dem haben wir das Kruzifix umwunden, das er im Sarge hielt.

Ja, mit der Nachgiebigkeit des Marius steht dies in keinem Zusammenhang, es ist eine andere Nachgiebigkeit, aber für meine Beziehung zum Miland ist es nicht unwichtig, und deshalb ist mir die Sache eingefallen, während wir hier standen, und um uns herum es immer ruhiger und goldener wurde.

VI.

Etwa eine Stunde über dem Oberdorf, nicht weit von dem Stollen, der die Zwergengrube heißt, liegt die alte Bergwerkskapelle, ein kleiner spätgotischer Bau, der im 18. Jahrhundert wie so vieles andere verputzt, übertüncht und mit den zeitgemäßen Zieraten versehen worden ist, heute aber einem langsamen Verfall entgegensieht. Zwei zersprungene Steinstufen, in deren Ritzen Gras wächst, liegen vor der Eingangstür; die ist stets versperrt und wird nur ein einziges Mal im Jahre geöffnet, den Priester zur Messe einzulassen, zu dem sogenannten »Steinsegen« nämlich, der immer am ersten Donnerstag zwischen dem letzten Neumond und der Sonnwende stattfindet.

Ich komme manchmal herauf, ja, es ist beinahe mein liebster Weg, stets aufs neue suche ich ihn auf, von dem seltsamen und doch so menschlichen Verlangen geführt, einen Ort, den man lieb hat, besonders eindringlich dem Gedächtnis einzuprägen, trotz des Wissens, daß dies eine Aufgabe und Verlangen ist, der keine menschliche Vorstellungskraft, und mag sie noch so sehr die übermenschliche des Liebenden sein, je genügen kann. Nicht anders hier. So sehr ich mich auch bei jedem Besuch bemühte, das graue Schindeldach der Kapelle mit all seinen Einzelheiten zu erfassen, die Fichten, die darüber herausragen, und die beiden Spitzbogenfenster mit der zierlichen Mittelsäule, an deren Fuß eine dicke Schicht Mauerschutt liegt, immer wieder versagt das Gedächtnis an der Aufgabe, immer wieder bin ich von vielerlei überrascht, vom Duft des Waldes, der einer kühlen Wolke gleich um das Gemäuer hängt, bin von den schrundigen Felswänden überrascht, die hier so nahe herangerückt scheinen, daß man meinen könnte, an ihrem Fuß zu stehen, obwohl es noch ein gutes Stück Weges ist, bis man wirklich in sie eindringt, und nicht zuletzt überrascht mich immer wieder die Aussicht, die sich von hier auftut: die Kapelle liegt am oberen Saum einer kleinen steinigen Bergwiese, einer offenbar ehemaligen Rodung, die des Zwergenstollens halber einstens hier angelegt worden war, im Zickzack und steil kommt der alte Knappenweg herauf, und unten, nach einem breiten Gebüsch- und Staudengürtel, bewachsen mit meterhohem scharfkantigem Gras, beginnt wieder der Fichtenwald, über dessen Wipfel hinweg man die ganze Weite des Tales von hier aus überblickt.

Hier also, auf den Kapellenstufen, saß und sitze ich gerne, die Hand auf dem Schädel des Hundes. Und oftmals ist dieses Hinabschauen ins abendliche Tal und in sein zitternd vergoldetes, lächelndes Schimmern von großer Verwunderung erfüllt, von einer stets wechselnden Verwandlung, wenn ich inne werde, daß mein Blick nicht dorthin gerichtet ist, wohin er doch ruhend strebt, sondern von Staunen erfüllt mir selber zuschaut, wie ich hinabschaue zu den Gehöften des Diesseits: denn der Schauende, der ist nicht der, der hier sitzt, er ist nicht der alternde Mann, er ist nicht der, der ein Kind gewesen ist und Jahre um Jahre durchwandert hat, emporklimmend in den Nebelschluchten der Zeit, und er ist auch nicht der, in dem sich das Gedächtnis angesammelt hat, Schicht um Schicht, durchsetzt von den Stücken ärztlicher Wissenschaft, und er ist nicht einmal der, der einstens im Atem einer Frau schlief und in nicht allzulanger Zeit einsam sich ausstrecken wird, verloschen das Gedächtnis, das nimmer ruhende, das immer noch wachsende, zum jähen Vergessen der Zeit, nein, dies alles ist nicht der Schauende, nein, das bin nicht ich, das war ich niemals, sondern ich stecke in einer innersten und so sehr gesicherten Hülse, ich bin wie in einer Taucherglocke so sehr in mich hinabgelassen, versenkt in mein eigenes Jenseits, daß dieser ganze Lebensablauf mitsamt dem an sein Ende gesetzten Ende mich eigentlich nichts angeht, und wenn ich dem Bruder, in dem ich wohne und der doch richtiger nur mein Inwohner ist, auch seine Freuden und sogar seine Leiden gönne, wenn ich auch dem Toren gleich, der am bloßen Zusehen und In-die-Hände-Patschen sein Genüge findet, meine Zeit vergeude, einfach weil ich keine habe oder sie dort nicht mehr gilt, wo mein letztes sehendes Auge schaut, in jener Sphäre also – ach, wo ist sie?! –, in der Blindheit und Wissen so sehr eins geworden sind, daß es eines neuen und noch tiefern Auges bedürfte, um nochmals eine Scheidung zwischen den beiden vorzunehmen, eine Scheidung, aus der die Blindheit wohl nicht mehr als Blindheit, das Wissen nicht mehr als Wissen hervorgehen würde, wenn also auch meine Taucherglocke noch immer frei schwebt in der Dunkelheit meiner Ozeane und in der Dunkelheit meiner versunkenen unauslotbaren Landschaft, es wird trotz der Dunkelheit meiner Abgeschiedenheit dennoch immer lichter um mich, und schauend aus solch tiefem und beinahe letztem Dunkel, hindurchschauend durch all die Schalen, die ich bin, der ich in mein Leben und in mein Fleisch eingeschlossen hier sitze, ich, der ich der Musik des scheidenden Lichtes auf den Bergen lausche, ich der Verzückte, der hinausschaut aus der Unerfaßlichkeit eigenen Seins ins Aber-Unerfaßliche immer weiterer Zonen, ja, schauend und doch selber geschaut, ahne ich die Verwobenheit des Wissens, ahne die Ahnung, selber Berg zu sein, selber der Hügel, ich selber das Licht und selber die Landschaft, zu der ich nicht gelange, weil sie Ich ist, und trotzdem gelangen will, trotzdem gelangen werde, wenn im tiefsten Schacht der Ozeane, der Berge und der versunkenen Inseln, wenn auf dem goldenen Grund aller Finsternis dereinst das große Vergessen über mich kommen wird.

So also sitze ich oftmals hier auf den Stufen der Kapelle, den Berg und den Zwergenstollen hinter meinem Rücken, und bin in der Trauer des Unerreichbaren und doch in der Verzückung, es zu schauen. Und der Hund, dessen weich- und warmbehaarter Schädel genau in meine gewölbte Hand paßt, so daß ich sie immer wieder darauf lege, als könnte ich damit die ihm innewohnende Unendlichkeit umfassen, der Hund, den wir beneiden, weil er den Gnadenfluch der Unterscheidung nicht tragen muß und ihm sein fressendes und so häufig pissendes Sein ununterscheidbar mit seinem schauenden verwoben scheint zu einer fröhlichen Einheit, von der man glauben könnte, sie sei an all ihren Stellen der Hund Trapp, er ist nicht fröhlich oder nur sehr selten, auch wenn er sich im Schnee wälzt und über die Erde dahinrast, sondern unentwegt und überall sucht er sich, sucht den Schimmer der Unendlichkeit in seinem Kopf, die der Mensch im Tier erweckt hat, sucht diese Unendlichkeit, von der er der Trauer, nicht aber der Verzückung teilhaftig geworden ist: aber in dieser Trauer, von der wir, ich und Trapp, solcherart ein gemeinsames Stück besitzen, sehen wir einander liebend und suchend in die Augen, in die liebende Ferne unserer Unendlichkeit, aus der unsere Blicke herstammen und an der unsere Gemeinsamkeit Teil hat, wir sehen einander an, solange bis ich ihm die Schnauze wegwende und ihm sage, daß es sich für einen anständigen Hund nicht schickt, aus dem Maul zu stinken. Aber er tut es trotzdem. Seine Zähne werden schon schlecht.

Doch so oft und so gerne ich da heraufkomme, an dem Steinsegen nehme ich keineswegs alljährlich teil. Nicht nur, weil er – wie so viele solch alter Naturbeschwörungen – zu einem recht kümmerlichen Fest geworden ist, sondern auch weil ein so schlechter Kirchengeher, wie ich es bin, sich nicht mit solchen Nebenveranstaltungen abgeben kann. Auch diesmal – es war in der Pfingstwoche – ergab es sich rein zufällig. Ich war zur Morgenvisite im Oberdorf, fand die Häuser mit Laubzweigen besteckt, die Straße mit Gras bestreut, und so ging ich, nachdem auch der Besuch bei Frau Suck erledigt war, nicht heim, sondern zum Berghof, an dem ein primitiver Straßenaltar errichtet war, ein Bretteraufbau, bedeckt mit roten, goldumsäumten Tüchern, überragt von einem Madonnenbild, das Ganze mit Laub umgeben. Hier standen auch die bereits wartenden Teilnehmer der Prozession, die geschmückten Dorfmädchen, die als eine Art Kranzeljungfern für die Bergbraut fungieren, die Zuschauer, sogar solche aus dem Unterdorf, natürlich die ganze Dorfjugend, denn hier wird der Pfarrer erwartet. Die Bergbraut selber fehlte noch. Ich begrüßte einige und wollte gerade bei Mutter Gisson eintreten, um ihr zum Zeitvertreib Gutentag zu sagen, als diese in ihrem schönen seidenen Feiertagskleid herauskam, gefolgt von der Bergbraut, und die war, zu meiner Überraschung, Irmgard. Ja, es war Irmgard, die Brautkrone im Haar, Blumen im Arm und geschmückt wie nur eine.

»Ah«, sagten die Zuschauer wie es sich gehört, und »Ah, die Irmgard«, sagten die Kinder, denen die Pracht gefiel. Der Himmel war hell bedeckt, es regnete nicht und es hatte auch nicht die Absicht zu regnen, denn in breiten sanftkühlen Wogen wehte es von Norden her durch den Tal- und Himmelsraum. Und in dem Opallicht, das so gleichmäßig und gleichsam auch in unsichtbar ruhigen Wogen durch den Raum floß, war die Irmgard noch schöner, als wenn die Sonne mit ihrem noch größern Glanz herabgebrannt hätte.

»So eine Überraschung, Mutter Gisson«, sagte ich, nachdem ich auch meinerseits die Irmgard gebührend bewundert hatte.

Nun kam auch noch die Brautmutter, die Milandin, aus dem Haus. Die Zäzilie hatte ich inzwischen schon unter den Kindern bemerkt. Die Brautmutter war im Alltagsgewand, sie schaute nicht auf uns, nicht auf die Tochter, sondern in das Licht und in den Wind, der es so sanft herbeitrug und es hier ließ, während er selber weiter strich.

»Ja«, sagte sie bloß, als ich sie begrüßte, »heute ist die Irmgard die Bergbraut.«

»Und einmal war ich es auch«, sagte Mutter Gisson, »aber das ist kaum mehr wahr, so lange ist es her.«

Da verstand ich, daß die Irmgard noch immer als eine Gisson angesehen wird, und daß sie in dieser Eigenschaft zu ihrer heutigen Würde gekommen war, eine Würde, die einer »Unteren« sonst nicht anvertraut wird; einstmals wurden ja die Unterdörfler, so wird erzählt, nicht einmal als Zuschauer zugelassen. Daß heute eine »Untere« als Bergbraut fungierte, hatte wohl manche von ihnen heraufgelockt.

Die Milandin, die wohl daran dachte, daß auch sie einst so geschmückt dagestanden hatte, ehe sie zu einer »Unteren« geworden war, sie sagte: »Sie ist heimgekehrt.«

»Mag schon sein«, meinte die Großmutter.

»Soll denn die Irmgard ganz heroben bleiben?«

»Ja«, sagte die Milandin.

Mutter Gisson erklärte: »Ja, nach der Ernte nehme ich sie mir herauf.«

»Ich zahl' der Mutter die Kost«, bekräftigte die Milandin.

»Wann du willst«, sagte die Großmutter, »aber die Irmgard wird sich bei mir ihr Brot verdienen.«

Da bog unten der Wagen mit dem Pfarrer in die Dorfstraße ein. Schwerfällig trabte das Bauernroß, immer wieder in Schritt fallend, von Suck mit vielen Schnalzen »tzt, tzt« und »hüh« und leichten Peitschenhieben gelenkt. Neben ihm auf dem Bock saß der Ministrant mit dem langen schwarzen Holzkreuz, das bei Versehungen und Prozessionen benützt wird, auf dem einen Bänkelchen rückwärts saß der Pfarrer im Ornat, auf dem andern der rotgekleidete Mesner, sowie der Vorbeter Gronne, der im Berghof wohnt und, dem Brauch gemäß, gemeinsam mit Suck stets den Pfarrer zum Steinsegen abzuholen hat. So haben sie ihn miteinander auch heute heraufkutschiert. Ich schaute auf meine Uhr; halb acht.

Sie kletterten vom Wagen, nahmen auch alle für den Steinsegen notwendigen Utensilien heraus, darunter die noch zusammengerollte rotdamastene Kirchenfahne, und Irmgard, inmitten der Gefährtinnen, trat zu dem Wagen hin, um den Spruch aufzusagen, mit dem der geistliche Herr von der Bergbraut begrüßt wird:

»Gelobt sei Jesus Christ
Was im Berg gefangen ist
Durch ihn befreit werden solle
Vertrieben Satan und Unholde
Alles Böse weiche von dannen
In Jesu und Marien Namen.«

Und während sie dies im Tonfall eines Dorfschulmädchens aufsagte, hielt sie dem Priester ihren Blumenstrauß zum Segen hin. Der kleine scheue Gottesmann zögerte ein wenig, denn als der Blumenfreund, der er war, mußte er die Gabe doch erst einmal betrachten, und es ging auch ein schwaches, freundlich-fachmännisches Lächeln über sein schiefes Gesicht, da er mit leichtem und zustimmendem Nicken das Zeichen des Kreuzes über dem Strauß machte.

Trapp, der kein Benehmen hat, sondern bloß sah, daß hier einige meiner besten Bekannten beieinander standen, näherte sich, um das, was sie da zusammen trieben, bequemer zu besichtigen, und ich mußte ihn rufen, damit er sich in kultische Handlungen nicht einmische. Er gehorchte angeekelt von der unverständlichen Dummheit des Menschen. Inzwischen aber hatte der Mesner das Räucherfaß geschwenkt, und der Pfarrer war vor den Straßenaltar hingetreten, um hier das erste Gebet zu sprechen, bei dem ihn die Gemeinde noch nicht in voller Frommheit begleitet, denn sie steht ja schon seit längerer Zeit auf der Straße herum, es hat sich für sie noch nichts geändert, und sie schaut bloß zu und findet den Altar hübsch, wie er da so scharlachrot zwischen den grünen Zweigen errichtet worden ist. Es handelt sich nicht um die Sammlung oder die Versenkung, sondern bloß darum, daß die Welt manchmal ein wenig hübsch sei, bevor etwas geschieht und während man auf ihr dahinfährt, dem Wind entgegen oder mit dem Wind, was ja kaum zu unterscheiden ist, denn der irdische Wind ist ja nur ein kleines ungenaues Echo eines Atems, von dessen Süße und Stärke höchstens das Meer hie und da spricht, wenn es sich unbelauscht wähnt und mit dem Mond seine unablässige Zwiesprache hält im sanften und mächtigen Schwanken seiner Gezeiten. Ist nicht das Zittern des Blattes, nachzitternd dem verschwiegenen

Winde, da alles still wird und nur das Herz noch klopft, ist es nicht wie ein Echo des Echos? wie ein letztes Spiegeln des Meeres auf den Höhen der Berge? Leise und hübsch säuselte das Laub der um den Altar aufgestellten Zweige und seine Blätter begannen an den Rändern schon steif zu werden und sich einzurollen. Da schwenkte der Mesner wieder sein Räucherfaß, langsam schwankte es hin und her, und der Zug ordnete sich und setzte sich in Bewegung, voran der Ministrant mit dem langen, ragenden Kreuz, auf dem [der] silbern blinkende Heiland sich neigte und aberneigte, und alle Kinder waren um ihn herum, hinterdrein der Pfarrer und der Mesner, hierauf die Bergbraut samt ihren Gefährtinnen, schließlich unter Anführung des Vorbeters Gronne das Laienpublikum, die wenigen Männer, die mittaten, gefolgt von der ziemlich zahlreichen Weiberschar. So will es die Etikette der Prozessionen und Begräbnisse, eine Ur-Etikette der Menschheit möchte man beinahe glauben.

Der Vorbeter stimmte die Prozessionslitanei an:

»Der Herr hat auf dem Berg geredet
Stern und Mond haben gewehet
Und die Gnade hat er gesäet
Vor Tau und Tag
Emporgestiegen auf den Turm der Welt
Auf den Berg des Lebens hell
Gelobt sei Maria auf dem Berge.«

»Der Herr hat auf dem Berg geredet
Stern und Mond haben gewehet
Und die Gnade hat er gesäet...«

Das ging so weiter, etwas atemlos, weil man aufwärts stieg. Ich hielt mich hinter den anderen Männern, um mit Mutter Gisson, die an der Spitze der Frauenschar einherschritt, sprechen zu können. Den Hund hatte ich heimgeschickt. Er schaute uns noch lange nach, ehe er sich entschloß, kehrt zu machen, und immer wieder blieb er stehen, weil er mir die ganze Angelegenheit nicht glauben wollte.

»Ist ja nichts dabei, wenn er nachläuft«, meinte Mutter Gisson.

»Es ist bloß wegen der Heiligkeit.«

Straßabwärts verschwindet nicht nur Trapp, sondern auch die Milandin, die – Zäzilie an der Hand – mit großen Schritten wieder ins Tal hinunter geht.

»... den Berg des Lebens hell
Gelobt sei Sankt Peter auf dem Berge.«

Mutter Gisson sang das »Gelobt sei« brav mit, so brav, daß man meinen mochte, sie mache sich ein wenig lustig und sie sei bloß des guten Beispiels halber so sehr bemüht.

Aber vieles, was der Mensch tut, ist ernsthaft und belustigt zugleich, unendlich und endlich zugleich, besonders wenn sein Wissen schon hinter die erste Ebene gerückt ist und er die Gabe des Humors empfangen hat. Auch Suck, Sohn eines Reitersoldaten, herabgesunken und doch aufgestiegen zur Würde des Kutschers, der den schmächtigen Priester und Blumenliebhaber kutschieren darf, auch Suck, ein paar Schritte vor mir, sang brav mit.

»Vor fünfzig Jahren war es anders«, sagte Mutter Gisson nach der Art alter Leute, die manchmal bloß den Unterschied sehen, obwohl sie wissen, daß auch vor fünfzig und vor hundert Jahren der Wald stand, das Gras wuchs, die Schornsteine rauchten und der Weg sich schlängelte, manchmal in Kehren, manchmal steil.

Indes, der kleine Pfarrer war ein schlechter Bergsteiger; wir kamen nur langsam vorwärts. Im Wald war es dunstig, der Wind lief über die Wipfel, aber er kam nicht herunter, geschwängert von Wald ruhte hier die Luft, geschwängert von Holzgeruch, lebendigem und geschlagenem, von Waldgras und von dem süßen Moder des Bodens. Links und rechts vom Weg war alles mit Schwarzbeerenstauden bedeckt, ein hartgrüner Teppich.

»und die Gnade hat er gesäet
Vor Tau und Tag...«

Man hörte den Ruf der Goldammer.

»Damals haben wir einen Pfarrer gehabt, der hat's verstanden«, erzählte Mutter Gisson weiter, »in einer halben Stunde waren wir droben.«

»Na, na, Mutter, alles was recht ist.«

Sie hat aber noch heute den langausholenden Schritt des Bergbewohners und sie lächelt überlegen: »Wär' nicht schlecht, eine halbe Stund' das mach' ich auch heute noch... und der Pfarrer Arlett, der hat's verstanden, der hat auch den Segen verstanden.«

»Was gibt's da viel zu verstehen?«

Mutter Gisson lachte: »Gelobt sei Sankt Michel auf dem Berge.«

Ich glaubte zu wissen, wie sie es meinte: sie hatte eine rechte Abneigung gegen die Gattung der Schattenmännchen, zu denen unser dürftiger blumenzüchtender Gottesmann gehörte.

Nach einer Weile sagte sie: »Wenn so ein Segen was wert sein soll, gehört er in die Nacht...«

»Die Hochzeit ist ja auch bei Tag und nicht in der Nacht, Mutter Gisson.«

»Aber der Segen ist in der Nacht.«

»...und Mond haben gewehet
Und die Gnade hat er gesäet...«

»Natürlich, Mutter, doch ohne Bräutigam gibt's keine Hochzeitsnacht.«

»Der ist freilich kein Bräutigam, der da vorn.«

»Und der Pfarrer Arlett, der war ein Bräutigam?«

»Das [will] ich meinen... das war ein schrecklicher Kerl, dem hat man kein Mädel zur Beicht schicken dürfen...«

»Wüste Geschichten, Mutter Gisson... und da wart Ihr die Bergbraut.«

Sie machte ein schlaues und bedauerndes Gesicht: »Da war ja der Berg schon längst tot und verschlossen... ja, wie er noch offen war, richtig offen halt...«

Ich verstand: »Die Berge haben gekreißt.«

»Ja, meinetwegen... wie er noch offen war, da war es der Nachtsegen in der Hochzeitsnacht, mit Tanz und allem, was die Hochzeit ist, und noch ärger.«

»Im Wirtshaus?«

»Droben natürlich.«

»Das erzählt man sich?«

»Ja, so wird's erzählt.«

Ich erinnerte mich, daß es auch jetzt noch ein harmloses

Volksfest mit etwas Hoppsasa und Mummerei beim Kalten Stein gibt, im Herbst, wenn die Sternschnuppen fallen. Der Kranz der Feste und Beschwörungen, die der Mensch um den Berg geschlungen hat, ist eben schon welk und dürftig geworden, arg zerzaust vom Sturm der Jahrhunderte.

»...und die Gnade hat er gesäet...« und als ob es zum Text, aber zu einem richtigeren gehörte, setzte sie fort: »Bergmann im Berg, Kind im Leib, geborgen und geboren... gelobt sei Sankt Pankraz auf dem Berge.«

»Was habt Ihr da jetzt gesungen?«

Sie lachte erst ein wenig und dann sagte sie ernst: »Wenn die Zeit dazu da ist, wirkt der Segen bei der Braut und im Berg... das ist ein und dasselbe.«

Ich war mißtrauisch und sagte bloß »Ja«. Eigentlich hatte ich sie fragen wollen, ob sie sich als bräutlicher Schoß des Kupprons gefühlt hatte, damals vor Jahren, wie sie die Bergbraut war, oder ob Irmgard, die mit ihrer Brautkrone vor uns daherging, jetzt solche Gefühle hätte, bereit den fruchtbaren Segen zu empfangen, bereit sich vom heiligen Ritter erlösen zu lassen. Einstens vielleicht, als die Sprache entstand, vielleicht ehe noch die Erde sich zu den Gebirgen aufwarf und faltete, da gab es noch den Schoß der Berge, heute ist er ein in die Geologie verirrter leerer Begriff. Aber mit solchen Dingen kann man Mutter Gisson nicht kommen.

»Der Herr hat auf dem Berge geredet...«

Dann sagte ich doch: »Mutter Gisson, allen Ernstes, es gibt so und so viel lebendige Berge, denen man mit Bohrmaschinen und Seilbahnen beikommt... und ohne Bergbräute und Pfarrer...«

»Warum nicht«, meinte sie gleichmütig.

»Ganz abgesehen davon, daß man so einen Pfarrer Arlett, der das richtig besorgen kann, auch nicht so rasch findet... das ist doch ein anstrengendes Geschäft...«

Da mußte sie wieder lachen: »Wenn der Berg es will, ist der Pfarrer auch dazu da.«

»Ja, aber die Berge verzichten.«

»Nicht alle Berge sind gleich... emporgestiegen auf den Turm der Welt, auf den Berg des Lebens hell...« sie unterbrach neuerlich den Gesang, »außerdem sind sie geduldig, mancher läßt sich viel gefallen.«

»Himmelherrgott, Mutter Gisson, wenn ich nur wüßte, ob Ihr wirklich daran glaubt.«

Sie schaute mich ein bißchen mitleidig an: »Wart's ab... wart's ab, wart's ab bis sie ungeduldig werden und sich rächen... dann wirst du's ja selber sehen.«

»Nein«, sagte ich, »da werde ich gar nichts sehen, denn das Übel in der Welt ist nicht Rache und Strafe, sondern ein idiotisches Spiel... für nichtsundwiedernichts wäre der arme Suck gestraft, wenn ihm die Frau stürbe und er mit den Kindern allein bliebe...«

Suck, der seinen Namen gehört haben mochte, drehte sich um.

»Das Leben straft nicht«, sagte sie einfach, »aber es ist überall, auch im Übel.«

»Zugegeben, Mutter Gisson, dagegen ist auch nichts einzuwenden, aber welches Leben ist im Übel des Bergs und seiner Rache... etwa gar der Lindwurm...?«

Sie antwortete jetzt nicht mehr. Mit solchen Bemerkungen konnte man sie eben ärgern. Ob sie an Riesen und Drachen glaubte, das war eben nicht zu ergründen, danach durfte nicht gefragt werden. Sie steckte voller Geschichten von ihnen und ihrem Wirken und Wesen in Kraut und Gestein, sie stand mit ihnen in unausgesetztem fruchtbarem Verkehr, auf der Kräutersuche und im Hinhorchen und im Hinlauschen, das Fabelhafte drang immerzu zu ihr aus einem Einst, das vor jeder Erinnerung liegt und das ihr beinahe ebenso viel galt wie die Gegenwart, in der sie trotzdem mit festen Füßen wurzelt. Aber es ist wohl schon so: wer wahrhaft zu lieben versteht, wird vom Geliebten niemals völlig verlassen, nicht einmal im Tode, der wahrhaft Liebende weiß mit großer Bestimmtheit um den Dahingeschiedenen, er weiß von seinem steten Zurückkehren, das ihm zum Reichtum geworden ist, und wenn er auch nicht anzugeben weiß, in welcher Gestalt dies geschieht, wenn er sich auch scheut, zu sagen, »Es ist ein Geist«, oder »Es war ein Gespenst«, so ist er doch mit großer Sicherheit erfüllt und mag bloß nicht davon reden, ja, er wird ärgerlich wenn er darüber befragt wird. Und so mag es sich vielleicht auch mit Mutter Gisson verhalten, deren Liebe tief hinabreicht in die Zeit, und die vieles zu sich zurückruft, und verärgert ist, wenn man sie darum befragt, denn sie vermag nicht zu sagen »Es war ein Fabelwesen«, »Es war eine Fee«, »Es war ein Drache«, sondern sie weiß bloß, daß es um sie webt. Nein, man soll sie nicht fragen, und es war unrecht von mir, es getan zu haben.

Der Weg wurde steiler. Von vielen Wasserrasten unterbrochen, die Radspuren tief in den Felsen eingeschnitten, jahrtausendelang begangen und befahren, mit primitiven Schlitten verschliffen, ehe noch das Rad erfunden war, Knappenweg, Riesenweg, Zwergenweg. Das Schwarzbeerengefilde wurde etwas schütterer, und nun mußten wir öfters stehen bleiben, weil unser kleiner Pfarrer nicht weiter konnte. Ich wäre ihm gerne beigestanden, aber ich hatte in meiner Instrumententasche weder Koffein, noch ein anderes passendes Medikament. Außerdem hätte er vor der Messe ohnehin nichts zu sich genommen. Es war ein rechter Unsinn, einem sichtlich herzschwachen Menschen, und noch dazu in nüchternem Zustand, diesen Aufstieg zuzumuten. Und so rief ich, allem Herkommen zutrotz: »Setzen Sie sich doch ein wenig, Hochwürden.«

In seinem steifen Ornat wandte er sich eckig um und lächelte mir dankbar und unschlüssig zu.

»Aber ja, Hochwürden, es wird uns allen gut tun, und der liebe Gott wird nichts dagegen haben.«

Er überlegte noch einmal, und dann mit der Bewegung von Bäuerinnen, die ihre Röcke schonen wollen, hob er hinten sein Ornat auf und setzte sich auf den felsigen Wegrand; männlich war jetzt seine gestreifte geflickte Hose sichtbar. Die anderen taten's ihm nach. Der Ministrant lehnte den Christ an einen Gabelast und begab sich mit den übrigen Kindern ins Gehölz, sein weißes Chorhemd leuchtete einmal da, einmal dort zwischen den Stämmen. Der Herr Vorsänger Gronne entledigte sich seiner damastenen Kirchenfahne und zog eine Flasche hervor – jetzt zeigte es sich, was seinen Rock rückwärts so merkwürdig gebauscht hatte – und hielt sie unschlüssig in den Händen, während er sich in der Reihe der Weiber niederließ, die nun die ganze Steilseite des Weges schwatzend säumte. »Es ist nur Kaffee«, sagte er wie zur Entschuldigung, »zur Anfeuchtung«, aber obwohl sie alle, vor lauter Singen, nach der Anfeuchtung dringend verlangten und die Flasche recht begehrlich betrachteten, traute sich keines einen Schluck zu tun, ehe nicht die Messe gelesen war, und auch ich wagte nicht, Gronne aufzufordern, er möge die Labe dem Pfarrer anbieten, so sehr auch das Heilige nun ins Weltliche und, man mochte beinahe sagen,

Touristische aufgelöst erschien.

»Nun«, sagte ich, »wollt Ihr nicht auch ausruhen, Mutter Gisson?«

Sie hatte ihren Ärger schon wieder vergessen und schaute mit der verzeihenden Empörung eines Zeremonienmeisters auf mich und auf die Leute ringsum: »Nicht vor dem Segen«, sagte sie und rief Irmgard herbei, vermutlich um wenigstens diese, die Bergbraut, in der Würde zu halten.

Aber Irmgard, der zwar auch die Schweißtropfen auf der Stirne standen, sogar unter der Brautkrone, machte wirklich ein feierliches Gesicht.

Suck trat zu uns. Jetzt, da der Gesang erschwiegen, war alles vom Summen der Waldinsekten erfüllt. Quer über den Weg zog eine Ameisenstraße mit ihrem unfaßbaren blitzartig wimmelnden Treiben. Sucks fröhliches Gesicht ist besorgt: »Waren Sie heute bei ihr, Herr Doctor?« – »Ja, Suck, es geht.« Aber ich blicke dabei zu Mutter Gisson, die es besser weiß, ich tue es wohl auch, weil ich Suck nicht in die Augen schauen will und vielleicht, weil ich von ihr erhoffte, sie würde das Urteil, das sie über die Kranke gesprochen hatte, jetzt zurücknehmen: es geschah nichts dergleichen, obwohl sie doch Sucks angstvolle Frage gehört hatte und auch fühlen mußte, worum es mir ging; gleichmütig hatte sie sich darangemacht, die Schleifen, die von der Brautkrone Irmgards herabfielen und in Unordnung geraten waren, zu ordnen.

Suck fragte nochmals. »Wird sie gesund werden?« fragte er.

»Ja«, sagte ich [in] einer Art bitterer Auflehnung.

»Deine Buben werden groß und schön, Suck«, sagte Mutter Gisson und wies auf einen der Suckbuben, die sich im Wald herumtrieben.

Sucks Gesicht lächelte in seinem runden Seemannsbart. Die Buben glichen ihm, wie er seinem Vater noch immer gleicht, untersetzte stämmige und fröhliche Kerle, alle Sucks. Sie sind ihm gekommen in der schönen Notwendigkeit des Lebens, in der man gezwungen ist, die Hand nach der Frau auszustrecken, und all die Verwunderung bringen sie mit auf die Welt und hängt noch immer an ihnen, mit der man erstaunt war, daß die Frau zu so einem Kerl mit einem Seemannsbart Ja gesagt hat und ihn mochte, auch sie der schönen Notwendigkeit des Lebens unterworfen. Ich weiß nicht, ob Suck so dachte, aber so würde ich denken, wenn ich an seiner Stelle wäre oder selber Kinder hätte.

Der Bub, der nun herangekommen war, betrachtete die Bergbraut. Und dann wollte [er] den Strauß haben.

»Nein«, sagte Mutter Gisson, »den kannst du nimmer haben, der gehört schon dem Herrgott, aber anschauen kannst du ihn.«

Auch ich betrachtete den Strauß in Irmgards Arm. Er bestand vor allem aus Nelken, vermischt mit zartem Espengras, aber es gab auch eine Menge Kräuterzeug dabei, vielerlei, das mir ganz fremd war und vermutlich von Mutter Gissons geheimnisvoller Sammeltätigkeit herstammte. Die lanzettförmigen Blättchen des Schlangenkrautes, das hier so genannt wird, weil ihr Absud angeblich gegen Kreuzotternbisse hilft, die erkannte ich freilich.

»Ja, die Blumen gehören dem Herrgott«, wiederholte nun Mutter Gisson mit lauterer Stimme, indem sie sich zum ersten Male an den Pfarrer wandte, »nicht wahr, Hochwürden?«

»Ja«, sagte er mit seinem leisen und erschöpften Gesicht, »das tun sie wohl.« Und er trocknete mit buntem Sacktuch das bleiche Gesicht.

Ich ging vor, setzte mich zu ihm und bat um seinen Puls. Ach, meinte er, es sei schon wieder in Ordnung, er wäre bloß etwas zu rasch heraufgestiegen. Ja, und es käme bloß davon, wenn man des Steigens nicht gewohnt sei.

»Na, Hochwürden, ich bin nicht eben dafür, daß Sie sich noch zum Touristen ausbilden, aber kleine Spaziergänge, das täte Ihnen schon recht gut.«

Die Dalmatica hing zwischen seinen gespreizten Beinen herab. Ich hätte ihm gerne vorgeschlagen, sich all dieser Dinge zu entäußern und das letzte Stück des Weges in Hemdärmeln zurückzulegen. Der Pfarrer Arlett hätte es gewiß so gemacht.

»Und das nächste Jahr lasse ich Sie da nicht herauf, da werden Sie mit meinem ärztlichen Veto zu rechnen haben.«

»Das nächste Jahr«, er lächelte wieder sein schwaches schiefes Lächeln, »das ist lange bis dahin, ich rechne nicht mit so langen Zeiträumen... wie es dem Herrn gefällt.«

Und damit erhob er sich, strich Soutane und Ornat glatt und machte sich zum Weitermarsch bereit. Aber wenn einmal eine Arbeit unterbrochen ist, dann sieht es mit der Wiederaufnahme stets übel aus, und Rastpausen zur unrechten Zeit sind beim

Bergsteigen nicht von Vorteil. Den ins Schwatzen geratenen Frauen war das Sitzen im Schatten angenehm, niemand hatte Bedürfnis nach dem Bergsegen, der jetzt wie ein von den Vorfahren aufgehalstes und vom eigenen Unverstand beibehaltenes Ungemach auf allen lastete. Indes besann sich Gronne, der Vorsänger, doch seiner Pflicht, und als er sein weinerliches: »Der Herr hat auf dem Berge geredet...« wieder losließ, kam unter der Beihilfe des Mesners wieder eine leidliche Ordnung in die Expedition.

Und jetzt war es schließlich auch nimmer arg. Es dauerte nur mehr eine kurze Weile, und man sah es licht durch die Stämme schimmern, und als wir in unserer Litanei bei der »Sankt Genovefa auf dem Berge« waren, da traten wir in den Holzschlag hinaus. Die schwitzende Menschenreihe war von Pferdefliegen und Mücken umschwärmt, oben vor uns stand die Kapelle, noch eine Serpentine, und wir werden sie erreicht haben, aber groß erhob sich die Felswand hinter dem letzten Waldstreifen, grau und zerschnitten von rostbraunen Streifen. Der Himmel war noch immer mit dem lichten weißen Grau überweht, doch wo die Sonne stand, blendete er jetzt opalig. Es roch nach Gras, Niedergebüsch und atmendem Bruchholz. Mit S-förmig hingelegtem Schwanz saß eine der hier landesüblichen schwarzen Eidechsen auf einem Baumstrunk und sah uns mit erhobenem Schlangenköpfchen an.

Wir rückten nur mehr ganz sachte vorwärts. Ich hatte dem Pfarrer meinen Stock gegeben, aber da er trotzdem immerfort glitt, war jetzt Suck vorgesprungen, hatte ihm die Hand gereicht und zog ihn hinter sich her. Und wie wir nun so schön langsam hinaufkrochen, dem schwanken Kreuze folgend, das der Ministrant der Steile halber nun ganz schräg hielt, ich aber, wie es eben schon meine Gewohnheit hier ist, wieder einmal die Felswand vor mir betrachtete, da entdeckte ich zu meiner Verwunderung, denn bisher war mir dies noch nie so richtig aufgefallen, daß in nicht allzu großer Höhe ein waagrechter Wulst, etwa zwei oder drei Meter dick, die ganze Felswand entlang sich streckte, vergleichbar dem Relief einer riesigen Schlange. Mit dem leisen Unmut, der mich da immer packt, wenn ich die Unmöglichkeit bestätigt sehe, selbst die geliebteste Landschaft restlos zu erfassen und zu kennen, schaute ich weiter hin und fand, daß jener Wulst sich an einer Stelle nach unten abbog und dort in einem dreieckigen Gebilde endete, das einem Schlangenkopf verteufelt ähnlich war und genau auf den Eingang des verschütteten Zwergenstollens hinzielte. Meinetwegen, sagte ich mir, doch im nächsten Augenblick stutzte ich und wurde unsicher: allzuviel hatte man heute schon von Drachen und Lindwürmern gesprochen, aus deren Klauen die Bergbraut Irmgard befreit werden sollte –, war das, was ich sah, tatsächlich so, wie ich es sah? war ich oder irgend einer meiner schauenden Ich-Teile von der Zeremonie, an der ich, wie mir schien, ziemlich unbeteiligt mitspielte, doch so sehr gefangen genommen, daß ich Dinge sah, die es nicht gibt? man kann schließlich in Felsgebilde alles mögliche hineinphantasieren, sie eignen sich dazu ebenso gut wie Tropfsteingestalten, warum also nicht auch Schlangen, die sich um einen Berg herumwinden? Da stand die Felswand, milchig grau sie selber, im milchig weißen Licht des Himmels, stand da wie uralt erstarrtes Licht, ein uraltes Lächeln der Erde, nein, ihr Lachen, da sie sich zum ersten Male dem Licht öffnete, und wir rückten an sie heran mit unseren Beschwörungen, auch diese uralt, doch schon abgenützt von der Zeit: durfte sich da der Fels nicht den Spaß machen, sich mit einer Schlange zu gürten? Mit der Litanei war es jetzt nicht mehr zu machen. Gronne hatte die Stimme verloren, und »Uff, Hochwürden«, schrie Suck vorne, »gleich werden wir's haben, nur noch ein Stückchen«. Und da waren die Kinder auch schon droben, und der Ministrant, der zuletzt auf allen vieren geklettert war, rammte sein Kreuz triumphierend in die Erde. Und »Hopp, Hochwürden« schrie Suck und zog den Pfarrer auf das kleine Plateau vor der Kapelle.

Da waren wir also. Und die meisten fanden, daß es heute besonders steil gewesen war. Der kleine Pfarrer aber lehnte lächelnd und schwer atmend in der geöffneten und mit einer Reisiggirlande umwundenen Kapellentüre und war stolz ob seiner touristischen Leistung. Und er hatte noch immer meinen Stock in der Hand.

»Wer langsam geht, wird müd«, sagte Mutter Gisson und klopfte ihre Röcke glatt, »das wird ein müder Segen.«

»Gewiß«, antwortete ich, indem ich mich halb an den Pfarrer wandte, »und deshalb soll sich unser geistlicher Herr erst einmal wieder ausrasten.«

Aber der Pfarrer lächelte verneinend und verschwand, vom

Mesner gefolgt, in der Kapelle, so daß sich die Gemeinde, voran die Bergbraut und Mutter Gisson, genötigt sah, gleichfalls einzutreten. Es gab eine kleine Stauung.

Wir waren hier gewissermaßen im Mittelpunkt des hellen Lichtnebels, der diesen Morgen von Anbeginn an erfüllt hatte, nein, der dieser Morgen selber war, so restlos waren Tal und Fels und Himmel von ihm durchdrungen. Schier mochte man glauben, wir stünden hier am Ufer des Morgens selber, am Ufer eines Meeres, das in seiner morgendlichen Stille bis in die fernsten Unendlichkeiten sich dehnte. Suck neben mir sagte: »Heut' ist der Stein mild.«

»Ja«, sagte ich, und wir schauten beide zum Kuppron empor.

»Hören Sie mal, Suck«, sagte ich, »das Ding da droben sieht wie eine Schlange aus.«

»Ja«, bekräftigte er, »die Schlange um den Berg... die geht ringsherum.«

»Komisch«, sagte ich.

»Warum? vielleicht ist sie versteinert... das gibt es doch.«

»Mensch«, sagte ich, »eine Schlange um den ganzen Berg... so was Dummes.«

»Vorsintflutlich«, meinte er, »da gibt's allerhand.«

Unterdessen aber war soweit Ruhe eingetreten, und ich mußte mir den Weg in die Kapelle bahnen, denn ich wollte ja Irmgard in ihrer Brautfunktion sehen, und Mutter Gisson hätte es mir außerdem schwer verübelt, wenn ich es nicht getan hätte.

Hell im flutenden Licht des Morgens, das durch die Türe und die beiden Spitzbogenfenster eindrang, lag der kleine weißgetünchte Raum, blaß in solcher Helligkeit waren die Kerzenlichter, die auf dem Altartisch ordnungsgemäß brannten. Welch seltsame Art von Gottesdienst wurde hier dargebracht! Die Kerzen glichen vergehenden Sternen im Morgenlicht, und unter ihnen, süß und kitschig angelächelt von einer Gipsmadonna im blauen Sternenmantel, einem Kunstwerk, das zweifelsohne unter dem Kommando des Pfarrers Arlett hier aufgestellt worden war, lagen die Steine, jene Steine nämlich, um derentwillen die ganze Zeremonie der Steinsegen heißt, Erzstücke eigentlich, die wahrscheinlich schon vor Erbauung der Kapelle und längst ehe sie diesem christlichen Gelaß zur Aufbewahrung übergeben worden waren, zu kultischen Zwecken gedient hatten, denn die Oberfläche dieser kindskopfgroßen und von Metalladern durchzogenen Stücke war abgescheuert und geschliffen, als wären sie jahrtausendelang im Strome menschlicher Berührung gelegen. Doch unter dem Kreuz hinter dem Altar war an der Wand eine alte Bergmannshaue angebracht. Vor diesen Gegenständen zelebrierte der Pfarrer, und was er tat, mußte ihm, dem kirchlichen Priester, als ein Vorgang erscheinen, der sich hart am Abgrund verdammenswürdigen Aberglaubens hinbewegte. Und wie war es um die Gemeinde bestellt? da, in der ersten Bank der kurzen Betschemelreihe, kniete Mutter Gisson, die kraft eines andersgearteten Wissens nur wie ein achtungsvoller und dennoch lächelnder Gast dem Kirchlichen zugetan war und überdies an den Pfarrer Arlett dachte, da kniete Irmgard, die Bergbraut, in der seltsam feierlichen Frömmigkeit und Würde eines schöngeschmückten Bauernmädchens, und man wußte nicht, ob solche Frömmigkeit der Gerechtigkeit des Marius galt, an die sie glaubte, oder der Freude, sich ihm in solcher Schönheit und solchem Schmuck zeigen zu können, und es waren die Kinder da, froh in die sonst versperrte Kapelle eingedrungen zu sein, und die Weiber, von denen eine jede die Eßwaren im Tuche verknotet vor sich auf dem Fußboden liegen hatte. Und doch hatte die an sich so dürftige Zeremonie die stille Würde des Sommermorgens, in dem sie sich vollzog, war wie dieser wie ein Blick über das dämmernde Meer, und die Gesten des Priesters, die Gesichter der Menschen waren wie huschende weiße Nebel oder wie undeutliche Segel, die über das noch schattenhaft Unendliche dahinziehen. Denn so irdisch die Gebärde des Gebetes auch sein mag, wichtiger ist wohl die Fähigkeit, sie zu vollführen, diese einfache Fähigkeit des Menschen, die man sogar als seine schauspielerische schmähen dürfte, sie ist gleichsam die Gewähr, nein, nicht nur gleichsam, sie ist die wirkliche Gewähr, daß der Mensch, der aus der Unendlichkeit stammt und ohne sie nicht leben kann, sich zu ihr zurückzuwenden vermag. Es ist die Gewähr der Unendlichkeit. Mochte auch der kleine Pfarrer erschöpft sein, das Ornat arg verstaubt, mögen ihm die Füße in den bäuerlichen Schuhen auch brennen, mochte Irmgard ihr bräutliches Geschmeide auch unter allerlei unheiligen Nebengedanken zur Schau stellen, mochte Mutter Gisson einer Ferne teilhaftig sein, deren Schlichtheit keiner kultischen Anstrengung mehr bedarf, es kam dennoch in der Verrichtung des Priesters, in dem Gestus der Beter, in der bloßen Verrichtung und in dem bloßen Gestus, die Hingabe an das Jenseitige und Unerklärliche zum Ausdruck, es ist der Mensch, der die Hände zum Gebet faltet, dennoch von der Würde seines verschlossenen Antlitzes so sehr getragen, daß ihn die weißen Segel seiner demütigen Haltung durch viele Schichten des Seins dahinwehen, durch viele und aberviele bis zu den ahnenden Gestaden der Unendlichkeit, bis zu den Gestaden des unsichtbaren Himmels, geahnt von des Beters blindem Blick. Draußen vor der Kapellentür zirpten die Zikaden ihren weißen Gesang.

Doch der Steinsegen selber findet nicht in der Kapelle statt. Während der drei Vaterunser, die am Schluß der Messe gesprochen wurden, hatten der Mesner und Gronne die Erzstücke vom Altartisch geräumt und sie in eine Tragtruhe gelegt, ein Gerät, wie es im alten Bergbau vielfach verwendet wurde, als es weder Hunde, noch Gleise gab. Zwei Burschen packten die Truhe, die Bergbraut mit ihren Genossinnen, die Kinder und die übrigen jungen Leute scharten sich um sie, und ehe wir anderen unsere Prozession wieder geordnet hatten, war die ganze Gruppe mitsamt ihrer Last im Walde verschwunden. Denn sie hatten uns dort, beim Eingang der alten Zwergengrube zu erwarten.

Der Mesner hatte jetzt die Bergmannshaue von der Wand genommen und trug sie neben seinem Räucherfaß, der Ministrant war schon wieder mit seinem Kreuz ausgerüstet, Gronne aber steckte die Kirchenfahne, die neben dem Altar aufgepflanzt gewesen war, wieder in den Gurt und stimmte aufs neue seine Litanei an, allerdings unter Verzicht auf die Anrufung aller Heiligen, vielmehr endete jetzt jeder Vers mit einem »Gelobt sei Sankt Georg auf dem Berge«. So marschierten wir nun gleichfalls in den Wald hinein, und bei unserem Tempo brauchten wir wohl an die zwanzig Minuten bis wir unseren Vortrab beim Zwergenstollen antrafen: da stand nun die Bergbraut mit dem Rücken zum vermauerten Schachteingang, vor ihren Füßen befand sich die Truhe mit der Mineralienkollektion, und die Mädchen hatten, an den Händen sich haltend, einen Halbkreis um sie herum gebildet, als wollten sie Braut und Mineralien schützen. Kaum waren sie unserer singenden Schar ansichtig geworden, als sie einen Gegengesang anstimmten, etwas kindisch und grotesk, denn er ging auf die Melodie des »Weißt du wie viel

Sternlein stehen«, und sie plärrten es wie in der Schule:

»Niemand darf heran sich traue-en
An des Riesen feste Burg
Oder bring ihm ein Jungfraue-en
Daß er dir nichts Böses tu.«

Trotz dieser Warnung rückten wir mutig weiter vor. Einstmals hat solcher Gesang wohl aus dem Schacht heraus und recht grausig geklungen, gar, wenn zu Vorzeiten sich dies alles in dunkler Neumondnacht abgespielt hatte. Ich schaute zu den Felswänden hinauf; das große Schlangenrelief war von hier aus nicht zu erkennen, aber von dem überhängenden Stein, den ich als Schlangenhaupt agnosziert hatte, züngelten zwei rostrote Rinnsale herab.

Wir blieben beharrlich bei unserer Litanei:

»Der Herr hat auf dem Berg geredet
Stern und Mond haben gewehet
Und die Gnade hat er gesäet
Vor Tau und Tag
Emporgestiegen auf den Turm der Welt
Auf den Berg des Lebens hell
Gelobt sei Sankt Georg auf dem Berge.«

Und wir siegten schließlich auch damit. Denn als wir vor der Mädchenkette standen, da hatten dieselben auch schon klein beigegeben und sangen nur noch:

»Kommt der Christ die Welt zu lö-ösen
Aus des Satans groß Rachén
Müssen fliehen alle bö-ösen
Ungetiere und Drachén.«

Bei diesen Worten aber berührte der Mesner die verschlungenen Hände zweier Mädchen mit der Bergmannshaue, die Kette löste sich, und der Pfarrer konnte in den Halbkreis eindringen. Die Bergbraut Irmgard hinter ihrer Truhe sank in die Knie mit schöner Würde, freilich nicht ohne vorher ihr Sacktuch auf die Erde ausgebreitet zu haben, und der Pfarrer, auf sie zutretend, machte das Kreuzeszeichen über ihrem Haupt, doch auch vor dem vermauerten Eingang des Berges, und er segnete mit dem Weihwedel sowohl ihren jungfräulichen Leib wie den des Berges, während die Gemeinde das Vaterunser und den englischen Gruß sprach. Und nachdem dies geschehen war, hob die Braut aus ihrer knieenden Stellung ihre beiden Hände mit dem Strauß empor dem Pfarrer entgegen und bat: »Du hast mich erlöset, nimm meine Blumen.« Der Pfarrer dagegen hatte zu antworten: »Ich nehme deine Blumen, du aber nimm diesen Gesegneten«, damit wies er in die Mineralientruhe hinein, »trage ihn und sei erlöset.« Wir jedoch waren bei diesen Worten nicht mehr zu halten, und mit ausgeruhten Kehlen legten wir nochmals, zum letzten Mal los:

»Der Herr hat auf dem Berg geredet
Stern und Mond haben gewehet
Und die Gnade hat er gesäet
Vor Tau und Tag
Emporgestiegen auf den Turm der Welt
Auf den Berg des Lebens hell
Gelobt sei Sankt Georg auf dem Berge.«

Irmgard war inzwischen aufgestanden; sie hatte das goldhältige Erzstück, das ihr von dem weisenden Finger des Pfarrers empfohlen worden war, in einen ihr dargereichten Linnenstreifen gehüllt und trug es nun im Arm: so trat sie unter uns, und die Frauen berührten sie mit zärtlichen Fingern, sie und die Bänder, die von ihrer Brautkrone fielen, sie berührten auch sacht den in Linnen gehüllten Stein und sagten: »Ja, die Irmgard.« Gronne allerdings duldete nicht lange solch zärtlichen Firlefanz, er ordnete seinen Zug und trieb zur Eile, denn schließlich wollte doch jeder endlich zu seinem Imbiß kommen. Und da dies für alle sehr einleuchtend war, waren wir bald auf dem Rückweg, voran der Ministrant und die Kinder, hernach mit den Mädchen die Bergbraut, der die Truhe nachgetragen wurde, hinterdrein Pfarrer, Mesner, Vorbeter und Gemeinde. Gronne schwieg jetzt, allein die Mädchen und Kinder sangen:

»Kommt der Christ die Welt zu lö-ösen
Aus des Satans groß Rachén

Müssen fliehen alle bö-ösen
Ungetiere und Drachén
Heilger Georg, heilger Georg
Auf dem Berge unser Ho-ort
Schöne Jungfrau ist gene-esen
Aus dem Drachenblute dort.«

»Na also«, sagte Mutter Gisson, was nicht sonderlich feierlich klang. Es war doch immerhin jetzt allerhand geschehen, es war der Berg oder zumindest die eigene Enkelin aus der Umschlingung des Drachen befreit worden, die Irmgard trug einen Erzklumpen, wir hatten immerhin einiges geleistet und waren müde, und dies alles mit einem Na-also abzutun, schien mir gering.

»Deine Lanze tat besie-igen
Und der Heide liegt gefällt
Jungfrau tut das Kindlein wie-igen
Und der Christ regiert die Welt
Heilger Georg, heilger Georg
Auf dem Berge unser Ho-ort
Alle Englein dich umflie-igen
Heilger Christ an jedem Ort.«

Ja, und trotzdem hatte Mutter Gisson mit ihrem Na-also recht. Das Fest war gefeiert, der Berg war beschworen, das Heiligtum war geöffnet. Einmal im Jahr. Einmal im Jahr, in jedem Jahre, den Strom der Jahrtausende hindurch. Und doch war es, als sei in diesem unendlichen Strom gerade das Unendliche, das an seinem Anfang stand und das immer aufs neu beschworen werden sollte, geringer geworden, ja, als sei das Stück, das der Mensch mit seiner Beschwörung schon gehoben hatte, wieder zurückgesunken in seinen unerreichbaren Urzustand, bloß einen erstarrten Schimmer seiner selbst zurücklassend, ein Stück goldhältiges Erz, einen diesseitigen Schimmer, und vielleicht nicht einmal diesen. Niedlich und harmlos war die Unendlichkeit, mit der wir es da zu tun hatten, allzuleicht war ihr Drache besiegt, seine Vielköpfigkeit war eine Kette von Mädchenköpfen, der Gottesstreiter, den uns die Kirche geschickt hatte, war unser kleiner Gärtner-Pfarrer, dem man es ansah, wie froh er war, die Sache schlecht und recht erledigt zu haben, und sogar der Lobgesang ob der Niederwerfung des Heidnischen war zu einem Kinderstubenliedchen geworden. Es ist, als ob das Unendliche den Zusammenhang mit sich selber verloren hätte, als stünde die Seele zwischen den Zeiten, immer wieder verdammt, das schon Gehobene ins Unscheinbare und Spielerisch-Kindliche entgleiten zu lassen, es ist, als wäre zwischen dem lebendigen Unendlichen des Einst und dem Unendlichen des Kommenden, sie beide geahnt, sie beide gewußt, wenn der Mensch die Augen schließt, eine tote Wegstrecke, die vor ihm liegt, wenn er die Augen öffnet, unfähig er, der Wissende, das Unterirdische zu erfassen, das er schon einmal beschworen hat. Mutter Gisson hatte recht, wenn sie Na-also sagte.

Ich sagte: »Man sollte wenigstens für die Feier den Stollen öffnen.«

»Wem soll das nützen?«

Ich mußte einen Augenblick überlegen: »Wegen des Gruselns... vielleicht spürt man doch das Unterirdische.«

»...
Heilger Georg, heilger Georg,
Auf dem Berge unser Ho-ort
...«

»Das hat schon der Pfarrer Arlett tun wollen... der ist hinein... damals war der Stollen noch nicht vermauert, nur mit ein paar Brettern verschlagen...«

»Und?«

»Er hat's eben mit Gewalt probieren wollen... alles hat der mit Gewalt gemacht... auf der Kanzel und im Bett... aber da hat es ihm nichts genützt, das Unterirdische läßt sich keine Gewalt antun...«

»Nein«, sagte ich.

»Das Mädel hat wohl ein Kind gekriegt, aber der Berg ist stumm geblieben... daraufhin haben wir ihn vermauert.«

»Den Pfarrer?«

Sie lachte: »Nein, der ist alt geworden, und wir haben alle geweint, wie er gestorben ist.«

»Aber, Mutter Gisson, das war doch ein Unmensch.«

»Nein, das war [er] nicht... dumpf war er, und gut war er, und groß war er, auch in seinem Glauben, und er hat das Wort gehabt...«

»Das nennt Ihr das Wort?«

»Ja, das Wort hat er gehabt wie nur irgendeiner, und die Männer waren wie Weiber vor ihm... und da hat er eben auch das unterirdische Weib bezwingen wollen, für seinen Glauben...«

»...
Deine Lanze tat besie-igen
Und der Heide liegt gefällt...«

sangen die Kinder.

»Und wenn der Berg gar keine Frau wäre Mutter Gisson?« Da[s] hatte ich schon längst einmal sagen wollen. »Er könnte ja ebensogut der Drache statt der Bergbraut sein.«

»Aha.«

Ich schaute sie fragend an.

In diesem Augenblick zerriß die Sonne den lichten Schleier der Welt. Braungold wurden die weißbehaarten Föhrenstämme, goldschwarz war der Nadelboden, überdeckt von den Schatten und Sonnenflecken, die bis ins Gezweige hinauf hingen.

Doch ich wollte nicht nachgeben: »Eher als der Berg ist das Tal ein Weib... oder das Meer...«

»Das Meer...«, sie sprach das so andächtig aus wie ein Mensch, der sich ein Leben lang nach dem Meer gesehnt hat, obwohl sie es doch sicherlich nie getan hatte, »...das Meer... um das Meer ist die Schlange gelegt, und sie ruht im Meer.«

Ich hatte ein lächerlich unheimliches Gefühl in der Bauchgegend, es war, als ob man mir die Steinschlange des Kupprons um den eigenen Leib gelegt hätte.

»Weißt du«, fuhr sie fort, »wo der Mann und wo das Weib steckt? ob der Berg sich in das Meer senkt, oder das Meer in den Berg sich ergießt?«

Ich wagte keine Einwendungen mehr.

Sie sagte: »Wer stark ist, schwängert und wird geschwängert, in allem und von allem... und wir können nichts anderes tun als horchen und lauschen, wann die Zeit des einen und wann die Zeit des andern ist, weil in einem jeden Ding beide Zeiten sind und in ihm leben. Das solltest du wissen, Herr Doctor.«

»Ja, Mutter«, sagte ich, »vielleicht werde ich es einmal wissen.«
»Mach's schleunig«, sagte sie, »und laß es wachsen.«

»...
Schöne Jungfrau ist gene-esen
Aus dem Drachenblute dort...«

sangen die Kinder.
Der kurze Waldweg war zu Ende, die verwitterte Rückseite der Kapelle kam in Sicht, wir traten auf die Lichtung hinaus, groß lag das Tal und besonnt lag es vor uns. Da stiegen wir nun auch die letzte Böschung hinab, der Pfarrer stützte sich auf meinen Stock, und wenn er trotzdem im Geröll ausglitt, faßte ihn Suck unterm Arm. Und als die Kinder ihr letztes »Heilger Christ an jedem Ort« sangen, langten wir vor der Kapelle an, in deren Türe nun die Sonne schräg hineinleuchtete, so daß neben dem gelben Lichtprisma der übrige Raum beinahe dunkel ausschaute.
Hier nun, auf die bloße Erde vor der Kapellenschwelle, legte Irmgard, nachdem sie ihn aus seiner Hülle gewickelt hatte, den Stein, den sie getragen, und ebenso geschah es mit den Steinen aus der Truhe. Denn dies war der letzte Akt der Feierlichkeit. Der Pfarrer blieb auf der Schwelle stehen, die Bergbraut kniete vor ihm nieder und wurde mitsamt ihren dort liegenden Steinen nochmals gesegnet. Dann begab sich der Pfarrer zum Altar, auf den er den Blumenstrauß legte, und rief »Aurum«, da brachte Irmgard das Golderz, und er rief »Argentum«, da brachte sie das Silbererz, und dann rief er noch »Cuprum« und »Plumbum«, und sie brachte das Kupfer- und das Bleierz, und das war wie eine Taufe, doch gleichzeitig auch eine ordentliche Inventur, denn damit wurden ja die Steine auch für ein ganzes Jahr von neuem aufbewahrt. Und während das Schlußgebet gesprochen wurde, befestigte der Mesner wieder die Bergmannshaue an der Wand, so daß damit alles in den früheren Stand zurückversetzt war. Dann wurden die Kerzen gelöscht, alles verließ die Kapelle, die Türe wurde abgeschlossen, der Pfarrer schlug das Kreuzeszeichen über sie, und der Schlüssel wurde abgezogen. Die Feier war zu Ende; bloß die Blumen, deren brüchiger Staub erst im nächsten Jahr hinausgekehrt werden wird, waren als

Erinnerung an sie auf dem Altartisch geblieben.

Freilich, ehe es noch so weit war, waren die Tücher mit den Eßvorräten [aufgeknotet] und die Flaschen entkorkt worden. Eine allgemeine Eilfertigkeit [hatte] eingesetzt, nicht nur des Hungers halber, sondern wohl auch, weil jeder fühlte, daß trotz der harmlosen und vielfach kindischen Verkleidung Unbehagliches vor sich gegangen war, etwas, das jeder so rasch als möglich hinter sich zu bringen suchte. Es war ein allgemeines Gefühl der Erleichterung, und manche gaben dem Ausdruck, indem sie hinter die Kapelle traten und das geweihte Gemäuer beschmutzten. Daß sich aber auch der Pfarrer erleichtert fühlte, war nicht zu verwundern, er hatte schwer gearbeitet, allzuschwer für sein armes Herz, und nun saß er neben mir auf den besonnten Steinstufen, denn bis zum Waldschatten hinüber hätte es nicht mehr gelangt. Die kompakten Lebensmittel, die ihm von allen Seiten angeboten wurden, verschmähte er, dafür war er noch zu schwach, nur einige Schluck des kalten Kaffees aus Gronnes Flasche vermochte er anzunehmen.

»Also das nächste Jahr wird ein Stellvertreter heraufgeschickt, Hochwürden, darauf bestehe ich.«

»Ja«, lächelte er entschuldigend, »ja, Herr Doctor, vielleicht... aber ein Stellvertreter, das ist auch ein bißchen kostspielig, und so kann ich doch wieder einiges für meine Blumen tun.«

Sicherlich war er so bedürftig, daß es ihm auf die paar Groschen für eine Messe ankam. Aber sicherlich sagte er es auch, weil er in mir den Heiden vermutete, für den die pekuniären Motive die einzig verständlichen sind. Doch als Mutter Gisson jetzt vor ihn hintrat und »Recht schönen Dank für die schöne Messe, Herr Pfarrer«, sagte, es mit all der Würde sagte, die ihr zu eigen war, da legte er den Kopf noch etwas schiefer, breitete ein wenig die Hände aus, um anzudeuten, daß er bloß seine bescheidene, wenn auch etwas mühselige Pflicht gegenüber Gott und dieser kleinen Christengemeinde erfüllt hätte, und er antwortete mit großer Reinheit und Herzlichkeit: »Es war mir eine große Freude, Frau Gisson.« Denn so sehr sich dies auch auf jenen Schichten höflicher Riten vollzog, an denen der Mensch als solcher kaum mehr beteiligt ist und von denen es vielerlei in den bäuerlichen Umgangsformen gibt, bei Mutter Gisson, wie auch bei dem Pfarrer ging solche Höflichkeit geradlinig aus dem Sein hervor, aus einem Sein, das bei ihr groß und rund, bei dem Gottesmann hingegen etwas schmal und dürftig und von solcher Klarheit war, daß Mutter Gisson seine Hand losließ und mit all dem Nachdruck, dessen sie fähig war und dem niemand so leicht widersprechen konnte, ihm befahl: »Jetzt legen Sie aber sofort das Ornat ab, Hochwürden, sonst ziehe ich es Ihnen aus... jetzt brauchen wir das nicht mehr.« Und der Pfarrer gehorchte so eilend, daß er Irmgard, die nun, der Großmutter folgend, gleichfalls gekommen war, um mit einem Knicks für empfangenen Segen zu danken, kaum zunicken konnte. Aber bei Irmgard war es ohnehin nur eine äußerliche Höflichkeit, und sie war daran nicht beteiligt.

Vom Kirchturm unten tönte es zehn Uhr herauf. Das Meer des Morgens war aus dem Tal gewichen, grün liegt das bebaute Land in der Tiefe, dunkler im Grün dort, wo die vielen Almbächlein zueinanderstrebend das Gefilde durchziehen, dunkler im Grün nun auch schon die Obstgärten des Unterdorfs und die waldbestandenen Höhen des jenseitigen Talufers, und von den verstreuten Gehöften klingen die Kuhschellen herauf. In grenzenlos untadeliger Bläue ist der Himmel darüber gespannt, hoch über dem Tal, höher noch über den steinernen Bergen, die dem Frühling noch entrückt, den späten Sonnenwinter tragen. So hauset der Mensch von Anbeginn und bis in Urfernen, und seine frühesten Ahnen und spätesten Enkel sind für ihn nimmer Geschlechtliches, ja, kaum mehr Menschen, sie sind wie ewige Wesen, Götter nicht und nicht Steine, und doch Gott und Stein zugleich, sie, die am unendlichen Ur-Anfang und Ur-Ende stehen, Einheit, die nach Äonen zur Einheit des Ausgangs zurückfindet, während in uns, die wir in der Mitte sind, bloß die Erinnerung und die Ahnung ist, dennoch so stark, daß sie ein Wissen von dem ewig sich Verwandelnden, ewig Ineinanderfließenden ist, ein Wissen vom Ununterscheidbaren, in dem alles Gespaltene wieder einmünden will, einmünden wird. Mann und Weib, von der Sonne herabfließend, im Berge wuchtend, im Meere flutend, Mann und Weib über die Felder gebeugt, in den Hütten hausend und die Sprache sprechend, die vielfältige, die noch zerrissene und ungefüge voll vieler Floskeln und Riten, Mann und Weib, sie werden wieder eins sein inmitten ihrer blühenden Felder, wenn ihre Sprache, selbst sich dichtend und von der Erde singend, in ihre eigenste Tiefe zurückgekehrt, ihre Einheit wird ausdrücken können.

»Ja«, sagte Mutter Gisson, die mich beobachtet hatte, »was meinst, Herr Doctor? ist das Tal jetzt ein Berg oder ein Mann?«

»Hol Euch der Teufel, Mutter Gisson, ich mein', daß Ihr mit [dem] Abstieg beginnen und lieber im Wald rasten sollt... hier wird's zu heiß.«

»Und du?«

»Ich geh', da ich schon hier bin, zum Paß hinüber, zum Mittisvater.«

Die beiden alten Mittis sollte ich ohnehin schon wieder seit langem besuchen. Und so verabschiedete ich mich und überließ es Suck, den Pfarrer, der nun glücklicherweise in Hemdärmeln dastand, richtig ins Tal hinunter zu lotsen.

VII.

Es hatte einige Tage geregnet, immer langsamer und langsamer, und eines Nachts war der Regen weggeblasen. Zeitig schon wurde ich vom Geruch des Sommers geweckt, der stoßweise mit dem Südwind durch das weitgeöffnete Fenster hereingetragen wurde. Ich stand auf und beugte mich hinaus. Feucht noch war der kleine Garten und beschattet von dem Fichtenwald, der ihn umgibt. Auf dem Kies macht sich eine Amsel zu schaffen. Doch nun fliegt sie davon, denn Trapp, dessen schwarze Nasenspitze über den gekreuzten Pfoten eben noch aus der Hundehütte herausgeschaut hatte, hat mich bemerkt, kam eilends herausgekrochen, dehnte sich zweimal mit offenem Maul und durchgebogenem Kreuz und begann jetzt bellend und schweifschlagend vor dem Fenster zu tanzen.

Sind es diese Morgen, diese Sommermorgen und diese Wintermorgen, die mich alternden Mann nun schon seit so vielen Jahren in diesem Bergdorf zurückgehalten haben? sind sie es, die mich nicht mehr loslassen werden?

Auch die Karoline ist wach geworden. Ich höre sie in der Küche hantieren und den Kaffee für uns beide vorbereiten. Ich gehe ins Badezimmer, das gleich so vielem in diesem Haus ein Inflationsschwindel ist: die vernickelten Hähne sind trocken, denn die Quelle, aus der die Leitungen der beiden Villen gespeist werden sollten, wurde niemals gefaßt, und ich muß mich in dem schön gekachelten Badezimmer mit ein paar Wasserkübeln behelfen. Sonderbarerweise ist es mir in irgend einem Winkel meiner Seele recht – obwohl ich, würde die Gemeinde meinem Drängen folgen und die Wasserleitung legen, hier ganz gut zwei oder drei Krankenzimmer einrichten könnte, und dies eine Wohltat für den abgeschiedenen Ort wäre –, sonderbarerweise ist mir diese aufgezwungene Primitivität recht, wie alles, was mich von der Stadt und den städtischen Ordnungen, denen ich entflohen bin, entfernt. Natürlich ist dies an sich sinnlos, aber der Mensch braucht manchmal äußere Meilensteine, wenn er sich auf einem innern Marsch befindet. Und seitdem ich mich von der Stadt auch im Äußern losgesagt habe, marschiere ich, glaube ich zu marschieren.

Nachher sitze ich mit der Karoline in der Küche beim Frühstück. Das Fenster stand offen, der Schatten des Gartens sandte seinen kühlen Atem in die Küche und nahm den Geruch des gemahlenen Kaffees in sich auf. Aber man spürte auch, daß draußen die Tannenwipfel schon von den flachen Sonnenstrahlen vergoldet wurden, denn schwankend vom südlichen Wind, der ihr Holz zu einem knarrend seufzenden Lächeln bringt, säen sie die Funken des Lichts, die sich in ihnen verfangen haben, Lichtsamen, der herabsinkt in den Schatten und seinen Atem schwängert. Und in das lächelnde Seufzen der Stämme und Äste mischte sich der Gesang aller Vögel.

Aber der Mensch ist nicht nur dazu da, um die Schönheit der Welt zu genießen, und insbesondere die Karolin ist dieser Ansicht, und so erzählte sie wieder einmal, daß sie kein so einsames Alter hätte, wenn der Kerl, von dem sie das Kind gehabt hatte, nicht nach Amerika ausgewandert wäre. Seit einiger Zeit denke ich daran, daß jener Bursch in Amerika auf den Namen Arlett gehört haben mochte. Das Kind aber war in der Stadt in Dienst. »Dienstbotenkind wird wieder Dienstbot«, schloß sie wie immer die Erzählung ab.

Ich hatte im Unterdorf zu tun, aber – da es ein Mittwoch war – keine Ordination, und beschloß daher, sofort hinunter zu wandern, vielleicht auch, weil der Morgen mich auf den Waldweg lockte. Und als Trapp seine Milch fertig geleckt hatte, nahm ich Stock und Tasche, und wir zogen los, zuerst bei Wetchys Haus vorbei, dann zu der Lichtung hinüber, auf der die unausgebaute Seilbahn ihren Ausgang nimmt, um mit nördlicher gerichteter Trasse auf das Plomboner Tal hinzuzielen, freilich ohne je es zu erreichen.

Auf der Lichtung machten wir einen Augenblick halt. Die Wände des Kupprons sind von hier aus in ihrer ganzen Ausdehnung zu überblicken, bis dort hinüber, wo sie sich zum Kupproner Sattel absenken. Klar ragten sie gegen den azurblauen Himmel, ebenso drüben der Rauhe Venten, der auf seinen Höhen noch immer Schnee trug. Von den langen schwarzen Baumschatten umsäumt lagen grün die Almwiesen oben im morgendlichen Sonnengold, doch die kühle Frische dieses Lichts hatte nun auch schon zur Gänze die Täler erfüllt, das Kupproner und Plomboner, deren Zusammenstoß von hier aus zu sehen ist. Drüben auf den niedrigeren Höhen der Nord- und Ostseite war jegliches Gehöft mit seinen Baumgruppen und

Wiesen deutlich zu unterscheiden, ihr heimliches Leben zwischen Haus und Stall lag ganz offen da, die große Menschlichkeit des Hausens und Schaffens, die Brunnen und Brunnentröge, manchmal krähte ein Hahn, manchmal tönte sogar ein Ruf herüber. Das alles sah und hörte ich, so zur Klarheit hatte der Regen die Luft gewaschen. Der Morgenwind war verstummt.

Warten auf das Wissen.

Wir gingen den schmalen Holzschlag hinab, der für die Seilbahn angelegt worden war, und mit jedem Jahr an Sträuchern und fettem Gras, das hier an der feuchten schattigen Bergseite gedeiht, reicher wurde und enger zusammenwuchs, wir passierten die grauen Betonsockel der Ständer, riesige Würfel, deren grobkörnige Seitenflächen, von jeder Pflanze verabscheut, von jedem Halm gemieden, nichts zeigen, außer den waagrechten Spuren der einstigen Stampflagen, und wir gelangten schließlich zu dem Bach, der links vom Kalten Stein herabkommt und die Seilbahngasse in tiefer Rinne quert. Mit ihm bogen auch wir rechts in den Wald ein.

Unzählige solcher kleiner Rinnsale kommen jetzt nach dem tagelangen Regen von der Kuppronwand herunter, trüb vor mitgebrachtem Sand stürzt es durch das sonst beinahe ausgetrocknete Bett und über die bemoosten Steine, während an seinem Rand die Farne und Gräser in seinen Fluten schleifen: manchmal reißt sich das eine oder das andere mitsamt seinem Klümpchen Wurzelerdreich los, dreht sich ein paarmal um sich selbst und stürzt dann verschwindend mit. Der Weg führt über glatten feuchten Nadelboden, ich muß den Stock fest in den Boden stoßen, um nicht auszugleiten, und wenn es zu arg wird, mache ich kleine Umwege, um auf Moos oder Fallholz zu treten. Der blaue Himmel schaut durch die schwärzlichen Zweige herein, die ganze Vielstämmigkeit des Waldes, des nächtlichen Regens noch voll, beginnt mit der Sonne zu spielen, ein Sonnenfleckenspiel, ein Knisterspiel, die Stämme lachten ihre Harztropfen, und die Glitzerperlen lagen auf den Zyklamenblättern, die allenthalben und besonders um die Stämme herum ihr gesprenkelt dunkles Reptilienleder der Sonne zukehrten. Auch ich hatte mein Gesicht der Sonne zugekehrt, ich ging ihr gerade entgegen und vielleicht lachte ich gleichfalls. Aber dann wechselt der Baumbestand und beinahe plötzlich ist man im goldgrünen Licht des Buchenwaldes, noch ein paar Schritte und du trittst auf den weichraschelnden Rasen des scharfkantigen Waldgrases, Unterholz mit zarten lichtgrünen Blättern drängt sich von allen Seiten dir entgegen, du mußt bereits Zweige wegbiegen, um ungehindert durchschreiten zu können, sie spritzen ihren Tau dir ins Gesicht, spielerisch letzte Nachzügler des Regens, kühler wird es, und gemächlicher fließt der Bach. Da bringe ich die Pfeife wieder in Brand, sie steckt fest und angenehm zwischen den Zähnen, mein Mund füllt sich mit warmsüßem Rauch, ich höre den Kuckuck und die Meise, all die Töne, weitergegeben von Kehle zu Kehle so weit der Wald reicht, fern und ferner bis ins Unhörbare und wieder zurückkehrend, und aus der Unhörbarkeit meiner Seinsgrenze steigt wieder Verwunderung auf, verwundert, daß ich ein Mensch bin, ein Mensch im Walde, Mensch, der durch den Tau schreitet und durch den Tag, Mensch, der den Regen von gestern vergißt und die Sonne von heute, selber ein Tautropfen, der verdunstet, selber ein Kuckucksruf, ein Amselschlag, weitergegeben von Ferne zu Ferne und nur im Unhörbaren zurückkehrend. Dunkler wird es nun, höher die Stämme, ihr Gezweige wird dichter, rissiger und knotiger ihre Rinde. Der Bach aber schneidet nun tiefer in den weicheren Boden ein, so tief, daß er bald eine kleine Schlucht bildet, an deren finstern Abhängen Gebüsch und Farnkraut und die gewaltigen Blätter des Huflattichs wachsen und vielerlei Geröll abgelagert wird.

Trapp wird auf einmal steifbeinig und langsam, er spitzt die Ohren, streckt die Rute aufmerksam in die Waagrechte und bleibt stehen. In seiner Kehle ist ein kaum vernehmliches Grollen. Ohne seine Erlaubnis befindet sich noch ein Mensch im Walde.

Der Mensch wird sichtbar und ist von großer Schäbigkeit. In der einen Hand trägt er ein verknotetes rotes Tuch, in der anderen ein paar schöne Pilze. Mager, grauhaarig, von unbestimmbarem Bartwuchs und unbestimmbarem Alter, ist es der Waldemar-Schuster, der sich sein Wissen um die Pilze, die nach dem Regen wachsen, zunutze gemacht hat.

Wir begrüßen uns, und ich bewundere seine Pilze, denn er ist ein einfältiger Mensch.

»Den da kriegt der Marius«, sagt er und steckt mir den großen Herrenpilz, den er separat in der Hand hält, unter die Nase. Der

Pilz riecht kühl und erdig, man möchte beinahe sagen, elastisch.

»So, den kriegt der Marius. Wofür denn?«

Der Waldemar-Schuster ist freigiebig. Er bräuchte nicht so arm zu sein, wie er ist, aber er ist wehrlos, und den Leuten macht es einen Höllenspaß, ihn auszunützen. Lax hat ihm noch nie einen Groschen gezahlt.

»Er wird uns erlösen«, sagt er.

Daß etwas Ähnliches kommen würde, hatte ich eigentlich schon längst erwartet; trotzdem war ich überrascht.

»Hat er seine Schuhe bei dir flicken lassen?«

»Ja, er und der andere.«

Der andere? ja, das war der Wenzel.

Der Pfad, auf dem wir jetzt miteinander hinabschritten, lief manchmal am Rande des Bachabgrundes, manchmal weiter von ihm entfernt, näherte sich ihm wieder, und mündete schließlich in den Fahrweg, der von links über die starke Knüppelbrücke kommend, nach rechts zum Waldausgang und zum Dorfe führte.

Ich blieb stehen.

»Haben sie dir die Schuhe bezahlt?«

»Ja«, sagte er mit einem seligen Lächeln.

»Aha, deshalb wird er uns erlösen.«

»Wenn du lachst, geh ich in den Wald zurück«, drohte er und schickte sich an, es zu tun.

»Komm«, sagte ich.

Die Radspuren unter unseren Füßen sind scharf eingegraben, ihre noch regenweichen Ränder brechen ein, und auf ihrem Grund liegt plattgefahrener Schotter. Streckenweise müssen wir hintereinander gehen, denn da wird es zu einem richtigen Hohlweg mit sandig-lehmigen Wänden, über die es immerfort ein wenig rieselt. Doch je näher man zum Waldausgang kommt, desto ebener wird die Straße, und schließlich zieht sie sich ganz sachte am Waldrand hin, bloß durch einige Bäume und einiges Gestrüpp von den Wiesenhängen getrennt, auf denen schon das gemähte Gras in langen Streifenwellen liegt und zu Heu verblaßt. Jetzt gehen wir wieder nebeneinander.

»Arm ist er, und den Armen wird er geben«, sagt der Waldemar-Schuster.

»Und den Reichen nehmen«, sage ich, »damit sie dir endlich deine Schuhe auch bezahlen.«

»Nein«, sagt er, »das wird er nicht tun; er nimmt niemandem etwas.«

»Ich werde ihm noch einen schenken«, sagte er schließlich und will sein Tuch aufknoten, um noch einen Pilz herauszusuchen.

»Ja«, sage ich.

Hinter der nächsten Abhangsfalte zeigt sich das Dorf, da gebe ich dem Waldemar-Schuster die Hand und durchbreche das Randgestrüpp, um einfach über den gemähten Wiesenhang hinunter zu kommen. Trapp, der offenen Fläche froh, eilt voraus.

Unten liegt nun das Dorf vor mir im dunklen Brunnen seines Gartengrüns. Leicht geht es sich über die Wiese, allerorts ist sie hier mit Moos durchsetzt, einem feuchten langblättrigen Moos, in das der Stock wie in ein großes elastisches Kissen tief einsticht. Überall stehen die Stengel der längst verschwundenen Narzissen, giftig-fahle, geknickte und bösartige Stengelleichen. Ich klettere über die einfachen Zäune, die des Viehs halber die Wiesen durchziehen, und einen Augenblick lang bleibe ich auf einem sitzen, die Hände um das graue längsrissige Holz geklammert, mit dem einen Bein baumelnd, das andere an die mittlere Stange gestemmt, und umschaue die morgendliche Runde. Oben am Waldrand steht der Waldemar-Schuster, der – wohl um zu sehen, was ich treiben werde – gleichfalls auf die Wiese hinausgetreten ist, und da er bemerkt, daß ich zu ihm hinaufblicke, macht er seine tiefen Bücklinge, um derentwillen ihn die Leute verspotten, und grüßend hebt er die Hand mit dem Pilzbinkel; ringsherum aber sind die Berge, der Wald, der in der Ferne zu einem großen flachen Polster wird, sind die gemähten Wiesen, die hellgrünen Kornflächen, der beinahe schwärzliche Klee und, steifer in seiner Farbe, der Hafer, während vor mir das Dorf liegt, gerade vor mir die Kirche mit dem Totenacker und, beinahe schon in die Felder hineingebaut, die Schule. Es ist das Dorf, das den Marius beherbergt. Da lasse ich mich von meiner Stange gleiten und gehe hinunter.

Ich lande beiläufig hinter Strüms Anwesen. Die Gärten, denen die süße Trauer ihres weißen und rosa Frühlings bereits weggeblüht und abgestreift ist, sind erwachsen geworden, satt hängt ihnen das Laub um Schultern und Arme, das Gras sprießt ihnen zu Füßen, und ihr Haupt ist vielgestaltiger Vogelruf. Aus den geöffneten Fenstern der Schule drüben dringt der Sprechchor eines Gedichtes.

Natürlich erinnere ich mich Agathens und ihrer Näherei im Garten. Aber sie sitzt nicht dort. Hingegen sehe ich den Vater Strüm, der mit einem Schubkarren Erde zu den Gemüsebeeten am Hofrand hinführt. Ich rufe ihn an und er kommt herbei.

»Alles wohlauf, Strüm?«

»Ja«, sagt er und steckt seine blaue Schürze über dem Bäuchlein auf, um sich vornehmer zu machen, »ja, uns geht es gut, der Agathe und mir.«

»Natürlich, dem Strüm geht es immer gut.«

Er lachte: »Besonders, wenn er Großvater wird.«

Das war etwas Neues: »So eine Überraschung, Strüm, ... und das erfahre ich erst jetzt...«

Er strahlte: »Hoffentlich wird's ein Bub.«

»Na, da muß ich doch zu Ihnen hinüber und Ihnen die Hand schütteln...«

Dann schüttelten wir uns die Hände.

»Wann soll's denn werden?«

»Sie ist im dritten Monat.«

»Vom Peter?«

»Natürlich.«

»Zum Heiraten sind aber [die] beiden noch zu jung.«

»Die Agathe mag ihn auch gar nicht mehr.«

»Tatsächlich?... vielleicht später doch... denken Sie nur, das Mädel wäre versorgt, und zur Wirtin würde sie schon taugen...«

»Die wollen keine Häuslertochter, die wollen höher hinaus.«

»Das mag sich ändern.«

»Nein«, sagte Strüm und steckte die Hände frauenhaft unter seine Schürze, »jetzt sind wir es, die nicht wollen.«

Der Garten ist nicht mehr so hell wie damals vor sechs Wochen; dicht ist die Decke des Gelaubes, dicht die Decke des Grases, und dazwischen ist die Kühle des Sommers eingefangen.

»Außerdem«, meint er, »ist der Peter verrückt geworden.«

»Lassen Sie's gut sein, Strüm... die Geschichte mit dem Marius wird auch vorbei gehen, und dann wird der Peter wieder gut und vernünftig werden.«

»Wir brauchen keinen Peter.«

»Lächerlich, jedes Mädel braucht einen Mann... und dann ist es schon besser, wenn es der Kindsvater ist.«

Strüm überlegte, und ich schaute aufs Feld hinaus. Die Ähren, die am Morgen noch regenschwer gewesen waren, hatten sich aufgerichtet und bebten in leichten heißen Schauern.

Dann sagte er: »Nein, wir brauchen keinen Mann.«

»Du nicht, Strüm... das glaub' ich dir schon.«

Und damit gingen wir zum Haus hinüber.

Wir trafen Agathe beim Herd.

»Das sind mir Neuigkeiten, Agathe... viel früher hättest du wohl nicht anfangen können.«

Sie verstand wohl nicht, was ich meinte. Sie lächelte bloß und sagte: »Ja.«

Aber Strüm freute sich: »Ja, sie war fix.«

Es ist sonderbar; er brauchte, er wollte keinen Mann für das Mädel. Aber was vorhergegangen war, das bejahte er, das war ihm recht. Daß dieser rundliche Kinderschoß, von süßem Zwang übermannt, den Peter in sich aufgenommen hatte, daß ein großer und trauriger und sanfter Zwang darüber gewaltet hatte, niedergeworfen sie beide von einer Hand, die ihnen die Augen schloß und sie über den Rand ihrer selbst hinausgehoben hatte, das nahm der Strüm hin wie eine Frau, die nur an das künftige Kind denkt. Und nun sollte sich in diesem Kinde da vor uns ein neues Kind bilden, in diesem Leib ein neuer Leib, in dem knöchernen Becken ein neues Gerippe, und es ist die Freude des Seins.

»Was wirst du denn mit so einem kleinen Geschöpf anfangen, Agathe, wenn es einmal da sein wird...?«

Agathens rundes Kindergesicht, das gleichsam noch mit einer dicken und beinahe unbeweglichen Schicht Jugend überdeckt war und von dem man nicht wußte, ob es später von den unzähligen Schichten der Menschlichkeit noch eine oder die andere würde zeigen können – gar wenige Gesichter gelangen dazu, und das ihres Vaters, dem sie ähnlich sah, hatte gewissermaßen auch nur eine einzige Schichte –, ihr Gesicht wurde leicht von innen beleuchtet und bewegt, und sie sagte:

»Ich werde im Garten unter den Bäumen mit ihm sitzen.«

»Ja«, sagte ich, »das wirst du tun, sicherlich wirst du das tun, das tust du ja jetzt auch schon.«

Und ich mußte daran denken, daß das Ungeborene vielleicht jetzt schon das Rauschen der Bäume und das Weben des Sommerwindes vernehme und daß es sein ganzes einstiges Leben dieses Vor-Lauschen als ewiges Heimweh mit sich tragen [werde].

»Aber es wird November sein, wenn ich ins Bett komme.«

»Richtig«, sagte ich, »das ist richtig, da werden die Bäume kahl sein, da wirst du das Kleine wohl in der Stube trocken legen müssen.«

Strüm, fröhlich, mischte sich ein: »Das wird ein Spaß werden.«

Das Mädchen jedoch, in dessen Schoß der Menschensame keimte, es sagte:

»Wir werden eine warme Stube haben, und ich will das Licht lange in der Nacht brennen lassen. Da soll im Schatten neben meinem Bett die Wiege stehen...« Und sie fügte hinzu: »Vielleicht werde ich auch manchmal weinen.«

»Eine Wiege aus Mandelholz«, meine ich. Weiß der Teufel, warum ich gerade auf Mandelholz verfiel.

»Wir haben eine Wiege«, sagte Strüm, »die, in der auch die Agathe gelegen hatte.«

Plötzlich empfand ich es schmerzlich, selber kein Kind zu haben, empfand mein Alter. Und so fragte ich bloß:

»Was kochst du denn heute, Agathe?«

»Nudeln«, sagte Strüm und leckte sich die Lippen.

Indes die Schwangere ließ nicht ab von der Wiege: »Wenn ich mich darüber beuge, wird es nach meiner Brust greifen, und ich werde mein Hemd öffnen... und wenn es getrunken haben wird, dann wird es Fäustchen machen und wieder einschlafen.« Und während sie so sprach, war ihr ganzer Körper ein leises Schaukeln.

Strüm hörte entzückt zu. Durch die geöffnete Küchentüre kamen die Geräusche des Sommers, kam Stallgeruch, und irgendwo spielte einer auf der Mundharmonika, als ob es Sonntag wäre.

»Ja«, sagte sie, »so wird es sein.«

»Freilich«, bestätigte ich, »so wird es schon sein... essen und schlafen, so halten es alle Kinder... schön wäre es, wenn unsereiner das auch noch tun könnte... was, Strüm?«

Agathens helle Augen sahen an mir vorbei, vielleicht zum Garten und zu den Bäumen, unter denen der Korb des Kindes im nächsten Jahr stehen und zu denen es, schläft es nicht, hinaufschauen sollte, vielleicht aber sah sie auch noch weiter hinaus bis zu den Enkeln und Enkelsenkeln, die den aus der Unendlichkeit kommenden, aus der Unendlichkeit empfangenen Lebensstrom weiter tragen werden, immer wieder zwischen den Bäumen und den Feldern, bis in alle künftige Ewigkeit: denn das Auge vermag das Gleichnis oberer und unterer Wirklichkeit eher zu erfassen als der Verstand des Menschen und immerzu sucht es das Gleichnis, denn es dürstet nach Sicherheit im leeren Raum –, und auch in den Bäumen eines Bauerngartens wohnt das Gleichnis.

Und dies bestätigte sich, da Agathe die Hände zur Schale formte, als wollte sie die noch nicht vorhandene Milch ihrer Brüste auffangen oder als hätte sie sonst etwas Wichtiges und Bedeutsames vor sich herzutragen, und da sagte sie:

»Wie ich klein war, habe ich noch die Urgroßmutter gekannt, und jetzt werde ich einmal meine Urenkel noch kennen.«

Sieben Generationen. Allerhand. Das kann geschehen, wenn man mit sechzehn Mutter wird.

Die sonntäglich anmutende Mundharmonika spielte noch immer; ich erinnerte mich, daß ich früher den Peter oftmals während der Ordination wegen dieser blechern dünnen Musik verflucht hatte. Aber in Agathe schienen die Töne keine Erinnerung wachzurufen.

Ich hob ihr Kinn: »Wir werden's schon machen, Agathe.«

Als ich mit Strüm wieder auf den Hof hinaustrat, war die Morgendlichkeit aus der Luft verschwunden. Mit der steigenden Sonne war der Himmel weißer und dicker geworden, die Himmelstriften waren wie eine Haube aus Milch, die man über den dunklen Weidegrund des diesseitigen Lebens gestülpt hatte.

»Eigentlich müßten Sie die Sabests von dem Ereignis in Kenntnis setzen«, sagte ich, »auch wenn nicht geheiratet wird, so soll doch das Kind wissen, von wem es stammt, und die Welt soll es auch wissen...«

Er kratzte seinen Rundschädel: »Ja, das müßte man wohl...«

»Und schließlich, so dick haben Sie es nicht... wahrscheinlich werden Ihnen die Alimente sehr gut tun... schon Agathens und des Kindes wegen werden Sie sie verlangen müssen...«

»Herr Doctor, das möchte ich nicht...«

»Warum denn nicht?«

Strüm zögerte ein wenig: »Der Peter weiß ohnehin davon.«

»Nun, und?«

»Ja, und neulich habe ich den Wenzel getroffen...«

»Was hat der damit zu schaffen?«

»Mag sein, daß es wieder einer von seinen Späßen war, er hat gesagt, von nun an werden den Mädeln, die Alimente verlangen, die Fenster eingedroschen...«

»Das werden Sie doch [nicht] ernst nehmen... den Herrn Wenzel würde ich mir da kräftigst ausborgen!«

»Wir haben ja noch Zeit«, lachte er, »sechs Monate...«

»Mir gefallen die Späße des Wenzels ganz und gar nicht«, sagte ich zum Abschied.

Ich hatte Briefe in der Tasche und ging zuerst einmal zur Post, die gleich beim Ausgang der Kirchengasse untergebracht ist.

In dem kleinen stubenförmigen einfenstrigen Raum, dessen Wände mit amtlichen Ankündigungen bezettelt sind, so daß man neben dem selten ausgewechselten Wetterbericht auch die Eröffnung der Telephonverbindung mit Pernambuco lesen kann, langweilte sich Fräulein Baldan wie gewöhnlich und war über die unerwartete Kundschaft erfreut.

»Stille Zeiten, Fräulein Baldan...«

Sie lächelte mit ihren langen unregelmäßigen Zähnen, die ich aus der Ordination gut kenne: »Jetzt wird es bald noch mehr zu tun geben... vielleicht werde ich sogar eine Hilfe brauchen...«

»Nein, wirklich...«

»Ja, der Herr Lax meint, daß wenn sie jetzt Gold finden werden, da wird es einen ungeheueren Verkehr geben und viele Fremde...« Sie sagte es mit Stolz, und ich konnte [nicht] entscheiden, ob der Stolz dem vielbeschäftigten Amt galt oder ihren Beziehungen zum Lax, von denen man behauptete, daß sie zarteren Charakters wären, und die sie gerne zur Schau trägt. Sie ist über meine Briefe gebeugt, der kleine schwarze Haarschopf ist mit Drahtnadeln festgehalten und der magere Nacken gelblich.

Wie ich hinaustrete, sehe ich drüben unter dem Vordach der

Schmiede den Johanni mit einem Roß stehen, und weil ich ohnehin wieder einmal zum Schmied wollte, überquerte ich die weiße staubige Straße, zwänge mich zwischen den Bauernwagen durch, die vor der Schmiede auf neue Reifen oder Achszapfen warten, und begrüße die beiden.

Der Schmied fuhr eben prüfend über den Hals des Tieres und ließ die beiden weichen Sehnenstränge durch die Hand gleiten. Johanni daneben macht ein besorgtes Gesicht.

»Es ist nichts«, sagte der Schmied.

»Doch«, sagte Johanni, »das Roß hat die Kehlen, gib ihm ein Pulver.«

Der Schmied schüttelte den Kopf: »Dem Pferd fehlt nichts... aber wenn du durchaus willst...«

Ich bin mit Pferden nicht unvertraut; nichts war an dem Tier zu finden. Doch Johanni, der sich den Schweiß von der Stirne wischte, schien zu seiner ochsenhaften Störrigkeit nun auch noch eine störrische Angst erworben zu haben; weder das gute Licht des Mittags, noch unser Zuspruch, weder das Feuer, das im Dunkel der Schmiede flackerte, noch das lustige Hämmern, mit dem der Geselle Ludwig eine Sensenschneide auf dem Amboß bearbeitet, vermochte die Angst, die in ihm steckte, zu vertreiben, und er wiederholte: »Gib ihm das Pulver.«

»Schön...«, sagte der Schmied und holte das Pulver. Ich war ihm behilflich, als er das Pferd bei den Nüstern packte, um ihm das Pulver in das schmerzlich lachende Maul zu blasen.

Als Johanni mit seinem Roß davon war, setzte ich mich mit dem Schmied auf einen der Bauernwagen. Wir zündeten beide unsere Pfeifen an.

»Na, Schmied«, meinte ich, »was sagst du dazu?«

Wir blickten dem Johanni nach, der mit schwerfälligem Ochsenschritt neben dem Pferd dahinging; das Pferd schlug mit dem Schweif die Fliegen vom Schenkel.

Der Schmied machte ein ernstes Gesicht: »Wenn es noch ein paar packt, dann gibt's ein Unglück; dann wird uns das Vieh wirklich krank.«

»Der Marius«, sagte ich.

»Ich bin nur der Schmied«, sagte er, »ich kenn' nur das Vieh, du bist der Doctor, die Leute mußt du gesund machen.«

Unter dem Vordach lagen die Pflüge und blinkten, manche noch bläulich, an der Wand standen die Sensen gereiht, und ich sah dem Schmied in die Augen. Er hatte braune Augen, goldglänzend wie poliertes Holz.

Ich sagte: »Wenn einer kommt, der die Welt erlösen will, da kann der Doctor nichts mehr machen.«

»Ja«, sagte er, »aber die, die wie der Johanni sind, glauben nicht daran, daß die Welt erlöst wird, sondern daß er hexen kann.«

»Du siehst ja, daß er's tut, er behext die Leute.«

Der Schmiedegeselle Ludwig war zu uns getreten, die fertige Sensenschneide in der Hand, und rief lachend: »Niemanden behext er... sie haben bloß Angst vor dem Gold, das wir herunterholen werden.«

»Du, schweige«, verwies ihn der Meister, »und tue deine Arbeit.«

Der Schmiedegeselle Ludwig lachte weiter. Er war ein großer Bursch, statt eines Hemdes trug er ein tief ausgeschnittenes Leibchen, das seine starken Schultern freiließ; auf der Brust wuchs ihm dunkelblondes Haar.

Ich sagte: »Der Marius wird das Gold nicht holen, zumindest nicht so lange er beim Miland arbeitet.«

»Aber der Wenzel arbeitet beim Krimuß«, antwortete er fröhlich, »und das ist was anderes.«

Der Schmied sagte: »Der Wenzel ist ein bloßer Spaßmacher.«

»Vielleicht auch der Marius«, sagte ich.

»Nein«, sagte der Schmied, »der ist ernst.«

»Und der Wenzel wird Ernst machen«, strahlte der Geselle.

Da lachte auch der Schmied auf, es war ein hartes und doch gutes, ein diesseitiges Lachen wie warmes Holz: »Mit Späßen hat noch keiner Ernst gemacht, ernst ist das Eisen.«

»Der Marius ist kein Eisen«, sagte ich.

»Wir haben das Eisen«, sagte der Geselle.

Unter dem Vordach hing eine gewaltige Waage an starker Kette; an je drei dünneren Ketten hingen die großen Eisenschalen, auf denen ein ganzer Kornsack Platz hatte. Hier wiegen die Bauern ihr Getreide.

»Was willst du?« fragte ich den Schmied, »Und was willst du?« fragte ich den Gesellen.

»Auch das Gold lacht«, erwiderte zuerst der Geselle, »hier werden wir es wiegen.«

»Auch der Tod lacht«, erwiderte der Meister, »er lacht wie ein

Pferd. Aber er kann auch ernst und gut sein.«

Wessen waren sie überdrüssig? Sie hatten den Amboß und Blasbalg, der die Luft in Feuer verwandelt. Sie hatten ihr Wissen. Wollten sie noch ein Wissen? sie hatten ihre Ordnung. Wollten sie noch eine Ordnung? »Ihr wollt das gleiche«, sagte ich und ging zu meiner eigenen Arbeit.

Der Kastanienbaum im Hofe des Wirtshauses war von der Pracht seines verspäteten Frühlings umhüllt. Er blüht hier später als alle anderen Bäume der Gegend, die rosa Kerzen umstanden dicht seinen großen und weichen Leib. Sein Frühling ist der Frühling der Stadt, der ich überdrüssig geworden war, der ich überdrüssig noch immer bin, obwohl ich sie schon längst geflohen und vergessen habe.

Am Abend, gegen sechs, kam der Wetchy zu mir herübergelaufen.

»Der Maxi fiebert.«

»Kinder fiebern leicht, Herr Wetchy... zeigt sich sonst was? roter Hals? Verdauung?«

Er konnte keine Auskunft geben; er war zu verstört, und während wir das kurze Stück zu seinem Haus hinübergingen, schwätzte er kreuz und quer durcheinander. Überall gäbe es bloß Unglück und Unannehmlichkeiten. Man täte sich ohnehin schwer genug, das bißchen Leben zu fristen. Kein Geschäft. Kaum ein nennenswertes Geschäft. Wovon soll man denn seine Kinder ernähren? Jetzt sei ein Narr im Dorf, der hetze gegen das Radio. Dabei sind es doch erstklassige Apparate.

»Hm.«

Ein Kerl, Wenzel heißen sie ihn. Der sei ihm neulich auf der Straße nachgelaufen und habe fortwährend »Drahtloser« geschrieen. Und die Burschen und Jungen seien dagestanden und hätten sich auf die Schenkel geklatscht.

Und mit großer Empörung schloß er: »Dabei ist der Mensch sogar kleiner als ich.«

Ja, das war der Wenzel. Und schon bei Wetchy war weder in der Länge, noch in der Breite viel vorhanden. Ich mußte lachen: »So, der Hanswurst mag Ihre Brüllkästen auch nicht leiden...«

Er war beleidigt: »Solch ein Geschäft ist mühselig aufgebaut, Herr Doctor, und leicht zugrunde gerichtet... ach ja.«

Inzwischen waren wir bei ihm angelangt. Sein Haus ist dem

meinen ganz analog gebaut, doch fehlt hier neben dem Wasser auch sonst noch allerlei Zubehör, das ich bei mir selber eingerichtet habe.

Das Krankenzimmer war verdunkelt. Die kleine Frau Wetchy, die an dem Bett gesessen hatte, erhob sich, und ich sah zuerst bloß eine rührende kleine Gebärde der aufgehobenen Arme. Manchmal sah ich ähnliches bei knieenden Frauen in dunklen Kirchen.

»Guten Abend, Frau Wetchy... wie wäre es, wenn wir ein wenig Licht hereinließen...?«

»Ja?« klang es zögernd und ängstlich.

In Ermangelung von Jalousien hatte sie vors Fenster eine große Decke gehängt, die ich nun einfach herunter nahm.

»Es tun ihm aber die Augen weh.«

Der Kleine sah mißtrauisch und ängstlich zu mir herauf.

Alles in dieser Familie hatte einen Unterton von Angst, die Liebe, mit der sie zu einer dünnen und nicht sehr haltbaren Wärme zusammenrückten, nicht minder als der patriarchalische Beschützerton, mit dem der kleine Vater Wetchy die Seinen kommandierte.

Er tanzte um mich herum und verstellte mir den Weg: »Ist es etwas Ernstes, Herr Doctor?«

»Wie wär's, Wetchy, wenn Sie mich erst den Buben sehen ließen... bringen Sie mir mal einen Löffel.«

»Einen Löffel«, kommandierte er der Frau.

Der Bub, der sich geduldig den kalten Löffel auf die Zunge legen ließ, war fieberheiß. Masern? Weit und breit kein Masernfall. Aber Angst lockt eben die Krankheiten an, selbst aus dieser reinen Luft hier oben zieht sie die Bazillen an sich.

»Ist's was Ernstes, Herr Doctor?«

»Na, vielleicht Masern.«

»Ma... grundgütiger Himmel!«

»Aber kleine Frau, wer von uns hat nicht schon seine Masern hinter sich... je früher, desto besser.«

Sie schaute mich fragend an, traute sich jedoch nicht, zu widersprechen, ja, sie lächelte sogar ein wenig, als sie in ihre Hand die des Kindes nahm, das wie ein kleiner alter Mann in die Kissen zurückgesunken war.

Nachher wusch ich mir die Hände in der Küche. Das hätte ich natürlich auch zu Hause besorgen können, aber aus erzieherischen Gründen habe ich es mir zur Gewohnheit gemacht, dies bei jedem Patienten zu tun. Wetchy, ein frisches Handtuch über den Arm gelegt, sah mir andächtig zu, als hänge von meinem Waschen die Gesundheit und das Leben seines Kindes ab.

Beim Küchenfenster saß das ältere der beiden Wetchykinder, das fünfjährige Mädel in einem Kinderpult und schnitt still Buntpapiere zu Streifen.

»Wissen Sie, Herr Wetchy, Sie könnten für die Krankheitsdauer eigentlich das Mädi zu Verwandten schicken... wegen der Ansteckung.«

Er sah mich fassungslos an; dem war er nicht gewachsen.

Doch ich hatte es mir inzwischen auch schon überlegt; möglicherweise steckte in dem Mädel auch schon die Ansteckung, und da gab es nur noch weitere Komplikationen. Deshalb bot ich ihm an: »Oder noch besser, geben Sie sie zu mir hinüber in Quarantäne... meine alte Karoline hat ohnehin nichts zu tun... und wenn sich bei dem Mädel doch was zeigen sollte, so stelle ich es Ihnen zurück.«

Wetchy machte eine Bewegung, als wollte er zu seiner Frau hineinlaufen. Aber dann besann er sich, oder die Beine versagten ihm den Dienst. Er trocknete seine Oberlippe, auf der ein kleiner rötlicher Agentenschnurrbart sitzt, dann wischte er sich die mit schüttern rötlichen Haaren bestandene Glatze; der Schweißausbruch machte ihn schwach und stumm.

Ich betrachtete diesen stillen Dulder, diesen hierher verschlagenen Städter. Es mag sein, daß in der Ängstlichkeit, mit der so einer seinen kleinen Lebenssinn hütet und ihn nicht hergeben will, mehr Einsicht in die Dinge dieses Lebens enthalten ist, als in dem Verhalten der Burschen und Bauern, die für ein solches Geschöpf bloß ein verächtliches Achselzucken und Hohn haben. Trotzdem ärgerte ich mich über sein kümmerliches Gehaben, und ich wandte mich an die kleine Rosa: »Nun, Mädi, möchtest du bei mir wohnen? beim Trapp?«

Das Kind schüttelte ernsthaft den Kopf und schnitt weiter an seinen Buntstreifen.

Wetchy machte eine Geste, als ob damit nun die Entscheidung gefallen sei.

Na, meinetwegen nicht.

Ich näherte mich Rosa, um mir ihre Arbeit anzuschauen. Als ich auf die Brettertafel trat, die Wetchy unter das Pult gelegt hatte – auch vor dem Herd lag eine solche – und die Frau und Kind vor der vom steinernen Küchenboden aufsteigenden Erkältungsgefahr zu schützen hatte, wippten die Bretter unter meinem schweren Gewicht hoch.

»Noch einmal«, rief das Kind mit überraschender Lebendigkeit.

Auch Wetchy lachte einfältig. »Tun Sie's noch einmal«, rief er gleichfalls. Er schien die Masern und meinen Vorschlag vergessen zu haben.

Schön, ich wiederholte das, was da plötzlich zu einem guten Scherz geworden war, und trat mit aller Macht, daß [es] dröhnte, nochmals auf die Bretter. Wieder mit dem gleichen Erfolg bei Vater und Tochter.

Doch da ich das idiotische Spiel nicht ewig fortsetzen wollte, wie es den beiden wohl behagt hätte, sagte ich: »Herr Wetchy, jetzt gehen Sie aber, und beraten Sie sich mit Ihrer Frau.«

Wetchy, der sich eben noch die Hände vor Vergnügen gerieben hatte, machte ein enttäuschtes Gesicht und ging, nicht ohne bei der Türe sich nochmals bedauernd umgeblickt zu haben, weil ich gerade wieder unter dem Aufjauchzen Rosas, die dabei die Ärmchen jubelnd emporwarf, auf das Brett gestampft hatte.

Als er draußen war, sagte auf einmal das Kind: »Wirst du das mit mir spielen, wenn ich zu dir komme?«

»Ja«, sagte ich unvorsichtigerweise, nicht dran denkend, daß ich mir jetzt auch so ein Brett anschaffen müßte. Und als wollte mich das Geschick doch noch warnen und abschrecken, schrie sie gleich darauf wieder ihr »Mach's noch einmal.« Aber da traten schon Wetchy und seine Frau ein; er war gefaßt, schwitzte nicht mehr und hielt seine Hände ruhig.

»Nun, wozu haben Sie sich entschlossen?« Ich glaube, daß ich es nicht sehr ermunternd gesagt hatte.

Angesichts des Kindes wurden sie wieder wankelmütig und Frau Wetchy verbarg es unter Wohlerzogenheit: sie dürften mir doch keine Ungelegenheiten bereiten, und wenn das Unglück sie schon betroffen hätte, so wüßten sie wohl, daß man es allein tragen müsse und daß es nicht erlaubt sei, oh, noch lange nicht, unbescheiden zu werden.

Aus Ungeduld über das Gerede fuhr ich sie an: »Also ist es Ihnen recht, wenn die Rosa die Masern kriegt.«

Sie bekam Tränen in die Augen. »Nein... nein.« Sie hob abwehrend und beschwörend ihre Hände.

»Na, kleine Frau, es war nicht böse gemeint... aber wenn's sein soll, dann los... und lachen Sie lieber, das steht Ihnen viel besser.«

Sie machte sofort den folgsamen Versuch, zu lächeln: »Ja... aber in diesem Kleidchen...« und sie wollte auf das Kind zugehen, offenbar um es für den Besuch bei mir zu schmücken.

»Nichts da«, befahl ich, »wer aus dem Krankenzimmer kommt, hat das Kind nicht mehr anzurühren... was wir brauchen werden, das kann die Karoline schon jeweils herüberholen...«

»Geh' ihr aus der Nähe«, sekundierte mir Wetchy und sah die Frau streng an. Doch dann bat er: »Aber ich darf sie begleiten? ich wasche mir die Hände.«

So gingen wir denn. Wetchy hatte in seine Aktentasche ein paar Habseligkeiten und Wäsche für das Kind verstaut, Rosa trug ihre Puppe und in einer Pappschachtel ihre Ausschneidearbeit, und ich war neugierig, was Karoline zu alldem sagen würde. Die Sonne war eben hinter dem Kuppron verschwunden, der von den Felsen herabstreichende Abendwind frischte auf, und Wetchy, um sich nicht zu erkälten, hielt die Aktentasche an die Brust gepreßt. Ich wandte mich um. Da stand Frau Wetchy vor dem Hauseingang und winkte. Unter der verwaschenen lichtblauen Schürze wölbte sich ihr der Bauch; im September sollte sie ja wieder ins Bett kommen. Und es wird neuerdings einen kleinen rötlichen Wetchy mit rachitischer Anlage geben.

Durch die Stämme hindurch, zu unserer Rechten, leuchteten grau, still und starr die abendlichen Felsen, ließen den Wind an sich herunter gleiten, und mit abendlichem Seufzen empfing ihn der Wald. Und da war es mir, als würde ich die Kleine, die da auf Krankheitsdauer zu mir kam, für immer und ewig an Kindesstatt annehmen, und obwohl ich genau wußte, daß dies ein sinnloser Gedanke war, wahrscheinlich bloß durch das dumme Abschiedswinken verursacht, war er mir merkwürdigerweise nicht unangenehm. Ein richtiges Bauern- oder Holzfällerkind wäre mir freilich lieber gewesen, und auch eines, das nicht auf einen so dummen Namen wie Rosa hörte, und als wollte ich die Möglichkeit eines Rückweges erkunden, schaute ich noch einmal zurück. Frau Wetchy stand noch immer winkend dort; ich winkte gleichfalls und versuchte, auch das Kind dazu zu veranlassen. Aber das Kind hatte kein Interesse daran; es hatte die Puppe fest im Arm, sprach mit ihr und drehte sich nicht um.

VIII.

Es gibt Tage, da ist die Welt wie ein eingerichtetes Zimmer, der Himmel ist eine freundlich gestrichene Decke, die Berge sind weißgrüne Tapeten, und auf dem bunten Teppich des Lebens kugelt alles Spielzeug und macht läppisch-liebliche Musik. Mit solchen Tagen reicht der Frühling manchmal bis tief in den Sommer hinein, ja, sogar bis in den Herbst, und dann sind sie Kindheitstage im Alter, rührend wie diese, Erinnerung an etwas, das hinter jedem Kinderspiel und in einem letzten Frieden liegt.

Es war im Juli, und ich dachte, daß ein solcher Tag angebrochen sei, denn eine eigentümliche Sanftheit war über die Welt hingekrochen, eine Wolke durchsichtiger Weichheit, nachgiebig und dämpfend und trotzdem so unelastisch wie ein klarer Wasserspiegel, eine gewissermaßen hölzerne Weichheit, von der man noch nicht wußte, ob sie lustig oder traurig werden würde. Das Klappern des Frühstücksgeschirrs war anders als sonst, die Grillen draußen vollführten einen Höllenlärm, Rosa aber saß mit Karoline beim Kaffee, beide gleich alt, beide gleich jung, die Fünfzig- und die Fünfjährige, sie rührten ihre langsamen Gesprächsbrocken in ihren Tassen um, und vielleicht war es ein Gespräch über ihre unehelichen Kinder, das sie führten.

Doch als ich ins Freie hinauskam, wollte mir der Tag nicht mehr gefallen. Gewiß, es war alles hell, es war alles still, ja, es war in dieser Stille sogar alles so bewegt, wie es sein sollte, und mit der Friedlichkeit eines Spielzeugs war die biedermeierische Zahmheit des Menschendaseins an den Hängen der Berge angesiedelt. Aber die Töne des Tales, die sonst so frei und flüssig heraufstiegen, als würden sie von der dünnern Luft der Unermeßlichkeit angesaugt werden, hatten eine andere Färbung, eine andere Geschwindigkeit; sie kamen sozusagen bloß zögernd, sozusagen bloß aus Gewohnheit herauf, eine sonderbar stockige Abgeschlossenheit war in dieser linden Verlangsamung enthalten, denn die Bläue des Morgenhimmels war nicht zur Unendlichkeit geöffnet, sie war weit eher wie ein Abschluß, sie war wie eine dichte Cellonblase, gespannt von Bergspitze zu Bergspitze, und jeder Ton, der zu ihr hinaufdrang, schien ihre Undurchdringlichkeit noch straffer zu spannen. Ich horchte:

alle Töne kamen von unten, von oben kam nichts, kein einziger Vogelruf.

Die blaue Cellonblase platzte auch nicht im Laufe des Vormittags. Im Gegenteil. Um die Mittagszeit war sie zu einer festen Kuppel blaugetünchten Bleis geworden.

Längs des Ventenbachs, der sich in einem großen nach Osten gedrehten Bogen über die Talsohle dahinschlängelt, ging ich dem Dorfe zu. Die Felder reiften und das Gras stand zur zweiten Mahd. Um diese Zeit hat jeder Mann, der dem Land untertan geworden ist, den Schritt des Schnitters, seine Arme sind unausgesetzt bereit, zum Sensenschwung auszuholen, auch wenn er, wie ich, bloß eine Doctortasche in der Hand hält, sein Leben beginnt vom Kopf in die Arme und in die Beine zu fließen, angezogen von einer Erde, die nicht mehr aufwärts sprießt zur Unendlichkeit, sondern die Unendlichkeit wieder zu sich herabholt, in sich hineinholt, in sich hineinsaugt zur kommenden Ruhe des Winters. Wenn die Erntezeit beginnt, spricht der Mensch nicht mehr seine Gedanken, denn er hat keine mehr, er geht über die Erde dahin mit den großen schwingenden Schritten des Schnitters, ein Erntearbeiter unter den vielen, die alle das Gleiche denken müssen, und was sie denken ist nichts als die dumpfe saugende Kraft der Erde. Und ich, dahinschreitend über das brüchige Erdreich des Feldwegs, schaute zum Himmel empor, wartend, daß die bleierne Kuppel sich senken werde, angesaugt von der Kraft der wartenden Erde. Es war noch stiller als am Morgen. Dort, wo der Bach kleine Gefällsstufen hat, hörte man rieselndes Plätschern, und von Zeit zu Zeit dengelte einer droben, wo die Bergwiesen bereits in den Wald hineinreichen, seine Sense. Klein und schwarz waren die Gestalten der Mäher da droben, manchmal blitzte eine Sense auf, manchmal sah man das Weiß eines Hemdes.

Zwischen den Ufergebüschen des Baches und dem Weg liegt ein schmaler Streifen Sumpfwiese, mit Schierling und Dotterblumen bewachsen, und an einigen Stellen gibt es richtige Schilfinseln. Steif und hoch standen bereits die Riedhalme, und hier wurde das knirschende Säbeln einer Sense und das scharf rauschende Fallen der Schilflagen vernehmbar. Am Rande des Wegs lag ein geflicktes blaues Hemd neben einem Deckelkorb.

Es war der Wenzel, der Schilf für die Stallstreu schnitt.

»Guten Morgen, Herr Doctor«, rief er.

»Guten Morgen.«

Sein nackter Oberkörper war tadellos geformt, die Haut braun und ohne Haare, doch dicht behaart waren die mächtigen, affenartig langen Arme. Er hing ein wenig am Obergriff der Sense, die er neben sich aufgestellt hielt und die ihn um ein Beträchtliches überragte. An seinem Bauch hing das Lederfutteral mit dem Dengelstein.

»Heiße Arbeit«, sagte er.

»Gewiß.«

»Sie sollten auch Ihr Hemd ausziehen, Herr Doctor.«

Er lachte übers ganze Gesicht, als wäre er über mein Auftauchen entzückt, und er war voller Zutraulichkeit, freilich von einer, der man es anmerkte, daß sie jederzeit in Feindschaft umschlagen konnte. Ein Schelm und Henkersknecht zugleich war er, ein Spaßvogel und ein Würger aus dem Niemandsland, ein Kerl, dem man allerlei zutrauen konnte, vielleicht sogar die Wiederinbetriebsetzung eines alten Bergwerks, sicherlich aber die erbarmungslose Verfolgung eines kleinen wehrlosen Radioagenten. Er lachte und leckte sich den Schweiß von der Oberlippe. Da er mir solcherart in den Weg gestellt worden war, fand ich es für richtig, nicht viel Federlesens zu machen: »Gut, daß ich Sie treffe, Wenzel... was haben Sie eigentlich gegen den Wetchy?«

Er bohrte seinen Absatz in einen Maulwurfshügel, der von der Trockenheit zu einem Haufen hellen lockern Sandes gemacht worden war. Er seufzte.

»Nun?«

»Ja, was soll man denn mit dem Kerl anfangen, Herr Doctor?« antwortete er mit einer halb gespielten, halb treuherzigen Verzweiflung.

Es geschah, was er beabsichtigt hatte; ich mußte lachen.

»Jetzt ist [er] gar auch noch mit Ihnen verwandt.«

– ? –

»Nun, Sie haben ja seine Tochter bekommen.«

»Allerdings.«

»Und das andere hat Masern?«

»Ja.«

»Traurig«, sagte er bedauernd.

»Eben deshalb sollen Sie ihn in Ruhe lassen.«

»So was hat's nötig, sich fortzupflanzen...«

»Das ist eine ziemlich weit verbreitete Gepflogenheit.«
»Ist doch besser, wenn so was gar nicht auf die Welt kommt.«
»Damit, daß Sie ihn belästigen, werden Sie's nicht abstellen.«
Er sagte schmollend: »Er belästigt doch auch alle Leute mit seinen Versicherungen und mit seinem Radiozeugs...«
»Was geht das Sie an, Wenzel?«
»Mich?... nichts...«
»Sie mischen sich aber in recht viel Dinge, die Sie nichts angehen...«
Er machte eine wegwerfende Geste: »Herr Doctor, ich bin ein Niemand... die Leute können eben den Wetchy nicht leiden...«
»Ja, aber bisher hat er seine Ruhe gehabt... da mußten Sie erst kommen...«
»Ich?... aber Herr Doctor!«
»Na, wer denn sonst? der Marius?«
Er kratzte sich am Kopf: »Mit dem Marius ist das so eine Sache...«
»Ja«, sagte ich, »das ist so eine Sache, wenn Sie die Burschen über seinen Befehl rebellisch machen...«
»Der Marius befiehlt nichts«, sagte er beinahe verächtlich.
»Was denn tut er?«
Jetzt dachte er ernsthaft nach. Dann sagte er: »Der Marius sagt bloß das, was die andern denken.«
»So? an den Blödsinn mit dem Gold haben sie auch immer gedacht?«
»Immer, Herr Doctor, immer.« In seinem Gesicht war wieder die gewohnte Lustigkeit aufgeschienen, aber er meinte es offenbar trotzdem ernst.
Ich schaute zum Kuppron hinüber, der stand da, Gold im steinernen Bauch, und stemmte die Last des bleiernen Himmels, er, ein Teil der Erde, emporgeworfen von der Erde, vielleicht gegen ihren Willen, emporgeworfen gegen den Himmel, auf daß er nicht herabstürze in ihre saugende Kraft, Riese oder Riesin, man wußte es nicht. Vor mir aber stand der Schelmenzwerg mit der Sense, auch er emporgeworfen aus der Erde und ihr Schilf mähend.
»Ja«, sagte er, »die Leute sollen das ausführen, was sie denken.«
»Was der Marius denkt...«

»Das ist dasselbe.«

Trapp hatte sich mit hängender Zunge auf die heiße Erde gelegt. Er knurrte leise. Es war, als knurrte er in die Erde hinein.

Ich sagte: »Wenn ihr das ausführt, was ihr denkt, werdet ihr es mit der Gendarmerie zu tun haben... das ist, so viel ich weiß, schon manchem passiert, der seine Gedanken ohneweiters ausgeführt hat.«

»Die Gendarmen denken auch dasselbe.« Er zwinkerte mir listig zu, »genau so wie Sie selber, Herr Doctor.«

»Mich dürfen Sie bei Ihren Späßen aus dem Spiel lassen, Wenzel«, sagte ich, »was Sie gegen den Wetchy vorhaben, ist eine nackte Gemeinheit, und auch vor Ihren Goldunternehmungen kann ich Sie bloß warnen.«

Natürlich mußte ich dies sagen. Aber lieber hätte ich ihm die Sense weggenommen und hätte selber gemäht. Die seltsam bleierne Luft war ein heißer Hauch in meinen Lungen, und wenn ich auch die Anatomie des Menschen kenne, der Atem in mir schien mir dunkel und unergründlich.

Er bohrte wieder den Absatz in den Maulwurfssand, lächelte und meinte dann schließlich: »Die Menschen wollen immer was Neues, man muß ihnen auch diesen Spaß lassen.«

»Und das nennt ihr dann die Welt erlösen?«

»Ich nicht...«

»Der Marius also.«

Er machte wieder seine zynisch verächtliche Geste: »Vielleicht.«

»Und Sie wollen bloß Ihren Spaß dran haben... das sind böse Späße, Wenzel.«

»Die Welt muß vorwärts gehen, Herr Doctor.«

Ur-alt und übermächtig drohte der Kuppron, drohten die Felsberge, aufgetürmt im bleiernen Blau, bedeckt mit dem großen und übergroßen Leben, millionenstämmigen Leben des Waldes, der Sträucher, der Gräser, und es war plötzlich die höhnische Drohung des Greises, der lautlos das dünne Kleid des Lebens abstreift, die Arme hebt und mit einem Male in der schreckensvollen Wehr seiner Nacktheit dasteht.

»Die Welt muß vorwärts gehen«, wiederholte der Sensenzwerg.

Ja, sie muß vorwärts gehen, sie muß immer wieder gegen das Übermächtige des nackten Greises anrennen, gegen ihn, der inmitten der strahlenden Holdheit stets aufs neue den Schrekken des nackten Todes sichtbar werden läßt, sie muß gegen ihn anrennen und ihn zu unterhöhlen trachten, ihm das Geheimnis des Goldes entreißen, auf daß er zusammenbreche und der Himmel in den saugenden Atem der Erde zurückkehre.

»Ja«, sagte ich, »die Welt muß vorwärts gehen, aber wahrscheinlich nicht so, wie Sie meinen.«

»Das schadet nichts, wenn nur überhaupt«, lachte er, »ich will Ihnen was zeigen, Herr Doctor.«

Er ging zu dem Korb am Wegrand und öffnete den Deckel: in dem Gras und Laubwerk, das er hineingepackt hatte, wimmelte ein Dutzend schwarzgrüner Krebse und bewegte die Scheren.

»Aus dem Bach da gefischt«, erklärte er, »die kriegt der Krimuß, der frißt sie gerne. Der ist selber so ein Krebs.«

Trapp schnüffelte an dem Korb.

Wenzel hielt ihm ein Tier unter die Schnauze: »Das sind die Mondfische«, sagte er.

»Na«, sagte ich, »fangen Sie lieber Krebse als Gold, das ist gescheiter.«

Er grinste wieder: »Auch die Krebse sind unter den Steinen.«

»Ja«, sagte ich, »aber Krebsfangen ist harmloser, damit stiften Sie wenigstens keinen Schaden... Wiedersehen, und lassen Sie mir den Wetchy in Ruhe.«

Damit ging ich.

»Zu Befehl, Herr Doctor«, rief er mir nach, und als ich mich daraufhin umwandte, stand er wie eine Schildwache da und präsentierte die Sense, die mit ihrer glitzernden gebogenen Schneide wie ein weißer und zu lang gewachsener Mond gegen die Himmelsbläue glänzte.

Nicht weit vom Dorf sah ich drüben auf der Milandschen Wiese am Abhang den Marius. In gleichen Abständen gestaffelt schritten er, der Bauer und der Knecht Andreas, sie schwangen im Gleichtakt ihre Sensen, und hinter ihnen mit kleineren und unregelmäßigeren Bewegungen der langen Rechen folgten die Bäuerin und Irmgard und breiteten das gemähte Gut aus. In der Entfernung konnte man den Bauer und Marius beinahe verwechseln. Irmgard winkte mir und ich winkte zurück. Vielleicht hatte sie mir auch etwas zugerufen, aber der Tag war so unbeweglich geworden, daß die Luft zu träge schien, den Schall überhaupt noch weiter zu tragen, auch er sank zur Erde, auch er wurde von ihr aufgesaugt.

Das Dorf war ausgestorben, man hätte meinen können, daß es ein nächtlicher Mittag war, so dunkel war das wolkenlose Licht geworden, das Welle um Welle in einem lautlos dröhnenden Trommelschlag herunterkam. In dem schmalen Mauerschatten des Wirtshauses lag Pluto, den Kopf tief zwischen den Vorderpranken, und es war, als würde auch er gegen die Erde knurren. Er schickte mir einen traurigen Blick zu, aber erhob sich nicht, auch nicht um Trapp zu begrüßen, sie hatten einander heute nichts zu sagen, denn was sie sich vielleicht zu sagen hatten, das war noch zu tief in der Erde verborgen, in die sie hineinknurrten. Und ebensowenig hatte Frau Sabest etwas zu sagen; sie saß in der Wirtsstube und starrte vor sich hin.

»Heute kommt wohl niemand in die Ordination«, meinte ich schließlich.

»Nein«, sagte sie.

»Ich will auch nur auf das Bierauto warten, damit es mich hinaufbringt.«

»Ja«, sagte sie.

Doch nach einer Weile sagte sie: »Der Peter arbeitet jetzt in der Metzgerei.«

»Das ist eine Neuigkeit«, meinte ich, »kann er denn auf einmal Blut sehen?«

»Der Wenzel hat's ihm befohlen.«

»Da will er also auch nicht mehr Kaufmann werden?«

»Der Marius sagt, daß man die Kramläden schließen müsse... die seien bloß für die Weiber da.«

»Na, und wie stellt ihr euch dazu?«

»Der Mann freut sich.«

»Auch über den Kramladen?«

Sie lächelte. »Vorderhand ist das Wirtshaus jeden Abend voll... die Bauern kommen her, weil sie über den Wenzel lachen. Aber manchmal gibt es jetzt schon arge Keilereien.«

»Letzten Sonntag habe ich es gemerkt.«

Nach einer Weile trat Sabest ein. Er hatte seine blutfleckige Schlächterschürze vorgebunden und das lange geradlinige Teilmesser hing ihm wie ein Degen zur Seite. Er setzte sich zu seiner Frau und griff ihr mit den roten Händen in die weiche Achselhöhle, so daß sie lachen mußte. Das klang seltsam an diesem unbewegten Tag.

»Also das Geschäft geht, Sabest.«

»Ja«, sagte er, »der Marius ist ein großartiger Kerl, jetzt fangt eine neue Zeit an.«

»Aber er selber läßt sich nie im Wirtshause blicken.«

»Der Spitzbub, der Wenzel, besorgt's schon allein... sogar den Krimuß hat er herumgekriegt.«

»So, der Krimuß ist mit ihm zufrieden...«

»Das glaub' ich, der Kerl arbeitet ja wie ein Roß... und außerdem wird er das Gold holen.«

»Das wird noch seine Schwierigkeiten haben.«

»Die anderen werden schon nachgeben, die Oberdörfler... die sind ja wie die Weiber, die fürchten sich bloß.«

»Na, das kann ich eben nicht finden.«

Er spielte mit der Schneide seines Messers: »Wenn sie nicht nachgeben, dann wird eben Blut fließen müssen... es ist ohnehin schon an der Zeit.«

»Haben Sie den Krieg schon vergessen, Sabest?«

Er schob die fleischige Unterlippe zu einem fernverlorenen Lächeln vor, während seine Hand wieder die Arme der Frau abtastete: »Den Krieg? nein, den habe ich nicht vergessen...«

»Nun, und?«

Er fuhr fort: »Das heißt, Herr Doctor, ich habe fast alles vergessen... alles... doch eines ist geblieben, ja, das ist geblieben, es hat immer wieder nach Frau gerochen...«

Er schwieg und schnob durch die Nase.

»Und die Welt muß wieder nach Frau riechen... dazu braucht sie Blut... nicht nur von Kälbern und Schweinen... wenn ich im Schlachthaus steh', dann spüre ich's, Herr Doctor, ich spür's unter meinen Füßen, was die Erde will... und wenn man ihr's nicht gibt, dann gibt sie uns auch keine Kraft mehr... dann sind wir nichts mehr bei den Weibern, unbrauchbar sind wir, dann hängt an uns alles herunter...«

Er lachte nicht, obwohl er Anstrengungen zum Lachen machte, in seinem Gesicht war ein großes Entsetzen, und die Hand, die die Frau gepackt hielt, war kaum mehr zupackend, sondern eher haltsuchend.

»Da unten saugt's«, sagte er heiser und deutete auf den Boden.

Auch das Lächeln auf dem Gesicht der Wirtin war erloschen. Sie löste die Hand des Mannes von ihrem Arm und legte sie sich auf die Brust; dort bedeckte sie sie mit ihren beiden Händen.

»Und der Marius soll Ihnen die Kraft erhalten?« fragte ich endlich.

Er antwortete lange nicht. Dann sagte er: »Was sein muß, muß sein... einer muß es tun.«

Später – ich war in die Ordination hinaufgegangen – kam das Bierauto. Sein Hupen war schon von weither vernehmbar, und als ich einen Blick durchs Fenster warf, erschien es gerade am Anfang der Dorfstraße, eine fauchende, ratternde, ein wenig schräge Maschine, denn die Straße ist dort stark geböscht, ausgestattet mit Augen und Winkern, mit Tafeln und auch mit einer Fahne, ein Ungetüm auf dem Erdboden, angefüllt mit Getränk für die Menschenbäuche. Dann hielt es vor meinem Fenster. Ich hörte die feucht heisere Stimme Sabests, und in der Einfahrt wurden Fässer gerollt. Da machte ich mich zum Weggehen bereit, und bald darauf fuhren wir ab, verließen das Dorf, drei Menschen auf dem lärmenden Ungetüm, drei Menschen, in deren Leibeswinkeln der Schweiß klebte, während die Maschine unter uns ihr Öl schwitzte und nach Öl roch, nach Öl und Fett und Benzin, so fuhren wir Menschen auf Menschenwerk, in der Unbeweglichkeit des Nachmittags, inmitten der Gefilde, die nach der Mahd riefen und die stille heiße Luft langsam in sich einsaugten: was noch nicht eingesaugt war, das zitterte als durchsichtiger Glast auf der Oberfläche und wartete. Hinter uns aber tanzten die leeren Fässer und rasselten mit den Ketten, die um sie geschlungen waren.

Nach der dritten Kapelle ließ ich mich abladen. Trapp folgte mir mit einem langsamen, fast ungeschickten Sprung, und wir nahmen den kurzen Feldweg zum Wald. Ich schaute zur Kuppronwand hinauf. Es war, als ob das unmerkliche Zittern des Glastes von ihr herrührte, denn auch sie zitterte, bebte wie einer, der unter einer schweren Last steht und sich's nicht anmerken lassen will. Auch zwischen den Fichtenstämmen zitterte die Luft, und beinahe unbewegt standen die Mückenschwärme.

Ich aß mit Karoline und Rosa zu Abend.

Das Kind sagte: »Erzähl' mir die Geschichte.«

Und Karoline erzählte: »Vor vielen hundert Jahren ist der Himmel auf der Erde gelegen...«

»Warum?«, fragte das Kind.
»So«, sagte die Karoline, »so, weil es so war...«
»Ja, aber warum?« fragte das Kind.
»Weil es das Paradies war«, sagte ich, »immer wenn der Himmel auf der Erde liegt, ist es das Paradies und die Menschen gehen im Himmel spazieren.«
»Nein«, sagte die Karoline, »damals hat es noch keine Menschen gegeben... zuerst sind die Riesen aus der Erde herausgekrochen.«
»Weil der Himmel auf der Erde gelegen ist?« fragte das Kind.
»Ja, vielleicht«, antwortete Karoline und sann nach, wahrscheinlich über die Frage, ob die Riesen, die da gezeugt worden waren, die ersten Dienstmädchen der Welt waren.
»Erzähl' weiter.«
»Ja, und die Riesen wollten es nicht dulden, daß der Himmel auf der Erde liegt, sie waren bös und eifersüchtig und wollten die Erde für sich haben, für sich allein...«
»Und dann?«
»Und dann sind sie hergegangen und haben Steine genommen und haben sie hoch aufgebaut, bis der ganze Himmel von der Erde weggestemmt war.«
»Ja? dann ist er nicht mehr auf ihr gelegen.«
»Da ist er nicht mehr auf ihr gelegen.«
»Da war er traurig?«
Karoline war die Frage unangenehm: »Vielleicht... ja, vielleicht war er traurig... und so haben die Riesen aus den Steinen den Kuppron gebaut.«
»Und auch die anderen Berge«, ergänzte ich.
»Und jetzt kann der Himmel nicht mehr herunter?«
»Nein, das kann er nicht mehr.«
Das Kind überlegte: »Vielleicht kommt er doch in der Nacht herunter, wenn es niemand merkt.«
»Nein«, sagte die Karoline rasch, denn sie wußte, daß nicht einmal aus Amerika einer zurückkehren will.
»Manchmal kann es schon vorkommen«, sagte ich.
Karoline sah mich mißbilligend an.
»Manchmal«, sagte das Kind, als erinnerte es sich.
Nach dem Abendessen ging ich in den Garten. Es dämmerte, aber der gewohnte Abendwind stellte sich nicht ein; die trok-

kene Schwüle der Luft rührte sich nicht. Plötzlich stand der Marius am Zaun und grüßte.

»Marius? Sie hier?«

Er nickte.

»Ist wer krank?«

»Nein, Herr Doctor.«

»Und Sie kommen zu mir?«

»Ja, auch zu Ihnen... Sie haben heute mit dem Wenzel gesprochen.«

»Aha, deswegen.«

»Nicht nur deswegen... ich wollte zum Berg herauf, der Berg hat sich gemeldet.«

»Was hat er getan?«

»Noch nichts... aber es hat mich heraufgezogen.«

»Na, schön, dann setzen Sie sich wenigstens.«

»Danke, Herr Doctor.«

Er nahm auf der einen Gartenbank Platz, ich auf der andern. Ich bot ihm eine Zigarette an; nein, er war Nichtraucher.

»Sie haben dem Wenzel gesagt, daß ich Böses im Schilde führe«, begann er mit leisem höflichem Vorwurf.

»Was Sie selber vorhaben, weiß ich nicht, aber wenn der Wenzel Ihr ausführendes Organ ist, so gefällt es mir nicht eben sonderlich.«

»Der Wenzel«, sagte er sinnend, »der Wenzel ist ein Hanswurst, aber er weiß, was er tut.«

»Und was tut er?«

»Was die Leute wollen.«

»Das wollte auch er mir schon aufbinden... aber er tut, was Sie wollen, Marius.«

»Der Bauer will mit dem Gold nichts zu tun haben, also habe ich es aufgegeben.«

»Und was wollen Sie eigentlich?... denn Sie werden mir nicht einreden, daß Sie ein bloßer Zuschauer sind...«

»Ich will die Gerechtigkeit, Herr Doctor.«

»Dazu zählen Sie vielleicht auch die Hetze gegen den Wetchy?«

»Mit der habe ich nichts zu schaffen... die ist einfach Volkes Stimme, aber das Volk ist immer gerecht.«

»Hören Sie, Marius, da habe ich andere Begriffe von der Gerechtigkeit.«

»Es ist besser, wenn einer leidet, als alle.«

»Marius«, sagte ich, »die Gerechtigkeit kommt aus dem Unendlichen.«

»Nein«, sagte er und deutete zur Erde, »die Gerechtigkeit kommt von da, man kann sie ebensogut mit der Rute finden wie das Gold oder das Wasser... denn das ist alles das gleiche... aber das ist schließlich auch die Unendlichkeit... die Berge sind unendlich groß, die Erde ist unendlich groß, und wenn man in sie hineinhorcht, hört man die Unendlichkeit...«

»Man soll da hineinhorchen«, sagte ich und deutete auf das Herz.

»Auch das Herz kommt aus der Erde«, stellte er fest, »und weil es in der Erde schlägt, deshalb hört man auch alles andere aus der Erde heraus... alle, alle hier«, fuhr er fort, »alle horchen in die Erde hinein... nur der Wetchy tut es nicht... sehen Sie, Herr Doctor, das ist die Gerechtigkeit.«

Nun war er aufgestanden in seiner ganzen Länge, ein Mann, aufgebaut auf seinen zwei Beinen, zwischen denen das Geschlecht wohnt, aufgebaut mit einem Thorax, an dem zwei Arme angebracht sind zum Greifen und nach der Erde fassen und zum Halten der Wünschelrute, aufgebaut mit einem Wirbelhals, auf dem der Kopf sitzt: und aus der Öffnung des Kopfes kam die Rede von der Gerechtigkeit, und der Mann glaubte daran.

Marius ging auf und ab, mit seinem langen und wiegenden Schritt, in dem noch der Schwung der Sense stak. Der Kies knirschte ein wenig, die Grillen zirpten; sonst hörte man nichts.

Dann fuhr er fort: »Alle müssen gemeinsam hineinhorchen, dann ist es die Gerechtigkeit... und wenn sie diese Gemeinsamkeit nicht wollen, so muß man sie dazu zwingen.«

»Sie wollen die Macht, Marius.«

»Ja, für die Gerechtigkeit.«

Hätte sich ein Lüftchen geregt, ich hätte ihn wahrscheinlich nicht weiter sprechen lassen; eine böse und närrische Mystik war in diesem Gerede, das spürte ich, so gut wie bei unserem ersten Zusammentreffen, aber ich war seltsam gelähmt, gelähmt war der Abend, in den dieser Tag mündete, und auch die Rede des Mannes kam wie aus einem gelähmten Mund, ja, als wäre sie den ganzen Körper hindurch aufgestiegen, von den Fußsohlen kommend, und als lief sie bloß oben willenlos über.

Nichtsdestoweniger sagte ich: »Wie soll diese Gemeinsamkeit aussehen? soll sie eine gemeinsame Goldexpedition sein?«

Er hörte nicht auf mich, er sagte: »Die Wahrheit…«

»Ja?«

»Die Wahrheit sinkt immer wieder in die Erde ein, es sind die Frauen, die immer wieder die Wahrheit schlucken…«

Schweigen.

»Sind die Frauen in der Erde, Marius?«

»Ja… aber sie geben ihr Wissen, das sie geschluckt haben nimmer her, sie geben bloß Kinder her… man muß ihnen ihr Wissen wegnehmen… sie schlucken, immerzu schlucken und saugen sie… doch ihre Zeit geht zu Ende, sie können nicht in die Erde horchen, weil sie selber in der Erde sind… ihre Zeit ist zu Ende, ihre Macht ist zu Ende, die Erde will nicht mehr.«

Ich hörte nur mehr Worte, die ich behielt und doch nicht verstand. Trotzdem war es, als ob die Erde unter uns einsänke, tiefer sänke in ihrer stillen Unbewegtheit, tiefer unter jedes Maß und unter das Meer einer Unendlichkeit, dessen nächtliche Wogen sich langsam und lautlos aufbäumten zu Bergeshöhen. Oben aber, auf der steinernen Kuppel des Himmels zeigten sich fahl die ersten Sterne, unbewegt auch sie.

»Der Berg ruft«, sagte Marius.

Und dann war er mit einem Male verschwunden.

Ich blieb sitzen. Die Dunkelheit floß von den Felsen herab, doch war es kein Fließen, sondern ein bewegungsloses Breiten und Ausbreiten, ein dunkler silberschwarzer Bart, der aus dem Berg herauswuchs, den Raum erfüllend, so dicht, daß die Sterne, obwohl sie sich mehrten, in flimmerloser Trübe kaum sichtbar wurden. Ich lauschte, die Stimme des Berges zu hören, die den Marius gerufen hatte, die Stimme des Vaters, der zur Erlösung ruft, allein ich vernahm nur das unbewegte und stumme Murmeln der Finsternis, das weiche Kriechen des Bartes. Über die Äste der Fichten und Tannen zogen die schwarzen Krebse und umspannten sie wie mit Spinnweben, auf daß sie in gefesselter Starrheit nicht fliehen könnten, schmal lang und trüb stieg die Mondessichel über die Wipfel, regungslos und zum Mähen bereit. Regungslos ich selber, schaute ich hinauf, schaute in den Schacht der Unendlichkeit, aufwärts oder abwärts oder gar nicht mehr schauend, ich wußte es nicht mehr, denn die letzte Tiefe ist da und dort bewegungslos, richtungslos und unverrückbar, nicht Mann mehr, noch Frau, ein Wissen nur noch, als letzter gemeinsamer Nenner, eingeboren allem menschlichen Wissen und doch nicht von ihm erfaßbar.

So saß ich in der Bewegungslosigkeit der Nacht, die tief und spät wurde. Die Mondessichel verschwand wieder hinter der Starrheit der Bäume, sie war schon längst verschwunden, als es donnerte. Es war ein fernes, seltsam gedämpftes Donnern, das aus der Richtung des Kupprons herkam, ein traumhaftes Donnern und trotzdem mich aus meinem Traum reißend. Ich erhob mich, um nach aufziehenden Wolken Ausschau zu halten, steif wie einer, der den ganzen Tag gemäht hat, ging ich auf den Weg hinaus, der ins Freie führte. Aber nirgends war eine Wolke zu erblicken; das Gewitter mußte hinter dem Kuppron stehen, meinte ich, aber nicht lange. Denn nun wiederholte sich das Rollen, und da wurde mir klar, daß es nicht hinter dem Berg, sondern aus dem Berg selber hervordrang; es war ein beklemmendes, sonderbar mattes Geräusch, das weich anhob, um rauh anzuschwellen und jäh wieder abzubrechen. Im nächsten Augenblick rasselten Ziegel von meinem Dach, ein seufzendes Knacken ging durch den ganzen Wald, als sei es um ihn geschehen, und dann erst spürte ich das ruckartige Schwanken des Bodens unter meinen Füßen, fühlte all die Hilflosigkeit, die vor keiner Naturgewalt so groß ist wie vor der des Erdbebens.

Ich stürzte ins Haus, in das Zimmer Karolinens, in dem auch das Kind schlief, drehte das Licht an und rief die Alte an: »Erdbeben, Karoline, in den Garten.« Die erleuchtete Lampe pendelte noch heftig hin und her, von der Decke fielen Stuckbrokken, und ich hatte das Kind genommen, um es hinauszutragen. Aber ehe ich noch bei der Haustüre war, erfolgte ein neuerlicher Stoß; das Haus knarrte im Gebälk, eine Tür sprang auf, in den Kaminen rieselte es, und ich hörte draußen wieder die Dachziegel fallen. Die Haustüre hatte sich verklemmt, ich mußte alle Kraft aufwenden, um sie aufzusprengen, und ich war froh, als ich mit dem Kinde draußen war. Aber nun erfolgte nichts mehr.

Rosa, von dem jähen Wecken erschreckt, greinte in meinen Armen, und ich überlegte, was jetzt zu geschehen hätte. Karoline schien offenbar Festtoilette zu Ehren des Erdbebens anzulegen, denn sie kam nicht zum Vorschein. Ich wollte nicht nochmals mit dem Kind hineingehen, aber ich konnte das weinende Geschöpf auch nicht allein heraußen lassen. So rief ich einigemale »Karoline«, freilich ohne eine Antwort zu erhalten. Alles blieb still, im Walde knackte es noch immer, es war als dehnte und streckte der Wald seine eingeschlafenen Glieder, ja, wirklich, es war, als sei die Bewegungslosigkeit der Welt jetzt aufgehoben, als erwachte sie aus einem Alptraum, und von ferne meldete sich die Andeutung eines Windhauches.

Während ich noch so ziemlich hilflos hin- und herüberlegte, kam Wetchy dahergelaufen:

»Was war das, Herr Doctor?« Er zitterte an allen Gliedern.

»Ich schätze ein Erdbeben... ist bei Ihnen was passiert?«

Nein, nichts sei passiert. Aber ob ich den fürchterlichen Lärm der Seilbahn nicht gehört hätte?

Erst jetzt erinnerte ich mich eines scharfen Pfeifens und Knirschens, das in das Knacken des Waldes hineingetönt hat. Warum es aus meinem Bewußtsein ausgeschaltet geblieben war, schien mir unerfindlich. Aber es war so.

»Sagen Sie, Wetchy, haben Sie das Kind auch herausgebracht?«

»Ja, die Frau sitzt mit ihm vor dem Haus.«

»Ist es eingepackt?«

»Sehr gut eingepackt... können wir ins Haus zurück?«

»Ich meine schon... aber passen Sie einen Augenblick auf die Rosa auf... nein, rühren Sie sie nicht an, sonst hat unsere ganze Quarantäne keinen Sinn... setzen Sie sich einfach zu ihr hin.«

Ich legte das Kind auf eine Bank und ging ins Haus. Vielleicht hatte die alte Karoline vor lauter Schreck der Schlag getroffen.

Er hatte sie nicht getroffen. Sie schlief ruhig in ihrem Bett, nicht ohne vorher vorsorglicherweise das Licht abgedreht zu haben. Wahrscheinlich wußte sie gar nicht, was vor sich gegangen war. Und das war wohl das klügste Verhalten, das man in solchen Fällen wählen konnte. Trotzdem wagte ich nicht, Rosa schon hereinzubringen.

»Bleiben Sie noch ein bißchen hier«, sagte ich also zu Wetchy, als ich wieder hinaustrat, »ich gehe hinüber, beruhige Ihre Frau und werde dann rasch mal im Dorf rekognoszieren... die Leute haben ja diese Dinge hier schon erlebt.«

Und so machte ich es auch. Zuerst besuchte ich Frau Wetchy, die mit dem Buben im Arm dasaß. Das Kind war gut zugedeckt;

bei der warmen Nacht war nichts zu fürchten. Sodann ging ich ins Dorf hinüber.

In vielen Häusern war Licht. Ein paar Leute standen, mehr oder minder mangelhaft bekleidet, auf der Gasse herum. Sie waren nicht sonderlich aufgeregt. Ach ja, von Zeit zu Zeit gäbe es immer so etwas, heute sei es nur ein wenig ärger als sonst gewesen, aber in der Nacht sei es eben unheimlicher als bei Tage. Da beachte man dies kaum. Ich möge mich bloß entsinnen, vor vier Jahren, im Herbst. Ja, ich entsann mich; damals war ich allerdings im Unterdorf gewesen, und da hatte man beinahe nichts gemerkt. Ob noch mehr Stöße zu erwarten seien? Nein, das wäre nicht anzunehmen; natürlich tue der Berg, was er will, aber man habe ein Gefühl dafür.

Auch ich hatte dieses Gefühl. Die Luft wehte jetzt leicht und warm aus dem Tal herauf. Der Himmel war voll flimmernder Sommersterne. Eine schöne friedliche Nacht.

Im Berghof droben gab es gleichfalls erleuchtete Fenster. Ich wollte noch schnell zu Mutter Gisson sehen und war nicht wenig erstaunt, als ich vor ihrer Türe den Marius bemerkte. Er stand dort mit dem Bergmathias und, wie mir schien, in einem Wortwechsel, der freilich von ihm stürmischer als von dem bedächtigen Mathias geführt wurde.

»Bergmathias«, hörte ich ihn sagen, »der Berg hat gesprochen, die Zeit ist reif.«

»Ja«, antwortete der Mathias, »geredet hat er schon, aber daß du ihn in Ruh' lassen sollst, läßt er dir sagen.«

Marius befand sich zweifelsohne in einem beträchtlichen Erregungszustand; er fuhr sich in die Locken, wie dies Italiener zu tun pflegen, wenn sie die Verzweiflung überkommt. »Die Seilbahn ist gerissen«, schrie er, »ist das nicht Zeichen genug!?«

»So? die Seilbahn ist gerissen?«, sagte ich hinzutretend, »Waren Sie dabei, Marius?«

»Vor meinen Augen ist sie gerissen, vor meinen Augen hat es den Wagen hinabgeschleudert.« Seine Augen glänzten irr.

Ja, er war in der Richtung zur Seilbahn verschwunden. Habe ich deshalb ihr Zusammenbrechen nicht hören wollen?

»Die Bahn hat der Berg nie leiden mögen«, sagte der Mathias ruhig, »dazu hat er nicht dich gebraucht.«

Marius fauchte: »Gewarnt hat euch der Berg...«

»Ja«, versetzte der Mathias, »euch da drunten hat er gewarnt... er will in Ruhe gelassen werden... das kannst du auch denen im Unterdorf sagen...«

Mutter Gisson erschien beim Fenster, beugte sich über den blühenden Bart ihrer Hängenelken und lächelte freundlich heraus.

»Bist auch da, Herr Doctor«, sagte sie, »weil der Berg ein bissel gesprochen hat?«

Marius blitzte sie an: »Zu mir hat er gesprochen, seine Drohung hat er gesprochen, alle Berge drohen, die Erde droht, zu lange schon ist sie nicht versöhnt worden... die Weiberzeit ist zu Ende.«

»Ja«, sagte Mutter Gisson freundlich, »magst schon recht haben... es kommt keine schöne Zeit.«

Marius lachte mit seinen weißen Zähnen: »Macht das Fenster zu, Mutter... jetzt kommt die neue Zeit, jetzt kommt unser Wissen.«

»Ja«, sagte die Alte im Fenster, »ist schad drum.«

»Geh schlafen, Marius«, meinte der Bergmathias.

»Nein«, rief Marius, »sing', Bergmathias, sing' mit mir...«

Und er hob an:

»Die Seilbahn ist gerissen,
Jetzt kommt die neue Zeit...«

»Nun?« fragte er, als Mathias keine Anstalten zum Mitsingen machte.

»Du bist besoffen«, sagte der Bergmathias.

Marius wurde plötzlich ernst. »Schon möglich«, sagte er und wandte sich grußlos zum Gehen.

Aber schon nach wenigen Schritten sang er wieder »Die Bergbahn ist gerissen, Jetzt kommt die neue Zeit...«

Die paar Leute, die noch auf der Straße waren, sahen ihm erstaunt nach.

Mathias Gisson lachte: »So ein verfluchter Narr.«

»Ja«, sagte Mutter Gisson im Fenster, »ein Narr ist er, aber seine Zeit kommt jetzt.«

»Warum nicht gar, Mutter«, sagte ich, »weil ihm da unten ein paar hereinfallen?«

Der Bergmathias sagte: »Der Berg fällt nicht auf ihn herein.«

»Der Berg nicht, aber die Menschen«, sagte die Mutter.

»Und nur der Wetchy wird die Zeche bezahlen«, meinte ich.

»Zwischen ihm und dem Wetchy ist kein so großer Unterschied«, sagte sie, »deswegen haßt er ihn auch.«

Ich verstand sie nicht.

»Auch der Wetchy fürchtet sich vor mir«, sagte sie.

»Der fürchtet sich bald... jetzt sitzt er bei mir mit dem Kind... kann ich ihn heimschicken, Mutter?«

»Ja, kannst ruhig deine Leut' in die Betten stecken; heute kommt nichts mehr.«

»Danke, Mutter, das wollte ich nur wissen.«

Und so begab ich mich heim, schickte Wetchy nach Hause, legte Rosa in ihr Bett und ging selber schlafen.

Karoline aber war tagsdarauf sehr verwundert, als ich die Begebenheiten erzählte und sie wollte kein Wort davon glauben. Selbst vor den herabgefallenen Dachziegeln war sie noch nicht ganz überzeugt. Freilich war es ein so schöner Morgen geworden, daß man sich das Unheimliche nimmer vorstellen konnte. Der Wind war von Norden her aufgefrischt, man durfte mit einer Fortdauer des schönen Wetters rechnen, eine gute Ernte war zu erhoffen.

IX.

Mit dem Schwung eines mähenden Erzengels ging der August über das Land, und die Suck Anna vermochte der saugenden Kraft des Bodens keinen Widerstand mehr entgegenzusetzen. Sie starb, als die ersten Ähren fielen, und wir begruben sie in dem sechs Schuh tiefen Loch, das in die Erde gegraben worden war und bis in die Unendlichkeit reicht. Es waren nicht viele, die sich von der Erntearbeit freigemacht hatten, um der Suck Anna das letzte Geleit zu geben und zuzusehen, wie sie von dem Grabe verschluckt wurde, während der heiße Glast der immer prunkvoller werdenden Sonne darüber zitterte, und sie sahen eigentlich auch kaum mehr zu, sondern blickten ins Land hinaus, auf die Felder: dort in der süßen Trockenheit des Korns wartete die Arbeit auf sie. Und die Suck Anna war rascher vergessen, als zu jeglicher andern Jahreszeit.

Denn der Rhythmus der Arbeit ist ein guter Herr der Menschen, er enthebt sie der Wahl und einer Freiheit, von der sie keinen Gebrauch machen können: ach, sie haben ja keine Zeit mehr, sich zu entscheiden, rascher und rascher entschwindet ihnen das Leben, und gelähmt sind sie ob der Eile dieses Entschwindens. Bin ich nicht selber oftmals gelähmt ob dieser Eile? ich, gerade ich, bin es, ich, der ich dazu bestellt bin, das Erdenleben der anderen notdürftig zu flicken, auf daß es noch eine Spanne anhalte und daß sie für diese kurze Weile nochmals zur Arbeit zurückkehren und sich ihrem Rhythmus einfügen können, der Hoffnung voll, es werde die Kraft des Ablaufs, es werde die ewig fortrollende Woge des Ackerns, Säens und Erntens sie hinübertragen über den Jammer des Menschlichen und über das Todesgrauen, das so rasch und so stark ansteigt, daß zu seiner Bewältigung jedwede menschliche Zeit zu kurz wird. Gleich ackernden Knechten sind sie, Folgsamen, denen man den nächsten, und wenn's hoch kommt, den übernächsten Feldstreifen anbefiehlt, und sie sehnen sich nach der Stimme, die ihnen zuruft: sei treu, tue deine Arbeit, halte aus, halte noch diese Ernte aus, möge sie auch dürftig werden, trage dein Korn zum Drusch, ackere noch einmal, sei ein treuer Knecht, nimm dir an Andreas ein Beispiel, an ihm, der treu schafft, obwohl ihn nur mehr wenige Jahre vom Tode trennen, tue es um deiner

Ewigkeit willen, denn ich, die Stimme deiner Pflicht, ich habe die Last deiner Entscheidung und deines Gewissens auf mich genommen, ich bin die Stimme deines Gewissens und ich führe dich, ich bin der unabänderliche Sinn deines Lebens. Dies ist die Stimme, nach der der Mensch sich sehnt, nach der er bangt, damit sie ihn erlöse, und um dieser Stimme willen wird der Pflug aus der Hand des Vaters empfangen, um ihretwillen wird er an den Sohn weitergegeben, das Unendliche zu bezwingen in ewiger Weitergabe, Sinn des Lebens, der im Gestern liegt und im Morgigen, unfaßbar im unerfaßlichen Augenblick des Jetzt, mühselig vorwärtsgetragen von Ernte zu Ernte, vom Vater zum Sohn und zum Enkelsohn, von Ackerfurche zu Ackerfurche, eine zerbrechliche und doch schwere Last, aber wenn der Pflüger am Ende der Furche wendet, verzweifelnd schier, daß er trotz der vielen Furchen, die er schon gezogen hat, trotz der vielen, die er noch ziehen wird, niemals bis zum Rande des Feldes gelangen werde, da kann es wohl geschehen, daß der Verzweifelnde über seinem Haupt den Hauch seines eigenen Sinnes spürt, dahinziehend im obersten Äther mit dem ruhigen Flügelschlag des Unsichtbaren und Unhörbaren, so groß und so leicht und so schwer wie der Himmel selber, freilich auch so unerfaßlich wie dieser und von derart flüchtiger Gewalt, daß der Pflüger, hebt er das Gesicht, um das Unerkennbare zu erkennen, nichts mehr hört als einen verwehten Atem, der einst aus einem Mund emporgestiegen sein mag, ein einst gewesenes Wort oder auch nur einen einstigen Vogelruf, ein Echo eines Echos, aus dem er nichts mehr vernimmt als ein: beginne nochmals, beginne von vorne, denn wieder stehst du am Anfang der Unendlichkeit.

Es war mitten in der Erntezeit, als ich eines Nachmittags aus der Ordination kam und zu meiner Überraschung sah, daß der Lax, der sein Haus in der Dorfstraße hat, eben mit seinem leichten Wagen aus dem Tor herausfuhr. Neben ihm saß sein Sohn auf dem Bock. Er winkte mir zu und hielt an.

»Wollen Sie mit ins Oberdorf, Herr Doctor?«

Natürlich wollte ich. Ich fragte ihn, was er im Oberdorf wolle, jetzt mitten in den Erntearbeiten.

»Ich fahre zur Mühle hinauf.«

Lax besitzt oben, nicht weit von der Paßhöhe, eine kleine Sägemühle, ein altes Gerümpel, das vom Abfluß eines winzigen

Waldsees gespeist wird und einstmals wohl mit dem Bergwerksbetrieb im Zusammenhang gestanden hatte. Er hatte das sicherlich wertlose Anwesen in jenem Expansionstrieb gekauft, der manchen Bauern eigentümlich ist, und betreibt die Sägerei von Zeit zu Zeit, wenn er eben ein paar Bretter braucht.

»So, zur Mühle? hören Sie, Lax, da könnte ich gleich einmal wieder einen Besuch bei den alten Mittis machen... wenn Sie einen Augenblick warten, hole ich nur noch eine Medizin für ihn...«

»Ja, ja, Herr Doctor, uns pressiert's nicht.«

Der alte Mittis und seine Frau wohnen in der sogenannten »Lucken am Berg«, einer kleinen Bergbauernsiedlung, die auf der almartigen Wiese zwischen den Wäldern vor der Paßhöhe liegt. Der Mittis leidet an der Galle, die Frau an der Wassersucht, und ich nehme nicht nur Medizin, sondern – und das ist wichtiger – auch etwas Tabak und Zucker aus der Handlung mit.

Dann fuhren wir los. Der junge Lax, ein sehniger Bursch, mit seinem starken Wildererblick dem Vater gleichend, hatte sich hinten aufgesetzt, ich saß neben dem Vater am Bock. In einer Wolke von Geknarr, Gequietsch und Geklimper bewegten wir uns vorwärts, langsam, denn die Bauernpferde sind nicht aufs Traben eingerichtet, auch wenn sie so prachtvolle Tiere wie diese hier sind. Sie trugen ihre großen messingbeschlagenen Kummete, an deren Seiten die runden Messingscheiben und Messingmonde an dünnen Kettchen hingen und in der Sonne funkelten. Die breiten falbseidigen Hinterteile bewegten sich im mäßigen Takt vor uns; von Zeit zu Zeit hob eines der beiden den Schwanz, stülpte den After heraus und ließ ein paar Äpfel fallen oder ein Gas streichen.

»Jedes andere Vieh steht oder setzt sich dazu«, meinte Lax, »nur ein Roß muß dabei laufen... das sollte unsereiner mal probieren... hüh.«

Aber bergauf nützte kein Hüh, die beiden Tiere gingen ihren Schritt, einen langen kräftigen Schritt, dem man es anmerkte, daß das Gewicht des Wägelchens überhaupt keine Rolle spielte. Bei den Kapellen bekreuzigte sich Lax, wie es die Sitte verlangt, und manchmal grüßte er lustig mit der Peitsche zu den Leuten auf den Feldern, die zurückwinkten und uns nachschauten, denn es war ja, als führen wir mitten am härtesten Werktag zu einer Hochzeit.

»Die wundern sich«, sagte Lax.

Doch mehr sagte er nicht, und ich fragte nicht, warum er mit dem leichten Wagen, auf den er doch nicht einmal Bretter laden konnte, zur Mühle fahre. Der Sohn saß mit Trapp stumm hinter uns.

Allenthalben standen bereits Garben auf den Feldern, da und dort wurde noch geschnitten, aber wo man am zeitigsten dran war, da wurde schon aufgeladen, um das Gut zum Druschplatz hinunter zu bringen. Die Dreschmaschine steht zwar noch in ihrem Schuppen, der an die Feuerwehrremise angebaut ist, doch als ich dort – hinter der Schmiede – kürzlich vorbeigekommen war, standen die Schuppentüren offen, und die Maschine wurde bereits gebrauchsfertig gemacht und geputzt.

»Wie steht's denn mit dem Handdrusch, Lax?«

»Han?«

»No, der Marius will doch das Maschindreschen abschaffen...«

Er lachte: »Ja, ja, ein paar sind dafür... meinetwegen sollen sie's tun, wenn's ihnen Freud' macht... hüh.«

Die wenigen Bäume und Stauden an der Straße trugen alle den Erntestaub, ihre Blätter, ja, ihre Äste waren wie welk und ein wenig zur Erde hängend, bebend vor Müdigkeit, wie nach einer getanen Arbeit. Ein ganzer Schwarm Wildtauben, aufgeschreckt durch unseren Knarr- und Klimperlärm, stieg drüben am Waldrand auf. Ihre Flügel glänzten in der glänzenden Luft.

Ich fragte: »Warum sind sie denn dafür?«

Lax zuckte die Achseln: »Weiß der Teufel... der Marius redet ihnen ein, daß die Maschinen zu viel Menschen brotlos gemacht haben und daß deshalb die Kornpreise gefallen sind.«

»Hm, das sind so Weltverbesserergedanken, die hat er irgendwo gelesen... was meinen denn Sie dazu, Lax?«

Er lachte wieder: »Sollen's die anderen probieren, mir soll's nur recht sein, wenn die Preise anziehen... ein Häusler, der alles selber macht, kann übrigens leicht mit der Hand dreschen, wenn ich aber Drescher anstellen müßte, käm's mir zu teuer.«

»Aber mit der Goldsucherei von dem Marius sind Sie einverstanden.«

»Das ist was anderes«, sagte er kurz.

Wir kamen durchs Oberdorf. Es roch nach Stille und nach verlassenen Ställen. Ein paar Kinder lockten wir mit unserem Lärm heraus. Beim Berghof war niemand; auch Mutter Gisson erschien nicht beim Fenster.

Als wir das Dorf passiert hatten und das Haus Sucks in Sicht war, meinte ich, daß wir anhalten und den Witwer besuchen könnten.

»Warum nicht«, sagte Lax und gab dem Sohn die Zügel, während er über das Rad hinuntersprang, »warum nicht, wir haben ja Zeit.«

Wir gingen die kleine Anhöhe hinauf, auf der das Holzhaus Sucks steht. Er hatte unser Kommen bemerkt und trat aus dem kleinen Stallgebäude, das sich daneben befindet, heraus uns zu begrüßen.

Das runde Gesicht inmitten des Schifferbartes hatte etwas von seiner Röte eingebüßt, die Backen unter den Augenknochen waren etwas eingefallen; man merkte ihm an, daß er sich um den dahingegangenen Menschen härmte.

»Na, geht's halbwegs, Suck?«

»So, so, la, la... ein Wittiber mit einem Haufen Kinder.«

»Mußt wieder heiraten, Suck«, sagte Lax.

»Wird wohl notwendig werden«, sagte der Wittiber.

Lax faßte mit beiden Händen ein paar Brüste in der Luft: »Nimmst dir halt eine, die was ist... das ist auch was wert.« Er lachte: »Wenigstens für den Anfang.«

Suck seufzte. Er hatte Grund zum Seufzen. Da war eine gewesen, die konnte sagen: »Erinnerst du dich, wie wir zum ersten Mal miteinander getanzt haben«, und wenn man sich ins Bett legte, dann erinnerte man sich. Und diese war ihm weggefault und hatte zum Schluß gestunken. Jetzt aber wird eine kommen, für die es kein »Erinnere dich« geben wird, eine, die bloß kommt, weil das Geschlecht im Menschen niemals erschweigt und Frauen und Männer immer wieder sich zusammentun, mag es auch unter dem Vorwand der Kinder oder der Wirtschaft geschehen, und er wird sogar mit dieser auch noch Kinder zeugen, doch es wird ohne Erinnern an ein Einst und ohne Gedanken an das Ewige geschehen, es wird bloß für den Augenblick sein. Und den Augenblick gibt es nicht.

»Ja«, sagte Lax, »du kannst dir auch eine nehmen, die was hat... das kannst du ganz gut brauchen.«

Suck nickte. Dann fragt er: »Wohin fahrt ihr?«
»In die Mühle.«
Suck war weniger diskret als ich: »Du hast ja den leichten Wagen.«
»Ja«, sagte Lax zögernd, »wir haben droben bloß was zu richten.«
»Aha«, sagte Suck, und seine alte Lustigkeit huschte einen Augenblick über sein Gesicht.
»Da gibt's kein Aha«, fuhr Lax auf.
»Na, ich mein' doch nur, daß du das Holz jetzt nicht selber brauchst, sondern oben liegen lassen willst.«
»Ich schneid' überhaupt kein Holz, ich bring' die Säge in Ordnung.«
»Ja, aber wenn du doch einmal schneiden solltest, etwa zum Beispiel Pfosten, wie man sie im Bergbau braucht, dann darfst du dich nicht ganz auf den Wenzel verlassen... alles versteht der auch nicht.«
Jetzt schmunzelte Suck wieder sein altes verstecktes Schmunzeln, und ich mußte lachen.
Lax begab sich in die Rolle des Gekränkten: »Jetzt besucht man dich, weil du ein Wittiber bist, und du steckst noch voll von deinen alten blöden Witzen.«
Und er schwenkte seinen massiven Bauch zum Gehen um.
»Fahren Sie auch mit, Herr Doctor?« fragte Suck.
»Ja, zum Mittis hinauf.«
Da flüsterte er mir zu: »Gehen Sie über die Kapelle heim?«
Ich nickte stumm. Über die Kapelle und den Knappenweg ist es beinahe kürzer als auf der Landstraße und jedenfalls schöner.
»Vielleicht treffen Sie mich dort«, flüsterte Suck.
Lax drehte sich um: »Servus, Suck«, sagte er und schlug ihm auf die Schulter, »heirat' bald.«
Doch als wir weiterfuhren, da war er finster und nachdenklich. Es dauerte eine Weile, bis er den Mund aufmachte: »Auf die blöde Geheimnistuerei mit dem Berg darf man nicht hineinfallen... was, Herr Doctor?«
»Na«, sagte ich, »mehr Geheimnis als der Marius kann schon keiner machen.«
Er machte ein unangenehm berührtes Gesicht: »Ich brauch' keine Geheimnisse... der Wenzel, der sagt die Dinge, wie sie

sind, der macht keine Geheimnisse.«

Nun fuhren wir Schritt für Schritt über die Serpentinen des Fichtenwaldes. An den Rändern gab es manchmal Laubbäume, Gras und Glockenblumen. Tief im Wald klang das weiche Krachen des Holzfällens. Ein paar Vögel zwitscherten, und sie verstummten, wenn wir uns näherten. Oben glänzte der Erntehimmel, bei uns unten atmete es sich kühl. Trotzdem hatten die Pferde jetzt schmale dunkelglänzende Schweißstreifen auf den Flanken.

An einer Kehre, die inmitten einer kleinen Lichtung liegt, erhebt sich ein Kruxifix. Lax bekreuzigte sich wieder: »Wer weiß, vielleicht ist das doch das Richtigere«, erklärte er nachher.

»Richtiger als was?«

Er antwortete nicht.

Als wir zu der Abzweigung kamen, die rechts zur Mühle und zum Grünsee hinauf führt, stieg ich ab und sagte: »Vergeltsgott.«

»Nichts zu danken, Herr Doctor, gerne geschehen. Und wenn Sie wieder hinunter fahren wollen, können wir uns hier treffen.«

»Danke, Herr Lax, ich gehe den obern Weg heim, Abendspaziergang.«

Er grüßte mit der Peitsche und lenkte das Gespann in den Waldweg.

Ich ging die Landstraße weiter, am Rande, wo sie nicht so staubig war, dachte an Suck und an das merkwürdige Stelldichein, das er mir bei der Bergkapelle gegeben hatte, und in knapp zwanzig Minuten war ich bei der Luckensiedlung auf der Paßhöhe.

Die Leute hier oben leben ein einsames Leben; sie haben weder mit dem alten Knappenort, noch mit dem Unterdorf viel gemein, und wären nicht die Autos, die jetzt öfters den Paß befahren, und für die sogar eine Bretterbude mit Bierausschank errichtet worden ist, es wäre alles so wie vor fünfhundert Jahren.

Das Haus der beiden alten Mittis hat sicherlich ein paar hundert Jahre hinter sich. Dunkelbraun und bemoost steht es nicht weit von der noch weißen Bretterbude mitten in der Almwiese, daneben und nicht viel jünger, Schweinekoben, Ziegenstall, Holzlage, kurzum alles, was dazugehört.

Wie ich eintrete, sitzt der alte Mittis in der Küche; sein vielgefaltetes Ledergesicht, aus dem die porzellanartigen Greisenaugen kaum mehr einen Blick nach außen senden, bekommt bei meinem Erscheinen ein paar neue Falten, die sich als erfreutes Lächeln entpuppen.

»Nun, Mittisvater, noch immer der Alte... geht's vorwärts?«

Sofort nimmt er einen weinerlichen Tonfall an: »Kein Tabak...«

Das war das Übliche; ich packte meinen Tabak und den Zukker aus.

»Ihr sollt nicht so viel rauchen, Mittisvater, das ist nicht gesund für Euch...«

Er stopfte eilends seine kalte Pfeife und stellte sich taub.

»Nicht so viel rauchen sollt Ihr...«

»Zu essen gibt sie mir auch nichts...«

Das gibt auf die eben eintretende Gattin, und es war gleichfalls nichts Neues, ein gewohntes Lied, obwohl es nicht gar so arg schlecht mit den beiden bestellt ist; die unverheiratete Tochter Marie besorgt die paar Joch, die sie besitzen, und manchmal schickt der Sohn, der irgendwo bei den Staatsforsten angestellt ist, auch ein paar Groschen.

»Er lügt«, sagte die alte Frau. Und nun kam von ihrer Seite die alte Gegenklage: »Er schlägt mich.«

Es wird schon Zeiten gegeben haben, da der alte Wilderer und Holzknecht sie geprügelt haben dürfte. Für sie war es gestern, war es heute. Je näher der Mensch an den Tod heranrückt, desto mehr zieht er sein vergangenes Leben an sich heran; die Fäden der Erinnerung werden ihm immer kürzer, verstricken sich immer mehr, werden zu einer unentwirrbaren Gegenwart. Und so trugen die beiden ihren dezennienalten Streit noch heute aus, mit einer erstaunlichen Vitalität in all ihrer Hinfälligkeit.

»Was gibt's denn heute bei Euch zum Essen?«

»Knödel, Milchsuppe.«

Es war das übliche Menü. »Nun, Mittisvater«, sagte ich, »da gibt's doch was Feines zu essen.«

Er hörte nicht darauf. Offenbar konnten keinerlei Nahrungsmengen und keinerlei Speisen seiner Phantasie Genüge leisten. Wohin führte die? zu welchen Genüssen?

Plötzlich sagte er: »Jetzt soll das Wildern erlaubt werden.«

»Was, Mittisvater, wollt Ihr auf Eure alten Tage wieder den Stutzen herausholen!«

»Mein Mann hat das nie getan«, fuhr die alte Frau dazwischen, in deren Gedächtnis es geblieben war, daß es da etwas zu verheimlichen gab.

Durch den Widerspruch gereizt, beharrte er jetzt: »Viel hab' ich geschossen.«

»Nicht wahr ist's...«

Das war des Rätsels Lösung; die Erinnerung an die Reh- und Gemsenbraten, die er in der schönen Wildererzeit nach Hause gebracht hatte, ließ ihm jetzt alles andere als Un-Speise erscheinen.

»Mittisvater, die Milchsuppen ist viel besser, wenn man keine Zähne mehr hat...«

Ja, ich hatte das Richtige getroffen; seine suchende Phantasie wußte nun, was sie wollte, die Gesichtsfalten mehrten sich, und listig mit der Zunge schnalzend, sagte er: »Milchsuppen? ah nein...«

»Wir wollen mal lieber untersuchen, Mittis, und den Rock ausziehen.«

»Rehkeulen... die jungen Leut' heute, die können nimmer schießen...«

»No, das Hemd auch... so, Vater...« ich versuchte die Geschwulst an der Leber abzutasten, »...Schmerzen?«

»Nein... wenn das Schießen jetzt erlaubt ist...«

Ich hielt inne: »Wer hat Euch denn das erzählt?«

»Die Marie...«

»Aber ist ja nicht wahr...« ließ sich die Alte wieder vom Herd her vernehmen.

Ruhig sagte Mittis: »Wahr ist's.«

»Und woher hat's die Marie?«

»Im Dorf war sie drunten.«

Etwas mußte dran sein. Jedes Gerücht schien mir in diesem Dorfe jetzt möglich, so lange der Wenzel mit seinen Späßen dort wirkte.

Der alte Mittis spann seinen Gedanken weiter: »Dann werden die Jäger alle erschossen...«

»Ihr seid ja wirklich dazu imstande, Ihr werdet ja immer gesünder.« Meine Untersuchung war beendet; der Zustand war verwunderlicherweise unverändert.

Natürlich mußte nun auch noch die Frau daran kommen; ich nahm mein Hörrohr heraus.

»Der Murner-Jäger hat auf mich geschossen... jetzt kriegt er's«, lachte er.

Das dürfte vor sechzig Jahren gewesen sein. Doch für den Haß gibt es keine Zeit.

»Könnt Ihr nicht verzeihen, Mittisvater?«

Er schaute mich verständnislos an: »Einer muß kommen, der alle Jäger erschießt, ... alle... freilich die jungen Leute heut'... aber jetzt wird er kommen...«

Ich hatte inzwischen begonnen, die alte Frau zu untersuchen. Seit Jahren wohl waren diese Körper, der ihre, wie der ihres Mannes, nicht mit Wasser in Berührung gekommen; aber an solche Dinge ist ein Landarzt gewöhnt, und er lernt an ihnen nicht nur ein Stück Verachtung der hygienischen Mätzchen, sondern auch ein Stück Hochachtung vor dem Menschengeist: wie gleichgültig ist es oft, ob das Körper genannte Wunderwerk gewaschen ist oder nicht, angesichts des Geistes, dessen unvollkommenes Gefäß [es] ist, angesichts des Wunderwerkes des Geistes in seiner Vollkommenheit, vollkommen selbst noch, wenn er so roh und unerschaffen ist wie bei diesen beiden alten Menschen, die beide nicht einmal lesen und schreiben können.

»Hier hat er mich geschlagen«, sagte das verhutzelte Weiblein und deutete auf die Schulter.

»Tut's noch weh?«

»Ja, sehr.«

Ein haltbarer Schmerz, so haltbar wie der Haß, der allein in der Asche eines überlangen Lebens noch glüht. Und welche Ernte ist übrig geblieben von einer überlangen Gemeinsamkeit, die einstmals sogar Lust gewesen war? nichts mit Ausnahme der Hochzeitsphotographie, die drin in der Stube als einziger Schmuck an der Wand hängt, über den beiden engen ungelüfteten Betten, die noch dastehen wie damals; nichts ist übrig geblieben als Haß, trotzdem Wunderwerk des Hasses, frühestes und böses Gewitterleuchten des Menschengeistes, sich sehnend schon in seiner frühesten Ungeschlachtheit nach einem Erlöser, und mag es auch nur einer sein, der alle Jäger erschießt.

»Da ist die Medizin, Mutter Mittis... und auch ein bißchen Zucker...«

Natürlich hatte sie den Zucker auf dem Tisch schon längst bemerkt. Jetzt aber trocknete sie rasch ein paar Tränen, weil sich das so gehört und Dank ausdrücken sollte.

»Die Medizin wirklich nehmen, und den Tee auch...«

»Ja.«

»Wo ist denn die Marie?«

Sie zeigte zur Türe hin.

»Na, vielleicht treffe ich sie... grüß Gott, Mittisleut.«

Ich hätte die Marie ganz gerne gesprochen, um ihr wieder einmal die Verwendung der Medizin einzuschärfen. Doch es war schließlich ziemlich gleichgültig. Der Zucker war jedenfalls wichtiger als das Medikament.

Der Weg zur Bergkapelle mündet auf der Paßhöhe in die Fahrstraße. Ich brauche aber nicht bis dorthin zu gehen, sondern kann gleich die steinige Grashalde rechts der Straße hinaufklettern, dann ein Stück mit auswärts gestellten Füßen, um auf dem Nadelboden nicht auszugleiten, durch den Tannenwald, und bin dann auch schon auf dem Weg droben, der von hier aus beinahe eben längs der Kuppronwände bis zum Zwergenstollen und zur Kapelle führt, eine Fortsetzung des alten Knappenwegs ist und, wahrscheinlich älter als die Fahrstraße, in vorgeschichtlicher Zeit die einzige Verbindung zum Paß gewesen war.

Es war etwa sechs Uhr Abend, und der Wald war schon milde geworden. Als ich auf die langgestreckte Almwiese hinaustrat, hatte ich zu meiner Linken die Kuppronwände in ihrer ganzen Länge, auch sie schon milde und grau, bloß auf ihrem obersten Kamm lag noch die Sonne. Ein paar Heustadln sind auf der Wiese verstreut, abendlich riecht sie nach stillem Wald und Kraut und führt ganz sachte aufwärts, um in einen lichten Föhrenbestand überzugehen. Man hörte die Schellen von der Hochalm droben, und in dem tiefer gewordenen Himmel, von dem die Tagesdecke abgezogen worden war, schwebte lautlos ein Raubvogel.

Allerdings, immer hörbarer wurde nun aus dem Walde unten die Mühle, das langsame Ticken des Rades und das gedämpfte, immer wieder absetzende Kreischen der Säge. Lax sägte, und wahrscheinlich sägte er Bergwerksholz, er, ein überlegter und gewinnsüchtiger Mann, sägte Holz auf Vorrat, ohne die Dimensionen zu wissen, ohne zu wissen, ob er es überhaupt brauchen könnte, er tat es aus den tiefverschleierten Gründen seiner

Seele, und vielleicht bekreuzigte er seine fleischige und breite Brust, so oft er ein neues Holz auf die Säge legte. Je näher ich zu der Abzweigung kam, die da hinunter zum Grünsee führt, desto deutlicher wurde das Geräusch. Dann brach es ab.

Die Abzweigung zum Grünsee ist eigentlich ein Bachbett. Der See, der da drunten wie ein stilles Auge zwischen den tannenbewachsenen Lidern seiner Ufer sich öffnet, wird von mehreren solcher Bergwässer gespeist, und dieses nimmt nun hier seinen Ursprung. Zwischen Felsstücken und Zimtstauden schlängelt sich das Bächlein, fast bewegungslos ehe es den Abhang erreicht, und sein Quell entsickert einer kleinen sumpfigen Hochwiese. Königskerzen, Schierling, Glocken- und Dotterblumen stehen hier im herbsüßlichen Geruch modernder Pflanzen, in jenem kühlen und erquickenden Modergeruch, der selbst in praller Sonne über Bergquellen zittert, aber das Sonnenhafte bis in den Abend, bis in die Nacht aufbewahrt wie einen silbern nachhallenden, niemals vergänglichen Trompetenton. Außerordentlich klar stand das Wasser in den Grasmulden, jedes Würzelchen war auf ihrem Grunde zu sehen, Kuhmist, von Almvieh stammend, war reichlich vorhanden, und die zahlreichen herumliegenden Geröllfelsen waren mit frischem hellgrünem Moos bedeckt. Hierher pflegt das Hochwild zur Tränke zu kommen, und auch Trapp trank jetzt lange und mit nachdrücklichem Zungenschlag. Dunkler wurden die Felswände, langsamer ihr Leuchten; der Sonnenstreifen, oben auf ihrem Rand, war verschwunden.

Auch in dem Niederholz, durch das der Weg in leichter Neigung jetzt wieder abwärts leitet, auch in den hellen Sträuchern voller Spinnweb und abendlichem Insektengesumm waren noch Sonnenreste lebendig, dann rückte der Wald wieder näher, säumt in brauner Nächtlichkeit den Weg, doch als ich aus ihm hinaustrat, war es der helle Abend, und er spannte sich über die Bergkapelle und über das ganze Tal, das auf den gegenüberliegenden Höhen noch voller Sonne war, dennoch auch selber voll eigener Sonne in dem gelben Glanz der Ährenfelder, in denen die langen Reihen der Garben standen. Links aber, über der Zwergengrube hing der steinerne Schlangenkopf.

Auf den Kapellenstufen saß nicht nur Suck, sondern auch der Bergmathias.

Und sie hatten ihre Stutzen zwischen den Beinen.

Bei diesem Anblick sagte ich: »Donnerwetter.«
Sie lachten beide, auch der Wittiber.
»Also, was ist los?«
»Wirst schon sehen«, sagte der Bergmathias.
»Später«, sagte Suck.
Sie erhoben sich: »Kommen Sie, Herr Doctor, höchste Zeit.«
Wir gingen zum Zwergenstollen hinauf, und die beiden taten schweigsam und geheimnisvoll, und sie brachten das Lachen nicht aus den Gesichtern.
»Wollt ihr gar wildern und euch dazu gleich den Doctor mitnehmen?«
»Mag schon sein.«
Als wir vor dem vermauerten Eingang der Zwergengrube standen, schauten sie ein wenig unschlüssig herum, und Suck kratzte sich am Kopf.
Rechts unweit des Schachteingangs sind zerklüftete Felsmassen der Wand vorgelagert.
»Dort hinauf«, sagt der Bergmathias.
Von rückwärts geht es ganz bequem durch das Geröll hinauf. Es ist wie eine große Kanzel. Zum Schluß will sich Suck auf ein kleines Felsplateau mit Klimmzug aufziehen.
»Halt«, sagt der Bergmathias und schlägt erst mit der Stockkrücke hin.
Eine kleine schwarze Schlange, die auf dem noch heißen Stein gelegen hatte, fällt herunter, Trapp will nach ihr schnappen, doch sie war auch schon in leisem Huschen davongeglitten.
Mathias räumt mit dem Stock noch die ganze Felsplatte auf, und dann ziehen wir uns hinauf. Trapp blieb unten liegen.
Wir saßen hier wirklich wie auf einer Kanzel oder auf einem Hochstand, übersahen den Schachteingang und den Wald. Sie legten ihre Stutzen vor sich hin.
»Schön bequem ist's da«, sagte Suck und lehnte sich an den ein wenig überhängenden Fels hinter seinen Rücken.
»Wollt ihr mir jetzt endlich sagen, was das bedeutet?«
»Wir warten aufs Wild«, sagte Mathias.
Ich sah zu Suck. Über das friedfertige und friedliche Gesicht, das eben noch lachen konnte, über dieses Gesicht, in das der Kummer zwei weiche Löcher gegraben hatte, weil die Liebe ihm weggefault, weggestunken, wegverwest worden war, glitt unheimlich der Haß, und der Mund, der eben noch geschmun-

zelt hatte, sagte: »Der Wenzel.«

»Der Wenzel? der kommt da herauf?«

»Ja, zum Stollen.«

»Wollt ihr ihn umbringen?«

Schweigen.

Suck lachte, aber er lachte böse: »Das beste wär's.«

»Nein«, sagte der Bergmathias, »aber er soll den Schacht nicht anrühren.«

»Kommt er allein?«

»Kaum, er hat ja seine Burschen.«

»Seine Garde«, sagte ich.

Jetzt lachten sie wieder, weil ihnen das Wort gefiel.

»Die Ärgsten sind die beiden Lax«, sagte Suck, »der Vater, wie der Sohn.«

»Ich dachte der Krimuß.«

»Der Krimuß ist besser, der ist bloß ein Geizhals, der will bloß Geld und will nicht sterben, damit's keiner erbt...«

»Und der Lax?«

»Der hat's eigentlich in die Hand genommen... der bearbeitet die ganze Gemeinde, daß sie die Schurfrechte ausnützen soll...«

»Aber dazu braucht's doch die Bergwerksbehörde und weiß Gott was alles... und vor allem Geld... der Lax kennt sich doch aus, deswegen glaube ich an all dies einfach nicht.«

»Darauf kommt's ihm doch gar nicht an.«

»Was will er denn sonst?«

»Fressen, fressen, fressen... vielleicht will er auch nur den Krimuß auffressen, weil jetzt dazu die Gelegenheit da wäre... den Lax müßte man eigentlich abschießen.«

Wieder ging der böse Zug über sein Gesicht.

»No, Suck, heute habt ihr euch aber ganz schön miteinander unterhalten.«

»Er ist doch nur gekommen, weil er auch mich herumkriegen will, er geht ja von einem zum andern und macht sich Liebkind.«

Es begann zu dunkeln.

Ich sagte: »Habt ihr schon was von der Wilderei gehört, die jetzt erlaubt werden soll?«

»Das wird wohl auch vom Lax stammen, vom jungen«, meinte der Mathias, der bisher stumm dagesessen hatte.

»No, Suck«, sagte ich, »das wäre doch etwas, wenn die Jagdgesetze auf einmal abgeändert werden würden, da wäre der Lax doch für etwas gut.«

»Selbst wenn der Lax was Gutes täte, ich sagte nein darauf«, erwiderte Suck wild. Aber dann mußte er über seine Wildheit selber lachen: »Einem schlechten Kerl muß man immer nein sagen.«

»Huh, jetzt hätte ich mich beinahe schon vor Ihnen gefürchtet, Suck.«

»Und außerdem steckt überall der Marius dahinter«, erwiderte er.

»Der gehört also auch zu den schlechten Kerlen...«

»Ärger«, sagte der Bergmathias, »der wird erst schlecht.«

Der Abendwind strich über uns hinweg, und wir schwiegen. Mathias und Suck schauten mit Jägeraugen in den langsam dämmernden Wald hinaus.

»Jetzt kommen sie«, sagte der Bergmathias.

Ich hörte erst nichts, aber Trapp ließ ein leises Knurren vernehmen.

»Ruhe, Trapp«, sagte ich.

Es dauerte ein paar Minuten. Dann hörte auch ich Gesang und den Gleichklang vieler Schritte im Wald.

Und dann zogen sie auf die Lichtung heraus.

Voran der Zwerg Wenzel als General, hinterdrein in Zweierreihen die Burschen; ich konnte ihrer vierzehn zählen.

Sie sangen ein merkwürdiges Marschlied, das ich später noch oft hören sollte:

»Wir sind Männer, keine Knaben
Unsern Boden soll kein andrer haben
Wir fluchen Händlern und Agenten
Sie tun unsern Boden schänden
Wir Jungen die Zukunft in Händen halten
Ehren die Väter, hassen die Alten
Tapfer treu und keusch und rein
Im Sonnen- wie im Mondenschein.«

»Halt«, kommandierte der General Wenzel.

»Zweites Glied vor.«

Jede zweite Reihe trat vor; jetzt standen sie in drei Viererreihen, hinter ihnen die beiden letzten, gewissermaßen in Unteroffiziersstellung, es waren Peter und der Schmiedegeselle Ludwig.

»Erste und dritte Reihe zum Carré.«

Die erste Reihe bewegte sich nach links, die dritte nach rechts. Jetzt bildeten sie ein quadratisches Hufeisen, an dessen offener Seite der kommandierende Wenzel stand.

»Hintermänner vor.«

Peter und der Schmiedegeselle marschierten drei Schritte vor. Ich bin ein alter Soldat; es hatte großartig geklappt. Suck stieß mich vergnügt mit dem Ellbogen an.

»Tuchfühlung... richt' euch.«

Vorschriftsmäßig taten sie es und standen stramm.

»Ruht.«

Die rechten Füße gingen vor; sie standen locker, wie es sich gehört. Kein Zweifel, daß sie dies nicht zum ersten Male machten; da ist schon oft exerziert worden.

Wenzel machte eine Kunstpause. Ganz leise kam der Geruch der Erntefelder über die schwärzer werdenden Wipfel herbeigeweht, im Wald zwitscherte ein letzter Vogel.

Dann hob Wenzel an:

»Kameraden, ich weiß, daß ihr Disziplin zu halten versteht, auch wenn der eine oder andere von euch jetzt irgendwo ein Mädel im Heu liegen hat, die ohne ihn nichts rechtes anzufangen weiß...«

Gelächter. Er wußte, wie er seine Leute zu packen hatte.

»Ruhe.«

Das Gelächter verstummte.

»...und ich bin überzeugt, daß ihr weiter Disziplin halten werdet. Vergeßt nicht, daß ihr einen Eid geschworen habt, einen heiligen und freiwilligen Eid, und daß jeder eine Sau ist, der einen Eid bricht, eine Sau, die man absticht. Leider lassen sich keine Würst draus machen...«

Wieder Gelächter. Ich war auf die Fortsetzung neugierig. Cäsar, der seine Soldaten ermahnt.

»Die Zeit der Tat kommt heran. Der Tag der Vergeltung. Der Tag der Rache. Und dann wehe unseren Feinden. Freilich, wenn ihr feige Säue sein wollt, so ist es besser, wenn ihr gleich wieder heimgeht. Jeder ist seines Schwurs entbunden. Es ist bequemer herumzuhuren, als seine Pflicht zu tun. Wenn einer lieber huren will, soll er sich am besten sofort melden. Wir lassen ihn ohne Bedauern gehen.«

Kunstpause.

»Schön. Es meldet sich keiner. Es tut mir leid, daß der Marius nicht da ist. Er hätte sich über euch gefreut.«

Sohin geht es doch nicht ohne den Marius. Er steckt auch hier dahinter.

Wenzel kommandierte:

»Habt acht... Stillgestanden.«

Es geschah.

»Linker und rechter Flügel ausschwärmen und sichern.«

Die beiden Flügel des Hufeisens liefen auseinander und verteilten sich als Wachen rings um die Lichtung. Die beiden Unteroffiziere folgten.

»Mittelreihe, Werkzeug.«

Jetzt bemerkte ich, daß die stehengebliebene Mittelreihe Rucksäcke trug, in denen Schaufeln, Krampen und ähnliche Geräte eingeschnallt waren. Die wurden nun hervorgeholt, und Wenzel, der seine Jacke abwarf, ergriff eine Spitzhacke.

»Jacken ausziehen. An die Arbeit.«

Mit großen Schritten ging der Zwerg auf den Zwergenstollen los. Vor dem vermauerten Eingang hob er mit großem Schwung die Spitzhacke und ließ sie in eine Steinfuge einsausen. Es krachte knirschend, und das Rieseln von Kies und Sand wurde hörbar. Im Echo hallte das Krachen verwehend nach.

Er schlug nochmals zu.

Da brüllte der Bergmathias: »Laß den Berg in Ruh.«

Wenzel stockte, die an den Rändern der Lichtung verteilten Mannen kamen heruntergeeilt. Sie starrten in unsere Richtung, konnten uns aber nicht sehen. Es gab einen Augenblick der Stille.

Da lachte der Wenzel auf: »Kusch da droben.« Und schlug zum drittenmal zu.

Kaum war dies geschehen, als sich neben mir ein Schuß donnernd entlud, lange im Echo nachrollend. Es war Suck gewesen; nach der Richtung seines Gewehrs sah ich, daß er in die Luft geschossen hatte.

»Verrat«, schrie jetzt einer drunten, »Verrat.«

»Verrat«, wiederholten die anderen. Es war ein Heidenlärm. Und schon sah man auch Messer aufblitzen. Suck und Mathias neben mir schnaubten vor Vergnügen.

»Ruhe, zum Teufel, Ruhe«, schrie jetzt der Wenzel, »Disziplin...«

Aber mit der Disziplin haperte es jetzt; es dauerte ziemlich lang, bis Ruhe eintrat.

»Wer seid ihr da oben?«

Ich fand es angezeigt, zu antworten: »Ich, der Doctor.«

Sofort wurde Wenzel höflich: »Guten Abend, Herr Doctor... schießen Sie?«

»Ich nicht, die anderen.«

»Da kann doch ein Unglück geschehen«, sagte er vorwurfsvoll.

»Wenzel«, sagte ich, »mit Späßen werden [Sie] nicht weiter kommen, jetzt ist's mal ernst.«

Er überlegte. Dann fragte er: »Wie viel seid ihr denn da oben, Herr Doctor?«

»Genug, um euch alle der Reihe nach abzuschießen«, antwortete Suck an meiner Statt.

»Der Suck«, sagten ein paar der Burschen.

»Ja, der Suck«, bekräftigte Suck und wies auf sich, obwohl ihn die von unten nicht sehen konnten.

»Herr Doctor«, sagte jetzt Wenzel, »könnten Sie nicht ein bißchen herunterkommen.«

»Ich glaube nicht, daß wir viel mit einander zu reden haben...«

»Herr Doctor, es wäre wichtig...«

»Schau lieber, daß du weiter kommst, mit deiner Saubande«, schreit der Bergmathias hinunter.

»Selber Sau, dreckige«, schreit einer der Burschen zurück, »komm herunter, wenn du dich traust.«

Der Bergmathias dröhnt vor Lachen: »Ob ich mich trau'? mit euch allen werde ich fertig, mit euch allen mitsamt euren Taschenmessern, ihr Buberln... und ich sag' euch, weg vom Berg, oder ich jag' euch davon.«

Wenzel mischt sich ein: »Bergmathias, du redest, als ob du den Berg gepachtet hättest... der Berg gehört der Gemeinde, der ganzen Gemeinde, und wir, wir arbeiten für die Gemeinde.«

Der Bergmathias steht auf, lehnt den Stutzen an den Fels, und schickt sich an, hinunterzusteigen.

Da sage ich: »Mathias, laßt lieber mich mit ihnen reden.«

»Ich will ja gar nicht reden, Herr Doctor, die bekommen ganz was anderes zu hören.« Er lacht, aber sein roter Bart ist gesträubt, und seine Hand hält das griffeste Messer, das in der Seitentasche an der Hosennaht steckt.

»Nein, Mathias, das ist nicht nötig, das besorgt der Trapp allein ebensogut... was fällt Euch denn ein...«

Er brummt, bleibt aber.

Ich rufe: »Wenzel, was haben Sie mir zu sagen?«

»Bitte, Herr Doctor, dürfte ich nicht um eine etwas geheimere Zwiesprache ersuchen... es ist wichtig.«

»Also kommen Sie mir entgegen.«

Ich lasse mich von der Felskanzel hinuntergleiten, und gleich darauf höre ich das suchende Tappen des Wenzels im Geröll. Ich leuchte ihm mit meiner Taschenlampe entgegen.

»Was wünschen Sie?«

Er schaut mich treuherzig von unten an: »Herr Doctor, so viel Aufhebens wegen ein bißchen Exerzieren... was haben wir denn dem Berg schon getan?«

»Stellen Sie sich nicht dumm, Wenzel,... Sie wissen genau, worum es geht.«

Er schlug sofort um und sagte stramm: »Jawohl, Herr Doctor.«

»Na also.«

»Herr Doctor, ich bitte um ehrenvollen Abzug.«

»Was soll das wieder für ein Spaß sein?«

»Nein, Herr Doctor, kein Spaß, aber wir können uns doch nicht so einfach in die Flucht schlagen lassen, die Burschen ertragen das nicht...«

»Das ist ihnen bloß gesund.«

»Wenn zum Beispiel Herr Doctor mit uns abmarschierten, so wäre dies eine große Erleichterung der Situation.«

»Aber gar keine Spur, ich gehe selbstverständlich mit Suck und Gisson.«

Mit einem verzweiflungsvollen Lächeln schaute er herauf: »Man soll Menschen nicht nutzlos demütigen und erbittern, Herr Doctor. Man soll keinen Haß säen.«

»So? und wie ist das dann mit dem Wetchy? Für eure Soldatenspielerei ist eine kleine Demütigung ganz am Platze.«

»Ja, aber die Burschen werden Sie hassen, Sie und den Suck und den Gisson«, und mit großer Herzlichkeit fügte er hinzu,

»das möchte ich doch vermeiden.«

»Den Haß nehmen wir schon auf uns.«

Der Zwerg wurde noch eine Spur kleiner: »Heute haben Sie gesiegt, aber...«

»Halt, heraus mit der Sprache, Wenzel, wann und wo gedenkt der Marius zu siegen?«

»Aber, Herr Doctor, der Marius... wo denken Sie hin...«

»Reden Sie mir nicht ein, daß nicht diese ganze Soldatenspielerei auf ihn zurückgeht.«

Mit der seltsamen Mischung von Freimut und Verschlagenheit, die ihm zu eigen war, sagte er: »So eine Sache mit dem Marius... man kommt nicht los von ihm... aber er tut ja nichts, immer nur Ideen und es geschieht nichts... da muß man dann die Sache eben selber in die Hand nehmen.«

»Sie sind ein raffiniertes Aas, Wenzel, das sind Sie.«

»Ja, Herr Doctor, mag sein... aber der Marius ist ein guter Mensch, dem dürfen Sie nichts tun...«

»Und Sie werden jetzt gefälligst mit Ihren Mannen abmarschieren...«

»Wenn Sie's befehlen... aber was den Marius anlangt, so meine ich's im Ernst...« Er salutierte wieder einmal militärisch und ging.

Aber nach zwei Schritten wandte er sich nochmals um: »Was sagen Sie zu meinem Exerzieren, Herr Doctor? was, das klappt, das gefällt Ihnen doch auch?« Dann verschwand er definitiv in der Dunkelheit.

Ich kehrte zu meinem Platz zurück.

Unten hörte man Wenzels Stimme: »Vergatterung... über speziellen Wunsch des Herrn Doctors wird die heutige Übung abgebrochen... Zweierreihen bilden...«

»Wenzel«, rief Suck hinunter, »marschierst du wirklich ab?«

»Ja.«

»Ich will euch was sagen ... wir bleiben auch nicht da heroben ... wenn aber einer von euch uns etwa am Weg auflauern sollte, so wird geschossen...«

»Ich stehe für meine Leute ein«, sagte Wenzel großartig, »wir sind Soldaten.«

»Na, schön«, sagte ich, »uns soll's nur recht sein.«

»Achtung, Gleichschritt, marsch...« ertönte es unten. Und tatsächlich marschierten sie ab.

Suck und Mathias waren etwas enttäuscht. Es war ihnen zu einfach und zu friedlich verlaufen. »Ein paar hinter die Ohren hätt' ihnen gebührt, daß sie nimmer aufstehen können«, meinte der Mathias in seiner langsamen Bergmannssprache.

»Dazu wird sich leider noch Gelegenheit ergeben«, sagte ich.

Als wir am Knappenweg waren, hörten wir unten die Schar ihr Marschlied singen, und der Bergmathias, der noch immer mit dem gleichen Gedanken beschäftigt war, wiederholte: »Ein paar hinter die Ohren hätte ihnen gebührt, dann wäre ein für allemal Ruhe gewesen.«

»Nicht so lange der Marius im Dorf ist«, sagte Suck.

Der Wald war stockdunkel. Hie und da gab es einen Leuchtkäfer. Vom Dorfe her hörte man das Achte-Läuten. Die Tage wurden kurz. Durch die Bäume blinkten die Sterne des Augusthimmels, und je tiefer wir gelangten, desto dunkler wurde der Geruch der Luft, desto dichter drang die Ernte der Felder in den Wald. Und in der dunklen Verbundenheit, die aus der erntetragenden Erde aufsteigt und das Eigenleben des Menschen auslöscht, so daß er nur mehr zu lieben oder zu hassen vermag, oftmals kaum mehr wissend, ob den Nächsten liebend oder hassend umschlingt, haßten wir drei, die wir da hinabstiegen, den Marius und den Lax, aber auch den Wenzel und seine Schar. Und wir setzten unsere Pfeifen in Brand, als könnten wir mit unserem Rauch den Haß betäuben.

Bei den ersten Feldern des Oberdorfs verabschiedete sich Suck, um zu seinem Haus abzuzweigen. Ich ging mit Mathias zu Mutter Gisson.

Wir trafen die Irmgard und die Agathe bei ihr. Die beiden Mädeln waren gerade daran, sich zu verabschieden.

»Mitten in der Erntezeit geht ihr spazieren?«

»Ich habe mir die Mädeln heraufkommen lassen«, antwortete Mutter Gisson an Irmgards Statt.

»Nach der Ernte ziehe ich ganz herauf«, sagt Irmgard.

Und die Agathe sagt mit einem Blick auf Mutter Gisson: »Die Irmgard hat's gut.«

»Du hast's besser«, sagt Mutter Gisson, »du kriegst dein Kind.«

Die Fenster der Küchenstube standen offen. Draußen wechselten Abend und Nacht den letzten unendlich weichen Händedruck ehe sie einander ablösten, und die Stimmen derer, die wieder einen Tag ihres Lebens hinter sich gebracht hatten und nun bald zu Bett gehen wollten, klangen durch die Straße, Weiberstimmen, Kinderstimmen, und manchmal der Baß eines Mannes.

Da setzte sich die Agathe nochmals hin und lacht: »Ich warte es gleich bei Euch ab, Mutter Gisson... behaltet mich gleich hier.«

»Wirf sie hinaus, Mathias«, sagt Mutter Gisson.

Und Irmgard, am Pfosten der Stubentüre lehnend, sagt: »Er soll's probieren...«

»Euch nehm' ich zwei Dackeln am Fell und trag' euch hinaus«, kommt es aus dem Bart des Mathias hervor. Und richtig erwischt er die Agathe am Genick und ebenso die Irmgard; und die beiden lassen sich von ihm hinausexpedieren, oder zumindest bis zur Türe, denn da sträuben sie sich lachend noch einmal, wollen nicht in die Nacht hinaus, die wie ein Korb voll weichen schwarzen Samtes ist, in den sie hineingeworfen werden sollen. Doch es nützt ihnen nichts, sie werden hinausgestoßen, und als ob dadurch alle Falten der Nacht aufgeschüttelt worden wären, dringt durch die geöffnete Türe ein Schwarm von Motten und Mücken herein, die Glühbirne zu umtanzen.

»Gute Nacht«, tönt es draußen noch aus [der] weichen Wärme der Dunkelheit, und ferner schon, weicher »Gut' Nacht, Mutter.«

Dann kehrt der Mathias zurück und meint: »Ja, die Irmgard gehört herauf...« Und nach einer Weile sagt er: »Alle Kinder müßte man dem Miland wegnehmen, so lange er den Marius bei sich behält.«

Geheimnislos hart ist die Küche im elektrischen Licht, und Mutter Gisson sagt: »In Gefahr ist bloß die Irmgard.«

Und nach einer Weile fügte sie hinzu: »Die Gefahr ist in ihr, nicht im Marius... wäre sie so wie die Agathe, dann gäbe es keine Gefahr...«

»Und der Peter?«, wage ich einzuwerfen.

»Das war Liebe«, sagte sie und nach einer kleinen Pause fährt sie erst fort, »da war kein Haß im Spiel...«

»Ja«, sagt der Mathias, »der Haß...«

Und daraufhin erzählten wir ihr, was sich beim Zwergenstollen zugetragen hatte.

Der Mathias aber beschloß die Erzählung: »Und jetzt ist der

Haß ausgebrochen zwischen uns und denen... besser wäre es gewesen, den Wenzel gleich abzuschießen...«

»Nein«, sagte Mutter Gisson, »der Haß geht gegen das Wissen.«

»Vielleicht wäre es besser gewesen, wenn Ihr den Marius bei Euch aufgenommen hättet, als er Euch darum bat«, erwiderte ich.

Sie schüttelte den Kopf: »Er wäre von selber wieder davon...«

»Er hat Euch aber um's Wissen gebeten.«

»Er hat's nicht gewollt, er hat's nicht wollen können, denn er ist einer, der vom Wissen kommt und das Wissen verliert, und so einer findet nimmer den Weg zurück zum Wissen, selbst wenn er wollte... aber er kann nicht wollen.«

Und dann sagte sie: »Er wandert.«

»Das tun wir alle, Mutter Gisson.«

»So meinst du's, Herr Doctor, weil du ein Mann bis[t]... nur die Männer wandern... Frauen bleiben und wissen...«

»Das ist bitter, Mutter, unsereiner möchte auch gerne wissen.«

»Sei zufrieden mit dem, was du hast.«

»Nein, eben nicht.«

»Herr Doctor«, sagte sie beinahe feierlich, »glaubst du denn, daß es irgend einen Mann gibt, der mehr kann als das Wissen wollen? das ist ja gerade sein Wissen! deswegen kann es ja wachsen... Bei uns Weibern ist's anders. Wir haben unser Wissen, es kann klein sein, es kann groß sein, es kann sogar schöner werden, aber es kann nicht wachsen... wir können es nicht mehren, wir können's bloß behalten, wir müssen's behalten. Das ist unsere Liebe... eure Liebe aber, und dafür lieben wir euch ja, wir blöden Weibsleut, ist das Wissen-wollen.«

»Und der Marius?«

»Der glaubt, daß er weiß... er glaubt's, weil er mit der Ruten gehen kann und weil er spürt, wenn's einem in der Schulter reißt... der sitzt auf seinem Wissen wie ein Weib... und deswegen kann er nimmer wissen wollen, deswegen ist er ohne Liebe... ein Zauberer ist er, sonst nichts.«

»Ja.«

»Ein Weib, das übers eigene Wissen hinaus will, das ist ohne Liebe und ist Haß, und ein Mann, der auf seinem Wissen ausruht, der ist auch der Haß.«

»Mutter Gisson, wenn einer wandert, ruht er doch nicht aus.«

»Wandern«, sagte sie, »Wandern, ja... sie wandern gern, die Zauberer, die Zigeuner... sie glauben, daß sie ihren Haß auswandern können mit den Füßen... und wenn sie nicht wanderten, dann wüßten sie von ihrem Nicht-Wissen... wer haßt, ist ein armer Teufel, und er braucht auch immer einen Teufel, den er hassen kann...«

»Er aber nennt es Gerechtigkeit.«

Sie schaute mich an: »Das ist doch...«, und sie öffnete ihre leeren Hände, spreizte ein wenig die Finger, deren Nägel schon greisenhaft bläulich verfärbt waren, und es war, als ließe sie durch die Finger das nackte Nichts hindurch- und davonrinnen. »So ist das«, sagte sie, als sie die Hände sinken ließ.

Wo ist das Wissen, nach dem wir fahnden und nach dem der Marius nicht mehr fahndete? das geheimnisvoll Unerreichbare? Und ich ahnte, daß es ein schlichtes und nüchternes Wissen um das menschliche Herz ist und daß solches Wissen alles Gewesene, alles Seiende, alles Künftige in sich einschließt: denn alles, was geschieht, geschah und je geschehen wird, ist Spiegel des menschlichen Herzens, und wer um das Herz weiß, der weiß um das Ur-Alte und um das Ur-Neue, kein Zauberer ist er mehr, sondern ein Erkenner, ein Seher, einer, dessen Wort, dessen schlichtes Alltagswort so stark ist, daß es jederzeit zur ganzen Natur sich zu entfalten vermag. Dies ahnte ich vor dem Antlitz der alten Frau, die mir gegenübersaß und mich anlächelte.

»Und trotzdem, Mutter, sagt Ihr, daß seine Zeit gekommen ist.«

»Ja«, sagte sie, »weil der Haß keinen Ausweg mehr hat, sie müssen dem nachlaufen, der haßt und der ihnen das Wissen verspricht, das er nicht hat.«

»Das Gold«, sagte ich.

»Nur die Unterdörfler«, sagte der Bergmathias.

»Wer zaubert, verführt«, sagte Mutter Gisson und lachte ein wenig, »wer verführt, der zaubert.«

»Auch der Miland ist ein Unterdörfler«, sagte ich, »und auch er ist verführt, obwohl er zum Wissen möchte und obwohl er das Gold nicht will.«

»Der Miland«, sagte Mutter Gisson, »der Miland, dem hat man die Liebe nicht gegeben, die er gebraucht hätte, und jetzt sucht er den Bruder und kann den Haß nicht sehen.«

»Und die Irmgard?«

Mutter Gisson seufzte: »Die liebt ihn, die wär' schon richtig, aber er ist eben der Vater...«

Ich sagte: »Vielleicht liebt sie den Marius, die beste Frau kann sich in einen Halunken verlieben, wenn er ein Verführer ist...«

Jetzt lachte Mutter Gisson wieder: »Aber nicht, wenn er kein Mann ist... ich hab' dir ja schon gesagt, daß er keiner ist...«

»Was? das geht so weit? nichts, gar nichts?«

»Natürlich geht's so weit mit seinem Stolz, mit seinem Weiberstolz... mit dem kann sich jede ruhig ins Bett legen...«

»Oder gar keine«, sagte ich.

»Ja, gar keine... deshalb ist er ja auch so grausam in seinem Haß, grausamer als jede Frau...«

Des Menschen Vorrecht ist die Suche nach dem letzten Versenken des Ichs, und Lieben heißt für ihn Schicksal-auf-sich-nehmen, Lieben heißt für ihn, Verborgenstes-erkennen, die Verborgenheit einer unerkennbaren Zukunft und einer zum Vergessen versunkenen Vergangenheit in ihrer Ganzheit aufnehmen, und das geliebte reale Wesen ist ihm nichts anderes als eine Schale all der Verborgenheit, die er selber als seine vergessene Vergangenheit und dunkle Zukunft in sich trägt, Verborgenheit, ihm selber unerreichbar und die jedes Menschenwesen dennoch offenbaren will, um der Liebe teilhaftig zu werden, auftuend seinen innersten, im tiefsten Schacht versunkenen Ich-Kern liebend und bereit, geliebt zu werden; doch wenn die Liebe solcherart das Innerste zu erspähen trachtet und das Innerste darbietet, so kümmert sich der Haß um keinerlei Verborgenes, er kümmert sich um keinen Wesenskern, um keine Vergangenheit, um keine Zukunft, um keinerlei Verborgenheiten des Schicksals, sondern er haßt das Reale, die Oberfläche, das sichtbar Vorhandene, und wenn die Liebe unermüdet und immer wieder dem Innerlichsten zustrebt, so sieht der Haß immer nur das Äußerlichste, und dies mit derartiger Ausschließlichkeit, daß bei aller Furchtbarkeit und Grausamkeit sich der hassende Teufel niemals von einer gewissen lächerlichen und dilettantischen Wirkung freimachen kann. Der Hasser ist ein Mann der Lupe, und wenn er einen haßt, so kennt er genau dessen Oberfläche, angefangen von den Fußsohlen in den Schuhen bis zu den luftbewegten Haaren auf dem gehaßten

Kopf. Will man eine Auskunft haben, so wende man sich an den Hassenden, will man aber wissen, wie es wirklich ist, so frage man den Liebenden.

Und der Bergmathias sagte: »Er haßt den Berg, auch wenn er mit der Rute auf ihm herumklettert und ihn erkennt.«

Und Mutter Gisson sagte: »Wär' er ein Mann, ich hätte weniger Angst um die Irmgard... mit einem Mann wird jedes Mädel fertig... aber seine Stärke ist das Nichts...«

»Mutter Gisson«, sagte ich, »Ihr aber seid stärker als das Nichts.«

Sie sagte: »Meine Angst ist größer als die seine.«

»Ja, Mutter, aber Eure Angst gilt der Irmgard, nicht Euch selber.«

»Angst ist Angst«, sagte sie.

Und ich sagte: »Einer, der den Welterlöser spielen will und es nicht ist, der kann Euch nichts anhaben.«

Da sagte sie: »Der richtige Erlöser schickt immer die falschen voraus, damit sie für ihn reinen Tisch machen... erst muß der Haß kommen mit seiner Angst, dann die Liebe.«

»Himmelherrgott, Mutter, jetzt fangt Ihr auch schon mit den Erlösern an... die Leute sollen sich vernünftig benehmen, dann brauchen sie überhaupt keinen Erlöser, dann hätten sie auch schon ihre Liebe... sie brauchten bloß auf Euch ein wenig zu hören.«

Sie lächelte mit ihrer ruhigen Sicherheit: »Die Welt erlösen... ja, immer dreht es sich darum, ... wenn die Männer zum Wissen wollen, und die Frauen ihr Wissen haben und es bewahren, so oder so, Herr Doctor, es geht immer ums gute Sterben... und wenn ein Mensch kommt, der ins Wissen geht und es so sehr will, daß er es zeigen kann und in ihm sterben kann... dann ist es das Wissen und die Liebe zugleich... die Weiber sind bloß hier und auch der Marius ist bloß hier, und wo die Männer eigentlich stecken, das wissen sie wohl selber nicht... was, Herr Doctor?«

»Nein, das wissen wir nicht.«

»Aber wenn einer kommt, der hier und dort zugleich ist, in seinem Leben und seinem Tod, ein Mensch, der beides ist...« sie nickte mir zu, »Herr Doctor, da könnt' es schon so was geben, wie Erlösen... ist's nicht so?«

»Ja, alles gut und schön, Mutter, aber das ist noch lange kein

Grund, daß Ihr dem Marius weicht.«

Sie lächelte noch immer: »Wir weichen, wenn die Zeit da ist, und wenn es reif ist, ist es auch gut, was geschieht... es muß bloß reif werden.« Und mitten aus ihrem stillen Lächeln heraus fragte sie: »Magst keinen Schnaps, Herr Doctor?« Vielleicht wollte sie auch nicht mehr von dem Marius und nicht mehr von der Angst sprechen.

»Ja«, sagte ich, »natürlich will ich einen Schnaps, aber Ihr dürft dem Marius trotzdem nicht weichen... ich jedoch muß heim, die Karoline wartet mit dem Abendessen auf mich.«

So bekam ich meinen Schnaps und ging heim, mit ein wenig schlechtem Gewissen, aber auch mit einem tüchtigen Hunger, denn es war neun Uhr geworden. Das Tal lag zu meiner Rechten, ruhend vor Arbeit, ruhend in der Frucht seines Bodens, ruhend in einer Welt, die sich bereits selbst zurückholte, ehe sie sich zum Schlaf falten wird, und wenn man tief einatmete, glaubte man das Reifen der Äpfel in den Bauerngärten unten zu spüren. Ging ich selber ins Wissen? Als ich nach dem Abendbrot in mein Arbeitszimmer kam, um die noch nicht gelesenen Nummern der medizinischen Wochenschrift durchzusehen, da war es mir einen Augenblick lang, als hätte ich das Wissen, das mir zugeteilte Wissen geflohen: war es nicht auch Verachtung für die medizinische Forschungsarbeit gewesen, Verachtung für die stillen und winzigen Erfolge der Laboratoriumsarbeit, Verachtung für das, was man wissenschaftlichen Fortschritt nennt, war es nicht solche Verachtung, die mit dazu beigetragen hatte, daß ich die Stadt verließ? War ich nicht nur überheblich und ungeduldig gewesen? überheblich, weil ich meinte, dies alles im Stiche lassen zu dürfen, vertrauend darauf, daß bloß die Festigkeit und der innere Wille des Arztes am Krankenbett gelte, gleichgültig, ob er dieses oder jenes oder am besten gar kein Mittel verschreibe? ungeduldig, weil ich nicht durch das Wissen zur Liebe wollte, sondern in ihrer unmittelbaren Ausübung, in einer gewissermaßen pflichterfüllten Liebe, die von Krankenbett zu Krankenbett geht und bloß deshalb nicht Haß ist, weil das Hassen nicht zum Beruf des Arztes gehört, hoffend, daß mir mit solcher beruflicher Liebe auch das neue und endgültige Wissen anfliegen werde? war dem nicht so? war nicht auch ich nur ein kleiner Erlöser, zufrieden mit seiner kleinen Zauberei? hatte nicht auch ich die Freiheit, die mir gegeben war, über mein Leben zu entscheiden, schlecht genützt? Zu welchem Wissen strebte ich jetzt noch? Doch während ich so dasaß bei der mückenumschwärmten Lampe, lesend und doch kaum mehr lesend, überlegend, ob ich nicht doch noch zu Wetchy und zu dem Kinde schauen sollte, das nicht gesund werden wollte, hörte ich die Stimme des irdischen Seins: halte aus, halte noch diese Ernte aus, möge sie auch dürftig sein, ackere noch einmal, sei ein treuer Knecht, beginne nochmals, beginne von vorne, denn immer wieder stehst du am Anfang der Unendlichkeit, des Wissens und der Liebe.

X.

Der August neigte sich seinem Ende zu, die Ernte war eingebracht, Irmgard war nun bei der Großmutter im Berghof. Zur Obsternte, die jetzt noch ausständig ist, braucht man sie unten nicht mehr. Das Erntewetter hatte sich gut gehalten, heiße Tage und helle große Nächte voller Sternschnuppen. Jetzt durfte es ruhig regnen. Aber es blieb noch weiter schön.

Ich saß mit Suck im abendlichen Garten. Seine Buben waren zu Rosa auf Besuch gekommen, und er, von der Waldarbeit heimkehrend, holte sie ab.

Rosa hatte sich mit dem ältesten Suckbuben, dem Albert, im Rasen niedergelassen und verfertigte Graskränze. Um die beiden kleineren kümmerte sie sich nicht, sehr zum Schmerz des jüngsten, der ihr überallhin nachlief.

Suck war wieder bei seinem beliebtesten Thema: »Schießen hätten Sie uns lassen sollen, Herr Doctor.«

»Aber, Suck, schließlich wird diese Komödie doch versanden...«

Er machte sein weisestes Gesicht: »Herr Doctor, wenn einer die Axt gegen dich aufhebt, wirst auch nicht stillhalten...« Und zur Demonstration erhob er seine Baumaxt, die neben ihm lehnte.

»Ja, Suck, nur wird die Axt des Wenzels ebensowenig losgehen, wie diese hier...«

»Das kann man nie wissen... wer zuerst zuschlägt, hat gewonnen... und einen schlechten Kerl muß man unschädlich machen.«

Er war aufgestanden, nicht nur, um seinen Worten Nachdruck zu verleihen, sondern auch in einem Anflug wilden Zorns, über den er allerdings im gleichen Augenblick selber lachen mußte.

»Das ganze Unterdorf haben die beiden schlechten Kerle schon aufgewiegelt...«

»Ist der Marius auch so schlecht?«

»Ärger... der wird erst schlecht, der ist noch lange nicht damit fertig...«

Mir fiel ein, daß Mutter Gisson etwas Ähnliches über ihn gesagt hatte. Indes zuckte ich bloß die Achsel: »Mein Gott, ein Narr findet viele Narren...«

»Die Mutter Gisson«, sonderbarerweise dachte auch er an sie, »hat schon recht gehabt, daß sie die Irmgard heraufgenommen hat...«

»Natürlich.«

Er hat seinen heroischen Tag und geht axtschwenkend auf und ab: »Die Mutter Gisson weiß was sie tut, die Irmgard gehört zu uns.«

Dann kommandiert er: »Buben, heimgehen!«

Rosa, ob des Kommandos erschreckt, bekam es mit der Angst vor dem axtschwenkenden Mann und begann zu heulen. Sogleich legte Suck die Axt hin, nahm das heulende Kind, küßte es auf die Nasenspitze, und weil dies noch nichts fruchtete, begab er sich auf alle viere und ließ sie aufsitzen. So ging es einigemale den Rasen herum, dann bockte er und warf die Reiterin vorsichtig ab. Was ich erwartet hatte, traf prompt ein: Rosa sagte »Bitte noch einmal«, kletterte wieder auf seinen Rücken, und der heroische Suck mußte nochmals von vorne anfangen. Schließlich befreite ich ihn und placierte Rosa wieder zu ihren Graskränzen.

»Das ist kein schönes Kind«, sagte er, als er zu mir zurückkehrte, »aber Kind ist Kind.«

Da erschien Wetchy. Kaum sah er Rosa, da machte er schon entsetzte Augen: »Mädi, komm sofort, das Gras ist feucht, du wirst dich erkälten...«, dann aber erschwieg er erschreckt, weil er in meine medizinische Oberaufsicht eingegriffen hatte, und er begann zu stottern: »...meinen Sie nicht auch, Herr Doctor... es wird nämlich kühl... nämlich recht kühl...«

»Nein, Wetchy, das meine ich durchaus nicht.«

»So...«, er war enttäuscht und schuldbewußt.

»Na, kränken Sie sich nicht, Wetchy... was macht der Kleine?«

»Wenn Sie vielleicht doch noch einmal hinüberkommen wollten, Herr Doctor...«

»Ist was los?« Ich war ein wenig besorgt, denn der Kleine kam nicht aufs gleich; jetzt hatte er mit den Nieren zu tun. Dies war auch der Grund, der mich das Mädel bei mir behalten ließ. Die arme kleine Frau drüben wußte ohnehin nicht, wo ihr der Kopf stand, und mit der leichten Gewöhnbarkeit aller Pechvögel merkten die beiden jetzt kaum mehr die Abwesenheit der Tochter.

»Das Fieber ist wieder gestiegen...«

»Nun, jetzt am Abend... aber ich will gerne nochmals kommen.«

Suck sagte bedauernd: »Ja, die Kinder.«

Ich meinte: »Na, Suck, beklag' dich nur nicht, deine Rangen geben dem Doctor nichts zu verdienen, die geraten darin dem Vater nach...«

»Da haben sie schon was zum Nachgeraten«, lachte Suck.

»Prächtige Söhne, prächtige Söhne«, ließ Wetchy sich vernehmen.

»Halt's Maul, Wetchy«, sagte Suck und gab ihm für diese Äußerung, ich muß gestehen, auch ein wenig zu meiner Befriedigung, eins über die Schulter, daß es krachte.

»Böser Mann«, ertönte zu unserer aller Überraschung das Kinderstimmchen Rosas neben uns. Sie war durch die Anwesenheit ihres Vaters kühn geworden, und seine Partei nehmend deutete sie mit ihrem kleinen schwarzen Finger nach Suck.

»Wirst du gleich still sein«, wies sie Wetchy ängstlich zurecht, »das ist ein braver Mann, ein sehr braver Mann.« Oder richtiger, er sagte nicht brav, sondern bav.

»Ja«, sagte Suck beruhigend, »ich, baver Mann.«

»Nur nicht gar zu viel einbilden, Suck! dem Wetchy brennt noch die Schulter.«

»Ja«, sagte Wetchy, durch mich ermutigt, und rieb sich die Schulter, lächelte aber dazu freundlich, »alle behandeln mich schlecht... sogar Sie, Herr Suck...«

Suck wurde ernst: »Laß dir nicht zu viel gefallen... zeig denen einmal die Zähne, und Ruhe wirst haben.«

»Was nützt es mir«, klagte der Agent, »wenn sie mich aus dem Haus rausschmeißen, was nützt es mir...«

»Wir werden dich schon nicht rausschmeißen lassen«, erklärte Suck, »schließlich gehören auch wir zur Gemeinde...«

»Aber der Herr Wenzel...«

»Hör mir mit dem Wenzel auf«, sagte Suck grob.

»Was ist mit dem Wenzel?« frage ich.

Der kleine Agent schluckt: »Er sagt... er sagt, daß noch ein Erdbeben kommen und das ganze Dorf delogieren wird, wenn ich nicht delogiert werde.«

»Das ist zu blöd«, entschied ich, »kommen Sie, Wetchy, wir wollen lieber nach dem Patienten schauen...«

Ich ließ ihn vorgehen, denn Suck hielt mich am Ärmel zurück. Es war dunkel geworden, und im Haus flammt hinter dem Küchenfenster die Lampe auf; ein gelbes Viereck fällt auf den Kies, dann wird dort ein Schatten sichtbar, es ist Karoline, die sich aus dem Fenster beugt und »Rosa« ruft.

»Da hat man's«, sagte Suck, »das ist nicht auf dem Wenzel seinen Mist gewachsen... das ist der Marius... aber er soll sich hüten, der Berg wird auch ihn noch erwischen.«

Er sagte dies so ernst, daß mir ganz unheimlich zumute wurde, obwohl mir die Verquickung von Gemeindepolitik und Bergzauber lächerlich genug vorkam.

»Na«, sagte ich, »lassen wir den Berg aus dem Spiel.«

Suck lachte wieder: »Gut, Herr Doctor.«

Beinahe war es jetzt völlig dunkel. Die Gräser und Blätter wurden durch einen kühlen schwarzen Luftzug bewegt, wurden wieder still, wurden wieder bewegt. Wir lauschten beide. Dann ging Suck mit seinen Buben, und ich ging zu Wetchy.

Wetchy erwartete mich schon an der Haustüre.

Es war wirklich eine böse Geschichte. Mit der Nierenentzündung schien es zwar besser zu sein, aber jetzt griff das Kind sich an das Ohr und an den Kopf, und richtig, in dem einen Mittelohr war zweifelsohne eine Reizung vorhanden. Hatte der Wenzel nicht recht, als er meinte, es dürfte derlei nicht zur Welt kommen? Fast wurde ich zornig vor lauter Besorgnis, zornig vor Eifer, das Kind unter allen Umständen durchzubringen. Versäumt war schließlich bisher nichts worden; immerhin mußte man bei einem Pechvogel von Wetchys Art auf alles gefaßt sein. Allerdings ließ sich im Augenblick gar nichts entscheiden, das konnte noch Stunden, ja einen Tag dauern; jetzt hieß es nur warm halten und ein wenig gegen das Fieber ankämpfen. Der kleine Kerl lag apathisch da und wimmerte von Zeit zu Zeit. Ich mußte mir ihn jedenfalls später nochmals anschauen: »Ich bringe Ihnen dann noch eine Medizin«, sagte ich und kehrte heim.

Ich ließ mir Zeit. Saß noch im Garten. Überlegte, ob ich am Morgen gleich das Sanitätsauto bestellen sollte. Drei Stunden Autofahrt ins Kreiskrankenhaus; eine Trommelfellöffnung könnte ich wohl selber durchführen, aber man mußte mit der Notwendigkeit einer Trepanation rechnen. Der Wald war still; auf ein paar Gebüschen da und dort leuchtete ein Glühwürmchen, im Hause Wetchys wurde Wasser in einen Kübel gegossen, dann wurde dort ein Fenster geöffnet, man hörte das dünne Zittern des Glases und hierauf das Einhängen der Fensterhaken. Eine Sternschnuppe fiel, verschwand hinter den Fichten. Da stand ich endlich auf, es mochte etwa zehn Uhr gewesen sein, klopfte meine Pfeife aus und ging hinüber.

Das Licht in der Krankenstube war gedämpft, die Luft roch säuerlich, ich zog mir einen Stuhl zum Bett und wartete. Frau Wetchy, müde beim Fenster sitzend, betrachtete mich mit vergehenden, furchterfüllten Augen. Wetchy selber war schlafen gegangen; er hatte die letzte Nacht durchwacht, und sie wechselten ab.

»Wollen Sie nicht ruhen, so lange ich da bin?« frage ich.

»Ach nein«, lautete die betrübte Antwort.

So saßen wir da, und ich fühlte mich alt. Von rechtswegen hätte ich mich entfernen müssen, um nicht durch meine Anwesenheit den Eindruck zu erwecken, daß die Dinge noch ärger stünden, als sie ohnehin waren. Aber ein seltsames Gefühl, ich könnte alles zum Guten wenden, wenn ich nur ausharrte, hielt mich zurück; es war mir, als könnte ich, ich alternder und doch schon etwas beleibter Mann, mit meinem Willen diesem Kindeskörper vorwärts helfen, vorwärts helfen zu einer Krise, aus der er sieghaft hervorgehen würde, und es war nicht Güte, und es war nicht Liebe, die mich hier zurückhielt und mich Krankenpflegerdienste verrichten ließ, ja, es war nicht einmal ärztlicher Ehrgeiz, sondern weit eher eine Art Kampfgeist, freilich ein etwas schläfriger Kampfgeist, und doch der beharrlichste, denn der Automatismus der Müdigkeit und des Halbschlafs, in den ich schließlich geriet, löste nicht nur das Bewußtsein ein wenig auf, sondern entfesselt auch Energien und bringt sie zu einem tranceartigen Eigenleben, wie es bei Tage nicht zu eigen ist.

Es war etwa vier Uhr Morgen, als ich Trapp drüben anschlagen hörte. Und in meinem herabgeminderten Bewußtseinszustand war es mir, als mahnte er mich freundschaftlich, doch endlich schlafen zu gehen. Schließlich hatte er recht. Wie lange es bis zur entscheidenden Krisis bei dem Buben noch dauern wird, war nicht abzusehen; was ich leisten konnte, hatte ich geleistet, und ewig konnte ich da nicht sitzen bleiben. Ich erhob mich.

Frau Wetchy, die mich unablässig beobachtete, fragte: »Geht es besser?«

»Hoffentlich, kleine Frau, Sie sehen, er schläft. Wecken Sie ihn nicht.«

Dann ging ich.

Es war noch dunkel. Der Wald lag noch in nächtlicher Erstarrung. Doch als ich aus der Haustüre trat, kamen mir zwei weibliche Gestalten entgegen. Dies also hatte Trapp gemeldet. Ich ließ meine Taschenlaterne aufleuchten. Es waren Mutter Gisson und Irmgard. Sofort wußte ich: sie waren auf dem Weg zur Kräutersuche.

»Guten Morgen, Mutter, also für meinen nächstjährigen Schnaps... brav von Euch.«

»Ja«, sagte sie fröhlich, »jetzt muß ihn die Irmgard lernen... wenn ich nimmer da bin.«

»Unsinn, Mutter.«

»Streit' nicht mit mir bei nachtschlafender Zeit... was machst denn du da? geht's dem Buben so schlecht?«

»Nicht eben großartig... eigentlich könntet Ihr ihn Euch mal anschauen...«

Sie machte ein etwas komisch unangenehmes Gesicht, eigentlich eines, das ich an ihr nicht kannte: »Ich mag die Leute nicht recht...«, doch dann fügte sie hinzu, »aber schließlich, Kind ist Kind.«

In Anbetracht der in den Gesichtern der Erwachsenen eingegrabenen und erstarrten Dummheit, sind Kinder tatsächlich ja noch das Erträglichste.

»Ja«, sagte ich, »schaut ihn Euch an, Mutter... was tragt Ihr denn da in die Berge?« und ich deutete auf ein ziemlich schweres Bündel, das Irmgard in der Hand hielt.

Mutter Gisson griff in das Bündel, holte etwas heraus und hielt es mir hin.

Ich leuchtete mit der Taschenlampe darauf: es war Korn, seltsam goldbraun in dem unmittelbar darauf fallenden elektrischen Licht, beinahe feucht glänzend.

»Neues Korn«, sagte ich und verstand nicht, welche Bewandtnis es damit haben sollte.

»Wenn der Berg uns die Kräuter gibt, so[ll] er auch was dafür kriegen... diesmal wird's ihm die Irmgard geben.«

»So.«

»Sie war ja die Bergbraut.«
»Tut das immer die Bergbraut?«
»Wenn sie Kräuter holt, bestimmt.«
»Und der Berg nimmt das Korn?«
»Wo du ein Kraut findest, mußt ein Körndel hinlegen, so gehört sich's... und auch dem Wasser mußt du eins geben... der Mensch soll nicht undankbar sein.« Mutter Gisson lachte leise.
»Und davon kommt mein Schnaps?«
»Ja, auch dein Schnaps.«
»Viel Glück, Mutter Gisson, viel Glück Irmgard.«
Sie gingen weiter und ich ins Bett.
Gegen acht Uhr, ich war eben aufgestanden, läutete das Telephon. Ich möge doch zu Wetchy hinüberschicken, damit er ins Dorf hinunterkomme. Beim Dreschmaschinenmotor sei was passiert. Wetchy ist auch der Agent der Dreschmaschinenfabrik. Daher.
Ich schickte Karoline hinüber und ließ gleichzeitig fragen, wie es dem Buben ginge.
Wetchy kam nach wenigen Minuten.
»Was macht der Bub?«
»Er schläft, Herr Doctor... ist das gut?«
»Ich glaube, ja.«
»Kann ich ruhig weggehen... oder soll ich vielleicht lieber nur telephonieren?«
»Sie können ruhig hinunter.«
»Jetzt rufen sie mich unten«, erklärte er beleidigt, »jetzt werde ich wieder der ›Herr Wetchy‹ sein, aber sonst rufen sie mir auf offener Straße ›Drahtloser‹ nach... auf offener Straße...«
»Machen Sie sich nichts draus, Wetchy...«
»Soll ich vielleicht nicht doch lieber nur...«
»Nein, machen Sie, daß Sie weiterkommen...«
Er verschwand.
Es war merkwürdig, daß auch ich diesen braven, fleißigen kleinen Mann eigentlich nicht leiden mochte. Vielleicht hing dies auch mit der Art seiner Beschäftigung zusammen, Maschinenvertreter, Versicherungsagent, Radiohändler, und weiß Gott, was er noch alles tat, um sich über Wasser zu halten, eine Vielfalt von Beschäftigung und Geschäftigkeit, die trotzdem kein Ganzes bildete, keinen Beruf, der sich dem Rhythmus ei-

ner gottgegebenen Arbeit eingliederte. Gewiß, auch meine Arbeit ist dem Zufall anheimgegeben, sie führt einmal zu diesem Krankenbett, einmal zu jenem, sie besteht aus zahnärztlichen und aus geburtshilflichen und dann wieder aus chirurgischen Verrichtungen, wie es sich eben bei einem Landarzt ergibt, ihr ist nicht das Gleichmaß von Ebbe und Flut gegeben, das das Leben der Erde und des Bauern bestimmt, doch ihr Hintergrund ist der große Rhythmus von Geburt und Tod, ihm bin ich untertan, selbst dann, wenn ich nur Zahnplomben anfertige, und von ihm beziehe ich die Würde meines Schaffens, daß es nicht sinnlos über die Erde dahingehe.

Im übrigen war es ein Tag guter Zuversicht. Mag sein, weil Mutter Gisson Körner im Gebirge streute, mag sein, weil mir meine Nachtwache als nicht aussichtslos erschien. Ich ließ mir Zeit, wie einer, der auf etwas Gutes wartet, und es war schon heller Vormittag, als ich hinüber ging, um nach dem Kinde zu sehen. Und tatsächlich, der Aspekt hatte sich gebessert. Das Kind lag mit hellen Augen in seinem Bett, es war fieberfrei und nichts tat ihm weh. Und weil der Mensch so ist, bemerkte ich nun auch den Wind, der durch das geöffnete Fenster hereinströmte, einen freundlichen frischen Wind, in dem schon Herbstliches spürbar war.

»Fein«, sagte ich, »fein, kleine Frau.«

Sie begann zu weinen; nach einer durchwachten Nacht kann einen das Weinen leicht packen, Angenehmes und Unangenehmes, es geht in die Augen, und man muß sich schneuzen.

Als ich das Haus verließ, kam Wetchy gerade aus dem Dorf zurück.

Ich rief ihm zu: »Dem Buben geht es besser.«

Er blieb stehen, faltete fromm die Hände: »Lieber, lieber Gott und alle Heiligen, lieber Gott ich danke Dir.«

»Na, kommen Sie her, Wetchy.« Ich war gerührt.

Doch er war schon wieder erschreckt, weil er den lieben Gott und alle Heiligen mir vorgezogen und ihnen zuerst gedankt hatte: »Nichts für ungut, Herr Doctor ... ich [bin] ja so dankbar, so dankbar ...« Und wir schüttelten uns die Hände.

»Also, was ist da unten passiert?«

Er war noch zu benommen, um mir die Sache folgerichtig erzählen zu können. Ja, in er Nacht sei das Dreschmaschinenhaus aufgebrochen worden und irgend ein Lausbub habe einen Metallstreifen in die Kontakte des Motors gesteckt. Und als sie heute beim Drusch den Motor hatten anlassen wollen, da sei die Bescherung da gewesen, Kurzschluß und alle Wicklungen durchgebrannt.

»So eine Bescherung... da wird jetzt wohl mit der Hand gedroschen werden müssen?«

»Ach nein... deswegen haben sie mich ja hinunter geholt... ich bin ja der Vertreter von Clayton...«

»Was? Sie können Motoren reparieren?... das hätte ich Ihnen gar nicht zugetraut.«

»Nein, das kann ich nicht... ich bin ja bloß der Vertreter... aber ich habe telegraphiert, ein ausführliches Telegramm, der Motor muß ja ganz frisch bewickelt werden ... nein, es muß ein Ersatzmotor geschickt werden, per Auto, morgen ist er da.«

»Na, da verlohnt sich der Handdrusch nicht.«

»Nein, durchaus nicht.«

»Hoffentlich verdienen Sie was daran.«

»Nein, nein, an Unglücksfällen möchte ich auch nicht verdienen.«

»Hat man irgend einen Verdacht?«

Wetchy machte eine Geste, andeutend, daß jedes Suchen nach dem Übeltäter hoffnungslos wäre.

Dann sagte er: »Es hat ja niemand ein Interesse daran... die Druschgenossenschaft ist gegen Bruchschaden versichert, die Reparatur wird von der Assekuranz getragen... und wenn auch die Versicherungsgesellschaft die Anzeige erstatten sollte, hier wird sich keiner finden, der ihr helfen wird... es freuen sich ja nur alle, daß die Gesellschaft einmal tüchtig zahlen muß... das weiß auch die Gendarmerie.«

»Das ist freilich etwas anderes.«

»Ich habe ja selber die Assekuranz für die Maschinen abgeschlossen«, meinte er mit einigem Stolz.

»Dann können Sie sich allerdings nicht beklagen.«

»Nein«, sagte er demütig.

»Aber haben Sie selber irgend einen Verdacht...?«

»Ich will damit nichts zu tun haben«, wehrte er ängstlich ab. Plötzlich jedoch rollte er seine wasserblauen Augen: »Aber auf der Straße hat der Sabest Peter mir die Zunge herausgestreckt und ›Drahtloser‹ hat er geschrieen...«

So, so, der Peter!

»Was meinen Sie, Wetchy, könnte es nicht der Peter gewesen sein...?«

»Nein, nein, ich meine gar nichts, ich will lieber von nichts wissen...«

»Und wie hat sich der Wenzel verhalten?«

»Der Wenzel?... ja, der ist dabei gestanden und hat gelacht...«

»Wird schon stimmen«, sagte ich, »na, Wetchy, gehen Sie lieber zu Ihrem Buben hinein...«

Er war ganz erstaunt: »Daß ich das vergessen konnte!« Und er lief ins Haus.

Als mir das Leid um den Tod der Suck Anna widerfuhr und die Freude über die Errettung des Wetchy-Buben, da wußte ich nicht, daß beides, Leid wie Freude, in einem Erlebnis verankert war, das ich vor mehr als fünfzehn Jahren hatte. Das Bild jener Frau, so tief in meine Erinnerung eingeatmet, daß diese davon einen neuen Untergrund erhalten hatte, unauslöschlich, unaustilgbar, mochte ich mir auch alle Mühe gegeben haben, es auszutilgen, dieses Bild ist nun wieder zur Gegenwart geworden, und nicht nur als verschwimmender Untergrund, sondern hart und plastisch steht es im Raume des Gedächtnisses.

Und ich sehe diese Frau, wie [ich] sie zum ersten Male sah, [wie sie,] aus dem Direktionsgebäude des Spitals kommend, mit langen, etwas schwingenden, beinahe unweiblichen Schritten, einen leichten, nicht mehr ganz tadellosen Handkoffer tragend, durchaus bürgerlich in ihrem Gepräge, dennoch von einem Hauch Über-Bürgerlichkeit umgeben, den Spitalsgarten durchquerend, dem Pavillon der Kinderabteilung zustrebt und, behindert durch das Köfferchen, die schwere, durch den Schließapparat ohnehin etwas gehemmte Pavillonstüre nicht ohne Mühe öffnet. Es war an einem ersten Frühlingstag nach einem schweren grauen Winter gewesen, und als sie hinter der leise zufallenden und schließlich mit einem sanften Knacksen einschnappenden Türe verschwunden war, war in dem Garten das junge Grün des Flieders und der Kastanienbäume geblieben. So sehe ich sie heute vor mir.

Ich hatte sie damals für eine der Mütter gehalten, die ihre Kinder besuchen; bald natürlich stellte es sich heraus, daß sie eine neuaufgenommene Ärztin war.

Als der Primararzt auf Urlaub ging und ich als Nächstrangiger üblicherweise seine Vertretung übernahm, kam ich mit ihr in nähere berufliche Berührung. Ihre fachliche Tüchtigkeit war bemerkenswert; wissensreich, entschlußfähig und von einer fast zornigen Autorität, hatte sie, die jüngste Sekundarärztin, unmerklich die Herrschaft über die Abteilung an sich gezogen – ihre beiden Kollegen bedeuteten allerdings nicht viel und der Leiter, Professor M., war schon zu alt, um nicht froh zu sein, nach den Visiten wieder heimzukommen –, die Schwestern und das Personal gehorchten ihr auf den Wink, aber mehr als dies alles fiel in die Waagschale, daß sie den sehr seltsamen Typ des geborenen Arztes darstellte: hellseherisch sicher in der Diagnose und wohl kraft solcher Intuition von vorneherein mit dem Kranken befreundet, sein innerer Bundesgenosse, und dies so sehr, daß selbst die Kinder davon ergriffen wurden und sie sich, weit von den üblichen Kindertändeleien entfernt, sondern weit eher zornbereit und immerzu stirnrunzelnd [nur] an ein Bett zu setzen brauchte, um den kleinen Patienten ruhig und glücklich zu machen. Wenn sie prüfend und stirnrunzelnd durch einen Saal ging, schaute ihr eine lange Reihe von Augenpaaren erwartungsvoll nach.

Von den Kindern hatte sie sich Dr. Barbara nennen lassen, und dieser Name war im Wege der Pflegerinnen dann vom ganzen Hause übernommen worden.

Während der Zeit meiner Anstaltsleitung hatte ich manchmal kleine Kontroversen mit ihrem unbändigen Autoritätswillen, kam aber mit ihr im allgemeinen recht gut aus, da sie merkte, daß ich ihr Können und Wissen respektierte; wir hielten eine gute männliche, oder richtiger geschlechtsfreie Arbeitsgemeinschaft, und im Grunde hätte ich, wenn ich mir die Frage überhaupt vorgelegt hätte, diese Frau, die da stirnrunzelnd, nachdenklich, energisch, unkokett in ihrem weißen Mantel sachlich prompte Arbeit verrichtete, eher als männlichen Typus bezeichnet. So blieb es bis zu meinem letzten Inspektionsrundgang; der Urlaub des Primarius war abgelaufen und ich sollte den meinen antreten. Wir hatten eben wieder eine Diskussion über die Operationsreife eines Falles gehabt – denn allzuoft hatte ich die Überflüssigkeit chirurgischer Eingriffe miterlebt –, sie hatte sich diesmal untergeordnet und dem Zuwarten eingewilligt, und ich verabschiedete mich von ihr: »Na, Doctor Barbara, wir brauchen nicht Abschied nehmen; im Laboratorium werden Sie mir ja oft genug Ihre Aufwartung machen.« – »Es wird sich dazu schon Gelegenheit ergeben«, erwiderte sie, mürrisch noch, weil sie nachgegeben hatte, und die schlichtgescheitelten Haare glattstreichend. Warum ich in diesem Augenblick sehe, daß diese Hand eine Frauenhand ist, so sehr weiblich, wie eine Frauenhand nur sein kann, das wird für mich ewig unergründlich bleiben; seitdem mir meine Mutter über die Haare gestrichen hatte, war es die erste wahrhaft weibliche Hand, die ich wieder sah, und dieser Eindruck ist mir seitdem geblieben. Und ich sagte: »Sie sind eine ausgezeichnete Ärztin, Doctor Barbara, aber Sie wären eine noch bessere Mutter.« – »Das erste fällt unter Ihre Kompetenz und freut mich«, lachte sie und ging weg.

Damals war Frühsommer. Die Kastanien im Spitalsgarten standen noch in Blüte, doch ihre Pracht war schon etwas müde und wartete auf den nächsten Gewitterregen, der sie endgültig vernichten sollte. Als ich an jenem Abend in meiner Wohnung oberhalb des Spitalslaboratoriums am Fenster lehnte, auf die Bäume hinunterschaute und über sie hinweg auf das müdgraue Dächermeer der Stadt, das sich langsam im Abend auflöste, da war dieser Abend bis zu den weiten Höhen am Horizontrande dämmernd von einem Antlitz erfüllt, elfenbeinfarbig, elfenbeinbraun unter teerschwarzen rotbräunlichen Haaren, erlichtet von dämmergrauen zornbereiten Augen, und der Abend war wie eine unendlich weiche, unendliche weibliche Hand, die sich auf den Scheitel der Welt legt.

Es war keine Vision, es war eine zweite Wirklichkeit, die plötzlich in das Sichtbare eingezogen war, schön und stirnrunzelnd, und so unabweisbar, daß ich froh war, am nächsten Tag meinen Urlaub antreten zu können. Ich bin zweiundvierzig, sie achtundzwanzig, dachte ich, ich bin zu alt für sie; sie ist ein Arzt wie ich, ohne Illusionen; das Ärztliche ist Schicksal, nicht Beruf, die Vorstellungswelt des Arztes ist schicksalsmäßig eine andere, vom Vorstellungshaften her wird Beruf zum Schicksal, wir sind von Todesehrfurcht und von Lebensehrfurcht besessen, wir sehen uns und wir sehen den Menschen stets jener Stunde anheimgegeben, in der er das Geschlecht für immerdar abstreift, um in das Land des Landschaftslosen hinüberzugehen; sie ist Doctor Barbara, und es war ein Irrtum, sie als Frau gesehen zu haben, am allerwenigsten kann sie mich als Mann sehen; nach dem Urlaub wird es anders sein, da wird es keine zweite Wirklichkeit mehr geben.

Die zweite Wirklichkeit ist auch während des Urlaubes nicht aus der Welt gewichen. Im Gegenteil, die erste Wirklichkeit, meine Wirklichkeit, an der ich nahezu zweiundvierzig Jahre meines Lebens gebaut und gearbeitet hatte, wurde von jener zweiten immer mehr verdrängt; und diese wuchs, wuchs mit aller Pein eines zweiten Lebens, und zornfunkelnd, haßerfüllt und doch erzengelgleich schön richtete es sich neben dem ersten auf, es zu besiegen. Vielleicht wäre es anders gewesen, wenn ich in den Bergen gewesen wäre, wenn ich mir die Seele aus dem Leib geklettert wäre, wenn ich im Gletscherhauch zu mir zurückgefunden hätte: so aber war ich am südlichen Meer, in einer unjungen, unmännlichen Landschaft, und die doch eine Landschaft der Jugend und der Herbheit ist, grau wie die Ölbäume seiner Abhänge, heiß wie seine Weingärten, schwarzkühl wie seine Eichhänge, elfenbeinfarben wie seine porzellanenen Wolken, unter denen das sternenäugige, sternenglitzernde Meer dahinrollt, das Meer des Südens, das Mittelmeer –; und grauäugig, zürnend, wolkenrunzelnd, strahlend und nachdenklich, mit all der Pein einer Jugend, die ich durchlebt hatte und der ich doch schon nicht mehr angehörte, altersfremd, keinem Vorher, keinem Nachher angehörig erhob sich die neue Wirklichkeit, die Mitte des Lebens, erstarrend in Großartigkeit. Es war kaum Sehnsucht nach jener Frau, denn sie war ja vorhanden, vielfältiger, unbedingter, unerhörter als in ihrer leiblichen Gestalt, es war die Natur so sehr zu ihrem Gleichnis geworden, sie aber zum Gleichnis der Natur, Gleichnis des Gleichnisses, daß die Sehnsucht nach der Frau und die Sehnsucht, einzugehen in das Gleichnis der Einheit und der Einfalt, zu einer einzigen Sehnsucht geworden waren. Wir wechselten nicht einen Brief, nicht einmal einen Kartengruß, aber heimkehrend, war ich fest entschlossen, sie zu lieben, sie zu heiraten, mich in ihre Arme zu flüchten, so schicksalshaft schien sie mir zubestimmt und so sicher war ich beinahe ihrer Liebe.

Wahrscheinlich besteht letzterreichbare Liebe immer darin, ein anderes Wesen restlos und schicksalshaft als gegengeschlechtlich empfinden zu müssen, wahrscheinlich dürfte es sich selbst im Homosexuellen nicht anders verhalten, und wahrscheinlich ist derjenige mit doppelter Vehemenz davon ergriffen, dessen Vorstellungsbahnen lebenslang in einer anderen Wirklichkeit verlaufen sind, um nun plötzlich in jene zweite und vielleicht wirklichere Wirklichkeit abzubiegen; ebendeshalb aber sah ich der Heimkehr manchmal mit Bangigkeit entgegen, erwartend, fürchtend, daß beim Anblick der Realität, die Dr. Barbara hieß, jene neue Wirklichkeit wieder ins Vorstellungslose zurücksinken könnte. Es geschah nicht. Ich fand alles so vor, wie ich es verlassen, den ungestörten Spitalsbetrieb, das Laboratorium, das ich wie eine heimatliche Stätte begrüßte, ich fand meine beiden Zimmer, wie ich sie verlassen hatte, Flieder und Kastanien im Garten waren abgeblüht und hochsommerlich müde, aber all das Gewohnte und Sichtbare, es wußte um die Anwesenheit jener Frau, die dort drüben wirkte, und als ich sie selber sah, da brauchte ich nicht einmal ihre Hände anzuschauen, und ich wußte um die wehe Nacktheit unseres Seins und um seine geheimnisvolle untergründige Verschleierung, ich wußte darum, wie tief eingeschlossen wir in unserer Seele sind, und daß im Bilde der Vereinigung zweier Wesen friedevoll das Gleichnis unserer Einheit inmitten all unserer Vielfalt gleichnishaft sich auftut, und daß wir, den anderen suchend, unsere eigene nackte Unendlichkeit erahnen. Und vielleicht hatte auch sie dies gefühlt, vielleicht hatte sie die ganze Zeit mein Denken gespürt, und wenn auch das, was sie sagte: »Gut, daß Sie wieder da sind«, sicherlich ebensogut eine leere Höflichkeit hätte sein können, und wenn auch, sachlich und leicht mürrisch, ihr alter Kampfgeist darin mitschwang, so glaubte ich doch daneben so etwas wie eine Beruhigung und eine Vertrautheit heraushören zu können, und ich fragte: »Warum? ist was vorgefallen? haben Sie mich gebraucht?« – »Nein«, meinte sie, »das nicht gerade.« – »Oder sind Sie nur wieder einmal streitsüchtig?« – Sie lachte: »Vielleicht... das bin ich immer.« – »Dann laden Sie mich einmal zu sich ein; bis ich wieder die Spitalsleitung haben werde, dauert es zu lange.« – Sie blickte mich ein wenig überrascht an, und dann sagte sie: »Schön... morgen abend, wenn's Ihnen recht ist.« Das war unser Wiedersehen gewesen.

Am darauffolgenden Abend sagte ich ihr kurz und bündig, daß ich von ihr ergriffen sei, und zwar in einer geradezu schicksalsmäßigen Weise ergriffen, in einer, die über die Hochschätzung ihrer ärztlichen, menschlichen und fraulichen Qualität weit hinausgehe, unerklärlich, oder kaum erklärlich, wie es eben jedes Schicksal ist. »Ja«, sagte sie stirnrunzelnd, »ich weiß es.« – »Gewiß müssen Sie es wissen«, sagte ich, »denn erstens weiß jede Frau um solche Dinge, und zweitens glaube ich nicht an einseitige Bindungen von solcher Vehemenz... da gehen Dinge vor sich, die unpersönlich oder überpersönlich sind, und diese Zuversicht hat wahrlich nichts mit männlicher Eitelkeit zu tun...« Sie sah mich lange und fest an, und dann sagte sie sachlich: »Das dürfte vermutlich stimmen...« Sonderbarerweise machte dieses eindeutige und klare Zugeständnis, vielleicht weil es so klar war, den Eindruck einer Abweisung, und anstatt glücklich zu sein, war ich erschüttert. Und richtig setzte sie fort: »Aber legitim oder illegitim, was mir im Augenblick ziemlich gleichgültig wäre, ich kann nicht Ihre Frau werden.« Auf das dumme ›Warum?‹, das mir auf der Zunge lag, verzichtete ich. Es war eines der gewöhnlichen Spitalsärztezimmer, in dem wir saßen, Wände und Möbel weißlackiert, von dem meinen kaum unterschieden, und doch war auch dieses Zimmer durchtränkt von einem andern Sein, von jenem Sein, dem ich mir Einlaß gegeben habe. Vor dem offenen Fenster verwelkte die Luft, getränkt vom Juli, von Nacht, und vom absterbenden Lärm der großen Stadt. Und dann sprach sie weiter: »Ich will nicht bloß Liebe, ich will ein Kind. Ich bin achtundzwanzig. Es wäre Zeit für mich, ein Kind zu haben. Ich könnte ohne Kind nicht lieben. Und eben daran darf ich nicht denken. Es geht nicht.« Sie hatte ihre Hände, diese unsäglich weiblichen Hände ums Knie verschränkt, die grauen Augen schauten weitgeöffnet und still, schmal und weiblich war der düstere Saum der Augenbrauen gezeichnet, weiblich war der teebraune Glanz der Haare, und elfenbeinbraun war ihr Gesicht. »Nein«, wiederholte sie, »es geht nicht... es läßt sich nicht mit dem Beruf vereinbaren...« Ich machte den sicherlich überflüssigen Einwurf: »Es gibt viele verheiratete Ärztinnen, und die Kinder kommen durch den Beruf nicht zu Schaden... außerdem kann man einen Beruf auch aufgeben, wenn es um Wichtigeres geht.« Jetzt lächelte sie, und in diesem unbeschreiblich holden Lächeln, das wie ein Frühlingstag im Winter war, sah ich, daß sogar die Zähne unter ihren Lippen, diese so überaus geschlechtslosen Knochengebilde, bei ihr weiblich waren. »Mit einem Beruf lassen sich Kinder zur Not noch vereinbaren«, sagte sie, »aber nicht mit zweien... nein, schauen Sie nicht so überrascht... ich bin Ihnen diese Aufklärung auf jeden Fall schuldig, denn Sie wissen offenbar nicht, daß ich aktive Kommunistin bin...« Über die politische Tragweite dieser Mitteilung machte ich mir damals keine Gedanken; mir lag anderes am Herzen, und ich sagte: »Auch zwei Berufe lassen sich aufgeben.« – »Nein«, entgegnete sie, »das kann ich nicht... obwohl ich weiß, daß etwas Unnatürliches darin steckt, obwohl ich mir nichts anderes ersehne als mit einem geliebten Mann ein halbes Dutzend Kinder zu haben und mit denen irgendwo auf dem Lande zu sitzen, obwohl, obwohl, obwohl... ja, obwohl ich manchmal diese Spitalskinder hasse, weil sie meinen eigenen im Wege stehen, und obwohl ich diese ganze politische Tätigkeit hasse, weil sie mir den letzten Rest freier Menschlichkeit wegnimmt, aber ich fühle, daß ich kein Recht habe, es für mich anders zu beanspruchen, und es muß wohl so sein...« – »Barbara«, sagte ich, »wir haben jeder nur ein einziges Leben, und das ist kurz... und wir sind immer bereit, es zu verschleudern...« – »Auch dies ist mein Leben, und was ich tue, das tue ich nicht aus Edelmut, darüber mache ich mir keine Illusionen... ich kann nur nicht anders, ich bin besessen... ich bin von etwas besessen, was man Gerechtigkeit nennen kann, vielleicht, weil ich schon zu viel Elend gesehen und erlebt habe...« Sie machte eine Pause und zündete mechanisch eine Zigarette an; dann fuhr sie fort: »Warum es so ist, ist schwer zu ergründen, ich will es auch nicht ergründen... es mag sein, daß es daran liegt, daß ich als Kind eines ungeliebten Mannes geboren wurde... meine Mutter hat dann nochmals und aus Liebe geheiratet, einen etwas dumpfen und tief eifersüchtigen Menschen, der seinen Haß auf die verflossene Ehe niemals verwinden konnte und auch meine Mutter damit angesteckt hat... ich war das richtige Stiefkind gegenüber allen Nachgeborenen und hatte all die Ungerechtigkeiten zu erdulden, die eben nur ein Kind empfinden kann... und dann, halbwegs erwachsen, bin ich einfach durchgebrannt, mitten ins Elend hinein, physisches und psychisches Elend, ich habe mit Männern zu tun gehabt, die ich nicht geliebt habe, und noch allerhand, eigentlich bloß von dem Gedanken gejagt, mein Studium durchzusetzen, Kinderärztin zu werden, bei anderen Kindern das gutzumachen, was an mir an Ungerechtigkeiten verübt worden ist, die Ungerechtigkeiten der Welt zu vernichten.« Sie machte eine

Pause, und ihr grauer, ein wenig zorniger Blick schaute in den meinen, unendlich fern, unendlich nah, und dann fuhr sie fort: »... natürlich wußte ich dabei immer, daß dies Chimäre ist, daß dies ein unendliches Menschheitsziel ist, ein Ziel, von dem ich selber kein Jota zu sehen bekomme, doch wir leben eben um diese vage Zukunft der Menschheit und für ihre einstige Gerechtigkeit... und daß ich bei alledem auch ins kommunistische Fahrwasser geraten bin, ist auch kein Wunder... davon bin ich besessen, so sehr, daß ich nicht nur mir, sondern auch der ganzen Menschheit jede persönliche Glücksmöglichkeit absprechen und entziehen möchte, ehe sie sich nicht auf die Bahn der Gerechtigkeit begibt... so, jetzt werden Sie mich verstehen, und da ich annehme, daß Sie als Mann ebenfalls einige Eifersuchtskomponenten besitzen, wird es vielleicht auch genügen, um Ihre etwaigen Heiratsabsichten zu verringern...« Ihre Stimme war immer härter geworden und nun schwieg sie, mit schmalgewordenen Lippen an ihrer Zigarette ziehend. »Soll ich Ihnen noch einen Tee einschenken?« – »Ich liebe dich«, sagte ich. Da begann sie zu weinen. »Gehen Sie fort«, sagte sie wütend. Ich nahm ihre Hand. Sie entzog sie mir, fuhr mir über die Haare, so leicht und weich, wie ich es seit dreißig Jahren nicht gekannt hatte. »Geh«, sagte sie weich und bittend, »geh'.«

Wenn ich sage, daß ich wie im Traume von ihr weggegangen bin, so ist mein damaliger Zustand nur in sehr unvollkommener Weise umrissen, denn mein Fortgehen war ein Bleiben gewesen, und das Leben, das sie mir eröffnet hatte, war die Unendlichkeit, aus dem es herstammte, und es war zu einem Stück meines eigenen Lebens und meiner eigenen Unendlichkeit geworden: da war ein Mensch mit all seinen Wegen und Irrwegen, ich sah sie mit traumhafter Deutlichkeit, und wenn sie auch vor allem bloß der Erlangung eines Berufes gegolten hatten – freilich war bei dieser Frau weit eher von Berufung denn von Beruf zu sprechen –, so waren sie dennoch, Weg oder Irrweg, von tieferer Bedeutung, waren irdisch-handgreifliches Widerspiel des Weges zu sich selber, Spiegel und Echo des Lebensgrundes und Lebensabgrundes, Wege, die dieser Mensch beschritten hatte, um im Gleichnis des irdischen Tuns zum Ich zu gelangen und dieses seiner unendlichen Dunkelheit zu entlösen und zur Bewußtheit zu erlösen, und die er trotzdem wieder verlassen wollte, weil der Wunsch übergroß geworden war, gleichsam mit einem zweiten und noch dringlicheren Erlösungsakt ins anonym Naturhafte zurückzukehren und große Teile des erarbeiteten Ichs zugunsten eines Kindes wieder auszulöschen; schatten[haft], gleichnishaft, traumhaft hatte sich mir dieses Leben enthüllt, und traumhaft fühlte ich mich in seinen Traum hineingezogen, Traum im Traume, träumend und geträumt, einbezogen in diesen Wunsch nach dem Kinde, gleichfalls bereit, Teile meines Ichs um solchen Kindes willen aufzugeben, einbezogen in die Selbsterlösung dieses anderen Ichs, teilhaftig an seiner Unendlichkeit, und mit einer hoffnungsfreudigen Inbrunst, wie sie bloß der Traum kennt, war in mir die Verheißung einer Gemeinsamkeit und einer gegenseitigen Erlösung in der Gemeinsamkeit aufgekeimt, so stark und unabweislich, daß mir neben der Sicherheit des »Ich bin«, der einzigen Sicherheit, die ich bis dahin gekannt hatte, zum ersten Male die Sicherheit eines »Du bist« inne wurde, die Sicherheit eines ahnenden Wissens, das die Erreichung des Ichs vor sich sieht, weil es sich dem Du zuwenden kann, lauschend auf das Echo des Du, das eigene Echo hörend –, Mensch, der zum Gleichnis des Menschen wird, weil er sich selber aufzugeben vermag, rückkehrend zur Natur und in ihr großes Gleichnis, Natur er selber in der schöpferischen Geschöpflichkeit seines Seins, so sehr es auch aus landschaftsloser Unendlichkeit herstammt. Und in dieser Sicherheit um das Du wußte ich desgleichen, daß ich ebenso darauf warten mußte, warten konnte, warten durfte, wie ich auf mein eigenes Ich zu warten hatte und auf meine eigene Unendlichkeit, da diese zur gemeinsamen Unendlichkeit geworden war: in der Zeitentbundenheit jener tiefverschleierten Ursphäre, in der das Ich weset, ist das Warten kein zeitliches Warten mehr, sondern nur noch ein zeitloses Reifen, und in dieser zeitlosen Sicherheit, zeitlos wie der Traum, sicher wie ein Traum, und doch wirklicher noch als jeder Traum, hatte ich sie verlassen, ohne sie zu verlassen; indes, so richtig dies gewesen war, und so falsch jugendlich es gewesen wäre, wenn ich damals geblieben wäre und ihren Widerstand gegen ihr eigenes Gefühl überrumpelt hätte, es wäre vielleicht manches anders und leichter geworden, wenn ich damals meine zweiundvierzig Jahre vergessen und so gehandelt hätte, wie es ein schlicht verliebter Mensch zu tun pflegt. Heute werfe ich mir dies schmerzlich vor, und in argen Augenblicken will es mir scheinen, als hätte mich die Erzählung ihres Lebens in meiner Eifersucht getroffen und als wäre ich aus diesem Grunde weggegangen.

Sie hingegen hatte mein Verhalten zweifelsohne als richtig befunden, und die Wochen wachsender Vertrautheit, die nun folgten, waren sicherlich eine Folge meines Verzichtes. Und eines Tages kam sie mit einem großen versiegelten Paket zu mir: »Ich will unfair gegen Sie handeln, unfair, weil Sie meine Bitte nicht abschlagen werden... haben Sie den Mut, verbotene Literatur aufzubewahren? bei Ihnen wird man sie niemals suchen.« Einen Herzschlag lang durchzuckte mich, schneidend und bitter, der Argwohn, es könnte ihre Zuneigung ein bloßes Manöver gewesen sein, mich in den Dienst ihrer politischen Operationen zu stellen, allein, dann sah ich ihre Augen, sah ihre zornig mutige Ruhe und wußte, wie es um sie bestellt war. »Sie sind nicht unfair«, sagte ich, »oder meinen Sie, daß Sie sich jetzt aus Fairness hingeben müssen, um geleistete politische Dienste zu entlohnen... das würde zum Stil passen, Doctor Barbara.« Sie lachte zornig: »Darüber werden keine Witze gemacht, weder über Politik, noch über die Liebe... mir ist nämlich mit beidem verteufelt ernst... ach Gott...« Und sie verstummte. »Nun, warum ach Gott?« – »Wegen meiner Rücksichtslosigkeit... aber mit Fairness werden eben keine Revolutionen gemacht... das sind nun einmal unsere Methoden...« – »Vor allem sind Sie gegen sich selber rücksichtslos und unfair, Barbara, und ich fürchte, daß sich das rächen wird.« – »Jawohl«, antwortete sie, »es wird sich rächen, aber anders als Sie denken... ich bin bereits eine schlechte Kommunistin... und vielleicht auch eine schlechte Ärztin geworden.« – »Das habe ich noch nicht gemerkt, Barbara.« – »Doch«, sagte sie. Ich verstaute das Paket. Und im Rahmen des geöffneten Fensters hing mit unbewegtem Zittern leuchtend der Augustmorgen.

Kein Mann ist eitelkeitsfrei, und so waren mir die Berufserfolge, die sich gerade in jenem Jahre einstellten, nicht nur eine Ehrgeizbefriedigung, sondern noch außerdem eine gewisse Freude um der geliebten Frau willen. Ebenso war es mir recht, daß ich vom Ärztekongreß zu einem Vortrag über meine Forschungsergebnisse aufgefordert wurde. Als ich hinfuhr, hatte ich mich tagsvorher von ihr verabschiedet und war daher etwas überrascht, sie auf dem Bahnsteig anzutreffen: »Holen Sie jemanden ab?« – »Nein, ich begleite jemanden«; und sie lachte, weil ich nicht begriff, daß dieser Jemand ich war, lachte, weil ich, es endlich begreifend, ein glückliches Gesicht machte, lachte aber nicht mehr, da der Zug aus der Halle fuhr: da stand sie dort mit leicht erhobener Hand, ohne zu winken, und war ernst. Dies war das Bild, das ich von ihr mitnahm, und nach meinem Vortrag schrieb ich ihr einen Brief, denn all meine Zuversicht, Geborgenheit, Seinsgewißheit, all meine Aufnahmebereitschaft hatte sich mitsamt dem herbstlichen Licht jener Tage in Sehnsucht verwandelt.

An dem Nachmittag, an dem ich heimkehrte, ging ich unter einem dienstlichen Vorwand sofort in den Kindertrakt. Ich fand sie im oberen Hauptsaal am Bett eines kleinen Mädels und in einer Aufregung, die nicht nur mit ihrer sonstigen Ruhe in einem auffallenden Widerspruch stand, sondern mir auch angesichts des Falles durchaus überflüssig vorkam: das Kind war am Vortag nach einem Autounfall mit einer Gehirnerschütterung eingeliefert worden, es wies alle Symptome einer solchen auf, den schwachen unregelmäßigen Puls, die herabgesetzte Temperatur, die flache Atmung, die Somnolenz, die zwar nun schon über vierundzwanzig Stunden andauerte, aber schließlich auch nichts Außergewöhnliches darstellte, die relative Besserung des Zustandes nach erfolgter Blutentziehung, kurzum, es war alles eindeutig gegeben, und sie war trotzdem von dem Gedanken besessen, daß das Kind einen Hirndruck erlitten hätte, also eine Schädigung, die nur durch einen so gewagten Eingriff, wie es eine Trepanation oder eine Lumbalpunktion ist, aufgehoben werden konnte. Während ich das Kind anschaute, sagte sie mit verzweiflungsvoller Düsterkeit: »Ich kann's nicht entscheiden...« – »Was meinen denn die Kollegen?« Sie zuckte die Achseln: »Gehirnerschütterung... aber ich habe auf Sie gerechnet...« Ich war von ihren Zweifeln einigermaßen betroffen: »Hören Sie, ich kenne die Zuverlässigkeit Ihrer diagnostischen Intuition... ich würde jedoch gleichfalls bloß Gehirnerschütterung annehmen... oder haben Sie sonst irgendwelche Anhaltspunkte?« Ihr Ton wurde noch verzweifelter: »Meine Zuverlässigkeit ist dahin... ich habe keinen Blick mehr, nur noch Ahnungen, richtiger Befürchtungen...« – »Das genügt freilich nicht, um einen so schweren Eingriff vorzunehmen.« – »Nein, das genügt nicht... das ist es ja eben... ich kann meinen Beruf nicht mehr ausüben.« Sie war zweifelsohne aufs äußerste überreizt und überarbeitet, und zweifelsohne hatte sie die ganze Nacht durchwacht. »Barbara«, sagte ich, »Sie sehen Gespenster... das ist ein simpler Fall, so simpel, wie Sie und ich deren schon unzählige behandelt haben... es ist alles geschehen, was notwendig war, und mit ein bißchen Morphium kommen wir unter allen Umständen durch... weder Sie, noch ich können die Verantwortung für eine Operation auf uns nehmen... beruhigen Sie sich...« Sie preßte ihre Hände, ihre starken weiblichen Hände ans Herz: »Vielleicht haben Sie recht«, sagte sie. »Und wie wäre es, wenn Sie sich jetzt erst einmal ein paar Stunden ausschliefen... ich übernehme gerne indessen Ihren Dienst...« Sie nickte bestätigend.

Abends ging ich wieder hinauf. Natürlich hatte sie nicht geschlafen, sondern saß noch immer oder aufs neue bei dem Kinde, das mit seinen Eisbeuteln so dalag, wie ich es verlassen hatte, nach wie vor in Bewußtlosigkeit. Nichtsdestoweniger hatte ich den Eindruck einer Besserung, das Herz arbeitete ruhig, die Blässe war weniger wachsig, der Atem tiefer. »Schluß«, sagte ich, »die Sache verläuft normal...« – »Wenn wir eine Lumbalpunktion machen wollen, müßte es jetzt geschehen«, entgegnete sie mit seltsamer Hartnäckigkeit, »sonst wird es zu spät.« – »Ja, um Himmelswillen, warum denn? – sehen Sie Lähmungsanzeichen?« – »Nein.« Die Art, mit der sie das Kind jetzt betrachtete, war nicht mehr die eines Arztes; eine unwohlwollende, fast haßerfüllte zornige Angst lag in ihren Augen. Und dann sagte sie schlaff: »Ich weiß es nicht mehr...« – »Nun eben, kommen Sie ein bißchen an die Luft, Sie haben jeden Maßstab verloren... so etwas kann geschehen... geben Sie den Fall morgen an einen Kollegen ab, und jetzt kommen Sie...« Sie schickte sich drein und erhob sich: »Gut, gehen wir.«

Unter den Kastanien war es dumpfig und schwül. Wir gingen bis zum Ende des Gartens hinauf, die Mauern der Pavillons links und rechts schimmerten weiß in der mondlosen Dunkelheit, und als wir oben waren bei dem etwas monumentalen Aussichtspunkt, dessen tempelhafter Halbbogen, geziert mit hygienischen Reliefs, die steinerne Rundbank umgibt, als wir hier oben waren und die Stadt überblickten, den erleuchteten Herbsthimmel darüber, sternenlos vor rötlichem Dunst seine Kuppel, sternverhüllt die Menschenhäuser darunter, da fiel [mir] dasjenige ein, woran ich schon längst hätte denken sollen:

»Sagen Sie mal, Barbara, haben Sie seit gestern überhaupt einen Bissen gegessen?« Sei es, weil ich damit unser beklommenes Schweigen unterbrochen hatte, sei es, weil ihr die Rückkehr zur Banalität Spaß machte, sie lachte ein wenig: »Hätten Sie in meiner Lage viel gefuttert?« – »Also dann zurück... Sie bekommen einen Tee, entweder bei Ihnen oder bei mir...« Sie dachte ein paar Sekunden nach, und ich war froh, endlich wieder den alten zürnenden Zug in ihrem Gesicht zu finden. »Ich will noch einmal zu dem Kind zurück«, sagte sie, »und dann... ja, dann werden wir sehen, was sich tun läßt...« – »Wenn Sie wollen, kann ich mir ja das Mädel auch nochmals anschauen.« – »Nein, gehen Sie nur heim, ich rufe bei Ihnen an und sage, wie es steht.« – »Dann will ich wenigstens mittlerweile den Tee vorbereiten.« – »Lieber«, sagte sie und ging davon.

Es dauerte ziemlich lange, bis sie anrief. Ich hatte inzwischen Tee gekocht und alles, was ich an Eßbarem in meiner Junggesellenwirtschaft besaß, zusammengesucht. »Was macht das Kind?« fragte ich. »Unverändert, vielleicht etwas besser... ich komme zu Ihnen«, gab sie zur Antwort. »Gut, der Tee ist fertig«, sagte ich noch, aber sie hatte es nicht mehr gehört; sie hatte bereits abgehängt. Nichtsdestoweniger kam sie nicht sofort, und ich war schon im Begriffe, gleichfalls das Kind aufzusuchen, beunruhigt, daß sich doch noch ein Zwischenfall ergeben hätte, als ich endlich ihren raschen Schritt im Korridor vernahm. Als sie eintrat und meine Vorbereitungen bemerkte, blieb sie lächelnd stehen, und als ich ihr entgegenkam, knipste sie den Schalter neben der Türe ab. Ein unsäglicher mütterlicher Friede, tiefverschleiert, erntereif, erinnerungsgroß, kam über mich, als ich ihre Arme um meinen Nacken fühlte.

Ich weiß nicht, ob ich von Glück sprechen darf: was ich erlebt hatte, war das Beseelte schlechthin gewesen; in der Dunkelheit habe ich geschlossenen Auges ihr Antlitz gesehen, und leise stieg es auf aus der unbeschreiblichen Tiefe, Landschaft der Seele im Landschaftslosen, und durchseelt war die Nächtlichkeit des Sichtbaren und Fühlbaren, durchseelt jeder Atemzug und jede Faser ihres Körpers, durchseelt sogar die Knochen des Gerippes, Armspeiche, Fingergelenk, sogar die Zähne, durchseelt von Weiblichkeit, mich aber mit unendlich träumender Weiblichkeit durchtränkend. Es war nicht Glück, und es hätte wohl eines neuen und noch tieferen Auges in dieser letzten

Sphäre des Schweigens, Staunens und Schauens bedurft, um zu erkennen, wie weit ich selber noch Glück empfand und wie weit ich bereits in das andere Ich verwandelt war, dessen geheimnisvolle Unendlichkeit mich aufgenommen hatte. Denn nur wer in seinem eigenen Ich verbleibt, vermag glücklich oder unglücklich zu sein, und wahrhaftes Glücksbewußtsein erlebte ich erst am nächsten Morgen, da mit dem Licht des Tages langsam mein eigenes Ich wieder in mich einsickerte, aber wirklich kam es mir eigentlich erst zu Bewußtsein, als ich durch die Krankensäle ging und schließlich an dem Bett jenes Kindes stand: es war aus seiner Ohnmacht erwacht, es lächelte, und es hatte, so dünkte mich, glückhafte Augen.

»Wo ist die Frau Doctor?« fragte ich die Pflegerin. – »Dienstfrei, Herr Doctor.« – »Rufen Sie sie trotzdem, sie wird sich freuen.«

Nach einer Weile kam sie. Ernst, sachlich und weißmantlig, mit zusammengezogenen Brauen schritt sie durch die Bettenreihe, verfolgt von den erwartungsvollen Blicken der Kinder, und ihre Begrüßung für mich war bloß ein sachliches: »Wann ist sie aufgewacht?« – »Schon heute Nacht, Frau Doctor«, antwortete die Schwester an meiner Statt. Sie untersuchte genau, prüfte Herz und Atmung, doch in ihren Zügen blieb etwas besorgt Prüfendes: »Es könnte sein«, sagte sie endlich, »hoffen wir, daß es überstanden ist.« – »Natürlich ist es überstanden«, warf ich ein, und dann setzte ich überflüssigerweise hinzu, »ich bin sehr glücklich.« Sie beachtete es nicht, sondern sagte bloß leise: »Wenn es nur nicht freies Intervall sein sollte.« Ihr Ernst berührte mich so sehr, daß ich nicht nur das Schicksal des Kindes, sondern auch das meine gefährdet sah; ich fühlte etwas Unheimliches aufdämmern. »Nein«, sagte ich, »nein... jetzt wird alles gut werden.« – »Legen Sie jedenfalls weiter Eisbeutel auf, Schwester«, sagte sie, »und wenn Sie irgend eine Veränderung bemerken, so rufen Sie mich.« Und sie ging wieder.

Nachmittags rief sie doch an, ich möge zu ihr kommen. »Verzeih«, sagte sie. Ich war ein wenig verblüfft: »Um Himmelswillen, was soll ich verzeihen?« – »Du wirst es [mit] mir nicht leicht haben... ich habe es selber zu schwer.« Ich umarmte sie und legte ihre Hände auf meine Haare.

Es war an einem Donnerstag. Am Sonnabend zeigte sich bei dem Kinde Lähmungserscheinung, und in der Nacht vom

Sonntag zum Montag starb es. Ihre Diagnose des Hirndruckes und des freien Intervalles hatte gestimmt.

Wahrscheinlich häufte ich von diesem Augenblick an Fehler auf Fehler. Ich war so sehr mit mir und ihr und mit unserer Zukunft beschäftigt, daß mich der Tod dieses Mädels kaum mehr als der irgend eines andern Patienten beschäftigte, und wenn ich auch wußte, daß es bei ihr sich anders verhielt, so ließ ich mich doch durch die Verbissenheit, mit der sie sich wieder ihrer Arbeit hingab, täuschen, ja, ich rechnete damit, daß sie kraft der Arbeit über den traurigen Fall bald hinwegkommen werde. Oder richtiger, ich hoffte, daß dies kraft der Liebe geschehen werde, und als sie mir nach etwa drei Wochen meine Hand nahm, um mir mit stiller Sachlichkeit mitzuteilen, daß sie vermutlich das Kind erwarte, nach dem sie gebangt hatte, da war meine Zukunftssicherheit zu einem großen Trost erblüht, und ich sah die Landschaft und das Gleichnis und den Tod und die irdische Ewigkeit in unserem kurzen Dasein, und die Welt war um uns versunken, um in uns zur Ganzheit zu werden. Doch mein Vorschlag die Spitalspraxis aufzugeben, raschestens zu heiraten und aufs Land zu ziehen, wurde von ihr abgelehnt: »Später«, sagte sie bloß, »später ... vielleicht.« Und sie verdoppelte ihre Arbeitsintensität; nicht nur, daß sie neben ihrem normalen Dienst nun auch noch mit serologischen Untersuchungen bei mir im Laboratorium begann, sie stürzte sich auch mit erneuter Heftigkeit ins Politische, und jeden ihrer dienstfreien Abende war sie auswärts beschäftigt: daß dies alles in einer Art Selbstbetäubung vor sich ging, das sah ich nicht, im Gegenteil, ich nahm daran innerlich teil, ebensowohl an ihrer Laboratoriumsarbeit, von der ich beglückt annahm, daß sie damit ihre Tätigkeit der meinen annähern wollte, als an ihren politischen Erfolgen, froh, wenn sie darüber freimütig berichtete, und wenn ich auch selber eine heftige Abneigung gegen jegliches politische Geschehen empfand, so konnte ich mich ihrer mitreißenden Überzeugung, so durchaus unfraulich diese doch eigentlich war, kaum entziehen, ja, ich freute mich mit ihr über jeden Fortschritt der kommunistischen Zellenbildung, die sie im Spital organisiert hatte, und dies ging so weit, daß ich darüber kaum merkte, daß ich trotz dieser Anteilnahme, mit der ich sie begleitete, im wesentlichen keinen Zugang zu ihr besaß, daß das Kind, das sie von mir erwartete, beinahe nicht erwähnt wurde und daß damit unsere Beziehung auf eine völlig andere Ebene geraten war. Ein einziges Mal wurde ich stutzig, nämlich als sie – gebeugt über den Laboratoriumstisch, eine Eprouvette in der Hand – mit fast gleichgültiger Stimme und nebenbei die Bemerkung hinwarf: »Um meines Kindes willen hat das andere sterben müssen.« Aber ich vergaß dies wieder.

Im Oktober nahm sie einen dreitägigen Urlaub, angeblich um Vermögensangelegenheiten mit ihren Verwandten zu ordnen, denn unsere Heiratspläne wurden ja immer dringlicher. Die Überstürztheit ihrer Abreise war für mich nicht weiter auffallend und störte mich nicht in meinem Gefühl absoluter Sicherheit; wir sagten uns auf Wiedersehen. Damals brachten die Zeitungen versteckte Andeutungen über einen mißglückten kommunistischen Putsch und ein verhütetes Ministerattentat. Da ich ein schlechter Zeitungsleser bin, hatte ich es nicht einmal beachtet; außerdem gab es damals im Spital besonders viel zu tun, und mir war dies recht, denn ich sehnte mich nach ihr und ich freute mich auf ihre Heimkunft. Die Tage vergingen, und sie kehrte nicht heim. Hingegen kam die Nachricht, daß sie sich in einem Hotelzimmer vergiftet hatte. Das Zyankali, das sie verwendet hatte, stammte aus dem Laboratorium.

Was danach und in den folgenden Monaten geschah, weiß ich nicht mehr. Viel später stieß ich einmal zufällig auf das versiegelte Paket, das sie mir einstens übergeben hatte. Erst zögerte ich, es zu öffnen. Als ich es dann doch tat, fand ich zuoberst einen Brief; er enthielt bloß eine Zeile: »Ich habe dich geliebt.« Der Rest des Paketes bestand aus den genauen Putschplänen und aus Direktiven an die Organisation für den Fall des Gelingens. Ich verbrannte alles.

Es bewahrheitete sich, daß der Marius im Oberdorf arbeitete. Von meinem Haus kommend traf ich [ihn] auf dem Wege dorthin.

»Was machen Sie heroben, Marius?«

»Hier wird mit der Hand gedroschen«, gab er zur Antwort, mit einem vielsagenden Gesicht, als ob das sein Verdienst wäre.

»Nun, ist das was Besonderes? die Kleinbauern heroben haben dies immer getan, und werden wohl dabei bleiben. Für sie ist es praktischer.«

Er wollte mich widerlegen: »Die müssen ja das Korn dann

doch hinunterschaffen zur Mühle.«

»Säcke verladen sich leichter als Garben, und das Stroh brauchen sie hier.«

»Ja«, sagte er. Mein Widerspruch hatte ihn gereizt, er machte Anstalten, einfach weiter zu gehen.

»Hören Sie, Marius, was ist das für eine Geschichte mit dem Motor?«

»Auch die Seilbahn ist gerissen«, sagte er und ließ mich kurzerhand stehen, obwohl wir den gleichen Weg hatten.

Ich ärgerte mich nicht, im Gegenteil, es machte mir Spaß, wie er da geschwind und schwungvoll vor mir herlatschte, während ich langsam folgte. Ich war zu guter Laune, um sie mir von ihm verderben zu lassen, und ich war guter Laune, weil ich mit dem Wetchy-Buben gesiegt hat[te], und ich war guter Laune, weil der Marius da vorne kein Mann war und der Irmgard nichts anhaben konnte, und ich war guter Laune, weil der Wind so schön blies.

Ja, der vom Herbst hergeschickte Nordost, der nun schon seit einigen Tagen schmächtige Vorboten vorgeschickt hatte, war zu einem richtigen Sturm angewachsen. Der Himmel war klar, nicht eine Wolke gab es, daß der Sturm mit ihr spiele und sie vor sich hertreibe, es war ein durchsichtiger Lichtsturm, und in ihm schien das ganze Tal, schienen die Höhenzüge drüben von einem sanften und kühlen Schwanken erfaßt worden zu sein. Hinter mir und im Walde rechts am Kuppronhang bogen sich die Fichtenwipfel, man hörte ihr knirschendes Neigen, und der Sturm blies mir in Rock und Hemd, blähte meinen dünnen Sommerrock zu einer kalten Blase auf. Indes, mir fröstelte nicht; Stock und Instrumententasche in der einen Hand, die andere in der Hosentasche, wandelte ich gemächlich zum Dorf, vor mir Trapp, der dem Wind nachlief, und noch ein Stück weiter vorne der Marius. Wie ein breites Schermesser fährt der Wind über die Landschaft, als wollte nun auch er noch mähen, als wollte er den kratzenden Stoppelbart, der auf ihr noch stehen geblieben war, nun ratzekahl wegrasieren, so klingt es auch, stählern und widerspenstig, und unter diesem breiten Strich wird der weiche und sommerliche Samt, der über die Erde noch gebreitet war, der zwischen den Stoppeln noch gesteckt hatte, fortgetragen, fortgewischt. Aber nicht nur die sommerliche Weichheit wird erfaßt, auch die trockene Schärfe des Sommers, die unter dem Samt eingebettet gelegen war, der scharfe und kantige Erntestaub der Felder, der scharfe ätzende Staub der Straße, der von den Serpentinen unten sich schräg emporhebt, um sich Lage um Lage auf den Hängen niederzulassen und sich über sie zu breiten: an dieser beißenden Trockenheit ist die Schneide des eiligen Windmessers schartig und kratzig geworden, so daß vielerlei an ihm hängen geblieben ist; vielerlei unsichtbare Fäden flattern in der unsichtbar durchsichtigen Masse des Sturms, vielerlei Gerüche, und es sind die Gerüche der abgeernteten Felder, es sind die Gerüche der Halme und der Kornblumenstengel, es flattern mit dem Sturm die Fäden von Minzegeruch aus den Sumpfwiesen der Bäche, Fäden von sonnigem Blumengeruch, aufgelesen in irgend einem Gartenwinkel, Fäden von Stallgeruch, von Schweinekoben, durch deren Ritzen der Sturm gefegt hat, von Kuhställen und Kompostgruben, und alle diese Gerüche, wehend und fließend, verfließend und verdünnt, beinahe abstrakt geworden in dieser zunehmenden Verdünnung, all diese flatternden und sich streckenden Geruchsfäden, werden zu den Felswänden des Kupprons hingetragen, in denen sie sich verfangen, eine Zeitlang noch duften, hier zersplittert er, kaum daß er die Kiesel in den Halden zum Rollen bringt. Nur das Lebendige gehorcht dem Sturm. Ein Hase, der mit seinem Leben und dem Wind um die Wette rannte, überquerte die Straße, schlug einen Haken, da er Trapps ansichtig wurde, dann wieder einen, da ich ihm entgegen kam, und in einer lächerlichen Jagdgeste hob ich den Stock, als hätte ich ihn damit erlegen können. Doch nicht nur ich, auch der Hase war fröhlich, und auch Trapp war es, der ihm unwaidmännisch jauchzend nachgaloppierte, denn eine gewissermaßen unerbittliche Fröhlichkeit erfüllte diesen plötzlich abgekühlten und in Bewegung geratenen Sommertag, eine fast grausame Fröhlichkeit, die einen geradezu zwang, sich über sie zu freuen, es war eine gewissermaßen von außen eindringende Freude, die mit dem Sturm kam, mit ihm durch Fett, Fleisch und Muskeln drang, aber weiter noch als er bis in die Knochen hinein, denn der Knochenmann, der in all dem steckt, verpackt in Fett, Fleisch und Muskeln, der freute sich noch selber, weil ihm der Sturm so wenig anhaben konnte wie einem Fels und er nicht einmal fror.

Allerdings, wenn der Wetchybub nicht gesund geworden

wäre, wäre es nicht so gewesen.

Der Marius war jetzt zwischen den ersten Häusern verschwunden. Ich hatte kein Interesse daran, ihm zu folgen. Ich blickte in den Windnachmittag hinaus und in das Tal und ließ mir Zeit, hätte ich ein Kaffeehaus zur Verfügung gehabt, ich hätte mich wahrscheinlich hineingesetzt. Denn der frohe Mensch hat Zeit, das Leben, das vor ihm liegt, erscheint ihm unermeßlich lang, so lang, daß er [es] mit Luftschlössern ausfüllen kann, alle Dimensionen vergrößern und verlangsamen sich ihm, er gleicht dem Kinde, und er sagt sich: »Wenn ich groß sein werde...« Ja, was wollte ich tun, wenn ich endlich groß werden würde? wahrscheinlich wieder Landarzt werden.

So schlenderte ich langsam die Dorfstraße hinauf. Als ich in die Nähe des Berghofes kam, begannen dort gerade die Dreschflegel ihren fröhlich-dumpfen Takt, ihre jetzt tägliche Nachmittagsmusik, denn wer nicht zu Hause bei sich drischt, der besorgt es, alter Gepflogenheit gemäß, in der Tenne des Berghofes.

Und weil ich Zeit hatte, ließ ich mich vom Takt verlocken und wollte mir die Arbeit anschauen, vielleicht wohl auch, weil in den letzten Wochen so viel vom Handdrusch gesprochen worden war. Ich trat durch den gotischen Spitzbogen des steinernen Haupttores in den großen Hof, der freilich schon längst kein richtiger Hof mehr ist, da er durch vielerlei Zäune in Hofparzellen und Gemüsegärten geteilt worden war: gegen die Bergseite hin ist die Hoffläche offen, dort steht bloß die langgestreckte Tenne, aus der nun der Takt des Dreschens klang, ein einstöckiges Gebäude, dessen hölzernes Obergeschoß unmittelbar von der Bergseite her zu erreichen ist, während vom Hof aus eine schräge Rampe zu ihm emporführt, so daß die Heu- und Garbenwagen, von der einen Seite kommend, auf der andern herausfahrend, das Gebäude ohne zu wenden durchqueren können. Die Rampe findet im Hof ihre geradlinige Fortsetzung in einem Fahrweg, den man zwischen den Gartenzäunen bis zum gotischen Haupttor freigelassen hat, und auf diesem Wege strebte ich der Tenne [zu], ein wenig vom Winde vorwärtsgetragen, der in einer leichten Welle die Dächer des Berghofs übersprungen und mich jetzt voll im Rücken packte. Doch da das Scheunentor auf der Rampenhöhe eben des Windes wegen geschlossen war, mußte ich den kleinen Eingang im Untergeschoß benützen. Neben dem Eingang wurde ein Kreisgöpel von einem Eselchen bewegt; das Rad knirschte und seufzte, die Dorfkinder standen herum und schauten dem Esel zu.

Das steinerne Untergeschoß, halb in den Berg gebaut, ist ein niederer Raum, dessen Düsterheit durch die paar winzigen Fenster an der Hofseite nicht aufgehoben ist. Oben dröhnten die Dreschflegel, und hier drehte sich langsam der Trieur, zu dessen Antrieb das Eselchen draußen angestellt war. Eine Anzahl Mädchen war damit beschäftigt, das durch eine Holzröhre vom Tennenboden herabfließende Gut dem Trieur zuzuführen und das gesiebte Getreide in die Fächer zu schaufeln, die – durch Bretterwände von einander geteilt – die Hinterwand des Raumes ausmachten. Es herrschte ein ohrenbetäubender Lärm, und es dauerte eine Weile, bis ich in dieser dröhnenden Düsterheit die Mädchen erkannte: Irmgard war unter ihnen.

Der süßliche Geruch des frischen Korns schwebte dick in der stauberfüllten Luft.

»Grüß Gott«, sagte ich überflüssigerweise, denn man konnte überhaupt kein Wort vernehmen, »grüß Gott, Irmgard.«

Einige der Mädchen, die mich bemerkt hatten, nickten mir zu; ich näherte mich Irmgard, die mich immer noch nicht sah: »Grüß Gott, Irmgard«, brüllte ich.

Sie blickte kurz von ihrer Arbeit auf und schien über meine Anwesenheit erfreut.

»Viel Kräuter gefunden?« brüllte ich weiter.

Sie machte mir ein Zeichen, mit ihr hinauszugehen, um die Unterhaltung auf bequemere Weise fortzusetzen. Wie wir die Türe gegen den Wind aufstemmten, schickte er einen raschen Wirbel herein, der das Korn aufwühlte, die Mädchen zum Husten brachte und gegen das Obergeschoß entwich.

Die Kinder standen herum, der Wind pfiff, das Eselchen wanderte im Kreise. Hier konnten wir nicht bleiben. An der Längsseite des Gebäudes gab es [einen] schmalen Streifen Windschatten. Dorthin auf den rasigen Hang neben der Bruchsteinmauer setzten wir uns. Der Dreschlärm neben uns war auch hier noch laut genug, aber man konnte sich verständlich machen.

»Nun, wie war die Kräutersuche?« wiederholte ich meine Frage.

»Schön war's«, sagte sie.

»Und der Großmutter hat's auch nicht schlecht bekommen?«

»Nein, es geht ihr sehr gut.«

Ich hatte das bestimmte Gefühl irgend eines Anliegens, das sie an mich hätte und das ihr, ohne daß sie es herauszubringen vermochte, in der Kehle stak.

Kurzerhand fragte ich sie: »Was ist los, Irmgard?«

Sie sah mich mit ihren bernsteinfleckigen Augen an, schwieg eine Weile, und dann sagte sie: »Der Marius soll fort.«

Das war nun freilich eine kleine Überraschung; von ihrer Seite hätte ich den Wunsch am allerwenigsten erwartet.

»Hm.«

»Ja, er soll fort.«

»Der Großmutter halber?«

Sie machte ein tieferstauntes Gesicht. Von den bösen Prophezeiungen Mutter Gissons schien sie sohin nichts zu wissen.

»Eigentlich meinte ich, daß du den Marius liebst.«

»Ja«, sagte sie nach einer Weile.

»Und trotzdem soll er fort.«

»Ich will ein Kind haben.«

»Das ist einmal vernünftig gesprochen, aber da bist du freilich an den Unrichtigen geraten...«

Sie schwieg finster.

»Was also sollen wir tun, Irmgard?... der kann bloß Sprüch' machen, und mich willst du nicht haben.«

Jetzt lachte sie wenigstens.

»Was will denn der Kerl von dir? warum läuft er dir nach?... er liebt dich doch nicht.«

Wild fuhr sie auf: »Er liebt mich.«

»So?... was will er aber von dir?«

»Mich umbringen.«

»Ja«, sagte ich wütend, »mit leerem Gerede, damit hat schon mancher ein Mädel umgebracht.«

Über ihr Gesicht ging ein Lächeln; meine Wut machte ihr offenbar Spaß. Sie hatte die Knie an die Brust gezogen, die Arme um die Beine geschlungen, damit ihr nicht ein Windstoß die Röcke hochhebe, und mit jener heitern Sicherheit, die sie wohl von Mutter Gisson hatte, sagte sie: »Nein, er wird mich wirklich umbringen.«

»Hol's der Teufel, Mädel, mach' dich über deinen alten Doctor nicht lustig.«

Doch dann sagte ich: »Hast du etwa Angst vor ihm, Irmgard?«
Sie schaute mich ein wenig spöttisch an: »Angst? nein.«

»Ja, warum schickst du diesen Großsprecher, diesen Wanderprediger nicht einfach fort... laß ihn doch laufen!«

»Ich kann nicht«, sagte sie einfach.

»So sehr liebst du ihn?«

»Der Vater...« antwortete sie zögernd.

»Was ist's mit dem Vater, Irmgard?«

»Der Marius kommt von weit her...«

»Ja«, sagte ich, »und hoffentlich geht er auch wieder weit weg und möglichst bald.«

»Ja«, sagte sie.

»Na also... wenn du was dazu tust, wird er schon verschwinden...«

»Ich kann nicht.«

»Hör' mal, Irmgard, erst sprichst du so vernünftig und willst Kinder kriegen, und dann sagst du Ich-kann-nicht... wenn du eine von den Stadtgänsen wärest, würde ich es noch begreifen, die wollen ja auch keine Kinder haben... was hat denn übrigens der Vater mit alldem zu schaffen...?«

Sie dachte nach.

»Soll der etwa auch umgebracht werden?... wenn das so weiter geht, wird der Marius noch die ganze Familie ausrotten...«

Endlich konnte sie ihren Gedanken fassen: »Die Mutter ist hart...«

»Einigermaßen.«

»Und da muß ich beim Vater bleiben, sonst...«

»Sonst?«

»Der Vater ist schon dort, von wo der Marius herkommt oder wohin er gehen wird... er zieht ihn mit sich, dahin oder dorthin...«, und nun konnte sie das ausdrücken, was sie sagen wollte: »...um den Vater habe ich Angst... ja.«

»Hm, ...da soll ich wohl helfen, den Marius wegzubringen...?«

Sie nickte mit freudiger Zustimmung: »Ja... der Vater hört auf Sie, Herr Doctor...«

»Das ist eine schwierige Sache, Irmgard... da ist nicht nur der Vater, da ist das ganze Dorf...«

Enttäuscht sagte sie: »Ich weiß...«

»Wo steckt er denn, dein sonderbarer Geliebter?«

Sie zeigte auf die Scheune daneben, aus der die Flegel herausdröhnten.

»Na«, sagte ich, »ich habe jetzt noch zu tun, aber wenn ich fertig bin, komme ich nochmals vorbei... da reden wir weiter... gar so bald hört ihr ja mit der Arbeit nicht auf...«

Manchmal dreschen sie bis in die Nacht hinein; es ist eine Arbeit, die nicht ans Tageslicht gebunden ist.

»Ja, Herr Doctor«, sagte sie folgsam und erhob sich, um wieder zu ihrer Arbeit zu gehen.

Ich kletterte den Wiesenhang hinauf, denn ich konnte auch über die Außenseite des Dorfes zu dessen oberen Häusern gelangen. Wie ich oben war, sah ich, daß das hintere Tor der Scheune weit geöffnet war, und da konnte ich mir nicht versagen, einen Blick hineinzuwerfen: um den Strohhaufen standen die Drescher in ihrer schwungvoll bewegten Haltung, das eine Bein leicht gebeugt nach hinten gestellt und es im Takt wieder straffend, sie ließen ihre Klöppel sausen, und die Körner sprangen und spritzten aus dem Haufen wie goldene Tropfen. Marius war mit dem Rücken zur Tür gewendet, und manchmal sah ich sein kühnes Profil, fanatisch dieser Arbeit hingegeben und es glich dem des Miland.

Ich pfiff Trapp, der irgendwo im Hof bei den Zäunen beschäftigt war, und entfernte mich, erreichte den schmalen Fußweg, der hier oben führt und am Dorfende mit der Straße zusammentrifft, und mußte scharf ausschreiten, um nicht zu frieren; der Wind wurde immer schärfer und so kalt, daß die Gerüche in ihm erstarrt waren und man nichts mehr von ihnen merkte. Aus Irmgards Gerede war ich nicht recht klug geworden, im Grunde hieß es nur, daß sie in diesen Kerl unglücklich verliebt war und daß sie von mir irgend eine unklare Hilfe erwartete, die ich ihr nicht geben konnte. Da wäre Mutter Gisson besser am Platze gewesen, und ich beschloß, mich in irgend einer Form an diese zu wenden; man konnte ja das arme Mädel nicht in dieser Verwirrung lassen. Freilich kann man für niemanden das Schicksal bestimmen, und ein Mann kann dies überhaupt nicht, der pfuscht von vorneherein, aber Mutter Gisson traute ich es zu.

Der Nachmittag verging, und es dunkelte bereits, als ich mit meinen Visiten fertig war und über die Straße zum Berghof herabkam. In unverminderter Stärke blies der nun nächtlich werdende Sturm, doch nicht mehr so trocken war er wie während des Tages, schon führte er die Milde der Feuchtigkeit mit sich, und am nördlichen Rand des Himmels lagen wartend schwarze Wolkenmassen. Einige Fenster waren beleuchtet; auch die Küchenfenster Mutter Gissons warfen gelbe Lichtvierecke auf die Straße. Ich schaute durchs Fenster: Mutter Gisson und Mathias saßen bei der Abendsuppe, Irmgard fehlte; sie mußte also noch in der Tenne sein, obwohl der Druschlärm bereits erschwiegen war. Ich hätte sie nun natürlich auch in der Wohnung abwarten können, aber irgend etwas sagte in mir, daß es richtiger sei, sie zu holen.

An der Mauerecke hinter dem Spitzbogentor baumelte eine Glühlampe im Sturm. Dunkel und schweigend lag der Hof da, ringsum die Wohnungseingänge, drüben die schwarzen Konturen der Tenne. Eine der Wohnungstüren öffnete sich mit raschem Lichtschein, und ein Kübel Spülwasser wurde in den Hof hinausgeschüttet. Wieder durchquerte ich die Gärten, in denen der Wind an den kleinen Obstbäumen rüttelte und ihre Blätter zu einem raschelnden Rauschen brachte, und kam zu dem Platz vor der Tenne. Der war nun leer, das Eselchen hatte seine Arbeit beendet, aus den kleinen Fenstern des Untergeschosses drang schwaches Licht.

Unten war niemand. Das Licht stammte von zwei dicküberkrusteten Deckenlampen, in deren Umkreis der Staub wie ein lockerer Mückenschwarm zitterte. Aber die Luft war jetzt atembar und still. Die Gerätschaften lagen umher, am Trieur lehnten zwei Holzschaufeln, die Friedlichkeit des kommenden Winters saß in den Winkeln der Fächer und in den unsichtbaren Raumtiefen, aber vom Obergeschoß her hörte ich Stimmen. »Bist du's, Irmgard?« rief ich hinauf, und da man mir nicht antwortete, erklomm ich die Treppe, die unter meinen Tritten mächtig krachte.

Als ich auf den letzten Stufen war und den obern Raum überblicken konnte, sah ich Irmgard und Marius inmitten der blankgefegten Tenne stehen; sie schauten einander in die Augen und rührten sich nicht.

»Guten Abend«, sagte ich, freilich ohne Erfolg, denn keines der beiden wandte auch nur den Kopf, auch nicht, als ich meinen Gruß wiederholte. Sie waren etwa einen Meter weit von einander aufgestellt, Marius leicht vorgebeugt und mit etwas erhobenem Arm, als sei er mitten in einer Bewegung stecken geblieben. Irmgard rank und gerade. Hatten sie einander hypnotisiert? Jetzt blieb auch ich stehen und wartete.

Jetzt sagte der Mann: »Dein Opfer wird groß sein.«

Der Raum lag in einer weiten Finsternis. Eine einzige Glühbirne hing von der Decke, gerade über den beiden. Das rückwärtige Scheunentor war jetzt geschlossen, doch der Wind pfiff durch die breiten Ritzen der Bretterwände, und mit einem unablässig kratzenden Säuseln bewegten sich die Halmspitzen der aufgestapelten Garben in dem Luftzug. Sonst hörte man nichts.

Marius wiederholte: »Dein Opfer ist groß, ich liebe dich.«

Endlich sprach auch sie, und ich war froh, daß es ihre gewöhnliche Stimme war, wenn auch vielleicht etwas steifer als sonst: »Ja, es ist ein großes Opfer, denn du bist unfruchtbar, du bist kußlos, und ich werde kein Kind tragen.«

Er dagegen hatte seinen Predigerton: »Mehr als gebären wirst du, mehr als empfangen... für dein Opfer wird dir geopfert werden.«

Es war furchtbar und grotesk zugleich. An der Psychose dieses Mannes war nicht zu zweifeln, indes Irmgard war keine Irre, mochte sie auch aus hochgezüchtetem Bauernblut entstammen, nein, sie war keine Irre, und ich rief: »Irmgard.«

»Ja, auch ich liebe dich«, antwortete sie, als ob ihr Name von ihm gerufen worden wäre.

Marius unbeweglich vorgebeugt: »Jungfräulich gebiert das Licht den Himmel und die Erde... gebiert die verschlungenen Geschwister, jeden Tag aufs neue geboren in der Sonne...«

Irmgards Haare bewegten sich leise in dem pfeifenden Zugwind, der durch die Finsternis strich, über ihre Stirne hing ihr eine Strähne, aber sie schob sie nicht fort, und ihr Mund mit feuchten Lippen, geöffnet wie zum Traum oder zum Trinken, atmete die unbewegliche Erwartung der liebenden Frau, atmete ihr Geöffnetsein, ihr Sein.

»Im jungfräulichen Blut der Umarmung«, erklärte er in seiner noblen Redeweise und mit priesterlichem Tonfall, »werden Himmel und Erde sich wieder küssen und ihre Sehnsucht wird gestillt sein.«

»Ja«, sagte das Mädchen.

Es hat mich immer gewundert und mißtrauisch gemacht, daß Menschen in Trance ein so hochtrabendes Gewäsch von sich geben, und so weit ich den Marius kannte, war es nicht ausgeschlossen, daß er zu jenen Narren gehörte, die neben ihrem Irresein auch noch Komödie spielten, daß es eine Komödie war, die er sowohl vor Irmgard, als vor mir aufführte – allerdings zu welchem Zweck? um seine männliche Unfähigkeit zu bemänteln? – und trotzdem überrieselt es mich kalt, so oft ich dem Sprachreichtum solcher Irrer begegne. Ist es nicht der genialische Urgrund alles Mensch-Seins, der in der Sprache des Irren zum Ausbruch kommt? Ist es nicht das, was am tiefsten Grunde des Wissensschachtes ruht, ist es nicht das, was in uns allen lebt und uns in tiefster Verwandtschaft verbindet? die närrischen Urgründe des Denkens und der Sprache, die nicht mehr erfaßbaren, die saugenden Kräfte des Irdischen, die uns hinunterziehen zu den dunklen Wurzeln aller Ernten?

Nun schwiegen sie wieder. Die Glühbirne über ihnen pendelte leise hin und her, ihr Licht fiel auf den großen Getreidehaufen, der hinter den beiden aufgeschichtet war, vorbereitet für den nächsten Tag, um durch den breiten Holztrichter zum Trieur hinabgeschickt zu werden, und die weichen Wellenberge des Körnerhaufens glänzten im Lichte, als ob sie feucht wären, tiefeingeschattet hingegen waren die Wellentäler, ich aber im vollen Licht und doch unsichtbar, war gebannt und erstarrt, es hatte die Dunkelheit mich ergriffen.

Doch nun erhob der Mann wieder seine Stimme: »Die Berge haben gesprochen, sie zittern unter der Last des Himmels, der zur Erde sich wieder herabbeugen will, und die Erde will sich zitternd ihm öffnen…«

»Wer bist du?« fragte das Mädchen.

Unbeirrt fuhr er fort: »Ernte um Ernte gebiert die Erde, und doch ist sie die Jungfrau, wenn der Himmel sie beschattet…«

»Bist du der Himmel?« fragte das Mädchen.

»Ich bin der Löwe«, stellte er sich zu meiner Überraschung vor. Und obwohl ich noch festgehalten und angewurzelt war, fand ich meine Sprache wieder, und ich rief:

»Irmgard.«

»Man ruft dich«, sagte er, ohne den Blick zu wenden.

»Ich will es nicht hören.«

»Du kannst gehen.«

»Du hast mich gerufen, sonst niemand.«

»Ich habe dich zum Opfer gerufen.«

»Ja, du bist der Vater.«
»Noch nicht.«
»Wann wirst du es sein?«
»Bis dein Blut zur Erde zurückgeflossen sein wird, bis in deinem Opfer die Mutter dem Vater sich wieder gatten wird, die Erde dem Himmel, die Geschwister jeglichen Tages...«
»Du aber bist der Himmel.«
»Als Vater dich tötend, kehr' ich als Himmel zu dir, Erde Gewordene, als Gatte zurück.«
»Ja«, hauchte das Mädchen, und es war [, als] sproßten Nachtblumen aus der Dunkelheit.
Und dann sagte sie: »Tue es.«
»Noch nicht«, antwortete er.
»Wann wirst du es tun?«
Jetzt endlich bewegte er sich, löste den Blick aus ihren Augen, richtete sich auf, und als spräche er zu dem großen Holztrichter, der da neben ihm gähnte, begann [er] in dem sonderbaren Singsang, den ich schon einmal von ihm gehört hatte: »Die Seilbahn ist gerissen, es wird die Zeit kommen, es wartet die Erde, schon zittern die Berge, schon brüllt der Krieg, und die Erde saugt das Blut und ist doch nicht satt, ist nicht erlöst, denn schuldiges Blut sickert in sie, schuldiges Blut wird ihr vergossen, das sie nicht mag, schlechter Dünger, Dünger für neue Laster, für neue Lüste, für neue Lästerungen...«
Kein Zweifel, er litt an Wortassoziationen.
»...bis der erstehen wird, der vom Vater Gesendete, der Sündenfreie, er selber der Vater, der das Opfer vollbringt, das freiwillige und schuldlose Opfer, rein im Blute der Jungfrau, aufgenommen von der dürstenden Erde, ja, dann wird die Jungfrau wieder zum Schoße der Erde, es wird die Mutter zur Tochter, Bitternis und Bösheit werden verschwinden in der Festigkeit der Berge, reich wird das Reine herabrinnen von den Triften, und das Meer wird die goldenen Ernten emportragen zur Sonne, goldene Spur des Löwen im Brote des Menschen, im Sonnensegen der Mutter, Samen der Sonne, Frucht des Vaters auf den Brüsten der Erde...«
Sein Singen wurde immer atemloser, es war zu einem klagenden Jubeln geworden, durch das Wind pfiff. Aber plötzlich holte er nochmals seinen ganzen Atem und er rief: »Denn im Korn kommen Himmel und Erde wieder zusammen.«

»Ja«, sagte jetzt Irmgard.
»Oh, Mutter«, schrie er.
Und dann stürzte er steif wie ein Stock in den Getreidehaufen neben dem Trichter, Hände und Gesicht in den Körnern vergraben, als wollte er sein ganzes Sein und sich selbst ihnen vermählen.
So blieb er liegen und regte sich nicht mehr.
Irmgard stand noch so da, wie sie gestanden hatte, sie hielt den Blick in die Ferne gerichtet und schien von dem, was der Marius inzwischen aufgeführt hatte, nichts bemerkt zu haben.
So blieb die Szene erstarrt.
Vielleicht hätte auch ich mich nicht so bald aus der Erstarrung, die auf mir gleichfalls lastete, befreien können, wenn nicht jetzt mit einem Schlage der Regen eingesetzt hätte und mit weichem Prasseln gegen die Holzwand der Scheune und auf ihr Dach getrommelt hätte. Feucht und lösend war nun der Wind, der durch den Raum fegte, sein Pfeifen war runder und tiefer geworden, und langsam, unsichern Fußes noch, als träte ich auf schwankenden Boden, konnte ich mich dem Mädchen nähern. Vorsichtig faßte ich sie unter dem Arm.
»Wann?« fragte sie in ihrem Traum.
»Komm«, sagte ich und führte sie die Treppe hinunter.
Mit großer Macht schlug uns der Regen entgegen, als ich unten die Türe öffnete. Mit durchnäßtem Fell und schweifwedelnd stand Trapp da, glücklich lächelnd, weil seine Geduld belohnt worden war. Er stellte sich auf, legte die Pfoten auf Irmgards Schulter und, ehe ich [es] verhindern konnte, hatte er das Gesicht der Schlafenden mit seiner langen Zunge geküßt.
»Das Tier«, sagte sie.
»Ja«, erwiderte ich, »es ist nur der Trapp.«
Es war gut, daß es regnete; schwerer rauschten jetzt die Äste in den Gärten, die Zäune glänzten feucht, naß knirschte der Kies unter unsern Füßen, aber Irmgard wurde wach, und ließ sie nun auch mit geschlossenen Augen und willenlos sich von mir führen, sie hob dennoch die Hand, die Regentropfen von der Stirne zu wischen.
»Irmgard«, sagte ich.
Und sie sagte: »Ja.«
»Hast du noch Angst, Mädel?«
Geschlossenen Auges schüttelte sie den Kopf.

»Mit diesen Opfergeschichten wollen wir aber jetzt gründlich aufräumen...«

Sie bekam den zerquälten Ausdruck eines Menschen, der sich eines Traumes zu entsinnen sucht.

Dann sagte sie: »Es regnet.«

»Jawohl, Irmgard, es regnet... weißt du wer ich bin?«

Sie hatte die Augen noch immer geschlossen: »Der Herr Doctor.«

»Na also«, sagte ich.

Doch sie suchte noch nach ihrem Traum: »Es ist der Regen des Vaters, und die Erde trinkt ihn.«

»Gerade zur rechten Zeit«, sagte ich, »hätte es acht Tage früher geregnet, so wäre die Ernte hin gewesen.«

»Ja«, sagte sie, »die Ernte.«

Aber nun öffnete sie die Augen.

Durch den Hofeingang betraten wir die Wohnung, durchschritten die dunkle Hinterkammer und kamen in die helle Küche. Der Mathias saß noch am Fensterplatz, Mutter Gisson aber auf einer der beiden alten Truhen an der Wand. Trapp beutelte sich und ging schnurstracks zum Herd, vor dem er sich zusammenrollte.

Mutter Gisson lächelte: »Beinahe hätte ich Angst um euch gehabt.«

»Ja«, sagte ich, »der Teufel soll alle Propheten und Prediger holen.«

»Ihr seid wohl getauft worden«, sagte der Bergmathias vom Fenster her.

In ihrem nassen Kleid stand Irmgard in der Mitte der Küche, sie lächelte und rieb sich die Augen.

»Komm her, Mädel«, sagte Mutter Gisson, und als das große Mädchen vor ihr stand, da zog sie es zu sich herunter, nahm es auf den Schoß und streichelte es als ihr liebes Kind.

XI.

An der Theke lehnte ein kleiner wohlbeleibter Mann. Neben ihm auf einem Stuhl stand eine Art Aktentasche, aus der einige Flaschenhälse herauslugten.

»Sabest«, sagte er, »deinen Namen laßt du dir auf die Etiketten drucken.«

Sabest, eine Zigarette zwischen den Lippen, antwortete nicht.

Der Liqueurreisende fuhr fort: »Du laßt drauf drucken Theodor Sabest, Hotel und Handlung in Kuppron.«

Sabest rührte sich nicht.

Der Reisende, der jetzt aus seiner Tasche eine Musterflasche und ein Liqueurglas hervorgekramt hatte [, sagte]: »Ich trink auf dein Wohl, Sabest...«

»Ja«, sagte nun der Wirt, »aber ich hab' noch Flaschen vom vorigen Jahr... die Bauern brennen ihren Schnaps selber.«

Der Reisende ließ sich nicht beirren: »Dann kannst du die neuen Etiketten aufkleben... Unter-Kuppron ist noch eleganter als Kuppron allein.«

»Deshalb werden die Bauern ihn doch nicht kaufen.«

»Du hast ja auch feine Kundschaft«, sagte der Reisende mit einem Seitenblick auf mich, »brauchst ihn ja nicht gleich beziehen, vor Weihnachten, als Weihnachtsgeschenke, da bindest du ihnen Silberzweige um, das sieht sehr fein aus...«

»Bis Weihnachten«, sagte Sabest noch immer in Gedanken versunken, »bis Weihnachten...«

»Vier Wochen Ziel«, sagte der Reisende, »meinetwegen sechs Wochen, da brauchst ihn erst im Februar bezahlen...«

Sabest lachte kurz auf: »Wer weiß, wer da noch lebt.«

»Die Überlebenden brauchen Schnaps«, meinte der Reisende.

»Schreib' zehn Flaschen auf«, sagte der Wirt.

Ich grüßte und ging. Es war eine ganz gewöhnliche Szene, die ich da mitangehört hatte. Aber ich hatte den Marius und die Irmgard noch so frisch im Gedächtnis, daß mir seitdem alles, und auch dies, den Eindruck des Trancehaften machte. Vielleicht war es ein richtiger Eindruck, manches spricht sogar dafür, doch vielleicht war es mein eigener Zustand, der mich die

Dinge so sehen ließ, denn ein einsamer Mensch, wie ich es bin, einer, der sich, so wie ich, aus manchen Bindungen des Lebens losgelöst hat, der kann schon durch einen geringen Anlaß ins Fremdeste gejagt [werden], in eine Fremde, die ferner ist als jede Fremde und ferner als jede Heimat, und in der nichts als die kühl wehende Luft des Todes vorhanden ist. Ja, das war durchaus möglich, so nüchtern und vernünftig ich mir auch vorkam, sowohl in meinem Denken, wie in meiner Arbeit, die die Dunkelheit der Krankheit bekämpft und die Angst des Kranken mit der Helligkeit des Wissens beschwichtigt, ja, es war trotzdem möglich, und manchmal schien es mir, als hätte ich die kleine Rosa bloß zu mir genommen, um mir in meiner Einsamkeit neue Bindungen zu schaffen.

Aber im Grunde ist dies gleichgültig, und beinahe ist es mir, als sei es unstatthaft darüber nachzudenken. Nicht etwa, weil ich den Unterschied zwischen Traum und Realität leugne und es gleichgültig fände, ob einer im Traum oder im Wachen durch die Welt schreite, sondern weil unser eigentliches Wissen mit alldem nichts zu schaffen hat und es ganz unabhängig ist, von diesen oder jenen Zuständen, in die wir uns versetzen oder versetzen lassen: unser Leben ist Träumen und Wachen zugleich, und wenn der kühle Wind des Traumes manchmal in jene Welt weht, die wir Realität nennen – und er tut es öfter, als wir annehmen –, so wird diese manchmal wundersam erhellt und tief wie eine Landschaft nach einem kühlen Regen oder wie eine Rede, die plötzlich nicht mehr nur aus bloßen Worten besteht und von Dingen erzählt, die sich irgendwo im Gestaltlosen zugetragen haben, sondern die vom Hauche einer höhern Realität getroffen worden und plötzlich befähigt ist, lebendig und warm, die Dinge darzustellen, wie sie sind. Doch nimmer könnten die beiden Sphären derart einander durchdringen und befruchten, wenn sie nicht beide ihr Licht aus einem Bereich empfangen, der unsere Ahnung und unser Wissen ist, eingesenkt in der Unauslotbarkeit unseres Herzens und unserer Seele.

Ich hörte noch die Stimme des Liqueurreisenden, als ich schon auf der Straße war:

»Willst du das Theodor Sabest ausgeschrieben, oder bloß Th. Sabest?«

»Ausgeschrieben«, antwortete die Stimme des Wirtes.

Es war ein heller und warmer Septembernachmittag, eingesenkt zwischen die Kühle des Morgens und des Abends, eine trockene Kühle, denn der Regen, mit dem der August geendet hatte, war rasch wieder abgeflaut und hatte bloß einen leichten grauen Dunst zurückgelassen, der in den Wärmestunden des Tages aufstieg, das Grün der Berge verdeckte, so daß bloß die sonnbeschienenen Felsen sichtbar blieben, ein Dunst, der bis zu den hochziehenden Wolken hinanreichte: wie ein kreisrunder Vorhang hing er um den Talkessel und schloß ihn von der übrigen Welt ab, man hätte meinen können, daß die überhaupt nicht mehr existiert und vielleicht niemals existiert hatte. Das war der Herbst, es war die Kühle des Herbstes und seine Wärme, es war eine herbstliche Trockenheit, des Herbstes Weichheit und sein Licht.

Schon ging der Pflug über die Felder.

Wenn es irgendwo ein objektives Kriterium für trance- und traumartige Zustände gibt, so liegt es wohl in der Eile, mit der einem Dinge, die man sucht, von selber zulaufen: seit dem Gespräch mit Irmgard hatte ich die Absicht gehabt ihren Vater zu treffen, und jetzt sah ich Miland bei der Schmiede; er war gerade daran, einen Pflug auf seinen Wagen zu laden.

Er und der Schmied sahen mich herankommen. Der Wagen polterte, als sie das Gerät darauf taten, und nun warteten sie auf mich mit grußbereiten Gesichtern.

Ich hatte mir eigentlich nicht zurechtgelegt, in welcher Form ich Miland von den Befürchtungen Irmgards und von der Gefahr, in der sie selber schwebte, unterrichten werde. Vor dem Schmied konnte ich dies noch weniger tun. Aber beinahe unverzüglich begann ich von dem Thema zu sprechen, das mir am Herzen lag: »Ihr seid schon beim Pflügen«, sagte ich, »im Oberdorf dreschen sie noch.«

»Ja«, sagte Miland, »die sind ja immer später daran.«

»Und der Marius ist noch immer oben.«

»Zum Pflügen kommt er schon herunter.«

»Ein Glück, daß Ihr noch keine Pflugmaschinen habt.«

Der Schmied lachte, aber Miland blieb ernst: »Er hat nicht so unrecht«, sagte er.

»Womit hat er nicht unrecht?« fragte ich, obwohl ich bereits wußte, worauf es hinauslief.

»Mit der Maschinarbeit.«

Es unterlag keinem Zweifel, daß er von Marius schon weitgehend angesteckt war. Ich schaute ihn besorgt an: »Geh weg, Miland, da müßt Ihr auch die Wasserleitung im Stall absperren und wieder das Wasser im Kübel tragen.«

»Vielleicht«, sagte er.

Aber nach einer kleinen Weile gab er die Begründung: »Die Maschinarbeit hat zu viel Leute brotlos gemacht.«

Es war mir klar, daß auch dies zu den Wanderpredigerargumenten des Marius gehörte, und sogar zu seinen billigsten, wahrscheinlich zu jenen, an die er nicht einmal selber glaubte, wohl wissend, daß der Mensch sich den Erzeugnissen seiner eigenen Erfindungskraft nicht entgegenstemmen kann. Wie also konnte ein so überlegter Mann, wie Miland es war, solches aussprechen? welcher Macht unterlag er dabei, welcher Macht gehorchte seine Zunge?

»Miland«, sagte ich, »Ihr seid doch sonst nicht einer, der ins Blinde hineinwirtschaftet.«

Er lächelte: »Man muß manchmal die Kalkulation beiseite lassen, Herr Doctor.«

Der Schmied sagte: »Nein,... mit der Fabrikswaare muß man sich abfinden... auch der Schmied wird über kurz oder lang überflüssig werden.«

Doch die Volkswirtschaftslehre des Marius hielt dem noch stand. Miland sagte: »Was hilft's, daß auf der Welt immer billiger und billiger produziert wird, wenn die Kaufkraft dabei sinkt... das muß eben anders werden, man muß eben umlernen...«

»Und da sollen gerade in Kuppron die Maschinen abgeschafft werden, Miland?«

»Nein«, antwortete er ganz vernünftig, »das kann nur an vielen Orten, vielleicht in der ganzen Welt zugleich geschehen, ein einziger Ort wäre zu schwach dazu, aber...«

»Aber?«

»Aber die Wahrheit kann nur von einem einzigen Ort aus ihren Ausgang nehmen, denn immer ist es nur ein einziger Mund, der sie verkündet. Wenn es einen einzigen Punkt auf der Welt gibt, wo die rechte Gesinnung herrscht...«

»Ein Gerechter in Sodom«, warf ich ein.

»Und dann ist's trotzdem noch immer keine Wahrheit«, bemerkte der Schmied.

»Nein«, gab Miland bereitwillig zu, »das ist erst die Folge der

Wahrheit. Auf die Gesinnung kommt es an, dann geschieht das Richtige von selbst.«

Ich ahnte, daß die Wahrheit, die er meinte, mit Irmgard und mit dem Gerede über das Opfer zusammenhängen müsse, aber ich sagte: »Na, die Goldsucherei ist auch nicht eben das Wahre.«

Miland lächelte wieder sein entrücktes Lächeln: »Die Wahrheit ist in der Seele, nicht im Berg.«

»Ja«, sagte ich beinahe wütend, »aber das ganze Unterdorf ist schon drauf und dran, sie im Berg zu suchen... ich glaube, Ihr seht nicht, daß Euer Marius ein höchst zwiespältiges Spiel treibt... er hat zwei Wahrheiten, eine für den Lax und eine für Euch...«

Der Schmied lachte auf: »Die Burschen sollen bloß ihr Gold suchen.«

»Na, Schmied«, sagte ich, »gehörst du etwa auch schon zur Lax-Partei?«

Er legte mir die Hand auf die Schulter: »Das Gold ist das Feuer, Doctor, und wenn sie vom Gold reden die Leute, oder von der Wahrheit, so meinen sie das Feuer, das in der Erde ist... das müssen sie wieder lernen... auch der Marius muß das lernen...«

»Ja, ja«, sagte Miland, »du darfst es auch das Feuer nennen, Schmied, und ein Stück tiefer als das Gold ist es ja in der Erde...«

»Es ist am tiefsten«, sagte der Schmied, »und das Gold, das sie holen wollen und um das sie sich streiten, auch das Gold ist nichts anderes als Feuer... jedes Körnchen Gold, ein Funke vom großen Feuer...«

»Du hast ohnehin dein Feuer, Schmied«, sagte ich und deutete in die dunkle Schmiede hinein, wo das Feuer auf der Esse lag.

»Gewiß, das habe ich«, sagte er, »aber die Menschen wollen immer zum großen Feuer zurück, und deshalb suchen sie das Gold...«

Miland sagte nachdenklich: »Auch der Schmied will halt die Welt erlöst haben...«

»Oho«, sagte der Schmied.

»Willst du etwa nicht, daß die Wahrheit in die Welt kommt?«, fragte Miland in seiner sanften Art.

»Die Wahrheit«, sagte der Schmied und lachte sein gutes Lachen, das wie poliertes Holz ist, »ja, die Wahrheit...«

Die Sonne hatte sich den Bergen genähert, und in der veränderten Schräge ihres Lichtes wurden nun auch die bisher deutlich gewesenen Felswände des Kupprons flächig und kulissenhaft, wurden große graue Papierschnitte, leicht angeklebt an den Wolken, mattes Silberpapier im Dunste.

Dann sagte der Schmied: »Die Wahrheit ist, daß das alles...« und er wies mit seinem Hammer, der auf Milands Wagen gelegen hatte, zu den Bergen hinüber, »...daß das alles Rauch ist von dem Feuer unten... festgewordener Ruß, und die Funken, die stecken noch darin und sind das Gold...«

»Schmied«, sagte ich, »mit einer solchen Wahrheit läßt sich nicht viel anfangen... es mag stimmen, aber was soll es den Menschen helfen?«

»Achtung sollen sie davor haben«, sagte er. Und dann lachte er: »Auf die Gesinnung kommt es an!«

Wie er so dastand mit seinem Hammer und zum Kuppron hinüberschaute, hätte man meinen mögen, daß er den zum Felsgestein erstarrten Rauch noch flacher hämmern wollte.

Miland hatte sein Roß beim Halfter genommen und das Gespann dorfabwärts gewendet. Jetzt sagte er und schlug sich dabei auf die Brust: »Da drinnen ist die Wahrheit, Schmied.«

»Aber auch das Feuer«, antwortete der Schmied, »Grüß Gott, alle zwei.« Und er ging zu seiner Esse zurück.

»Grüß Gott auch, Schmied«, sagten wir.

Ich schloß mich Miland an. Er hatte die Zügel um das Wagengestänge geschlungen und ging neben mir einher. Beim Eingang der Kirchengasse zögerten die Pferde, wollten einbiegen, und erst auf den Zuruf Milands setzten sie ihren Weg fort. Es war erst halb fünf, und bis sieben konnte man gut bei der Feldarbeit bleiben; so lange war es noch licht.

»Nun«, sagte ich, »wie verhält sich das eigentlich mit der Wahrheit, von der da in einem fort herumgesprochen wird?«

Er war nachdenklich und es dauerte eine Weile, bis er antwortete: »Auf das Feuer, das unten brennt, kommt es nicht an... das ist die Wahrheit des Schmieds, aber nicht mehr.«

»Gewiß, Miland, aber Ihr sprecht unablässig von der Wahrheit,... welche meint Ihr also?«

Wieder ließ er, in Gedanken versunken, auf die Antwort warten. Doch dann sagte er: »Sie haben keine Frau, Herr Doctor, Sie sitzen dort ganz allein dort oben...«

»Gottlob«, sagte ich.

Er sah mich von der Seite an und lächelte: »Ja, ich weiß, daß Sie's gerne ins Spaßige ziehen... aber das häßliche Mädel vom Wetchy haben Sie doch zu sich genommen.«

»Ja, sicherlich... aber ich sehe nicht, was das mit der Wahrheit zu tun haben soll.«

»Sie müssen schon Geduld mit mir haben, Herr Doctor, ich bin nur ein einfacher Bauer, und wir Bauern denken langsam... ja, und es läßt sich auch nicht sagen, das ist die Wahrheit, um die es sich handelt... der Schmied hat seine Wahrheit, und die Augen haben ihre Wahrheit, und die Finger haben ihre Wahrheit, und für den Schmied ist es das Feuer in der Erde, und für die Augen sind's die grünen Bäume, und für die Finger ist es heiß oder kalt je nachdem... man kann nur immer sagen, das ist wahr und das ist nicht wahr, oder das ist gerecht und das nicht gerecht, aber die Wahrheit oder die Gerechtigkeit, das gibt es nicht.«

»Gut«, sagte ich und wartete auf die Fortsetzung.

Der Wagen neben uns knarrte, der Pflug darauf holperte und manchmal klirrte er metallisch, die großen Pferdegeschöpfe, atmende Ziehmaschinen, gingen ruhig vor dem Wagen. Jetzt waren wir am Ausgang des Dorfes.

Da sagte Miland: »Der Mensch, der allein ist, verliert die Wahrheit.«

»Welche?«, fragte ich, »die Wahrheit der Augen? die Wahrheit der Finger?«

»Vielleicht auch die«, meinte Miland, »vor allem aber verliert er die Wahrheit im Herz.«

Ich fühlte mich getroffen, natürlich, und nicht nur, weil er meine Einsamkeit erwähnt hatte. Ich sagte: »Meinen Sie mich, Miland?«

»Nein, mich... aber wenn Sie wollen, meine ich uns alle, denn wohl alle, die hier herumlaufen, sind in der Einsamkeit und haben die Wahrheit des Herzens verloren.«

»Miland, Sie haben doch Ihre Familie, Sie haben Ihre Kinder.«

Er blieb stehen, zog den großen, schrumpeligen Tabaksbeutel, den er unter dem Leibriemen geklemmt trug, hervor, einen gelben, vom Gebrauch teilweise schwarz gewordenen Beutel aus Hasenblase, bot ihn auch mir und stopfte seine Pfeife. »Hoh«, rief er dem Gespann zu, das gleichmäßigen Schrittes weitergegangen war und daraufhin folgsam anhielt.

Hinter der vorgehaltenen Hand, wie es alle Raucher tun, auch bei Windstille, zündeten wir unsere Pfeifen. Das kleine Leben des brennenden Zündholzes in der hohlen Hand, sagte ich: »Das Feuer ist das Leben, Miland, der Schmied hat recht, es ist die einzige Wahrheit.«

Vor uns lagen die weicheren Hügelhänge der Ostseite; langsam zum Wald hinansteigend, waren auch sie oben schon vom leisen Dunst des Herbstes verhangen. Es war still, die Stille des Herbstes, eine herbe Milde, der Feuchtigkeit harrend, die erst kommen soll; sogar der Dunst um die Höhen schien trocken zu sein, er war wie trockener Rauch, stillhaltend vor dem Kommenden. Aus unseren Pfeifen stiegen graue Rauchsäulchen empor und mischten sich in die Stille.

Hätte Miland jetzt nicht weiter gesprochen, ich hätte nicht weiter gefragt. Es war zu friedlich; die Welt brauchte nicht erlöst zu werden. Man war einsam in dieser Welt, aber der Friede war ringsum. Und als er nun doch zu sprechen anhob, vorsichtig an seiner Pfeife ziehend, da klang es gleichfalls friedlich. Er sagte: »Wenn man die eine Hand seinen Eltern gibt, die andere seinen Kindern, dann möchte man meinen, daß es keine Einsamkeit gibt.«

»Ja«, sagte ich, »ganz einsam kann kein Mensch sein, denn Eltern muß er gehabt haben, selbst wenn er sie nicht gekannt hätte.«

»Aber«, fuhr er fort, »das ist alles nur Schein.«

»So?« sagte ich und stimmte ihm innerlich bei.

Wir waren bei dem wartenden Gespann angekommen, das beim Nahen unserer Schritte, ohne einen Zuruf abzuwarten, seinen Weg wieder aufnahm. Die Straße wendet sich hier in einer großen Kurve nach Norden und senkt sich zum Talausgang hin, den der Kuppronbach zwischen zwei Steilhängen eingeschnitten hat. »Hoh«, sagte jetzt wieder Miland, und die Pferde bogen rechts in den Feldweg ein, der zu den Milandschen Feldern am Hang hinaufführt.

»Immerhin«, sagte ich, »eine Hand den Eltern, eine den Kindern, und eine dritte der Frau, mit der man die Kinder gemacht hat, das ist schon immerhin etwas und könnte auch die Wahrheit des Herzens sein.«

Wir gingen am Wegrand auf der Wiese. Die ersten Herbstzeitlosen standen im kurzgeschorenen Grün, sie hatten bloß die letzte Mahd abgewartet, um herauszukommen, und nun warteten sie noch auf den Nebel, in dem sie sich auflösen werden, nebelfarben sie selber schon. Sie litten unter der hellen Nachmittagssonne, die mit einem leisen, wie schwimmenden Licht über sie hinwegstrich, hügelaufwärts zu dem schüttern Birkenhain dort oben, ein Wiesenhain, nicht mehr Wiese, noch nicht Wald, und sein helles Grün schien von dem hellen Licht emporgehoben zu werden, wehend wie ein Klang, der im All erstirbt.

Miland sagte ruhig: »Es gibt keinen Anfang, und es gibt kein Ende, nur in uns ist der Anfang und das Ende, nur so lange wir leben... Abraham war bereit, den Isaak zu opfern, und er hätte das tote Kind mehr noch geliebt als das lebende; nur wenn wir mit unseren Toten reden, überspringen wir Anfang und Ende, das Lebende läßt uns in der Einsamkeit...«

Ich merkte auf; denn nun war das Wort vom Opfern auch von seiner Seite gefallen.

Er nickte mir zu: »Nur den Toten reichen wir wirklich die Hand.«

»Na, werden Sie vielleicht deshalb alle Ihre Kinder umbringen? wo bleibt Ihre Wahrheit des Herzens, Miland?«

Erst schwieg er, als wäre er von meinem Einwand berührt worden, doch dann schüttelte er den Kopf: »Sie mißverstehen mich, Herr Doctor... wir können bloß vom Lebenden nichts erhoffen, es läßt uns in der Einsamkeit...«

»Auch der Marius lebt«, sagte ich beinahe schroff, »und dem reichen Sie die Hand. Sie sind auf einem Irrweg, Miland.«

»Nein«, sagte er ebenso ruhig und sicher wie vorher, »er lebt weniger als wir alle, und noch weniger als ich... er kommt aus der Einsamkeit und geht in die Einsamkeit, auch wenn er hier bleibt, er ist der Wanderer...« und dann fügte er hinzu, »... und weil er einsamer ist als alle anderen, weil ihn nichts Lebendes mehr bindet, wie die anderen, darum ist er fähig, sie aus ihrer Einsamkeit zu führen und in die Wahrheit des Herzens... das fühlen sie, und deshalb laufen sie ihm nach...«

»Also doch die Erlösung der Welt«, sagte ich.

»Ja«, sagte er, »es genügt nicht, daß die Menschen übereinstimmen in der Wahrheit ihrer Augen und in der Wahrheit ihrer Finger, daß sie sich verstehen, wenn der eine grün meint und der andere heiß, oder wenn zweimal zwei vier ist, das genügt nicht, denn wenn sie sich nicht auch wieder in der Wahrheit des Herzens verstehen, werden sie die anderen auch verlieren... und dann wird nicht einmal die Wahrheit der Augen des einen die gleiche wie die des andern sein...«

»Ihr macht es Euch zu leicht, Miland«, sagte ich.

Er dachte wieder nach, dann sagte er: »Immer habe ich gesucht, Herr Doctor, schon als ganz junger Mensch. Und dann habe ich mir die Gisson Ernestine von oben heruntergeholt...« (es war ein wenig Stolz in seiner Stimme, als er das sagte) »...ja, und vielleicht habe ich es getan, weil sie ihrer Mutter so ähnlich war, und das wird wohl ein Fehler gewesen sein... vielleicht wäre sie ihrer Mutter ähnlicher geblieben, wenn ich sie nur ihrethalben genommen und an keine Ähnlichkeit gedacht hätte...«

Ich verstand ihn, und ich sagte: »Was habt Ihr denn erhofft, Miland?«

»Das Gemeinsame«, sagte er, »nicht nur die Liebe.«

Und dann fuhr er fort: »Es ist nicht geworden... es ist kein Geheimnis, Sie sehen es ja selber, daß es nicht geworden ist... es mag sein, weil wir anders denken, wir herunten und die vom Oberdorf, aber das ist nicht alles... und wir machen unsere Arbeit, ich die meine, sie die ihre... sehen Sie, Herr Doctor, und wenn ich es nicht im Griffe hätte, was ich zu tun habe, vom Vater schon her, ich hätte am Morgen nicht die Kraft, aufs Feld zu gehen oder in den Stall... so sehr allein sind wir geworden, daß wir nicht mehr wissen, was wir mit unsern Händen anfangen sollen...«

»Ja«, sagte ich.

»Und dann ist er gekommen... einer, der nicht anders ist als ich, einer, der mein Bruder sein könnte, einer, der vor sich hingeht mit seinen Füßen, weil er den Sinn nicht mehr gehabt hat, mit diesen Füßen zu einer Arbeit zu gehen... da ist er gewandert... aber er, er hat es ausgesprochen, ich, ich habe es nicht einmal denken können...«

»Und wohin ich auch schaue, es ist überall das Nämliche... die Leute machen ihre Arbeit, ja, das tun sie, aber sie tun's aus bloßer Einsamkeit, und sie hassen einander ob ihrer Einsamkeit...

sie können nicht einmal mehr zueinander wollen, sie können nur mehr hassen wollen...«

»Miland«, sagte ich, »Ihr möchtet gerne fromm sein... das ist es.«

Er sah mich an: »Ja... wenn Sie wollen, Herr Doctor, das ist es.«

»Und was Ihr da sagt, das klingt sehr nach christlicher Nächstenliebe.«

»Es ist mehr als Liebe, es ist Gemeinsamkeit.«

»Aber in die Kirche geht Ihr jeden Sonntag...«

»Ja, ich gehe zur Kirche, und auch mein Weib tut es... sie alle tun es ja... aber das nützt uns nichts, selbst wenn wir es verstehen wollten, wir verstünden es nicht, denn Gott hätte es nicht zulassen dürfen, er hätte unsere Einsamkeit und unsern Haß nicht zulassen dürfen... und wenn der Pfarrer predigt, daß wir von Gott abgefallen sind, warum hat Gott den Abfall zugelassen? wir haben nichts dazu getan, wir sind unseren Pflichten treu, wir wollen fromm sein... Gott läßt es nicht zu? gibt es ihn, so spielt er mit uns und spielt mit unserem Leid... aber weil er das nicht tun kann, so gibt es ihn nicht...«

»Und da soll der Marius das Heil bringen?... bedenken Sie Miland, auf der einen Seite die Kirche in ihrer ganzen Größe, auf der andern der kleine Marius...«

»Der Marius ist ein Mensch wie wir, Herr Doctor, ebenso einsam und mit genau dem gleichen Haß in sich, er ist genau wie wir, er spricht nur aus, was wir denken, den verstehen wir... die christliche Liebe, die verstehen wir nicht mehr, so gerne wir sie verstehen würden, aber wir verstehen, daß das Oberdorf und das Unterdorf an einem Strang ziehen müßten, statt nach links und rechts zu zerren, und wir verstehen, daß die Maschinen schlecht [sind] und die Erde gut ist...«

Ich ging neben ihm, auch ich in meiner Einsamkeit, auch ich in der Einsamkeit meines Traumes, auch ich verloren und irrend auf einem Weg, von dem wir nur wissen, daß er aus der Dunkelheit des Mutterschoßes in die Dunkelheit der Erde zurückführen wird, auch ich in der Einsamkeit einer Willensfreiheit, die vielleicht das einzig Bezeichnende für diese weltliche Wegstrecke ist: oder haben wir vorher eine größere Freiheit gehabt? gehen wir zu einer größern Freiheit ein? Doch auch in der Einsamkeit meiner Freiheit, dieser träumenden Freiheit, vermischte sich mir das Gute und das Böse, und ich wußte nicht mehr, ob von dem Marius ein Führen oder Verführen zu erwarten sei.

Miland aber sagte: »Wenn der Mensch verloren gegangen ist, dann braucht er die Hand, die ihn leitet, die ihn von Stein zu Stein führt, er braucht den irdischen Bruder...«

Doch da konnte ich endlich sagen: »Allzuirdisch vielleicht.«

Er blieb einen Augenblick stehen: »Warum?«

»Miland«, sagte ich, »Ihr habt gemeint, daß man mit der Wahrheit des Schmieds nichts Rechtes anfangen könne... Ihr habt recht gehabt, denn es ist eine irdische Wahrheit wie so viele andere auch... der Marius will mit seiner Wahrheit, die auch eine irdische Wahrheit ist, zu viel anfangen... er will aus dem Irdischen, er will aus der Erde etwas Göttliches machen.«

Wir waren bald bei seinen Feldern, beinahe unwillig hielt er das Gespann noch einmal an, man merkte, daß es ihm wichtig war, das vorher noch zu erledigen.

»Herr Doctor«, sagte er, »ein Leben lang hat man uns lehren wollen, Gott zu lieben, wir haben uns bemüht, es ist uns nicht gelungen, er hat es uns zu schwierig gemacht... sollen wir nicht statt dessen die Erde lieben?... man hat uns die Wunder der Heiligen zum Verehren gegeben... sollen wir nicht lieber das Wunder verehren, das jedes Jahr mit der Ernte da ist?... was soll es uns bedeuten, wenn man uns sagt, daß Gott das Erntewunder schafft! erst wenn wir dieses Wunder selber wirklich erfassen und verehren, dann werden wir vielleicht wieder zu dem kommen, das man uns Gott genannt hat...« Er lächelte ein wenig und fügte hinzu: »Eines nach dem andern.«

»Und so sagt das der Marius?«

»Nein, er sagt gar nichts, er tut es.«

Er war von einer beinahe ansteckenden Überzeugtheit.

Trotzdem sagte ich: »Da stimmt etwas nicht, Miland, Ihr wollt Gott nicht, aber den Marius macht Ihr zum Gottgesandten.«

Er legte die Hand auf meine Schulter, eine schmale und doch derbe Bauernhand: »Ob ihn Gott geschickt hat, das kann ich ebensowenig sagen, wie daß Gott die Ernten macht... vielleicht ist es die Erde, die ihn schickt, genau so, wie sie Ernten hervorbringt... aber ohne Grund ist er nicht gekommen... Gott ist da bloß ein Name...«

»Schicksal also?«

»Vielleicht Schicksal... wenn alles bloßer Zufall wäre, man müßte verzweifeln.«

»Auch Schicksal ist bloß ein Name, Miland... besonders wenn das Schicksal Marius heißen soll.«

Er schüttelte den Kopf: »Zufall oder Schicksal, Herr Doctor... wenn der Zufall in Menschengestalt an uns herantritt, dann ist es kein Zufall mehr... ob ein Mensch so oder so heißt, das mag ein Zufall sein, daß er aber da ist, daß er zu einer bestimmten Stunde gekommen ist, das ist jenseits von Zufall und Namen... das ist eben das Schicksal.«

Irmgard hatte um ihren Vater Angst. Er war mit all den Dingen auf eine wunderlich lose und unlösbare Art verstrickt, so vernünftig er sie auch betrachtete. Meinte sie diese Verstrikkung? Aber sie selbst war ihnen noch in viel engerer Verstrikkung verbunden! Wollte sie durch die Opferung, von der da immerzu gefaselt worden war, den Vater lösen? Wie ein großer gemeinsamer Traum aller Schlafenden, aller Lebenden erschien mir die Welt, wie ein ungemein fein verästelter Traum, der all die Schläfer umfaßt, die sich am Leben wähnen, und in dem dennoch auch alle Träume der Verstorbenen und Längstverstorbenen eingeflochten sind. Einer wirft dem anderen den Faden des Traums zu, daß er ihn aufnehme, und es entsteht das Gewebe des Lebens. Ist dies Gottes Traum, in dem wir schlafen?

»Wenn es nichts Vorbestimmtes gäbe, wären meine Kinder auch nur Zufall«, sagte er.

Da fragte ich, der ich ihm kaum mehr etwas zu entgegnen hatte, schier ohne meinen Willen: »Und die Irmgard?«

Er schaute mich überrascht an, dann sagte er langsam: »Die Irmgard ist mein Kind.«

»Ja, Miland, und wenn sie dem Marius folgt, dann kann es für sie gefährlich werden... Ihr sagt, daß er vom Schicksal gesandt ist... es gibt auch vom Schicksal gesandte Narren.«

Er zuckte die Achseln: »Mag es ein Narr sein, mag es ein Irrsinn sein... wenn alle an den Irrsinn einmal glauben werden, dann wird der Irrsinn zur Vernunft... aber mit der alten Vernunft geht es eben nimmer weiter... und irgend etwas in uns muß eben Ja sagen, dann wird es schon von selber vernünftig.«

In alldem steckte etwas Gefährliches, aber auch Richtiges, steckte das Vertrauen zu einem Instinkt der Menschheit, die, von der eigenen Vernunft irregeleitet und in schwerste Bedrängnis gebracht, nun nach einer neuen Vernunft tastet. Waren es nicht auch die gleichen Motive, die mich von meiner wissenschaftlichen Arbeitsstätte vertrieben hatten, mich in die Einsamkeit getrieben hatten und mich nun auf ein unsicheres Wissen horchen und warten ließen?

»Gefährlich oder nicht«, sagte er, »wenn es keinen Zufall gibt, wenn es vorherbestimmt war und sie mein Kind ist, dann ist ihr Weg der nämliche wie der meine, dann werden wir einander treffen, und...« er stockte, »...und es wird sich doch noch erfüllen, was ich einmal gehofft habe...«

Jetzt begriff ich: »Die Tochter soll Euch das werden, was Euch die Mutter schuldig geblieben ist? so soll Euch der Weg über den Marius doch noch zur Mutter Gisson zurückführen?«

Er zog an seiner Pfeife: »Das ist mir zu umständlich, was Ihr da sagt, Herr Doctor, darauf ist mein Kopf nicht eingerichtet... Sie sagen aber auch, daß ich fromm werden will, ja, das ist meine Absicht, und wenn auch die Irmgard fromm wird, so werden ich und sie das Gemeinsame haben...«

»Vorausgesetzt, daß wir das Gemeinsame nicht nur mit unseren Toten haben, wie Ihr behauptet habt...«

»So ist es jetzt noch: aber nach der Wiedergeburt wird die Gemeinsamkeit unter den Lebenden herrschen.«

»Die Wiedergeburt«, sagte ich, seltsam berührt von diesem magischesten aller Worte, die die Menschheit sich geschaffen hat.

Er war noch immer mit seiner Pfeife beschäftigt, als hätte er bloß vom Winteranbau gesprochen; aber seine Augen schienen von einer dunklen Flamme durchleuchtet.

Ich sagte zögernd: »Die Wiedergeburt ist wohl das Opfer?«

»Ja«, sagte er ruhig, doch den flammenden Blick zu mir gewendet, »es ist nicht zu erwarten, daß wir die Wiedergeburt umsonst haben werden.«

Ein unerwartetes Bedürfnis stieg in mir auf, gleichfalls teilzuhaben an dieser Wiedergeburt, an die ich doch nicht glaubte und die mir nur widersinnig und gefährlich erschien, es war, als hätte sich die Stille um uns in ein Sonnengewitter schweigenden Donners voll verwandelt, und ich sagte: »Die Wiedergeburt ist der Tod.«

»Ja«, sagte er, »dann ist der Tod die Wiedergeburt; ob Keim

oder Ernte, beides ist der Tod und beides ist das Leben.«

Ich hätte ihm manches erwidern können, ich hätte sagen können, daß Gleichnisse noch keine Erkenntnisse seien, ich hätte sagen können, daß unser Tod stärker ist als jedes Gleichnis und daß unser Wissen über das Gleichnis hinausgehen müsse, unter das Gleichnis dringen, damit unser Tod zu der Realität werde, der er ist, unser Sterben zu dem wirklichen Sterben, das wir erstreben, das wir erhoffen; dies alles hätte ich sagen können und noch viel mehr, aber stärker als mein Denken war mein Hingezogensein zu dem dunklen Tor der Wiedergeburt, zu dem irdischen Tod in der irdischen Wiedergeburt, und hätte der Schoß der Erde sich jetzt aufgetan, auf daß ich hinabsteige in ihre Dunkelheit, in der das Feuer ist oder das Gold, auf daß ich durch die Dunkelheit ginge zum Tode oder wieder aufzuerstehen zum wiedergeborenen Licht, ich hätte es getan. Und während ich, ein wenig fassungslos gewiß, mich dessen bewußt wurde, traf mich unvermutet seine Frage: »Glauben denn Sie an Gott, Herr Doctor?«

»Ich weiß es nicht...« sagte ich, »ich weiß es jetzt nicht.«

»Doch«, sagte er, »Sie wissen es.«

»Ich weiß nur, daß ich an das Wunder meiner Einsamkeit glaube, an jenes Wunder, das tief in mich eingesenkt ist und das mich schauen läßt und erkennen macht... doch wer es in mich eingesenkt hat, das vermag ich nicht zu ahnen, ich weiß bloß, daß es in mir ist, daß es da ist, heiße es Seele oder sonstwie, daß seine schauende Wunderkraft größer ist als alles Erschaute, größer als das Wunder des irdischen Reifens und Erntens, und daß es, eingesenkt in mich, da ich geboren wurde, wieder aufsteigen kann aus mir, dorthin, von wo es hergekommen ist... wohin, weiß ich nicht...«

»Ja«, sagte er befriedigt, »es ist das Saatkorn eingesenkt und es steht auf zur Wiedergeburt in seiner Reife... es ist das Gleiche...« Und befriedigt sagte er zu seinen Rössern »Hüh«, der Wagen rasselte und knarrte, wir gingen schweigend hinterdrein, und nach wenigen Minuten waren wir bei seinem Feld.

Ich hätte nun wohl sofort umkehren können, doch da ich nun einmal da war, mußte ich wohl auch die Bäuerin begrüßen. Sie hatte wahrscheinlich mit dem Vespermachen bloß auf den Bauer gewartet, denn jetzt, da wir ankamen, stellten sie ihre Arbeit ein – es war noch eine Fuhr Hafer aufzuladen gewesen

– und lagerten sich auf der kleinen Wiesenböschung, die, gesäumt von einer Reihe dichten Gesträuchs, das Feld auf der einen Seite begrenzte. Es waren die Bäuerin und der Knecht Andreas, und von den Kindern der ältere Sohn und Zäzilie.

Während ich die Frau begrüßte und mich zu ihr setzte, hob der Bauer mit Hilfe des Knechts den Pflug vom Wagen, dann hob er die Querdeichseln aus den Haken, und ohne die Pferde abzustrangen, führte er sie vor den Pflug, in dessen Gestell er die Deichseln wieder einhakte. Und nachdem dies geschehen war, kamen beide zu uns, um ihr Vesperbrot zu erhalten.

Die Milandin saß da wie ein Mann, die Beine ausgestreckt und ein wenig gegrätscht, so daß der blaue Kattunkittel dazwischen einsackte, die groben schwarzen Schuhe zeigten die Nagelsohlen. Scharf rechtwinklig im Sitz abgebogen, hielt sie sich bocksteif, und ihre knöcherne Steifheit wurde durch nichts gemildert, auch nicht dadurch, daß ihre Bluse der Arbeit wegen ein wenig geöffnet war. Man hatte stets den Eindruck, als würde sich diese Frau ihrem Mann zutrotz absichtlich möglichst unweiblich machen. Als in ihrem starken schönen Gebiß, dessen Ähnlichkeit mit dem Mutter Gissons auffallend ist, ein Zahn schadhaft wurde, kostete es mich alle Mühe, sie zu einer Reparatur und einer Goldkrone zu bewegen; sie wollte durchaus, daß ich ihn reiße –, auf eine Zahnlücke käme es ihr nicht an.

Miland hatte sich in gewohnter Weise Zäziliens bemächtigt; er stand vor uns, hielt das Kind an sich gepreßt und teilte sein Vesperbrot mit ihm. Der Knecht Andreas hockte neben uns und schnitt sein Brot zwischen den Knieen.

Dann sagte der Knecht Andreas: »Herr Doctor, dem Wetchy droben, Ihrem Nachbar, soll jetzt das Haus gekündigt werden.«

Das war mir neu. »Mir ist nichts davon bekannt«, sagte ich, »was ist denn das schon wieder für eine Geschichte?« Ich schaute Miland fragend an: »Kündigen kann doch bloß die Gemeinde, und im Gemeinderat ist meines Wissens noch kein solcher Antrag eingebracht worden.«

Miland war sichtlich unangenehm berührt: »Ja, angeblich soll der Krimuß nächstens den Antrag einbringen... das hat ihm der Wenzel eingeredet. Ich halte es nicht für ernst.«

Ich fuhr auf: »Und dahinter steht der Marius.«

Miland schüttelte den Kopf: »Er weiß genau, daß Sie und ich und das ganze Oberdorf dagegen stimmen, bleibt nur der Lax, der Krimuß und der Selbander, und selbst wenn auch der Bürgermeister dafür stimmte, ginge es nicht durch.«

Natürlich würde ich dagegen stimmen, und der Miland auch. Aber plötzlich mußte ich mir die Frage vorlegen, ob ich es wirklich tun würde. Eine absurde Frage, gewiß, und um sie zurückzudrängen, sagte ich: »Ist das die Wahrheit des Herzens, in der sich das Oberdorf und das Unterdorf wieder finden sollen?«

Und Miland, der meine Gedanken zu erraten schien oder einfach die gleichen hatte, zuckte die Achseln: »So ein Handelsagent hat ja eigentlich in einem Bauerndorf nichts zu schaffen.«

Jeder Bauer verachtet den unproduktiven Handelsmann. Aber daß es jetzt so deutlich ausgesprochen werden konnte, das stammte vom Marius her. Meine Vermutung, daß er ein kommunistischer Propagandist sein könnte, der den Haß gegen die verächtliche unproduktive Arbeit schürt, gewann wieder an Boden, und erstaunlich war bloß, daß ich diese Verachtung zu teilen begann. Doch das wollte ich nicht wahrhaben, und ich sagte daher: »Jedenfalls wird er im Dorf an allen Ecken und Enden verwendet.«

»Tut er es umsonst?« fragte die Milandin mit ihrer ganzen Unliebenswürdigkeit.

Ich ärgerte mich: »Soll er gar umsonst arbeiten, Milandin? Wie er Euch das Radio eingerichtet hat, da war alle Welt sehr zufrieden, und Ihr auch.«

»Hat auch ein hübsches Stück Geld gekostet.«

Miland jedoch, der das Kind an sich geschmiegt hielt und vielleicht daran dachte, daß ich die kleine Rosa bei mir hatte, meinte begütigend: »Im Grunde ist er ja ein ganz braver Mensch.«

»Himmelherrgott, warum läßt es dann Euer Marius zu, daß der Wenzel das ganze Dorf gegen den armen Kerl da oben in Aufruhr bringt?... tut doch etwas dagegen!«

»Wo nicht schon Aufruhr ist, kann keiner hineingetragen werden«, antwortete Miland mit großer Bestimmtheit. Und dann trat er auf mich zu: »Herr Doctor, aufrichtig gesprochen... lieben Sie den Wetchy?«

»Das steht doch nicht zur Frage... wohl aber, daß seine Frau ihn liebt und daß er sie und seine Kinder liebt... und daß man niemandem das Leben unnütz schwerer machen darf, als es ohnehin schon ist... oder wollen Sie es jedem entgelten lassen, den Sie nicht lieben?«

Er legte wieder die Hand auf meinen Arm: »Sie haben das Mädel vom Wetchy zu sich genommen, obschon Sie ihn nicht lieben, Herr Doctor, und ich würde, wenn's darauf ankommt, wahrscheinlich das gleiche tun... aber wenn sein Bub gestorben wär', so hätten Sie ihn nicht davor bewahren können... man kann dem Nebenmenschen helfen, sein Schicksal kann man ihm nicht abnehmen...«

»Ist jetzt der Wenzel auch schon Schicksal, Miland? wenn ich schon den Wetchy nicht liebe, den Wenzel liebe ich noch weniger...« Ich mußte lachen.

»Nein«, stellte Miland mit einem bessern Wissen, dem ich recht geben mußte, fest, »in Wirklichkeit mögen Sie den Wenzel lieber.«

Da ließ der Andreas sich vernehmen: »Wenn man's recht betrachtet, ist so etwas gar keine Arbeit; da läuft so ein Agent herum und schwatzt den Leuten was auf.«

Nein, da war nichts zu machen. Das Spiel war schon zu fest gefügt. Sogar der alte Andreas war von den Spielregeln erfaßt worden, und die Burschen hörten auf das Kommando des Wenzels. Und ich selber? war ich nicht auch schon erfaßt? war ich nicht auch schon in die Verstrickung dieses Traums geraten? Gewiß, es war nur eine neue Schlaflage, in die sich diese kleine Welt hier begeben hatte. Aber bestehen nicht die meisten Revolutionen darin, daß der schlafende Mensch sich von der rechten auf die linke Seite kollert, oder umgekehrt, daß er zwei- oder dreimal aufatmet oder auch seufzt, und dann seinen Traum vom Erwachen weiterträumt? Und selbst das Wissen um den Traum ist Traum, ist Schlaf und Traum, an dessen Anfang und Ende das Wissen steht und der doch ohne Anfang und Ende ist.

Mit seinem boshaften Greisenmeckern sagte Andreas: »Ist nur gerecht, wenn sie ihm kündigen.«

Die Milandin lachte. Bei solchen Gelegenheiten konnte sie lachen; und wenn es mir auch eine Genugtuung bereitete, daß da mein Werk, die Goldkrone in ihrem Mund, sichtbar wurde, es waren böse Gelegenheiten: daß die Leute sich so vergeblich bemühen, zu einer Erkenntnis zu gelangen, daß sie bei irgend einem Gedanken hängen bleiben, nicht loskommen, daran zerren und schließlich aus Unbeholfenheit, aus Verzweiflung, aus Schlaftrunkenheit einander Schaden antun, daß solcherart sogar der gutmütige alte Andreas mit einem Male zu einem Feind des Agenten Wetchy geworden war, eines Individuums, das ihm niemals etwas angetan hatte, das reizte diese Frau zum Lachen. Denn sie war eine kluge Frau, die manches durchschaute, aber sie war hart geworden, war ihrer Härte verhaftet, und jeder harte Mensch freut sich der plumpen Unbeholfenheit der anderen: seine Härte wird dadurch gerechtfertigt.

»Na, ich habe andere Anschauungen von der Gerechtigkeit«, sagte ich und erhob mich. Die Vesperpause war ohnehin zu Ende.

»Können wir ohne Gemeinsamkeit je gerecht werden?« sagte Miland, der noch immer mit dem Kind vor uns stand.

»Können wir ohne Gerechtigkeit jemals fromm werden?« fragte ich zurück.

Er lächelte: »Der Glaube braucht die Gerechtigkeit, aber er selber muß manchmal ungerecht sein.«

War das richtig? war es unrichtig? ich wußte es nicht mehr. Trotzdem sagte ich: »Hören Sie, Miland, das sind sonderbare Spitzfindigkeiten, um die Gemeinheiten gegen den armen Wetchy zu decken.«

Er reichte mir die Hand: »Nein, Herr Doctor... Sie wissen doch, wie ich's meine.« Dann begab er sich zu seinem Pflug.

Als ich die Gruppe hinter mir gelassen hatte, hörte ich die klare reine Kinderstimme Zäziliens in der Stille der späten Sonne singen:

»...
Wir fluchen den Händlern und Agenten
Denn sie tun unsern Boden schänden.
Wir Jungen die Zukunft in Händen halten
...«

Der Gesang des Kindes verstummte hinter mir, ich hörte noch den Zuruf Milands an die Pferde und irgend etwas Hölzernes, und dann hörte ich in der Stille, die mich umgab, mit aller Deutlichkeit das Wort Gott. Vielleicht war es nur ein Seufzen gewesen, ein »Mein Gott«, ein Hauchen, das zur Hörbarkeit erstarrt war, zur Hörbarkeit einer innern Stimme, die nach Trost rief, da die Verwirrung der Einsamkeit sich eingestellt hatte, vielleicht war es der Gedanke an die Wiedergeburt, die dieses Wort in mir ausgelöst hat. War nicht meine ganze Flucht aus der Stadt ein Versuch zu solcher Wiedergeburt gewesen? war nicht meine Sehnsucht nach einem Wissen um die Ganzheit des Lebens, meine Sehnsucht nach dem Ausschreiten seiner äußersten Grenzen, war dies nicht ein solcher Versuch? Groß ist das Wissen Mutter Gissons um die irdischen Zeiten und um die irdische Tiefe, und unerforschlich tief ist der letzte Abgrund der menschlichen Seele, aber unendlich bleibt die Mächtigkeit der Zeit und der Dinge, unendlich der Abgrund der Seele, und das Unendliche, das immer nur ein Weiter und Weiter ist, ein Unausschreitbares, ein Unausdenkbares, es bleibt unerfaßbar, ohne erfaßliche Ganzheit, wenn nicht ein Über-Unendliches, ein Über-Unerfaßliches darüber stünde, es einschließend und zur Ganzheit es bildend: Gott. Keines Einzelmenschen Denken konnte und kann das Über-Unendliche denken, reicht doch das Denken nicht einmal an das Unendliche heran, in Jahrmillionen, Generation um Generation mußte sein Erahnen wachsen, aus irdischestem und ungeschicktestem Tasten und Irren mußte das ferne Bild erstehen, immer wieder abgeändert, immer wieder vervollkommnet, und doch schon dagewesen mit dem ersten Augenblick, da der Mensch als Mensch sich fühlte und sein Antlitz geprägt erhalten hatte, seine Sehnsucht und seine Erinnerung, Erinnerung aus Jahrmillionen, Erinnerung millionhafter Generation, unerfaßbar noch immer und vielleicht nur ein Ahnen des Herzens, gewachsen aus einer fortschreitenden Wiedergeburt, die zu ihm hinstrebt, das flüchtige Erinnerungsbild des Traumes zu festigen, es durch Riten und Tun festhalten, das Unausdenkbare und Unaussprechliche aussprechen zu dürfen: Gott. Wie tief verlockend ist es, ihn ins Irdische und Faßbare zurückzuziehen, ihn zurückzurufen in die Formen der Erde, die Erde selber zu seinem Sein zu erheben, die Wahrheit der Augen und der Finger als seine Wirklichkeit zu begreifen! Und ich, der ich nicht wage, das Wort Gott auszusprechen, weil mein Wissen dafür zu klein geworden ist, meine Erinnerung zu schwach, mein Sehnen zu menschlich, ich, der ich das Zurückfallen um mich herum spürte, in meiner Angst vor dem Zurückfallen, das in jedem Menschen wohnt, ich hatte wohl keinen andern Ausweg als jenen Seufzer, der in der Einsamkeit und Stille um mich herum wie eine Stimme des Herzens geklungen hatte.

Es mag kein bloßer Zufall gewesen sein, daß ich den Rückweg durch die Kirchengasse nahm.

Der kleine Vorgarten des Pfarrhofes war jetzt voller Dahlien, in allen Farben standen sie den Zaun entlang, aber in dem runden Mittelbeet hat der Pfarrer seine Rosen gepflanzt, damit er sie, sitzt er auf der Bank an der Mauer, vor den Augen hat und recht gut betrachten kann. Er war gerade dabei, sie zu gießen, und an der Zauntüre stehenbleibend, begrüßte ich ihn.

Er nickte mir zu, denn er scheute sich, die schwere Gießkanne hinzustellen und sie nochmals aufnehmen zu müssen. Weich und friedlich floß im sanften Schwung das Wasser aus der Brause, und von der sich dunkel verfärbenden Erde um den Stöcken stieg ein leiser Hauch feuchten Geruchs auf, mischte sich in die stille Trockenheit des Abends, dessen golden gewordenes Licht mit dem Gelb und dem Rot der Rosen, der vollerblühten gelben auf dem einen Stock, der kleineren roten auf den anderen, milde zusammenklang.

Nun kippte er noch rasch den letzten Rest aus der Kanne, die feinen Wasserbögen vereinigten sich zu einem dicken matten Bächlein, das vor dem Versickern noch rasch eine kleine Lache zwischen den Erdschollen bildete, und nach dem letzten Tropfen stellte er die leichtgewordene Kanne hin und kam zu mir.

»Schön sind die Rosen, Hochwürden.«

Er lächelte mit seinem schiefen Gesicht: »Aber die Dahlien auch, Herr Doctor.« Er war gerecht.

Unwillkürlich suchte man immer den dicken Shawl, über den dieses Gesicht im Winter herauszulugen pflegt; anders konnte man sich ihn gar nicht vorstellen, auch nicht, wenn er wie jetzt in Hemdärmeln war und der schwarztaftene schäbige Brustlatz aus der offenen Weste heraushing.

Ich sagte ihm, daß ich ihn um seine Rosen beneide, ich hätte keine, und er lud mich ein, an den Stöcken zu riechen; am Abend dufteten sie am stärksten. Da trat ich in das Gärtchen, und es war der wohlbekannte kleine Duftbezirk um die Stöcke, ein süßes kleines heiliges Leben, und wieder schien mir, als reiche der Glaube des Pfarrers auch nicht darüber hinaus.

Er rieb die dünnen Arme, die aus den viel zu kurzen Ärmeln seines geflickten Hemdes herausschauten; die Gießkannen waren schwer gewesen.

»Ja, die Blumen«, sagte er und war von einem schwachen innern Licht verklärt.

Aber dann meinte er, daß er mit dem Gießen noch nicht fertig sei, und daß ich ihn entschuldigen möge, wenn er nochmals die Kannen fülle. Ich bat ihn, helfen zu dürfen, und so nahmen wir jeder eine Kanne, aus deren rauhem Innenraum es kühl herausweht, und trugen sie in den Hof hinein zur Pumpe. Ich hing mich an den von den vielen Händen glattpolierten hölzernen Schwengel, der Pfarrer hielt unter, und nach ein paar Zügen kam der erste Wasserstoß und polterte in das Blech. Dann ließ ich es mir nicht nehmen, beide Kannen hinaus zu tragen, wegen des Gleichgewichtes, und dann durfte ich gießen helfen, aufmerksam beobachtet von dem Gottesmann, ob ich es auch richtig mache.

Als wir damit fertig waren, seufzte er.

»Was ist's, Herr Pfarrer? wieder Kirchenreparaturen?«

Er nickte erfreut, weil ich ihn verstanden hatte.

»Herr Doctor, bringen Sie es doch im Gemeinderat zur Sprache, allein kriege ich es nicht fertig... und mit dem Lax komme ich schon gar nicht weiter.«

»Tja, Hochwürden, wenn wir die Leute vom Oberdorf hinter uns hätten, dann ginge es vielleicht... aber Sie wissen doch, daß die da ausnahmsweise mit dem Lax stimmen würden, weil es nicht ihre Kirche ist und sie den weiten Weg haben.«

»Immer diese Zwietracht, vielleicht wird's jetzt anders, gebe Gott.«

Was sollte jetzt anders werden? auf was hoffte er?

Er schaute bekümmert zur Kirche hinüber. Bis zu Mannshöhe war der Verputz infolge der aufsteigenden Bodenfeuchte abgefallen, aber zu meinem Erstaunen bemerkte ich, daß das Stück vom Turm bis zur Kirchentüre repariert war.

»Das?... das hat mir der Johanni repariert, aus Gefälligkeit.«

»Sie sehen, Herr Pfarrer, es gibt auch weiße Schafe.«

Er kicherte wieder einmal sein humoriges Insektenlachen: »Aber nur gegen Gegenleistung.«

»Und worin hat die bestanden?«

»Ich mußte ihm seine Messingmonde weihen... fürs Vieh.«

Aha, die Messingmonde, die den Kühen hier oft neben der Schelle wie eine Hundemarke angehängt werden und die auch die Pferdegeschirre zieren.

»Und das reichte bloß bis zur Kirchentüre...?«
»Ja, leider...«
Es war, als ob alles, was außerhalb seiner paar Rosenstöcke sich abspielte, für ihn zu einer dürftigen mechanischen Sorge werden mußte; seine Welt hatte einen winzigen lebendigen Kern und um den herum nichts als ein wenig Gewirr, dürftig, trocken, unscheinbar, und doch mußte darin eine ganze menschliche Seele untergebracht werden, mit all ihrer Spannung, die vom Heidnischen bis zum Gläubigen und Göttlichen reicht, und es schien mir, als hätte der Pfarrer Rumbold in seinem Innern einen zwar spärlichen, aber recht komplizierten Haushalt. Allein, den haben wir wohl alle.
»Na ja, Hochwürden, gäbe es immer Monde zu weihen, dann wäre es einfacher... für die Sonntagspredigt zahlen die Bauern nicht so gerne, das ist ein Geschäft, das für sie weniger glatt aufgeht...«
»Vielleicht wird es jetzt besser.«
Wieder diese merkwürdige Hoffnung.
»So?«
»Ja, da ist so ein Mensch, Marius heißt er... und da wird es jetzt wieder mehr Messingmonde geben.«
Mein verwundertes Gesicht fiel ihm auf: »Für das Wohl der Kirche kann man schon einen kleinen Aberglauben hinnehmen, ist ja ein frommer Aberglaube.«
Ich mußte lachen: »Na, so absolut fromm scheint mir dieser Aberglaube nicht zu sein.«
Er wurde ängstlich: »Ist's wirklich so arg, Herr Doctor?... ich hab's nicht glauben wollen...«
»Wie man's nimmt, Hochwürden... ich weiß ja nicht, was man Ihnen zugetragen hat...«
»Daß sie, Gott verzeih' mir die Sünde, den Teufel in der Erde anbeten wollen.«
»Na, den Teufel gerade nicht, aber die Erde vielleicht, oder so ähnlich...«
»Mein Gott, das ist doch heller Wahnsinn, das spricht doch jeder Vernunft Hohn... das ist doch ein Irrsinniger!«
Sonderbarerweise fühlte ich mich gedrängt, den Marius in Schutz zu nehmen: »Wenn's nur einer tut, Herr Pfarrer, ist's Irrsinn, wenn's alle tun, ist's Vernunft, und umgekehrt, so ist das schon einmal.«

»Nein, nein«, wehrte er ab, »Herr Doctor, lästern Sie nicht, und wenn alle gegen die ewige Wahrheit stünden, sie bliebe doch heilig und ewig.«

»Ja, Herr Pfarrer, das ist schon recht... aber die Welt ist immer wieder durch den Irrsinn durchgegangen, damit sie in der Vernunft ein Stückchen weiter kommt... wo war die Vernunft, wie der Irrsinn des Krieges ausgebrochen ist? und doch hat es vernünftig ausgesehen, daß wir ins Feld gezogen sind... die Welt greift eben wieder ins Unvernünftige, weil sie ihrer Vernunft müde geworden ist...«

Er schaute mich entgeistert an: »Aber, Herr Doctor, das geschah doch nur, weil die Menschen die ewigen Wahrheiten nicht erkennen wollen... das Gebot Liebe deinen Nächsten hätte alles Unheil verhütet...«

Mir lag wahrlich nicht daran, ihn zu quälen, aber ich war ehrlich gegen die Vernunft aufgebracht. Und obwohl ich wußte, daß die Araber die alexandrinische Bibliothek verbrannt hatten und dann doch zum Griechentum zurückgekehrt waren, und obwohl ich wußte, daß die abendländische Ritterschaft die maurischen Universitäten verwüstet hatte, ohne es verhindern zu können, daß ganz Europa noch von diesen befruchtet werden sollte, und obwohl ich wußte, daß es eine Wahrheit gibt, die so fest ist wie zweimal zwei gleich vier, sagte ich: »Es gibt Patienten, die tun instinktiv das Richtige, die spüren, was ihnen nottut, und andere, die gerade das Gegenteil tun, obwohl es keinen gibt, der nicht meint, daß er das Richtige für sich täte, auch wenn er sich umbringt... und so ist es auch mit der Menschheit, sie muß immer wieder in die Unvernunft fallen, und manchmal hat sie damit sogar das Richtige für sich getan, wenigstens hat sie sich bisher nicht umgebracht...«

»Aber sie ist nahe daran«, erklärte der kleine Gärtner mit Tapferkeit. »Ja, das ist sie, wenn sie die Arznei der Offenbarung noch weiterhin verschmäht. Ihr ist der Arzt in unserem Herrn Jesum Christum erstanden, und wenn sie seine Hand annimmt, braucht sie nicht mehr in Unvernunft zu fallen.«

»Hochwürden«, sagte ich ernst werdend, »die Lehre ist vielleicht noch zu groß für den Menschen, seine Vernunft hat von ihrer Entstehungszeit her noch allzuviel Fugen und Risse, und sooft sie auch verkleistert werden, es bleiben noch immer genug, die wieder aufspringen und das Närrische bloßlegen... es wird noch geraume Zeit dauern, bis all die Brüche des Wahnsinns verschwunden sein werden... bedenken Sie, der Mensch ist einsam, und Einsame werden leicht wahnsinnig.«

Er hielt seinen schiefsitzenden Kopf gesenkt und dachte nach. Dann sagte er: »Nein, der Mensch brauchte nicht einsam zu sein, wenn er die Lehre annähme, und sie ist auch nicht zu groß für ihn, schon die Fischer in Galiläa haben sie begriffen... aber sie ist zu sanft für ihn, denn er hat noch immer nicht vermocht, seine Wildheit zu bändigen.«

»Ja, Herr Pfarrer«, lachte ich, »da haben Sie einmal recht, man müßte sie erst alle noch zuerst lehren, die Blumen zu lieben und sie zu pflegen.«

»Nicht wahr, ja?« antwortete er beglückt. Und dann sagte er: »Und gebe Gott, daß diese Sache mit dem Menschen, mit dem Marius auch nur so ein Umweg wäre, wie der, von dem Sie gesprochen haben.«

»Was für ein Umweg, Hochwürden?«

»Nun, so einer, der schließlich zum Heil führt.«

»Ja, gebe es Gott, Hochwürden«, sagte ich und reichte ihm die Hand zum Abschied.

»Gott mit Ihnen«, sagte er.

Ich stieg langsam den Berg hinauf. Die Sonne war im Begriffe, hinter den flachen Kulissen des Gebirges zu verschwinden. Lichtgrau wurde das ganze Tal, als flösse der durchsichtige Rauch, der tagsüber vor den Wänden gehangen hatte, nun zu Tal, um nun auch hier alle Formen der Landschaft flach und farblos zu machen: Hügel und Wiesen glitten ineinander, die Bodenwellen ebneten sich, und die Grenze zwischen Wald und Fels war nimmer zu erkennen. Bloß unmittelbar vor mir waren die Wiesen und Bäume noch grün, ein grünes Eiland mit verschwimmenden Rändern, durch das ich schritt und das mich begleitete. Doch als die Sonne völlig versunken war und nur mehr ein leiser Herbstzeitlosenstreif am Himmel von ihrem Scheiden Kunde gab, da traten allüberall die neuen Schatten der Dämmerung in Erscheinung und formten aufs neue alles Formen der Natur: die Schründe und Risse der Felsen waren wieder da und wurden doppelt tief, es öffneten sich wieder die Rinnen und Schluchten der Berge, auf den Abhängen wurden die in den Wald eingeschnittenen Wiesen wieder sichtbar, und die gewaltige Decke des Waldes war in ihrer ganzen Größe gemustert durch die Kegel der Tannen, die Krone um Krone sich in ihr abzeichneten, schwärzlich im Grün und immer dunkler und schwärzer werdend.

Wilder und schwerer als der helle Garten des Pfarrers war der Wald, in den ich eintrat, wilder als der heitere Duft der Rosen war der Geruch des Harzes, der Moose und des Moders, und ich bangte um Irmgard. Unentrinnbar ist der Traum der Einsamkeit, in den wir verknüpft sind, unentwirrbar wie das schier unendliche Geäst der Walddecke über mir, durch die der helle Abendhimmel noch in die Dunkelheit meines Weges schaute. Ein Wildhuhn flog mit schwerem Flügelschlag vor mir auf, und als ich, den Weg abkürzend, eine Lichtung überquerte, kamen ein Rehbock und zwei Kitzen in lautlosen Sprüngen daher. Dann wurde es stiller und stiller. Ich versuchte Gott zu sagen, ich tat es ziemlich laut, aber der Wald antwortete nicht.

XII.

Wenn die eigentümliche Spannung, die über dem Dorfe lag, sich bei der Kirchweih entladen hätte, so hätte ich mich nicht gewundert. Und vielleicht hätte eine richtige Kirchweihrauferei die Luft gereinigt. Aber angesagte Revolutionen finden nicht statt, und bei schlechtem Wetter schon gar nicht. Am Morgen meinte ich sogar, daß die ganze Kirchweih verregnet werden würde, so sehr hatte sich das Wasser der septemberlichen Welt bemächtigt. Der Wald um mein Haus war zu einem Regenschleier aufgelöst worden; vom Wasser eingehüllt, das an ihnen herabrinnt, schien das Holz der Bäume müde und bereit zu verfaulen, das weiße Moos auf den Zweigen hatte sich mit dem Nebel vereinigt, und der Nebel, der immer dichter sich herabsenkte, war wie weißes Moos, Schnee, der noch nicht Schnee geworden ist, aber im Erstarren schon wieder schmilzt. Auf den elektrischen Leitungsdrähten, die zum Hause führen, saß Tropfen an Tropfen, und manchmal setzte sich eine ganze Tropfenreihe in Bewegung, um auf der Schräge des Drahtes bis zum nächsten Mast hinzufließen. Und als ich später wegging und aus dem Walde trat, da konnte ich nicht einmal die ersten Häuser des Oberdorfs wahrnehmen: alles war grau verhüllt, bloß ein Stück des Rasenhanges neben mir war sichtbar und an seinem Rand eine hellgrüne Birke im weißen Nebel.

Trapp taucht im Nebel unter, taucht wieder auf; wenn er an der Nebelgrenze läuft, sieht man seine Beine nicht, er ist ein dahingleitender, schwimmender, merkwürdig belebter Kahn, und der Nebel ist mit Trauer geschwängert.

Dann aber hörte der Regen zögernd auf, die Wolken hoben sich ein wenig, gleichsam um den kirchweihgerüsteten Menschen etwas Bewegungsfreiheit zu geben, und als ich unten eintraf – schon war die Messe vorbei –, da war die Kirchweih im schönsten Gange. Zwischen dem Ausgang der Kirchengasse und dem Wirtshaus standen beidseitig der Straße die mit Plachen gedeckten Buden und boten ihre billigen Waren aus, billig und doch überteuert, denn der Bauer hat für diese Preise keine Vergleichsmöglichkeit. Das Oberdorf war recht vollzählig vertreten; Suck war da mit seinen Buben, und einen Augenblick lang sah ich auch Irmgard, die mit großen Augen die Herzen eines Lebzeltstandes bewunderte. Marius aber konnte ich nicht entdecken. Man hörte Kindertrompeten und die schlurfenden Schritte der Menge, die mit schmutzbedeckten Stiefeln, mit kotbespritzten Hosen und Strümpfen, gemächlich sich vorwärtsschiebt, den Buden entlang, kaum der Pfützen achtend und von einem schwerfälligen Willen zur Fröhlichkeit erfüllt.

Da stand auch Wenzel, und um ihn herum waren die jungen Burschen versammelt. Als er mich sah, lachte er und grüßte militärisch. »Garde, habt acht!«, kommandierte er.

Ein paar schlugen die Hacken zusammen, daß die Straßenpfützen nur so aufspritzten. Die anderen lachten.

Wenzel fuhr sie mit seiner lauten wohlklingenden Stimme an: »Da gibt's nichts zum Lachen... habet acht, habe ich gesagt.«

Sie feixten, aber die meisten von ihnen entschlossen sich doch zum Strammstehen.

Und da geschah etwas Merkwürdiges: ich als alter Soldat grüßte gleichfalls militärisch.

»Gefällt Ihnen, Herr Doctor?«, fragt er treuherzig. Das Geschehnis am Zwergenstollen scheint er vergessen zu haben; aber auch ich habe es beinahe vergessen.

Ich schaue ihn an; er reicht seinen Grenadieren knapp bis zur Brust, und bei aller Komik und trotz seiner übergroßen Sporthosen wirkt dieses Männchen geradezu unheimlich. Immerhin behalte ich meine Besinnung: »Seid ihr verrückt«, frage ich ihn, »spielt ihr Kirchenparade?«

Seine Antwort ist überraschend: »Herr Doctor, ein paar Leute müßten zum Sanitätsdienst ausgebildet werden.«

Krimuß kam aus einer Gruppe von Altbauern herüber: »Heute zahle ich euch ein Bier...«

»Der Patron soll leben«, kommandierte der General.

»Hoch«, erwiderten seine Mannen.

»Hoch, hoch«, brüllte Wenzel.

»Dreimal hoch«, erwiderte die Schar.

Krimuß macht, so gut es geht, ein geschmeicheltes Gesicht, aber in Wirklichkeit ist es sauer, denn das Faß Bier tut seinem Geiz weh: das wußte ich, aber aus irgend einem Winkel meines Denkens stimmte ich seiner Handlungsweise zu, vielleicht auch nur, weil er seinen Geiz so weit überwunden hatte.

Nicht weit von uns war ein Stand mit allerhand Textilwaren. Dort sah ich die Agathe; sie ließ sich Leinen abmessen, und es fiel mir auf, daß sie für den Peter, der sich da unter Wenzels Kommando militärisch gehabte, nicht einen Blick hatte. Wo war die Nähe, welche einst diese beiden Menschenwesen vereinigt hatte? schwebte sie zwischen ihnen noch in der Luft? war sie davongeflogen? war die Sehnsucht, die aus der Unendlichkeit kommende, in die Unendlichkeit gerichtete, die die Menschen befällt, auf daß sie leben können, wieder in die Unendlichkeit entwichen?

Krimuß neben mir sagte: »Brave Burschen.«

Ich fand mich zurück: »Sie haben wohl Geburtstag, Krimuß, da gratuliere ich...«

Würdevoll schritt er mit mir durch den Kreis seiner Verehrer: »Man muß den Burschen was bieten... jetzt, wo sie gratis im Stollen arbeiten wollen...«

An seiner Uhrkette hing ein kleiner silberner Halbmond, alte Bauernarbeit. Auf der Schießstatt, draußen vor dem Dorf, begannen die Büchsen zu knallen.

»Ja«, sage ich etwas automatisch, »der Zwergenstollen.«

Er schaute mich boshaft an: »Ich weiß... ohne Sie, Herr Doctor, wäre es anders ausgegangen, vielleicht hätten wir's schon...«

»Was?«

»Das Gold... warum nehmen Sie Partei fürs Oberdorf?«

Ich antwortete nicht; ich mußte an Mutter Gisson denken, und das wäre keine Antwort gewesen.

Er fuhr fort: »Wir sind doch hier auch keine Narren... eher sind die die Narren mit ihrem Berg... die Gemeinde hat die Schurfrechte und muß sie ausnützen...«

»Der Marius«, sage ich und ertappe mich, daß ich mich auf den Narren Marius berufe, »der Marius ist auch gegen die Goldsucherei...«

Lax war zu uns getreten, groß, dick, starkzähnig; er lacht: »Der Marius?... den kriegen wir schon auch noch...«

»Der Kleine ist besser als der Marius«, ereifert sich Krimuß und beugt den Arm mit geballter Faust, um die Muskelkräfte des Wenzels anzudeuten, »der Marius paßt zum Miland...«

»Ja«, sagt Lax, »ja, der Miland... ohne den hätten wir schon die Majorität im Gemeinderat... aber weil er eine vom Oberdorf geheiratet hat und sich nicht traut, einen eigenen Willen zu haben, soll die Gemeinde die Schurfrechte verfallen lassen...«

Ich mußte meinen Freund verteidigen: »Der Miland weiß schon, was er will...«

»Bürgermeister will er werden«, meinte Lax, »das ist alles; wenn er mit uns ginge, könnte er es werden... meinetwegen, warum nicht... aber so, muß ein anderer in den Gemeinderat, da kann ich ihm nicht helfen...«

Krimuß spielte nervös mit seiner Uhrkette: »Was wir nicht holen, holt ein anderer... und der lacht uns aus, wenn wir sterben...«

Mit seiner großen Hand schlug Lax ihm auf die Schulter: »Wenn der Krimuß das Gold hat, stirbt er überhaupt nicht... das ist so einer!«

Krimuß lächelte beinahe dankbar; dann sagte er überzeugt: »Ja.«

Wer das Jenseits im Irdischen schon besitzt, der braucht freilich nicht zu sterben.

»Wenn man's recht bedenkt«, philosophiert Lax, »hat jeder etwas, das ihn vorm Sterben abhält... dem Krimuß muß man's Gold beschaffen, und mir legen Sie ein Mädel ins Bett, Herr Doctor, wenn's mit mir einmal so weit sein wird... passen Sie auf, wie ich da nicht sterben kann... besser als Ihre Medizinen, Herr Doctor.«

Auch dieser Gewaltmensch war mit dem Tod beschäftigt. Doch dann sagte er: »Kommen Sie mit aufs Bestschießen, Herr Doctor? ich gehe dann gleich hinaus...«

Wir waren beim Wirtshaus angelangt.

»Nein«, sagte ich, »im Schießen nehme ich's nicht mit Ihnen auf, Lax, aber trachten Sie, daß es mir heute keine Toten gibt... mit Ihrem Gold könnten Sie die schönste Rauferei heute zustandebringen.«

»Da können Sie beruhigt sein«, antwortete er, »die Burschen halten jetzt Disziplin.«

Doch Krimuß sagte: »Die kriegen heut' ihr Bier, weil sie in den Berg müssen... dort sitzt der Tod, da braucht man Mut...«

»So?« sagte ich, »haben Sie ihn dort schon sitzen sehen?«

»Ja«, erwiderte er, »als Bub war ich drin, da hab' ich ihn gesehen.«

Wie tief muß man doch in ein Leben sinken, um es erfassen zu können! auf welch tiefstem Grund des Vergessens ruht doch dieses Leben, und wie weit muß die Erinnerung zurückgeschickt werden! Und doch ist das Leben eine Einheit, und Geburt und Tod sind so nahe beisammen, daß der Sterbende in einem einzigen Atemzug das ganze Leben umfaßt! Der Krimuß war beinahe so weit, sich selbst zu erfassen, alles in ihm drängte schon dazu, Anfang und Ende zu verbinden, und er sagte: »Dort werde ich sitzen.«

»Im Wirtshaus kannst auch sitzen«, sagte Lax und schob ihn in die Türe.

Ich aber ging in meine Ordination.

Die Kirchweih ist ein Fest, bei dem die von den ferneren Gehöften gekommenen Leute nicht nur allerlei Einkäufe, sondern auch ihre ärztlichen Bedürfnisse versorgen. Es dauerte also diesmal länger als gewöhnlich und es wurde spät, bis ich endlich mein Ordinationszimmer verlassen konnte. Als ich auf den Gang hinaustrat, schallte gerade das Kommando »Vergatterung« durch das ganze Haus und setzte sich, deutlich vernehmbar, in der Wirtsstube unten fort.

Ich schaute in den Hof. Unter dem Kastanienbaum, dessen Blätter nun schon herbstmatt herabhingen, stand der Wenzel auf einem Stuhl und ließ sein Kommando ertönen. Die Burschen kamen, manche schon torkelnd, aus der Wirtsstube oder aus dem im Hofe befindlichen Abtritt, wo sie noch rasch ein Geschäft besorgt hatten, sie kamen bierdunstig und langsam, ein paar versuchten auch, mit den vom Baum fallenden und aufplatzenden Kastanienfrüchten Fußball zu spielen, aber schließlich stellten sie sich alle in Reih und Glied auf.

»Vorwärts, vorwärts«, trieb ihr General die letzten Nachzügler an.

Als es so weit war, hieß es: »Stillgestanden... Tuchfühlung... richt' euch.«

Es waren nicht mehr vierzehn, wie damals beim Zwergenstollen; ihre Zahl war auf etliche dreißig angewachsen, und zu meinem Erstaunen sah ich auch Burschen aus dem Oberdorf darunter. An der Türe der Glasveranda, die auf den Hof hinausging, standen die Zuschauer, unter ihnen der Protektor Krimuß. Lax fehlte, der war wohl schon auf der Schießstätte, aber Sabest und seine Frau waren da; er hatte den Arm um ihre

Schultern gelegt und war sichtlich zufrieden, daß sich der Peter so stramm in der Kompagnie betätigte.

Der General auf dem Stuhl hat sein listiges Gesicht in eine strenge Ordnung gebracht und mustert seine Getreuen. Plötzlich aber springt er herunter, rennt auf einen der Soldaten zu und haut einem – er mußte ordentlich hinauflangen – eine mächtige Ohrfeige hinein: »Mach' erst deine Hose zu, wenn du zum Dienst kommst«, brüllt er ihn an.

Die Zuschauer lachten. Ich hatte erwartet, daß der große Kerl auffahren und das Männchen niederschlagen werde. Nichts davon. Er knöpfte seine Hose zu, und der Wenzel stieg wieder auf seinen Stuhl.

»So«, sagte er, »also ihr wißt, daß wir jetzt auf die Schießstatt marschieren, und daß ihr dort vor der gesamten Bevölkerung des Landes Ehre einzulegen habt... habet acht... Viererreihen bilden...«

Es geschah. Sogar einen Trommler hatten sie jetzt, der ordnungsgemäß an der rechten Flanke des dritten Gliedes Aufstellung genommen hatte. Eine merkwürdige Lust beschlich mich, da mitmarschieren zu dürfen: ist es nicht so, als könnte der taktmäßige Gleichschritt den Menschen aus seinem hilflosen Traum reißen?

Dann verließ Wenzel endgültig seinen Standort auf dem Stuhl, setzte sich an die Spitze der Kompagnie und marschierte ab, aus dem Hof hinaus, während gleichzeitig ihr Lied intoniert wird:

»Wir sind Männer, keine Knaben
...«

Ich kam gerade in die Wirtsstube, als die Zuschauer wieder in sie einströmten. Es waren nicht mehr viel Leute da, die meisten waren auf der Schießstätte draußen. Qualmig aber und voll vom sauerem Schweißdunst und Biergeruch hingen die Tabakswolken in der Luft. Pluto, der Leonberger, erhob sich bedächtig und weich, um seine Flanken an meinen Beinen zu reiben und den Kopf unter meine kraulende Hand zu bringen.

Sabest, die unvermeidliche Zigarette im Mund, sagte: »Das ist einmal ein schöner Herbst, Herr Doctor.«

»No, kann ich nicht eben finden«, meinte ich mit einem Blick zum Fenster hinaus.

Er prüfte in gewohnter Weise die Schneide seines langen Messers am Handballen: »Nicht das Wetter, Herr Doctor, nein, das, was kommt…«

»Grüß Gott, Herr Doctor«, tönte es da aus dem Tabaksrauch von einem der Tische her; es war die langsame Stimme des Bergmathias.

»Was? Bergmathias, Ihr seid hier? was ist denn mit dem Bestschießen?«

Er lachte: »Heuer ist nichts … es könnt' mir da ein Schuß fehlgehen … der, den Sie mich damals nicht haben abfeuern lassen, Herr Doctor … ich geh' heim.«

»Der Schuß wäre der Mühe wert gewesen.«

»Natürlich wär' er der Mühe wert gewesen … da wär' jetzt Ruh'.«

»Na, auch schön … aber wenn Ihr heimgeht, da können wir's mitsammen tun.«

Draußen am Jahrmarkt herrschte jetzt Vollbetrieb. Wir überlegten, was wir Mutter Gisson mitbringen konnten. Und da sie trotz ihres Alters eine Frau war, eine Frau, die was auf sich hielt, kaufte ich eine schöne silberne Vorstecknadel, während der Bergmathias sich mit einer Kaffeetasse begnügte, die allerdings den schönen Vers trug: »Süßer noch als der Kaffee, heißer noch mein Liebesweh.«

Mit dem gemächlich ruhend gebeugten Schritt der Bergbewohner stiegen wir gleichmäßig und schweigend die Straße hinan. Es hatte wieder zu regnen begonnen, der Wald rauchte, und die Hänge entlang strichen die weißen Nebelfetzen. Aber der Regen war dünner geworden, die Wolkendecke hatte sich gehoben, hell glänzten Föhren und Birken in der Feuchtigkeit, und mit einem Male gab es sogar einen Wolkenriß, so daß ein Streifen des Regens wie ein singender goldener Schleier im Sonnenlicht war, freilich nur für einen Augenblick, denn eine rasche Hand stopfte eilends ein paar Wolken wieder in den Riß hinein, damit er wenigstens bis zum Abend sich nicht wieder öffnen könne. Und die Berge blieben unsichtbar.

Da sagte der Mathias: »Jetzt soll er auch schon in den Gemeinderat kommen…«

Ich blieb stehen: »Wer? etwa der Marius? wie will er denn das anfangen?«

»Er will wahrscheinlich gar nicht... der Lax will es... einer der Gemeinderäte soll zurücktreten, damit der Marius hineingewählt werden kann...«

»So ein Unsinn.«

»Warum? das ist ganz in Ordnung.«

»Bergmathias, mir scheint, du hast zu viel getrunken.«

»Mag sein, aber jetzt, wo er langsam auch schon nach und nach das Oberdorf bekommt, ist's nur in Ordnung, wenn er im Gemeinderat sitzt... der Lax wird schon einen bestechen, daß er zurücktritt... am liebsten wär' es ihm freilich, wenn es der Miland täte...«

So viel hatte der Bergmathias schon lange nicht auf einmal gesprochen; es war schon möglich, daß er einen leichten Rausch hatte, doch das, was er erzählte, war durchaus im Bereich des Möglichen gelegen.

Ich fragte: »Und der Berg?«

»Wenn ihn die Menschen nicht schützen, wird er sich schon selber schützen«, erklärte er mit Bestimmtheit.

Dann redeten wir nichts mehr. Der Himmel wurde wieder dikker, und obwohl es noch nicht die Zeit der Dämmerung war, war diese doch schon da, unmerklich zwar, aber doch vorhanden, wie ein Gast, der zu früh kommt und in einem Winkel wartet: da bröckeln die Wolken ab, als würden sie von der Hand dort oben ziellos zerzupft werden, suchend und ziellos fliegen sie umher, losgelöst von der mütterlichen Herde, der Schotter auf der Straße hat die Farbe der feuchten Abende, der Ozean atmet auf bis hinauf zu den fernsten Bergesgipfeln, mögen diese noch so unsichtbar sein, und was noch nicht geschehen ist, das ist bereits da.

»Süßer noch als der Kaffee, heißer noch mein Liebesweh«, las Mutter Gisson, bei der wir mit unseren Geschenken eingezogen waren, sie las es mit großer Bewunderung von der Tasse des Bergmathias ab, und sie bewunderte desgleichen, wenn auch etwas weniger, meine Nadel, mit der ich einen Tropfen Blut aus meinem Finger stechen mußte, damit die Freundschaft nicht zerstört werde.

»Warum seid Ihr denn nicht zur Kirchweih hinunter gekommen, Mutter Gisson?«, fragte ich, »da wäre ich zum Tanz unten geblieben.«

»Da unten hat man mich nicht gebraucht.«

»Doch, ich... Ihr habt mir schon längst einen Tanz versprochen.«

Sie schaute sinnend ins Leere. »Zur Bergkirchweih werde ich wohl kommen«, sagte sie dann, »da wird es wohl nötig sein...«

»Bestimmt?«

»Natürlich, wo die Irmgard doch die Bergbraut ist.«

Die Bergkirchweih ist eine Art Anhängsel der eigentlichen Kirchweih, oder richtiger ihr Vorläufer, denn sie ist zweifelsohne das viel ältere Fest: dafür spricht, daß es gleich dem Steinsegen am Neumondstag abgehalten wird, am ersten nach der wirklichen Kirchweih, und daß es mit jenem überhaupt in einem gewissen Zusammenhang steht, denn die beim Steinsegen geweihte Braut spielt auch hier die Hauptrolle. Allerdings findet die Feier nicht bei der Bergkapelle statt, sondern beim Kalten Stein, und sie ist sogar noch dürftiger als der Steinsegen; ein paar Buschenschenken und der Tanz im Freien, das ist alles, was von der einstmals sicherlich großen und bedeutenden Zeremonie übrig geblieben ist, ein bißchen Mummenschanz, und auch dies nur bei günstigem Wetter.

»So, da werden wir also miteinander tanzen...«

»Ja, ja«, sagte sie noch immer ein wenig träumerisch, »das werde ich tun.«

Am darauffolgenden Freitag – ich hatte schon längst vergessen, daß es einen Neumond und eine Bergkirchweih gibt – wurde ich durch Musik zum Fenster gelockt. Es war etwa vier Uhr Nachmittag, wolkenlos war der Himmel, wenigstens so weit ich ihn hier vom Haus aus überblicken konnte, und die Tannen sangen ihr dunkles spitzes Lied in die Bläue hinauf. Aber nicht dieses hörte ich so eigentlich, obschon es gleichfalls recht vernehmbar war, sondern die Klänge einer Ziehharmonika waren es, die vor meinem Gartenzaun Halt gemacht hatten. Es war der Zug der Bergbraut, der sich zum Kalten Stein, zur Bergkirchweih hinbewegte, und wie sie da vor meinem Zaun standen und Musik-Christian auf der Ziehharmonika aufspielte, da war es beinahe wie ein Ständchen, das sie mir darbrachten. Es war ein ganzer Haufen von Burschen und Mädeln, die sich da um die Bergbraut Irmgard scharten, sogar den Wenzel, der offenbar bei jeder Belustigung dabei sein mußte, entdeckte ich unter ihnen. Und dann sah ich auch Mutter Gisson in ihrem schönsten Feier-

tagsstaat und begriff nun, was sie von mir wollten.
»Ich komme gleich«, rief ich hinunter.
»Schon gut«, erwiderte Mutter [Gisson], hieß die anderen weiterziehen und trat in meinen Garten.
Ich machte mich eilends fertig und ging hinunter. Die kleine Rosa spielte im Sande, und Mutter Gisson schaute ihr zu.
»Behältst du die jetzt ganz bei dir?«
»So lange die blöde Hetze gegen den Wetchy andauert, ganz bestimmt... die Bande soll sehen, daß einer zu ihm hält.«
Sie nickte beifällig, betrachtete aber das Kind nicht sehr freundlich. Als wir uns wegwandten, sagte sie: »Schön ist es nicht.«
Ich war über ihre offensichtliche Abneigung ein wenig verwundert, gleichzeitig jedoch wieder einmal bereit, den Wetchy, der so häßliche Kinder in die Welt setzte, dafür verantwortlich zu machen. Und weil der Mensch billige Weisheiten von sich gibt, wenn Abneigung im Spiele ist, meinte ich: »Mein Gott, Mutter, Eure Dorfkinder sind auch nicht alle schön wie die Engel...«
»Nein«, sagte sie, »das sind sie nicht... aber das Kind, das du da hast, ist ärmer als die anderen dran, und das tut weh.«
»Eben deswegen will ich ihm helfen«, sagte ich.
»Das wirst du nicht können.«
Vor Wetchys Haus stand die kleine Frau und grüßte eifrig. Mutter Gisson nickte zurück.
Dann sagte sie: »Du bist zum Helfen da, das ist schon recht... aber mach das Helfen nicht zu klein, die Menschen warten auf die Hilfe...«
Ich sagte: »Sie lassen sich lieber vom Marius helfen.«
»Und darum wirst du erst recht auf deinem Platz stehen müssen.«
Wir waren bei der Lichtung angelangt, von der die Seilbahn ihren Ausgang nimmt. Der Himmel war aus stählerner Seide und das Gestirn glitt über ihn hinweg; aber drüben im Südwesten schmiegten sich weiche weiße Wolken an ihn, voll lauer Weichheit, Schichte um Schichte, und sie reichten schon bis zum Gipfel des Rauhen Venten.
»Da kommt noch heute was«, sagte ich, »da wird es mit dem Tanz vielleicht schlecht bestellt sein.«
»Getanzt wird noch werden«, antwortete sie.

Das Tal war vom September erfüllt, dunkler das Plombenter, in dem schon die Nachmittagsschatten lagen, sonniger das Kupproner, doch beide ein wenig über sich selbst hinausgehoben, als schwömmen sie auf ihrem eigenen Grunde. Abgeerntet schon die Felder, vielfach schon braune Ackererde zwischen den Wiesen, nur der Mais stand noch gelb, dennoch nicht mehr verwurzelt, sondern getragen von der Heiterkeit des Herbstes. In der Schneise der Seilbahn aber, etwa zweihundert Meter unterhalb der Lichtung, ruhte der abgestürzte Förderkorb in einem Gewirr von Drähten und bereits überwuchert vom rasch emporgeschossenen Gras und Kraut.

Noch war es nicht das letzte Feuerkleid des verprasselnden Jahres, aber schon hatte die Welt begonnen buntfarben zu werden, und Mutter Gisson sagte: »Die Welt tanzt.«

Als wäre die Luft selber voller Quellen, so schlug sie uns aus dem Waldweg entgegen, in den wir, die Seilbahn rechts von uns lassend, jetzt eintraten. Die Bläue des Himmels folgte uns, aber leichtfüßig kam uns der schwere Hauch des feuchten Waldbodens entgegen, das kühle Sein der Dunkelheit, in der es über die Felsblöcke rieselt und die Farne wachsen. Und da sagte ich: »Wie kann ich helfen, da ich selbst nach der Hilfe suche und nicht zu ihr gelange, Mutter?«

Und sie antwortete: »Laß dich nicht verzaubern, dann wirst du helfen können.«

Ich aber sagte: »Wissen wir denn, wann die Verzauberung über uns kommt? wir können uns ihrer ja nicht erwehren.«

»Dann mußt du auch da noch hindurchgehen«, antwortete sie.

Und dann sagte sie: »Wenn die Bäume tanzen, dann darfst auch du es tun.«

Beinahe eben ging unser Pfad durch den Wald, manchmal durch kleine Lichtungen unterbrochen, Gelasse der Feuchtigkeit, in denen das Gras satt war von der Nahrung des Bodens und in denen die Kühle sang wie im Innern einer Muschel. Das Meer aber war über uns gespannt und leuchtete uns zu. Da sagte sie: »Nichts geht verloren, und darum soll man die Kinder lieb haben, denn sie finden das wieder, das für uns versinkt.«

»Ja«, sagte ich und dachte daran, daß ich kein Kind hatte, sondern nur die kleine Rosa, die so häßlich war.

Leicht wie eine Junge, schritt die alte Frau neben mir, als wäre auch ihr Sein ein wenig über sie selbst emporgetragen, als schwebe sie selber ein wenig in ihrer Seele, heiter beinahe dahingleitend über ihren Spiegel. Und um uns herum atmeten die großen alten Pflanzen, die wir Bäume nennen, atmeten all die Gewächse, Gras und Moos, Vermodertes und Vermoderndes, Wachsendes und erst Keimendes, atmete diese Einheit des Wachsens alle Heiterkeit ihrer Frische und [ihres] Nicht-Verlierbaren.

Nichts geht verloren, und die Seele, die hinabsinkt in den kühlen Schacht ihres Selbst, in den kühlen Brunnen ihres Traums, auf dessen Grund die Schlange ruht und der Mond sich spiegelt, in ihrer Muschel singt sie ewig weiter von Kind zu Kindeskind.

Nun kamen wir in die Nähe der Böllerschüsse; breit und hart rollten sie durch das aufzitternde Gelaub, und in den Nachhall mischte sich stets das Auffliegen der Vögel.

Dann ging es noch ein kleines Stück in den schütterer gewordenen, schütterer werdenden Wald nach abwärts; schon reicht hier Wiese in die Baumbestände hinein, schon sind die Erikastauden durch Moos abgelöst worden, um nun selber durch kurzes weiches Gras abgelöst zu werden, und der Weg verläuft heiter im Rasen, immer freier und luftiger wird der Aspekt, hellgrün und lose stehen die Lärchen, reichen einander die Äste nur mehr mit Fingerspitzen, immer mehr Birken mischen sich unter sie, noch ein paar Schritte, und gesäumt von dem Bächlein, das oben beim Kalten Stein entspringt und hier zwischen rostbraunen Rasenufern einhereilt, ehe es zur Seilbahnstraße hin abbiegt, breitet sich die sanft von Birken umgebene Lichtung vor uns aus, eine mäßig eingesenkte Terrasse des Bergabsturzes, am oberen Rande, dort wo der Kalte Stein steht, vom dunkleren Walde bekrönt, ein Garten, überragt von den bereits abendlich gewaltigen und blaugrauen Wänden des Kupprons, doch von seinen Schatten erst leise angetastet und nur am obersten Abhang erreicht: noch strahlt die letzte Nachmittagssonne auf diese Festwiese, in ihrem Gold funkeln die Gläser der Buschenschenke, das Leinendach des Lebkuchenstandes ist wie ein ruhendes Segel, und kräuselnd steigt der Rauch der Wurstbraterei. Der flirrende Glast von Gold und Menschenstimmen, die über dem Platze hängt, hat seine größte Dichte und sein Zentrum über dem Tanzgeviert, das in der Mitte der Lichtung eingerichtet ist, es ist ein summender Glast, vermengt mit dem Schleifen und Stampfen der Stiefel, vermengt mit dem Lächeln und den Blumen der Luft, und die Ziehharmonika des Musik-Christians sang Schatten und Gold zum Himmel hinauf. So geschah es in der Mitte des Platzes, wo das Tanzen seit dem Einzug der Bergbraut in Gang gekommen war, während oben am Waldrand, neben dem alten keltischen Opfertisch gerade die letzten Böller, die dort vergraben waren, abgebrannt wurden, niemand aber sich um den Kalten Stein selber kümmerte: kühl und unbeachtet ruht er dort auf halb eingesunkenem Sockel, und seine Rolle bei diesem Fest ist ausgespielt.

Mutter Gisson und ich hatten den Steg des Bächleins überschritten, und wir gerieten nun in das Gewühl; von manchen wurden wir gegrüßt, die meisten sahen uns gar nicht, so sehr waren sie von der Lust, deren sie teilhaftig werden wollten, waren sie von dem Leben, das sie in sich fühlen wollten, gefangen genommen.

»Ja«, sagte Mutter Gisson, »jetzt führst mich zum Tanz.«

Der Musik-Christian spielte auf.

Es war ein Ehrentanz, zu dem ich mit ihr antrat. Allein, so sittsam wir es auch taten, um uns herum stampfte es wild, und die Köpfe und Körper, gleichsam von unsichtbarer, dennoch stürmischer Welle bewegt, gingen auf und nieder; ein brodelnder Kochtopf war dieser Tanzboden, brodelnd von Leibern, und heißen Brodems voll war der goldene Glast, der zitternde, der darüber hinschwebende, unendlich verzitternde: und wir, ich ein alternder Mann, die alte Frau zum Ehrentanz in meinem Arm, beide darum wissend und uns manchmal darob anlächelnd, wir tanzten, freilich kaum mehr miteinander, sondern ein jedes von uns tanzte die eigene Unergründlichkeit seines Lebens, tanzte den Herzschlag seines eigenen Seins, des noch vorhandenen, noch nicht verlöschten, noch immer pulsierenden Ursprungs, eingeordnet, eingefühlt, einveratmet in den großen tanzenden Herzschlag um uns. Wählt noch einer den, mit dem er tanzt, wenn er dem Hämmern des eigenen Blutes unterworfen ist? gilt bei solcher Wahl, die Wahllosigkeit ist, noch Zuneigung? gilt noch Freundschaft? gilt Liebe? Ein anderer Tänzer kam, nahm mir Mutter Gisson aus dem Arm, und auch ich wechselte die Tänzerin, wechselte sie noch oft, dennoch kaum wissend, mit wem allem ich tanzte, geschweige, was um mich herum geschah: ein paarmal drehte ich mich mit Irmgard im Kreise, und sie war schön und ernst in ihrem Brautschmuck;

dann wurde sie mir wieder entrissen, und später sah ich sie sogar mit Lax, auf dessen Gesicht das Lächeln des fleischlich Entrückten saß. In sich versunken sprang das braunbärtige Gesicht des Schmiedes auf und ab, und für einen Augenblick war das listige Mauslächeln des Schelmes Wenzel aufgetaucht, geschmiegt an den Busen einer großen dicken Dirn, doch immer mehr verschwamm alles Gewoge, verschwamm mein Bewußtsein, weder merkte ich, daß Mutter Gisson den Tanzplatz schon längst verlassen hatte, noch merkte ich meine eigene Erschöpfung, und ich hörte zwar, daß ich gerufen wurde, doch es dauerte lange, bis ich den Ruf verstand:

»Herr Doctor, jetzt kommst aber endlich heraus!«

Es war Mutter Gisson. Sie stand außerhalb der Stricke, die den Tanzboden abgrenzten, inmitten der Zuschauer, und ihre Stimme war nicht lustig, sondern eher eine Warnung. Und trotzdem konnte ich mich nicht losreißen, und als ich es endlich tat, da stand ich noch eine gute Weile unter den Zuschauern und starrte auf das Geschehen der Leiber: pausenlos waren sie auf den Beinen, ohne Ermüdung, mit der erbitterten Hartnäckigkeit von Besessenen rangen sie um ihre Lust, mit einer verbissenen Leidenschaft, die mit den üblichen Faschingsvergnügungen schon nichts mehr gemein hatte, getrieben von einer magischen Woge, die unwiderstehlich hochging und mitriß, Woge, herkommend aus der Dämmerung des Menschen, emporsteigend zur Dämmerung der Sterne, begleitet von einer Ziehharmonika. Wahrlich, sie mußten sich beeilen, wenn sie zu den Sternen noch heute gelangen wollten, oh, beinahe hätte ich sie selber angefeuert durch Zuruf und Händeklatschen, sie durften nicht ablassen von ihren Bemühungen, und sie taten es nicht: sogar zum Biertrinken wollten sie nicht unterbrechen; sie schrieen zu Sabest hinüber, daß er ihnen das Bier bringen möge, und Sabest, gleichsam begreifend, warum dies so sein mußte, lief hin und her.

Vielleicht hätte ich mich neuerdings in das Gewimmel gestürzt, wenn mich nicht die Agathe angeredet und nach Mutter Gisson gefragt hätte. Ich erkannte sie, aber ich war nicht imstande, ihr Anwort zu geben; behext vom Tanze, behext von meinem Blute, in dem ich Geburt und Tod fühlte, so nahe aneinandergerückt, als wären sie nur eines, sah ich auch Agathe auf dem Wege zu gleicher Dunkelheit, und meine Besinnung reichte gerade noch zu der Vorstellung, sie wolle sich das Kind aus dem Leib tanzen. »Nicht zu viel tanzen, Agathe«, sagte ich.

»Nein, nein«, lachte sie, »ich weiß schon.«

Dann wiederholte sie ihre Frage nach Mutter Gisson.

Ich schaute zum ersten Mal auf, und ich sah den Abend, freilich wie einer, der aus dem Fenster eines überhitzten Zimmers in die Landschaft schaut und nicht in sie gelangen kann: der Schatten des Kupprons hatte inzwischen die ganze Lichtung bedeckt, und der kühle Frieden zwischen Tag und Abend hielt seine murmelnde Zwiesprache mit Lüften und Bäumen.

»Wir wollen sie suchen«, sagte ich.

Im Rücken der Zuschauerreihe, allein auf dem Rasen, tanzte Zäzilie geschlossenen Auges und sang zu den Weisen der Ziehharmonika die Texte ihres eigenen Lebens. Von der grauen Kühle umflossen, glitt sie dahin und dorthin, manchmal hielt sie lauschend inne, wie eine Forelle, die gegen die Strömung steht, und ließ Kühle und Musik an sich abgleiten, und dann schnellte sie sich singend wieder hoch, dem Abend entgegen und seiner singenden Zwiesprache.

Da trafen wir Mutter Gisson. Sie hatte für Zäzilie einen der halbmondförmigen Lebkuchen gekauft und rief das Kind zu sich. Mir aber sagte sie: »Hast mit dem Tanzen aufgehört? Gut. Bleib' vernünftig.«

»Ja, Mutter«, sagte ich. Doch trunken des Tanzes war die Kühle der Dämmerung, und sie bog sich unter den Stößen des Rhythmus, der in sie hinaufdrang.

Zäzilie war, halb noch tanzend, gekommen, hielt den Lebkuchen in Händen und ließ Agathen die Aufschrift lesen. Sie lautete: »Mond und Stern am Himmel sind, träumt die Mutter von dem Kind.«

»Das ist wahr«, sagte Agathe, »und sehr schön.«

»Nein«, sagte Zäzilie, »es soll heißen, Träumt der Vater von dem Kind.«

»Tanz' weiter«, sagte die Großmutter, »Kinder dürfen noch tanzen.«

»Nur die Kinder?« fragte ich.

»Ja«, erwiderte Mutter Gisson, »du kümmere dich um den Miland.« Und sie nahm Agathe unter dem Arm und führte sie fort.

Miland saß vor Sabests Buschenschenke, und ich setzte mich

zu ihm hin. Unsere Biergläser zwischen uns auf dem weißen rauhen Holz der frischerrichteten Bank – denn Tische gab es nicht –, die Finger am Henkel des Glases, ohne zu trinken, wir beide schweigsam, so schauten wir beide in den Abend hinaus, dessen dämmernde Luft nun hellblau und rosa wurde, so hellblau und rosa wie die immer undeutlicher werdenden Lebkuchenreihen in der Bude drüben, voll frostiger Mattheit und trotzdem seltsam erhitzt und hitzig bewegt von dem tobenden Lärm auf dem Tanzplatz. Waren auch Milands Gedanken dort drüben? oder mißbilligte er es? wollte er selber mit der bräutlich geschmückten Tochter im Tanze sich drehen? Wir schwiegen, und um uns herum gab es nichts als Gelächter, besonders, weil die Späne der ungehobelten Sitzbretter durch Hosen und Kittel stachen, so oft sich einer bewegte. Und Sabest hinter dem Schanktisch war in seinem Element: die Hemdärmel über den mageren sehnigen Fleischerarmen aufgerollt, schenkte er ein, wusch die Gläser aus, schlug mit diesen den Takt zur Musik, daß alles krachte, und wenn er aus seinem Verschlag hervorkam, fiel er über das nächstbeste Mädel her und packte die Kreischende, sie in seine Bude zu schleppen.

»Deine Frau sollte dich sehen, Sabest!« rief ihm einer zu.

»Die wäre bloß stolz.«

Angelockt von der Dunstwolke, die über dem Platze hing, waren alle Mücken und Schnaken der Gegend um uns versammelt; ihr scharfdünn tönender Chor begleitete die Musik wie eine böse fistelnde Oberstimme, gefiedelt auf einer geheimnisvollen Geige mit einer einzigen zum Reißen gespannten Saite. Und das Gestampf der Stiefel auf dem Bretterboden dröhnte unvermindert weiter, rascher im Takt noch, wie mir schien, als vordem und unter einer zunehmenden, merkwürdig maschinellen Schweigsamkeit; vereinzelt erhob sich wohl noch ein Schrei, ein einsamer Jauchzer, aber sofort erstarb er wieder, als sei er über sich selbst beschämt.

»Es ist nicht recht«, sagte schließlich der Miland neben mir. »Es geschieht ohne Freiheit.«

Verstand ich ihn richtig? meinte er, daß dieses Tanzen dem Willen des einzelnen entrückt war? stärker war als der Wille des einzelnen Menschen?

Ich fragte ihn, indes, während ich noch fragte, bemerkte ich oben beim Kalten Stein eine Gestalt im Dämmernebel. Feierlich beschwingt bewegte sie sich dort, und dann ließ sie sich auf dem Stein nieder.

»Das ist doch der Marius.«

Mit seinem scharfen Jägerblick sah Miland hin: »Ja, das ist er.«

»Was, zum Teufel, treibt er denn dort?«

»Hm.« Auch Miland wußte keine Erklärung. Aber beide waren wir über sein Auftauchen nicht verwundert, ja, es mag sogar sein, daß er uns beiden gefehlt hatte.

»Ewig wird er dort nicht sitzen bleiben«, stellte ich fest, »er wird schon herunterkommen.«

Vorderhand kam er nicht; hingegen erschienen jetzt am Waldrand noch andere Gestalten, die aber wieder in der Dunkelheit verschwanden. Nur die Silhouette des Marius rührte sich nicht auf dem Steine. Ich schaute angestrengt und lange hin, so lange, daß ich beinahe schon meinte, der Kuppron, der im Mantel seiner Nacht immer größer und schwärzer gewachsen war und immer mehr wuchs, der Kuppron selber käme nun schon herabgeschritten zum dröhnenden Tanz, bedächtiger zwar als das Toben der Menschen, dennoch auch er getrieben vom Pulsschlag des Blutes, vom langsamen Pulsschlag der Erde, Ebbe und Flut des unendlichen Feuers. Ich glaubte es nicht, allein meine Augen glaubten es, und sie verschwammen mir in Angst vor dem drohenden Heranschreiten des unermeßlichen Tänzers, so daß ich sie abwenden mußte, zurück zum menschlich Meßbaren.

Da kam der Schmied vorbei und lachte: »Jetzt lodert's, Herr Doctor, und du kannst es auch nimmer einhalten.«

Ich deutete zum Waldrand hin: »Was geht dort vor, Schmied?«

Er machte eine Bewegung in der Runde, als hätte er seinen Hammer in Händen: »Jetzt geht's überall los.«

Ja, irgend etwas ging los, irgend etwas war im Gange, etwas Gefährliches und Lockendes, und den Schmied machte es lustig, mich aber beklommen: ich mußte mir Gewißheit verschaffen, und ich stand auf, um kurzerhand zum Kalten Stein hinauf zu gehen, doch nach ein paar Schritten hielt mich eine sonderbare Scheu zurück, und ich spähte nach Wenzel aus, damit er mir Auskunft gebe; allein der Zwerg war verschwunden.

So irrte ich unschlüssig um den Tanzboden herum, auf dem

Musik und Stampfen nicht einen Augenblick gerastet hatten. Es war nun völlig dunkel geworden, und es wurden die Windlichter angesteckt, einfache Azetylenlaternen, die wie Blechkannen aussahen, ein paar bei den Buden und vier auf langen Stangen um den Tanzboden herum. Der weiße Strahl ihrer Flammen pfiff mit gehässig hellem Surren in die Luft und in die singenden Mückenschwärme hinein, und die Dinge außerhalb der Lichtzone waren nun noch schwieriger zu erkennen.

Da endlich entdeckte ich wieder Mutter Gisson, und ich wunderte mich bloß, daß es mir nicht schon vorher geglückt war, denn sie stand ruhig da und beschäftigte sich mit Zäzilie.

Ich trat zu ihr hin: »Mutter«, fragte ich beinahe angstvoll, »was wird jetzt geschehen?«

»Frag' nicht«, antwortete sie, »wenn es ruft, so muß man folgen, sonst geht es über einen hinweg.«

»Wer ruft, Mutter?«

»Alles!«

»Auch dort draußen? was geschieht dort?«

Sie lugte in die Dunkelheit hinaus; dann sagte sie: »Die Geister kommen.«

»Wer? das ist ja wieder was Neues!«

»Das ist nichts Neues... sind eben schon lang' nicht da gewesen.«

Und richtig, jetzt konnte auch ich es wahrnehmen, daß vom Walde her eine lange Reihe unförmiger, unholdiger Wesen sich zum Tanzplatz herunter bewegte. Sie kamen so lautlos her, daß sie unbemerkt und überraschend in den Lichterkreis treten konnten, auch sogar da von der Menge, die lediglich mit dem Tanz beschäftigt war, noch immer nicht bemerkt: erst als ein paar Mädeln schrill aufkreischten, schwieg die Musik und erstarrt stand die Masse der Menschen, vielleicht vor Schreck erstarrt stand sie der ebenso unbeweglichen Geistergruppe Aug in Aug gegenüber.

In der Tat, die Geister waren auch erschreckend genug anzuschauen: mit Tüchern und Masken und Bärten vor den Gesichtern, mit Strohmänteln umhängt, die ihnen die Gestalt von wandelnden Negerhütten gaben, mit Mistgabeln wie Teufel bewaffnet, die Köpfe mit Geiß- und Kuhhörnern bewehrt, zwischen denen bei manchen ein Mond oder eine Sonne aus Goldpapier angebracht [war], so waren sie da aufgepflanzt und bewegten bloß leise drohend ihre Waffen.

Das dauerte ein paar Sekunden. Dann begannen die Masken, wie es sich für sie gehört, einen sehr entsetzlichen Lärm zu schlagen, sie rasselten mit Ketten und bimmelten mit Kuhglokken, sie schlugen ihre Waffen und Geräte aneinander, und unter läppischen und doch unheimlichen Sprüngen umzingelten sie den Tanzboden, auf dem die Menschen, noch immer eine schweigende Masse, noch immer unbewegt standen und furchtsam warteten. Und einer der Obergeister schrie:

»Musik-Christian, weiterspielen.«

Richtig hob die Ziehharmonika wieder mit ihrer Ländlerweise an, doch merkwürdig genug fügten sich jetzt auch zwei Geigen hinzu, zwei recht mißtönende kratzende, dennoch klagende Geigen, deren Spieler mit den Geistern gekommen sein mußten, und alsobald begann von neuem das sture Stampfen auf den Boden, während die Geister, an den Händen sich haltend, mit Springen und Hüpfen in einem großen Kreis den Tanzplatz umzogen. Einer der Burschen in Weiberkitteln mit einer Hexenmaske ritt auf einem Besen, ein anderer mit einem weißen Bart und einer Art Bischofsmütze stellte zweifelsohne so etwas wie einen Oberpriester dar, und obwohl ich wußte, daß einer unter der Maske steckte, fand ich es unwürdig, daß ein alter Mann da so mithopste.

Einer der kleinsten Teufel löste sich aus dem Kreis, hinkte auf uns zu und fuhr uns an: »Wer nicht mittanzt, kommt in die Höll' und wird gespießt.«

»Na, Wenzel«, sagte ich, denn er war nicht zu verkennen, »jetzt zeigen Sie sich wenigstens in Ihrer wahren Gestalt.«

»Dich hol' ich zuerst«, antwortete der Teufel und fuchtelte mir mit seiner Mistgabel vor dem Gesicht herum. Dann sprang er wieder in den Kreis.

Der Tanz ging weiter, und wenn man von dem Geisterreigen absah, der aber schließlich doch auch nur von Bauernburschen ausgeführt wurde, so hätte man es noch immer einen gewöhnlichen Kirchweihtanz nennen können, obwohl er nun schon seit über zwei Stunden in unverändert unermüdlicher Intensität andauerte. Dies sagte ich mir vor, sagte es mir wiederholt vor, und trotzdem: bei aller Lächerlichkeit, die der Aufforderung des Wenzels anhaftete und wahrlich nicht danach angetan war, jemanden zum Mittun anzureizen, ich mußte mich zurückhalten, mich nicht wieder in das stampfende, dampfende Gewühl zu stürzen.

Ich schaute auf Mutter Gisson. Sie stand schön und ruhig aufrecht, und ich war froh, daß auch sie keine Miene machte, nochmals mit dem Tanz zu beginnen.

»Wollen Sie nicht die Irmgard rufen, Mutter?« fragte Miland.

»Laß sie«, entgegnete die Großmutter.

Groß wurde die Nacht, und der Angstwind strich vom Kuppron herab, spielte mit den Flammenstrahlen der Azetylenlampen, kühlte die weißen Stirnen der Tanzenden, die nicht die Frische, sondern nur den Hauch der Angst verspürten: haben sie die Lust, die sie gesucht hatten, in der Angst gefunden? suchten sie sie noch? beinahe schweißlos erstarrt waren diese Gesichter, vom scharfen Gaslicht der Lampen so sehr mit schwärzesten Schatten durchsetzt und in Erhöhungen und Vertiefungen geteilt, mitternächtig, daß sie kaum mehr Menschengesichtern glichen, kaum mehr ein Unterschied vorhanden war zwischen ihnen und den Pappmasken des äußeren Kreises. Der schneidende Gasgeruch der Lampen mischte sich mit dem Bierdunst, und es versteinte sich das Toben des aus den Urgründen aufsteigenden Lebens zu etwas Über-Lebendigem, das wie das Sausen der unsichtbaren Sterne war. So tanzen die Berge im Scheine der Kometen, wenn kein Menschenauge sie erschaut. Die Ziehharmonika sang die Nacht, die Geigen fiedelten weißes Licht, und es war, als wären sie nicht von Menschenhand bewegt. Und auch Sabest, der von seinen Windlichtern flankiert in der Bude stand, glich einer Maschine; in der Hand ein leeres Bierglas trommelte er den Takt auf den Tisch. Vor uns aber tauchte der Lax auf, sein Schnurrbart lag schwarz in den mitternächtigen Falten des bleichen Fleisches, und mit weißen Zähnen bleckte er uns an: »Huh«, machte er uns, daß Zäzilie weinen mußte, »Huh«, und dann wurde er wieder vom Getümmel verschlungen.

Wie lange konnte dieses Treiben noch weitergehen? Bei aller Ausdauer, die Bauern bei Lustbarkeiten – doch war es noch eine? – aufbringen, es mußte doch ein Ende gefunden werden, es mußte eine Lösung kommen, das fühlte nicht nur ich, sondern alle, die hier standen, warteten sicherlich ebenso darauf, ja, sogar die Tanzenden mußten es wohl tun. Saß der Marius noch dort oben auf dem Stein? müßte er nicht schon längst hier sein, auf daß die Erlösung werde, die Erlösung aus einem Sein, das sich selbst übersteigert hat und zu einem unerträglichen Über-Sein erstarrt ist?! Zäzilie war ruhig geworden, sie hielt sich mit einer Hand an den Röcken der Großmutter, mit der andern tastete sie zum Arm des Vaters, daß er sie, wie gewohnt, an sich nehme: doch Miland achtete ihrer nicht, er hielt die Hände vor sich hin, als sei er bereit, eine Gabe zu empfangen, sein Blick ruhte auf den Tänzern und war doch weit über sie hinaus gerichtet, und seine Züge waren ein angstvolles Harren. Suchte er Irmgard? unsichtbar blieb sie, nur ihre Brautkrone war sichtbar, unbewegt jetzt im Mittelpunkt des Tanzbodens; die Leiber und Masken kreisten um sie.

Plötzlich tanzte eine der Azetylenlampen mit in der Runde. Schräg schwankte ihre Stange, die offenbar einer aus der Erde gerissen hatte, schwankte über den Köpfen der Teufel und Geister, und die weiße Flamme zischte einmal dahin, einmal dorthin, ein giftspritzendes Reptil.

»Aufhören!«, schrie ich und wollte zuspringen, denn wie leicht konnte einer der Strohmäntel von der Flamme erfaßt werden, aber da war ich auch schon von den Masken umringt, war an Händen und Armen gepackt worden und wurde mitgezerrt, während nun auch die anderen Lampen in Bewegung gerieten und den Wirbel mitmachten.

War ein allgemeiner Wahnsinn ausgebrochen? hatte er auch mich ergriffen? gewiß, ich konnte kaum mehr anders, ich wurde mitgezerrt, ich mußte mit, aber ich tat mehr, ich ließ mich nicht nur mitschleifen, sondern meine Beine sprangen gewissermaßen freiwillig mit, ich war in voller Tanzbewegung, die Flüche, die ich ausstoßen wollte, erstarrten mir im Munde, Gesicht und Zunge waren gelähmt, und selbst wenn ich einen bösen Puff in den Rücken versetzt erhielt – ich vermutete, daß es Wenzel war, der dies immer wieder tat –, brachte ich keinen Laut hervor. Ich sah noch, daß die Umzäunungsstricke des Tanzbodens gefallen waren, und dann merkte ich, wie unsere Kreisbewegung in eine geradlinige umschlug: einem vielfüßigen Tiere gleich, so eng aneinandergedrängt, schob sich unter den Klängen der Ziehharmonika und der Geigen die tanzende Herde vorwärts, grell beleuchtet von den schwankenden Lampen. Meine Teufel blieben an mich angeklammert; doch hätten sie mich losgelassen, ich wäre nicht mehr ausgebrochen, ich wäre weiter mitgesprungen.

Dann brach die Musik ab, und mit einem Ruck standen wir alle. Meine Hände wurden freigegeben, die kompakte Masse um mich herum lockerte sich, die Geister waren verschwunden. Und es zeigte sich, daß wir in unmittelbarer Nähe des Kalten Steins Halt gemacht hatten, ja, daß er das Ziel gewesen war, zu dem uns die Geister getrieben hatten: zwar war die Steinplatte leer, der Marius saß nicht mehr darauf, aber um ihr Geviert wurden nun die Lampenständer in den Boden gerammt, so daß sie nun allein im Hellen lag, während die Herde, die mit wartend emporgerichteten Gesichtern den Hang besetzt hielt, bloß von dem Widerschein getroffen wurde.

Grell war das Grün der Gebüsche und Bäume hinter dem Stein unter der flinken Weiße des Azetylens, leise zitterten die Blätter, finsterer war der Wald dahinter, und man hörte nichts als das Surren der Lampen und die Atemlosigkeit des Wartens.

Wenn es einen Leiter der Veranstaltung gab – vielleicht war es der Marius, vielleicht der Wenzel –, so verstand er sein Geschäft, denn die Kunstpause ward bis zur äußersten Grenze des Erträglichen gehalten, so lange, daß ich schier meinte, nun würde die Erschöpfung über uns kommen und alles, was bisher geschehen war, würde in den Alltag zurückfallen, ja, so nahe daran war es schon, doch knapp ehe solches eintrat, gab es ein Knacken im Gehölz, so daß sich aller Aufmerksamkeit dorthin richtete, und dann, freilich erst nachdem wieder einige Sekunden vergangen waren, erschienen die Masken in langer Reihe zwischen den Gebüschen und traten heraus in den Lichtkreis des Kalten Steins.

Nichtsdestoweniger geschieht nichts Absonderliches; der Rückfall in den Alltag ist zwar aufgehalten, doch das, was erfolgt, hält sich knapp oberhalb der Alltagsgrenze, denn die Unholde beginnen einfach Vierzeiler zu singen, wie sie bei jeder Kirchweih üblich sind, mochte ihr Inhalt auch diesmal von den sonstigen Texten abweichen:

»Der Pfarrer will den Lindwurm,
der schreit: so ein Graus,
willst ein' Drachen, so bleib'
bei der Köchin zu Haus.«

Klatschen.

»Der Drach' hat die Jungfrau,
die Jungfrau hat den Drach'
und wenn er sie anschaut,
dann wird ihm so schwach.«

Klatschen.

Ein paar Leute fangen zu lachen an. Sofort stellen die Masken das Klatschen ein und bleiben unbeweglich stehen, bis wieder Stille eingetreten ist.

»Und die Erd' hat den Himmel
und der Himmel die Erd'
und wenn sie getrennt sind,
gibt's Feuer und Schwert.«

Klatschen. Die Burschen in der Menge klatschen mit.

»Und der Himmel ist der Vater
seine Braut tut er segnen,
aber nimmt man ihm's Weib,
so kann er nit regnen.«

Natürlich lachen wieder einige, und alsogleich unterbrechen wieder die Sänger. So wie die Lacher verstummen, geht es weiter:

»Kann der Vater nit regnen
so gibt's auf der Welt
nur Krieg und Mißernt'
und das Vieh ist verfehlt.«

»Die Riesen, die Drachen
die Leut' von der Nacht
haben's Weib ihm genommen
und eingraben im Schacht.«

Jetzt lacht keiner mehr, und nach dem ordnungsgemäßen Klatschen singen die Geister weiter:

»Die Mütter die bösen
die häßlichen Hex'
verkaufen die Jungfrau
an Schlang' und Eidechs'.«

Und nun trat die Hexe vor und setzte sich auf den Kalten Stein, wobei sie ihren Besen wie ein Zepter in ihrer Rechten, in ihrer Linken aber einen Apfel hielt, einen Reichsapfel, einen Weltenapfel, oder auch den der Eva.

»Und will die Mutter die böse
die Welt gar regieren,
da müssen die Mannsleut'
sie hinausexpedieren.«

Da konnten die Lacher freilich nicht mehr zum Schweigen gebracht werden, denn nun drangen alle guten Geister auf die Hexe ein, um sie von ihrem Thron zu reißen, während die Teufel mistgabelschwingend sich schützend um die Herrscherin scharten, die wild mit dem Besen auf die Angreifer einhieb. Und in dem allgemeinen Gejohle, das von der brauchtümlichen Kirchweihrauferei nicht weit entfernt war, hätte das Böse vielleicht sogar gesiegt, wenn nicht die Mehrheit der Zuschauer, vom guten Trieb erfüllt, den Teufeln in den Arm gefallen wäre, so daß sie entwaffnet und wehrlos zusehen mußten, wie jetzt die Hexe, niedergehalten von den kräftigsten Geistern, besenlos, apfellos vor ihrem einstigen Thron stehen mußte, auf den der Geist mit Bischofsmütze und Stab weißbärtig groß sich aufgerichtet hatte.

Und der Bischof nickte bedeutsam und sagte: »Du also bist die Hexe.«

»Der Alois ist's«, schreit ein Spaßvogel.

»Nein«, schreien andere, »die Hexe ist's, das Luder.«

»Bist du der Alois oder die Hexe?«

»Die Hex'«, antwortet zerknirscht die Hexe.

»Du hast viel verbrochen«, sagt der Bischof.

»Die Bergbraut hat sie verkauft«, ruft es in der Menge, »an den Drachen.«

»Luder!«

Darauf der Bischof: »Wo hast du die Bergbraut gelassen?«

Die Hexe in jämmerlichstem Ton: »Geraubt vom Drachen,

gefressen von der Schlange, eingegraben im Berg.«

Ich überlegte, wer sich hinter diesem Bischof wohl verbergen mochte, seine Stimme war so salbungsvoll entstellt, daß sie nicht zu erkennen war, und doch hatte ich es auf einmal: es war der Vorbeter Gronne, der den Bischof mimte, also ein Oberdörfler; immerhin für einen Bischof taugte er.

Der Bischof: »Du bekennst dich also schuldig?«

»Ja«, wimmerte die Hexe.

»Weißt du überhaupt, wessen du angeklagt bist?«

»Die Jungfrau...«

Der Bischof winkte, und man überreichte ihm eine große Rolle unbeschriebenen Papiers, aus dem er die Anklage donnernd und hohl ablas:

»Anklage«, las er, »Anklage gegen die Kuppronhexe.«

Er machte eine Pause, und dann begann er: »Hexe, du hast die Welt schlecht regiert...«

»Pfui«, schrie die Menge.

»Jö, jö, jö«, jammerte die Hexe, »nimmer schlagen...«

»Schweig, Hexe... und kniee nieder, wenn ich mit dir rede.«

Die Hexe tat es, und die Anklage fand ihre Fortsetzung.

»Du hast die Welt schlecht regiert. Du hast geherrscht über das Tal und den Berg und über alle Männer, und die Männer haben sich gebeugt, waffenlos vor deinen Füßen.«

»Nieder mit der Hex«, schrie die Menge.

»Ruhe«, gebot der kleine Teufel mit der Stimme des Wenzels.

»Aber du hast das Tal arm und den Berg unfruchtbar gemacht, und du hast ein Bündnis mit den Riesen und Drachen und den Teufeln der Finsternis geschlossen.«

»Jö, jö, jö...«; alle umherstehenden Teufel begannen zu heulen, und die Hexe stimmte ein.

»Die Jungfrau hast du dem Drachen als Tribut ausbezahlt, und du hast es zugelassen, daß die Riesen den Himmel von der Erde weggehoben haben, damit die Erde verdorre. Falschen Regen hast du regnen lassen, Drachenregen, aus dem das giftige Kraut sprießt; es ist uns der Himmel immer höher entstiegen, immer tiefer die Erde, sie beide, wir sehen sie kaum mehr. Wehe über dir!«

»Wehe, wehe«, klagte auch die Menge.

»Der Mensch ist nur mehr wie eine Insel im Meere der Finsternis, das Licht, das du ihm einstens gebracht hast, das hast du ihm wieder weggenommen, das Erschaffene sinkt wieder zurück ins Unerschaffene, die Pflanzen wachsen wieder in die Kälte der Ozeane zurück, ach, die Tiere verkümmern zum Schlamm des Gewesenen, und das Meer ist eine Burg der Finsternis.«

»Oh, oh...«

Wer klagte? klagten die Masken? die Geister? die Teufel? der Wald? klagte der Berg?

»Mutter Gisson«, flüsterte ich, »Mutter...« Aber sie hörte mich nicht, sie war nicht an meiner Seite, und ich sah sie nicht.

»Wir, die wir am Rande stehen, hinlauschend ins Nichts, das zu unserer Seele Füßen sich auftut, lauschend in diesen schreckhaften Abgrund, in dem der Lindwurm ruht, oh, wir Verlassenen, zweifach und dreifach Verlassenen, denn wir vertrauten der Mutter, und die Mutter hat uns verlassen. Nimmer kann sie uns führen.«

»Mutter«, wimmerten nun viele, »Mutter.«

»Erschlagt die Hex', erschlagt sie!«, respondierten andere, denen das Spiel nicht kräftig genug vorwärts ging.

»Oh Hexe, Tochter der großen Mutter, aufgestiegen aus ihr, aufgestiegen von ihr, ihr Reich hier zu begründen, höre das Murren der Verlassenen. Doch wir vermögen nichts gegen dich, wir dürfen dir nichts anhaben, denn keiner vermag gegen die Mutter sich zu erheben. Du hast uns verlassen und den Unerschaffenen, den unerschaffenen Dämonen überlassen. Ziehe hin, Hexe, ziehe hin, Mutter, Tochter der großen Mutter, wir haben dir gedient, wir dienen dir nicht mehr.«

Es entstand eine große Stille. Oben in der Kuppronwand löste sich ein Stein, er schlug einige Male auf.

Langsam hob sich die Hexe aus ihrer knieenden Stellung, sie nahm ihren Besen, sie zog das Tuch über den Kopf wie ein Bettelweib und schlich davon. Die Gruppe der Teufel folgte ihr, die Mistgabeln gesenkt, ein Häuflein Elender und Vertriebener.

War das Spiel damit zu Ende? ich hoffte es, aber noch mehr fürchtete ich es. Wo blieb die Lösung? wo die Erlösung?

Auch das Volk war enttäuscht: »Die Hex' soll büßen!«, schrieen sie und schickten sich an, der flüchtenden Teufelsgruppe zum Waldrand nachzufolgen. »Erschlagt das Luder!«

Und da hörte ich auch die Stimme des Lax: »Vorwärts, Burschen, erschlagt sie!«

»Die Sühne! die Sühne...«

In eben diesem Augenblick, als gehörte dies so zum Spiele, stand die Bergbraut plötzlich neben dem Kalten Stein, in ihrem vollen prächtigen Staat, so daß sich aller Augen auf sie richteten. Doch beinahe gleichzeitig – es waren sicherlich bloß wenige Sekunden vergangen – war der Marius von irgendwoher aufgetaucht, war auf den Stein gesprungen und hatte den Priestergreis beinahe unsanft von dort weggestoßen. Mit gespreizten Beinen stand er nun da, im weißen Karbidlicht sah man, daß er wieder einmal unrasiert ist. Er sah auf Irmgard hinunter, und hold lächelte [sie] in seine Augen. Es war nicht anders wie an jenem Abend auf der Tenne.

Das war alles so überraschend, daß Lärm und Tumult wie mit einem Schwamm weggewischt ist. Es ist vollkommen ruhig geworden, aber es ist nicht die starre Ruhe wie vordem; es ist wie nach einem Sommerregen.

»Die Sühne?« fragt jetzt der Marius, seine Stimme ist nicht sehr laut, aber sie trägt über den ganzen Platz, »die Sühne? ein schuldiges Opfer ist keine Sühne, unschuldig muß das Opfer sein.«

Sie hatten die Augen ineinander geheftet, und es entstand wieder eine Pause des Stillschweigens. Aber es erhob sich aus dem Kreise der Geister eine Stimme, eine junge Tenorstimme, nicht mit einem Vierzeiler wie vordem, sondern es war eher ein altes Bergmannslied, das da in die Nacht emporstieg, eines, das ich noch nie gehört hatte, mit einer merkwürdigen Verlängerung der tontragenden Vokale, altertümlich, unverständlich, und doch wie eine primitive Totenklage und Beschwörung:

»Sonne stürzt in den Berg lio
oh Mägdelein
es wartet der silberne Zwerg lio
in der goldenen Schlangennacht
oh wie der silberne König lacht.«

Daraufhin fiel der ganze Geisterchor in einem synkopierten Rhythmus mit dem Refrain ein:

»Schicke den Helden, den Sohn nicht in den Berg
oh Mägdelein
es wird ihn töten der silberne Zwerg.«

So ist es auf der See, wenn nächtens die Matrosen auf dem Deck singen, ehe der Regen herabrieselt von den Tauen und Rahen, und die Segel vom Kommenden träumend schwer im sanften Winde hängen.

»Der Held steigt in den Berg lio
oh Mägdelein
zu tun das große Werk lio
und er hat gezückt den steinernen Speer
auf daß der König die Jungfrau gibt her.«

»Nicht schicke den Helden, den Sohn in den Berg
oh Mägdelein
es wird ihn töten der silberne Zwerg.«

Bloß eine Geige begleitete den Gesang, zupfend wie eine Gitarre, aber jetzt gesellt die zweite sich dazu, das Tempo beschleunigend zur Sternenserenade, auf daß die Maste wieder ihr Laub trügen und die See beschatteten.

»Die Jungfrau kehrte zurück lio
doch die Erd' war ohne Glück lio
es standen alle Bäche still
und Frucht und Tiere starben viel.«

»Nicht schicke den Helden, den Sohn in den Berg
oh Mägdelein
es wird ihn töten der silberne Zwerg.«

»Es wird das Erz vom Zwerg gebracht lio
oh Mägdelein
güldener Berg, güldene Pracht lio
mit Gold vermauert des Saales Tor
daß nimmer der Held mehr kam hervor.«

»Nicht schicke den Helden, den Sohn in den Berg
oh Mägdelein
es wird ihn töten der silberne Zwerg.«

»Den Königsreif nahm die Jungfrau lio
  oh Mägdelein
den Mantel von Sternen so blau lio
doch sie fror gar sehr im Königskleid
kalt war ihr Reich da zugeschneit.«

»Nicht schicke den Helden, den Sohn in den Berg
  oh Mägdelein
es wird ihn töten der silberne Zwerg.«

»In die Hütten kam matt der Bär lio
  oh Mägdelein
der Wolf litt den Hunger gar sehr lio
und sie mußten gelabet werden
daß sie blieben auf der Erden.«

Leiser, langsamer, klagender war das Lied nun wieder geworden, leiser noch fuhr der Nachtkahn dahin; eine der Karbidlampen beim Stein war erloschen, der Wind hatte Trauer angelegt, die Segel waren Kranzschleifen.

»Da sagt die Königin der Welt lio
  oh Mägdelein
töt' mich, wenn es dir gefällt lio
daß erlöset sei der Held, der Sohn
und sitze mit meiner auf dem Thron.«

»Nicht schicke den Helden, den Sohn in den Berg
  oh Mägdelein
es wird ihn töten der silberne Zwerg.«

»Ins Herz traf sie der steinerne Speer lio
  oh Mägdelein
da starb auch der Zwerg des Todes schwer lio
und der Held aufstieg den goldenen Pfad
und brachte der Sonne das feurige Rad.«

Alle Geister hatten die letzten Strophen leise mitgesungen, eine zweite Lampe war erloschen, dunkler waren die Gesichter der wartenden Menge geworden, die Schatten flatterten in den

Lüften und mit ihnen der Geruch des Waldes, und unbewegt standen noch Marius und Irmgard.

»Bist du zum Opfer bereit?« fragte er sie nun.

»Ja, das bin ich«, antwortete sie darauf.

»Dein Brautbett ist der Stein«, sagte er, »und in deinem Blut wird der Regen des Vaters wieder herabfließen und [die] Welt versöhnen, daß sie wieder fruchtbar werde.«

Irmgard nickte bloß, und Marius, von seinem Standort wieder herabkletternd, winkte dem Priestergreis, der sich abseits gehalten hatte, damit das Spiel seinen Fortgang nehme.

Und der Geistergreis trat vor und fragte nun seinerseits: »Bist du zum Opfer bereit, Bergbraut?«

»Ja«, sagte die Bergbraut.

Da hob der Wollbärtige die Hände zum Segen und deklamierte mit seiner hohlen Vorbeterstimme:

»Nun saget den Segen der sehrenden Sonne.
Nimmermehr herrschet der Schoß schauriger Nacht
unterer Unholde heiliger Hüter.
Fortan befiehlt des Vaters fruchtbares Feuer
der wärmenden Woge entwachsen,
klirrend das Leuchten des rollenden Rades
der Löwe des Lebens,
waltend den Willen des weichenden Weibes.
Ehern herrschet der Herr.«

Dann wandte er sich kuppronwärts, neigte sich dreimal, daß sein Bart den Boden berührte, richtete sich auf, warf die Arme in die Höhe und rief:

»Vater, höre!«

Enger scharten sich die Geister um den Opfertisch, und auch sie machten vielerlei Verbeugungen gegen den Kuppron hin, dessen dunkle Massen durch die Nacht hindurchwuchteten, ohne daß sie sichtbar waren, ohne daß man des Feuers, das in ihrem Schoße brennt, gewahr wurde: man fühlte es, und die Masken neigten sich davor.

Marius jedoch, seltsam nun dem Spiele einbezogen, sagte:

»Die erntetragende Mutter sandte die Tochter, daß sie herrsche und zum Opfer sich bringe, der regenspendende Vater wird den Sohn senden, daß er das Opfer vollziehe und zum Va-

ter ihn wieder mache. Rufe den Vater, bräutliche Tochter.«
Die Bergbraut erwiderte: »Du bist der Vater.«
»Noch nicht.«
»Wann wirst du es sein?«
»Bis dein Blut zur Erde zurückgeflossen sein wird, bis in deinem Opfer die Mutter dem Vater sich wieder gatten wird, die Erde dem Himmel, die Geschwister jeglichen Tages.«
»Du aber bist der Himmel.«
Marius, mit einer Hand den Stein berührend, die andere wie zum Schwur erhoben, sprach.

»Löwe der Erde, Blitz der Höhe,
als Vater dich tötend,
kehr ich als Himmel zu dir,
Erde gewordene,
ein Gatte zurück.«

»Ja«, hauchte das Mädchen, und es war, als sproßten Nachtblumen aus der Dunkelheit.
Und dann sagte sie: »Tue es.«
»Rufe den Vater.«
Da rief Irmgard: »Vater... Vater... Vater!« Und beim dritten Ruf stand Miland neben ihr.
Er war sehr bleich und hatte die Augen geschlossen.
Und der Priestergreis trat wieder vor und fragte: »Bist du der Himmel?«
Geschlossenen Auges sagte Miland: »Ich weiß es nicht.«
»Willst du der Himmel sein?«
»Dann tue, was dazu notwendig ist.«
Und er hob seinen Krummstab und betete:

»Vollziehe Vater das freudige Opfer.
Freie die Jungfrau leuchtender Löwe
Flöße ihr Blut der Mutter zurück.«

Marius aber rief:
»Braut, bist du bereit?!«
»Ja«, sagte Irmgard, von deren Antlitz das Lächeln nicht gewichen war, und niederknieend legte sie Haupt und Arme auf den Opferstein.

»Das Opfer, das Opfer«, schrie die Menge. Es mag sein, daß auch ich mitgeschrieen habe.

Wie toll begannen jetzt die Geister wieder zu tanzen, schreiend warfen sie die Arme empor, bearbeiteten ihre Lärminstrumente, und das ganze Volk tat mit, vielleicht auch ich, ich weiß es nicht mehr. Doch mit einem Male wird es still, und ein ehrfürchtiges Raunen geht durch die Menge: »Das Messer...«

Marius hält ein merkwürdiges Instrument hoch empor, daß es alle sehen können, ein kurzes gespaltenes Holzstück, in dessen Gabel ein steinernes Ding befestigt ist, und ich erkannte es als den Feuersteindolch, den er am Anfang zu Mutter Gisson gebracht hatte. Mit diesem ungefügten Instrument sollte ein Herz durchbohrt werden? sollte es möglich sein, eine Gurgel zu durchschneiden? Eine närrische Enttäuschung erfüllte mich ob dieses Stäbchens mit dem Stein daran, das das Ziel und der Höhepunkt dieses ganzen Geschehens sein sollte, und ich begriff, daß da plötzlich einer schrie: »Mit dem geht es doch nicht... das ist besser.«

Es war Sabest, der mit seinen Ellbogen nun alles von sich stößt und sich einen Weg durch die dichtgedrängte Masse bahnt, um zum Opfertisch zu gelangen. Schon während des Laufens löst er sein langes Fleischermesser vom Gürtel, und vorne angelangt streckt er es hin und schreit nochmals: »Das ist besser... nimm.«

»Nein«, sagt der Marius.

»Doch«, beharrt Sabest und prüft sein Messer am Handballen wie einer, der sich rasieren will, »sieh her, wie scharf!«

»Es ist nicht heilig«, lehnt Marius ab.

»Was? nicht heilig?« Sabest schüttelt drohend seine Faust, die das Messer hält, »mein Messer ist so gut heilig wie deines, du Scheißkerl... was ins heiße Blut getaucht war, ist heilig... das wäre ja noch schöner!«

Marius macht bloß eine würdig abweisende Geste und drückt dem unbeweglich dastehenden Miland das Steinrequisit in die Hand, während Sabest, immer noch mit seinem Stahl in die Luft stoßend, wie einer der traumhaft nach etwas greift und es nicht erreichen kann, von den Geistern zurückgerissen wird.

»Tu's, tu's«, ruft die wieder unruhig gewordene Menge.

»Tu's, tu's«, lacht die brüllende Stimme des Lax.

Irmgard, mit ausgebreiteten Armen über den Stein geworfen,

schaut verzückten Auges auf zu einem Himmel, der unsichtbar war vor dem weißen Licht des Azetylens.

»Tu's, tu's!«

Von weit her, von der Straße unten tutet ein Auto, und in mir antwortet es: »Tu's!«, in mir, der ich dastand in meinem auf Nähmaschinen genähten Anzug, in meinem auf mechanischen Webstühlen gewebten Stoff, geprägtes Metallgeld und ein Messer mit der Aufschrift ›Solingen‹ im Hosensack, ja, »Tu's!« schrie es in meiner Seele, während die Eisenbahnen und Autos in der Welt herumfahren und der Äther voller Radiowellen ist, mein Kopf aber ein Sammelsurium ärztlicher Wissenschaft aus vielen Jahrhunderten beherbergt, in mir schrie es »Tu's!«, aber doch dämmerte es in mir, daß nun der Widder im Gebüsch auftauchen müsse, das Opfer zu ersetzen. War nicht auch dem Abraham der Widder erschienen, da von ferne eine Ziehbrunnenkette klirrte und ein Schrei eines Lastkamels auf der Handelsstraße ertönte? Er, der Ur-Vater, der Erz-Vater, erkannte er nicht erst den Vater, entratend blutiger und blutender Mittlerschaft, des Heidnischen enthoben, da das Menschliche um ihn lebendig geworden war?

»Tu's!« brüllte das Leben, brüllte das Heidnische.

Doch nicht der Widder, den ich nun beinahe erwartete, tauchte im Gesträuche auf, wohl aber erklang Mutter Gissons Stimme: »Hütet euch, hüte dich Marius!«

Gehörte auch sie zum Spiel? war ihr wildes Tanzen auch für sie die Einleitung gewesen, am Spiele teilzuhaben?

Wenzel hüpfte zu ihr, die in einiger Entfernung von der Szene geblieben war, hin und meckerte: »Stören Sie nicht die heilige Handlung.« Er wurde mit einer Ohrfeige abgefertigt, an die er sein Leben lang denken wird. Aber die Leute lachten nicht.

Und Mutter Gisson wiederholte: »Hütet euch, hüte dich Marius, noch ist überall die Mutter, und allnächtlich empfängt sie den Himmel, empfängt sie sein Wissen. Noch lauscht die Erde, und sie will das Blut nicht, mit dem ihr sie tränken wollt.«

Es war so still geworden, daß man den Quell oben murmeln hörte.

Endlich sprach der Marius: »Du bist nicht mehr die Erde, Mutter, du warst sie einstens.«

Und einer rief: »Du hast die Drachen und die Schlangen in dich eingelassen.«

Darauf die Mutter: »Weil ihr euch erhoben habt, ist eure Angst zur Schlange geworden.«

Dann wandte sie sich an Miland: »Wem gehorchst du, da du dein Kind töten willst? gehorchst du deiner Angst?«

»Ja«, erwiderte Miland, »übergroß ist unsere Angst geworden, und die Welt ruft den Erlöser.«

Marius aber, ohne sie anzublicken, zum Volk gewendet, zum Tal gewendet, zur erntebringenden Ernte gewendet, sprach: »Erde, du hast es zugelassen, daß Maschinen über deinen Boden dahingehen, daß deine Frucht von Agenten verschachert wird und daß die Tennen schweigen. Allzu viel Fremde hast [du] genährt und behütet. Erst das Blut deines Kindes wird dich, oh Erde, wieder reinwaschen.«

»Durch keinerlei Blut werde ich erlöset«, antwortete die Erde, »der Regen des Vaters senkt sich herab, immer wieder, reinigend und kühlend, er berieselt meine Berge. Oh, höret, der Vater vergießt kein Blut, sein Wissen ist nicht im Blut, sein Wissen ist die Regenwolke seines Atems. Doch im Blut ist eure Angst.«

Inmitten der Menge, über deren Köpfen der dunkle Dunst ihrer Angst hing, begann ein Kind zu weinen.

Lax schrie: »Schweig, Alte, wir haben keine Angst.«

Da lachte der Marius auf: »Was ist die Regenwolke ohne den Blitz! Ich bin der Blitz, entsendet zu töten und die Regenwolke zu lösen.«

Wahrlich, das Wetterleuchten des Firmaments antwortete ihm, und Sabest, der sich noch immer in den Händen der Geister befand, schrie: »Laßt mich... ich verstehe mich drauf... ich, ich mach's!«

»Vorwärts, Sabest«, feuerte Lax ihn an.

Doch die Menge schwieg, bloß das Kind weinte, und als neuerlich ein Blitz aufzuckte, da rief es mit seiner dünnen Stimme, die wie ein zitternder Lichtstrahl durch das Schweigen des ganzen Platzes ging, sichtbarer als der Strahl des Blitzes, da rief es: »Mutter.«

»Fürchte dich nicht«, antwortete ihm Mutter Gisson.

»Fürchtet euch«, schrie Marius.

Irmgard jedoch, die immer noch vor dem Stein kniete, sprach, und es war, als bäte sie um Verzeihung: »Süß ist meine Furcht, Mutter, süß wie die Einsamkeit meines Traumes, der aus dem

Abgrund heraufweht, süß wie der Spiegel des Abgrundes, der in mir ist und mir, der Hinabblickenden, der Spiegelnden, das Bild des Geliebten zeigt. Oh, süß ist es, in dem spiegelnden Abgrund zu schweben, auffliegend zu mir, und doch dem Vater entgegen.«

Miland war bisher stumm dagestanden, vom Traum umfangen, und seine Finger spielten an der Spitze des Steinmessers, als wollte auch er seine Schärfe prüfen. Nun sagte er: »Was aus uns geflossen, es fließe uns zurück, Kind und Kindeskind, schmaler Bach des Lebens, eingebettet in den Ufern des Todes, Ahn um Ahn, Enkel um Enkel, erst wenn die Mündung wieder zum Quell wird, schwindet die Angst.«

»Mutter«, riefen einige Männer in der Menge, »Mutter.«

Nun brannte nur mehr eine der Lampen beim Opfertisch.

Sabest, ringend noch mit den Geistern, die ihn hielten und denen er sich zu entwinden trachtete, keuchte: »Quell und Mündung... ja, Quell und Mündung des Blutes ist die Erde... kommt zu mir, ihr alle, wenn ich schlachte, sehet den Boden, wenn ich schlachte, sehet meine Hände, von denen das Blut träufelt...«

»Oh, Mutter, Mutter«, klagte es und unterbrach Sabest.

Keuchend verstummte Sabest. Ein paar Leute seufzten. Das weinende Kind war nicht mehr hörbar. Dagegen schluchzte eine Frau, ein rissiges mageres Schluchzen voll banger Ungeduld und zitternden Wartens. Unter meinen Schuhsohlen spürte ich Kieselsteine, die sich leicht und tief in die weiche Erde drücken ließen. Gewöhnliche Waldwiesenerde, der es durchaus nicht nach Blut gelüstete. Und doch hatte ich nicht einmal gemerkt, daß es offenbar schon längst zu regnen begonnen hatte, so sehr war ich mit allen Sinnen dem Marius zugekehrt gewesen. Dunkel und lau rieselte es aus dunkler lauer Nacht; ich griff nach meinen Schultern; sie waren bereits ganz naß.

Nun hörte man wieder Mutter Gissons Stimme und beinahe jubelte sie: »Hört ihr den Regen? den guten Regen?«

Das Wetterleuchten hatte aufgehört. Auf den Strohmänteln der Masken vorne beim Licht glänzten die Tropfen.

»Lauschet dem Regen«, fuhr Mutter Gisson fort, »atmet mit ihm das Wissen, das von der Erde aufsteigt, das sternengesättigte Wissen, öffnet ihm euer Herz und euer Antlitz.«

»Mutter, verlaß' uns nicht!« Das war Agathe gewesen, die so flehte, ich hatte sie am Klang erkannt.

»Mutter, verlaß' uns nicht!« wiederholte es sich da und dort.

Eine kaum merkliche und doch unaufhaltsame Bewegung war in die Masse gekommen, sie drängte vor, zu Mutter Gisson hin, als wollte sie sich ängstlich um sie scharen, als wäre nur noch eine letzte Scheu zu überwinden, um dies zu tun. Es war eine arge Hilflosigkeit darin, und doch schon Auflehnung, Auflehnung gegen den Marius, denn schon wurden Rufe laut: »Schick' ihn fort, Mutter... schick' ihn fort!«

»Nein«, hörte man den Lax, »der bleibt!«

»Aufspielen! Musik!« Wenzels Kommandoruf überbrüllte alles andere.

Und tatsächlich begann die Harmonika mit einem jämmerlichen Ländler. Der Spieler saß auf einem niedern Baumast hinter dem »Kalten Stein«, dreieckig abgebogen, gingen seine Arme hin und her, weiß leuchtete die Klaviatur des Instruments im Schein der letzten noch brennenden Lampe, und daneben, am Platze hüpfend, schlug der Wenzel den Takt. Und das Tanzen der Masken, das auf des Wenzels Geheiß nun wieder anhob, schlurfte jämmerlich über den Grasboden dahin. Aber der schattenhafte Rhythmus hatte auch die Menge in raschere Bewegung gebracht, ruckweise schob sie sich vorwärts, vielleicht zu Mutter Gisson hin, Schutz bei ihr zu suchen, vielleicht zum Marius, ihn zu vertreiben, und ich, fast ohne es zu wollen, dennoch es wollend und mit den Ellbogen nachhelfend, wurde vorgetragen bis zu der tanzenden Geisterkette, die der nachdrängenden Masse nicht standhielt, sondern sich in ihr verteilte und auflöste, wie eine schlurfende wetzende Wolke in einem größern Wolkenhauf. Dies alles war in wenigen Minuten geschehen, und da verlöschte auch die letzte Lampe.

»Fürchtet euch«, schrie der Marius in die Dunkelheit hinein. Es mag sein, daß er es war, der die Lampe verlöscht hatte.

Das Lachen des Lax antwortete ihm: »Die Weiber sollen sich jetzt fürchten.«

Die Masse hatte mit dem Eintritt der Finsternis unwillkürlich Halt gemacht, auch die Geister hatten ihr Tanzen eingestellt. Aber die Harmonika spielte weiter, und man hörte, wie der Wenzel dazu sprang und den Takt schlug.

Hätte ich an meine Taschenlampe gedacht, hätte ich sie aufleuchten lassen, die Dinge hätten wahrscheinlicherweise einen andern Verlauf genommen, allein, ich wußte in jenen Augenblicken nichts von einer Taschenlampe, durfte davon nichts wissen, wollte wohl auch nichts davon wissen, lauschend nur, hinhorchend nach dem Schrei, der noch nicht da war und doch schon nachzitterte wie ein Echo, das dem Ton voraneilt: ich atmete nicht, nur wenige von uns dürften da geatmet haben; man hörte bloß das Keuchen des Sabest, der sich offenbar von seinen Wächtern losgerungen hatte und sich bis in die Nähe des Kalten Steins durchgekämpft haben mußte, denn nun klang es von dort in heiserer Rauhheit: »Jetzt... jetzt tu ich's!«, gleich darauf ein beinahe seliges »Ach« aus Irmgards Mund, dann Schweigen und nur noch ein eiliges Knacken im Gehölz, wie von einem Tier, das im Galopp durch den Wald bricht.

Der Musikant spielte weiter seinen Ländler, und der Wenzel schlug den Takt.

Ob es Sekunden, ob es Minuten waren, die noch in vollkommenem Schweigen und in Finsternis verstrichen, hätte ich nicht zu sagen vermocht, vermag ich nicht zu sagen, langsam nur kehrte mein Wissen zurück, wissend, daß die Starre zuerst von Mutter Gisson unterbrochen wurde, deren Stimme, von tiefer Trauer umflort, aus der Nacht, nächtlicher noch als die Nacht, in die Dunkelheit hinein tönte, dunkler noch als die Dunkelheit:

»Nun ist es doch geschehen.«

Da schrie ich; und ich schrie: »Aufhören... Licht!«

Es gab noch einen langgezogenen geräuschigen Harmonikaton, und dann war es aus, ich aber, der ich die Taschenlampe schon in der Hand hielt, suchte sie noch immer, ja, verwundert hielt ich sie in meiner Hand, als meine Finger sie schon automatisch eingeschaltet hatten und ihr Lichtstrahl irrend auf die Gesichter der unbeweglich dastehenden Menschenleiber fiel, auf Gestalten, die manchmal geblendet die Augen schlossen und trotzdem des Lichtes nicht gewahr wurden. Schwerfällig wichen sie aus, schwerfällig stieß ich an sie an, da ich, ohne mein Zutun und tappend, mir die Bahn zum Opfertisch hin freimachte, der mir zwar noch verdeckt war, über den aber, höher als alle anderen, die Gestalt des Marius ragte, jetzt im vollen Lichtkegel der Lampe, leicht und lässig aufgerichtet, unrasiert und mit einem starren Lächeln um die Lippen. »Marius«, rief ich, und er rührte sich nicht. Doch als mein Licht auf den Miland fiel, der in ebenso unbewegter Pose, das Steinutensil noch in der Hand, unverwandt auf den Marius blickte, da erst wußte ich, daß zwischen den beiden eine Tote lag.

Ja, sie lag da, und im scharf abgezirkelten Kreise des Lichtkegels, in sich gekehrt und verknospet, dennoch aufgeblättert, weit ausgebreitet die Arme und den Kopf auf den Stein gesenkt. Satt leuchteten die Farben der Seide ihres Kleides in dem darauffallenden Licht, blond das Haar im Nacken unter der Brautkrone, und einen Herzschlag lang hielt ich inne und war noch nicht der Arzt, der ich nun wieder sein mußte, die Geschäfte des Lebens, nicht die des Todes zu besorgen: einen Herzschlag lang war ich mit Irmgard in einem Jenseits, in dem das Opfer sinnvoll schien, ein Ernteopfer und eine Krone, um derentwillen getanzt wird, und einen Herzschlag lang an diesem Jenseits teilhabend, in dem Irmgard sich nun befand und das ihr gehörte, war ich ohne Haß gegen den Marius, einen Herzschlag einer verrückten Erlösung teilhaftig, die nun über die Welt gekommen sein sollte. Einen Herzschlag lang. Aber da trat Mutter Gisson an den Stein heran, kniete nieder, nahm eine der ausgebreiteten Hände der Enkelin in ihre Hand, und unter der aufsteigenden Trauer sagte ich zum Marius hinauf: »Machen Sie Licht.«

Miland ließ das Steinmesser fallen.

In scheuer Regungslosigkeit, als dürften sie einen unberührbaren Kreis nicht betreten, standen Menschen und Geister herum und trauten sich nicht näher.

»Licht«, schrie ich, »Himmelherrgott, macht doch Licht!«

»Sie ist ja tot«, sagte Marius liebenswürdig, indem er leicht und beschwingt vortrat und mit einer beinahe eleganten Geste die Hand auf den entseelten Körper legte.

»Ja, tot«, sagte Mutter Gisson neben mir, »greif sie nicht an, Marius, du darfst es nicht.«

Ich hatte die Taschenlampe auf den Stein gestellt und riß Irmgards Seidenkleid auf, blutig war das Hemd, das ich abstreifte, es entsickerte der Wunde unterhalb des linken Schulterblattes: Sabest hätte nicht besser treffen können. Warm noch floß es mir über die Hände, tropfte auf die Erde in gleichmäßigen unaufhaltbaren Tropfen. Ärztlich war nichts mehr zu machen.

»Die Erde trinkt es«, sagte der Marius über mir.

Auf einmal kommt der Wenzel daher, in jeder Hand ein Bierglas mit Wasser: »Sie werden ja Wasser brauchen, Herr Doctor... wozu haben wir denn eine Quelle bei der Hand...«

Närrisch deklamierte der Marius: »Die Erde trinkt das Blut, und rein sind wieder ihre Quellen... Kraft und Gerechtigkeit entfließen ihr wieder...«

Schweigend nahm ich das Wasser, wusch die Wunde, doch das Blut rann weiter.

»Rasch stirbt so ein Mensch«, plauderte der Wenzel, mir zuschauend, und spielte mit der Quaste des Kuhschwanzes, den er sich als Teufel hinten angebunden hatte, »ich werde Ihnen Licht machen, Herr Doctor.« Er nahm eine der Lampenstangen, und ich hörte, wie er mit dem Karbid in der Büchse rasselte.

Doch nun sagte Miland langsam und wie in einem Traume: »Marius, habe ich sie getötet?«

»Nein«, sagte ich, »der Sabest hat es getan.«

Marius aber sprach: »Du hast das Opfer vollzogen, und der Glaube wird aus der Reinheit entspringen.«

Meine Taschenlampe auf dem Stein wurde gelber, die Batterie reichte nicht aus, und es wurde dunkler um uns.

»Marius«, fragte Miland, »sind die Menschen um uns?«

»Ja«, sagte Marius.

»Haben sie nun teil an unserer Gemeinsamkeit?«

»Ja«, sagte der Marius, »sie sind in ihr neues Reich eingetreten, nun wissen sie um den Tod.«

War es nicht, als ob Mutter Gisson in der Dunkelheit lächelte? sie, die allein hier um den Tod wußte? Was konnten Worte wie Glaube, Reinheit, Gerechtigkeit für sie bedeuten, da ihr Glaube stets das konkrete und starke Leben gewesen war in seiner Unermeßlichkeit, anfangloses endloses Leben, das grausam ist, dennoch nicht grausam um eines leeren Wortes willen, und ihr Wissen um den Tod ist das Wissen um das Leben, um das sichtbare, das fühlbare Sein, nicht aber um unvorstellbare Allgemeinheiten, mit denen der Un-Mann seinen männlichen Glauben predigt und verheißt. Lächelte sie nicht in ihrer Trauer? Und sie sagte: »Abgeschieden ist sie von uns, jenseits ihres Blutes, sie schreitet durch die Felsen hindurch, und die Stämme des Waldes sind ihr wie flatterndes Haar.«

Indes Marius wiederholte mit der Hartnäckigkeit des zum

Narren gewordenen Mannes: »Das höchste Wissen ist das Wissen um den Tod. Von ihm kommt die Kraft.«

Kleiner wurde das Licht in meiner Lampe. Bald wird es nur mehr ein gelber Punkt sein, allein ich benötigte kein Licht mehr, mein Geschäft hier war beendet. Die Ernte war dem Närrischen zugefallen, einem Narren waren wir nachgetanzt, wir hatten ihn umtanzt, getrieben von der tiefsten Dunkelheit unseres Lebens, wir, das vielköpfige Tier, das mutterlose, von dem ich ein Teil war, von dem ich ein Teil bin, von dem wir alle, die wir leben und tanzen, Teile sind, Mann oder Frau, Führer oder Geführte, Weise oder Narren, Teile des Nachttieres.

Nun kam Wenzel mit dem frischen Karbid, büchsenschüttelnd und fröhlich damit klappernd, um seine Anwesenheit anzumelden. Und als er das Wasser nachgegossen hatte und die erste Laterne wieder zischend sich in die Nacht entzündete, löste sich endlich auch die Erstarrung des Menschenhaufens um uns. Die Leute begannen zu reden, sie umdrängten und umschlichen die Leiche und rannten sinnlos hin und her. Ein paar der Geister warfen ihre Masken ab, andere vergaßen einfach, daß sie noch in ihren Vermummungen steckten, und aus den falschen Bärten, die ihnen wirr und halbabgerissen um die Wangen hingen, kam wirres Gefrage hervor. Aber unter denen, die als erste zum Opfertisch gelangten, war auch der Lax. Er betrachtete eine Zeitlang die Tote, um die ich, ihre Kleider in Ordnung zu bringen, noch immer bemüht war, in sein Gesicht war der Ernst des Fleisches eingekehrt, trübsinnig stand er da, schwerbeinig und gealtert, doch da er außerdem auf Formen hielt, streckte er erst Mutter Gisson die schwarzbehaarte Pranke hin – »Mein Beileid«, sagte er dazu, allerdings ohne Beachtung zu finden –, und tat dann das nämliche bei Miland, der ihm willenlos die Hand zum Drucke überließ.

Hierauf wandte er sich an mich: »Hm, Herr Doctor, eigentlich ist das ein Mord... oder nicht?« Er betrachtete nochmals eindringlich die Leiche.

»Sinnesverwirrung im Augenblick der Tat ist ein Strafausschließungsgrund«, ließ der Wenzel sich vernehmen, der die zweite Lampe neben dem Stein aufgestellt hatte.

Ja, Sabest, der Mörder, ich hatte ihn vergessen, denn für mich war ja Marius der Täter, nicht der in die Berge Entflohene, und ich sagte: »Sabest?... ja.«

Doch sinnlos fuhr ich dann den Marius an: »Marius, wo ist der Sabest?!«

Er schloß die Augen, sein Kopf sank auf die Brust, und nach einer kleinen Pause sagte er: »Tot.«

»Ach, was«, sagte der Lax abweisend, denn er wollte das nicht hören, »die Burschen sollen ihn suchen.«

»Es ist überflüssig«, sagte der Marius.

Lax dachte nach: »Und die Behörde müssen wir verständigen... so ein Teufelskerl, der Sabest!«

»Das tue ich, mit Vergnügen«, bot sich der Wenzel diensteifrig an, riß sich den Kuhschwanz vom Hintern und war gleich darauf verschwunden.

Er war wohl noch aus einem andern Grund davongelaufen: Mutter Gisson hatte sich erhoben, sie machte einen Schritt nach vorwärts, und ihre Düsterkeit war furchtbar. Die Leute starrten sie an und wichen langsam vor ihrem Blick zurück, sogar der Marius konnte dem Blick, der ihn getroffen hatte, konnte dieser Schwere nicht standhalten: er machte sich an den beiden Lampen zu schaffen, und dann ging er, als hätte er auch dort nach dem Rechten zu sehen, zum Waldrand hin, wo er auf dem Baumast, auf dem der Harmonikaspieler musiziert hatte, Platz nahm; er schlug die Beine übereinander, stützte den Kopf und blieb in der Haltung eines Sinnenden.

»Laßt sie allein und deckt sie zu«, sagte Mutter Gisson in befehlendem Ton zu der Menge.

Eine der Masken – es war der Schmiedegeselle Ludwig – trat vor, löste den Strohmantel von seinen Schultern und legte ihn über die Tote. Dann tauchte auch er wieder in der zurückweichenden Menschenwoge unter.

Achteten sie den Tod, da sie sich zurückzogen? achteten sie den Schmerz? die Trauer? oder fürchteten sie bloß das Entrückte, jenes nicht mehr Zu-ihnen-Gehörige, das von der alten Frau ausstrahlte? Es war beinahe wie ein trotziger Widerstand, der aus dieser Menschenmasse herüberwehte, und beinahe war er mir begreiflich: hatten sie, hatten wir nicht getanzt, mit Raserei das Opfer zu beschwören, auf daß der Himmel sich zur Erde herabsenke, auf daß die Erde zum Himmel emporschwebe? hätte Irmgard nun nicht einziehen müssen in den geöffneten Berg, empfangen von der aufgetanen Halle des Goldes? War nicht alles zunichte geworden, da Mutter Gisson mit ruhiger Hand die selige Tote, das strahlende Opferkind zu sich nahm und in die Obhut einer Landschaft führte, zu der es keinen Zugang mehr gab? Wurden sie nicht alle, die da gewartet hatten, in den Alltag zurückgeschickt, in jenen Alltag, aus dem der Marius sie entführt hatte! Groß war ihre Angst gewesen, ins schier Unerträgliche war sie gesteigert worden, und jetzt, da der Angst Erlösung hätte kommen müssen, wurden sie darum betrogen, wurden sie zurückgestoßen in das Vorherige, dorthin, wo die Angst wieder aufkeimte, die Angst der schweigenden Nacht! Sie murrten nicht, aber schweigend zogen sie sich zurück; nur ein Kinderweinen war hörbar, es kam von Zäzilie her, die inmitten der Menge herumirrte.

Mutter Gisson sah mich an und sagte leise: »Bring' sie ihm.«

Wahrlich, es war das Beste, was man für die beiden tun konnte, und ich holte das Kind und brachte es zum Vater: des Kindes ansichtig werdend, fiel ein Stück seines Traumes von ihm ab, er kniete nieder, es an sich zu nehmen, und er lächelte sogar ein wenig, als es auf ihn zulief und er es neben sich im Grase bettete. Und auch ich ließ mich bei ihnen im Grase nieder und schaute Zäzilie zu, wie sie mit dem Steindolch spielte, den sie auf der Erde gefunden hatte.

So warteten wir. Der Bergmathias kam, und ohne irgend jemanden zu bemerken, ging er zu seiner Mutter hin. Die saß jetzt auf dem Opferaltar zu Häupten der Toten, und ihre Hand lag auf dem blonden Scheitel, von dem ich die Brautkrone entfernt gehabt hatte. Breitbärtig, schweigend, finster stand der Bergmathias daneben.

So warteten wir. Ein paar Burschen hatten sich doch auf die Suche nach Sabest gemacht. Manchmal tönte ein Ruf aus den Wänden »Sabest... Sabest«, und das nächtliche Echo antwortete in immer weiteren Fernen. Ein Toter wurde gerufen, einer, der auf seinen Namen nicht mehr hört, einer, in dem vielleicht nur noch das »Ach« seines Opfers nachklingt, nachklingend in des Mörders Ausweglosigkeit, nachklingend in alle Tode, nachklingende Erkenntnis eines ausweglos gewordenen Lebens: sie riefen ihn, als könnten sie ihn aus der Ausweglosigkeit seines Sterbens zurückrufen, ach, und keiner vermag zu ermessen, was Ausweglosigkeit bedeutet, keiner vermag zu ermessen, was in dem Menschen vorgeht, der nichts vor sich sieht, als den Tod. Sie riefen ihn, und ihre Rufe verhallten.

So warteten wir. Aber der Festplatz war nun wieder von jenem lockeren Summen erfüllt, durch das sich das Vorhandensein einer Volksmenge anzeigt, es waren auch die Lichter bei den Buden angezündet worden, es gingen die Leute umher oder lagerten auf der Wiese, und bei der Buschenschenke gab es sogar ein richtiges Gedränge, denn der Wirt war verschwunden, in den Wänden verschwunden, und das Bier gratis. Man hätte meinen können, der Tanz wäre bloß durch eine Musikpause unterbrochen worden.

So warteten wir, und es dauerte etwa eine Stunde, bis endlich am unteren Wiesenrand Lichter und ein paar Fackeln auftauchten, schwebend zwischen dem leichten Gelaub des Birkenhaines: von Wenzel geführt, erschienen der Bürgermeister, der Dorfpolizist und ein Gendarm, mit ihnen noch etliche andere aus dem Unterdorf, denen Schreck und Neugier in die Glieder gefahren waren, sie kamen über die Wiese herauf, mit feuchten Schuhen, und das Volk auf der Wiese schloß sich ihnen an.

Es folgten nun die üblichen Formalitäten, die Anwesenden hatten Rede und Antwort zu stehen, und Lax führte das große Wort. Es war alles überaus einfach und ging glatt vonstatten; nur bei der Einvernahme Milands, der wirr daherredete und sich beschuldigte, sein Kind getötet zu haben, gab es eine Stokkung, und Lax begann zu lachen: »Womit willst du denn das angestellt haben?« Es dauerte lange, bis Miland mit einer unbestimmten Geste auf die Feuersteinspitze hinwies, die das Kind Zäzilie noch immer spielend in Händen hielt, und da wurde nun das Gelächter freilich allgemein, alle vergaßen die Tote, die vor ihnen lag, denn Lax entgegnete: »Ach so... mit einem Hosenknopf wäre es noch besser gegangen.« Und da ich in meinem amtsärztlichen Gutachten auch zu Protokoll geben konnte, daß die Wunde einwandfrei von dem Schlächtermesser verursacht worden war, wurde von Milands Reden überhaupt nicht mehr Notiz genommen, und die Behörde wandte sich von Irmgards Körper, dem überflüssig gewordenen Objekt der nunmehr abgeschlossenen Amtshandlung, mit plötzlicher Verachtung ab, um sich mit dem Schicksal Sabests, der von rechtswegen verfolgt werden müßte, zu beschäftigen. Irmgards Körper war freigegeben, der Trauer freigegeben, er durfte zu Tal getragen werden.

Auf einer Bahre, zu der das Leinendach der Lebkuchenbude das Material hergab, geschah es. Die Lichter erloschen auf dem Platz, unhörbar seufzte die Nacht. Als sich der Zug in Bewegung setzte, sah ich, daß auch Mutter Gisson sich angeschlossen hatte. Ich trat rasch zu ihr hin: »Mutter, wollt Ihr wirklich noch den weiten Weg machen; ich will Euch lieber heim bringen.«

»Nein«, sagte sie nur.

»Dann gehe auch ich mit, Mutter.«

»Du bleibst heroben«, entschied sie, »du wirst da noch gebraucht werden.«

»Sabest?«

Sie schüttelte den Kopf: »Nein... aber sie werden dich brauchen...«

Von den Fackeln flankiert verschwand der Zug. Ich bemerkte noch, wie Marius ihm folgte. Der Platz wurde still und menschenleer; zwischen den Wolken erschienen die Sterne, ein Sternenhain nach dem andern wurde sichtbar zwischen den weichen Wolkengebirgen, die langsam von dannen zogen, und weiß begannen die Birkenstämme auf der Wiese zu schimmern.

Langsam ging ich über den Festplatz; ein paar Besoffene torkelten noch herum, ein paar schnarchten in der Nähe der Buschenschenke, und zweimal begegnete ich auch den üblichen engverschlungenen Paaren, die dem weichen Hang unter den Birken zustrebten. Für sie einten sich heute noch Himmel und Erde, doch dazu wäre das Opfer Irmgards nicht nötig gewesen.

Da ich keine Taschenlampe mehr hatte, nahm ich nicht den Waldpfad, sondern den Hauptweg, der zur Seilbahnschneise hinunterführt, und durch diese wanderte ich dann langsam aufwärts, um über die Lichtung oben nach Hause zu gelangen. Eine sonderbare Leerheit und Gedankenlosigkeit hatte mich befallen, der föhnige Septemberwind spielte mit den Seilen über mir, von Zeit zu Zeit hörte ich wieder die Stimmen aus den Felsen, die noch immer nach Sabest riefen, aber ich konnte weder an diesen denken, noch an Irmgard, noch an Mutter Gisson, die jetzt die Bahre ins Tal begleitete, ich achtete bloß meines Weges, des Gerölls und der Wurzeln, nur der nächste Schritt war mir wichtig, und vergaß wohl auch, daß ich meinem eigenen Hause zustrebte. Wie ein ferner Ruf kam mir der Gedanke an den Peter, den die Amtspersonen vergeblich auf dem Festplatz gesucht hatten und der nun sicherlich in den Wänden herumirrte, mit den anderen nach dem Vater zu fahnden, doch als ich zu dem abgestürzten Waggon kam, dessen Zerschmetterung die neue Zeit hätte einleiten sollen, da verlor ich plötzlich alle meine Kräfte: ohne daß ich es gemerkt hatte, war ich von einer grausamen Ermattung und Enttäuschung übermannt worden, vielleicht vor Übermüdung, vielleicht vor Hunger, vielleicht vor Trauer, mehr aber vielleicht noch vor Ohnmacht und der Unfähigkeit, den Sinn eines Irrsinns zu erfassen, an dem ich, versunken in einer gespenstigen Traumhoffnung, doch selber teilgenommen hatte. Unfähig wurde ich zu allem, unfähig weiter zu steigen, unfähig, irgend etwas zu wollen. Ich lehnte an dem unkrautumwucherten Betonsockel des Seilständers, vor mir verflochten sich die abgerissenen Drähte und Seile mit dem Waggongestänge, starrendes Menschenwerk, unheimlich in den Urzustand der Natur zurückgekehrt, barbarisch und heidnisch geworden kraft seiner Unbrauchbarkeit, als wollte es dartun, daß des Menschen letzte Verstandeswerke eben so weit von seinem Menschentum entfernt sind, wie die Urgründe seines Blutes und seines fleischlichen Seins, verbotene Gebiete sie beide, schwindelerregende und ins Schwindelhafte führende, im Unheiligsten einander berührend, mordend aus dem Heidentum des Blutes, mordend aus dem Heidentum der Technik, es ist ein und dasselbe, denn das Heidnische braucht den Mord, um bestehen zu können: nur in der Mitte unseres Seins ist das Heilige, ist die Heiligkeit unseres Lebens, dieses so kurzen, mit jeder Nacht kürzer werdenden Lebens, das kein Rausch ist und keine Maschine, sondern ein aufblühendes, aufblätterndes Hinwachsen aus Dunkelheit zu Dunkelheit, aus Ungeborenem zu Ungeborenem, Wiedergeburt seiner selbst: in der Mitte unseres Seins stehen die Bäume unter der Liebkosung des Himmels, und es weht die Zeit, ein sanfter Windbote zwischen den Unendlichkeiten, aus denen sie kommt, zu denen sie hinströmt, eine kurze Strecke uns tragend wie ein herbstliches Blatt, auf daß wir ahnen, woher wir erwacht sind und wohin wir eingehen, Boten unserer selbst: nur in der Mitte unseres Seins ist das Wissen, ist das Wissen um das, was der Mensch braucht, um Mensch zu sein, ist das Wissen um seine Humanität und seine Kultur, ist das fromme Wissen, das das Wissen der Kultur ist und dem auch Mutter Gisson angehört, kein Wissen des Blutes und keines der Technik, sondern des Menschen Wissen seiner selbst:

in der Mitte unseres [Seins], nur in seiner Mitte, nicht im dunklen Rausche seiner Grenzen, weder im Rausche des Urgründigen, noch im Rausche des Technischen, sondern im Sein seiner selbst wohnt das Göttliche in uns. Es bewegten sich leise die Stämme der Fichten im irdisch nächtlichen Winde, von den Laubbäumen fiel manchmal ein Blatt, an meinem Gesicht klebten Spinnweben, die zwischen den Drähten hingen gleich kunstvollen Verkleinerungen ihres Gewirrs, doch an meinen Händen waren noch Reste des Blutes, das über sie geflossen war, und tiefer senkte sich der Himmel im leisen Summen der Sternschwärme, höher schwebte der nächtlich singende Wald ihm entgegen, es schwebte die Erde: noch lebte ich, noch war es mir vergönnt, in der Mitte zu sein, hier, wo die Unendlichkeiten sich einen. So wanderte ich aufwärts, wandernd neuerdings, kaum merkend, daß ich es wieder tat, kam hinauf zu der Lichtung, sah die Sterne der Täler unter mir und das Tal des Firmaments, erfüllt von dem durchsichtigen Nebel des Septembers, in dem die Tiefe und die Höhe sich berührten, gewaltig vor Gewaltlosigkeit, dies sah ich und wurde nochmals vom Walde aufgenommen.

War es ein glückhafter Zustand? sicherlich nicht. Aber es war einer der Gewißheit. Und trotzdem sollte er noch einer Prüfung ausgesetzt werden.

Denn unweit von Wetchys Haus riß es mich zurück und erschrocken mußte ich Halt machen: ich hörte Musik und Johlen, richtige Vierzeiler-Musik mit Klatschen, deutlich die Harmonika, deutlich die beiden Geigen, so fiedelte es in eine Nacht hinein, die schwanger war vor Herzeleid. Den Schrecken überwindend, meine Müdigkeit vergessend, begann ich zu laufen, rascher noch, als ich nach einigen Minuten Fackeln zwischen den Bäumen aufleuchten sah, und gleich darauf übersah ich das ganze Bild: die Bande der Geister und Teufel, die freilich keine Geister und Teufel mehr waren, sondern kommune schwitzende Masken, diese vom Freibier in der Buschenschenke schwerbesoffene Bande war im Fackelschein um einen Baum herum versammelt, an den sie einen Menschen gebunden hatten – ohne ihn zu erkennen, konnte ich mir es ausrechnen, daß es Wetchy war – und vor dem einer im Strohmantel zum Klange der Musik herumtanzte; die anderen klatschten in die Hände und auf die Schenkel, manchmal trat einer vor und klatschte dem Wetchy eine ins Gesicht, und mit der Beharrlichkeit der Besoffenen sa[n]gen sie dazu den Vierzeiler:

»Wer hat dich gerufen
du blöder Agent
stiehlst du unser Geld,
so geht's jetzt zu End.«

Der Wenzel war unter ihnen. Sie waren glänzender Laune; es gab keine ganze Fensterscheibe mehr an dem Hause, und zur Erhöhung der Stimmung flog noch hie und da ein Stein hinein. Kurzum, es war widerlich.

Ich war einigermaßen sicher, daß sie mir trotz ihrer Besoffenheit nichts anhaben würden; sogar mit dem Wenzel verband mich ja eine Art Vertrauensverhältnis. Nichtsdestoweniger und auf alle Fälle pfiff ich Trapp, der mich drüben im Garten hören mußte.

Auf das scharfe Pfeifen hin wurden sie aufmerksam; das Fest stockte.

»Abschneiden«, schrie ich sie an, »sofort abschneiden!«

Wenzel torkelte heran: »Herr Doctor, ein kleiner heilsamer Spaß.«

»Dreckkerl«, sagte ich. Ich hatte gute Lust, ihn von dem heranrasenden Trapp fassen zu lassen.

»Herr Doctor«, sagte er, merkwürdig ernst und nüchtern werdend, »es war notwendig.«

Es war notwendig? ich hatte keine Zeit zu Diskussionen, obwohl mich dieser Ernst eigentümlich berührte und meinen alten Unwillen gegen den Wetchy, gegen diesen Unglückspilz, der nun auch dies notwendig gemacht haben sollte, wieder leise aufleben ließ, und ich ging schweigend zu ihm hin, zog mein Messer und schnitt ihn ab. Er sank in meinen Armen zusammen.

»Na, Wetchy«, sagte ich, »nur Mut, es geht schon... mit dem bißchen Nasenbluten werden wir schon fertig werden.«

»Sagen Sie nichts meiner Frau davon, Herr Doctor; sie regt sich sonst auf«, murmelte der kleine Held; dann überkam ihn Bewußtlosigkeit.

Um mich herum stand die Bande, manche glotzten nur so vor sich hin, ein paar lächelten entrückt in ihrem Rausch, ich musterte sie, und zu meiner Überraschung fand ich sogar den braven Burschen, den Ludwig, unter ihnen. Sie waren ja schließlich alle nicht schlecht, sie waren nur stinkbesoffen.

»Ludwig«, sagte ich, »hilf mir.«

Er kam ein wenig zögernd, dann kam noch einer, und wir hoben den Wetchy auf. Aber das Haus war verschlossen. Ich rief nach Frau Wetchy. Nichts rührte sich. Vielleicht lag sie da drinnen ohnmächtig auf dem Fußboden.

Hinein mußte ich. Einer schlug mir vor, die Türe aufzubrechen. Das wollte ich nicht gerne. Ich ließ mich zu dem eingeschlagenen Küchenfenster hinaufheben, griff hinein, öffnete den Riegel und stieg ein. In der Küche stolperte ich über die Bretter, die Wetchy vorsorglich auf den Steinboden gelegt hatte. Dann machte ich Licht. Ich ging von Zimmer zu Zimmer, immer wieder rufend »Ich bin's, Frau Wetchy, der Doctor!«, doch nichts rührte sich. Sollte sie geflohen sein? Ich gab das Suchen auf, denn ich durfte den Verletzten nicht warten lassen, lief die Treppe hinunter, öffnete die Haustüre, und wir trugen den noch immer Bewußtlosen ins Schlafzimmer hinauf. Trapp folgte. Dann schickte ich die Leute fort, füllte beim Waschtisch Wasser ins Becken und begann mit meinen berufsmäßigen Bemühungen um den Mann.

Wie ich im besten Zuge war, knurrte der Hund neben mir. Ich horchte auf. Zögerndes leises Schlurfen war vernehmbar, stockte wieder. »Herein«, rief ich, jedoch ohne Erfolg. »Herein«, rief ich nochmals, »ich bin's, der Doctor!« Keine Antwort. Da öffnete ich die Türe. Nichts. Aber als ich den kleinen Vorraum durchquert hatte, fand ich die Frau auf der Stiege; sie saß auf der obersten Treppenstufe und klapperte mit den Zähnen.

Du lieber Himmel, sie wird mir doch nicht jetzt vor Schrecken in Wehen fallen! Aufs neue erfaßte mich der Unwillen gegen diese unschuldigen Leute: »Wo haben Sie denn gesteckt, Frau Wetchy?«

Ihr Gebiß wirbelte; sie konnte nicht antworten. Im übrigen war es besser, wenn sie den ohnmächtigen Mann nicht sah. Ich ließ sie sitzen.

Ich untersuchte Wetchy. Vorderhand fand ich einen ausgeschlagenen Zahn. Was sonst an ihm kaputt war, konnte ich erst finden, bis er aufwachen würde. Arme und Beine waren intakt.

Aber dann sah ich noch im Schritt nach: natürlich hatte ihm da einer hineingetreten, auf diese beliebte Manipulation verzichten Bauernburschen nur ungerne; das war wohl auch die Ursache seiner Bewußtlosigkeit. Ich wusch das Gröbste weg, legte ihm eine Kompresse auf, und dann rannte ich davon, vorbei an der Frau und zu mir nach Hause, um die Morphiumspritze zu holen, damit er vor dem ersten Schmerzanfall geschützt werde.

Als er seine Injektion erhalten hatte, ging ich zu ihr, die noch immer dort saß. Ich mußte sie aus der Panik reißen, die nach wie vor in ihr klapperte und wirbelte: »Frau Wetchy, wo ist der Bub?«

Das wirkte, sie riß sich nun doch zusammen: »Im Keller«, brachte sie hervor.

»Holen Sie ihn.«

Ich half ihr, sich auf die wankenden Beine zu stellen. Nachdem dies gelungen war, schien das Eis gebrochen: »Sind sie fort?« fragte sie.

Sie hatte die Hände in gewohnter Weise über den Bauch gefaltet, aber sie klagte nicht über Wehen; ich empfand dies geradezu wie ein Geschenk.

»Ja, Frau Wetchy, sie sind fort, es ist glimpflich abgelaufen... ich gehe mit Ihnen, das Kind holen.« Ich fürchtete, daß sie es fallen lassen könnte.

Hernach setzten wir uns zu dem Kranken. Er lag nun im Morphiumschlummer und sah friedlich aus. Auch ich auf meinem Stuhl schlummerte ein, unruhig und oftmals unterbrochen, um nach dem Patienten zu sehen, aber schließlich doch so tief, daß ich sein Aufwachen überschlief. Als ich die Augen öffnete, saß Frau Wetchy auf dem Bett neben ihrem Mann, sie hielten sich an den Händen und aus Angst, mich zu stören, trauten sie sich nicht, miteinander zu reden: sie blickten einander bloß in die müden Augen.

»Schmerzen, Wetchy?«

Er schüttelte den Kopf und lächelte.

»Trotzdem werden wir Schmerzensgeld verlangen, und Schadensersatz, und Verdienstentgang... so leichten Kaufs wird mir die Gesellschaft nicht davonkommen.«

Er schüttelte wieder den Kopf: »Ach nein, Herr Doctor, das hat wenig Sinn...«

»Na, darüber wollen wir noch reden...«

»Nein, Herr Doctor, wir werden möglichst bald wegziehen, das ist alles...«

»Und was dann?«

Er lächelte zuversichtlich: »Ich werde meine Familie schon durchbringen...«

»Ja«, sagte die Frau, »er kann alles, was er will.«

Und der kleine dürftige Herkules in seinem Bette sagte: »Von schlechten Menschen kann man leicht weggehen, nur bei guten fällt es einem schwer... und Sie waren sehr gut zu uns, Herr Doctor.«

Beide hatten sie Tränen in den Augen, und ich vielleicht auch. Aber sie klagten nicht. Und als ich ihn nun rasch untersuchte, um keine weitere Rührung aufkommen zu lassen, da zeigte es sich, daß ihm auch eine Rippe gebrochen worden war.

Es mochte etwa fünf Uhr morgens gewesen sein, als ich heimkam. Schwarz standen die Bäume gegen den bereits heller werdenden Himmel, auf dem es keine Wolke mehr gab. Von seiner Kuppel hatten sich die Sterne bereits morgendlich losgelöst, und kleiner gewordene, starr glänzende Punkte, so schwebten sie in dem grünlich werdenden Äther, um nun bald in ihm sich aufzulösen. Sinnlos lag die Welt darunter, sinnvoll doch in ihrer Grausamkeit und Güte, und an manchen Stellen bekam sie bereits Farbe.

XIII.

Wie Großstadtschmutz im Flusse vermündet und, wieder rein geworden, ins Meer getragen wird, so läuft alles Elend, durchsichtig und rein geworden, wieder ins Leben zurück, wird wieder zu dem, was es gewesen ist, was es war und ist, was es bleiben wird: Leben, ein Teilchen des Ganzen, unerkennbar in der Ganzheit, aufgesaugt von ihr, unerkennbar in ihr, untergegangen im Unwandelbaren. Ja, selbst die Scham, dieses heilige Gut des Menschen, das tiefer in ihm hinabreicht, als er es oft wahrhaben möchte, die Scham, die länger währen wollte als der Schmerz, auch sie wird wieder durchsichtig und zum unerkennbaren Leben, wird zu einer Linie der Abendröte, wird zu einem Staubhauch auf einem Falterflügel, wird zu einem Gedanken im Meer des Gedachten. Noch schwang das Elend jener Schrekkensnacht in schweren Wellen nach, und doch schwang es bereits aus. Irmgard war begraben worden, Sabest hatten wir mit zerschmettertem Schädel in den Felsen gefunden, Wetchy lag zuschanden geschlagen im Bett, welch ein Elend!, und doch ordnete es sich schon ein, wurde durchsichtig und unsichtbar, wurde zu kleinen Kräuseln im Meer der Erinnerung und des Vergessens: nicht nur, daß Lax sein Holz zum Zwergenstollen hinaufschaffte und der Wenzel mit seinen Burschen durchs Dorf marschierte und stolzierte, so unbefangen, als hätte das grause Geschehen nicht stattgefunden, auch für die Betroffenen begann es in den Alltag zurückzugleiten, und wenn auch das Wirtshaus zwei Tage geschlossen gewesen war und Peter nun doch zur Lehre oder zur Schule in die Stadt sollte, und wenn auch Wetchy von seinen Abreiseplänen sprach, es wurde der dunkle Anlaß, der hinter alldem sich immer mehr verbergende, kaum mehr erwähnt, er wurde in den Seelen bereits mählich verarbeitet und nach Licht- und Schattenseiten abgewogen. Und Miland brachte mit Hilfe des Andreas und des Marius seinen Mais ein. Denn unverändert ruhten die Felder im Tale, der Pflug ging über sie hin, Geviert um Geviert wurde schwärzlich und braunrot, oben auf den Höhen wurde der letzte Hafer, der nicht mehr reif werden wollte, geschnitten und aufgeladen, und in Kürze werden die Kartoffeln ausgenommen werden. Unverändert aber auch schien das Leben Mutter Gissons, schien es bleiben zu wollen, still ging sie im Hause umher, und sogar den alljährlichen Schnaps hatte sie wieder angesetzt; einmal traf ich die Agathe bei ihr an, und einmal kam sie mit ihr gerade aus dem Wald, da ich auf dem Heimweg war: da standen die beiden Frauen, die alte und die schwangere, am Ufer der Wiesenböschung und schauten in das herbstlich sonnige Tal hinab.

Daß die Frau des Mörders Sabest das Wirtshaus nicht Hals über Kopf verkaufte, sondern wenigstens vorderhand weiterführte, ging zum Teil auf die langen Gespräche zurück, die ich mit ihr über ihr Schicksal und das ihres Sohnes geführt hatte. Und im Laufe dieser Gespräche war, vielleicht weil sie das Altern jetzt herannahen fühlte, vielleicht aus weiblicher Verbundenheit, bei ihr der Gedanke an Agathe als künftige Schwiegertochter aufgetaucht: stets sei sie bedrückt gewesen, daß der Peter eine Unanständigkeit hätte begehen und das Mädel verlassen können, und jetzt, angesichts all der Furchtbarkeit, würde er doch ernst und vernünftig werden und sein Unrecht gut machen wollen. Meinen Rat, einfach mit Agathe zu sprechen, hatte sie befolgt, allerdings ohne viel heimzubringen, denn Agathe hatte weder Ja, noch Nein gesagt, sondern sich bloß geweigert, den Peter vor seiner Abreise zu sehen.

Ich erzählte die Sache Mutter Gisson.

»Das Mädel hat recht«, sagte sie, »der Peter wird nie ein Mann für sie werden.«

»Das läßt sich doch noch nicht sagen, Mutter, die beiden sind ja noch hundsjung... und aus einer Liebe kann immer noch was Richtiges wachsen.«

Ich saß bei ihr in der Küche. Auf dem Fensterbrett, an der Sonne, stand eine der neuen Schnapsflaschen, am Halse vermummt und zugebunden.

»Die Agathe ist dort, wo sie sein soll«, entgegnete sie, »er aber hat die Gier der Eltern...«

»Jeder Mensch kann sich ändern, läßt sich ändern... und der Peter hat ja jetzt doch einen Stoß gekriegt.«

»Nein, dazu ist er noch zu jung... der wird noch durch viel dunkle Gier durchgehen müssen, ehe er aus der Dunkelheit herauskommt... wenn überhaupt.«

»Ein lediges Kind bleibt ein lediges Kind«, meinte ich, »es ist doch ein Unglück, das ihr da zugestoßen ist.«

»Für die Agathe war's kein Unglück, für die war's schön und richtig... so hätte die Irmgard werden müssen... ich wollte bloß, ich könnt' noch eine Weile bei ihr bleiben...«, ihr Gesicht bekam wieder den fernen Ausdruck, den ich so gut an ihr kannte, doch dann lächelte sie, »...aber die Irmgard dürft' mich dringender brauchen als die Agathe...«

Sie lächelte, aber ich spürte den Ernst, und ich wagte keine meiner üblichen Abwehrworte vorzubringen.

»Ja«, sagte sie dann, »du kannst ja übrigens auch selber einmal mit der Agathe reden... solltest dich überhaupt ein bißchen um sie kümmern... dann später...«

Draußen schien die Sonne, in breiten Bändern wurden die Windwolken dahin getragen, Mutter Gisson saß da, gesund und stark, vielleicht ein wenig müde, der nächstjährige Schnaps war vorbereitet, vielleicht war es wirklich nur die Nachwirkung jener Nacht, die sie so reden machte. Trotzdem, Mutter Gisson war nicht ein Mensch mit Stimmungen.

An einem der nächsten Vormittage besuchte ich Agathe.

Das Wetter hatte jäh umgeschlagen. Im Gebirge oben mußte es geschneit haben, durch den dicht fallenden Regen hindurch schmeckte man den Schnee, der sich hinter dem Nebel verborgen hielt; der Nebel war wie steifes altes Leinen um die Berge herumgehängt, dahinter war die Werkstatt des Winters. Trapp, der vor mir herlief, beneidete mich um meinen Lodenmantel, dessen Kragen ich hochgeklappt hatte. Im Unterdorf aber war es etwas milder.

Strüm war beim Holzspalten unter dem Vordach seiner Scheuer; ein großer Teil des Winterholzes lag schon aufgeschichtet längs der Scheuerwand, sauber ausgerichtet, mit hellgelben Schnittflächen.

»Immer fleißig, Strüm, so eine Menge Holz.«

Er strahlte: »Was soll man machen, Herr Doctor? ein Kind will eine warme Stube haben. Und wir sind im Oktober, morgen kann der Winter da sein.«

Aus der Stalltüre kam Agathe, einen Holzeimer in der Hand. Ihre Schwangerschaft war nun schon deutlich sichtbar, vorgewölbt der kleine runde Bauch und das Gesicht gestreckt, versehen mit den Zeichen des Alterns. Aber kindlich verklärte es sich: »Noch ein Besuch... der Herr Doctor.«

»Ja, der Herr Doctor, aber in der Nässe bleibt er dir nicht stehen.« Und ich ging ins Haus, zog meinen Mantel aus und setzte mich zum Herd.

Sie war mir nachgekommen und deutete zur Stube.

»Nein, nein, ich bleibe schon da, da ist's wärmer... oder ist dort wer drin? du sprachst von noch einem Besuch...«

»Nein«, sie lächelte glücklich, »die Mutter Gisson war heute schon bei mir.«

»So was!« Ich war übrigens wirklich erstaunt, daß Mutter Gisson bei diesem Sauwetter ins Unterdorf gekommen war.

»Mit dem Herrn Suck ist sie heruntergefahren«, berichtete Agathe weiter.

»Aha.« Es mußte immerhin eine bedeutsame Angelegenheit sein, die Mutter Gisson veranlaßte, eigens anspannen zu lassen.

»Und jetzt ist sie beim Miland drüben, und dann geht sie zur Frau Sabest.«

Jetzt konnte ich mir einen Reim machen: »So zur Frau Sabest... wohl wegen dir und dem Peter?«

Es war ihr offenbar bekannt, daß ich Bescheid wußte, und sie bestätigte es einfach: »Ja... und damit die Frau Sabest nicht meint, ich sagte Nein, weil der Herr Sabest die Irm... weil der Herr Sabest das getan hat, und damit sie sich nicht kränkt, deswegen wird die Mutter Gisson zu ihr heute hingehen.«

»Das wäre auch wirklich kein Grund, Agathe. Was der Sabest getan hat, das ist gesühnt, und die Leute werden es bald vergessen... aber das ledige Kind vom Peter Sabest werden sie weniger leicht vergessen, das bleibt da...«

Agathens Gesicht wurde glücklich: »Ja, das bleibt da... und die Leute können mir nichts anhaben, mir nichts und dem Kind nichts...«

»Agathe«, sagte ich, »das Kind ist noch nicht da, aber wenn es einmal da sein wird...«

»Bald.«

»Ja, bald, in sechs Wochen... wenn es da sein wird, dann wirst du vielleicht auch den wieder haben wollen, den du geliebt hast, und für das Kind den Vater...«

Da trat eine Wandlung in ihren Zügen ein, alle Kindlichkeit war mit einem Male verschwunden; sie wurden reif und fraulich, und langsam sagte sie: »Ich bin in der Freude.«

Der Regen draußen fiel stärker, gleichmäßiger, freudlos, hier aber freute sich ein Mensch, weil er einen andern in sich trug, getroffen vom Regen der Sterne, der voll Freude ist. Und ich sagte: »Ja, Agathe, du bist in der Freude.«

Und nach einer kleinen Weile sagte sie: »Was gewesen ist, ich und der Peter, das war eine schöne Dunkelheit, aber in der Dunkelheit gibt es keine Freude... für mich aber hat das Helle kommen müssen und die Freude... nimmer dürft' das Dunkle jetzt wieder über mich hereinbrechen, da würde ich mich vor dem Kind ja schämen...«

Mutter Gisson hatte recht; überflüssig wäre es gewesen, Agathe umstimmen zu wollen. Trotzdem sagte ich noch: »Oft brennt in der Dunkelheit ein unscheinbares Licht, und man muß es bloß anfachen, dann wird es die Liebe...«

Sie lächelte: »Der Peter hätte es mit mir schon nicht angefacht.«

»Wahrscheinlich müßtest du es ihm erst lehren.«

Fest sagte sie: »Ich will es ihm nicht lehren, und er würde es nicht lernen wollen, er kann nur die Dunkelheit wollen, und deshalb hat er auch dem Wenzel folgen müssen...«

»Agathe«, sagte ich, »vielleicht kannst du nur nicht verzeihen.«

Sie dachte nach und schaute auf ihre Hände, die sie nach Art der Schwangeren über den Bauch gefaltet hielt: »Doch...« sagte sie, »doch... aber die Freude ist so groß, daß ich gar nicht ans Verzeihen zu denken brauche... sie ist so groß, daß sie noch da sein wird, wenn ich schon gestorben sein werde, und sie wird trotzdem noch immer meine Freude sein... ich glaube, sie war sogar schon da, seitdem die Welt besteht, ehe ich auf die Welt gekommen bin, und sie hat mich in sich aufgenommen, als ob ich das Kind wäre... kann das nicht so sein, Herr Doctor?«

»Ja, Agathe«, sagte ich, »das könnte wohl schon so sein.«

Strüm trat ein. Über dem Bäuchlein mit der zusammengerollten Schürze hatte er die Hände gefaltet, als wäre er selber schwanger.

»Strüm«, fragte ich, »soll's ein Mädel oder ein Bub werden?«

»Zwillinge«, rief Agathe.

»Ja, aber Mädeln«, meinte Strüm, »die Buben werden alle närrisch.«

»Kommt schon vor«, meinte ich.

»Und ob sie närrisch sind«, sagte Strüm, »heute, bei dem Wetter sind sie hinauf, den Berg aufmachen.«

»So?« Der Gedanke durchzuckte mich, daß der Bergmathias und Suck die Gelegenheit benützen könnten, um eine fürchterliche Schießerei dort oben zu veranstalten. Glücklicherweise war der Suck im Unterdorf. Aber ich traute es dem Mathias auch alleine zu, und nun gar, wo er auch noch an Blutrache für Irmgard denken mochte.

»Ich glaube, der Marius ist auch mit hinauf«, erzählte Strüm weiter.

Es war mir klar, daß Mutter Gisson von diesen Vorgängen erfahren haben mußte, ja, daß ihre Fahrt ins Unterdorf damit zusammenhängen mochte. Ich mußte sie sprechen.

»Ich möchte zum Miland hinüber, ehe Mutter Gisson weggeht«, sagte ich und stand auf.

»Herr Doctor«, sagte Agathe schüchtern, »ich möchte noch gerne etwas fragen...«

»Ja, Kind... tut dir was weh?«

»Nein... Herr Doctor, aber ich habe Angst... ist Mutter Gisson krank?«

»So etwas darf man einen Arzt niemals fragen, erstens weil er's niemals weiß, und zweitens weil er's nicht beantworten darf... aber Mutter Gisson ist nicht meine Patientin, und deshalb kann ich dir sagen, daß ich sie für so gesund halte, wie wir drei zusammen es sind...«

»Ja, aber sie spricht vom Sterben...«

»Sie ist eine alte Frau, Agathe... alte Leute sprechen manchmal vom Sterben.«

Sie war sichtlich erleichtert: »Sie hat mir ja auch versprochen, mit mir auf die Kräutersuche zu gehen.«

»Na, siehst du.«

Ich schlüpfte in meinen nassen Mantel und ging zu Miland hinüber. Der Regen war noch dichter geworden, Himmel und Erde bildeten zusammen einen Brei aus Oktober, Kälte und Hoffnungslosigkeit.

Mutter Gisson war richtig noch da; sie saß mit ihrer Tochter beim großen Küchentisch, und die Bäuerin hatte einen Fetzen Papier vor sich liegen, auf dem sie mit schlechtgespitztem Bleistift Zahlen schrieb.

»Da bist du ja doch«, begrüßte mich Mutter Gisson, »wir wollten dich abholen, der Suck und ich, aber du warst schon fort.«

Für die Milandin bedeutete ich eine Störung; sie war mit ihrer Schreiberei beschäftigt: »Sechsundzwanzig Tage und einen halben«, sagte sie.

»Was geschieht denn da?«

»Ach, das Kostgeld für die Irmgard will sie abrechnen«, antwortete Mutter Gisson.

Es war mir etwas unheimlich; denn schließlich, der letzte Abrechnungstag war ein Mordtag.

»Laß gut sein«, sagte Mutter Gisson, »sie hat's ohnehin abgearbeitet.«

»Nichts hat sie abgearbeitet«, entgegnete die Milandin voller Hartnäckigkeit, »die Irmgard soll sich nichts schenken lassen.« Und sie ging zum Küchenspind, dem sie ein Porzellantöpfchen, ihre Geldkasse, entnahm.

»Ich bin aber nicht ums Geld zu euch gekommen.«

»Ich will Ordnung haben.«

Trotz des Mordtages, der am Ende der Rechnung stand, floß in Mutter Gissons Antworten ein spöttisch-belustigter Unterton ein: »Welche Ordnung willst du haben? meinst du, daß man bloß zu zahlen braucht, um Ordnung um sich zu schaffen?«

Vom Spind her klang es: »Die Irmgard soll ohne Schulden ruhen.«

Es war mir, als hätte die Miland-Bäuerin die Absicht, den Heimgang Irmgards möglichst unwiderruflich zu gestalten; nicht einmal Schulden bei der Großmutter sollten zurückbleiben. Und ich sagte: »Milandin, die Irmgard hat auf jeden Fall ihren Frieden.«

Mutter Gisson lächelte jetzt ein wenig: »Gib mir das Geld, ich will's für sie aufheben.«

Die Milandin kam mit ihrem Geldkännchen zum Tisch und schüttete es aus: »Die Toten kehren nimmer zurück«, sagte sie während des Zählens.

»Manche muß man rufen, manche muß man zurückschikken... ja...« und Mutter Gissons Stimme ging selber in eine spöttisch geheimnisvolle Entfernung, »ja, und manche sind noch unter uns, ohne daß man's weiß...«

Meinte sie damit sich selber? meinte sie Irmgard?

»Mutter«, sagte die Milandin, die sich wieder gesetzt hatte und müde die Tischplatte anstarrte, »Mutter, Sie sollen solche Dinge nicht reden.«

Der fahle und heisere Luftbrei, der draußen die Welt erfüllte, war auch hier vorhanden, vermischt mit den Schatten der Küche, dem Dauergeruch des Wohnens und mit dem leisen Zischen des Kochtopfes auf dem Herde. Und ich sagte: »Laßt die Irmgard allein, Mutter, die Seelen warten gerne.«

»Das verstehst du nicht, Doctor«, wurde ich verwiesen.

Dann tat sie das Geld in die große schwarze Börse, und ich merkte, daß sie es dabei flüchtig überzählte: »Ja«, sagte sie, »auf der Reise braucht man Geld... nicht viel, etwas... und gar zu zweit.«

Die Bäuerin hob den Blick nicht von dem rissigen Küchentisch: »Wollen Sie sie mir auch im Tod wegnehmen, Mutter?«

Mutter Gisson schüttelte den Kopf: »Wegnehmen, nein,... aber wenn sich ein Kind im Wald verirrt hat, da muß es einer suchen.«

Doch die Bäuerin hörte nicht auf sie: »Immer habe ich gezahlt, und trotzdem ist mir alles weggenommen worden, nichts ist mir geblieben. Wie das Wasser bin ich, das vom Berg herabrinnt, ich bin wie das Wasser, dem nichts gehört, das nichts behalten darf, nicht einmal seine Ufer. Nackt und schamlos bin ich wie das Wasser, nichts habe ich in den Händen, ins Nichts renne ich.«

War dies die gleiche Frau, die bei Irmgards Begräbnis stumm, schier teilnahmslos, ohne eine Träne dagestanden hatte?

Doch mit einer wilden, fast männlichen Bewegung wandte sie sich mir zu: »Sehen Sie mich nur an, Herr Doctor,... ja, sehen Sie mich an, ohne Scham bin ich geworden, ohne Scham, als ob ich keine Frau wäre, schamlos vor lauterer Einsamkeit. Wie ein Mann war ich, ein Mann, der Kinder gebärt, weniger als ein Mann, und auch der Miland ist zu einem Nichts geworden, kein Mann, kein Weib, so haben wir Kinder gezeugt, zwei Dienstboten waren wir.«

Mutter Gisson nahm mir die Antwort nicht ab. Und ich, zwar wissend, daß der Mensch in der Einsamkeit der Liebe verlustig, verfallen dem Hasse, schamlos wird und daß nur der Heilige eine Einsamkeit zu erringen vermag, in der die Liebe und die göttliche Scham ihm erhalten bleibt, ich sagte begütigend: »Seid nicht ungerecht, Bäuerin, Ihr habt geliebt und seid geliebt worden.«

Es hätte nicht viel gefehlt, daß sie, die wohl keine Widerrede erwartet hatte und schon gar nicht eine solche, mit der Faust auf den Tisch geschlagen hätte; sie warf mir einen bösen Blick zu: »Wer keinen Vater hat, ist kein Weib, und wer kein Weib bekommt, verliert den Mann in sich... kein Grund war mehr unter unseren Füßen, den Fremden haben wir aufnehmen müssen, weil wir selbst nichts mehr gehabt haben, ja, Herr Doctor... und die Irmgard ist daran zerbrochen.«

Da endlich sprach Mutter Gisson: »Tochter«, sagte sie, »klagst du um die Irmgard? klagst du um den Vater? klagst du um dich? ich frage dich: wen klagst du an?!«

Es dauerte lange, ehe die tonlose Antwort kam: »Euch klage ich an, Mutter, ...der Vater ist erschossen worden, und vielleicht hat er es selber getan...«

»Nein«, sagte die Mutter, »du lästerst.«

»Und wenn es auch der Wildschütz getan hat«, fuhr die Tochter gehässig und heiser fort, »so hat es der Vater gewollt, das weiß ich, er hat es wollen müssen, weil Ihr stärker gewesen seid als er... jedem habt Ihr die Kraft genommen, jedem, der um Euch war, dem Vater habt Ihr sie genommen... und auch mir.«

»Tochter«, sagte Mutter Gisson leise, »dein Vater hat mir die Kraft geschenkt, und ich habe sie ihm wiedergegeben mit aller Stärke meines Herzens... so haben wir es gehalten bis heute, und so werden wir es halten bis in alle Ewigkeit.«

Die Bäuerin war wieder in sich zusammengesunken, sie schaute auf die rissige Tischplatte und fuhr mit dem Fingernagel eine der eingekerbten Rillen entlang. Endlich sagte sie: »Ich glaube es nicht... erst ein Fremder, ein ganz Fremder hat kommen müssen; dem habt Ihr nichts anhaben können, der war stärker als Ihr...«

»Ja«, sagte die Mutter, »meine Zeit ist um, doch sie ist ohne Ende... der Fremde aber wird weiter wandern und vergehen... dann wirst auch du nimmer an den Haß glauben...«

»Euch glaube ich nicht, Mutter, Euch kann ich nicht glauben«, klagte die Bäuerin nochmals, »und selbst wenn es so ist, wie Ihr sagt, Ihr habt den Vater für euch behalten, Ihr habt mich nicht teilnehmen lassen, erschossen bloß lag er im Walde, und mich habt Ihr in die Einsamkeit entlassen, in den Haß, ohne Vater, ohne Kind, beraubt, verstoßen, enterbt, eine vaterlose Dienstmagd... das bin ich.«

Da geschah eine sonderbare Stille; möglich, daß der Regen

draußen jetzt ruhiger floß oder langsam aufhörte, doch möglich auch, daß die Stille von Mutter Gisson ausging, denn es war, als ob nicht sie, sondern die Stille redete: »Was wißt ihr von der Einsamkeit, die ihr allesamt im Munde führt... ja, damals, als ich im Walde auf der Erde gelegen bin, dort, wo sein Blut geflossen ist, da war ich einsam, und, Tochter!, da war auch ich voller Klage und Anklage... mit meinen Händen, mit diesen Händen habe ich in die Erde gegraben, weil ich wollte, daß sie mir Antwort gebe, warum mir, mir jungem Weib, die Einsamkeit zugestoßen ist, und zum Himmel habe ich es hinaufgeschrieen... ohne Scham habe ich es getan, Tochter, auch ich ohne Scham, schamlos war mein Schreien, war meine Anklage, meine Einsamkeit...«

Ihre Stimme wurde noch stiller: »Der Himmel hat nicht geantwortet, und die Erde auch nicht... bis ich gelernt habe, daß es die falsche Einsamkeit gewesen ist, furchtbar wie sie war, ist sie falsch gewesen, und ich war nichts wie ein Kind, das man in der Dunkelheit allein gelassen hat und das schreit, ein Kind ohne Scham in seiner Furcht und voll von Anklagen... dann erst ist die wirkliche Einsamkeit über mich gekommen, nicht die eingemauerte, die falsche, für die die Finsternis in den Mauern ist und die noch schwärzere Finsternis außer den Mauern, sondern die große Einsamkeit ist gekommen, die licht ist wie ein Garten ohne Zaun... und ich habe gelernt, daß keine Antwort von außen kommen kann, weder von der Erde, noch vom Himmel, noch vom Tod, nichts kommt über die Mauer, nichts dringt durch sie, ich habe gelernt, daß die Antwort erst kommt, wenn der Himmel und die Erde und der Tod zu unserer Mitte gehören, zu der Mitte unseres lichten Gartens, in dem wir sitzen und den wir betreuen... unser Herz und seine Scham.«

Die Stille schwieg ihr stummes Lied. Waren die Gedanken der beiden Frauen bei jenem Mann, von dem für die eine alles Licht, für die andere alle Dunkelheit geflossen war? Mutter Gissons gutes Runzelgesicht, mochte es jetzt auch ein wenig ferne sein, war friedlich und verlor trotzdem nicht seinen steten Hang zu einem kleinen belustigten Lächeln, und die Miland-Bäuerin starrte noch immer in unbewegter Düsterkeit auf die Rille in der Tischplatte, der entlang sich ihr Finger bewegte, aber das Lied der Stille, den Raum erfüllend, so daß er nun mitschwang im leisen Glockenton der Heiligkeit, das Lied weitete sich, es nahm den Raum mit sich, so daß es nun Lied und Raum zugleich ist, wird zur Landschaft, wird zum Garten, zu einem lichten Birkengarten, und an seiner äußersten Grenze, dort wo das Lied schon aufhört und in den Hain des Todes übergeht, dort schmaucht ein Mann mit zerschossener Brust, die Jägerjoppe bequem geöffnet, seine abendliche Pfeife. Ja, so und nicht anders hatte wohl das Lied der Stille in seiner leisen Heiligkeit geklungen, so hatte es gelautet, denn unter seinen unhörbar fernen Glockenschwüngen sagte Mutter Gisson, selber fern und leise: »Tochter, um das Sterben herum ist es schön.«

Die Tochter schaute nicht auf, unbewegt blieben ihre Züge, und doch, unerkennbar woran es lag, hatte sich ein Hauch kindlicher Weichheit über sie gebreitet, über das Gesicht, über die ganze in sich zusammengesunkene Gestalt, und selbst der Finger auf der Tischplatte wurde zu dem eines spielenden Kindes. Aber es verwandelte sich die Weichheit zu kindlichem Trotz –, denn durch die sachte geöffnete Türe, die zur Stube hineinführt, schob sich nun Zäzilie in die Küche, und die Milandin sagte: »Kein Kind gehört mir.«

Zäzilie, die erst unschlüssig stehen geblieben war, weil sie die Großmutter und mich hier nicht vermutet hatte, kam mit ihren kleinen Holzschuhen zum Tisch hergeklappert, und unschlüssig blickte sie die Großmutter an, zutraulich und bereit, wieder zu entwischen. Die Großmutter aber schob sie der Milandin hin: »Nimm dein Kind.«

Zwischen der Milandin und ihrem Kind entstand ein Augenblick hilfloser Spannung. Und die Hand, die das Kind schon an sich nehmen wollte, fiel mutlos wieder auf den Tisch zurück, da von den etwas widerwillig verzogenen Lippen der Kleinen die Frage kam: »Ist der Vater nicht hier?«

Und sicherlich hatte Zäzilie sich bloß eingefunden, weil sie die Anwesenheit des Vaters bereits gespürt hatte, denn wirklich nach wenigen Sekunden trat Miland ein, arg durchnäßt, aber mitsamt seinen nassen Kleidern ein schattenhaft müder Automat, dessen Füße zufällig noch den altgewohnten Weg nach Hause getroffen hatten. Automatisch entledigte er sich seines nassen Rockes und lehnte sich, hemdärmelig, zum Herde hin.

»Die Irmgard ist tot, und ich bin da«, meldete sich das Kind, als wüßte es, daß es damit und nur damit den Vater packen und seine Aufmerksamkeit auf sich ziehen konnte.

»Nichts ist tot«, entgegnete die Großmutter, »nichts, auch die Irmgard nicht... Kinder sollen keinen Unsinn reden.«

Miland sah sie erstaunt an: »Mutter... die Irmgard ist tot, ...ich selber...« Seine Stimme riß ab.

»Ja«, sagte Mutter Gisson, »ist schon recht, du selber... aber die Zäzilie soll wissen, daß die Irmgard sich im Wald verirrt hat, bei den Birken und bei den Lärchen, bei der Quelle und bei den Moosfelsen, und daß die Großmutter hingehen und sie suchen wird.«

Der Mann beim Herde rührte sich nicht; dort stand er, der Dunst der Arbeit hing um ihn, Leder und Tabak, Erde und Müdigkeit, er stand dort als einer, der selber ins Unwegsame geraten war, und schließlich sagte er: »Verirrt.«

»Wo ist der Marius?« fragte die Bäuerin, ohne vom Tisch aufzublicken.

Er machte eine vage Geste: »Auf dem Feld, mit dem Andreas.«

Wollte sie ihn noch immer herhaben, ihn, den Träger ihres Hasses, ihn, den Fremden, der stärker als die Mutter sein sollte? wollte sie, daß er sich nochmals der Mutter gegenüberstelle? Und beinahe ohne meinen Willen sagte ich: »Kündigt ihm den Dienst auf, Bauer.«

»Das geht nicht... das kann ich nicht.« Mit automatischer Schnelligkeit hatte er dies gesagt, und nach einer kurzen Pause setzte er gepreßt, doch natürlicher hinzu: »Ich brauche seine Hand zur Wintersaat.«

Ja, er brauchte seine Hand, nicht jene des Hasses, mochte auch seine Einsamkeit nicht geringer sein als die der Bäuerin, wohl aber die Hand des Bruders brauchte er, jene, die ihm noch immer die Wahrheit des Herzens und des wahrheitspendenden Seins eröffnen sollte, die Erde besäend mit der Kraft ihres körnerschleudernden Segens. Und obwohl ich wußte, daß es um den Bauer so bestellt war und daß er sich deshalb immer noch an den Marius klammerte, mußte ich auf meiner Meinung bestehen: »Miland, Ihr dürft ihn nicht behalten.«

Und da war es, als entstünde der Bäuerin plötzlich Verständnis für den Mann, mit dem sie sonst so selten eines Sinnes gewesen war, und als begänne sie, mein Wissen um ihn zu teilen, ja, mehr noch, als bäte sie mich, als bäte sie ihre Mutter, ihn zu schonen und ihm nicht den letzten Halt zu rauben, denn wie von einem plötzlich aufbrechenden Mitleid für ihn beseelt und keineswegs nur, um mir zu widersprechen, pflichtete sie ihm bei: »Nein, Herr Doctor, es geht nicht.«

Mutter Gisson sah den auf sie gerichteten, fragenden flehenden Blick der Tochter, indes ihre Miene wurde so abweisend wie die eines Menschen, der mit Wichtigem beschäftigt ist und sich nicht von Kindereien behelligen lassen will. »Bauer«, sagte sie, »du brauchst ihm nicht aufzukündigen; der Fremde zieht, wie er gekommen ist.«

Aus der dunkel verschatteten Ecke beim Herd, in der Miland lehnte, erklang es gleich tiefem Erschrecken: »Mutter... Mutter, sagt das nicht... das darf nicht sein.«

»Es ist so.«

»Mutter, dann wäre alles umsonst gewesen... auch die Irmgard...«

»Die Irmgard ist tot«, zwitscherte Zäzilie, die grausam und machtgierig auf dieses Stichwort gelauert hatte.

Und Miland, von seinen Schatten umgeben, ließ sich weiter in das Entsetzen tragen: »Wenn er die Felder nimmer säen soll, wenn die Saat nimmer aufgehen soll, einsam ich, einsam die Erde, dann gibt es auch keine Gemeinschaft mehr mit dem Kinde...«

»Er wird nicht mehr für dich säen.«

»Mutter, dann war das Opfer nichts als ein Zufall... Mutter, nutzlos ist es gewesen.«

»Gewiß«, sagte Mutter Gisson, »es war nutzlos.«

Der Mann schwieg, und die Schatten, die ihn umhüllten, wurden dichter vor Reue und Scham.

Allein Mutter Gisson scherte sich nicht darum: »Welche Felder soll der Fremde dir säen, Bauer?« fragte sie.

»Ich weiß es nicht mehr, Mutter, ich kenne die Felder nicht mehr... erst wenn er sie gesät haben wird, werde ich sie wieder kennen.«

»Du kommst vom Feld, Bauer, aber du siehst nur mehr die Finsternis.«

»Nichts ist um mich herum als Finsternis, Mutter, und ich gehe in die Finsternis.«

»Ja«, sagte Mutter Gisson, »so ist der Mann. Aus der Finsternis kommt er, in die Finsternis geht er, dunkel ist das Blut, aus dem er geboren wird, dunkel der Tod, der ihn erwartet, zwischen den beiden Finsternissen ist er eingemauert... ist's nicht so, Herr Doctor?« In ihren Augen blinkte wieder ihre Belustigtheit auf, und sie wartete gar nicht meine Bestätigung ab, sondern fuhr fort: »Und weil das so ist und weil er angefüllt ist von der Furcht vor der Finsternis des Todes, da meint so ein Mann, daß man bloß den dunklen Anfang bis zum Tod hinziehen muß, damit der Tod auch gleich zum Anfang gehört, damit auch er wieder zur Geburt wird und zur Dunkelheit des Blutes. So ein Mann will gar nicht aus seiner Finsternis heraus, er will das ganze lichte Leben in der Finsternis ertränken, damit der Anfang zum Ende kommt. Ja, Herr Doctor, so ist's, wenn du's nicht wissen solltest.«

»Es wird schon so sein, Mutter«, sagte ich.

Sie wurde wieder ernst: »Die Finsternis seines Anfangs und die Finsternis des Endes, er zieht sie bis in die Mitte, das ist der Rausch, den er sauft, das ist der Tanz, den er springt, das ist der Schrei, den er schreit, und das sind die Opfer, die er schlachtet, das ist die Gemeinschaft, die er sucht in der falschen Einsamkeit seiner Finsternis, die Gemeinschaft des Anfangs, die Gemeinschaft seines dunklen Blutes will er bis zum letzten Ende haben, und für sie schickt er das Blut der Opfer aus, die Mitte will er darin ertränken. Aber den letzten Sprung, den er springt, und den letzten Schrei, den er schreit, er spürt ihn nimmer, er hört ihn nimmer, nichts ist um ihn herum, nur mehr die Finsternis, nutzlos das Blut der Opfer.«

Es entstand ein Schweigen. Und da sah ich zum ersten Male, daß die Miland-Bäuerin zu weinen vermochte; zwei Tränen fielen auf den Küchentisch und bildeten zwei feuchte Flecken in den Rillen. »Irmgard«, sagte sie leise und schneuzte sich.

Doch Mutter Gisson hob wieder zu sprechen an, und geschah es auch ganz ruhig und selbstverständlich und umgeben von einer gewöhnlichen Bauernküche, in der ein blanker Radioapparat auf dem Bord stand und die Suppe auf dem Herde kochte und summte, geschah es auch an einem ganz gewöhnlichen Oktobermittag, es war dennoch, als würde Mutter Gisson, als würde die alte Frau in ihr, der alte Mensch in ihr, als würde die uralt-zeitlose, zeitlos-junge Seele hinabsinken zu den Schatten noch älterer Erinnerung, da sie sprach:

»Ich habe die Herden gesehen, die Widder und die Lämmer und viele Rinder, sie sind zur Grenze alles Landes und aller

Berge gekommen, es waren viele und wurden mehr und immer mehr, ohne Blöken, ohne Brüllen, stumm, denn das Blöken und Brüllen haben sie hinter sich gelassen, weil ihre Kehlen durchschnitten waren. So sind sie angetrampelt gekommen, Herde um Herde, und hinterdrein die Menschen mit Geschrei und mit Ochsenziemern und blutigen Messern, die Menschen voll dunkler Angst und dunkler Wut, besoffen waren sie vom Blut, und die haben die Tiere vor sich hergetrieben, damit sie ihnen die Grenze durchstoßen und ihnen den Weg freimachen mögen. Kein Zaun war an der Grenze, die Tiere sind hinüber, sie haben sich auf den Wiesen und in den Gartenwäldern verstreut, sie hatten es gut, sie haben gegrast und haben sich niedergelagert zum Wiederkäuen. Aber die Menschen, die hinterdrein Laufenden, Männer und Weiber, sie sind nicht über die Grenze gekommen, da war sie wie eine unsichtbare Mauer, und die, die auf den Rindern geritten sind oder sie an den Hörnern gepackt hatten, die wurden abgeschüttelt, sogar die Schafe waren stärker als sie, sie wurden alle von der Schranke zurückgestoßen, und was jenseits der Schranke war und geschah, die Wiesen und Gärten und die Tiere, wie sie weiden, das war für sie blind und wie ein Nichts, in die schwarze Finsternis haben sie hineingeschaut, und nur der Geruch der Herden, ihr Blut und ihr Mist und ihre Wärme, das war noch in der Luft. So habe ich es gesehen. Und das waren die Opfertiere.«

Es mag sein, daß es ein Traum war, der da aus ihrer Erinnerung aufgetaucht war, aber der Schatten der Wirklichkeit lag über ihm. War es nicht eine Stimme aus fernstem Wald, eine Stimme von der Grenze aller Länder und Berge, die den Traum erzählte! Denn Schatten um Schatten liegen vor den Augen des Menschen, doch auch Schatten um Schatten liegen hinter seinen Augen, Wand um Wand, und die Stimme, die aus den innersten Wänden der Seele dringt, wird unsichtbar, und was sie spricht, ist nur mehr die Wahrheit.

Wir, die wir hier die Stimme hörten, wagten nicht, die nun wieder eingetretene Stille zu unterbrechen. Indes, als berührte es mich dringlicher denn die anderen, zeichnete sie mich aus: »Ja, Herr Doctor, das ist lange her, viel länger als du denken kannst, viel länger, ...und ich habe die Scham des Menschen gesehen, ich habe gesehen, wie er sich geschämt hat, da er von der Grenze zurückgestoßen worden ist und nichts mehr geschaut hat, als die Blindheit und das Nichts und die Nutzlosigkeit…«

»Ja«, sagte Miland aus der Dunkelheit beim Herde.

Und während die Stimme aus dem dunkler werdenden Schattenhain des Todes drang, sprach sie im Diesseitigen freundlich die Tochter an:

»Schamlos werden die Weiber, die den Männern auf dem Weg der Finsternis folgen, die mit ihnen den Tod ins Leben hineinziehen wollen, so schamlos werden sie, wie der Mann erdrückt von Scham wird, wenn er die Augen dann öffnet; falsche Einsamkeit ist um sie und falsche Gemeinschaft, der Mann kein Mann mehr, und die Frau nicht mehr Frau, da rufen sie nach dem Erlöser, der ihre Finsternis ausspricht und sie heiligt, da rufen sie nach dem, der stärker sein soll als die Mitte des Lebens und des Herzens, sie rufen den Fremden, der aus der Finsternis kommt, damit er sie tanzen macht in ihren Tod hinein.«

Da klagte die Miland-Bäuerin gleich einem kleinen Mädchen, das vor Schluchzen nicht reden kann: »Habe ich getanzt, Mutter? habe ich je es getan? während die anderen auf dem Tanzboden waren, habe ich des Vaters gedacht, den ich nicht gekannt habe…«

Mutter Gisson antwortete ihr nicht sogleich, doch als sie es tat, schwebte ein Lächeln in der Dunkelheit und in der fernen Stimme:

»Vom Fremden hast du erwartet, daß er dir den Vater zurückbringt, weil der Fremde aus der Finsternis gekommen ist. Das war dein Tanzplatz.«

Und dann sagte sie:

»Ich habe gelernt, daß wir in unseren Tod nicht hinüberzusterben brauchen, sondern hinüberleben können, und daß ein solcher Tod nicht umsonst und nutzlos ist, selber lebend wird dann der bittere Tod, und was lebend ist, ist niemals nutzlos, und ich habe gelernt, daß ich nicht zum Ende hinschauen soll, wenn ich es sehen will, sondern in die Mitte, und die ist da, wo das Herz ist… ja, so stark ist die Mitte, daß sie über den Anfang und das Ende hinausreicht, daß sie hineinreicht in das, was dunkel ist und was die Menschen fürchten, weil sie dort nichts sehen, als das Nichts und die Finsternis… aber wenn die Mitte so gewachsen ist, dann wirft sie ihre Helligkeit bis über die Ränder und die äußersten Grenzen, dann ist kein Unterschied mehr zwischen dem, was vergangen ist, und dem, was kommen wird, wir dürfen hinüberschauen zu ihnen, die gestorben sind und mit ihnen reden, und sie leben mit uns.«

Sprach sie zu den beiden Milands? sprach sie zu mir? sprach sie zu dem Totenchor, der lauschend im Walde ruht, die durchsichtigen Rücken an die Stämme der Birken gelehnt, staunenden Mundes solch Botschaft des in den Tod reichenden Lebens aufzunehmen? Sie sprach für die Lebenden und Toten zugleich, denn sie waren ihr eines. Die Milandin hatte aufs neue den Kopf gesenkt, erloschenen Antlitzes, das nichts mehr zu sehen, nichts mehr zu hören schien, doch Miland war nun vorgetreten; er hielt die eine Hand auf den Tisch gestützt, während die andere automatisch nach Zäzilie gegriffen hatte, und er lauschte angespannt, wie einer, der im schweren Nebel steuert.

Und nochmals ertönte die Stimme aus dem Hain der Toten:

»Das habe ich gelernt, damals als mir der Mensch, den ich liebte, im Wald erschossen worden ist, und seit damals lebe ich im Tode und doch in der Mitte des Lebens, und meine Einsamkeit ist keine Einsamkeit mehr... tot sind nur die leeren Worte und sie führen in einen Tod, der ein Nichts ist und eine Finsternis, was aber wahrhaft hier geschieht, das reicht über den Tod hinaus und macht ihn lebend, jedes Kind, das in Liebe gezeugt und geboren wird, jedes Feld, das bestellt wird, jede Blume, die gepflegt wird, das Kind ist das Wissen, und das Feld ist das Wissen, und die Blume ist das Wissen, und es kann nicht verloren gehen, es ist größer und stärker als die Zeit und es ist die Freude, die keine Opfer braucht und keinen Tanzplatz am Rande des Todes, damit sie wiedergeboren wird, sondern die immer da ist, von Ewigkeit zu Ewigkeit, und nie verloren geht, weil nichts, was wahrhaft geschieht je verloren gehen kann...«

Mutter Gisson hielt inne, und dann lachte sie ein wenig, und mit ihrer guten warmen Stimme des Diesseits sagte sie: »Aber für den, der es nicht erlebt hat, sind auch dies leere Worte, und deshalb dürfte ich es auch gar nicht sagen... so lange du den Vater, den du nicht gekannt hast, draußen suchst, wirst du ihn nicht finden, so wenig wie du den Tod auffinden kannst und seine lebendige Wiedergeburt, noch die Wahrheit des Herzens... lebt er[st] selber die Wahrheit der Mitte, säet erst selber euer Feld, betreut erst euren Garten... seid ihr nicht zu zweit? so sehr zu zweit, daß ihr Kinder zu eigen habt?«

Miland, verharrend in seiner angespannten Haltung, schüttelte starr den Kopf: »Wie können wir zu zweit sein, da ich das Kind geopfert habe? was kann wiedergeboren werden, da die Wiedergeburt zur Finsternis geworden ist und zur Scham? wie kann es noch Gemeinschaft geben und die Wahrheit, da ich nicht einmal die mit [dem] Kinde habe finden dürfen? ich sehe nicht mehr die Wahrheit des Herzens, ich sehe nur die Scham...« Und beinahe stürmisch verlangte er meine Zustimmung: »Habe ich nicht die Irmgard geopfert, Herr Doctor? ich, ich selber?!«

Mutter Gisson war aufgestanden. Nun nahm sie Milands Hand: »Miland«, sprach sie, »glaubst du, daß es dir in deiner Einsamkeit nützt, wenn du die Kleine da nicht losläßt? hast du nicht auch die Irmgard so an dich gehalten? In der falschen Einsamkeit bist du, in der Finsternis, die am Anfang steht und aus der der Rausch kommt, und deshalb kannst du dein Fleisch und Blut nicht loslassen, willst den Rausch mit ihm, nicht die Wahrheit und nicht die Gemeinschaft, willst mit ihm dorthin, wo nichts ist. Miland! deshalb ist auch die Irmgard dorthin geraten.«

Es war, als ob Miland unter der Berührung ihrer Hand langsam seine Starrheit verlöre; der Arm, mit dem er das Kind umfangen hielt, wurde locker und fiel herab, und seine Stimme wurde unsicher, weich und fragend: »Mutter, gibt es noch einen Weg für den, in dem die Scham wohnt?«

Doch da hob die Bäuerin den Blick, den immer noch tränenumflorten, hob das Gesicht, in dem die Züge ihrer Mutter und die Irmgards eingezeichnet waren, und anstelle der alten Frau antwortete sie: »Gib mir das Kind, Mann... und komm zu mir.«

Der Mann blieb regungslos; gleichsam ohne Verständnis schaute er in die Augen der Frau, ein Mann, der sich erinnert und die Erinnerung noch sucht, ein Mann, der das Meer seines Gedächtnisses plötzlich vor sich liegen sieht, die sanften Wellen des Morgens, rauschend das Einst und das Künftige. Er blieb regungslos, wie einer, der es nicht glaubt.

Da nahm Mutter Gisson kurzerhand die Zäzilie und setzte sie auf den Schoß der Bäuerin.

»Ist es recht so?« fragte sie.

Und Miland sagte: »Ja.«

Auf dem Bord stand der Radioapparat, auf dem Herde zischte

es leise im Topfe, das Geschirr an der Wand glänzte weiß durch den herbstlichen Schatten des Raumes, und einen Augenblick lang war ich enttäuscht, weil die Toten bemüht worden waren, um die Herzen dieses Ehepaars wieder ins Hausväterliche und Hausmütterliche zurückzuleiten. Aber im gleichen Augenblick schämte ich mich auch schon dieses Gedankens, der – am Radio heftend – dem Geschehenen nicht gerecht wurde. Denn die Zwiesprache der Lebenden ist kein geringeres Wunder als das der Toten, und die Mitte unseres Lebens und unseres Wissens ist die Schlichtheit, in der allein das Aufatmen des Herzens ist, seine Zwiesprache und seine Wahrheit, beschlossen das Unendliche in einem einzigen Atemzug des Endlichen. Und auch ich fühlte dieses Aufatmen, in dem die Lösung eines Bannes sich ankündigt.

Mutter Gisson war stehen geblieben und zog ihre schwarze Wolljacke an. »Ich gehe jetzt«, sagte sie, gewissermaßen um die Ereignisse zu beschleunigen. Und als sie sie anhatte, wiederholte sie: »Bauer, ich gehe jetzt, der Suck wartet mit dem Wagen beim Wirtshaus.«

Miland lächelte nur sinnend und ohne seine Haltung zu verändern: »Ich werde selber säen...«

»Vater«, greinte Zäzilie, der es auf dem Schoß der Mutter nicht paßte und zu ihm zurückwollte.

Da sagte Miland: »Bleib' bei der Mutter«, und zu den beiden hintretend, gab er seiner Frau die Hand.

Mutter Gisson nahm ihren Schirm: »Gut ist's«, sagte sie und war daran, unbemerkt zu entweichen.

»Halt«, rief ich, »halt, Mutter, ich gehe ja mit Euch.«

»Dann mach' rasch.« In ihrer Eile war etwas, das darauf schließen ließ, daß sie nicht ganz leicht wegging.

Die Bäuerin aber hatte unser nicht geachtet; sie hielt die Hand des Mannes umfangen, und während sie sich die letzten Tränen aus den Augen wischte, fragte sie jetzt: »Hast nicht schon Hunger? ruf' die Buben zum Essen.«

Da war Mutter Gisson bei der Türe draußen, und ich hatte nicht einmal Zeit, meinen Mantel umzuwerfen, so geschwind mußte ich ihr nacheilen, um sie einzuholen.

Sie stand auf der Straße, mit ihrem großen Baumwollschirm beschäftigt; erst jetzt fiel mir auf, daß sie unter der Wolljacke ihr schönes Kleid anhatte; es war, als [ob] sie darin Staats- und

Abschiedsvisiten machen wollte.

»Na also, Herr Doctor, da bist du ja... es war Zeit, daß wir heraus gekommen sind.« Sie schaute mich ernsthaft an: »So war es doch nicht so ganz nutzlos gewesen... was?«

»Ja, aber es war Euer Verdienst, ...nicht das des Herrn Marius...«

»Und doch hat er auch dafür kommen müssen.«

Es regnete nur mehr leicht; Mutter Gisson hielt trotzdem den Schirm auch über mich, obwohl ich dies in meinem Lodenmantel sicherlich nicht brauchte. Trapp, mit etwas eingezogenem Schweif, schnüffelte in jedes Hoftor hinein, ob nicht Lebewesen zu entdecken wären; aber die Höfe lagen verlassen und naß da, von den Komposthaufen rann es braun herunter, und die Hühner hatten sich untergestellt.

»Mutter Gisson«, sagte ich, »hier habt Ihr Ordnung geschaffen, an Euch ist es auch, daß mit dem Marius überhaupt ein Ende gemacht wird... heute soll er angeblich den Unfug mit dem Stollen beginnen.«

»Er nicht, er hütet sich, das besorgt der Wenzel mit den Burschen.«

»Na, das kann eine nette Rauferei mit den Oberdörflern geben, höchste Zeit eigentlich, daß ich hinauf komme...«

»Es gibt keine Rauferei... den Suck habe ich herunter genommen, und die übrigen wird der Mathias im Zaum halten...«

»Hm, das ist jedenfalls erfreulich, aber besser wäre es noch, wenn Ihr dem Menschen endgültig das Handwerk legen wolltet... das wäre eigentlich Eure Pflicht, Mutter.«

»Pflicht? im Gegenteil, ich räume ihm das Feld, im Stollen und überall... beim Miland war es was anderes, aber sonst geht mich das nichts mehr an...«

»Die Leute brauchen Euch dringender als den Marius, viel dringender!«

»Nein, sie brauchen mich nicht... was ihnen der Marius bietet, kann ich ihnen durch nichts ersetzen... meine Zeit ist um, auch wenn du mich noch hier herumgehen siehst, Herr Doctor... das sieht nur so aus...« Und Mutter Gisson lachte, ein wenig ferne und ein wenig geheimnisvoll.

Wir waren beim Eck der Kirchengasse. Durch die Dorfstraße strich jetzt ein leichter Ost, er wehte bis zu der Nebelwand, hinter der der Kuppron und der Venten lagen, benagte den Nebel und fraß die herunterfallenden weißen Fetzen auf. Und Mutter Gisson, den Schirm schräg haltend, sagte: »Mit dem Regen, wird's bald gar sein, aber Schnee kann's noch geben, wann wir oben sein werden... fahrst mit uns, Herr Doctor?«

»Ja, wenn ihr so lange wartet, bis ich mit der Ordination fertig bin... aber, Mutter, Ihr sollt nicht immer davon reden, daß Eure Zeit um ist. Mögt Ihr auch schon wo anders sein, als wir andere, gerade deshalb seid Ihr hier nötig, noch viele Jahre... Euch kann niemand so leicht ersetzen.«

»Vielleicht wird's die Agathe einmal tun, so in dreißig Jahren... aber das verstehst du nicht«, wurde ich abgefertigt.

»So, die Agathe... also ihrethalben geht Ihr zur Sabest...«

Sie nickte: »Ja, auch deshalb, man muß es beiden leichter machen.«

Wir waren beim Wirtshaus angelangt: »Also oben passiert heute nichts, Mutter Gisson?«

»Kannst ruhig sein, bestimmt nichts.«

»Und wie sieht es mit dem Gold aus?«

»Der Berg wird schon keines hergeben.«

»Na, dann wird ja der Marius ohnehin erledigt sein.«

»Deswegen? aber Herr Doctor! wie kannst denn so was glauben... es ist doch nur wichtig, daß man den Menschen etwas verspricht, doch nicht, daß man es hält... die Menschen haben immer nur von der Hoffnung gelebt.«

Und damit traten wir ein.

In der Gaststube saß Suck und trank einen Glühwein. Bei unserem Anblick stellte er das Glas bedächtig hin.

»Fahren wir schon, Mutter Gisson. Ich hab' den Gaul im Stall.«

»Nein, nein, bleib nur sitzen; ich muß erst zur Sabest-Minna, und vielleicht fährt der Doctor auch mit uns.«

»Ich habe Zeit«, sagte Suck zufrieden.

Mutter Gisson ging zur Wirtin in die Küche, und nachdem ich mich vergewissert hatte, daß noch keine Patienten da waren, setzte ich mich für einen Augenblick zu Suck hin.

»Trinken Sie auch einen Glühwein, Herr Doctor, das wärmt.«

Das ließ sich machen; ich bestellte mir auch einen.

Suck machte einen zufriedenen Eindruck. Die Löcher in seinen Wangen, die der Schmerz um den Tod der Frau dort gegraben hatte, waren wieder aufgefüllt.

»Also Suck, jetzt haben sie es doch durchgesetzt, jetzt sind sie wirklich beim Stollen oben...«

Suck deutete zur Küche hin: »Wenn sich die nicht ins Mittel gelegt hätte, wären die nicht bis zum Stollen gelangt... davon können Sie überzeugt sein, Herr Doctor... aber wenn die Mutter Gisson etwas befiehlt, läßt sich nichts machen... da heißt's gehorchen...«

»Hm, ja.«

»Damals im August, da hätten Sie uns schießen lassen sollen, Herr Doctor, ...jetzt ist's zu spät.«

»Nur weil Mutter Gisson es verboten hat?«

»Nicht nur... aber sie weiß, was sie tut... auf die Oberdörfler ist kein Verlaß mehr, die Jungen sind alle zum Wenzel abgeschwenkt... und seit der Geschichte beim Kalten Stein sind sie ganz verrückt; es hat ihnen ja doch gefallen.«

»Passen Sie auf, Suck, am Ende werden sie sogar nun noch das Gold ausgraben und wir werden die Lackierten sein...«

Suck schmunzelte listig: »Der Berg wird sich schon wehren.«

»Soll's vielleicht wieder ein Erdbeben geben?« Diese Bergmystik ging mir doch noch immer nicht ganz ein.

»Mag sein, warum nicht... aber der Berg hat auch andere Mittel.«

In der Tat, er hatte noch andere Mittel; das sollte sich noch am gleichen Tage zeigen.

Ich hatte meinen Wein bekommen – auch Suck ließ sich noch zu einem zweiten herbei, vielleicht war's das dritte, und ich war in die Ordination hinaufgegangen, da sich inzwischen ein Patient zur Zahnbehandlung gemeldet hatte. Kaum war ich damit fertig geworden, als ich zum Telephon in die Küche gerufen wurde. Ich eilte hinunter, etwas beunruhigt, denn ohne ernstlichen Grund telephonierte die Karoline äußerst selten; der Apparat war ihr jedesmal aufs neue unheimlich.

Es war die Karoline: »Der Herr Doctor soll zum Telephon kommen...«

»Ja, ich bins ja... was gibt's Karolin'?«

»Hallo.«

Das Hallo hatte sie gelernt.

»Ja, also?«

»Herr Doctor?... Herr Doctor, der Ludwig ist da...«

»Was für ein Ludwig?«

»Der Ludwig ist da...«
»Der Schmied?«
»Ja, der Ludwig.«
»Zum Teufel, reden Sie doch, Karolin'... was will er?«
Schweigen; ich höre, daß sie mit dem Ludwig flüstert. Hierauf: »Einen verrenkten Arm hat er, sagt er...«
»Ach was... rufen Sie ihn zum Apparat, ich möchte mit ihm selber sprechen...«
Wieder das flüsternde Unterhandeln, diesmal gefolgt von einem beglückten Lachen Karolinens: »Er hat noch nie telephoniert, sagt er, er traut sich nicht... Sie sollen zum Bergwerk hinauf kommen, ein Unglück ist dort geschehen...«
»Verdammt... was ist geschehen? so fragen Sie ihn doch...«
Beim Telephon baumelte eine Schnur mit einem stumpfen Bleistift daran; es gelang mir, sie abzureißen. Endlich, noch immer mit Kichern über Ludwigs Telephonfeigheit untermengt, kam die Antwort: »Es ist was eingestürzt... vielleicht ist einer tot.«
»Der Ludwig soll auf mich warten... ich komme.«
»Hallo.«
»Ja, Schluß, ich komme zuerst nach Hause; er soll warten.«
Ich stürzte in die Gaststube: »Suck! die Schweinerei ist da...«
Er nickte gelassen: »Aha... am Berg.«
»Natürlich, wo denn?!... spann' an, Suck, ich renne indessen zum Schmied... so eine Schweinerei.«
»Schon recht, Herr Doctor.« Behäbig und zufrieden erhob er sich.
»Hoffentlich ist der Schmied da.«
Hinter mir tönte noch Sucks: »Aber ja, wo soll er denn sonst sein!« nach, und ich war auch schon zur Türe draußen, den Schmied und seine Feuerwehr zu alarmieren.
Der Schmied war da; und er war gerade daran, lange Zimmermannshaken zu verfertigen.
»Schmied, im Berg ist richtig schon was geschehen... laß' deine Leute zusammen blasen...«
»Teufel...«
»Ja, deinen Gesellen hat's auch erwischt, aber es soll auch Tote geben... das kommt von der Gewissenslosigkeit...«
Er strich sich über den Bart: »Ja, hast recht... die jungen Leute sind dumm... aber begreifen tu' ich sie trotzdem... was

werden wir oben brauchen?«

»Ein paar Leitern höchstens, die Beile... und vor allem die Sanitätsausrüstung...«

»Ja, ja...«

Wir waren beide schon wieder auf der Straße, er, um seinen Hornisten zu suchen, ich auf dem Rückweg ins Wirtshaus.

Im Hof war Suck gerade daran, das bereits angeschirrte Pferd an die Deichsel zu stellen. Der Wind blies in das Wagendach hinein, daß das ganze leichte Gestell zitterte; auf dem feuchten Erdboden klebten schon die ersten herbstlich gelben abgefallenen Kastanienblätter.

»Haben Sie Mutter Gisson verständigt, Suck?«

»Noch nicht.«

»Ich muß wohl alles allein tun.«

Die Treppe hinauflaufend, in die Sabest-Wohnung eindringend, traf ich die beiden Frauen in der schön kaffeedurchschwängerten Stube, und sie waren so sehr in ihr Gespräch vertieft, daß Frau Sabest zuerst gar nicht imstande war, die Nachricht, mit der ich sie aufgescheucht hatte, zu erfassen. Dann freilich, die Hände abwechselnd an die Schläfen haltend und sie wieder faltend, sagte sie: »Gott sei Lob und Dank, daß der Peter nicht mehr dabei war.«

Mutter Gisson blieb merkwürdig unbeteiligt: »Das war geschwind«, sagte sie bloß und trank weiter an ihrem Kaffee. »Wenn der Suck fertig ist, fahren wir.«

»Er ist fertig.«

»Gut.« Sie trank rasch aus, stellte die Tasse ab und erhob sich. Doch während sie die Jacke anzog, wandte sie sich wieder an die Wirtin: »Und sag' nicht, daß dein Leben zu End' ist, Minna, eher wär's zu Ende gewesen, wann alles so geblieben wäre, wie es war.«

Frau Sabest seufzte: »Schwer ist's doch.«

»Ja«, sagte Mutter Gisson und öffnete die Türe.

Auf der Treppe aber nahm sie den Gedanken nochmals auf; sie blieb stehen und drehte sich zu der ihr nachfolgenden Sabest Minna um: »Ja, schwer ist es, und schwer wird es noch sein, auch für dich, Minna, aber das Leben ist niemals zu Ende, das fangt immer wieder von neuem an...«

Dann ging sie weiter.

Wir standen im Hofe.

»So, Suck«, sagte Mutter Gisson, »hilf mir hinauf... also ich dank' dir recht schön für den guten Kaffee, Minna, und jetzt fahren wir.«

»Und ich dank' dir auch recht schön für den Zuspruch und daß du gekommen bist«, sagte Frau Sabest förmlich und war blond in ihrem schwarzen Trauerkleid.

Von der Straße her tönten die ersten Sammelsignale der Feuerwehr.

»Nichts zu danken, Minna«, sagte Mutter Gisson aus dem Wagen heraus, »keine Ursache.«

Ich kletterte gleichfalls hinauf, und Suck ruckte an den Zügeln. Der Leonberger Pluto kam daher, herrenlos, sein Gesicht war noch trauriger als sonst, und traurig sah er uns nach, Trapp beneidend, der neben Suck auf dem Bock sitzen durfte.

Auf der Straße liefen bereits die Leute zusammen; vor der Schmiede stand der Meister, den Hauptmannshelm auf dem Kopf, das Beil umgegürtet. Der Trompeter war jetzt in der Kirchengasse.

Der Schmied winkte uns, und wir hielten einen Augenblick an: »Fahrst nicht mit uns, Herr Doctor?«

»Nein, ich muß erst heim, den Ludwig verbinden... der wartet dort... ich komme dann schon nach.«

Wir fuhren wieder an.

Es war der hochräderige Wagen mit den Rohleinenkissen, der nämliche, der sonst den Pfarrer beförderte, und ich saß mit Mutter Gisson rückwärts unter dem aufgeklappten Dach, dessen schmutzig gelbe Innenseite alte und neue Regenstreifen aufwies. Aber es hatte zu regnen aufgehört, und als wir das Dorf hinter uns gelassen hatten, waren die Wälder auf den Berghängen bereits sichtbar.

»Fahr' zu, Suck«, mahnte ich.

Suck auf seinem niedern Bock knapp vor uns, so daß wir über seinen Kopf hinwegblicken konnten, war nicht aus seiner Ruhe zu bringen: »Ich kann das Roß nicht totschinden.« Nichtsdestoweniger machte er »Tzt, tzt«, zu dem Roß hin, freilich ohne sein langsames Gezottel beschleunigen zu können.

Hinter uns klang, leiser werdend, noch immer das Trompetensignal, beunruhigend und aufregend. »Weiß der Himmel, wie viele da oben schon tot sein mögen, Suck!«

»Zu wenig«, antwortete er.

»Suck«, sagte ich, »wahrscheinlich ist der Stollen eingestürzt... lebendig begraben werden, ersticken, das ist eine fürchterliche Sache.«

»Ja, ja«, meinte er, »das ganze Erdreich ist aufgeweicht von dem Regen... das kann auf einen Menschen schon recht fest drücken, das ist hübsch schwer... aufgeweichte Erde gerät leicht ins Rutschen... ja, ja, wenn man etwas anpackt, von dem man nichts versteht.«

»Trotzdem kann's nicht mit rechten Dingen zugegangen sein, Suck«, sagte Mutter Gisson, und es war mir, als meldete sich in ihrer Stimme allerlei Mißtrauen.

»Das sind schon die rechten Dinge«, antwortete Suck mit der Welt zufrieden.

Der Wind blies hinter uns drein, das Wagendach schwappte dumpf wie eine Trommel ohne Spannung, die dünnachsigen Räder quietschten und knirschten, und links und rechts von uns strich die Kälte mit flacher, starrer und doch ein wenig feuchter Hand über die Felder und Hänge, während sich oben die Berge immer mehr des Nebels enthüllten und schon die ersten winterlichen Schneeflecke auf den Tannenwipfeln sichtbar wurden. Wir schwiegen, und nicht einmal vom Wetter sprachen wir.

Es war etwa zwei Uhr, als wir bei der Abzweigung zu meinem Haus anlangten und ich abstieg.

»Wirst heute noch harte Arbeit haben«, sagte Mutter Gisson und gab mir die Hand.

»Ja, Mutter, wahrscheinlich.«

»Ich komme dann auch zum Stollen«, rief mir Suck nach und ließ den Gaul wieder anziehen.

Ziemlich atemlos kam ich zu Hause an, denn einen Menschen mit einem ausgerenkten Arm soll man nicht warten lassen, und der Ludwig wartete schon lange genug. Und der Arm war tatsächlich in einem bösen Zustand, nicht nur ausgekegelt, sondern überdies noch gebrochen, und das war eine verteufelte Angelegenheit, denn ich konnte des Bruches halber kaum anpacken, geschweige eine Hebelwirkung ausüben. Im ersten Moment glaubte ich, ihn ins Spital schicken zu müssen. Schließlich gelang es doch, nachdem ich zuerst einmal die Bruchstelle geschient hatte. Wir schwitzten beide, der Patient vor Schmerzen und Anstrengung, ich, weil ich meine letzten Kräfte hatte hergeben müssen. Und dann waren wir beide stolz, der Bursch ob seiner Tapferkeit, ich ob meiner Muskelkraft, und wir lobten einander sehr, als ich so weit fertig und nur mehr mit dem Eingipsen beschäftigt war. Erst als wir hernach einen Kognak tranken, wurde ich inne, daß ich über die Arbeit den eigentlichen Unglücksfall vergessen hatte.

»So, jetzt erzähl' mir noch die Sauerei, die ihr da angerichtet habt... ich muß ja sofort hinauf...«

»Ich gehe mit Ihnen, Herr Doctor.«

»Bist du verrückt? ein Wunder, daß du in der Verfassung überhaupt herunter gekommen bist, und jetzt willst du nochmals hinaufsteigen.«

Er lachte: »Aber, Herr Doctor, das muß man doch aushalten, das ist doch nichts.«

Und er ließ sich nicht abhalten. Ich hatte alles vorrätige Verbandzeug und was ich sonst brauchen konnte eilends zusammengesucht und in meinem Rucksack verstaut, und dann machten wir uns auf den Weg, er neben mir und den Hergang erzählend:

Ja, eigentlich sei kaum etwas zu erzählen. Seit gestern arbeiteten sie an der Freilegung des Stollens. Die ersten hundert Meter seien eine Kleinigkeit gewesen, es sei nur Schutt herauszuführen gewesen und sie hätten gesungen, und wenn sie dabei auch an das Gold gedacht hätten, das sie heraus holen wollten, so hätten sie eigentlich doch nicht daran gedacht, denn der Wunsch, immer tiefer in den Berg zu kommen, immer weiter drinnen in ihm zu singen, sei immer größer geworden, so groß, daß sie schließlich wohl überhaupt nichts anderes mehr gedacht hatten.

»Wissen Sie, Herr Doctor«, sagte er, »wenn man im Stollen singt, gibt es kein Echo, wenn man aber bis zum Mittelpunkt des Berges gelangen könnte, dorthin, wo das reine Erz liegt, dort müßte die Quelle des Echos sein, das man draußen hört... und dorthin haben wir gewollt.«

»Hm, auch der Wenzel will jetzt das Echo statt des Goldes? das glaube ich nicht... keinesfalls war es das Echo, das dir den Arm ausgekegelt hat.«

»Der Wenzel? auch der hat mitgesungen... und ihm ist es wohl nur mehr darauf angekommen, immer tiefer zu kommen, immerzu hat er uns angetrieben... ja, aber nach etwa hundertfünfzig oder zweihundert Metern ist das Wasser gekommen, schillerndes Wasser mit Tropfen wie Schlangenaugen... aus dem Felsen ist es hervorgesickert, und an dem verfaulten Holz der alten Zimmerungen ist es gesessen, und noch eine Strecke tiefer hat das Wasser aufgehört, und es war statt dessen die Erde da, Erde wie ein Sumpf, der von allen Seiten, auf einmal eindringt, Herr Doctor, Erde voll weicher Blasen...«

»Also dort ist es geschehen?«

Ja, dort sei es geschehen. Der Wenzel, der auch ein Zimmermann sei, habe befohlen, daß nun abgezimmert werden müsse. Sie hätten also das Holz, das ihnen der Herr Lax gebracht hätte, hereingeschafft, hätten abgepölzt, verspreizt und die Bohlen verklemmt, fünf Mann wären an dieser Arbeit gewesen, und bei jedem Hammerschlag hätten sie gesungen, während der Wenzel seine Anweisungen gegeben hätte... und auf einmal hätte es in der Erde ein Echo gegeben, nur so eine Art Echo, ein Gurgeln eher, aber vielleicht hätte ihr Singen da unten auch eher wie ein Gurgeln geklungen, und schon hätten die Pölzungen nachgegeben: er wollte noch eine Deckenbohle stützen, da hat es ihm den Arm abgedreht, drei von ihnen konnten sich rechtzeitig in Sicherheit bringen, aber den Leonhard und den Wenzel hat es erwischt.

»Das ist alles, Herr Doctor.«

»So, das ist alles ... und was ist mit dem Wenzel und dem Leonhard geschehen?«

»Das weiß ich nimmer... wie ich selber herausgekommen bin, kann ich ja auch nimmer sagen... ich weiß bloß, daß mir und den beiden die Erde eingebrochen ist und daß sie sie erwischt haben muß... aber vielleicht können sie doch noch lebend herausgebuddelt werden... ich bin heruntergelaufen, denn einer mußte es ja tun, und mitarbeiten hätte ich ohnehin nicht können, und ich hab' mir auch gedacht, daß es besser ist, wenn der Dreckarm gleich gericht' wird...«

»Schmerzt der Dreckarm?«

»Na, es geht an... noch ein Schnaps wäre gut.«

»Ist euer Patron oben? der Krimuß?«

Wir hatten nicht die Dorfstraße genommen, sondern den kürzern Pfad, der am Berghang entlang führt, und stießen jetzt auf den Knappenweg. Von den Bäumen tropfte es, die Schneeflecke auf dem Waldboden wurden zahlreicher und zahlreicher, wuchsen zu immer größern Inseln zusammen, aus denen freilich noch das Gras und die grünen Erikastauden herausschauten, manchmal fiel ein Schneebrocken schwer und naß von einem Zweig, der dann langsam nachwippte, und die Luft des Waldes war von einer dunklen Durchsichtigkeit, die sich hoch oben über den Wipfeln, und zwischen diesen wieder hereinblinkend, zu einem festen weißen Grau verdichtete. Da wir trotz der Verletzung Ludwigs rasch vorwärtskamen, holten wir eine ganze Anzahl Leute ein, die auf die Unglücksbotschaft hin sich mit Krampen und Schaufeln ausgerüstet hatten und gleich uns zur Hilfeleistung dem Zwergenstollen zustrebten, auch den gemächlich hinansteigenden Suck holten wir so ein, und als wir bei der Kapellenwiese aus dem Wald traten, da waren wir schon ein recht stattlicher Trupp, der sich vielfüßig durch den hier bereits dichten naß-körnigen Neuschnee emporarbeitete.

Weiß waren die Brombeerstauden, die noch ihre Blätter trugen, braun lagen die geknickten welken Farnkräuter auf der winterlichen Fläche, vor uns stand die Bergkapelle, still, unbeachtet, unbenützt, die geweihten Steine bergend, Tauschnee tropfte von der einen Seite ihres Daches herab, mächtig und kalt und nahe standen die Kuppronwände hinter ihr, und das Schlangenhaupt über dem Stolleneingang trug gleichfalls ein kleines Schneehäubchen. Doch in der Runde, in der großen Klarheit ihrer durchsichtig dunklen Luft waren die Berge gewaltig gegen den schneefarben glatten Himmel aufgerichtet, hartkonturiert ihre Gipfel und Felsen, bedeckt mit Weiß bis tief unter die Waldgrenze herab, an den Südhängen noch etwas tiefer in das Grün hineinreichend, und in all der Helle hatte das Gestein, das an jeder Stelle dem Schnee entwuchs oder ihn abgeschüttelt hatte, die Farbe einer gelblich schwarzen Finsternis: eine große und sichere Kühle, heiter in ihrer Sicherheit, spannte sich in der Runde, so krönte der Kranz des Winters das grüne und braune Tal, in dem noch weich der Herbst ruhte.

Aus der Richtung des Zwergenstollens tönte hie und da ein Ruf, hie und da ein Axtschlag, und der Schall setzte sich fort, getragen von der porzellanenen Weichheit des Echos, in dessen Spiegeln und Aberspiegeln der Winter dem Herbst, der Herbst dem Winter, einander zusingend, sich Antwort und Gegenantwort gaben.

Hohe Erde, in der das Echo klingt, spiegelnder Garten, der die Mitte des Seins umschließt! Suchte nicht auch ich den Quell des eigenen Echos, da ich nach dem Blick fahndete, der aus mir hinausdringt, das Seiende umfassend, mich zu ihm hintragend? war ich nicht gleichfalls in der Gefahr gewesen, von dem sinkenden Traum verschüttet zu werden, vom Sumpfe erstickt? Oh, heilige Heiterkeit der Erde, heitere Heiligkeit der Mitte, holde Scham des Herbstes, enthüllt und verhüllt vom kommenden Schnee! Nimmer können wir weiter gelangen, als zu jener schwebenden hohen Mitte, in der das Erfassende und das Erfaßte sich einen, Quell des Echos und Aber-Echos, das die Erkenntnis ist, göttlich und irdisch zugleich, das Jenseitige im Diesseitigen öffnend: dies ist die Wohnstatt der Heiligen, die ihr menschliches Leben leben und doch dem Göttlichen zugewandt sind –, wohin auch immer ihr Blick fällt, da ist ihnen die Erde hoch und erhaben, wohin immer sie horchen, da erklingt ihnen der Spiegelgesang des Echos, denn durch das Nahe hindurch die Ferne sehend, ist ihr Leben zur liebenden Erkenntnis und damit zur Heiligkeit geworden, im Unzulänglichen schamhaft und demutsvoll das Unsterbliche enthüllend und verhüllend, und je tiefer sie hinabtauchen in die Einsamkeit ihres Selbst, je höher sie emporschweben zu den Höhen des Unbenennbaren – und wer vermag dann noch zu sagen, wo das Oben, wo das Unten ist! – desto schwebender, strahlender, heiterer wird ihnen die irdische Wohnstatt der Mitte, erfüllt von der Sicherheit der Horizonte.

Durch solch erhabene Wohnstatt zogen wir hinauf, freilich ohne viel von ihr zu merken oder von ihr merken zu wollen. Die Leute stießen ihre Schaufeln als Bergstöcke in den Schnee, um besser hinanklimmen zu können, scharf und schlapfend drangen die Geräte in die weiche Masse ein, und so kamen wir unter beträchtlichem Lärm bei der Kapelle an. Kein Wunder, daß die meisten auf das Goldunternehmen mit erneuter Kraft schimpften und nur wenige es verteidigten; aber wenn sie auch schimpften und viele sogar behaupteten, es habe der Berg sich nun gerächt, so wenig sie sich des Mordes an Irmgard geschämt hatten, so wenig war ihnen die neuerliche Düsterkeit ein Anlaß zur Scham, und das Grauen, das sie trotzalledem erfüllte, war sicherlich keines der Scham, sondern weit eher ein erwartungsvolles, durchaus bereit, nunmehr Hekatomben von Toten auszugraben.

Beinahe weihnachtlich war das kurze Waldstück zwischen der

Kapelle und dem Stollen, doch der Weg war hier von den vielen Füßen und von den Holztransporten Laxs gut gangbar geworden, und wir gelangten nun bald zu unserem Ziel, zur Lichtung vor dem Zwergenstollen: hier, von Christbäumen in stiller Feierlichkeit würdevoll umfaßt, geschah ein aufgeregtes, würdelos lärmendes Hin und Her, bienengleich vor dem schwarzgähnenden Flugloch des geöffneten Schachteinganges fand es statt, schwarzzertreten und dazwischen von müden Grasbüscheln durchsetzt war der Schneeboden, mittendrin lag lose das Bauholz aufgestapelt, während rechts von uns, auf der Waldböschung, eine primitive Werkzeughütte errichtet worden war, richtiger eine Art Flugdach mit drei Schutzwänden, teilweise an den Baumstämmen befestigt, und daneben ein, offenbar zum Abkochen bestimmtes Feuer [, das] seinen scharfweichen Holzrauch in die Kühle und zu uns herüber wehen ließ; dort stand auch Lax, seine starke Stimme überschrie den Platz und schien dem ganzen Getriebe irgendwie Sinn und Richtung geben zu wollen. Natürlich war es überflüssig, denn zweifelsohne waren viel zu viel Leute da; in dem engen Stollen konnten doch nur wenige arbeiten.

Er gab es auch sofort auf, als er uns gewahr wurde und kam heran, mit ihm noch einige andere. Ich bemerkte auch ein paar Feuer[wehr]leute, die es sich nicht hatten nehmen lassen, Uniform anzulegen.

»Schöne Bescherung, Herr Doctor«, sagte Lax und hatte wohl keine Ahnung, daß er an der Bescherung mitschuldtragend war.

»Ja, allerdings... was gibt es für mich zu tun?«

Er war doch etwas betreten: »Den Wenzel haben wir glücklich herausgebracht... für den scheint es noch glimpflich abgelaufen zu sein... aber der Leonhard... ja«, er wandte sich ab, »...ja, nicht viel Hoffnung.«

»Wo ist der Wenzel?«

Er wies zu der Zeughütte hin.

Auf dem Waldboden unter dem Flugdach war der Wenzel ausgestreckt, mit zwei Mänteln zugedeckt, eine zusammengerollte Jacke unterm Kopf, schneefahl das faltenreiche listige Gesicht, geschlossenen Auges.

Ich kniete bei ihm nieder: »Wenzel.«

Er öffnete langsam ein Auge und blinzelte mich schräg an: »Herr Doctor.«

»Ja, Wenzel.«

»Kann nicht reden«, sagte er mühselig.

Glimpflich war das keineswegs, was ihm da zugestoßen war.

»Na, vielleicht geht's doch... wo tut's denn weh?«

Ein Schimmer des alten Spotts trat in das Gesicht: »Fragen Sie lieber, wo's nicht weh tut.«

»Hm.«

»Kalt, Herr Doctor«, sagte er leise.

»Ja, wir müssen auch trachten, Sie von hier wegzubringen... können Sie sich bewegen?«

Sein Versuch zur Lustigkeit geriet in ein greisenhaftes Lächeln: »Lieber nicht, Herr Doctor.«

Nach einer Weile: »Kann mich nicht bewegen.«

Man sah, daß ihn die Anstrengung furchtbare Schmerzen gekostet hatte; nachdem sie abgeklungen waren, sagte er: »Herr Doctor, mich hat's... lassen Sie mich da verrecken... Pech gehabt... kleiner Betriebsunfall...«

»Mit dem Verrecken haben Sie Zeit, Wenzel.«

Er stöhnte bloß.

Der Verdacht eines Wirbelbruchs war in mir aufgestiegen; es schaute durchaus nach einer Rückenmarkverletzung aus. Was alles an dem Mann zerbrochen und zerquetscht war, ließ sich hier überhaupt nicht feststellen; ich konnte ihn ja nicht einmal anders betten. Von einer Untersuchung konnte keine Rede sein. Aber auch der Transport mit der unzulänglichen Feuerwehrbahre war ein schier unlösbares Problem.

In rechter Verzweiflung hockte ich neben ihm auf den Boden. Vor dem Schuppen standen die Leute und sahen mir voller Spannung zu: hie und da kam ein Rauchschwaden vom Feuer herein.

Schließlich, damit überhaupt etwas geschähe, herrschte ich die Umstehenden an: »Bringt die Tragbahre her.«

Wenzel öffnete jetzt die Augen: »Quälen Sie mich nicht unnütz, Herr Doctor.«

Der Schmied kam: »Wie steht's?«

»Er hat schon was abbekommen... aber es könnte ärger sein.«

Beinahe war es, als ob Wenzel lachte; es war ein heiseres Pfeifen. Doch dann sagte er: »Schmied, das Holz ist angesägt worden.«

»Was?«

Mühselig wiederholte er: »Die Pölzpfosten sind angesägt worden... daher ist es gekommen... ich versteh' mich darauf...«

»Jetzt versteh' dich aufs Gesundwerden«, sagte der Schmied, »statt an so was zu denken.«

Die Züge des ehemaligen Schelms wurden haßerfüllt: »Ich verreck'... die Hunde...«

Ich schaute den Schmied an; er nickte mir zu, als ob er die Vermutung des Wenzels für nicht unglaubwürdig hielte. Angesägt? der Suck? der Mathias?

Der Wenzel fuhr mit noch schwächerer Stimme fort: »Der Marius...«

»Ja? soll ich ihm was bestellen?«

»Er hat mit der Sache da nichts zu schaffen... das war meine... meine Sache allein... Herr Doctor... nur ich...« Er röchelte erschöpft.

»Ja, Wenzel, seien Sie unbesorgt.«

Er verriet nicht, ob er mich noch gehört hatte; er war in seinen Dämmerzustand zurückgesunken.

Man mußte unbedingt den Versuch wagen, ihn ins Spital zu schaffen, so aussichtlos dies auch sein mochte, und ich fragte den Schmied: »Kann einer von deinen Leuten telephonieren?«

Er dachte nach: »Ja, der junge Lax wird's können.«

»Dann schick' ihn hinunter, daß er im Krankenhaus anruft... es ist jetzt vier, bis um neun Uhr könnte das Rettungsauto bei mir sein...«

Aber was nun? am klügsten wäre es, ihn sofort, noch bei Tageslicht, hinab zu bringen. Im Schacht mochten sie ja noch stundenlang arbeiten; bis sie den Leonhard gefunden haben würden, wäre ich längst wieder heroben.

Ich ließ mir noch ein paar Mäntel reichen und packte den Wenzel darin ein. »Komm, Schmied«, sagte ich, »wir schauen einmal zum Stollen.«

»Ich muß ohnehin wieder hinein. Wir haben jetzt Schichtwechsel.«

»Wie oft wechselt ihr?«

»Alle Stunden. Sechs Mann beim Graben und Zimmern, vier beim Materialabführen.«

Über dem Platz lag die ungesunde Spannung des Wartens, jene Spannung, die sich auf die Dauer nur mehr in Witzen oder in Streiten Luft zu machen vermag. Die Leute waren zur Hilfeleistung gekommen, sie hätten gerne Hand angelegt, so aber werden sie erst nach Stunden in eine Schicht eingeteilt werden können. Untätig irrten und standen sie herum, in einer Gruppe wurde bereits heftig gegrölt.

Vor dem Stolleneingang war Lax gerade daran, die nächste Schicht auszuzählen.

Kampflustig unterbrach ihn der Schmied: »Ich kann nicht jeden brauchen...«

»Aha, der Herr Feuerwehrhauptmann.«

»Ja, jetzt hab' ich das Kommando und die Verantwortung.«

Der Bergmathias war, erdkrustig sein Gewand, erdkrustig sein roter Bart, ein Beil in den Händen, aus dem Stollen heraus gekommen; er lachte: »Ein Unterdörfler kann da überhaupt nicht kommandieren, weil ihr allesamt nichts vom Berg versteht.«

Ich erkundigte mich nach dem Fortschritt der Arbeit.

»Langsam, langsam... alle halben Meter frisch abpölzen.«

Neben dem Eingang lag bereits ein großer Haufen der herausgeführten Erde, einer reinen stark braunen, stark kieshältigen feuchten Erde, der man den Mord nicht ansah. Von Zeit zu Zeit wurde ein Schubkarren davon herausgefahren, und im Laufschritt mit dem leeren Karren rannte der Mann in den Stollen zurück.

Auch wir traten jetzt ein. Mit modrig warmem Luftzug kam uns fernes Gehämmer und dumpf klirrender Schaufelschlag entgegen, an den vielfach ausgemauerten Wänden steckten Fackeln und Kienspäne, vielfach in alten Haltern, und der Weg führte in sanfter Steigung aufwärts. Wenn sie den Wenzel hier niedergelegt hätten, statt draußen in der Winterkälte, wäre es besser gewesen.

Doch dann wandte sich der Weg, und es ging ziemlich steil abwärts und in die Zone der Feuchtigkeit, von der Ludwig gesprochen hatte; die alte Schachtzimmerung wurde immer bröckliger und moderiger, immer öfter wurde sie von dem weißen Holz der heute aufgeflickten Ausbesserungen unterbrochen, Wasser tropfte und rieselte, und der laue Kelleratem war von dem scharfen Geruch frischgebrochner Erde geschwängert. Die Männer mit den Schubkarren, denen wir begegneten, hatten hier recht schwer heraufzuarbeiten, nun kamen auch die Arbeitsgeräusche näher und näher, und nach einer nochmaligen leichten Biegung des Ganges verbreiterte er sich, und es war, als träten wir in eine geräumige Kammer, die zwar stirnseitig mit Erde abgeschlossen, sonst aber überall mit frischem Holz abgestützt und verschalt war: dieses warme und von ein paar Windlichtern hell erleuchtete Gelaß war die Unglücksstätte.

Die Zimmerleute hämmerten an der Verschalung; an der Erdwand schaufelten vier Mann und füllten die Schubkarren.

Ludwig stand dabei: »Es kann nimmer weit sein... mich hat es dort erwischt«, er zeigte nach rückwärts, »und der Leonhard war nicht so weit von mir entfernt, wir haben ja noch miteinander gesprochen.«

Ich hatte jedes Gefühl für Entfernung verloren; sicherlich waren wir bloß ein paar Minuten unterwegs gewesen, aber auch dies hätte ich nicht mehr sagen können; ob wir nun dreihundert oder sechshundert Meter oder noch mehr eingedrungen waren, ich hätte alles geglaubt: »Wie tief mag es wohl noch hinuntergehen?« fragte ich.

»Tief, sehr tief«, antwortete der Bergmathias, »aber wahrscheinlich ist das alles ersoffen.« Er streifte ein paar Tropfen von der Decke, als wollte er sie mir zeigen: »Das gleiche Wasser wie im Grünsee.«

Das Bild eines unterirdischen Sees, in dessen Mitte der Quell des Echos aufsteigt, ein Bild, selber sehnsüchtig aufsteigend aus dem Meer aller Gedanken, der Erinnerungen und des Denkbaren, vereinigte sich seltsam mit dem Bilde der Höhe, durch die das Echo zieht, mit dem Bilde des Äthersees, der zwischen seinen Schneeufern den Herbst auf seinem Grunde noch birgt, und es war wie eine letzte Verlockung.

Hinter mir rammten die Burschen einen Pfosten ein und sangen, angesichts des Todes, dazu das alte unzüchtige Pilotierlied:

»Schöne Mariedl jetzt hauen wir ihn ein,
Hauen wir ihn ein,
Und einmal auf (Pumm)
Und zweimal tief (Pumm)
Und dreimal auf (Pumm)
Und viermal tief (Pumm)
Schöne Mariedl jetzt hauen wir ihn ein (Pumm)
Schöne Mariedl jetzt hast ihn drin.«

»Mein Gott, vielleicht lebt er noch!«

»Dann freut er sich, wenn er uns hört«, meinte einer der Pilotierer.

»Der ist tot«, sagte der Bergmathias.

»Schöne Mariedl, jetzt hauen wir ihn ein,
...«

War das der Totengesang, den sie dem toten Mann sangen? dem Mann, den es hineingeschlagen hat in den Schoß der Erde? eine kleine, eine wahrlich unscheinbare Totenklage, so klein, wie das Unermeßliche klein wird im Schoß der Erde, dennoch unermeßlich, ohne Zeitentfernung, ohne Raumentfernung, trotzdem noch immer unermeßlich alles in sich enthaltend, wie in einem Keim. Und auf einmal fiel es mir auf, daß ich mir den toten Leonhard, den ich doch als Lebendigen in seiner ganzen Länge gekannt hatte, bloß in der Zwergengröße des Wenzels vorstellen konnte, ja, kleiner noch als den Wenzel, und daß man bloß über dieses tote vergrabene Wichtel hinwegzusteigen brauchte, um zu den Tiefen des silbernen Sees da unten gelangen zu können.

»...
Und sechsmal tief (Pumm)
Schöne Mariedl jetzt...«

»Da ist er!«, schrie einer der Grabenden.

Der Gesang verstummte nun doch.

Etwa in halber Mannshöhe ragte ein Schuh aus dem Erdmaterial und wies mit der genagelten Sohle zur Decke empor.

Alle schwiegen nun jetzt. Der Bergmathias warf die Jacke und dann auch das Hemd ab und begann mitzuarbeiten. Es war nicht einfach, denn der nach und nach freigelegte Körper mußte immer wieder durch nachgeschobene Bretter gegen den Druck der nachschiebenden Erdmassen gesichert werden. Er lag schräg abwärts, den Kopf gegen den alten Stollenboden gepreßt. Endlich konnte man ihn herausziehen.

Ich war voller Ungeduld, denn oben hatte ich den Wenzel, von dem ich nicht wußte, ob [er] nicht wieder erwacht war, und es war geradezu eine Erleichterung, als ich konstatieren konnte, daß bei dem Leonhard nichts mehr zu machen war: er war nicht einmal erstickt; es hatte ihn glatt erschlagen.

Die Männer standen stumm herum. In die Höhlung, aus der sie den Körper gezogen hatten, rieselte das Erdreich, rieselte Wasser, die eingeschobenen Bretter bogen sich und knackten. Und ich bemerkte, daß wir alle immer wieder auf diese Höhlung schauten, als erwarteten wir, daß da noch etwas nachfolgen müßte, ein Tier, eine Schlange oder eine schwarze Katze, oder sonst irgend etwas Unmögliches. Und ohne daß es jemand befohlen hätte, und obwohl es doch ohne jeden Sinn und Zweck war, begannen zwei der Leute mit Brettern das gewesene Grab zu verschalen.

»Ich gehe«, sagte ich, »ihr bringt ihn ja hinaus.«

Mathias übernahm es, für die Leiche zu sorgen, und ich ging. Auf dem Rückweg sah ich erst, wie kurz die Strecke war; sicherlich nicht einmal dreihundert Meter. Die Steigung war sofort genommen, das Halbrund des Stolleneingangs tauchte auf und vergrößerte sich sehr rasch. Da traf ich die unter dem Kommando des Schmieds einrückende neue Arbeitspartie. Ich bedeutete ihnen, daß sie umkehren könnten; die Arbeit sei beendet.

»Ja«, sagte der Schmied, »erschlagen... da hat er wenigstens einen schönen Tod gehabt.«

»Schmied«, sagte ich, »da stelle ich mir einen schönen Tod anders vor.«

»Nein«, sagte er, »der schöne Tod ist wild wie das Feuer.« Und er ging weiter, um nach dem Leonhard und seinem schönen Tod zu sehen.

Ein paar aus der Mannschaft wandten sich mit zum Ausgang. Die Menge der Wartenden hatte sich inzwischen dort noch vermehrt. Als ich ihnen das Geschehnis meldete, nahm einer nach dem andern Hut oder Mütze vom Kopf, und im gleichen Augenblick gellte ein Aufschrei über den Platz, aufsteigend zu den stillen Wipfeln der weihnachtlichen Bäume, verhallend und nochmals verhallend in den Wänden: es war die Mutter Leonhards, die alte Frau Nistler, die ein wenig abseits in einer Gruppe von Frauen gleichfalls gewartet und die ehrfürchtige Geste verstanden hatte.

Aber ich hatte keine Zeit, mich um sie zu bekümmern; ich mußte zum Wenzel. Da allerdings gab es noch eine Überraschung und eine peinliche auch noch dazu.

Denn vor dem noch immer mit geschlossenen Augen unbewegt daliegenden Wenzel war der Marius aufgepflanzt, neben ihm der Krimuß und der Lax, und der Marius, der sich offenbar schon in Hitze geredet hatte, hielt an den Verletzten eine Ansprache:

»Wenzel«, sagte er gerade, »du meinst, daß das Holz angesägt worden sei... weißt du, daß du damit einen argen Verdacht aussprichst? auch der Herr Bürgermeister wird sogleich kommen, und du wirst deine Anklage vertreten müssen... hatte ich dich nicht immer darauf aufmerksam gemacht, daß du alles, was du tust, auf eigene Verantwortung machst? habe ich dir nicht befohlen, zu warten, bis die Zeit reif ist und der Berg selber uns rufen wird? Und er hätte uns gerufen, in Reinheit und Größe hätte er uns gerufen, denn schon hat er den ersten Ruf ergehen lassen! Du aber warst ungeduldig, du hast mich verlacht, und jetzt willst du die Verantwortung abwälzen und erhebst haltlose Anklagen...!«

»Lassen Sie den Mann jetzt in Ruhe«, herrschte ich den Narren an.

Der hielt kurz inne und schaute mit zornig gerunzelten Brauen auf den wunden Zwerg, denn dieser hatte ihm, entgegen meiner Annahme, anscheinend doch zugehört und hatte nun die Augen geöffnet, Augen, in denen nichts von ihrer einstigen Schelmenhaftigkeit und auch nichts mehr von ihrer steten Haßbereitschaft zu entdecken war, sondern Augen, die groß und schwer und ernst auf dem Marius ruhten.

Lax, die Pause benützend, warf rasch ein: »Das gelieferte Holz [war] tadellos und intakt... wenn das Unglück aufs Holz zurückzuführen ist, so hat's wirklich so ein Lump angesägt.«

Indes wollte der Marius seinen Redefluß weder durch mich, noch durch den Lax unterbrechen lassen; er fiel in den singenden Tonfall, den ich zur Genüge an ihm kannte: »Nur wer die Stimme vernimmt und auf sie horcht, darf handeln, nur ich darf es tun, nur ich, denn mir sind die Stimmen der Berge geschenkt worden, ich lausche ihnen. Aber der Berg hat geschwiegen und mich noch nicht zu ihm befohlen...«

Da konnte der Krimuß nimmer an sich halten: »Wird er weiter schweigen? wird er verschlossen bleiben? wird er das Gold nicht hergeben?«

Und der Narr nach alter Zaubererart entgegnete, indem er sich neuerdings gegen den Wenzel wandte: »Du hast das Verbrechen begangen, du hast mir nicht gehorcht, du hast den Berg beleidigt, und wenn er jetzt schweigen wird und sich aufs neue verschließt, so hast du die Verantwortung auf dich geladen.«

Und da war es, als ob der Haß und vielleicht sogar ein schelmischer Haß in des Wenzels Auge wieder einkehrte, stark genug, damit er das vernehmlich aussprechen konnte, was sich die ganze Zeit über in ihm geformt hatte, ein Wort nur, und das war:

»Scheißkerl.«

Dann aber, von der Anstrengung überwältigt, von Schmerzen neuerdings gepackt, stöhnte er auf und schloß wieder die Augen.

Der Marius duckte sich wie ein Tier, das losspringen wollte – so weit ich ihn kannte, hätte er es gewiß nicht getan –, aber Lax, laut auflachend, hatte auch schon seinen Arm gepackt: »Sag's noch einmal, Wenzel«, jauchzte er voller Vergnügen.

Marius riß sich los, wandte sich ab: »Er ist ohnehin gelähmt und bleibt gelähmt; der Berg hat ihn gestraft.« Er sagte es und spuckte aus.

Jetzt hatte ich aber genug; schon begann es um die Lichtung bläulich zu dämmern, es war die höchste Zeit, den Verwundeten abzutransportieren, und in heller Wut schrie ich: »Habt ihr nicht an dem einen Toten genug, der da unten liegt?!«

Lax wurde ernst: »Der Leonhard...«

»Ja«, sagte ich immer noch wütend, »tot, erschlagen, verschüttet.«

Das Gelbe des Gesichts des Krimuß erwachte aus der stumpfen Bestürztheit, in der es bisher verharrt hatte, es hellte sich auf: »Das Gold! jetzt... jetzt ist der Berg wieder versöhnt...«

Und Marius, bei all seiner Narrheit, seinen Vorteil wahrend und zweifelsohne bestrebt, sich den Krimuß zu sichern, griff es auf, ja, mehr noch, er verwandelte es unverzüglich in echte Narrheit und Besessenheit, da er sofort nach innen gewandten Blick[s] in seinen Prophetenton zurückfand: »Toter Mann im Berg, erschlagen vom Berge, der sein Blut trinkt, damit der Zwerg wieder zum Riesen werde, aus dem Un-Mann wieder der Mann, aus der Stummheit wieder die Stimme... wenn er das Sühneopfer angenommen hat, das Verbrechen verzeiht, dann wird er seine Stimme erheben und mich rufen...«

»Meinetwegen«, sagte ich, »aber jetzt habe ich hier zu tun... Lax, tun Sie mir endlich den Gefallen und führen Sie die beiden da fort...«

»Ich gehe schon, Herr Doctor«, sagte Marius höflich und entfernte sich, gefolgt von Krimuß.

»So ein hundsföttischer Narr, so ein Kerl«, sagte Lax »aber passen Sie auf, Herr Doctor, der schafft's, der holt noch das Gold.«

»Lax«, sagte ich, »das Gold interessiert mich jetzt blutwenig... ich muß diesen Mann ins Tal bringen.«

So ungern ich es auch tat, so gefährlich es auch unter gegebenen Umständen war, ich gab dem Wenzel eine kräftige Morphiuminjektion, darauf gefaßt, bei einem Nachlassen des Herzens mit einer Dosis Coffein nachhelfen zu müssen. Dann schnitt ich aus dem Leinenboden der Tragbahre einen breiten Streifen heraus, damit der Patient möglichst mit freiem Rücken darauf zu liegen käme, und nachdem ich mich seines inzwischen eingetretenen tiefen Dämmerschlafs vergewissert hatte, hoben wir ihn vorsichtig auf das Gestell, und ich gurtete ihn an. Ich suchte mir ein paar verläßliche und kräftige Leute aus, die sich beim Tragen ablösen sollten, ein paar der Fackeln wurden mitgenommen, und wir machten uns auf den Weg.

Der Platz aber, den wir passieren mußten, war jetzt ganz still geworden. Denn der Tote, den man inzwischen aus dem Berg herausgebracht hatte, lag nun in der Mitte dieser weihnachtlichen Lichtung, gebettet auf zwei weißen Fichtenbrettern, die an ihren Kanten vom Zugriff der Hände schwarz geworden waren, er war mit einem Stück Jute zugedeckt, seine Mutter kniete vor ihm, und ringsum stand die schweigende Menge, schwarz in der Sanftheit des abendlichen Schnees.

Doch neben der Mutter, in leichter Grazie das eine Knie auf dem Boden, den Ellenbogen auf das geknickte zweite Bein gestützt, hatte sich der Marius niedergelassen, und als wir vorbeikamen und für einen Augenblick anhielten, dem Toten zu Ehren, hörte ich, wie der Narr zu der Mutter sprach: »Härmt Euch nicht, Mutter, denn Euer Sohn ist für eine große Sache gefallen, und nicht nur wir, die wir hier um Euch herum sind, auch unsere Kinder und Kindeskinder werden seines Heldentodes in Dankbarkeit gedenken.«

Und die Mutter jagte den Schamlosen nicht fort, keiner tat es, vielmehr sagte sie, gierig des Trostes, den er ihr vorgaukelte: »Ja, Herr Ratti.«

Er aber: »Und wenn der Bergbau blühen wird, dann sollt auch Ihr, die jetzt um Euern tapfern Sohn so trauert, nicht vergessen werden... jeder weiß, was er Euch schuldig ist...« Und er wandte sich an die Umstehenden: »Ist es nicht so? stehen wir nicht ein, alle für einen?«

Niemand wagte eine Widerrede, vielleicht weil das Schweigen des Todes und des Schmerzes stärker ist als jede menschliche Meinung, vielleicht aber auch, weil sie sich alle eines Sinnes mit dem Marius wähnten.

Und der Marius, der sich so den Tod zum Bundesgenossen gemacht hatte, fuhr fort, denn sein Reden war immer ohne Ende: »In jedem Stück Gold wird sein Name blinken...«

Da rief eine Stimme, und ich erkannte die Sucks: »Fallt doch nicht auf dieses saudumme Geschwätz hinein...«

Ein unwilliges Gemurmel erhob sich, und man hörte unwillige und bösartige Rufe: »Suck, halt's Maul.«

Krimuß aber schrie heiser: »Das Gold, wir werden's jetzt kriegen...«

»Einen Dreck werdet ihr kriegen!«, antwortete Suck, und man hörte, wie er sich im Wald entfernte.

Ich hätte gerne der alten Frau Nistler die Hand gedrückt, so aber sagte ich zu meinen Leuten: »Gehen wir.« Schließlich hatte ich Dringenderes zu tun, als mich dem närrischen Gehaben zuzugesellen, und wir durften nicht zögern, wenn wir über den Steilhang unterhalb der Kapelle, den ich recht sehr fürchtete, noch bei Tageslicht kommen wollten. Das erste Stück des Waldweges nach der Kapellenwiese war ja ebenfalls noch arg genug.

Allein, es ging über alles Erwarten gut vonstatten, auch über jenen Steilhang. Der Zwerg war leicht zu tragen. Wir bildeten eine Doppelkette und gaben die Bahre von Hand zu Hand weiter, so daß sie immer waagrecht blieb. Eine Anzahl Leute, die nicht mehr auf den Leonhard hatten warten wollen und mit uns gegangen waren, halfen mit. So wurde der Steilhang überwunden, dessen Schnee im Abendschatten bereits ganz fest geworden war. Unten aber lag milde das herbstliche Tal, und hinter dem Kuppron mußte sich wohl ein Wolkenriß gebildet haben, denn das Weiß auf den gegenüberliegenden Höhen hatte sich in einen rosafarbenen Hauch verwandelt, in einen rosa Silberhauch, der wie ein letztes, allerletztes Atmen eines Echos war, wie das ausklingende Echo einer brennend roten großen Scham.

Ohne weitern Zwischenfall kamen wir durch den langsam dunkelnden Wald, erreichten wir die milde dunkelnde Zone des Herbstes, und auf der letzten Wegstrecke vor meinem Hause mußten wir die Fackeln anzünden. Und pünktlich nach acht Uhr langte das Rettungsauto ein, den Wenzel abzuholen, den Schelmenzwerg, der nur manchmal aus einem Auge jetzt blinzelte und apathisch alles mit sich geschehen ließ.

XIV.

In jenen ersten Novembertagen raffte sich das Jahr noch einmal auf und holte all seine Stärke zusammen zu zitternder Pracht und goldenem Klang: ein Nachherbst, ein Nachsommer von seltener Reife schmolz den Oktoberschnee von den Höhen, ein unergründlich heller Himmel hatte noch einmal alle Kälte der Welt in sich aufgesaugt, um sie hinter seiner durchsichtigen Bläue zu verbergen, hinter einem Blau, das nicht das des Vergißmeinnichts und nicht das des Enzians, sondern wie der Schatten in einer aufgeblätterten weißen Rose war, und voll starrer Milde schaute er durch das zarter und schärfer gewordene Geäst der Bäume: noch einmal strich das Unendliche in seiner lieblichsten Gestalt durch die Natur, faßbar dem Menschen, ehe es sich verschließt und an die winterlichen Grenzen der Sterne sich zurückzieht. Man nennt diese Zeit Altweibersommer, vielleicht weil sie mehr als jede andere die Ganzheit der Welt ahnen läßt, ihre Härte und ihre Milde, ihr Anbeginn und ihr Ende, vereinigt in der Fülle der Mitte, weiblich das Unendliche, wenn es zur Ganzheit und Ruhe wird, enthoben seinem Drängen und seinem Sich-selbst-Erschaffen; so gaben sich Erde und Welt noch einmal in ihrer Ganzheit.

In jenen ersten Novembertagen übersiedelte Wetchy in die Stadt, um sich eine neue Existenz zu suchen. Er hatte sein Haus aufgekündigt, und er hatte gut daran getan, denn der Gemeinderat, in dem nun der Marius saß, hätte es ihm ohnehin nicht belassen. Gleich nach dem Bergwerksunglück hatte Miland alle seine öffentlichen Funktionen niedergelegt, und den Bemühungen des Lax war es ohne viel Anstrengung und Aufhebens gelungen, den Marius an die freigewordene Stelle zu bringen. Der ersten Sitzung, bei der der Marius eingeführt worden war, war ich fern geblieben, und am liebsten hätte ich mich gleichfalls aus dieser Körperschaft zurückgezogen; aber als Gemeindearzt durfte ich dies nicht tun.

Und es war der 4. November, an dem mich Rosa weckte. Sie mußte wohl, wie es ihre Gewohnheit war, erst zaghaft angeklopft haben, und da ich es nicht gehört hatte, trommelten ihre Kinderfäuste mit aller Macht an die Türe, bis ich Antwort gab.

»Ja«, rief ich, »komm herein.« Es war noch dunkel, ich machte Licht. Sechs Uhr.

Sie stand vor meinem Bett: »Ich fahre in die Stadt«, sagte sie ernsthaft. Trapp, der sie begleitet hatte, legte den Kopf auf die Bettkante.

»Dazu mußt du mich jetzt schon wecken, du elendes Geschöpf... sogar fix und fertig angezogen bist du schon.«

»Die Karoline macht den Kaffee.«

»Na, weil heute der große Tag ist... ich bin bald unten.«

Während ich mich ankleidete, wurde es licht vor den Fenstern; wie luftiges Wachs stand der weiße Nebel davor, durchtränkt von Helligkeit wie ein Schwamm, und man ahnte den wolkenlosen Himmel darüber.

Als ich hinunterkam, saßen die beiden schon beim Kaffee.

»Freust du dich, Rosa?« fragte ich.

Die Karoline schneuzte sich vernehmlich, stand auf und machte sich beim Herd zu schaffen.

Rosa wischte sich mit dem Handrücken den Mund: »In der Stadt werde ich zur Schule gehen... wie der Suck Albert.«

»Das hättest du auch hier tun können«, sagte die Karoline vom Herd her.

»Nein«, sagte das Kind.

»So?« meinte ich, »du willst wohl bloß mit den Stadtkindern zusammen lernen?«

»Der Pappa hat gesagt, daß ich in der Stadtschule lernen muß.«

Unbeherrscht drehte die Karoline sich um: »Dein Pappa soll dich hier lassen.«

»Karolin', setz' dem Kind nicht solche Dinge in den Kopf; du weißt, daß ein Kind zu seinen Eltern gehört.«

Karoline schwieg beleidigt. Aber nach einer Weile sagte sie: »Jetzt, wo's bei uns erst schön werden wird.«

»Was?«

»Ja, alles wird jetzt besser werden, auch die Schule... jetzt müssen die Mädeln nimmer Dienstboten werden.«

»Das ist mir neu, Karolin'.«

»Weil Sie den Herrn Ratti nicht leiden mögen, Herr Doctor... aber der ist jetzt im Gemeinderat...«

Glücklicherweise trat da Suck mit seinen drei Buben ein.

»Wir kommen der Rosa Lebwohl sagen.«

Er glänzte vor Herzlichkeit. Der kleinste der Buben, der Franzl, hielt eine frischbemalte gedrechselte Holzpuppe im Arm.

Rosa rutschte vom Stuhl herunter.

»Gib das der Rosa... das hat dir der Franzl mitgebracht.«

»Das haben Sie fabriziert, Suck?«

»Natürlich.«

Die zwei größeren Buben hatten ihre Schultaschen mit. Für sie war es höchste Zeit, weiterzukommen. Rosa und Franzl begleiteten sie hinaus.

»Ja«, sagte Suck, »und ich werde dem Wetchy beim Aufladen helfen.«

»Nett von Euch, Suck.«

Er wehrte ab: »Keine Spur, das mach' ich dem Marius zutrotz.«

Karoline gesellte sich zu uns: »Du bist auch so einer, Suck.«

»Natürlich bin ich auch so einer... ist es dir vielleicht nicht recht, daß ich dem Wetchy helfe?« Die Zimmermannsaxt, die er mitgebracht hatte, über die Schulter gelegt, die Pfeife im Mundwinkel, stand er da und blinzelte aus seinen roten Fettwangen fröhlich heraus.

Sie kicherte: »Der Wetchy soll nur fortziehen.«

»Karolin'«, sagte ich, »aber das Kind willst du dabehalten.«

»Ja, das will ich dabehalten, das ist zu gut für die Eltern.»

»Red' keinen Unsinn, Karolin'«, sagte ich.

Suck lachte gutmütig, und ich mußte an die angesägten Pfosten denken. Konnte wirklich dieser gutmütige und herzliche Mann das getan haben?

»Du bist ein altes Weib«, meinte er.

»Ich? ich werde dir geben, altes Weib... für dich bin ich noch lange jung genug.«

»Ah, so eine bist du.«

»Lach' nicht, Suck... jetzt krieg' ich die Alimente nachgezahlt für das Kind... alles krieg' ich, für all die Jahre... dann bin ich reich.«

»No freilich, und dann willst mich heiraten?«

»Dich?« Karoline fauchte bösartig, »du wirst ja eingesperrt, warte nur, der Marius wird dich einsperren lassen.«

Ich schaute Suck an. Der wurde für einen Augenblick ernst. Doch dann gab er der bösen Karoline einen Nasenstüber und wandte sich zur Türe: »Ich gehe jetzt«, sagte er, »kannst auch helfen kommen, Karolin'.« Und draußen war er.

»Wer wird dir denn die Alimente nachzahlen?«

»Die Gemeinde«, sagte sie trocken und begann das Frühstücksgeschirr abzuräumen.

Etwa um neun Uhr hörte ich ein Auto hupen und sodann schwerfällig und dumpf über den weichen Waldboden vorbeifahren. Es war der Wagen, den Wetchy zum Transport seiner Sachen aus der Stadt bestellt hatte.

Ein wenig später ging auch ich hinüber.

Das Auto, dessen eine Seitenwand herabgeklappt war, ruhte sanftmütig auf seinen vier Rädern; es war schon halbbeladen, und die Sonne glitzerte in dem Spiegelschrank aus Wetchys Schlafzimmer, der – durch ein paar graurotgestreifte Matratzen gegen die Stöße geschützt – bis dicht an den Führersitz vorne herangeschoben war. Der Chauffeur stand mit gespreizten Beinen auf der Plattform, ließ sich die Gegenstände von Suck und dem Helfer, die schräge Tragbänder, der eine nach links, der andere nach rechts über die Schultern gelegt hatten, hinaufreichen, Kisten, Bettenteile, auch die kleine Tischbank Rosas war dabei, und er schien aus der Verstauung und Einteilung eine rechte Wissenschaft zu machen. Der übrige Hausrat stand noch auf dem Gartenrasen unter den Fichten, Rosa und Franzl kletterten darauf herum, und die restlichen Stücke wurden von dem hin- und herlaufenden Wetchy einzelweise aus dem Hause herausgetragen.

Ich hatte einen Korb Eßwaren mitgebracht, den ich der Frau mitgeben wollte: »Wo ist die Gattin, Wetchy?«

»In der Küche... nein, oben.«

Die ausgeräumte Wohnung war wie ein eben abgeworfenes Kleidungsstück, das noch die Körperformen seines ehemaligen Trägers zeigt und sich noch nicht zur bloßen Sache zurückgebildet hat. An den Wänden haftete noch der Atem der Menschen, die hier gelebt hatten, und es war, als ob die sich überall abblätternden grünlichen und bräunlichen Wandfarben, die an den Fußbodenkanten kleine Staubhäufchen bildeten, nunmehr definitiv sterben wollten, da nichts Lebendiges sie mehr anhauchen sollte. Denn von den vielen Schichten, die der Mensch um sich gelegt hat und die er ausfüllen will, Schale um Schale, um mit ihrem Besitz die Ganzheit der Welt zu erfüllen und sich zu ereignen, sind ihm Kleider und Wohnung die primitivst nächsten, und da sie am unmittelbarsten an seiner eigentlichen Wirklichkeit teilnehmen, bedeuten sie für die meisten auch schon die Weltganzheit und die ganze Weltwirklichkeit: und das ist es wohl, was man ihnen anmerkt. An die zehn Jahre mochte Wetchy hier gehaust haben, hierher hatte ihn sein Schicksal verweht gehabt, ein günstiger oder ein ungünstiger Wind, genau so, wie er jetzt wieder hinausgeweht wurde, er selber kaum solchen Geschehens bewußt, kaum seiner Wirklichkeit bewußt, obwohl er sie doch für wirklich hielt; an die zehn Jahre waren ihm diese Wände Asyl und Wirklichkeit gewesen, und er hatte sie mit seinem Leben angefüllt und mit Möbeln, die jetzt auf der Plattform eines einzigen Lastwagens Platz fanden, unwirklich in ihrer Gedrängtheit, und die wieder zwischen neuen Wänden ihm Wirklichkeit werden sollten, wenn sie nur erst wieder auseinandergebreitet werden würden, Schale seines Seins, Schale seines Schlafes, um diesen aufgestellt und ihn spiegelnd, Weltganzheit, seine Ruhe umfangend, und die ist dort, wo er schläft, wo er mit seiner Frau schläft, manchmal Hand in Hand, vereinigt mit dem anderen Geschöpf, Leib an Leib, dennoch Seele an Seele, Leiber zeugend, Seelen zeugend, als Familie zu einem gemeinsamen Leib und zu gemeinsamer Seele werdend, Lebenseinheit, die auch diese Wohnung gleich einem Gewässer in einem stillen Teich erfüllt hat. An der Mauer des Schlafzimmers hatte die Rückwand der beiden Ehebetten einen scharfen Querstrich in die Malerei gescheuert, und darüber hing noch der Hausspruch: »Wo Liebe wohnt, ist Gottes Segen.« In einer Ecke standen, schief ineinandergeschachtelt, die beiden Nachtgeschirre und harrten des Abtransports.

Im Nebenzimmer war Frau Wetchy, verweinten Auges, mit dem Abnehmen von Gardinen beschäftigt. Der kleine Maxl kroch auf den Dielen herum und zog einen Gardinenteil hinter sich nach.

»Mut, kleine Frau«, sagte ich, »immer nur Mut, dann geht es schon.«

»Oh, Mut haben wir, Herr Doctor ... wo wären wir, wenn mein armer Mann nicht solchen Mut aufbrächte ... und die Hauptsache ist, daß man sich lieb hat, dann geht alles.«

»Ja, dann geht alles«, bekräftigte ich, obwohl ich wußte, daß selbst bei so großer Gnade des Einander-lieb-habens noch lange nicht alles geht. Doch da ich gleichzeitig Wetchy kommen hörte – seltsam hohl hallten und knarrten seine Tritte in dem leeren Haus –, übergab ich rasch meinen Korb und entzog mich den Danksagungen durch Flucht.

Wetchy kam gerade von der Stiege herein.

»Nun, bald fertig unten?«

»Ja, ich muß eben die letzten Sachen holen.«

Dann hörte ich ihn drinnen herrisch quäken: »Warum hängt hier noch der Haussegen an der Wand?«

Ich setzte mich zu den Kindern aufs Kanapee unter den Fichten, das wegen seiner Polsterung zuoberst aufgeladen werden sollte.

»Tüchtig aufgeräumt in dem Haus«, sagte Suck, der im Begriffe war, eine Kommode aufzuschultern, »sogar die Lichtschalter habe ich abgeschraubt.«

»So was«, meinte ich mit halber Aufmerksamkeit, denn ich wurde von einem neuen Ereignis abgelenkt: drüben bei meinem Gartenzaun zeigten sich zwei Gestalten, und es waren Marius und der Dorfpolizist.

»Suck, sieh mal, wer da anrückt...«

Suck stellte die Kommode wieder auf die Erde und schaute hin. Dann stützte er die Ellbogen auf die Platte, etwa wie ein Verkäufer hinter dem Ladentisch: »Der hat uns gefehlt.«

Wetchy erschien, ein Waschbecken in der einen Hand, in der andern die beiden Nachtgeschirre, den Haussegen unter den Arm geklemmt und die Gardine über den Nacken gelegt.

»Jetzt wirst eine Freude haben«, eröffnete ihm Suck.

Der kurzsichtige Wetchy fragte, was wir sähen.

»Na, der Marius besucht dich höchstpersönlich«, sagte Suck hinter seinem Ladentisch und deutete mit dem bärtigen Kinn zum Garten hinaus.

»Ich gehe«, sagte Wetchy und blieb gelähmt stehen.

»Geh' nur«, lachte Suck ungerührt.

»Mädi komm«, stieß Wetchy in seiner Angst hervor, als müßte er auch sein Kind schützen.

»Na, Wetchy, man tut Ihnen doch nichts, niemand tut Ihnen was zuleide.«

Er versuchte mit den geschirrbeladenen Händen die Schweißtropfen von Oberlippe und Stirn zu wischen: »Ja, Herr Doctor«, klang es schüchtern.

Stolz, lässig und unrasiert trat Marius in den Garten. Er gab mir und Suck die Hand, während er bei Wetchy, der seine Last noch immer nicht abgestellt hatte, dessen enthoben war. Komödiantenhaft fremd nickte er ihm einen »Guten Morgen« zu, von Wetchy mit einem Neigen des gardinenbeschwerten Nackens beantwortet. Aber Suck sagte: »Da ist noch wer« und schob die Rosa dem Marius vor die Füße, so daß dieser nicht umhin kann, die hingestreckte Hand des Kindes zu nehmen.

»Mach' einen schönen Diener«, befiehlt Wetchy mit bebender Stimme, was ihm von Marius einen verächtlichen Blick einträgt.

Suck hingegen, angreiferisch gesinnt, läßt es nicht genug sein: »Willst du dem Onkel keinen Kuß geben?« fragt er heuchlerisch und hebt das rotznäsige Mädel zu Marius' Gesicht hinauf. Das Kind strampelt mit den Füßen gegen die Brust des Onkels, Suck lacht, Wetchy murmelt mit abwehrend vorgestrecktem Geschirr: »Nicht, nicht«, und es ist eigentlich zum ersten Male, daß ich den Marius verwirrt und einer Situation nicht gewachsen sehe, denn er schaut ziemlich hilflos von einem zum andern, versucht es auch mit seinem gewinnenden Lächeln, das ihm freilich vergeht, wie ihm die herumschlagende Rosa mit allen Fingern in die Augen gerät. Da tritt er einen Schritt zurück, findet wieder in seine Würde und sagt streng: »Sie sehen doch, daß das Kind nicht will.«

»Allerdings«, freut sich Suck und läßt das Mädel hinabgleiten, »ich möchte ja auch nicht wollen.«

Marius, bei aller Höflichkeit, zieht ein saures Gesicht; diese Art von Späßen entsprechen nicht seinem Stil.

Ich frage: »Was führt Sie her, Ratti?«

Er hat sich wieder in seine gewohnte ein wenig überhebliche Positur begeben: »Ich übernehme das Haus für die Gemeinde.«

»Triumph auskosten«, stellt Suck richtig.

Marius machte eine Bewegung, als verlohnte es sich nicht, überhaupt darauf zu antworten, doch dann sagt er: »Die Gemeinde hat in die vorzeitige Vertragsauflösung eingewilligt... das ist weiter kein Triumph.«

»Sei nicht so feig«, sagt Suck, der wieder bei seiner Kommode ist, »gib' zu, daß du den Wetchy hinausgebracht hast und daß du dich darüber freust, du Feigling.«

Der Vorwurf der Feigheit sitzt; die Antwort ist ein wenig verschnörkelt: »Die Gemeinde hat eingesehen, daß es besser ist.«

Nun ist's auch mir zu viel: »Zum Teufel, Marius, machen Sie doch uns und sich selber keinen Firlefanz vor; was Sie sich und anderen eingeredet haben, geht auf keine Kuhhaut, aber eingesehen hat es deswegen noch lange keiner.«

»Ach was«, sagt Suck und marschiert mit der Kommode auf dem Rücken zum Auto.

Marius besinnt sich. Mit mir will er es sich nicht ganz verderben. Und mit einer kleinen eleganten Geste zeigt er auf den Rasen: »Ist dies ein Garten, Herr Doctor?«

»Immerhin... was wollen Sie damit?«

»Nicht ein Blumenbeet, nicht einmal ein wenig Gemüse... nichts.«

»Herr Ratti...«, läßt sich da Wetchy vernehmen, der noch immer angewurzelt dasteht.

Indes der Marius hat jetzt seinen Anlauf genommen und da ist er nicht so leicht aufzuhalten: »Wem die Liebe zum Boden fehlt, der ist kein Mensch, der schändet die Erde mit jedem Tritt, den er auf ihr tut, den muß man fortscheuchen, denn er schändet alles, was er berührt...«

Ich versuche, ihn zu bremsen: »Na, übertreiben Sie nicht gleich wieder...«

Tatsächlich wirkt es, er mäßigt sich: »Herr Doctor, es ist so, alles Unheil der Welt kommt von den Menschen, denen die Erde fremd geworden ist, kommt von der Stadt... Herr Doctor, ich bin viel gewandert, viel habe ich gesehen, und immer wieder habe ich mich überzeugt, daß der Bauer mit seiner Abneigung gegen den Städter recht hat... die Bauern der ganzen Welt lieben einander, gäbe es bloß Bauern, es gäbe keine Kriege... aus der Erde wächst der Mensch, aus der Erde wächst seine Gemeinschaft, eine einzige Gemeinschaft wäre die Welt, wenn es nur Bauern gäbe... aber die Städte stehen außerhalb jeder Gemeinschaft, weil sie gepflastert sind, weil sie die Erde verloren haben... dort wächst der Haß... das spürt der Bauer, und deshalb mag er den Städter nicht, den eigenen schließt er aus seiner Gemeinschaft aus, wenn er sich eindrängen will, gegen den fremden führt er Krieg, aber sein Haß gilt dem einen, wie dem andern... Bauern gegen Bauern führen keinen Krieg, sie hassen einander nicht, sie sind Opfer des Stadthasses.«

Das klang wieder einmal ganz vernünftig, wenn es auch nicht eben höflich gegen mich städtischen Menschen war. Immerhin verwunderlich, wie dieser Kleinbürger, der der Marius im Grunde doch ist, sich als Bauer fühlt und sich zu seinem Anwalt macht.

Leider nicke ich zustimmend; man darf ihm kein Zeichen der Zustimmung geben, sofort kommt er wieder in Schwung:

»Aus den Städten kommt es herausgekrochen, hassenswürdig und hassend, Maschinen bringt es mit und Radioapparate und Hypotheken, und dafür will es mit unserem Brot genährt werden... wie die Weiber schmeicheln sie sich heran mit ihren Geschäften, ja, wie die Weiber, denn sie tun ja nur so, als ob sie Männer wären, weil ihnen der Bart im Gesicht hängt, aber die Weiberhabsucht in ihrem weichen Gesicht können sie damit nicht verdecken...«

Mir fällt ein, was Mutter Gisson über seine Männlichkeit gesagt hat. Er schließt die Augen, öffnet ein wenig den Mund und drückt mit Daumen und Zeigefinger seinen Gallierschnurrbart zurück, gleichsam, als müßte er das Geheimnis erst in seine Hand hauchen, denn geheimnisvoll fährt er fort:

»Sie zeugen noch Kinder, aber sie sind keine Männer, und ihre Kinder sind es noch weniger und ihre Enkelkinder noch weniger... je älter die Städte werden, desto verweibter werden sie... Weiberbärte tragen sie, Weiberhände haben sie, und die Gemeinschaft, die sie untereinander halten, ist ein Schachern, wie könnte es anders sein, da sie ihr Leben nicht aus der Erde holen, sondern einer vom andern... giftgeschwollen sind sie, nach der Art von Weibern, die sich wie Männer gebärden, so ist ihr Haß, weich, freundlich und geschäftig, und gleich Weibern wissen sie gar nicht, daß sie hassen und hassen müssen, sondern meinen, Unrecht zu erleiden, wenn man sie wegscheucht...«

Seine Stimme ist immer schriller und hysterischer geworden:

»Haßsüchtig sind sie, herrschsüchtig sind sie, sie und ihre Brut, Weiberhaß, Weiberherrschsucht, sie wollen das Land nicht bearbeiten, sie wollen es haben, damit sie Hypotheken darauf pflanzen können. Und mit Weiberlist und Weibsvernunft ist es ihnen gelungen, haben sie die Herrschaft der Welt an sich gerissen... Weiberherrschaft, Weiberherrschaft... Haßherrschaft... die Städte sind das Unglück der Welt.«

»Warum schreit er so?« fragt Suck, der zurückkommt.

Mit dem Geschirr in der Hand steht der Weltbeherrscher Wetchy da, man merkt, daß er gerne etwas sagen möchte, stumm bewegt er die Lippen, seine schüttern blonden Augenbrauen sind zusammengezogen, die Haut der Glatze zuckt, indes damit läßt sich eine Lawine nicht aufhalten.

Der Marius deutet jetzt über die Schulter zu ihm hin: »Ist jemals einer von denen zur Erde zurückgekehrt? hat je einer von denen wieder gelernt, den Pflug zu führen? eine Kuh zu melken? nein, keiner noch hat aus der Stadt den Weg zurückgefunden, da gibt's nur einen Weg hin, aber keinen zurück... wer ins Weibervolk geraten ist, der kann nimmer heraus, der kann immer nur noch andere hineinziehen... doch aus ist's jetzt mit der Weiberherrschaft, mit der Städteherrschaft, zurück mit dem Gezücht in seine Höhlen, wo es hingehört, die neue Zeit hat begonnen, die Gemeinschaft der Männer hat sich wieder erhoben, ihr ist das Land untertan, weil es die Gemeinschaft der Erde ist, und die Städte werden verdorren in neidischer Habsucht, versöhnt die Erde, von der wir das Gezücht wegtilgen, versöhnt der Himmel, der sich wieder herabbeugen wird zur neuen Reinheit der Welt, wenn die Erdlosen, die Gottlosen verschwunden sein werden...«

Da gibt es einen klirrenden Krach: Wetchy hat sein Porzellan einfach fallen lassen, und über die Scherben hinweg tritt er an den Marius heran, der erstaunt innehält.

»Herr Ratti«, sagt der kleine Agent mit der Gardine im Nakken und sein Atem keucht, »Herr Ratti, jetzt aber ist's genug... Sie haben mich beleidigt, Sie haben meine Familie beleidigt, ich habe es hingenommen, und meinetwegen will ich auch habsüchtig sein, obwohl ich so viel Habsucht wie auf dem Dorfe noch nirgends anderswo angetroffen habe...«

Marius will ihn hochmütig abstoppen: »Jeder Mensch hängt am Besitz, Sie hingegen hängen bloß am Geld.«

»Gut«, sagt Wetchy, »ich sehe zwar keinen Unterschied, aber ich bin eben städtisch, auch da mögen Sie meinetwegen recht haben... ich nehme alles hin, jedoch gottlos lasse ich mich von Ihnen nicht nennen...«

»Der Gott kommt von da«, Marius bückt sich, nimmt eine Handvoll Erde und zeigt sie dem Wetchy.

»Da sind auch Scherben drin«, sagt Suck, »Marius schneid' dich nicht.«

Wetchy blinzelt das braune Häufchen kurzsichtig an. Dann sagt er merkwürdig ruhig: »Ich weiß es nicht, ich bin ein sehr armer Mensch, ich muß viel darüber nachdenken, woher ich das Brot für den nächsten Tag herbekomme, damit die meinen zu essen haben. Mir wächst das Brot nicht, ich muß es suchen. So ist [es] wohl für jeden in der Stadt. Aber ich habe dabei gelernt, und vielleicht haben manche in der Stadt das gleiche dabei gelernt, denn warum soll ich es allein gelernt haben, da ich doch nur ein armer Mensch bin wie alle anderen, daß man sich nicht an das halten darf, was man in die Hand nehmen und berühren kann, sondern an das, was geschieht, an das, was man nicht in die Hand nehmen kann wie diese Erde und das doch da und sichtbar ist... ja, vielleicht ist das so, weil in der Stadt die meisten Dinge nur Menschenwerk sind, da dient man eher dem Unsichtbaren, das nicht in den Dingen ist, das unsichtbar und trotzdem sichtbar ist... ja, dem dient man...«

»Jawohl, dienen...« unterbrach ihn der Marius, »zu dienen hat das Stadtvolk, wie die Weiber zu dienen, anstatt zu herrschen...«

»Hör' lieber zu«, sagt Suck, »heute kannst du einmal was vom Wetchy lernen.«

»Nein«, sagt der kleine Agent, »der Herr Ratti kann von mir nichts lernen, er ist von einer andern Welt... und wenn ich dienen sage, so meine ich, daß ich für meine Frau und meine Kinder sorgen soll in Ehrbarkeit, damit das Leben nicht auslöscht. Auch das kann der Herr Ratti nicht verstehen, denn er hat weder Weib noch Kind, und er glaubt wohl auch, daß dies mit Dienen und mit dem Unsichtbaren nichts zu tun hat... ja, das glaubt er wohl... ich aber weiß das Gegenteil, ja, das Gegenteil...«

Er stockt, läßt den Kopf sinken und scheint nachzudenken.

»Nun, Wetchy«, ermuntere ich ihn, damit nicht wieder der Marius dazwischen kommt.

»Ja... ich bin kein gelehrter Mensch... ich kann mich nicht gut ausdrücken, aber sehen Sie, Herr Doctor, wenn man ein Kind satt machen kann und wenn es froh ist, dann... ja, dann spürt man eben das Unsichtbare, das von Gott kommt, genau so wie diese Erde da und sogar noch mehr, es ist unsichtbar und doch so groß, größer als das Kind, das satt ist, größer als dieses kurze Leben, größer als der Tod, es ist der Trost, ja, der große Trost...

sehen Sie, man braucht dazu nicht sehr fromm sein, und man faltet doch die Hände und dankt unserem Herrgott, daß er es so gemacht hat, und man weiß, daß er da ist... unsichtbar...«

»Bravo, Wetchy«, sagt Suck und packt am Kanapee an, »bist ein braver Mensch.«

Marius mit überlegenem Gesicht hat gerade nur so hingehört. »Das ist Weiberreligion«, sagt er, »die reicht eben nur so weit, um der Brut die Mägen zu füllen, Städterreligion, und dem Bauer stiehlt man dazu das Brot.«

Das war denn doch zu grob, und ich fuhr dazwischen: »Hören Sie mal, Marius, Sie muten einem schon allerhand zu, schließlich komme auch ich aus der Stadt... und meinen Sie, daß es außer dem Bauerntum keinen andern Beruf geben soll? ich möchte wissen, was die Bauern sagten, wenn sie kein Krankenhaus in der Stadt hätten und keinen Arzt. Ihr Wenzel wenigstens wäre oben schon erledigt gewesen.«

Er zuckt die Achseln, sagt aber höflich: »Herr Doctor, ich werde mir doch nicht anmaßen, den ärztlichen Stand herabzusetzen...«

»Daß Krankenpflegen eine weibliche Angelegenheit ist, paßte ganz gut in Ihren Kram.«

Er denkt nach; dann gibt er sich einen Ruck und sagt freimütig: »Herr Doctor, ja... auch das gehört zur Städterreligion, zur Religion der Feigheit... der Mensch soll sterben wollen, nicht gesund gepflegt werden, so verlangt es die Erde, und wenn Sie den Wenzel auf der Erde hätten liegen lassen, so wäre ihm wohler gewesen... was gebrochen ist, soll zugrunde gehen, und was die Erde heilen will, das heilt sie selber...« er geriet wieder in Aufregung, »alles andere ist künstlich, ist Weiberfeigheit, städtische Feigheit, Agentenfeigheit...«

Obschon wissend, daß ich es mit einem Narren zu tun habe, beginne ich mich ernstlich zu ärgern: »Ich möchte Sie einmal wirklich krank sehen, ich wäre neugierig, ob Sie dann auch solchen Unsinn verzapften...«

»Der Mut, Herr Doctor, der Mut zum Tode...«

Doch er kommt nicht weiter. Wetchy war mit allen Zeichen zunehmender Ungeduld dieser Auseinandersetzung gefolgt, er hatte einen Finger erhoben, und es war nicht recht zu erkennen, ob er damit auf den Marius weisen oder wie in der Schule sich zu Worte melden wollte, wahrscheinlich beides, der Finger zittert, und der ganze Wetchy bebt und zittert vor nervöser Kühnheit, da er nun dem Marius die Rede abschneidet: »Nein, nein, nein«, und obwohl es leise und verhalten ist, klingt es wie ein Schreien, »nein, nein, Herr Doctor, lassen Sie ihn... auch das versteht der Herr Ratti nicht... er spricht von Mut, aber in Wirklichkeit hat er Angst, ja, Angst, er fürchtet sich, fürchtet sich vor dem Unsichtbaren, weil das Unsichtbare ihm das Unrecht verbieten würde, und lieber sucht er den Tod, als daß er unsern Herrgott suchte...«

Marius sah ihn fassungslos an, wollte reden, gelangt jedoch nicht dazu.

»Ja, Herr Ratti, Sie sprechen vom Tod... ich will Ihnen was sagen... für unsern Herrgott kann man sterben, ja, das kann man und muß man, wenn's darauf ankommt, aber sonst kann man ihm nur im Leben dienen, dafür hat er uns das Leben geschenkt... Herr Ratti, Sie beschimpfen uns als feige, weil wir an diesem Leben hängen, an diesem bißchen schweren Leben, von dem wir nicht viel wissen und das sicher noch viel schwerer ist als das Leben Ihrer Bauern... doch gerade weil es so klein und armselig ist, weil es nichts ist als das Leben eines kleinen schäbigen Agenten, gerade deswegen wissen wir, wir Leute aus der Stadt, daß wir es nicht verschleudern dürfen, ja, wir müssen damit behutsam umgehen... wir wollen nicht für die Erde sterben...«

»Das sage ich ja«, ruft der Marius dazwischen.

Über Wetchys Gesicht kam ein Lächeln, beinahe sein verbindliches Agentenlächeln: »Für uns kleine Leute hat das Leben einen hohen Preis... einen sehr hohen... ja, und... und der ist unsichtbar...« er hielt inne, »... Herr Doctor, ich kann das nicht ausdrücken... der Preis ist im Leben und doch schon auch nach dem Tod, so groß ist er... ich kann das nicht ausdrücken...«

»Weil Sie nichts zu sagen haben, wer was zu sagen hat, kann's auch ausdrücken«, erklärte der Marius.

»Das ganze Leben ist in dem Preis und der ganze Tod, das meine ich. Und dort ist auch der Herrgott.«

Ich verstehe ihn: »Sie meinen das Unendliche, Wetchy.«

»Ja...«, er kapiert nicht sofort, »... das Unendliche... die Kinder satt bekommen, und über den Tod hinaus... das wird schon das Unendliche sein...« Und dann sagt er: »Das Ewige in der Seele.«

Der Marius richtet sich majestätisch in die Höhe, und mit einer großen Geste deutet er zum Kuppron hinauf: »Dort... dort ist das Unendliche, dort, wo das Meer zum Himmel dringt, wo das Erz des Berges ausstrahlt, wo sich die Elemente vereinigen, keine Pflanze, kein Tier mehr wohnt, dort ist das Unendliche...«

»Was ist dort los?« fragt Suck, »was schaut ihr alle auf die Alm?« Und er blickt gleichfalls über die Fichtenwipfel hin in die hellblau ruhende Ewigkeit, die regungslos die lichten Sonnenmatten und die ruhigen Felsen da oben umschwimmt.

»Ja«, schreit der Marius, »dort thront der Berg, aus der Erde ist er entstiegen, das Blut des Opfers hat er angenommen, und seine Arme breitet er wie einen Regenbogen vom Himmel zum Meer, und das Meer schwebt über seinen Gipfel und gleitet wieder hinab, ja, so haucht er das Blut aus, das er getrunken hat, so versöhnt und so rein und so kühl... das ist das Unendliche...«, er breitet die Arme aus, als wäre er selber der Regenbogen, »dort ist es...«

»Dort... ja«, sagt der Agent und nickt, »aber ohne Seele ist dort auch nichts.«

Marius wendet sich rasch um, läßt die Arme sinken: »Sie können dort überhaupt nichts sehen; das Stadtvolk wohnt in seinen feigen Höhlen, es sieht die Sonne nicht, die zur Erde will, und nicht die Erde, die zur Sonne emporsteigt... es weiß das Unendliche nicht einmal auszusprechen und sucht es in der Brut, die es zeugt.«

Da sagt Wetchy: »Nein, Herr Ratti, in der unsichtbaren Seele... und... ja, und vor der haben Sie Angst.«

»Hm«, macht Suck und lacht leise auf.

Marius lugt zu mir, als ob er von mir Einverständnis erwarte und eine Hilfe gegen so viel Stumpfheit und Dummheit. Ich aber lege dem kleinen Agenten die Hand auf die Schulter: feierlich blickt der Marius wieder zum Berg empor.

Der Chauffeur tutet ungeduldig, und ich sage: »Ich meine, daß jetzt alles aufgeladen ist.«

Wetchy ist erschöpft; er macht wieder sein hilflos betretenes Gesicht, und seine Augen suchen herum: »Ja«, sagt er schließlich, »alles aufgeladen, aber im Haus...«

Suck weckt den Marius aus der Feierlichkeit: »Wenn du jetzt das Haus versiegeln wirst... versöhnt das auch den Berg?«

»Das kann auch der Gemeindediener tun«, erwidert der Marius und begibt sich zur Gartentüre, neben der der Polizist lehnt und sich mit dem Chauffeur unterhält. Und hierauf geht er grußlos von dannen, beschwingten stolzen Schrittes und ein wenig latschend.

»Schön war's doch, was er da vom Berg erzählt hat«, meint Suck, »nur anhören kann man's nicht... vorwärts, Wetchy, was ist noch drinnen?« Und er treibt Wetchy vor sich her ins Haus hinein.

Frau Wetchy erscheint mit einem großen Korb voller Kram, und nachdem unter vielem Hin und Her und unter zunehmender Aufregung alles verstaut ist, und nachdem die Stricke über den Wagen geworfen und durch die Seitenringe gezogen sind, so daß nun der peinliche und ein wenig ins Ewige weisende Augenblick des Abschiednehmens heranrückt, der Augenblick, in dem alle Beteiligten ein Stückchen von ihrem eigenen Sterben spüren, da hisse ich Frau Wetchy und die beiden Kinder rasch auf den Chauffeursitz hinauf, während Wetchy, der nassen Auges vielerlei durcheinanderstammelt von dem Helfer auf das hochschwebende Kanapee emporgezogen und ihm von dem sich entgegenstemmenden Suck der Rückzug abgeschnitten wird, und ehe er sich noch da oben ängstlich zurechtfinden kann, hat das Auto angeruckt, und Wetchy, der die Hand zum Winken heben will, muß sich anklammern. Dann sind sie fort. Suck und ich schauen uns an. Auch unsere Augen sind ein wenig feucht.

So blieb das Wetter.

Und am zweiten Tag nach Wetchys Abreise – ich wollte zur Mittagszeit pünktlich in der Unterdorf-Ordination sein und war eben im Begriff, mich zu einem raschen Imbiß mit Karoline an den Tisch zu setzen, auf dem uns Rosas Gedeck fehlte – stürzte Agathe atemlos zur Türe hinein:

»Herr Doctor, kommen Sie... rasch...«

Ich bin gewohnt, in dringlicher Weise geholt zu werden, also erschrak ich nicht allzusehr: »Na, Agathe, erst schöpf' einmal Atem... in deinem Zustand rennt man nicht so... was ist denn passiert?«

Sie schüttelt den Kopf: »Nein, nein, Herr Doctor, kommen Sie...«

Am Ärmel zog sie mich hinaus.

»Schön, Agathe, aber ich muß doch wenigstens meine Instrumente mitnehmen... wer ist denn krank?«

»Mutter Gisson...«

Jetzt erschrak ich: »Mein Gott... hat sie dich geschickt?«

»Nein... kommen Sie, Herr Doctor...«

»Ist sie zusammengebrochen? ist sie ohnmächtig?«

Ich dachte an eine Herzschwäche, an einen Schlaganfall, und von Agathe mich losreißend, lief ich hinauf, um meine Tasche mit dem Notwendigsten zu holen. »Ich bin bei Mutter Gisson«, rief ich in die Küche, als ich wieder unten war. »Komm, Agathe, gehen wir.«

Doch wie wir beim Gartenausgang sind, und ich mich nach links zum Dorfe wenden will, bleibt sie stehen: »Sie ist nicht zu Hause...«

»Wo ist sie denn?«

Zu meiner Verwunderung denkt sie einen Augenblick nach: »Beim Kalten Stein.«

»So?... dort hast du sie liegen lassen?«

»Nein.«

Es wurde rätselhaft: »Hat's dir jemand gesagt, daß sie beim Kalten Stein liegt?«

In ihren Augen steht entsetzensvolle Angst: »Nein...«

Bei Schwangeren gibt es manchmal ein leichtes Irresein: »Sag mal, Agathe, von wo kommst du eigentlich?«

Sie weist zum Dorf hin: »Sie ist nicht zu Hause... in ihrem Fenster steht ein Leuchter mit einer Kerze...«

»Und?«

»Die Wohnung ist versperrt.«

»Agathe, ich meine, du sollst dich jetzt erst ein bißchen ausruhen... und ich will inzwischen zu Mutter Gisson hinüberschauen, auf jeden Fall, und dann bringe ich dich heim... ich muß ohnehin in die Ordination hinunter.«

Sie hatte mich wieder beim Rockärmel gepackt, nun aber ließ sie los und sagt mit eigentümlich erwachsener Festigkeit: »Wenn Sie nicht mitkommen, geh ich allein.«

»Aber, Kind, du weißt doch nicht einmal, daß sie beim Kalten Stein ist, wenn es dir niemand gesagt hat... und warum soll sie denn bei dem schönen Wetter zu Hause sitzen; sie wird schon wieder heimkommen.«

»Nein, nein, Herr Doctor... ich weiß es... ich hab's gespürt und bin heraufgerannt... und im Fenster steht der Leuchter...«

Ich hatte ihre Hand genommen: »Wenn man ein Kind kriegt, dann hat man manchmal solche Gedanken, Agathe... das ist wie ein schlechter Traum...«

Ihr Schuldmädelgesicht wird nachdenklich, doch dann sagt sie mit auffallender Bestimmtheit: »Das kann kein Traum sein...«

»Na, soll ich mich nicht trotzdem erst bei Mutter Gisson vergewissern...?«

Da wird sie sonderbar erwachsen: »Wenn ich bloß geträumt habe, dann sitzt sie gesund zu Hause, dann wär's schade um den Weg... wenn ich aber nicht geträumt habe... Herr Doctor, kommen Sie...«

Vielleicht ist es ihr Ernst; jedenfalls packt es mich nun gleichfalls, aber ich will es sie nicht merken lassen: »Gut«, sage ich, »höchstens sind wir einmal miteinander spazieren gegangen.«

Da greift sie zuckend nach meiner Hand: »Herr Doctor, jetzt... jetzt spür' ich's wieder...«

Und sie läßt meine Hand nicht mehr los, sei es aus Angst, sei es, weil sie meint, mich führen zu müssen. Hand in Hand gehen wir, nein, laufen wir beinahe, vorbei an Wetchys Haus, das geschlossen ist und stumm, laufen durch den Fichtenwald, Hand in Hand wie zwei Kinder, ich alter graubärtiger Doctor und die junge Schwangere, und der Wald ist sommerlich und dennoch winterlich duftlos, klarer der Himmel, der in ihn hereinschaut, härter das Gitterwerk, unter dem wir laufen, ein Mittagshimmel zu Mitternacht, und der Wald, stumm und geschlossen, wächst ihm nicht mehr entgegen, es wächst nichts mehr und keine Wurzel dehnt sich knackend. Wir aber laufen durch die Stille. Und kommen zur Lichtung oberhalb der beiden Täler, die jetzt wie zwei Seen sind, in denen der Sommer sich noch einmal spiegelt. Und hier bleiben wir stehen, denn in ihrer Hand gab es einen kleinen scharfen Ruck, als wäre es der Ausschlag einer Wünschelrute.

Dann zieht sie mich weiter.

»Da geht's doch nicht zum Kalten Stein, Agathe.«

»Nein, sie ist jetzt dort.«

Es ist einer jener schmalen Pfade, die das Weidevieh sich durch den Wald bahnt und die dann von den Holzfällern benützt und ausgetreten werden, und Agathe, halbschräg nach rückwärts gewandt, zieht mich hinter sich her, einen kleinen Jungen, den sie nachschleppt. Der Pfad führt den waldigen Steilhang entlang, die Bäume stehen schütterer mit viel Unterholz dazwischen, das sich oftmals über den Weg drängt, hie und da geht es über eine kahlere Böschung, die wie ein kleines Kap in den luftigen Talraum vorgeschoben ist, und von einer dieser Stellen überblickt man die Kalte-Stein-Wiese mit ihren bleichenden Lärchen und den gelb gewordenen Birken, hört ihren sanften hellen Engelssang inmitten der ungefügeren Musik dunklerer Tannenkulissen und abwärtsströmender Bergwellen. Einem Zymbelschlag gleich, ein einziger Punkt, hängt ein Falke darüber und verschwindet.

»Willst du zum Heidenschacht?«

Sie zieht mich weiter: »Ja... vielleicht.«

Wir kommen beim Untern Heidenschacht aus dem Walde. Es ist eine kleine morastige Lichtung am Ausgang eines breiten Felseinschnittes; das Vieh hat den Grund zu tiefen Schollen und Gruben zertreten, auf den Schollenkuppeln stehen Grasbüschel, herbstmüde und schon stumpf, und am Grunde der tieflochigen Spuren blinkt das Wasser; ein paar Klöppel sind über den Fleck gelegt, um ihn passierbar zu machen, und manchmal tropft ein Tropfen in die feuchte Stille. Der Bach, der dies alles so bewässert, kommt aus dem Felseinschnitt, er überrieselt hier den Weg, der vom Kalten Stein bis zum Obern Heidenschacht hinaufführt, und vor uns, am jenseitigen Bachufer, liegt im Gebüsch versteckt und verschüttet der Stolleneingang des Untern Heiden.

Wir haben den Morast überquert, und auf dem Wege angelangt wendet sich Agathe bachaufwärts.

»Also doch zum Obern Heiden?«

Sie antwortet nicht, sie beschleunigt bloß, so atemlos sie ist, ihren Schritt; die Hand in der meinen ist feucht, ich spüre den hämmernden Puls, aber auch ihre Angst spüre ich, sie strömt durch die Hand in mich ein, es ist, als kreiste ein gemeinsamer Angststrom in uns beiden, von einem zum andern und wieder zurück, und als verböte er, unsere Hände zu lösen. Und als sei es ihr Gedanke, fällt mir nun blitzartig ein, daß es am Obern Heiden gewesen war, wo man den Jäger Gisson erschossen aufgefunden hatte.

Nun sind wir in dem Felseneinschnitt. Unirdisch rein, gleichsam unmittelbar aus dem Unendlichen kommend, fließt das Bächlein zu unserer Linken dem Weg entgegen; die steinernen Hänge auf beiden Seiten sind mit Tannen besetzt, und ein wenig höher, zwischen den Geröllhalden, die oftmals bis zum Weg herunterreichen, wächst bereits das Latschenholz in den Wänden, die immer näher zusammentreten, so nahe, daß schließlich starr und winterlich die Enge mit moosigen Schatten angefüllt ist, schwärzlich die Tannen im Kühlen stehen, und das Goldene hoch oben flüssig auf dem Dunkel schwimmt.

Zum Obern Heidenschacht.

Und dann öffnet sich die Klamm zu einem gewölbten Riesenkessel; Schale, schallend von Sonnenstille, angefüllt bis zum Rand, nein, überfließend mit goldener Leichtheit, verziert ringsum mit einem Kranz von Bäumen, und drüben an der Sonnseite in dem Föhrenhain sind sogar ein paar Lärchen eingesprengt, und ihre grauen Stämme glimmen hellmatt wie zinnerne Leuchter.

Agathe drückt meine Hand: »Still«, sagt sie und bleibt lauschend stehen.

Der Obere Heidenschacht.

Drüben im Föhrenhain ist sein Eingang, eine natürliche Höhle, von der man übrigens nicht einmal weiß, ob sie wirklich je eine bergmännische Fortsetzung gehabt hat, oder ob ihr diese nur von der Phantasie angedichtet worden ist, weil es ihr und dem Kuppron angemessen ist, daß in dieser wildesten und großartigsten Mulde ihm von den Heiden das Erz entrissen worden sei. So oder so, es ist ein gemiedener, ein unheimlicher Ort, so sanft der Hain sich auch den Hang hinaufzieht, so hell auch die Bachquelle neben dem Höhleneingang entspringt, und daß der Jäger Gisson dort gefallen ist, hat den Ort nicht heimlicher gemacht.

Wir stehen und lauschen hinüber.

In der Mitte der Mulde bildet der Bach einen kleinen Teich; steinern und wimpernlos schaut er mit der seelenlosen Glätte zu den Felszacken und zur Bläue hinauf und trinkt sie in sich ein.

Es ist so still, daß man jeden Laut, jeden Seufzer in der Runde vernehmen müßte, doch ich höre nichts, nur das gleitende Murmeln des Wassers, das über die Steine des Teichausgangs fällt.

Gleichsam einen geweihten Saal betretend, gehen wir langsam

und beinahe auf Fußspitzen durch die Mulde, an den Händen uns haltend, die junge Schwangere und ich alter Mann, und wie wir in der Mitte und bei dem Teiche sind, da ist es mir, als müßten wir untertauchen in dem Spiegel des Himmels, unsere Hitze wegzuspülen und unsern Sommer, ehe wir uns weiter wagen dürften. Und da die Sonne auf den Steinen spielt, spielend das Unendliche auf der irdischen Leier, da ist es wie ein Singen, und es ist wie ein Befehl an unsere Angst, daß sie mitsinge, weil sie, ich spüre es in Agathes Hand, zu einer seltsam beschwingten und fast fröhlichen Angst geworden ist, angesichts des Unsichtbaren, dem wir zuschreiten, vorsichtig noch, obwohl wir wissen, daß wir uns nicht verbergen können.

Und doch war es ein Singen.

Denn es ist Mutter Gisson.

Sie steht unter den Föhren, oder richtiger sie schwebt dort, wandelnd und dennoch ruhend zwischen den Stämmen, und es war würdig und milde zugleich, eine fließende Starrheit, behütet von den breiten durchsichtigen Kronen der Föhren, begrüßt von den hellen Zweigen der Lärchen dazwischen, und milde und starr und fließend ist das Licht, das durch die lichten Kronen rieselt und den lichten Hain erfüllt. Und starr und milde und würdig zugleich ist das Sprechen Mutter Gissons und wie ein Singen. Wir scheuen uns, näherzutreten, wir stehen Hand in Hand, allein sie kommt uns entgegen, uns anlächelnd, dennoch uns nicht beachtend, sondern mit Anderem, Fernerem redend:

– »Ja, Irmgard, dein Kranz ist so leicht, daß du ihn nimmer abzunehmen brauchst, weiß und grün singt er leichter als ein Kuß...«

Dann hält sie inne, als horchte sie.

– »Klage, oh, klage nicht, liebes Herz, klage nicht ob des Unerfüllten, schäme dich nicht, verstecke [dich] nicht, immer warst du es selber, nichts an dir ist vernichtet, kein Bann bannt dich, auch du bist erfüllt...

– Irmgard,

– Irmgard, hörst du, was die Vögel zu dir sprechen? sie flattern hinüber und herüber, und ihre Grenze ist leicht. Hörst du die Blumen? sie wachsen hinüber und herüber, und sie haben keine Grenze...

– Irmgard, Seele, weißt du's noch? da du auf meinem Schoße

saßest und noch nicht die Sprache der Menschen verstandest, da hörtest du die Sprache der Katze und verstandest sie, und verstandest die Sprache des Rehs, das zu uns kam, und noch früher sprachst du die Sprache der Gräser und Halme und der Wellen. Hörst du sie wieder, die Sprachen?

– Wir werden zu zweit sein, Irmgard, und wir werden's nicht merken, namenlos du, namenlos ich, doch namenlos werden wir's wissen.

Irmgard, Irmgard...«

Sie steht nun bei den letzten Bäumen am Saume des Hains, knapp an der Böschung, an deren Fuß wir warten, und ich sehe, daß sie bloßfüßig ist.

Dann sagt sie und hebt den Arm mit flachgedrehter Hand, so daß Luft und Himmel und der ganze Sonnentag darauf ruhen:

» – Das Licht kommt von hüben und kommt von herüben; nun wird es sich bald nicht mehr vermengen... und ohne Schatten sind die Blütenstrahlen, die dich tragen, Irmgard...

– Klage nicht, klage nicht, du tust mir weh, wenn du klagst, Irmgard, und ich finde dich nicht... irre nicht umher und friere nicht... zweisam sind wir...«

Wieder horcht sie. Und dann lächelnd: »Ja, Kind.«

Sie verstummt.

Ich würde nicht zu sprechen wagen, doch Agathe sagt gleichsam selbstverständlich: »Mutter.«

Sie nickt uns zu, und ein wenig fühle ich mich zu den seligen Geistern gezählt, mit denen sie Zwiesprache hielt, da sie sagt: »Ja, auch ihr seid da, so gehört sich's... kommt nur mit.«

Wir folgen ihr hinauf zur Quelle beim Heidenschacht. Und wie sie vor uns hergeht, von Föhrenstamm zu Föhrenstamm, lautlos auf nackten Sohlen, und wie sie sich an jedem der Stämme ruhend stützt und anhält, da sehe ich, obwohl es einem huschenden Schweben gleicht, daß sie sehr schwach ist.

Indes, sie achtet nicht der Müdigkeit. Und vor der Eingangsgrotte des Stollens, dort, wo der Föhrenhain steiler anzusteigen beginnt und das Gefelse gleich einem mäßig großen Steinbruch aus dem Erdreich dringt, da lehnt sie bloß an dem Stamm, der in langgezogener S-Form neben der Quelle wächst und seine Wurzeln in das steingrüne Wasserbecken taucht, da lehnt sie und wartet, bis wir herangekommen sind. Von der Quelle aufwärts ist der Boden dichter mit Sträuchern besiedelt, Meisterwurz und Tollkirsche wachsen hier, und über den Steinbruchrand oben neigt sich ein schon kahl gewordener Ebereschenzweig, auf dem noch die roten Beeren sitzen. Jenseits des Lebens, jenseits des Todes ist der späte Herbst, Wolke aus Kristall, verwittert, wo sie die Erde berührt. Und Mutter Gisson lächelt uns zu.

»Willst mich wohl mahnen, Agathe, und kommst Kräuter suchen?«

Agathe weiß nicht, was antworten. Nun ist sie hier und müde; sie steht da hohen Leibes und legt die Hände darauf. Schließlich sagt sie still: »Mutter, zu Euch sind wir gelaufen... der Herr Doctor und ich...«

Da zankt sie mit uns: »Wie seht ihr denn aus... was soll denn dein Kind von dir denken, Agathe...?«

Das ist richtig. Ich bin gleichfalls erschöpft. Wie zwei Schulkinder, die sich vor dem Gewitter gefürchtet haben und heimgelaufen sind, so stehen wir da aufgepflanzt unter dem mißbilligend freundlichen Auge Mutter Gissons.

»Sollst trotzdem noch deine Kräuter kriegen... es gibt noch welche... als Angebinde für das Kind... hast du Körnlein mitgebracht?«

Über Agathens Gesicht huscht eine Kinderschlauheit, und sie kramt aus ihrer Tasche eine Handvoll Korn, die sie Mutter Gisson entgegenhält.

»Gut«, sagt diese, »aber nicht in diesem Zustand, das ist ja eine Schande... tunk' erst deine Hände ins Wasser und dein Gesicht auch.«

Agathe kniet zum Quell hin und taucht die Hände ein, wäscht ihr Gesicht, und als ob dies nicht genügte, beugt Mutter Gisson sich zu ihr hinunter und das Wasser schöpfend, läßt sie es Agathen über Haar und Nacken rieseln.

»Und du?« fragt sie mich.

Aber weil ich eben ein alter Doctor bin, ist es stärker als ich, und ich sage: »Mutter, strengt Euch das Bücken nicht zu sehr an?«

Da lacht sie: »Kannst es nicht lassen? auch heute nicht?... komm lieber her und tunk' dich ein...«

Sie richtet sich auf und wird wieder ernst: »Irmgard«, ruft sie halblaut, »Irmgard, bist du hier, liebes Kind? hast du das Wasser getrunken...?«

Auch ich warte.
Sofort wird es mir verwiesen: »Scher dich nicht um die Irmgard...«
Gehorsam gehe ich zur Quelle und tue wie mir geheißen. Das Wasser ist eiskalt, und während ich meine Pulse lange im verwandelnd Dahinfließenden kühle und meine Schläfen benetzte und in das unablässig sich Gebärende des Quells schaue, da ist mir, als gebe es ein Fließen und Aber-Fließen zwischen dem Drüben und dem Herüben, so unablässig, daß keine Grenze mehr besteht und daß dies Fließen auch nur noch mein Haupt berühren müsse, um mich zu öffnen, einfließend in mein Herz, meine Seele umfließend wie ein Silberband, eindringend in ihre tiefste unerreichbarste Tiefe, die wartet und über jede Grenze sich hinaussehnt. Unten am Quellengrunde liegt stark und gewunden die Wurzel der Föhre, der Quellenrand ist mit tränenfeuchtem Gras bewimpert und moosig, und ich höre, wie Mutter Gisson »Trink'« sagt: da neige ich mich bis zu dem Spiegel und tue auch dies.
Nachher sagt sie zu mir: »Siehst du... hier hat er gelegen, hier an diesem Platz... hierher hat er sich noch geschleppt, um zu trinken... es ist wie heute, und es ist wie niemals, und es ist wie ewig...«
Und nach einer langen Pause, sagt sie so leise, daß kaum ich es hören kann, und es ist wie ein Vermächtnis für mich: »Der Mittis hat's getan...«
Die bloßen Füße im Waldboden, lehnt sie an dem Föhrenstamm; sie hat den einen Arm darum geschlungen, und wie sie meine Verwirrung sieht, geht ein Lächeln über ihre Runzeln, ihr gewohntes, leicht belustigtes Lächeln, so daß man meinen möchte, sie brauche bloß heimzugehen in ihre Küche, damit alles so bliebe, wie es gewesen war und sie morgen den Mittisleuten wieder Kräutertee und Zucker schicken würde. Und sie lächelt: »Behalt's für dich.«
»Mutter, Ihr habt aber...«
Da streicht sie mir sanft über meine bärtige Wange, die noch feucht ist vom Quellwasser, und sagt: »Wer nicht für's Leben sorgt, lebt selber nicht und der stirbt auch nicht... dazu ist uns das Leben geschenkt, das weißt du so gut wie ich.«
Ich sehe den Mittisvater vor mir, dem sie das Leben geschenkt hat und der darauf rechnet, daß der Marius das Erschießen der

Jäger zur Pflicht erheben werde, aber die Stille in den Händen Mutter Gissons ist wie eine Heimkehr, größer als der Mittis, größer als jedes Leben, es füllt die Stille aufsteigend und ruhend die Körbe der Baumkronen, und sie erfüllt die Welt.

»Nun scher dich bald fort, Herr Doctor... die Agathe ist schon ungeduldig... und die Irmgard auch... zum Kräutersuchen können wir kein Mannsbild brauchen...«

»Ja, Irmgard«, nickt sie, »von nun ab wird die Agathe an unserer Statt die Kräuter pflücken, und unser gedenkend wird sie sie auch finden.«

Da ist es wie ein Seufzen, das durch die Stille weht.

Und Agathe wischt die nassen Hände an der Schürze trocken und sagt: »Ja, Mutter.« Auch sie ist jetzt bloßfüßig.

Ich aber gehe. Ich gehe langsam zum Teich hinunter, als wäre dies der würdigste Ort des Wartens. Ich durchquere das Latschenholz, das inselgleich in seinem Umkreis angesiedelt ist, und dann stehe ich an seinem steinigen Ufer.

Kein Laut ist zu hören, kein Duft zu spüren; ich schmecke die Luft, sie ist wie destilliert. Nur das Sichtbare ist vorhanden, erfüllt von der Stille, körperlos, als sei es das Weltall selber. Wie die Wände eines ungeheueren hohlen Baumes ragen die Felsen um den Kessel, eines Baumes, der keine Außenseite mehr hat, und wie Wurzelsaft dunkel ruht der Teich inmitten, tiefer noch dringend sein Wurzelgehäuse in noch tiefere Stille, tiefer noch reichend bis zu dem Mittelpunkt der Welt. So ruht er inmitten. Das Echo der Wände singt Schweigen, und Schweigen singt des Echos Quell aus der Tiefe. So träumt das Sterben, und in seinen ruhenden Wellen spiegeln sich die mittäglichen Sterne, die über dem Brunnenrand blinken –, mittäglich die Nacht, auf deren Grund der Sterbliche um den Kristall wandelt. Traum wohnt in Traum, Unendliches in Unendlichem, Unsichtbares in Unsichtbarem, doch das Auge des Sees und das Auge des Himmels spiegeln einander. All dies sehe ich, sehe es ohne Angst, da ich langsam die Grenze des Sees entlang gehe, und doch ist meine Angst noch vorhanden, jene beinahe heitere Angst, die auch den lichtesten Traum noch erfüllt, denn sie stammt aus dem unerreichbar Unendlichen, sie ist die Angst des Unerweckten und der Unerweckbarkeit in der Zeit, und sie glänzt in des Gewässers Spiegel neben mir, der das Blütenlicht der oberen Bläue in seiner flüssig silbernen Schwärze trägt und die Bilder der ragenden Felsenrinden zu immer tieferen Tiefen zieht, der das Gewicht der Luft trägt, in der ich gehe, und der auch mich zieht, zu sich zieht, in sich zieht, daß ich über ihn schreite, einzusinken in das Sterben und in die spiegelnde Verwandlung des Lebens. Wo ist das Bild, wo das Urbild? Grenze, die sich selber spiegelt, so tauchen die Steine des Ufers in das Nochmalige ein und nochmals auf aus dem Feuchten, und in seiner Helle stehen, flimmernden Sternschwärmen gleich, die Fische, wandern ruhend, kaum sich bewegend, im Kreise der Milchstraße, wandern im Kreise über die kristallene Schlange der unsichtbar schwarzen Tiefe. Wandle ich um meinen Traum? oh, wir Sterblichen, immer umwandeln wir den Schacht unserer Träume, immer umwandeln wir ihren Abgrund, den aufwärtsstrebenden, den abwärtsstürzenden, doch erst im Tode nimmt er uns auf, stürzend und schwebend die Seele in ihr Spiegelbild, Echo der Seele, dennoch sie selber, und alles Gleichnis wird Wahrheit. Und langsam schwingt des Baumes Rindenschale um mich: siehe, der Himmel ist seine Krone, und kristallen unsichtbar streben seine Äste, winden und neigen sich, ein Gitterwerk des Wissens, stummes Wissen um das Sein, das so groß ist, daß auch das Künftige zur Erinnerung wird, grenzenloses Wissen, da die Unendlichkeiten sich zusammenfügen wie Tag und Nacht, einander gebärend, widerhallend das eine vom anderen, stummes Wissen voller Blütenaugen, und das sind die Sterne. Aufwärtsschwebend, abwärtsgleitend wandle ich am Rande des Teichs, am Rande des Himmels, des geöffneten Bechers, in dem das Wissen ist, wandle ich am Rande des Seins, und wohl noch schreitend, dennoch kaum mehr vorwärtsstrebend, kaum mehr meinen Körper fühlend, schier nur mehr mein Auge, das lebt und erfaßt, werde ich sanft ruhend vorwärts getragen in das Bild, das langsam kreisend und starr mir entgegengleitet, und ich flüchte nicht in meiner Angst, vielmehr ist sie es, die hold mich trägt durch das Kreisen des gewaltigen Gehäuses, in dem nur der Weiher ruht, unsichtbar in seiner Tiefe die Angst, ruhend die Zeit in ihm, die mir entgegen kreist: so kehre ich heim zu den Föhren und dem Quell, kehren Föhren und Quell zu mir zurück, Heimat, in die ich zurückgelange, die in mich wieder gelangt, und während die Landschaft ihre Bewegung sachte nun einstellt und meine Füße den moosig kiesigen Waldboden wieder spüren, erblicke ich die Mutter, ruhend neben dem Quell, und sie erblickt mich und nickt mir zu. Agathe aber, Kräuter im Schoße, kauert zu ihren Füßen.

Und Mutter Gisson sagt:

»Komm, hock' dich her zu uns, und träum' nicht von der Angst.«

Sie hat das Haupt an den Baumstamm gelegt, runzlig ist ihr Antlitz, runzlig seine Rinde, und beide fast von der gleichen Farbe. Ich träume nicht. In dem Baum und in dem Gesicht ist das gleiche Leben, unvergänglich, grenzenlos. Sachte hat die Zeit wieder ihren Lauf begonnen, ganz langsam, als entströme sie in einem leichten steten Hauch dem Eingang des Heidenstollens, auf dem der zerrissene Schatten der Föhrenkrone hingeweht ist, schattenloser Schatten.

Ich sitze neben ihr auf einem der herabgestürzten Steinblöcke; in seine Runzeln wächst zart und hart das grüne Moos. Stiller noch ist die Stille.

Und Agathe sagt: »Ich bin daheim.«

Baumkrone verflicht sich mit Baumkrone den ganzen Hain hinauf, und in ihnen verflochten ist die Sonne, ist die Stille.

Agathe ordnet die Kräuter in ihrem Schoß.

Und wieder höre ich das Seufzen der Stille.

Mutter Gissons Hände ruhen auf der Erde, über die die braunen Föhrennadeln wie alte brüchige Sonnenstrahlen gebreitet sind; und sie sagt: »Es ist nur Tee, Agathe, und Schnaps und manchmal Medizin, und doch ist es mehr, und du mußt es behüten.«

»Mutter, ich werde es finden und behüten und immer Euer gedenken.«

Da klagt das Schweigen, und ich vernehme es: »Mutter, oh, Mutter.«

»Ja, Irmgard«, antwortet Mutter Gisson.

»Oh, Mutter, sie hat das Kind, und für das Kind wird sie die Kräuter pflücken.«

»Du sollst nicht klagen, Irmgard, Seele. War es nicht auch für dich größer als du selbst?«

Das Licht fällt wie ein Schleier durch die Hirtenkronen der Bäume und sagt: »Ich weiß es nicht mehr.«

»Irmgard«, sagt Mutter Gisson, »du bist da.«

Und verwoben in die Stille, die in den Ästen hängt, hinanreichend bis in das Blau, ist die Güte; und das Schweigen sagt:

»Ja, Mutter.« Nun ist es Irmgards Stimme.

Sie lächelt: »Nun seid ihr alle da, nur der Mathias fehlt, aber er ist schon auf dem Weg... wir warten ja auf ihn.«

Sie schließt die Augen: »Wie eine Rose ist der Tag, wie eine, die immer weiter aufblüht und zum Himmel wird.«

»Mutter«, sagt Agathe, »das Kind in mir ist wie ein singender Himmel, und sein Schlaf ist voll blauer Sterne.«

Und das Schweigen spricht: »Wie ein Genesen seiner selbst ist alles Sein geworden, noch bin ich hier und doch verstreut in fernste Fernen und im Nirgendwo, und immer ich, und niemals ich.«

»Ja«, sagt Mutter Gisson, »so ist es wohl, so wird es wohl werden...«

Schatten um Schatten hauchen die Kronen des Hains, zarter und zarter werdend, auf sich selbst, auf Stämme und Boden, aber der Schatten des Weltenbaums ist das Licht.

Und sie sagt nochmals: »Ja, Irmgard...«

Sie schweigt, als überlegte sie's. Und dann:

»In jedes Menschen Tiefe ist es Nacht und ist so warm wie Erde; dort ist er Mutter seiner selbst, und kehrt er heim in seinen tiefsten Schoß, so ist er wie ein Kind des eigenen Seins und Lebens.«

Sie schweigt, und mein Leben ist wie eine dunkle Stille, eingebettet zwischen dem Glanz der Tiefe und dem Glanz der Höhe, Schatten, der sich selbst beschattet.

Und zweifelnd denke ich: Kann je ein Mann in seines Traumes Schacht, sich selbst zum Kind', sich selbst zur Mutter werden? ist nicht das Wissen ihm der tiefste Grund, aus dem er herkommt in Unendlichkeiten, zu dem er wandert durch Unendlichkeiten, als sei es Tag gewesen vor dem nächtlich Weg, ein Tag, der nach Unendlichkeiten einst ihn neu erwartet?

Nichts gibt mir Antwort. Der Felseneingang, mit sich selbst beschäftigt, glüht schweigend sonnenwärts und trinkt das Schweigen, das herniederstrahlt, als gäbe es für Felsen keine Nacht. Doch plötzlich sagt das Schweigen leise, und es ist Irmgards Stimme: »Weder Tag, noch Nacht, weder Wissen, noch Nichtwissen, weder Vergessen, noch Erinnerung. Beides.«

Mutter Gisson jedoch blickt mich jetzt fast belustigt an: »Du siehst Unendliches nur in der Zeit, ein jeder Mann ist so, kriegt's mit der Angst, wenn ihm sein Traum beschert, daß auch die Zeit in sich zu ruh'n vermag. Ist's nicht so, Herr Doctor? sag' nein, wenn's nicht so ist...«

»Ja, Mutter«, sag' ich, und ich denke, daß jeder Weg auf Erden unausschreitbar ist, und daß erst in unendlich fernen Ewigkeiten uns Unerreichbares gleich einem Lächeln grüßt.

Und sanft singend wie Gärten in Frühlingsnächten stimmt mir das Schweigen bei: »Jungfräulich ist das Unendliche.«

Sie aber sagt:

»Die Angst des Mannes ist die Dunkelheit, er scheut die Schlange, die am Grunde ruht, und alle Sehnsucht gilt dem fernen Licht, dem unsichtbaren, immer nur erahnten, das bloß im Bild und Aberbild den Schein der Helle hinterläßt, so groß sein Glanz, daß keines Menschen Auge es je erspähen wird, kein künftiges Geschlecht...«

Ist es noch sie, die spricht? ist es der Baum, der Fels? sie hält den Kopf gesenkt, und ihre Stimme wird zum lichten Raunen, wie das von Zweigen, die das Morgenrot bereift, wie das des Felsens, den die Sonne streift, es ist, als hielt' die Grotte Zwiesprach mit den Menschen. Und sie fährt fort:

»Doch bildlos wäre deine Welt, wär's nicht ein Ruhen. Und all dein Schreiten wär' ein leeres Hasten vom Unerfaßten zu dem Unerfaßten, wär's nicht ein Ruhen. Du schaust die Zeit, ihr Quell ist zeitenferne, und zeitenfern' kehrt sie zum Quell zurück, ein Himmelsschacht, in dessen tiefster Erde, dir selber Quell und Mündung, deine Seele ist, und einer Mutter gleich, die ihrem Kinde ein Bild ums andere aufschlägt und ihm zeigt, so ahnt sie weisend dir das ferne Licht, dein Wissen, das Bild um Bild aus deinem Dunkel steigt. Denn nur im Bilde deiner Irdischkeiten siehst du das Licht, zu dem du heimwärts strebst, und wäre nicht dein irdisch ruhig Schreiten, der Himmel wäre nicht, in dem du ruhend schwebst. Und in der Mitte ruht dein fernstes Ziel.«

Sie verstummt. Und Fels und Grotte, Baum und Hain, der Lärchen Gelb, der Föhren Grün, sie werden wieder stummes Licht. Und während ich ins Zeitenlose schaue, hör' ich Agathe, die zum Himmel spricht:

»In mir sind alle Blumen wach, wie Sternenknospen in der Dämmerung. Oh, Mutter, ich bin [in] der Freude.«

Verwebt mit dem Geäst der Föhren ist das kristallene Geäst des Himmels, verwebt mit Wissen und mit Denken sind der

Felsen Schründe, ist der Quelle Tränken, verwebt in Strahlen sind Agathens Augen, und unten ruht der Weiher. Atemlos.

Da schaut die Mutter freundlich auf. Und wieder ist's, als hemmt' die Zeit den Lauf und werde sonnenstill zum tönenden Gebäude.

Sie aber sagt zu mir:

»Bang' nicht der Jahre, die vergangen sind, sie sind dir hold. Schön ruht die Zeit in ihrer Mitte, unendlich ruhen ihre Grenzen hier; groß ist die Runde, größer noch die Mitte, und jede Angst erschweigt in ihr.«

Agathe ruft, und es wird sanft und weit: »Neun Monde sind die schönste Zeit.«

Und das Schweigen singt klagende Antwort: »So schön ist keine Unendlichkeit.«

»Ja«, sagt Mutter Gisson und blickt mit leisem Einverständnis zu der Schwangern hin, »schön ist's und doch nicht angstgefeit...«

Sie streichelt mit der flachen Hand die Erde: »Hier hatt' ich Angst...«

Dann sagt sie:

»Hier war sein letzter Trunk, hier war sein Tod... hier habe ich die Erde aufgewühlt mit meinen Händen... und hatte Angst...«

Sie wird ganz ruhig, und ruhig wird der Wald, die Stille wird so ruhig, daß man die Jahre hört, die eines nach dem andern sich nun eingefunden; sie stehen still um uns, durchsichtig und ein Wald, ein zweiter und aus Glas.

Dann aber spricht sie:

»Er wurde mir geraubt, und ich hatt' Angst.«

»Denn groß ist unser Glück, im anderen zu atmen, als wär' man Kind und Ahne schon zugleich, als wär' man ungeboren, dennoch schon gestorben, als wär' der Kuß, in dem wir schlafend leben, die Mitte alles Seins und aller Ewigkeit. Und da man mir's geraubt, da hatt' ich Angst. Kein Schreiten ist das Glück und auch kein Fahnden, kein Spähen ist es nach Unendlichkeit, unendlich ist es, ohne End' vorhanden, und über alle Grenzen seligweit ist es das Ganze grenzenloser Welt, die silbern über ihre Ränder fällt, in Silberhimmeln fallend aus dem Überfluß, des dunklen Beckens dunkler Quellenkuß. Dies hat man mir geraubt, und groß war meine Angst, nicht Angst der Nächte, nein, der hellen Tage, da starr die Felsen standen unerbittlich licht und nichts sich regte, nichts mein Schreien erhörte und nur die Schlange über Steine schlich und meine Hände wund wie offne Herzen waren, da hatt' ich Angst, Angst um mein Weibsein und um meine Gnade; wer nicht das Ganze fühlt, ist nicht mehr Weib.«

Das Schweigen weint, weint stummes Licht und stille Sonnenstrahlen, und jede Träne ist ein goldner Pfeil.

Agathe aber spricht: »Das Ganze ist mein Kind, und ich bin nur ein Teil.«

Durchsichtig reglos stehen die Jahre, ein unsichtbarer Wald um uns herum, still steht die Sonne, brennend stumm, als sollte sie diesen Sommertag für ewig aufbewahren.

So wird das Warten. Wagte ich zu sprechen, die Stimme entschwände mir von den Lippen, weggetragen, aufgesaugt vom Lichte.

Mutter Gisson hat die Hand auf Agathens Scheitel gelegt: »So ist das Licht, so ist die Angst, Agathe, die Angst der Frau, und wenn es dir begegnet, nimm es schwer und froh.«

Und sie spricht:

»– So sucht ich jenen, den man mir geraubt, und grub mit meinen Händen nach dem Blut, das mir die Erde weggetrunken hat; ich sah das Ganze dieser Welt nicht mehr, sah nicht mehr ihre Ränder. Nichts sah ich.

– Ich sah bloß mich und sah mich trotzdem nicht, denn steinern war der Schmerz um mich und grau und hart und Stein.

– Ich war kein Weib mehr.

– Wie ein Mann tat ich mein Tagwerk, und abends lief ich zu dem Quell und zu der blinden Ferne.

– Die Kinder hab' ich betreut, gekleidet, hab' sie gewaschen und genährt, ich tat's und wußte nichts davon und hab' sie nicht gesehen.

– Und doch waren's seine Kinder. Ich aber nicht die Frau mehr, die sie einst empfing.

– Es wuchs der Tod um mich herum und wuchs in mir, und seine Felsen schütteten mich zu.

– Da brachte ich in meiner Not die Kinder her zum Quell, daß sie den Vater riefen; sie riefen nicht, sie spielten mit den Kieseln.

– Ich aber lag hier, Hände in der Erde, und alles Licht war Stein, und hohl war jede Wolke, zerschellend in der Enge. So lag ich hier, lag eingekerkert zwischen Mauern, und immer höher, immer höher wuchsen sie, ein toter Schacht, und all mein Sehnen war, in seinen Boden tiefer, tiefer einzusinken. In Nacht vergraben, war ich losgelöst. Da spürte ich, wie meine Finger, ein Finger nach dem anderen gelöst und ausgegraben wurden. Es war der Bub, er war zu mir gekrochen, grub mir die Finger aus, als wären's Kieselsteine, und wie mit Kieseln spielte er mit ihnen. Und kroch auf mir herum, als wäre ich die Erde.

– Da ging ich heim und kam nicht wieder her.

– Und tat mein Tagwerk, tat mein Leben, und es ward gut. Sah in die Ferne, die ihn aufgenommen, und langsam wurde sie Unendlichkeit, und langsam wußte ich in ihr das Ziel jenseits des Todes, nein, jenseits aller Tode, das Ziel, zu dem er hingestrebt und das er nun, als wär's ein spätes Kind, mir unters Herz gelegt, daß es da wachse. Und jätend Stück um Stück, und pflanzend Reis um Reis, kam ich zu ihm, der meiner harrt, der um mein Kommen weiß, als hätt' es niemals anders sein können.

– So war's ein leises Rauschen erst gewesen, als gingen Quellen unterm Boden hin, und mählich nur ist es zum Licht genesen, doch plötzlich wußte ich's: ich bin, bin wieder Frau, bin wieder Weib, aus dessen Wissen sich die Welt erneut. Was einstens süß und dunkel war, es ward nun Glanz, es wuchs die Welt, sie wurde wieder ganz, und wachsend floß sie über jedes Bekkens Rand, ein Gartenspiegel in den Kreis gebannt, die Quelle ich und doch nichts als ein Schauen, von ihm gelebt, ihn lebend, ein quellendes Vertrauen und ein gebärend Wissen. So wuchs die Welt mit jedem Tag zu größerem Tag, mit jeder Nacht zu lichterer Nacht, und himmelszelten ward die Erden, ein ewig wachsend lichtes Sterben.«

Sie schweigt, und die vielen durchsichtigen Jahre, die wie ein Wald um sie versammelt sind, holen Atem und sagen: »Weckst du das ferne Licht trotz irdischer Beschwerde, so wirst du, Weib, verklärt zur unsichtbaren Erde.«

»Oh nein«, sagt Mutter Gisson, »das wissen wir besser, die Agathe und ich, erst muß man sein Kind lieb haben.«

»Nie war ich Erde, kein Kind war mir beschieden«, singt nochmals Irmgards Stimme stumm vom Weiher her.

»Du, Irmgard, hattest leichter, und du hattest schwer«, sagt Mutter Gisson, »du warst in einem höheren Frieden, dein Leben war von Anbeginn ein schönes Sterben, ein lichtes Leben war dein Sterben stets, sanft sterbend lebtest du hienieden und sterbend lebtest du.«

Dann schließt die Ruhe ihr die Augen zu, und wieder ist's, als ob der Felsen riefe, des Himmels Schatten und der Grotte Tiefe:

»Er aber blieb bei mir, und war er nicht vollendet, er alterte mit mir, ich schritt den Kreis für ihn, und hat er mir Unendlichkeit gespendet, die Ganzheit wurde beiden gleich verliehen, da ich sein Leben lebte, er das meine. Und in der Ganzheit fand er erst das Ziel, unendlich fern, unendlich wiederkehrend, da zwischen Welt und Welten jede Grenze fiel, und ist er auch entrückt in jede Silberwolke, und weht sein Antlitz auch von allen Höhen, er blieb bei mir, in mir, die ich ihm wartend folge, und alternd wachsend ward sein Antlitz schön.«

Und die Jahre sagen: »Hast du in deinem Kreis die Erde eingekreist, so wird dein Antlitz, Mann, zum erdsichtbaren Geist.«

»Ja«, sagt sie und blinzelt ein wenig zu mir, als ginge es uns beide an, »so ist's, richt' dich danach, Herr Doctor.«

Sie ruht ganz still. Dann aber sagt sie leis:

»Dem Licht der Mitte zugewandt, fließ ich nun selbst ein Tropfen über meinen Rand.«

Das Licht wird weiß. Allein sie blickt's nicht mehr; sie sieht's in sich.

Dann fragt sie:

»Irmgard, friert dich noch sehr?«

Das Schweigen antwortet: »Es ist nicht warm und es ist nicht kalt, Mutter, es ist schön.«

»Gewiß«, sagt Mutter Gisson, »es ist schön, und er ist dort, dort wo es weder Wissen noch Vergessen gibt. Hörst du ihn, Irmgard?«

»Nein«, antwortet das Licht, als wollte es verlöschen, »ich höre ihn nicht, und ich höre auch Euch nur mehr sehr leise, Mutter.«

Mutter Gisson schüttelte kaum merklich den Kopf und lächelte: »Ich kann nicht lauter sprechen, Irmgard, bald ist unser Reden nur mehr Licht.«

Der Himmel ist herabgeglitten und hüllt Agathen in sein

blaues Kleid, wir aber schweben über den Gewässern, und mit uns schweben Berge, Bäume, Gräser, es schwebt die Stille und die Starrheit, es schweben Sterne, schwebt die Klarheit, kristallnen Fittichs tragen uns die Jahre, als wären's Engel, in das Unsichtbare und halten schwebend uns in aller Welten Mitten.

Und schwebend hingelagert sagt sie: »Wenn abends die Mutter uns zu Bett gebracht und die Kerze ausgelöscht hat, dann wurde es licht und man flog davon.«

Weltverloren, traumverloren.

»Auch damals war's, als wär' man nicht geboren.«

Die Erde selber hält jetzt ihren Atem an, es stockt die Quelle. Und wir, dem Traume aufgetan, sind wir schon jenseits unsichtbarer Schwelle? Ist's nicht der Schattenflug ins schattenlose Sein?

Da sagt sie beinah' fröhlich: »Nun habt ihr mich begleitet, kehrt jetzt heim.«

Agathe weint, indes man hört es nicht.

Sie aber lehnt, geschlossen ihr Gesicht, das Haupt am Föhrenstamm, als sollt' es in ihn wachsen. Und befiehlt: »Mathias.«

»Ich bin da, Mutter«, sagt er und tritt hinzu.

Und nach einer Weile: »Nun find' dir eine gute Frau, 's ist Zeit dazu.«

Um ihren Mund spielt noch einmal ein Schimmer der alten Heiterkeit: »Und kommt ein Kleines, hab' ich's jetzt schon lieb... das kannst ihm später sagen...«

»Ja, Mutter.«

Sie blickt Mathias an und mich und die Agathe, und schließt die Augen. So wartet sie mit uns.

Dann greift sie mit der hohlen Hand zum Quell hinab und führt das Naß zum Mund und trinkt.

Und spricht nicht mehr.

Der Wald der unsichtbaren Jahre ist verschwunden, die Zeit folgt nicht mehr nach, die Zeit ist überwunden. Doch durch die Föhrenstämme geht ein Schweigen, es ist das Schweigen eines starken Mannes, ein liebendes Schweigen, und es sagt: »Komm.«

Da atmet sie noch einmal, lächelt.

Und der Mathias legt die Hand auf ihre Augen.

Durch den Talkessel streicht ein leiser Wind, und die Äste knistern, als wäre ihnen kalt in der Sonne.

So war's geschehen.

Und als ich dann hinuntereilte, um die Leute im Dorf zu verständigen und hinaufzuschicken, da war die Klamm am Austritt des Felsenkessels schon in nachmittägige Schatten gehüllt, und der Geruch des Herbstes floß mit dem Wind kühl und feucht, moosig und modrig, um mich herum zu Tal.

Als ich ins Dorf kam, standen die Leute bereits vor Mutter Gissons Haus; einige schickten sich gerade an, zum Heidenschacht hinaufzugehen. Auch Suck kam gerade daher. Ich fragte nicht weiter, woher sie ihr Wissen hatten. Die Kerze im Fenster brannte noch, flackte in der Sonne; es war kaum mehr ein Stümpfchen, und über den Zinnleuchter rann das Wachs und stockte.

Mit Einbruch der Dunkelheit wurde sie heruntergebracht, und es kamen die Milands und der Pfarrer zur letzten Ölung. Mutter Gisson lag in ihrem Bett – noch nie hatte ich, der wohl alle Dorfbewohner im Bett kannte, sie darin gesehen. Die Stube war voller Leute, die Weiber knieten um das Bett, und schiefgesichtig, selber verlöschend, sprach der kleine Pfarrer mit ihnen das Vaterunser.

Bis zum Begräbnistag hielt das Sommerwetter an. Mutter Gisson ging von der Sonne in die Erde. Doch am nämlichen Abend noch setzte der Winter blitzartig mit einem Schneesturm ein. Innerhalb einer Viertelstunde war die Temperatur um 25° gefallen.

Nachwort

Als ich diese Aufzeichnungen begann, war es Winter, und nun will es bald Sommer werden: sommerlich ist der Wind, der an dem geöffneten Fenster vorbeistreicht, sommerlich ist der dahinziehende Himmel mit Wolken geschwängert, sommerlich rauscht und wärmt der Wald, und die Dahlien unten in meinem Garten sind aufgeblüht. Aber sie sind beiweitem nicht so schön wie die des Pfarrers. Der Klee auf den Feldern des Unterdorfs duftet bereits, die Felder stehen grün und hoch, und wenn man durch die Wiesen geht, so machen die Schritte eine Gasse, die sich nur langsam schließt; die Mahd wird bald beginnen. Und der Bub der Agathe ist nun bald ein halbes Jahr alt; dies ist mir eigentlich das Sommerlichste in all dem Gedeihen ringsum, und ein wenig wundere ich mich darüber, denn unter meinen Händen sind schon viele Kinder zu dieser Welt gelangt, und wenn ich durchs Dorf gehe, dann sehe ich sie wachsen und gedeihen, nicht anders wie Agathens Kind. Und so wundere ich mich manchmal darüber.

Und doch gibt es da nichts zu wundern. Denn wenn andere Kinder einfach in diese Welt gelangen, indem sie jene Grenze überschreiten, die wir beim Eingang als Geburt, beim Ausgang als Tod bezeichnen, so scheint es mir, als ob diese Grenze bei Agathens Kind und bei Mutter Gissons Tod ein wenig verschoben worden wäre, als hätte Agathens Kind schon ein wenig früher zu leben begonnen, als hätte Mutter Gisson ein wenig später zu leben aufgehört, als dies durch die eigentliche Grenze bestimmt gewesen wäre, und je länger ich darüber nachdenke, desto mehr wird dies meine Überzeugung, und es bringt die beiden Fälle in einen tieferen und näheren Zusammenhang, als sie es durch die Verhältnisse ohnehin schon miteinander hatten, und es bettet sie tiefer und eindringlicher in die »Natur« ein, die ja nur beim Menschen eine so scharfe Grenze zwischen Leben und Nicht-Leben zieht, zwischen Vorher und Nachher, und ihn so vor all ihren anderen Geschöpfen auszeichnet, vielleicht auch nur mit der Sehnsucht auszeichnet, die verliehene Grenze aufzuheben und dennoch Mensch zu bleiben. Und dies will mir als eine Frömmigkeit erscheinen, die nur der Mensch kennt.

Mutter Gisson ist gestorben, und Agathe hat ihr Kind. Mir tut es leid, die Feder wegzulegen, denn was soll ich alternder Mann an den langen Abenden beginnen, wenn nicht die Ereignisse meines Lebens aufzuzeichnen. Doch soll ich aufschreiben, daß der Marius noch immer im Gemeinderat sitzt? für wen soll ich dies aufschreiben, da ich doch selber lieber gar nicht daran denken will? Und wenn auch trotz seines närrischen Geredes und Getues so ziemlich alles im alten Gleis geblieben ist, und wenn auch der Bauer alltäglich aufs Feld hinaus fährt und die Kühe alltäglich gemolken werden, und wenn sogar auch im heurigen Jahr mit der Dreschmaschine gearbeitet werden wird, wenn also auch der Gesamtaspekt der Welt sich kaum geändert hat und kaum ändern wird, und die Gehöfte, Häuser und Kotten genau so friedlich daliegen wie ehedem und ihren Rauch zum Himmel hinaufschicken, so kann ich doch weder Irmgards Schicksal vergessen, noch das Unrecht, das dem armen Wetchy zugefügt worden ist. Ja, es will mir sogar scheinen, als ob dieses schwerwiegender sei als Irmgards Tod, der ja wie ein natürliches Ende ihres Seins gewesen ist: aber Unrecht ist Vergewaltigung der Menschheit und des Göttlichen im Menschen, und in ihm ist die Quelle des Grauens, in dem auch Irmgard untergegangen ist. Welche Verzauberung! Welcher Irrweg, um zur Natur zurückzukehren! wie wird die Natur sich dafür noch rächen! Denn die Natur ist es, die den vergewaltigten Geist rächt, denn Geist und Natur sind eins, und für den Menschen gibt es bloß einen Weg zur Natur und zu ihrer Unendlichkeit, und dies ist der Geist, Gnade des Menschen und seine göttliche Auszeichnung.

Mutter Gisson ist gestorben, und Agathe hat ihr Kind. Dies war wichtig, dies ist wichtig, weil auch im Sterben und Gebären der Geist wirken kann, ja, vielleicht mehr als anderswo. Und so verblaßt daneben, daß die Zwergengrube von der Bergbehörde gesperrt worden ist, es verblaßt daneben, daß der Marius dagegen Einspruch erhoben und vielerlei städtische Einrichtungen wie Advokaten und Ingenieure hierfür herangezogen hat, es verblaßt dagegen, daß der Krimuß dies alles bezahlt und der Lax schließlich doch noch das Krimußsche Anwesen in die Hand bekommen wird. Dies alles verblaßt daneben. Mutter Gisson ist gestorben, und die Agathe hat ihr Kind. Und es will mir scheinen, als ob mit dem Kind der Agathe eher die neue Zeit kommen wird als mit den Reden des Marius, es will mir scheinen, als ob sich in Agathens Geist die neue Frömmigkeit vorbereitet, die die Welt braucht und die sie will, und daß Agathens Kind dies einst wird verwirklichen können. Und vielleicht bin ich bei dieser Geburt dabei gewesen.

Hermann Brochs Kommentare

„EVA"

mit Kain und Abel

Fresco in Hurastolje / Jugosl.

11. Jh.

Unbewußt hat der Künstler die alte matriarchale Eva – CHAWA = das Leben, die Lebenspendende, Mutter des Lebens – dargestellt – zu der als uraltes Göttinnensymbol – die Spindel und der Lebens=faden gehört

Demeter oder die Verzauberung (Inhalt)

Die Fabel handelt von der Behexung und Verhexung der Alpendörfer Ober- und Unter-Kuppron.

Ober-Kuppron ist eine alte Knappensiedlung. Einst bestand hier ein uralter, wahrscheinlich schon prähistorischer Goldbergbau; im 17. Jahrhundert wurde er wegen Unrentabilität eingestellt, und aus der Knappensiedlung wurde ein Dorf von Kleinhäuslern, Holzknechten und Jägern. Aber die Erinnerung an die geheimnisvolle Vergangenheit ist nicht erloschen; die alten Bergmeisterfamilien bilden eine Art Aristokratie: zu ihnen gehören die Gissons; die Witwe des – von Wilderern erschossenen – Jägers Gisson wohnt hier mit ihrem Sohn Mathias, der gleichfalls Jäger geworden ist, im alten Berghof, und sie ist eine Art Patriarchin des Gemeinwesens.

Unter-Kuppron dagegen war seit jeher ein Bauerndorf; es hat die übliche Sozialschichtung von Groß-, Mittel- und Kleinbauern, von denen die ersten – geführt von dem reichen Bauern und ersten Gemeinderat Robert Lax – die Gemeinde beherrschen. Ländliches Proletariat ist kaum vorhanden; von den Gewerbetreibenden ist der Schmied die gewichtigste Persönlichkeit. Im Unterdorf befindet sich das Bürgermeisteramt für beide Dörfer sowie die ihnen gemeinsame katholische Kirche, der ein schwächlicher, sanfter Pfarrer vorsteht. Desgleichen befindet sich hier das von dem Schlächter Sabest betriebene Gemeindewirtshaus.

Zwischen den beiden Dörfern besteht ein alter Antagonismus; ein Bauer ist ein Bauer, und infolgedessen kann kein Bergwerksknappe, ja nicht einmal der Nachkomme eines Knappen je als richtiger Bauer angesehen werden; für das Unterdorf gelten die Insassen des Oberdorfes als zweitklassig, und von altersher war ihnen daher eine entsprechende Stimmenzahl in der Gemeindevertretung versagt, ebenso die Teilnahme an der Weide- und Druschgenossenschaft u.s.w. Und so geht die Gemeindepolitik – vielen, nicht zuletzt dem reichen [Lax] macht es Spaß – in fortwährenden Kämpfen vor sich.

Während der Inflationsjahre hat eine Schwindelgesellschaft die alten Bergrechte erworben; das war ein Börsenmanöver, bei dem an eine wirkliche Wiederaufnahme des Betriebes wohl niemals gedacht worden war. Immerhin wurde eine Seilbahn, welche vom Berg ins benachbarte Plombent-Tal hinunterführen sollte, zu bauen begonnen, desgleichen zwei Villen am Rande des Oberdorfes für die künftigen Verwaltungsbeamten. Dann flog der Schwindel auf, die Gesellschaft wurde bankrott, und die Liegenschaften fielen demgemäß an die Gemeinde zurück, die freilich hierdurch in einen nicht endenwollenden Prozeß mit der gleichfalls auf die Seilbahn und die zugehörigen Waldstücke Anspruch erhebende Gemeinde Plombent verwikkelt wurde. Aber die beiden Villen bleiben unbestrittenes Eigentum der Gemeinde Kuppron; die eine der beiden hat sie dem ehemaligen Gesellschafts-Verwalter Wetchy mietweise überlassen, der nunmehr hier ein kümmerliches und überdies wegen seines calvinistischen Glaubens vielfach angefeindetes Leben als Versicherungs- und Maschinenagent führt, während das zweite Haus dem Gemeindearzt zugewiesen wurde, und dieser ist der Erzähler der Geschehnisse, die nach Abflauen der Inflation, also etwa zehn Jahre nach Beendigung des ersten Weltkrieges, sich in dem Doppeldorf Kuppron abspielen.

An einem Märztag taucht im Dorf ein Fremder auf, halb Landarbeiter, halb Handwerksgeselle – über seine Herkunft läßt sich nichts Genaues erfahren –, ein südlich ausschauender Mensch mit einem südlichen Namen, Marius Ratti. Der Mann verdingt sich als Knecht bei dem Bauern Wenter im Unterdorf.

Wenter ist der Schwiegersohn Mutter Gissons. Von den der Ehe entsprossenen fünf Kindern sind drei am Leben geblieben, die achtzehnjährige Irmgard, der vierzehnjährige Karl und die neunjährige Zäzilie. Der Fremde hatte die vor dem Haus stehende Irmgard angesprochen, war von ihr zu einem Imbiß eingeladen worden, und der Bauer hatte ihn gleich behalten. Und sofort begann er – wie der zufällig am selben Abend zu Besuch hereinkommende Doctor überrascht feststellt – die Familie zu tyrannisieren.

Das nächste Mal trifft der Doctor den Marius bei Mutter Gisson. Dabei wird offenbar, daß Marius sich eigentlich im Oberdorf, u. z. womöglich bei Mutter Gisson selber verdingen möchte, denn sein eigentliches Ziel scheint das alte Bergwerk zu sein, und er vermutet augenscheinlich (ja sogar mit Recht), daß Mutter Gisson darüber besser Bescheid als sonst irgendjemand weiß. Aber sein Ansuchen wird von ihr mit aller Bestimmtheit abgewiesen; sie durchschaut seine närrische Schlechtigkeit, und obwohl sie weiß, daß sein Anbot treue Ergebenheit meint, und daß sie ihn durch ihre Ablehnung zum Todfeind macht, nimmt sie es auf sich.

In der Tat, die Gedanken des Marius kreisen um das Gold im Berg, und er fragt dabei nicht nach Rentabilität; ja vielleicht ist ihm das Gold als solches überhaupt nicht wichtig, obschon er es gerne berühren möchte, vielmehr ist ihm offenbar bloß an der von dem Metall ausstrahlenden Macht gelegen. Im Oberdorf findet er allerdings mit dieser Art von Magie wenig Anklang; hier ist die Scheu vor dem wiederverschlossenen Berg eine Art Gegenmagie, aber das Unterdorf ist zugänglicher: der geschäftstüchtige Lax wittert Vorteile für sich, umsomehr als er überzeugt ist, daß er es geschickter anpacken würde als die zusammengebrochene Bergwerksgesellschaft, und gleich dem Marius rechnet er mit der Goldverblendung der Leute. Und diese Goldverblendung wirkt ansteckend. In geschickter Weise läßt Marius im Wirtshaus fallen, daß er die Wünschelrute zu handhaben weiß, und das ist der zündende Funke. Ob Goldsucht oder, so bei dem ansonsten vollkommen vernünftigen Schmied, einfach Abenteuersucht, es bilden sich im Dorf zwei Parteien, für und gegen den Marius, und gerade das hat der angestrebt. Und vor allem kriegt er die Jugendlichen des Unterdorfes unter seinen Einfluß.

Einer der ersten, die ihm verfallen, ist der achtzehnjährige Sohn des Wirtes Sabest. Dieser selber ist ein triebdurchschüttelter Mensch, fast ein Gewalttäter, blutbefangen in allem was er tut, nicht zuletzt in seinem Schlächtergewerbe und in seiner Ehe, und der Sohn leidet darunter. Kein Wunder, daß der aus solcher Stürmischkeit zu flüchten trachtet: er flüchtet zu der jugendlichen Agathe, der Tochter des verwitweten Kleinhäuslers Strüm, aber so sanft, ja einfältig und legendenhaft sanft es hier zugeht, und so sanft das Mädchen selber ist, es ist eine Fluchtliebe, und der Junge sucht weiter nach einem richtigen Halt –, den glaubt er beim Marius zu finden.

Der Marius beginnt die Burschen im Dorf für das kommende Werk zu organisieren. Oder richtiger, er tut das nicht selber, sondern läßt das durch einen Kumpan, den zwerghaften, verschlagen-komischen Wenzel besorgen, der offenbar über sein

Geheiß ihm nun nachgefolgt ist. Beim Schmied ist der Versammlungsort der Burschen, und der Wenzel führt da das große Wort.

Die Devise des Wenzel ist »Spaß muß sein«, und zu seinen Späßen gehört eine dauernde Kampagne gegen den wehrlos schüchternen Agenten Wetchy, der eben trotz seiner Harmlosigkeit ein Fremdkörper in der Gemeinde ist: die Verfolgung des Wetchy ist für die Burschen jedenfalls ein Gaudium, darüber hinaus aber wird es ihnen zur moralischen Pflicht gemacht; die Auffindung des Goldes und die Ausstoßung des Wetchys werden in eine sonderbare Verbindung gebracht.

Die Gegenpartei im Oberdorf organisiert sich um Mutter Gisson und ihren Sohn, den Bergmathias. Unter diesen Marius-Gegnern ist der Holzknecht Suck der rührigste; er ist ein Mensch voller Schabernack, ein Geschichtenerzähler, dessen Fröhlichkeit zwar durch die schwere Krankheit seiner Frau oftmals ins Wehmütige umschlägt, aber sich doch immer wieder am Vorhandensein seiner drei Buben aufrichtet. Mutter Gisson, die mit ihrem Vertrauen sparsam umgeht, hält große Stücke auf ihn, und der Doctor ist stolz, daß es ihm gelungen ist, gleichfalls dieses Vertrauen zu erwerben.

Das Leben in den beiden Dörfern nimmt anscheinend seinen gewohnten Fortgang. Der Frühling mitsamt seinen landwirtschaftlichen Verrichtungen ist vorbei und die Frühlingsfeste, darunter der »Bergsegen« (mit dem der Drache im Berg symbolisch besiegt wird) sind gefeiert. Nun ist es Sommer, und die Ernte hat begonnen. Aber hinter all dem Gewohnten lauert etwas Neues.

Ein Erdbeben, das er als Zeichen der höheren Gewalten nimmt, ermutigt den Marius zum ersten Vorstoß: Wenzel und seine Mannen ziehen zum Bergwerk, um es sozusagen in Besitz zu nehmen. Suck und Mathias haben Wind von der Sache bekommen und machen sich das Vergnügen, die operettenhafte Unternehmung zu stören. Freilich, hätte der Doctor nicht eingegriffen, es hätte sich wohl eine arge Messerstecherei ergeben. Aber es war nur der erste Auftakt.

Marius bleibt weiter dabei, daß er mit den Gold- und Berg-Aktionen des Wenzels nichts zu schaffen habe. Aber auf andere Weise sorgt er dafür, daß er nicht vergessen wird. Sein Benehmen ist nun ganz das eines Wanderpredigers und Sektierers; er predigt von der Gerechtigkeit, die erstritten werden muß, er predigt von dem Opfer, das die Erde um der Gerechtigkeit willen verlangt, und er predigt gegen den Maschinendrusch und gegen alle von Wetchy verkauften Landwirtschaftsmaschinen, welche die Erde entehren. Überdies predigt er von der Keuschheit, die den Männern auferlegt ist, wenn sie die Weiberherrschaft in der Welt brechen wollen. Warum aber macht er sich trotzdem an die Irmgard heran? Unzweideutig hat er das Mädel schon ganz unter seinen Bann gebracht. Wie verträgt sich das mit der Keuschheit? welche Absichten hat er mit dem jungen Geschöpf?

Als Gegenzug nimmt Mutter Gisson die Enkelin zu sich in den Berghof hinauf. Aber es nützt nicht viel. Marius hat bereits Anhänger im Oberdorf, und sehr bald ist er – hier wird noch mit der Hand gedroschen – als Drescher oben beschäftigt. Allerdings zeigt sich dabei auch, daß es nicht Sehnsucht nach Irmgard ist, die ihn da heraufgetrieben hat: er duldet einfach nicht, daß Mutter Gisson seine Kreise stört. Wegen der Irmgard hätte er ruhig unten bleiben können; die ist ihm hörig und bleibt ihm hörig, und damit kann er um so mehr rechnen, als es keine landläufige Mann-Weib-Beziehung ist, die ihm das Mädchen untertänig macht.

Unterdessen ist die fieberhafte Stimmung im Unterdorf weiter gestiegen. Zur Kirchweih zieht der Wenzel mit seinen Burschen in militärischer Ordnung auf, operettenhaft, dennoch als Drohung für alle, die sich dem Marius zu widersetzen gedenken. Aber fürs erste bleibt noch alles ruhig. Offenbar hat der Marius Gewichtigeres im Sinn. Und das kommt vierzehn Tage später bei der Nachkirchweih, hier die Berg-Kirchweih genannt, tatsächlich ans Licht.

Alljährlich wählt das Dorf eine »Bergbraut«, eine Art Bergkönigin. Das ist unzweifelhaft eine aus heidnischen Zeiten stammende Sitte. In einem Frühjahrsbittgang zu dem höchstgelegenen der alten Stollen – an seinem Eingang steht die frühgotische »Bergkapelle« – wird die »Braut« dem Berg anverlobt, auf daß er ungeachtet der in ihm hausenden Drachen auch fernerhin sein Gold hergebe. Heuer ist Irmgard solcherart zur Bergbraut geweiht worden.

Das herbstliche Gegenstück hierzu ist die »Bergkirchweih«, sie gleichfalls ein christianisiertes Heidenfest der Bergleute. Der Festplatz liegt beim tiefsten der Stollen, und wie lange er schon als solcher benützt wurde, zeigt der hier befindliche uralte Opferstein, der sogenannte »Kalte Stein«. Vielerlei wird mit dem Fest symbolisiert, vor allem wohl die bei so vielen Primitivvölkern übliche Königs-Opferung, hier die der Königin, dann aber vielleicht auch der Übergang vom Mutter- zum Vaterrecht. Das geschieht in einem naiv-bäuerlichen »Spiel«, das da mit anbrechender Dämmerung zur Aufführung gelangt. Das alte Menschenopfer-Ritual schimmert dabei mit aller Deutlichkeit durch, der Dank an die Mächte der Erde, welche die Goldschürfung gestattet haben, und wenn auch die einstigen Götter nun zu Teufeln, Hexen und Geistern reduziert [sind], sie zeigen doch noch immer ihre große Macht, so daß dem Zuschauer gruselt.

Erst hatte es den Anschein als ob in diesem Jahr die Bergkirchweih sich in eben dieser gewohnten Weise abspielen werde. Es gab den Tanzboden, es gab die Buden, es gab den von Sabest bedienten Bierausschank. So war es immer. Und doch ist es diesmal anders. Die Tanzerei ist wüster als sonst. Bald ist der Tanzboden zu klein, und die ganze Wiese ist von einer stampfenden, klatschen[den], schwitzenden, drehenden Masse erfüllt, die erst zum Stillstand gelangt, als die Personen des Spieles, zuvörderst die »Geister« und »Teufel«, aus dem Wald auftauchen und sich um den »Kalten Stein« gruppieren.

Und so beginnt das »Spiel«, beginnt in sozusagen noch normaler Weise. Indes, als der Augenblick herankommt, in dem die »Bergbraut« zur Opferung auftreten soll, da steht der Marius in seinem Alltagsgewand auf dem Opfertisch und spielt mit. Es ist nichts Eingelerntes darin: er extemporiert, und merkwürdigerweise fügten die Mitspieler sich der Situation und extemporierten gleichfalls. Dann kam die Braut, und von da an weicht das Spiel völlig vom alten Text ab und nimmt eine fürchterlich neue Wendung. Vor der mit ausgebreiteten Armen zu seinen Füßen hingeknieten Irmgard ruft Marius nach dem Opfer, mit dem die neue Zeit eingeleitet werden wird: er ruft die Erde, auf daß sie zum Zeichen der Versöhnung das Opferblut trinken möge, und er ruft den Priester, der mit heiligem Stahl das Opfer vollziehen wird. Und wie dieser Ruf ertönt, kommt Sabest wie ein Schlafwandler hinter seinem Schanktisch hervor. Er trägt sein Schlächtermesser wie ein Schwert mit beiden Händen vor sich her, und so nähert er sich geschlossenen Auges dem »Kalten Stein«, nähert sich der beschwörend ihm entgegengestreckten Hand des Marius, nähert sich der verzückt emporschauenden knieenden Irmgard, und als er bei ihr eingelangt ist, stößt er ihr das Messer mit aller Schlächtersicherheit zwischen die Schulterblätter.

Der Festplatz ist vollkommen stumm geworden. Die Menge starrt gebannt auf den Marius, der noch immer mit ausgestreckter Hand dasteht. In der vollkommenen Stille hört man bloß wie der Mörder gleich einem scheuen Pferd die Bergkluft hinaufgaloppiert.

Wäre der Marius nicht so unbeweglich dagestanden, es hätte die Menge sich vielleicht auf die blutende Leiche gestürzt, um sie zu zerreißen und zu verschlingen. Aber da erhebt sich in der Stille nun doch eine Stimme, es mag wohl die des Wenzel gewesen sein, und gibt dem Bann eine andere Richtung: »Den Wetchy ausräuchern!« Im gleichen Augenblick senkt Marius die Hand, als wollte er die Erlaubnis dazu geben, und die ganze Masse wälzt sich wie eine schwarze Herde durch den dunklen Wald, des Weges und der Hindernisse nicht achtend, dem Wetchy-Haus zu, allen voran die Wenzel-Burschen, die kaum eingelangt auch sofort mit dem Steinbombardement gegen die Fenster einsetzen, die Haustüre eintreten und den zitternden Wetchy herausschleifen.

Als die Hauptmasse eintrifft, hängt der Wetchy mit ausgebreiteten Armen wie gekreuzigt an einem Baum, und vielleicht hätten sie ihn auch angenagelt, wenn sie die Werkzeuge hierzu bei der Hand gehabt hätten. Aber ein Reisighaufen beginnt statt dessen in unmittelbarer Nähe aufzuknistern, gleich darauf ein zweiter beim Haus, und wieder brüllt einer »Ausräuchern!«. Doch wie das geschieht und Flammen emporzulecken beginnen, steht plötzlich Mutter Gisson auf der Szene. Der Wenzel will sich ihr entgegenstellen, vielleicht um zu erklären, daß das alles bloß Spaß sei, doch mit einer einzigen Bewegung schleudert sie ihn zur Seite und in den einen Reisighaufen hinein, der zur roten Glut abebbt. Dann geht sie ruhig zu Wetchy, verlangt von dem nächsten Burschen ein Messer und schneidet die Stricke des Gemarterten durch, und als ein paar der Burschen sich aus dem scheu zurückweichenden Menschenrudel lösten und drohend sich ihr nähern wollten, da fielen im Waldesdunkel zwei Warnungsschüsse. Jeder wußte, daß es der Matthias war, und daß er, verborgen wie er war, jeden abschießen konnte. »Heimgehen« herrscht Mutter Gisson die Leute an, und nach einigem Zögern lockert sich wirklich die Masse; einzeln und betreten verschwinden die Leute.

Dann ruft sie nach dem Doctor; er spürt den Vorwurf ihres Blickes, denn er weiß, daß er sich um die Tote drunten beim »Kalten Stein« nicht gekümmert hat, und daß er, gleich ihr, sich den Burschen hätte entgegenwerfen müssen. Doch sie äußert keinen Vorwurf, sondern befiehlt ihm nur, sich des bewußtlos Daliegenden anzunehmen, während sie selber sich um seine Familie kümmern wolle. Als sie jedoch wieder aus dem Wetchy-Haus heraustritt, steht der Marius vor ihr: Aug im Auge verharren sie beide; dann senkt der Marius den Kopf. Und sie sagt: »Ihr habt mich besiegt, doch nimmer ist Lüge der Sieger.« Seine Antwort ist ein Seufzen; er wankt ein wenig, tastet mit unsicherer Hand nach einem Baum und sinkt nieder zum nadelbedeckten Waldboden, sofort in tiefen Schlaf verfallend.

Auch der Matthias ist nun aufgetaucht, und mit ihm wie dem Doctor nimmt sie nun den Weg zum »Kalten Stein«. Dort liegt die Tote, wie sie von Sabest gefällt worden ist. Aber auf dem Stein hockt der Wenter, die Hände vors Gesicht geschlagen, und davor aufgerichtet steht die Martha Wenter, tränenlos. Dann kommt noch der Suck, kommen noch ein paar andere aus dem Oberdorf. Und die Totenwache währt die ganze Nacht.

Irmgard war das eine Todesopfer. Das andere war der Mörder Sabest, der bei seiner nächtlichen Flucht in die Kuppronklüfte sich zu Tode gestürzt hatte. Doch das Dorf kehrte zum Alltag zurück. Niemand will sich der Geschehnisse jener Nacht mehr erinnern. Die beiden Toten werden bestattet, und die Begräbnisse unterscheiden sich kaum von all den andern, bei denen sich die Gemeinde in Kirche und Friedhof versammelt. Und als wenige Tage [später] der unglückselige Wetchy mit seiner Familie das Dorf verläßt, um in der Stadt eine neue Existenz zu suchen, kümmert sich kein Mensch mehr um ihn. Aber auch diese Rückkehr zur Alltags-Normalität bildet einen Teil des Marius-Sieges.

Der Sieg wurde hingenommen. Die Dorf-Politik ging weiter, und mithilfe des Lax wird der Marius in den Gemeinderat gewählt. Seine Autorität wurde unbestritten, und man fand es sogar natürlich, daß er nun die Goldsuche kaum mehr weiter betrieb. Freilich, manche der jungen Leute muckten auf; sie wollten das Gold haben, und sie steckten sich damit hinter den Wenzel. Eine neue Parteienspaltung scheint entstehen zu wollen, denn Wenzel findet Unterstützung bei einigen der reichen Bauern. Gegen den Willen des Marius wird ein Stollen ausgezimmert, freilich ohne Hilfe eines Bergbau-Fachmannes, und so ist es kein Wunder, daß eines Tages das Gebälk zusammenbricht und einige Wagemutige erschlägt, darunter den Wenzel selber sowie den jungen Sabest. Man munkelt zwar, daß der Marius das Gebälk im geheimen hatte ansägen lassen, aber selbst das schadet seiner Autorität nicht mehr; im Gegenteil sie befestigt sich durch diese Nachlese [des] Todes.

Nichtsdestoweniger war er plötzlich aus dem Dorfe spurlos verschwunden, aus dem Spurlosen kommend, ins Spurlose gehend.

Und als das geschehen war, darf nun auch Mutter Gisson sich zur letzten Reise aufmachen.

An einem Morgen wird der Doctor von der atemlosen kleinen Agathe, die – bereits hochschwanger – den Sabest-Enkel unter dem Herzen trägt, aus dem Hause geholt. Eine Ahnung sagt ihr, daß Mutter Gisson dem Sterben nahe ist. Sie nimmt den Arzt an der Hand und zieht ihn den Berg hinan, gleichsam nur ihrer Witterung folgend. Und in einem besonnten Steinkessel sehen sie tatsächlich Mutter Gisson, die dort wie eine Gesunde wandelt. Aber es ist der nämliche Platz, an dem vor Jahrzehnten der Jäger Gisson von Wilderern meuchlings erschossen worden war. Und es ist als ob Mutter Gisson gewußt hätte, daß die beiden zum Abschied kommen würden. Sie spricht kaum zu ihnen, aber was sie spricht ist doch an sie gerichtet. Das ganze verflossene Leben klingt in ihre Rede, alle Mächte des Seins und damit die ganze Landschaft. Das ist ihr Abschied. Sie ruft ihr Enkelkind, die Irmgard, und die antwortet; sie ruft ihren Sohn, den Mathias, und der kommt. Und in seinen Armen geht sie hinüber.

Der Doctor aber, der diese ganze Geschichte erzählt, weiß nun auch, ohne daß er sich's eigens eingesteht, von der ihm widerfahrenen Verhexung sowie von der nun geschehenen Enthexung. Er erkennt sein eigenes Leben, und er weiß nun auch, welch sonderbares Erlebnis ihn genötigt hatte, seine äußerlich erfolgreiche Laufbahn aufzugeben und sich ohne Frau, ohne Kinder in diese Bergeinsamkeit für immer zurückzuziehen: die Geschichte seiner einstigen großen Liebe taucht auf, und damit die Geschichte seines künftigen Sterbens, das in Einsamkeit, dennoch in Liebe erfolgen wird. Denn die Mächte des Seins, von denen Mutter Gisson gekündet hat, sind fortab mit ihm.

Diese Inhaltsangabe entstand Anfang 1936. Das zwölfseitige Originaltyposkript befindet sich im Broch-Archiv der Yale University Library (YUL), New Haven, Connecticut/USA. Erstmals abgedruckt in: *Deutsche Vierteljahrsschrift für Literaturwissenschaft und Geistesgeschichte,* Jg. 42, Nr.5 (1968), S. 777-783; ferner in: Hermann Broch, *Bergroman. Entstehungsvarianten und Anmerkungen,* hrsg. von Frank Kress und Hans Albert Maier, (Frankfurt/M.: Suhrkamp, 1969), S. 261-272.

Die Verzauberung (Roman)

Zweifelsohne kann man ein massenpsychisches Geschehen durch »objektive Darstellungen« lebendig machen: man kann einen Flagellantenzug darstellen, oder das Gebrüll bei einem Fußballmatch, oder die Volksmengen vor dem Reichskanzlerpalais, von dessen Balkon aus Hitlers merkwürdige Stimme ertönt, und man kann auch alle Pogromschrecken sehr anschaulich schildern; aber alle diese Schilderungen sind – auch wenn sie einen historischen Hintergrund haben – gewissermaßen leere Behauptungen, sie sagen bloß aus, daß es massenpsychische Bewegungen gibt, verschweigen jedoch alles über deren eigentliche Funktion und Wirksamkeit. Will man hierüber Bescheid haben, so muß man die Einzelseele befragen, man muß sie fragen, warum und auf welche Weise sie jenem an sich unverständlichen Geschehen verfällt, welches wir massenpsychisches Verhalten nennen, ja, gerade die darin enthaltene Unverständlichkeit fordert zu solcher Befragung auf: innerhalb des Massenpsychischen ist der Einzelmensch ohneweiters bereit, die plumpsten Lügen als Wahrheit zu nehmen, sind Männer von großer Nüchternheit und Selbstkritik für die phantastischesten Unternehmungen zu gewinnen, brechen archaische Tendenzen auf, die man längst in dem Abgrund der Zeit gedacht hat, hebt ein mythisches Denken innerhalb aller Rationalität an –, nur die Einzelseele, welche zur Beute solcher Unbegreiflichkeiten wird, vermag hierüber Aufschluß zu geben.

Es hat auch keinen Sinn, über die Dinge »klug« zu reden. Um einen Essay zu schreiben, braucht man keine Dichtung, und am allerwenigsten sollen Themen, die in den Bereich der Wissenschaften fallen, in der Form des Unterhaltungsromans abgehandelt werden; das ist teils Blasphemie, teils Dilettantismus. Die Themen der Dichtung sind »ewige«: sie sind des Menschen einfachste Grundhaltungen in Geborenwerden, Aufwachsen, Essen, Schlafen, Erkennen, Lieben und Sterben; die Gestalt der wahren Dichtung ist stets »Jedermann«, und jede wahre Dichtung schafft daher menschlich typische Gestalten.

Ich habe versucht, mein Problem »Massenpsychisches Geschehen« unter diesen beiden genannten Gesichtspunkten aufzugreifen. Ich habe den Schauplatz in ein einsames Gebirgsdorf verlegt, dessen Abgeschiedenheit es erlaubt, einfachste Gestaltungslinien zu ziehen, und ich habe die Befragung der Einzelseele im Tagebuch des im Dorfe ansässigen Landarztes niedergelegt: das Tagebuch ist die einfachste und ehrlichste Form, um ein psychisches Geschehen abzuspiegeln, und da Bauern keine Tagebücher führen, mußte ich dieses Amt einem Intellektuellen überantworten, dies umsomehr, als einem solchen all die Kritik und Selbstkritik zuzutrauen ist, deren schließliche Überwältigung durch das Massenpsychische so erstaunlich ist.

Die Handlung ist überaus einfach: in dieses Primitiv-Dorf wandert ein Fremder ein; es werden ihm keine Sympathieen entgegengebracht, im Gegenteil er wirkt abstoßend und lächerlich, besonders, da er sich sehr bald als schrullenhafter Besessener erweist, der geradezu querulierend für seine mystischen oder richtiger pseudo-mystischen Ideen von der Heiligkeit der Erde, von der Bezwingung des Berges u.s.w. wirkt und damit die Leute belästigt. Aber nach und nach gewinnt er Anhängerschaft, zuerst bei der Jugend, dann bei den Erwachsenen, und schließlich hat er das ganze Dorf in seinem Bann, nicht zuletzt, weil einige Großbauern in seiner Unterstützung ihren Nutzen zu sehen glauben. Die Dinge nehmen nun immer besessenere Gestalt an – u. z. unter anscheinend vernünftigen Motivierungen –, das Unglaubwürdigste wird geglaubt, heidnische und mythologische Vorstellungen brechen auf, alle sadistischen Triebe werden freigemacht, und schließlich in einer Art heidnischer Opferfeier, zu der ein Kirchweihfest ausartet, fällt die Gegenspielerin des Eindringlings, eine alte und weise Frau, in der sich die Güte der Humanität verkörpert, dem Toben zum Opfer: es ist, als ob die Muttergesellschaft nochmals vernichtet hätte werden sollen. Nach dieser Klimax beginnt das Dorf sich wieder zu zivilisieren, sogar der Narr, welcher nunmehr die Dorfherrschaft ergriffen hat, fügt sich wieder in den Alltag ein, aber Menschliches ist für immer verloren gegangen.

All diese Begebnisse werden von dem Arzt mitgemacht und erzählt, und ohne daß er es selber merkt, wird er, der anfangs kühler und kritischer als jeder andere dem Narren gegenüber gestanden hatte, von dem Taumel ergriffen. Und ohne daß er eigentlich merkt, was geschehen ist, biegt auch das Tagebuch schließlich wieder in den Alltag ein. Sein Schreiber meint, daß sich nichts in ihm verändert hätte, daß er der gleiche sei wie zu jener Zeit, da er sein Tagebuch begonnen hatte.

Es gehört zum Wesen einer jeden Dichtung, welche zwischen zwei Kulturepochen steht, daß sie an der Religionssuche beteiligt ist; es ist dies vielleicht ihr schönstes Vorrecht. Überall, wo Dichtung sich dem Religiösen nähert, greift sie mythologische Vorstellungen auf; dies ist nicht Absicht, sondern ergibt sich ungezwungen. Es lassen sich hierfür genügend Beispiele für die heutige Zeit anführen, so die biblische Mythologie Manns, die griechische im Joyceschen *Ulysses*, die heidnische bei Giono; das ist kein zufälliges Zusammentreffen, sondern Notwendigkeit. Und ebenso notwendig, von natürlicher Notwendigkeit war auch in diesem Buche die Wendung zum Mythologischen.

Sie ergab sich auch aus der innern Thematik: es gehört zum Wesen dieser Zeit, daß sie den Religionsverfall durch eine beinahe frenetisch werdende Naturanbetung ersetzt; diese Wendung wird mit hygienischen, sportlichen und anderen Rationalisierungen motiviert, hat aber selbstverständlich weit tiefer liegende, eben metaphysische Gründe. Ich bin diesen Gründen nachgegangen, indem ich in dem Tagebuch des Arztes unausgesetzt auf die Übereinstimmung der inneren und äußeren Landschaft achthatte, auf das Ineinanderspiel, welches die Landschaft der Seele mit dem des äußern Schauplatzes fortwährend verbindet. Und achtet man auf dieses Ineinanderspiel, das wohl bei jedem Menschen mehr oder weniger deutlich stattfindet, so entdeckt man sehr bald, wie aufbruchsbereit die mythologischen Vorstellungen in der Seele liegen. Weil dem aber zweifelsohne so ist, darf ebenso zweifelsohne in dieser ständigen Natur- und Mythosbereitschaft mit einer der Gründe gesehen werden, welche diese Zeit so aufnahmsfähig für massenpsychische Bewegungen machen.

Broch verfaßte den Kommentar im Frühjahr 1940. Das zweiseitige Typoskript befindet sich in YUL. Dort sind auch zwei englische Übersetzungen dieses Kommentars vorhanden, die beide den Titel »The Bewitchment. A Novel« tragen; das erste Typoskript ist zweiseitig und einzeilig beschrieben, das zweite vier Seiten umfangreich und zweizeilig geschrieben. Im Gegensatz zum deutschen Original und zur zweiseitigen englischen Übersetzung trägt die letztere Übersetzung folgende Zwischentitel: 1. The Problem, 2. The Possibilities and the Limits of the

Novel, 3. The Plot of this Novel, 4. Objectives of the Novel. Während die englischen Übersetzungen bisher ungedruckt sind, erschien die deutsche Fassung in: *Deutsche Vierteljahrsschrift für Literaturwissenschaft und Geistesgeschichte*, Jg. 42, Nr. 5 (1968), S. 783-785; ferner in: Hermann Broch, *Bergroman. Entstehungsvarianten und Anmerkungen*, a.a.O., S. 257-260.
Bereits Anfang Oktober 1939, als Broch sich bei der Guggenheim Foundation in New York um ein Stipendium zur Fertigstellung der *Verzauberung* und des *Vergils* bewarb, hatte er in einem Kurzexposé Intention und Inhalt der *Verzauberung* ähnlich umrissen. Dieses Kurzexposé vom 2. Oktober 1939 sei hier wiedergegeben: *»Bewitchment«, a novel, approximately 300,000 words.* This book attempts to trace the genesis of a mass movement – a movement accompanied by weird, archaic and sadistic phenomena – brought into being by a crazed man who casts a spell over an entire village. The growth of this movement is reflected in the diary of the village doctor – a person of average intelligence – who believes himself to be an objective observer of psychological phenomena while failing to realize that he himself is gradually falling under the spell he has set out to record. (Abdruck des Textes mit freundlicher Genehmigung der Guggenheim Foundation.)

Verzauberung

In den Jahren 1928-1935 veröffentlichte ich also meine Romane, ebenso ein Schauspiel, welches in Zürich 1934 aufgeführt wurde. Alle diese Arbeiten liegen in der Richtung, wie sie von den beiden angeführten Gründen vorgezeichnet gewesen war; sie bemühten sich um exoterische Wirkung mit Hilfe dichterischer Mittel. Insbesondere gilt dies für einen Roman *Verzauberung*, der 1935 begonnen, aber infolge der Zeitereignisse nicht mehr völlig fertiggestellt wurde (das Manuskript konnte ich nach Amerika retten); in diesem Roman habe ich versucht, das deutsche Geschehen mit all seinen magischen und mystischen Hintergründen, mit seinen massenwahnartigen Trieben, mit seiner »nüchternen Blindheit und nüchternen Berauschtheit« in seinen Wurzeln aufzudecken, d. h. nicht abzukonterfeien, sondern es auf eine dichterisch einfachste Formel zu bringen, um solcherart das eigentlich Menschliche, wie es aus den Tiefen der Seele und ihrer Naturverbundenheit aufsteigt, zum Ausdruck zu bringen. Meine Hoffnung bei alldem war: die erzieherische Wirkung ethischer Dichtung.

Bei dem Kommentar handelt es sich um einen titellosen Abschnitt im Kapitel »Literarische Tätigkeit (1928-1936)« von Brochs 1941 entstandener »Autobiographie als Arbeitsprogramm«, abgedruckt in Hermann Broch, *Massenpsychologie*, Zürcher Ausgabe Band 9, S. 46 und ferner in Hermann Broch, *Schriften zur Literatur 2: Theorie*, Frankfurter Ausgabe Band 9/2, S. 248.

Anmerkungen des Herausgebers

Textkritische und bibliographische Hinweise

Es wird ein Überblick vermittelt über die Textversionen, ihre Entstehungs- und Erscheinungsdaten und ihre Publikationsorte bzw. Aufbewahrungsstellen in Archiven. Die Datierungen fußen auf dem Material im Band 13/1 dieser Ausgabe: *Briefe (1913-1938)*, hrsg. v. P. M. Lützeler, 1981.

Erste Fassung: *Die Verzauberung*

Entstanden 1935. Es handelt sich bei dem maschinenschriftlichen Original um ein faktisch 323seitiges, einzeilig beschriebenes, abgeschlossenes Typoskript mit Korrekturen. Es endet zwar auf Seite 295, doch sind zahlreiche zusätzliche, alphabetisch gekennzeichnete Seiten eingefügt. Das Original befindet sich im Broch-Archiv der Yale University Library, New Haven/Connecticut, USA (YUL). Dort ist auch der erste Teil eines Durchschlags vorhanden (bis Seite 148), dessen zweiter Teil (Seite 149 bis Seite 295) im Deutschen Literaturarchiv, Marbach/Neckar (DLA) aufbewahrt wird. Die Fassung enthält das »Vorwort«, vierzehn römisch numerierte, titellose Kapitel und das »Nachwort«. Als literarische Form wählte Broch für das Buch eine Variante des Tagebuch-Romans. Es handelt sich nicht um einen gewöhnlichen Tagebuch-Roman, in dem fortlaufend die gerade geschehenen und geschehenden Ereignisse eingetragen werden. Zum einen ist es vielmehr ein Tage-Buch in dem Sinne, daß rückerinnernd die Geschehnisse bestimmter Tage eines gewissen Zeitraumes aufgezeichnet und diese Tagesbeschreibungen zu einem Buch zusammengestellt werden. Das wird deutlich, wenn das erste Kapitel mit den Worten schließt: »Dies war der erste Tag, den ich beschreiben wollte.« Eine entsprechende Schlußformel könnte hinter den meisten der vierzehn Kapitel stehen, denn grundsätzlich geht es bei einem Kapitel um die Beschreibung eines Tages. Lediglich die Kapitel zehn, zwölf, dreizehn und vierzehn berichten jeweils über die Ereignisse zweier Tage. Zum anderen handelt es sich bei dem Erzähler um einen Arzt, der die berichteten Geschehnisse tagebuchartig rückerinnernd notiert. Im »Vorwort« stellt sich der Ich-Erzähler vor als ein alternder Landarzt, der in einem Alpendorf praktiziert. Der Ort der Handlung, das Dorf Kuppron, teilt sich auf in die Ortsteile Ober-Kuppron, eine ehemalige Knappensiedlung, und in Unter-Kuppron, ein Bauerndorf. Die erzählte Zeit der vierzehn Kapitel umfaßt die neun Monate März bis November eines der Jahre gegen Ende der zweiten oder zu Beginn der dritten Dekade unseres Jahrhunderts. Ort und Zeit der Handlung wechseln lediglich in den eingebauten Erzählungen, z. B. in der dem zehnten Kapitel integrierten »Barbara«-Novelle. Die Erzählzeit, also die Zeit, in der der Landarzt sein »Tagebuch« führt, erstreckt sich über sechs Monate vom Winter (Dezember) des Jahres der erzählten Zeit, nämlich des Vorjahres, bis ins Frühjahr (Mai) des folgenden Jahres, des Jahres der Erzählzeit. Die Erzählzeit läßt sich erschließen aus dem »Vor-« und »Nachwort« des Erzählers.

Lediglich diese erste Fassung stellt einen abgeschlossenen Roman dar. Die zweite Version bricht im achten, die dritte im fünften Kapitel ab. Da in der zweiten und dritten Fassung die ersten drei Kapitel der ersten Version zu einem Kapitel zusammengefaßt sind, entspricht allerdings das achte Kapitel der zweiten Fassung dem zehnten der ersten und entsprechend das fünfte Kapitel der dritten Version dem siebten der ersten. Die politisch-antifaschistischen, religionskritisch-philosophischen und mythischen Tendenzen des Romans kommen – soweit man das nach den Fragmenten der beiden letzten Fassungen beurteilen kann – in allen drei Versionen gleichermaßen zum Ausdruck. Die Kapitel der zweiten Fassung sind gegenüber denen der ersten um eine Reihe von Szenen, Naturbeschreibungen und philosophischen Betrachtungen erweitert. Szenisch gesehen weicht die dritte Fassung von der zweiten wenig ab, doch sind die naturbeschreibenden und reflexiven Passagen stark gekürzt worden. Die Romanpersonen tragen in den drei Fassungen zum Teil unterschiedliche Namen. In alphabetischer Reihenfolge seien diese Namen referiert, wobei die hinter sie in Klammern gesetzte Zahl die Nummer der Fassung bedeutet, in der der Name auftaucht:

Andreas, Knecht Milands, ein Greis (1) = Vinzenz, Knecht Wenters (2, 3).

Arlett, ehemaliger Pfarrer in Kuppron (1) = Arleth (2, 3).
Fräulein Baldan, Postangestellte (1) = Fräulein Loidel (2).
Barbara, Dr. med., frühere Geliebte des Landarztes (1, 2).
Musik-Christian (1).
Mutter Gisson (1) = Mutter Gisson / Magdalena (Lena) Gisson (2, 3).
Mathias Gisson / Bergmathias, Sohn Mutter Gissons (1) = Matthias Gisson / Jägermatthias / Bergmatthias (2, 3).
Gronne, Vorbeter, Tischler (1, 2, 3).
Hermine, Magd Milands (1).
Hulles Marie, Hebamme (1, 2, 3).
Bartolomeus Johanni, Bauer (1, 2, 3).
Karoline, Dienstmagd des Landarztes (1, 2, 3).
Ludwig Krimuß, Bauer (1, 2, 3).
Landarzt, Erzähler des Romans (1, 2, 3).
Robert Lax, Bauer, erster Gemeinderat (1) = Ferdinand Lax (2, 3).
Friedrich Lax, Sohn von Ferdinand Lax (1, 2, 3).
Frau Lenard, Wöchnerin (1, 2, 3).
Ludwig, Schmiedegeselle (1, 2).
Lorenz Miland, Bauer (1) = Wenter (2, 3).
Ernestine Miland/Milandin, Tochter Mutter Gissons, Frau von Lorenz Miland (1) = Martha Wenter / Wenterin (2, 3).
Irmgard Miland, älteste Tochter der Milands (1) = Irmgard Wenter (2, 3).
Karl Miland, Sohn der Milands (1) = Karl Wenter (2, 3).
Zäzilie Miland, Tochter der Milands (1) = Zäzilie Wenter (2, 3).
Der alte Mittis / Mittisvater, ehemaliger Wilderer (1, 2) = der alte Quiertis (3).
Die alte Mittis / Mittismutter, Gattin des alten Mittis (1, 2) = die alte Quiertis (3).
Marie Mittis, Tochter der alten Mittis (1, 2).
Leonhard Nistler, verunglückter Bursch aus der Wenzel-Garde (1).
Frau Nistler, seine Mutter (1).
Jakob Pellin, alter Kleinbauer (2, 3).
Frau Pellin, seine Gattin (2, 3).
Mena Pellin, Tochter der Pellins (2, 3).
Pluto, Hund von Sabest, ein Leonberger (1, 2, 3).

Marius Ratti, der Fremde im Dorf (1, 2, 3).
Pfarrer Rumbold (1, 2, 3).
Theodor Sabest, Wirt und Fleischer (1, 2, 3).
Minna Sabest, seine Gattin (1, 2, 3).
Peter[1] Sabest, Sohn der Sabests (1) = Gilbert Sabest (2, 3).
Schmied (1) = Meister Donat (2).
Selbander, Bauer (1, 2, 3).
Meister Steppan, Schneider, Barbier, Mesner (1) = Meister Reppan (2) = Meister Repan (3).
Strüm, Häusler (1) = Laurenz (2, 3).
Agathe Strüm, Tochter Strüms, Geliebte von Peter Sabest (1) = Agathe Laurenz (2, 3).
Thomas Suck, Holzknecht, Witwer (1, 2, 3).
Anna Suck, seine verstorbene Gattin (1) = Ernestine Suck (2, 3).
Albert Suck, ältester Sohn der Sucks (1) = Valentin Suck (2, 3).
Franzl Suck, jüngster Sohn der Sucks (1).
Trapp, Hund des Landarztes, Wolfshund (1, 2, 3).
Ventlin, Häusler (1).
Waldemar-Schuster (1) = Dominik-Schuster (2, 3).
Wenzel, Gehilfe Rattis (1, 2, 3).
Wetchy, Händler und Versicherungsagent (1, 2, 3).
Frau Wetchy, seine Gattin (1, 2, 3).
Rosa Wetchy, Tochter der Wetchys (1, 2, 3).
Sohn Wetchys (1) = Maxl (Maxi) Wetchy (2, 3).
Wolters, Bürgermeister (1, 2, 3).

Erstdruck der ersten Fassung in:
– Hermann Broch, *Bergroman. Erste Fassung,* hrsg. v. Frank Kress und Hans Albert Maier, (Frankfurt am Main: Suhrkamp, 1969). Durch einen redaktionellen Eingriff der Herausgeber sind bei diesem Abdruck die ersten drei Kapitel zu einem Kapitel zusammengefaßt worden, so daß sich dort statt richtig vierzehn nur zwölf Kapitel ergeben. Die Entstehungsvarianten zur ersten Fassung sind angeführt in: Hermann Broch, *Bergroman. Entstehungsvarianten und Anmerkungen,* hrsg. v. Frank Kress

1 Im ersten Teil der ersten Fassung heißt der Sohn des Wirtes Martin, im zweiten Teil aber Peter. In dieser Ausgabe wurde auf »Peter« vereinheitlicht.

und Hans Albert Maier, (Frankfurt am Main: Suhrkamp, 1969), S. 24-141.
Ferner in:
– dieser Ausgabe, unter Zugrundelegung des Erstdruckes und der sich in YUL und DLA befindlichen Originalmanuskripte. In den zweiten Abschnitt des zehnten Kapitels schob Broch nachträglich die »Barbara«-Novelle ein (im Originalmanuskript die Seiten 148A-148M). Dabei vergaß er, die letzten Zeilen der voraufgehenden Seite 148 zu streichen, die der »Barbara«-Novelle folgen und nicht voranstehen sollten. Fast identisch tauchen diese Zeilen dann im Anschluß an die Novelle auf S. 148M wieder auf. In den Erstdruck ist dieser Fehler übernommen worden, für diese Ausgabe wurden die Zeilen eliminiert. Der Vollständigkeit halber seien sie an dieser Stelle wiedergegeben: »*Es war an diesem oder am nächsten Nachmittag, daß ich auf der Straße zum Oberdorf den Marius traf. Man hatte mir schon erzählt, daß er jetzt öfters hier heroben zu sehen wäre. Stellte er der Irmgard nach oder zog es ihn nur zum Berg herauf und zu den Oberdörflern, die er erobern wollte und die ihn verstoßen hatten? – ›Hier wird mit der Hand gedroschen‹, sagte er mir. – War es dies, was ihn heraufzog? lockte ihn der Takt der Dreschflegel? – Ich sagte: ›Natürlich, die Kleinbauern heroben haben immer mit der Hand gedroschen, für sie ist es praktischer.‹*« (Seite 148 des Originalmanuskripts, YUL). Ein ähnlicher Fall liegt auf Seite 119 vor. Dort wurde die nach »*[...] die Hand schütteln...*« folgende wörtliche Wiederholung des Absatzes »*Aber das war leichter gesagt [...] Zaunbretter klettern konnte*« von Seite 68 eliminiert.

Teilabdruck:
– Hermann Broch, *Der Versucher,* hrsg. v. Felix Stössinger, (Zürich: Rhein-Verlag, 1953), S. 396-554. Es handelt sich um den letzten Teil der ersten Fassung, beginnend mit der zweiten Hälfte des zehnten Kapitels, von »Es bewahrheitete sich...« (nach der »Barbara«-Novelle) bis zum »Nachwort« einschließlich. Der Abdruck ist verändert durch redaktionelle Eingriffe Stössingers. Die Namen der Romanpersonen sind der zweiten Fassung angepaßt, und die Überschriften der Kapitel IX bis XII stammen von Stössinger.

Zweite Fassung: *Demeter oder die Verzauberung (Fragment)*

Entstanden 1936. Überarbeitete und erweiterte Version der ersten Fassung. Es handelt sich bei dem maschinenschriftlichen Original um ein faktisch 336seitiges, einzeilig beschriebenes, titelloses Fragment mit Korrekturen. Vier Seiten (S. 197, S. 246, S. 247, S. 255) sind verlorengegangen. Das Typoskript endet zwar auf S. 292, doch sind zahlreiche zusätzliche, alphabetisch gekennzeichnete Seiten eingefügt. Das Original und ein Durchschlag befinden sich in YUL. Das Fragment enthält das »Vorwort« und acht römisch numerierte, betitelte Kapitel. Das erste Kapitel dieser zweiten Fassung stellt eine Zusammenfassung der ersten drei Kapitel der ersten Version dar. Das Fragment bricht ab kurz nach der eingeschobenen »Barbara«-Novelle im achten Kapitel (dem zehnten Kapitel der ersten Fassung). Allerdings ist in YUL ein Entwurf zum weiteren Teil des achten Kapitels vorhanden. Bei diesem Entwurf handelt es sich um von eins bis zehn numerierte Blätter, auf deren Rückseite sich verworfene Skizzen zu den beiden Schlußseiten des Fragments (291 und 292) befinden. Die Rückseiten mit den verworfenen Skizzen tragen sämtlich die Seitenzahlen 258 und 259. Ferner befindet sich in YUL ein Entwurf zu dem – allerdings nicht mehr mit einem Titel versehenen – neunten Kapitel (dem elften Kapitel der ersten Fassung). Es handelt sich um ein von eins bis fünfzehn numeriertes maschinenschriftliches Original mit Änderungen.

Was das literarische Genre, die Erzählhaltung, die Intention des Autors und den Inhalt der zweiten Fassung anbetrifft, hat sich gegenüber der ersten nichts grundsätzlich geändert. Um einen Vergleich der Fassungen zu erleichtern, seien die Abweichungen gegenüber der ersten Fassung kurz referiert:

Vorwort
Gegenüber der ersten Fassung ist es leicht erweitert. Die eingeschobene Reflexion über die Erinnerung im zwölften Kapitel der ersten Fassung findet sich, geringfügig umformuliert, ins Vorwort übernommen. Vgl. S. 246 in dieser Ausgabe: »Wie tief muß man doch in ein Leben sinken, um es erfassen zu können! auf welch tiefstem Grund des Vergessens ruht doch dieses Leben...«

I. Der Wanderer
Entspricht den drei ersten Kapiteln der ersten Fassung. Gegenüber dem zweiten Kapitel der ersten Fassung ist hier neu die Szene im Wirtshaus, in der Lax den Assekuranzvertreter Wetchy überreden will, die Versicherung für den Johanni-Hof, den Lax sich aneignen will, abzuschließen. Wetchy durchschaut die unlauteren Machenschaften des Lax und geht nicht darauf ein. Sabest ermuntert Lax, Druck auf Wetchy auszuüben. Von Wenter (dem Miland der ersten Fassung) wird berichtet, daß er Chancen hat, Wolters im Bürgermeisteramt abzulösen. Anders als im dritten Kapitel der ersten Fassung folgt der Bericht über Frau Sucks Krankheit der Erwähnung der zehn Jahre zurückliegenden schweren Erkrankung des Bergmatthias. Es fehlt die Erinnerung des Landarztes an die Sage über die Zwergengrube des Kupprons.

II. Das Gold
Entspricht dem vierten Kapitel der ersten Fassung. Die Naturbeschreibungen zu Anfang des Kapitels sind ausführlicher als in der ersten Fassung. Neu ist das darauf folgende Gespräch zwischen dem Landarzt und Wetchy. Es stellt sich heraus, daß Wetchy Calvinist ungarischer Abstammung ist. Er weiht den Landarzt ein in die Laxschen Pläne, den Johanni-Hof auf unredliche Weise zu erwerben. Neu ist auch die darauf folgende lange Reflexionspassage des Landarztes über Ordnung und Humanität. Das Gespräch zwischen dem Pfarrer und dem Landarzt ist umfangreicher. Die Unterhaltung zwischen dem alten Pellin und Mutter Gisson auf dem Kirchenvorplatz fehlt in der ersten Fassung, ebenso die Gedanken zur Musik, die dem Landarzt während des Kirchenbesuches durch den Kopf gehen. Hinzugekommen ist nach dem Ende des Gottesdienstes der Disput zwischen dem Landarzt, Ratti und dem Bergmatthias. Ratti qualifiziert die kirchliche Religion als Volksverdummung ab. Anders als in der Wirtshausszene der ersten Fassung leitet Ratti die Aggressionen der Dörfler auf die Dorfnachbarn von Plombent ab, die Ansprüche auf den Berg haben. Den Streit zwischen den Unter- und Oberdörflern provoziert er mit dem Hinweis auf die Weidengenossenschaft, einem Streitpunkt zwischen den beiden Dorfteilen. In der ersten Fassung fehlt die Prügelszene im Wirtshaus. Die im ersten Kapitel ausgelassene

Sage von der Zwergengrube steht hier gegen Schluß des zweiten Kapitels, freilich um wesentliche Motive angereichert: Ausführlich wird der Kampf zwischen den Zwergen und den Riesen geschildert. Aus der hinzugefügten Prügelszene ergibt sich, daß der Erzähler schildert, wie er die Verwundeten verbindet. Der Schluß ist identisch mit der ersten Fassung.

III. Die Erde
Entspricht dem fünften Kapitel der ersten Fassung. Neu sind gegen Ende des Kapitels die Reflexionen des Landarztes über Ordnung und Anarchie sowie die Wirtshausszene mit Lax und dem fremden Versicherungsagenten.

IV. Die Erinnerung
Entspricht dem sechsten Kapitel der ersten Fassung. Ausführlicher als in der ersten Fassung berichtet der Erzähler über die Krankheit der Frau Suck. Neu ist die Einschaltung des »Fahnenkrieges« zwischen dem Vorbeter Gronne und dem Mesner Reppan während der Steinsegen-Prozession. Während der Prozession taucht, anders als in der ersten Fassung, auch der Bergmatthias auf.

V. Die Erlösung
Entspricht dem siebten Kapitel der ersten Fassung. Am Anfang stehen die in der ersten Fassung fehlenden Reflexionen des Erzählers über Erinnerung und Traum. Direkt anschließend folgt die Szene, die in der ersten Fassung den Kapitelabschluß bildet, nämlich der Besuch des Landarztes bei den Wetchys und die Konstatierung der Krankheit des Wetchy-Buben. Neu ist die sich daran anschließende Passage mit den Naturbeschreibungen und -betrachtungen des Landarztes. Der Begegnung mit dem Schuster folgen Reflexionen des Erzählers über die Erlösung, ferner die Beschreibung eines Gewitters. Beim Postamt liefert der Arzt nicht beliebige Briefe wie in der ersten Fassung ab, sondern den Brief an einen ehemaligen Kollegen. Neu hinzugekommen ist das Gespräch zwischen dem Landarzt und Gilbert Sabest, bei dem sich herausstellt, daß Gilbert dem Marius einen Treueid geleistet hat. Die Szene in der Schmiede ist ausgebaut und verändert worden: Johanni hat Wetchy im Verdacht, sein Pferd verhext zu haben. Ratti will er bitten, einen

Gegenzauber anzuwenden. Das Kapitel schließt mit den neu hinzugekommenen Reflexionen des Erzählers über Hoffnung und Erlösung.

VI. Die Angst
Entspricht dem achten Kapitel der ersten Fassung. Die einleitende Szene mit Karoline und Rosa beim Kaffee fehlt. Der Landarzt geht mit Rosa auf Krankenbesuch zur Ernestine Suck. Auf dem Weg dorthin treffen sie Mutter Gisson. Bei Frau Suck diagnostiziert der Landarzt eine besorgniserregende Untertemperatur. Eingeschoben zwischen die Gespräche des Erzählers mit Wenzel und Frau Sabest findet sich die kurze Unterhaltung des Landarztes mit Reppan über das Sommerwetter. Hinzugekommen ist ferner der Krankenbesuch des Arztes bei Wetchy. Bei dem durch das Erdbeben veranlaßten Disput zwischen Ratti und Mutter Gisson wird das »Männerwissen« dem »Weiberwissen« sowie die »Haß«- der »Herzens«-Ideologie gegenübergestellt.

VII. Der Haß
Entspricht dem neunten Kapitel der ersten Fassung. Nach dem Bericht über den Tod der Ernestine Suck fehlen die Reflexionen über den Rhythmus der Arbeit, die den Erzähler seine Niederlage als Arzt vergessen machen können. Neu ist die ausführliche Begräbnisszene auf dem Friedhof während der Beerdigung von Sucks Gattin einschließlich des Gesprächs zwischen dem Landarzt und Wenter über die Einsamkeit. Darauf folgt die in der ersten Fassung am Anfang des elften Kapitels stehende Szene in der Gaststätte mit Sabest und dem Liqueurreisenden. Vor das Treffen zwischen dem Landarzt mit Suck und dem Bergmatthias ist eine längere Passage eingeschoben, in der der Erzähler von seiner Gewohnheit spricht, an der Bergkapelle während seiner Wanderungen auszuruhen und sich seinen Meditationen hinzugeben. Daran schließen sich Naturbeschreibungen und Reflexionen über die Ganzheit an. Nach der Auseinandersetzung mit Wenzel gehen der Landarzt und der Bergmatthias zum Berghof. Wie in der ersten Fassung treffen sie dort Mutter Gisson an, die aber, anders als in der ersten Fassung, keinen Besuch von Irmgard und Agathe hat. Am Schluß fehlen die Gedanken des Erzählers zu Wissenschaft und Praxis im Beruf des Arztes.

VIII. Die Wiedergeburt
Entspricht dem zehnten Kapitel der ersten Fassung. Das anfängliche Gespräch zwischen dem Landarzt und Suck ist stark erweitert. Ihm ist zu entnehmen, daß Rattis Anhängerschaft im Dorf ständig wächst. Wetchy berichtet, daß Wenzel ihm die Schuld an dem Erdbeben anlastet. Die am Schluß des vorausgehenden Kapitels fehlenden Reflexionen des Landarztes über Wissenschaft und Praxis in seinem Beruf folgen dem Krankenbesuch bei Wetchys Sohn. Die eingeschobene »Barbara«-Novelle ist erweitert, weist aber keine wesentlich neuen Motive auf. Die ihr in der ersten Fassung folgende Begegnung zwischen Ratti und dem Landarzt fehlt, statt dessen folgen hier die am Anfang des vorigen Kapitels ausgelassenen Reflexionen über den Rhythmus der Arbeit. Das Kapitel bricht ab nach der (in der ersten Fassung nicht vorhandenen) Schilderung der Begegnung zwischen dem Landarzt und dem Bergmatthias.

Bei dem erhalten gebliebenen Entwurf zur Fortführung des achten Kapitels ist neu lediglich die dort am Anfang stehende Szene, in der Gronne dem Landarzt eröffnet, daß er Ratti als Gottgesandten ansieht. Die folgende Begegnung zwischen dem Landarzt und Irmgard Wenter entspricht der ersten Fassung. Der Entwurf endet damit, daß der Landarzt sich nach Beendigung seiner Visiten auf den Weg zur Tenne des Berghofes macht.

IX. (titelloser, fragmentarischer Entwurf)
Entspricht dem elften Kapitel der ersten Fassung. Bis auf das kurz vor Schluß des Fragments wiedergegebene Gespräch über die Einsamkeit zwischen dem Landarzt und Wenter finden sich in diesem Fragment keine Entsprechungen zur ersten Fassung. An einem Sonntagmorgen stellt die Wenzel-Garde im Unterdorf drei Fichten auf, die die Einheit zwischen dem Unter- und Oberdorf symbolisieren sollen. Die Dorfbewohner reagieren unterschiedlich. Der einfältige Dominik-Schuster gerät in religiöse Ekstase, da er in den Bäumem die Dreieinigkeit zu erkennen glaubt. Suck klärt die Anwesenden über die Machenschaften der die Wenzel-Garde unterstützenden Clique um Krimuß und Lax auf. Daraufhin wirft der Schmied die »Einigkeitsbäume« um. Der Entwurf endet mit einer Wirtshausszene, in der die Dörfler sich positiv über Ratti äußern.

Pläne nach den Romanexposés von 1936 und 1940

X. (titellos)

Entspricht dem zwölften Kapitel der ersten Fassung. Gemäß der Inhaltsangabe »Demeter oder die Verzauberung« von 1936 sollte die Massenwahnszene während der Bergkirchweih mit Irmgard Wenter als Todesopfer wie in der ersten Fassung gestaltet werden. Der Kommentar »Die Verzauberung« von 1940 sieht dagegen vor, daß Mutter Gisson das Opfer dieses Massenwahnes werde. Gemäß der Inhaltsangabe von 1936 befreit nicht wie in der ersten Fassung der Landarzt den Wetchy aus den Händen der Wenzel-Garde, sondern Mutter Gisson. Ferner ist zusätzlich eine sich daran anschließende Konfrontation zwischen Mutter Gisson und Ratti vorgesehen. In der gleichen Inhaltsangabe ist ausgeführt, daß beim Fortziehen von Wetchy aus dem Dorf sich niemand um ihn kümmert. Wegfallen würde also die größere Schlußszene aus der ersten Fassung mit Wetchy, dem Landarzt, Suck, dem Dorfpolizisten und Ratti.

XI. (titellos)

Entspricht dem dreizehnten Kapitel der ersten Fassung. In der Inhaltsangabe von 1936 ist der Konflikt zwischen Wenzel und Ratti stärker herausgestellt. Bei dem Bergwerksunglück sollen Gilbert Sabest und Wenzel ums Leben kommen. Während in der ersten Version der Verdacht auf Suck fällt, die Stützhölzer angesägt zu haben, wird hier Ratti verdächtigt. Im Gegensatz zur ersten Fassung verschwindet nach der Inhaltsangabe Ratti plötzlich aus dem Dorf. Gemäß dem Kommentar von 1940 aber übernimmt Ratti die Dorfherrschaft und bleibt an der Macht.

XII. (titellos)

Entspricht dem vierzehnten Kapitel der ersten Fassung. Anders als in der ersten und zweiten Fassung soll die »Barbara«-Novelle nach der Inhaltsangabe von 1936 in das Schlußkapitel aufgenommen werden. Während der Arbeit an der zweiten Fassung – gegen Mitte 1936 – änderte Broch offenbar den die Plazierung dieser Novelle betreffenden Plan von Anfang 1936 wieder und fügte sie an der gleichen Stelle wie in der ersten Fassung ein.

Nachwort
Gemäß der Inhaltsangabe von 1936 erreicht der Erzähler das im Vorwort formulierte Erkenntnisziel, sich über den Sinn der berichteten Vorfälle mittels Aufzeichnung und Reflexion klarzuwerden. Dem Kommentar von 1940 nach zu urteilen, soll dieser Erkenntnisfortschritt des Erzählers jedoch unterbleiben.

Erstdruck der zweiten Fassung in:
– Hermann Broch, *Bergroman. Zweite Fassung,* hrsg. v. Frank Kress und Hans Albert Maier, (Frankfurt am Main: Suhrkamp, 1969). Die Entstehungsvarianten zur zweiten Fassung finden sich in: Hermann Broch, Bergroman. *Entstehungsvarianten und Anmerkungen,* a.a.O., S. 144-255.

Teilabdrucke:

Vorwort
– »Introduction to a Peasant Novel«, translated by Jean Starr Untermeyer, in: *The Heart of Europe. An Anthology of Creative Writings in Europe 1920-1940,* edited by Klaus Mann and Hermann Kesten. With an Introduction by Dorothy Canfield Fisher, (New York: L. B. Fischer, 1943), S. 588-592.
– »Hermann Broch spricht das Vorwort des Erzählers aus der zweiten Fassung des *Bergromans*«, 2 Schallplatten, (HM Eigenton, 1946). Die beiden Platten befinden sich im DLA. Es fehlen der erste Abschnitt (»Der Schnee liegt ... das Schweigen spielt?«) und der letzte Absatz (»Und ich schreibe dies ... durch meine Hände.«). Innerhalb des Textes sind geringfügige Änderungen und Kürzungen vorgenommen worden. Um eine – allerdings fehlerhafte – Transkription dieses Schallplattentextes handelt es sich bei dem »Vorwort des Erzählers« in der Stössingerschen Ausgabe des *Versuchers,* a.a.O., S. 5-8. Eine Tonbandaufzeichnung des Schallplattentextes befindet sich im Hermann-Broch-Museum in Teesdorf bei Wien.
– »Selbstgespräch eines Landarztes«, in: *Morgenröte. Ein Lesebuch.* Einführung von Heinrich Mann, hrsg. v. den Gründern des Aurora Verlages, (New York: Aurora, 1947), S. 258-264.

I. Der Wanderer
– »Theodor Sabest, Wirt und Fleischer. (Aus dem Roman

›Demeter oder die Verzauberung‹)«, in: *Austro American Tribune,* Jg. 5, Nr. 4 (November 1946), S. 3. Es handelt sich um die Passage »Der Hof, den ich überqueren muß ... in meine Ordination zurück« und entspricht den Seiten 10-12 des Originals.
– »Theodor Sabest, Wirt und Fleischer«, in: *Die literarische Revue,* Jg. 3, Nr. 5 (September 1948), S. 257-258. Es handelt sich um einen erneuten Abdruck des Abschnittes aus der *Austro American Tribune.*
– »I. Der Wanderer«, in: *Der Versucher,* a.a.O., S. 9-56. Abschnitte aus der zweiten und dritten Fassung sind hier ineinandergemischt, wobei anfänglich Absätze aus der zweiten Fassung vorherrschen.

II. Das Gold
– »II. Das Gold«, in: *Der Versucher,* a.a.O., S. 57-105. Abschnitte aus der zweiten und dritten Fassung sind hier ineinandergemischt, wobei anfänglich Absätze aus der zweiten Fassung vorherrschen.

III. Die Erde
– keine Teilveröffentlichungen.

IV. Die Erinnerung –
– »IV. Die Erinnerung«, in: *Der Versucher,* a.a.O., S. 142 bis 190. Abschnitte aus der zweiten und dritten Fassung sind hier ineinandergemischt, wobei anfänglich Absätze aus der dritten Fassung vorherrschen.

V. Die Erlösung
– »V. Die Einfalt«, in: *Der Versucher,* a.a.O., S. 191-241. Der erste Abschnitt, Seite 191-204, entspricht der dritten, der folgende Teil, Seite 204-241, der zweiten Fassung.

VI. Die Angst
– »Die Angst«, in: *Maß und Wert,* Jg. 2, Heft 6 (1939), S. 748-795. Es handelt sich um die leicht gekürzte Version des sechsten Kapitels der zweiten Fassung. Der Text wurde publiziert mit folgender redaktionellen Notiz: »›Die Angst‹ ist ein leicht gekürztes Kapitel aus einem unveröffentlichten Roman. Durch das Ganze geht die Figur eines Arztes im Dorf; die Bau-

ern sind aufgewühlt durch die Sucht, ein früheres Bergwerk mit seinen Goldbeständen aufzudecken. Ein jedes Kapitel des Romans steht ganz für sich, aufgebaut auf Grundgefühlen, Grundtatsachen (wie ›Die Angst‹, ›Der Haß‹, ›Die Wiedergeburt‹), die zugleich Landschaft und Menschen beherrschen. Natur und Mensch werden als ganz ineinander verankert geschildert.« (*Maß und Wert,* a.a.O., S. 748).

– »Demeter oder die Verzauberung«, in: *das silberboot,* 5. Jg., Heft 1 (1951), S. 7-30. Es handelt sich um eine erneute Publikation des Abdrucks in *Maß und Wert.* Allerdings fehlt der erste Teil von »Es gibt Tage« bis »Kuppel blaugetünchten Bleis geworden«.

– »VI. Die Angst«, in: *Der Versucher,* a.a.O., S. 242-293. Es handelt sich um die leicht gekürzte Version des Originals, doch ist sie umfangreicher als der Abdruck in *Maß und Wert.*

VII. Der Haß

– »VII. Der Haß«, in: *Der Versucher,* a.a.O., S. 294-346. Es handelt sich um die leicht gekürzte Version des siebten Kapitels, allerdings zuweilen vermischt mit Teilen aus der ersten Fassung des Romans.

VIII. Die Wiedergeburt

– »VIII. Die Wiedergeburt«, in: *Der Versucher,* a.a.O., S. 347-408. Da das achte Kapitel der zweiten Fassung Fragment geblieben ist, entsprechen lediglich die Seiten 347-395 der zweiten Fassung. Die Seiten 396-408 sind dem zehnten Kapitel der ersten Version entnommen.

Der Entwurf zur Fortführung des achten Kapitels der zweiten Fassung ist abgedruckt in: Hermann Broch, *Bergroman. Entstehungsvarianten und Anmerkungen,* a.a.O., S. 219-232.

IX. (titelloser, fragmentarischer Entwurf)

– Hermann Broch, *Bergroman. Entstehungsvarianten und Anmerkungen,* a.a.O., S. 233-255.

Dritte Fassung: *Demeter* (Fragment)

Entstanden 1950/51. Überarbeitete und gekürzte Version der zweiten Fassung. Bei dem maschinenschriftlichen Original handelt es sich um ein titelloses, zweizeilig beschriebenes, 199seitiges Fragment mit Korrekturen. Das Original befindet sich in YUL, ein Durchschlag im DLA. Die Fassung enthält kein »Vorwort« und besteht aus fünf römisch numerierten, betitelten Kapiteln. Im fünften Kapitel bricht das Fragment ab. Die »Tagebuch«-Form des Romans ist aufgegeben. Was die Intention des Autors und den Inhalt der dritten Fassung anbetrifft, hat sich gegenüber der ersten und zweiten Version grundsätzlich nichts geändert. Um einen Vergleich der Fassungen zu erleichtern, seien die Abweichungen gegenüber der zweiten Fassung kurz referiert:

I. Der Wanderer
Handlungsablauf und Szenenfolge sind nicht verändert. Ratti wird als ein Mann in den Vierzigern statt in den Dreißigern geschildert. Beim Gespräch zwischen dem Landarzt und Gilbert Sabest erkundigt sich der Erzähler nach dem Verhältnis zwischen Gilbert und Agathe Laurenz. Der humanitäre Appellcharakter der Reflexionen des Landarztes ist verstärkt, so wenn vom »Ruf an den Menschen« die Rede ist, daß seine »Liebe [...] ohne Grenzen« sein möge.

II. Das Gold
Die Anekdote, die Suck im Wirtshaus zum besten gibt, ist umgeändert worden. Er schildert seinen Vater nicht mehr als Kavalleristen im Kriege, sondern als Wanderer durch Oberitalien. Die Sage vom Kampf um den Kuppronberg zwischen den Zwergen und Riesen wird nicht am Schluß dieses Kapitels vom Landarzt berichtet, sondern wird in der Wirtshausszene von Suck erzählt. Die Schilderung der Prügelszene im Wirtshaus ist stark gekürzt, die abschließende Unterhaltung zwischen dem Landarzt und Suck dagegen erweitert.

III. Die Träume
In der zweiten Fassung ist dieses Kapitel mit »Die Erde« überschrieben. Die gedanklich-betrachtenden Passagen sind gestrafft. Neu hinzu kommt eine Reflexion des Erzählers über das Altern, in die Gedanken eingehen, wie Broch sie ähnlich wenige Jahre zuvor in dem Essay »Mythos und Altersstil« ausgedrückt hatte.

IV. Die Erinnerung
Außer einigen Kürzungen liegen keine Änderungen vor.

V. Die Einfalt
In der zweiten Fassung hieß dieses Kapitel »Die Erlösung«. Die einleitenden Reflexionen über Traum und Erinnerung fehlen. Statt dem Kollegen, schreibt der Landarzt den Brief einem Patienten im Spital der Kreisstadt. Das Fragment bricht ab bei dem Gespräch des Erzählers mit dem Dominik-Schuster.

Erstdruck der dritten Fassung in:
– Hermann Broch, *Demeter*, (Frankfurt am Main: Suhrkamp, 1967). Der Druck weicht an wenigen Stellen geringfügig von der durch Maier/Kress besorgten Ausgabe ab.
Ferner in:
– Hermann Broch, *Bergroman. Dritte Fassung*, hrsg. v. Frank Kress und Hans Albert Maier, (Frankfurt am Main: Suhrkamp, 1969). Die Entstehungsvarianten sind angeführt in: Hermann Broch, *Bergroman. Entstehungsvarianten und Anmerkungen*, a.a.O., S. 273-315.

Teilabdrucke:

I. Der Wanderer
– »I. Der Wanderer«, in: *Der Versucher*, a.a.O., S. 9-56. Abschnitte der zweiten und dritten Fassung sind hier ineinander gemischt, wobei anfänglich Absätze aus der zweiten Fassung vorherrschen.

II. Das Gold
– »II. Das Gold«, in: *Der Versucher*, a. a. O., S. 57-105. Abschnitte der zweiten und dritten Fassung sind hier ineinandergemischt, wobei anfänglich Absätze aus der zweiten Fassung vorherrschen.

III. Die Träume
– »III. Die Träume«, in: *Der Versucher*, a.a.O., S. 106-141. Dieses Kapitel weicht nur geringfügig ab von dem durch Maier/Kress besorgten Druck der dritten Fassung.

IV. Die Erinnerung
– »IV. Die Erinnerung«, in: *Der Versucher,* a.a.O., S. 142 bis 190. Abschnitte aus der zweiten und dritten Fassung sind hier ineinander vermischt, wobei anfänglich Absätze aus der dritten Fassung vorherrschen.

V. Die Einfalt
– »V. Die Einfalt«, in: *Der Versucher,* a.a.O., S. 191-241. Der erste Abschnitt S. 191-204, entspricht der dritten, der folgende, S. 204-241, der zweiten Fassung.

Entstehungschronologie

1932-1934 Seit 1932, nach Abschluß der Romantrilogie *Die Schlafwandler,* plant Broch eine weitere zeitkritisch-romanhafte Epochenanalyse. Aus Brochs Korrespondenz ist dieses Projekt unter den Arbeitstiteln »Filsmann-Roman« und »religiöser Roman« bekannt. Wenige Fragmente sind zu dem Roman erhalten. Sein Inhalt überschneidet sich mit dem in Brochs Drama *Die Entsühnung,* das ebenfalls die zeitkritische mit der religiösen Thematik koppelt. Vorübergehend denkt Broch an die Verbindung von *Filsmann-Roman* und *Filsmann-Drama (Die Entsühnung)* zu einem Buch. Das *Filsmann-Drama* wird von Broch fertiggestellt und gelangt im März 1934 in Zürich zur Aufführung. Die Vorbereitungsarbeiten zum *Filsmann-Roman* bricht Broch im Herbst 1934 ab. Er beginnt mit einem neuen Projekt, einer Romantrilogie, die er in der Folge häufig mit dem Arbeitstitel »Bergroman« bezeichnet. Wie beim »Filsmann«-Stoff soll auch hier die zeitkritische mit der religiösen Thematik verbunden werden. Aber anders als dort geht es hier nicht um die dichterische Analyse der Zeit der Weimarer Republik, vielmehr soll ein Phänomen der dreißiger Jahre, der Aufstieg des Hitlerschen Nationalsozialismus, gleichnishaft porträtiert werden.

1935 Anfang 1935 beginnt Broch in Laxenburg bei Wien mit der Ausarbeitung der ersten Fassung des ersten Bandes der geplanten Trilogie. Neben »Bergroman« benutzt er in der Folge Bezeichnungen wie »Bauernroman«, »Alpenroman« und »Gebirgsroman« als Arbeitstitel. Da der Schauplatz der Romanhandlung ein Alpendorf ist und Broch das Lokalkolorit der Bergwelt studieren möchte, zieht er Anfang September in das Dorf Mösern/Tirol. Er wohnt für zehn Monate dort bis Juni 1936. Kenntnisse in Politik und Massenpsychologie (Diskussionen u. a. mit Elias Canetti), in Theologie und Kirchengeschichte (Studium der Patristiker) und Psychologie und Mythologie (Beschäftigung mit C. G. Jung) gehen in den Roman ein. Die Niederschrift der uns bekannten ersten Fassung fällt in die Monate Juli 1935 bis Januar 1936.

1936 Mitte Januar stellt Broch die erste Fassung des ersten Bandes fertig. Als Gesamttitel für die Trilogie plant er zu dieser Zeit »Demeter«, als Titel für diesen ersten Band »Die Verzauberung«. Nach einmonatiger Nachtragsarbeit entschließt Broch sich Mitte Februar zur vollständigen Überarbeitung des Romans. Es entsteht die zweite Fassung. Gleichzeitig verfaßt er das Exposé zur zweiten Fassung mit dem Titel »Demeter oder die Verzauberung (Inhalt)«, das gedacht ist für seinen amerikanischen Verleger Benno W. Huebsch von der Viking Press in New York, mit dem er damals wegen der amerikanischen Ausgabe des neuen Romans korrespondiert, und der im Vorjahr seinen Roman *The Unknown Quantity (Die Unbekannte Größe)* herausgebracht hatte. Die Romanpersonen tragen in diesem Exposé bereits durchweg jene Namen, die uns aus der zweiten Fassung bekannt sind. Lediglich Mathias wird zuweilen noch wie in der ersten Fassung mit einem »t« geschrieben, Agathes Vater heißt noch wie in der ersten Version »Strüm« und nicht »Laurenz« wie in der zweiten, und Lax trägt noch den Vornamen »Robert« statt den aus der zweiten Fassung »Ferdinand«. Im Lauf des Jahres fällt Broch die Arbeit an dem Roman immer schwerer. In seinem Exposé plant er noch den optimistischen Romanschluß, den faschistische Führerfiguren repräsentierenden Marius Ratti »ins Spurlose« verschwinden zu lassen. Die folgenden Monate widerlegen in diese Richtung gehende politische Erwartungen. Nach halbjähriger Revisionsarbeit ist Broch im Juni bei den Kapiteln acht und neun der zweiten Fassung angelangt, die den Kapiteln zehn und elf der ersten Fassung entsprechen. Mitte des Jahres siedelt Broch um von Mösern/Tirol zunächst für einige Wochen nach Wien, dann nach Alt Aussee/Steiermark. Nach dem Umzug kommt es nur noch sporadisch zu Revisionen: Es bleibt bei den acht bzw. neun angefangenen Kapiteln. Das Vorhaben, diesen ersten Band durch zwei weitere Romane zu einer Trilogie zu ergänzen, gibt Broch auf. Wie die Inhaltsangabe von 1936, Brochs Korrespondenz in den folgenden Monaten und Jahren sowie Teilveröffentlichungen (1946 in der *Austro American Tribune* und 1951 in *das silberboot*) zeigen, plante Broch für die zweite Fassung den Titel »Demeter oder die Verzauberung«.

1937 Dieses Jahr steht im Zeichen der Arbeit an der antifaschistischen *Völkerbund-Resolution.* Auch tritt die Beschäftigung mit dem *Vergil-Roman* an die Stelle der weiteren Ausarbeitung des *Bergromans.*

1938 Bei der Flucht aus Österreich nach England gegen Ende Juli läßt Broch die beiden Typoskripte der ersten und zweiten Fassung des *Bergromans* in Wien. Im Oktober schicken Louis Barcata und Frank Thiess beide Fassungen nach St. Andrews/Schottland, wo Broch bei den Muirs bis Ende September gewohnt hatte. Als die Typoskripte dort einlangen, ist Broch bereits in New York.

1939 Durch die Vermittlung Stefan Zweigs, der damals in England lebt, erhält Broch die Typoskripte aus Schottland zugesandt, und er nimmt sie Mitte August in New York in Empfang. Anfang Oktober bewirbt er sich um ein Guggenheim-Stipendium zur Fertigstellung des Romans. Aus dem die Bewerbung begleitenden Kurzexposé (siehe Fußnote zum zweiten Broch-Kommentar in dieser Ausgabe) ist zu entnehmen, daß Broch anders als früher einen unkritischen Erzähler vorsieht.

1940 Im April nimmt Broch erneut Kontakt zu seinem New Yorker Verleger Benno W. Huebsch von der Viking Press auf. Er gibt ihm das Fragment der zweiten Fassung zur Lektüre und verfaßt für ihn den Kommentar »Die Verzauberung« bzw. »The Bewitchment«, in dem auf die politischen, religiösen, psychologischen und mythologischen Implikationen des Romans kurz eingegangen wird. Das Ende der zweiten Fassung ist hier anders konzipiert als in dem Exposé von 1936. Verschwand Ratti dort nach kurzer Dorfherrschaft spurlos, so bleibt er nach der neuen Inhaltsangabe an der Macht. Broch beschreibt den Alltag unter der Ratti-Herrschaft als ein Leben, in dem »Menschliches [...] für immer verloren gegangen« sei. Wie in dem Kurzexposé vom Vorjahr ist als Erzähler ein unkritischer Intellektueller (der Landarzt) vorgesehen, der selbst dem von ihm beschriebenen Massenwahn verfällt. Das ist gegenüber der ersten Fassung von 1935 und gegenüber dem Exposé zur zweiten Fassung von 1936 eine wesentliche Änderung. Denn in beiden Fällen wird zwar berichtet, daß der Erzähler beim plötzlichen Ausbruch des Massenwahns während der Bergkirchweih seine kritische Distanz verliert, aber durch seine Aufzeichnungen (und besonders auch durch das »Nachwort« der ersten Fassung) macht er deutlich, daß er sich von Rattis Wahnpolitik absetzt. Mit der geplanten Umkonzipierung von 1939/40 reagiert Broch auf die damalige historische Entwicklung in Hitler-Deutschland. Durch die Darstellung der Rattiherrschaft soll die Politik der Nationalsozialisten charakterisiert werden, und die intendierte negative Zeichnung des Erzählers resultiert aus Brochs Enttäuschung über die »Intellektuellen« im faschistischen Staat, »deren schließliche Überwältigung durch das Massenpsychische so erstaunlich« sei. Die Verhandlungen mit der Viking Press bleiben ergebnislos, da Broch kein fertiges Manuskript abliefern kann.

1941 In seiner »Autobiographie als Arbeitsprogramm« charakterisiert Broch das Buch als politischen Roman, in dem es ihm darum gegangen sei, den Massenwahn während der Hitlerzeit auf dichterische Weise zu analysieren.

1943 Mitte des Jahres interessiert sich der nach London emigrierte Verleger Hermann Ullstein für die Publikation des Romans, doch kommt es zu keiner Einigung.

1944 Im Herbst steht Broch mit Robert Neumann, damals Herausgeber von Hutchinson's International Authors, London, in Verhandlung über die Ausgabe des Romans. Auch dieser Kontakt führt zu keinem Resultat, da Broch das Buch nur fertigstellen will, falls er einen Vertrag erhält, Neumann dagegen nur abzuschließen gedenkt, wenn ihm der fertige Roman vorliegt.

1948 Nachdem ein Freund Brochs, der Romancier und Essayist Robert Pick, den Alfred A. Knopf Verlag in New York auf den *Bergroman* aufmerksam gemacht hat, interessiert sich dieser Verlag seit Juni für die Publikation des Buches.

1949 Verzögert durch einen Krankenhausaufenthalt Brochs,

kommen die Verhandlungen mit dem Verlag erst ein Jahr später, im Juni 1949, in Gang. Broch will die englische Übersetzung des Romans bei Alfred A. Knopf, die deutsche Fassung aber gleichzeitig im Rhein-Verlag in Zürich publizieren. Als mögliche Titel für die englische Veröffentlichung erwägt Broch damals »Demeter or the Bewitchment«, »Man Bewitched by Demeter«, »The Sons of Demeter« und »Demeter's Lost Sons«. Im September schließt Broch mit Knopf den Publikationsvertrag ab. Als Ablieferungstermin wird der 1. Oktober 1950 vereinbart.

1950 Broch kann sich nicht entschließen, die vorliegenden acht Kapitel der zweiten Fassung lediglich durch vier weitere zu ergänzen. Statt dessen überarbeitet er die vorliegenden Kapitel. Auffallend sind die Kürzungen, die er vornimmt. Diese Kürzungen haben verschiedene Gründe. Zum einen gehören Verknappung und Abstrahierung zu den Charakteristika des damals von Broch praktizierten und reflektierten »Altersstil«, aber zum anderen ist er wegen seiner prekären finanziellen Situation gezwungen, den Roman zu kürzen, um die Übersetzungskosten, die er nach dem Vertrag mitzutragen hat, niedrig zu halten. Wie aus der Korrespondenz dieser Monate zu entnehmen ist, sieht Broch den Titel »Demeter« für diese dritte Fassung des *Bergromans* vor, also den Titel, der ihm bereits 1936 als Gesamttitel der geplanten Romantrilogie vorgeschwebt hatte. Broch kann den Ablieferungstermin (1. Oktober) nicht einhalten und bittet um Terminverschiebung bis zum 1. April 1951. Im Oktober bittet er seine Wiener Bekannte Ea von Allesch, ihm die in Österreich verbliebenen Vorarbeiten zum Roman in die Vereinigten Staaten zu schicken.

1951 In die ersten drei Monate des Jahres fällt die intensivste Arbeit an der dritten Fassung. Bis zum Ablieferungstermin am 1. April ist erst ein Drittel des Romans fertig. Die Arbeit wird Anfang April unterbrochen durch einen kurzen Krankenhausaufenthalt wegen eines Herzanfalles. Broch arbeitet am fünften der geplanten zwölf Kapitel als er am 30. Mai stirbt. Anders als in der ersten und zweiten Fassung ist die »Tagebuch«-Form aufgegeben, und entsprechend fehlt das »Vorwort« des Erzählers. Weder seinem amerikanischen noch seinem Schweizer Verleger hat Broch Exposés zu dieser dritten Fassung geschickt.

Verzeichnis der Übersetzungen

Es handelt sich nicht um Übertragungen der hier publizierten ersten Fassung des Romans, sondern um Übersetzungen der von Felix Stössinger besorgten Kontamination der drei Romanfassungen mit dem Titel: Hermann Broch, *Der Versucher,* (Zürich: Rhein-Verlag, 1953).

Französisch:
Le Tentateur, übersetzt von Albert Kohn, (Paris: Gallimard, 1960).

Japanisch:
Yûwakusha, übersetzt von Furui Yoshikichi, (Tokio: Chikuma Shobê, 1968).

Ungarisch:
A kisértö, übersetzt von Endre Vajda, (Budapest: Magvetö Kiadó, 1968).

Tschechisch:
Pokušitel, übersetzt von Rio Preisner, (Prag: Česhoslovenský Spisovatel, 1969).

Polnisch:
Kusiciel, übersetzt von Edyta Sicińska, (Warszawa: Czytelnik, 1970).

Auswahlbibliographie zur Sekundärliteratur

Bennet Peirson S. P. *The Motif of Seeing and the Symbol of the Eye in Hermann Broch's ›Bergroman‹*, Dissertation, University of California, Berkeley, 1970.

Birnbaum, Ann Miriam. *Communion and Anguish in Hermann Broch's ›Der Versucher‹*. Diss. University of Washington, Seattle, 1968.

Casey, Timothy J. »Questioning Broch's *Der Versucher*«, in: *Deutsche Vierteljahrsschrift für Literaturwissenschaft und Geistesgeschichte*, 47. Jg., Heft 3 (September 1973), S. 467-507.

Durzak, Manfred. »Zur Entstehungsgeschichte und zu den verschiedenen Fassungen von Hermann Brochs Nachlaßroman«, in: *Zeitschrift für deutsche Philologie*, 86. Band, Heft 4 (1967), S. 594-627.

Hardin, James N. »*Der Versucher* and Hermann Broch's Attitude Toward Positivism«, in: *The German Quarterly*, 39. Jg., Nr. 1 (Januar 1966), S. 29-41.

Hardin, James N. »Hermann Broch's theories on mass psychology and *Der Versucher*«, in: *The German Quarterly*, 47. Jg., Nr. 1 (Januar 1974), S. 24-33.

Horst, Karl August. »Hermann Brochs *Bergroman*«, in: *Merkur*, 8. Jg., Nr. 78 (August 1954), S. 784-790.

Iwakirí, Masaaki. »*Der Versucher*. Eine religiöse Dichtung. Ihr philosophischer Hintergrund und ihre Entstehungsgeschichte«, in: *Doitsu Bangaku*, Heft 50 (1973), S. 128-137.

Kress, Frank und Maier, Hans A. »Einleitung«, in: Hermann Broch, *Bergroman. Entstehungsvarianten und Anmerkungen*, (Frankfurt am Main: Suhrkamp, 1969), S. 3-23.

Loos, Beate. *Mythos, Zeit und Tod. Zum Verhältnis von Kunsttheorie und dichterischer Praxis in Hermann Brochs ›Bergroman‹*, (Frankfurt am Main: Athenäum, 1971).

Lützeler, Paul Michael. »Hermann Brochs *Die Verzauberung* als politischer Roman«, in: *Neophilologus*, 61/1 (Jan. 1977), S. 111-126. In überarbeiteter Fassung ferner in: *Broch heute*, hrsg. J. Strelka (Bern und München: Francke, 1978), S. 51-75.

Martini, Fritz. »Hermann Broch und *Der Versucher*«, in: *Deutsche Rundschau*, 80. Jg. (Mai 1954), S. 468-474.

Meinert, Dietrich. »Hermann Broch: *Der Versucher*. Versuchung und Erlösung im Bannkreis mythischen Erlebens«, in: *Sprachkunst als Weltgestaltung: Festschrift für Herbert Seidler*, hrsg. v. Adolf Haslinger, (Salzburg und München: Pustet, 1966), S. 140-152.

Osterle, Heinz. *Die Deutschen im Spiegel des sozialkritischen Romans der Emigranten, 1933-1950*, Dissertation, Brown University, Providence, R. I., 1964, S. 472-524.

Reszler, André. »*Le Tentateur* de Hermann Broch«, in: A. R., *Le national-socialisme dans le roman allemand contemporain (1933-1958),* (Genève: Librairie Droz, 1966), S. 54-60.

Schoolfield, George C. »Notes on Hermann Broch's *Der Versucher*«, in: *Monatshefte,* 48. Jg., Nr. 1 (Januar 1956), S. 1-16.

Seitz, Karl Ernst. *Das Phänomen der Angst im Werk Hermann Brochs,* The George Washington University, Washington D. C., 1972.

Shockey, Tomm B. *Variations in Style and Content in Hermann Broch's ›Bergroman‹ as Shown by an Analysis of the Two Versions of the Foreword and the Three Versions of the First Chapter,* Dissertation, The University of Connecticut, Storrs, 1971.

Stössinger, Felix. »Nachwort des Herausgebers«, in: Hermann Broch, *Der Versucher,* (Zürich: Rhein-Verlag, 1953), S. 555-595.

Wachtler, Adelgunde. *Hermann Brochs Roman ›Der Versucher‹ als Roman des religiösen Erlebens,* Universität Innsbruck, 1969. Ein bearbeiteter Auszug der Dissertation findet sich unter dem Titel »Der Archetypus der Großen Mutter in Hermann Brochs Roman *Der Versucher*« in: *Hermann Broch: Perspektiven der Forschung,* hrsg. v. Manfred Durzak, (München: Fink, 1972), S. 231-250.

Wasson, Gudrun. *Das Bild der Natur in Hermann Brochs ›Bergroman‹,* Dissertation, Harvard University, Cambridge/Mass., 1963.

Wienold, Götz. »Hermann Brochs *Bergroman* und seine Fassungen: Formprobleme der Überarbeitung«, in: *Deutsche Vierteljahrsschrift für Literaturwissenschaft und Geistesgeschichte,* 42. Jg., Nr. 5 (1968), S. 773-804.

Winkler, Michael. *Mythos und Zeitgeschehen in Hermann Brochs Roman ›Der Versucher‹,* Dissertation, University of Colorado, 1966.

Winkler, Michael. »Die Funktion der Erzählungen in Hermann Brochs Roman *›Der Versucher‹*«, in: *Seminar,* 4. Jg., Nr. 2 (Herbst 1968), S. 81-99.

Editorische Notiz

Der hier vorliegende Roman *Die Verzauberung* war der erste, Anfang 1936 beendete Band einer geplanten Romantrilogie mit dem Titel *Demeter.* Lediglich dieses erste Buch der Trilogie wurde von Broch fertiggestellt. 1936 und 1950 begann der Autor mit Überarbeitungen des Romans, die jedoch Fragmente blieben. Die hier publizierte erste Fassung ist die einzige vollständige Romanversion. Der Abdruck erfolgt unter Zugrundelegung des Originals. Offensichtliche Schreib- und Kommafehler werden stillschweigend korrigiert, doch ist, was die Zeichensetzung im allgemeinen anbetrifft, der Brochsche Usus als Richtschnur anerkannt. Notwendige Eingriffe in den Text, etwa im Falle einer Wortauslassung, sind als solche gekennzeichnet. Auf Brochs durchgeführte und intendierte Änderungspläne zum Roman in den Jahren 1936, 1939/40 und 1950 wird in den »Anmerkungen des Herausgebers« eingegangen. Wie bei allen dichterischen Werken innerhalb dieser Ausgabe werden Brochs essayistische Kommentare bzw. Exposés zum Roman mitveröffentlicht.

Von Hermann Broch erschienen im Suhrkamp Verlag

Bergroman. Die drei Originalfassungen textkritisch herausgegeben von Frank Kress und Hans Albert Maier. 1969. 4 Bände in Schuber, zus. 1500 S. Ln. Kt.
Der Denker. Eine Auswahl. 1966. 328 S. Ln.
Der Dichter. 1964. 256 S. Ln.
Der Tod des Vergil. 1958. Sonderausgabe. 542 S. Ln.
Dichter wider Willen. 96 S. Ln.
Die Entsühnung. 1961. 80 S. Pp.
Die Schlafwandler. 1952. Sonderausgabe. 762 S. Ln.

suhrkamp taschenbücher
Barbara und andere Novellen. Eine Auswahl aus dem erzählerischen Werk. Herausgegeben mit Nachwort und Kommentar von Paul Michael Lützeler. 1973. Band 151. 380 S.
Materialien zu Hermann Broch ›Der Tod des Vergil‹. Herausgegeben von Paul Michael Lützeler. Band 317. 361 S.

Kommentierte Werkausgabe
Herausgegeben von Paul Michael Lützeler
Band 1: Die Schlafwandler. Eine Romantrilogie. st 472. 760 S.
Band 2: Die Unbekannte Größe. Roman. st 393. 262 S.
Band 3: Die Verzauberung. Roman. st 350. 417 S.
Band 4: Der Tod des Vergil. st 296. 522 S.
Band 5: Die Schuldlosen. Roman in elf Erzählungen. st 209. 352 S.
Band 9/1: Schriften zur Literatur. Kritik. st 246. 448 S.
Band 9/2: Schriften zur Literatur. Theorie. st 247. 320 S.
Band 10/1: Philosophische Schriften. Kritik. st 375. 314 S.
Band 10/2: Philosophische Schriften. Theorie. st 375. 334 S.
Band 11: Politische Schriften. st 445. 514 S.
Band 12: Massenwahntheorie. st 502. 584 S.

Kommentierte Werkausgabe (Leinenausgabe)
textidentisch mit der Taschenbuchausgabe. In limitierter Auflage

Bibliothek Suhrkamp
Demeter, Romanfragment. 1967. Band 199. 242 S.
Die Erzählung der Magd Zerline. 1967. Band 204. 80 S.
Pasenow oder die Romantik. 1962. Band 92. 203 S.
Esch oder die Anarchie. 1969. Band 157. 224 S.
Huguenau oder die Sachlichkeit. 1970. Band 187. 328 S.
Gedanken zur Politik. 1970. Band 245. 192 S.

James Joyce und die Gegenwart. Essay. 1972. Band 306. 84 S.
Hofmannsthal und seine Zeit. 1974. Band 372. 147 S.
Menschenrecht und Demokratie. Herausgegeben und eingeleitet von Paul Michael Lützeler. 1978. Band 588. 288 S.

edition suhrkamp
Zur Universitätsreform. Herausgegeben und mit einem Nachwort von Götz Wienold. 1969. Band 301. 144 S.
Materialien zu Hermann Brochs ›Die Schlafwandler‹. Herausgegeben von Gisela Brude-Firnau. 1972. Band 517. 216 S.

Alphabetisches Gesamtverzeichnis der suhrkamp taschenbücher

1/2/6.84

1/3/6.84

Ehrenberg/Fuchs: Sozialstaat und Freiheit 733
Ehrenburg: Das bewegte Leben des Lasik Roitschwantz 307
– 13 Pfeifen 405
Eich: Ein Lesebuch 696
– Fünfzehn Hörspiele 120
Eliade: Bei den Zigeunerinnen 615
Eliot: Die Dramen 191
Ellmann: James Joyce: 2 Bde. 473
Enzensberger: Gedichte 1955-1970 4
– Der kurze Sommer der Anarchie 395
– Der Untergang der Titanic 681
– Museum der modernen Poesie: 2 Bde. 476
– Politik und Verbrechen 442
Enzensberger (Hg.): Freisprüche. Revolutionäre vor Gericht 111
Eppendorfer: Der Ledermann spricht mit Hubert Fichte 580
Erbes: Die blauen Hunde 825
Erikson: Lebensgeschichte und hist. Augenblick 824
Eschenburg: Über Autorität 178
Ewen: Bertolt Brecht 141
Fanon: Die Verdammten dieser Erde 668
Federspiel: Paratuga kehrt zurück 843
– Der Mann, der Glück brachte 891
– Die beste Stadt für Blinde 979
Feldenkrais: Abenteuer im Dschungel des Gehirns 663
– Bewußtheit durch Bewegung 429
Fleißer: Der Tiefseefisch 683
– Eine Zierde für den Verein 294
– Ingolstädter Stücke 403
– Abenteuer aus dem Engl. Garten 925
Frame: Wenn Eulen schreien 692
Franke: Einsteins Erben 603
– Keine Spur von Leben 741
– Paradies 3000 664
– Schule für Übermenschen 730
– Sirius Transit 535
– Tod eines Unsterblichen 772
– Transpluto 841
– Ypsilon minus 358
– Zarathustra kehrt zurück 410
– Zone Null 585
Freund: Drei Tage mit J. Joyce 929
Fries: Das nackte Mädchen auf der Straße 577
– Der Weg nach Oobliadooh 265
– Schumann, China und der Zwickauer See 768
Frijling-Schreuder: Was sind das – Kinder? 119
Frisch: Andorra 277
– Der Mensch erscheint im Holozän 734
– Dienstbüchlein 205
– Forderungen des Tages 957
– Herr Biedermann / Rip van Winkle 599
– Homo faber 354
– Mein Name sei Gantenbein 286
– Montauk 700
– Stiller 105
– Stücke 1 70
– Stücke 2 81
– Tagebuch 1966-1971 256
– Wilhelm Tell für die Schule 2
Materialien zu Frischs »Biedermann und die Brandstifter« 503
– »Stiller« 2 Bde. 419

1/4/6.84

1/5/6.84

1/6/6.84

1/7/6.84

1/8/6.84

1/9/6.84

1/10/6.84

1/11/6.84

1/12/6.84